教育部"新世纪优秀人才支持计划"项目《维吾尔民间口承文学研究》资助成果

西北民族大学中央高校基本科研业务经费《维吾尔民间口承达斯坦研究》资助项目

西北民族大学西北少数民族文学研究中心项目《突厥语民族民间叙事诗论》（XBM2012011Y）的阶段性成果

国家社科基金一般项目《西北突厥语民族达斯坦论》（08BZW085）的阶段性成果

国家社科基金艺术学西部项目《维吾尔十二木卡姆与达斯坦关系及其传承与保护研究》(13ED141) 的阶段性成果

维吾尔族
民间口承达斯坦研究

阿布都外力·克热木◎著

中国社会科学出版社

图书在版编目（CIP）数据

维吾尔族民间口承达斯坦研究/阿布都外力·克热木著. —北京：
中国社会科学出版社，2014.6
ISBN 978 - 7 - 5161 - 4296 - 7

Ⅰ.①维…　Ⅱ.①阿…　Ⅲ.①维吾尔族—叙事诗—诗歌研究—中国
Ⅳ.①I207.22

中国版本图书馆 CIP 数据核字（2014）第 106516 号

出 版 人	赵剑英	
责任编辑	张　林	
特约编辑	张冬梅	
责任校对	高建春	
责任印制	戴　宽	

出　　版	中国社会科学出版社	
社　　址	北京鼓楼西大街甲 158 号（邮编100720）	
网　　址	http://www.csspw.cn	
	中文域名:中国社科网　　010 - 64070619	
发 行 部	010 - 84083685	
门 市 部	010 - 84029450	
经　　销	新华书店及其他书店	

印　　刷	北京君升印刷有限公司	
装　　订	廊坊市广阳区广增装订厂	
版　　次	2014 年 6 月第 1 版	
印　　次	2014 年 6 月第 1 次印刷	

开　　本	710 × 1000　1/16	
印　　张	34	
插　　页	2	
字　　数	575 千字	
定　　价	88.00 元	

目　录

绪　论

第一节　达斯坦的概念

达斯坦（Dastan）在现代维吾尔语中意为叙事诗（包括史诗）。维吾尔文学中的达斯坦范围比较宽泛，它不仅包括民间叙事诗，而且包括诗人创作的叙事诗。达斯坦一词来自波斯语，波斯语中有"故事、小说、轶事、传说、传记、童话、神话、曲调、旋律、音乐"多层意思①。诗歌根据内容与形式可分为叙事诗（epik xeir）和抒情诗（lerik xeir）。在维吾尔文学中，达斯坦相当于叙事诗，从这个角度看，维吾尔达斯坦可分为民间达斯坦和文人创作的达斯坦两种类型。在此，我们面临这样一个问题，即达斯坦这个术语最早是在哪一种文学中出现的？是民间文学先用，然后传入作家文学的，还是作家文学先用，然后传入民间文学的呢？达斯坦本来是在波斯民间所采用的一种文学样式的称谓（当时波斯人出于它的哪个含义使用不大清楚，因为达斯坦所包含的意思比较广）。波斯人民与中亚各族人民之间早就建立了贸易关系，尤其是新疆地处"丝绸之路"的交通要道，与西亚各国各族的文化交流十分频繁。

"新疆地处丝绸之路要冲，与波斯毗邻接壤。波斯是一个文明古国，从汉代起就与我国保持着密切的往来。在丝绸之路上，波斯是一个重要的中转站，我国的丝绸运到波斯后，再由波斯商人转手从海路运往欧洲。因此，在丝绸之路上，波斯商人尤为活跃。他们不仅沟通东西贸易，也沟通东西文化。丝绸之路如一条纽带将波斯与维吾尔文化紧密地联系在一起。波斯的宗教——拜火教和摩尼教很早就传入新疆，拜火教教义中光明与黑暗斗争的二元论思想，有关光明善神与黑暗恶神的种种神话，对维吾尔族

---

① 　北京大学东方语言文学系主编：《波斯语汉语词典》，商务印书馆1981年版，第979页。

文学有很大影响。维吾尔人在漠北建立回鹘汗国时期，曾一度以波斯的摩尼教为国教。641 年，波斯萨珊王朝被灭于阿拉伯人之手，波斯成为阿拉伯伊斯兰帝国中的一个重要组成部分，波斯文化也成为伊斯兰文化的重要源流之一，尤其是波斯文学，对伊斯兰文学的形成和发展贡献尤为突出。波斯在伊斯兰世界中占有举足轻重的地位。公元 11 世纪，伊斯兰教开始传入我国新疆南部地区。波斯、阿拉伯文化随着伊斯兰教来势迅猛。为了学习伊斯兰经典的教义，要求教徒通晓波斯文、阿拉伯文，伊斯兰经文学校应运而生。许多维吾尔人从孩提时代起就要学习波斯语、阿拉伯语，阅读波斯文、阿拉伯文书籍。维吾尔诗人中的绝大部分还能自如地运用波斯语、阿拉伯语进行创作。伊斯兰化的结果导致大量的波斯、阿拉伯语汇涌入维吾尔语中。"①

　　从阿拉伯语、波斯语借来的语汇当中，"达斯坦"一词也可能包括在内。

　　除此之外，伊朗与突朗（波斯人对古代的中亚细亚和蒙国高原的通称）之间的血腥战争绵绵不断，这两个地域的人民彼此熟悉对方的国情、信仰、习俗以及国王、英雄、诗人的姓名。在这种长期的冲突、摩擦、接触中，促进了中亚各族人民与波斯人民之间的了解和交流。在维吾尔民间流传的波斯国王、英雄的故事并不少。比如《鲁斯塔姆的故事》、《赌王杰姆西德的故事》、《斯雅乌西的故事》、《阿努西尔旺的故事》等等。精通阿拉伯语、波斯语的维吾尔族知识分子把阿拉伯文、波斯文的书籍翻译成维吾尔文，文学家将这些译本抄写好几十本甚至好几百本传入民间。很多维吾尔文人通过仿效、转写、翻译波斯、阿拉伯文学作品来消化和吸收这些外来文化。他们在其文学创作里不止一次地提起达斯坦这个术语，他们不仅创作达斯坦，而且将达斯坦作为叙事诗的名称在其作品中使用。可以这么说，达斯坦首先是在作家文学中使用，然后从作家文学传入民间文学。一般来说，很多民间艺人是文盲或半文盲，他们不能阅读作家的文学作品，更不能读阿文、波斯文的书籍。那么，他们怎么吸收作家文学的概念呢？以前维吾尔民间有一种文化活动，被称为"Meripetqilik"（意为启蒙运动）。在地方，某个人请几位有知识的毛拉（等于现在的知识分子）

---

　　① 新疆维吾尔自治区维吾尔古典文学和十二木卡姆研究学会：《论伟大的诗人纳瓦依》，新疆人民出版社 2001 年版，第 61—62 页。

做客，同时也请周围同村人一起吃喝。主人准备丰盛而美味的宴会，宰杀牛羊，做抓饭，热情地招待客人。饭后，根据主人的恳求，毛拉们开始阅读书籍。这些书籍涉及的内容很广，主要有历史、宗教故事、传奇、哲理性文献、文艺作品等等。他们一边阅读，一边解释阿文、波斯文的作品，生动而有趣地传达故事内容。在座的客人中有一些民间歌手和民间故事讲述家，他们倾听毛拉们的讲述，尽力掌握并记忆故事情节。后来，这些民间艺人在民间表演当中传播这些新情节新故事，其中包括一些阿语、波斯语单词。通过这些故事的民间传播，不少新术语渗透到很广的地域。除了民间艺人以外，一些识字的老百姓通过阅读被译成维吾尔文的文学作品知道并了解了类似达斯坦这样的新概念，在平常的交流当中，讲这些故事给周围的人听。在作家、翻译家、民间艺人、知识分子的紧密合作下，不少阿语、波斯语的词汇传入民间。

我们必须搞清史诗与达斯坦的关系。在《民间文艺学》一书中，段宝林先生把民间长诗分为两大类：民间抒情诗与民间叙事诗。他指出："民间抒情诗是民间歌曲的延长与发展，民间叙事诗则以民歌形式叙述神话、传说和生活故事，在篇幅上更加宏大。其发展的历史顺序是：神话史诗→英雄史诗→故事诗（主要是爱情婚姻故事诗）。"① 钟敬文先生提出了叙事体长诗的文学术语。他说："史诗和民间叙事诗都是民间诗歌中的叙事体长诗。它们是劳动人民（包括他们的专业艺人）集体创作、口头流传的韵文故事，所以也有人称它们为故事诗或故事歌。"② 乌丙安教授把叙事诗划为民间歌谣领域说故事歌，"故事歌又通称为民间叙事诗。"③ 我们在此做讨论的达斯坦等于钟敬文先生所说的叙事体长诗或相当于段宝林先生所说的民间叙事诗（史诗和故事诗）。哈萨克斯坦的一些维吾尔学者的观点类似于我们的这个结论。达斯坦来自波斯语，在维吾尔文学中，广泛地反映以英雄事迹或爱情故事为内容的作品被称为"达斯坦"。④ 在维吾尔文学中，把英雄史诗《乌古斯汗传》、《古尔·奥古里》和爱情婚姻

---

① 段宝林、王树村、耿生廉、胡克：《中国民间文艺学》，文化艺术出版社 1987 年版，第 252 页。

② 钟敬文：《民间文学概论》，上海文艺出版社 1980 年版，第 281 页。

③ 乌丙安：《民间文学概论》，春风文艺出版社 1980 年版，第 160 页。

④ 克·艾山诺夫、思·毛拉达多夫合著：《维吾尔文学》，新疆大学出版社 1986 年版，第 168 页。

叙事诗《艾里甫与赛乃姆》、《塔依尔与佐赫拉》、《热比娅与赛丁》、《帕尔哈德与希琳》等，都称为达斯坦。在维吾尔族知识分子阶层，尤其是研究人员当中，史诗（Epos）这个术语用得比较多。Epos 是个外来词，源自希腊语的"εποζ"，意为"字、叙述和故事"，是大部分欧洲国家通用的术语。维吾尔族知识分子通过中亚的兄弟民族接受这个学术语。中亚突厥语诸民族研究者也借用俄罗斯学术界普遍使用的借词"эпос"。无论本民族的史诗或叙事诗（《乌古斯汗传》、《古尔·奥古里》、《艾里甫与赛乃姆》、《塔依尔与佐赫拉》、《热比娅与赛丁》、《帕尔哈德与希琳》），还是其他民族的史诗或叙事诗（《玛纳斯》、《格萨尔》、《江格尔》、《摩诃婆罗多》、《伊利亚特》、《奥德赛》），维吾尔老百姓至今仍将这些称为达斯坦。

提起达斯坦，我们必须要探讨达斯坦（dastan）与黑萨（kesse 或 hessa）的关系。在维吾尔文学中，故事讲述家所讲的传奇故事叫作黑萨。黑萨的内容范围极为广泛，源远流长。维吾尔民间黑萨中有阿拉伯、波斯的传奇故事，伊斯兰圣人故事以及维吾尔民间传奇故事，比如：《艾子热特艾力的故事》、《圣人伊布拉辛的故事》、《鲁斯塔姆的故事》、《赌王杰姆西德的故事》、《斯雅乌西的故事》、《努西尔旺的故事》、《伊斯坎德尔的故事》、《勇士秦·铁木尔的故事》、《玉苏甫与祖莱哈的传奇》等等，值得一提的是，有时会形成黑萨与"达斯坦"相互交融、难以分清的局面。在漫长的流传过程中，一些来自阿拉伯、波斯文学的"达斯坦"已经变成讲黑萨者的故事来源之一。《鲁斯塔姆》、《伊斯坎德尔》、《玉苏甫与祖莱哈》、《帕尔哈德与希琳》、《莱丽与麦吉侬》等被达斯坦演唱家所演唱，同时黑萨讲述家也在讲说表演，通过这两种传播方式，达斯坦不断得到丰富与发展。不少达斯坦有散文转写本，它们渐渐变成了黑萨讲述者的讲本。波斯的经典作品《列王纪》（亦称为《王书》、《列王书》、《列王传》、《帝王书》等）曾先后几次被译成维吾尔语。"据记载，维吾尔文学家阿洪毛拉·夏·伊吉拉尼于 1678 年曾用诗体形式将《王书》译成维吾尔语，但未流传下来。大约在 18 世纪，维吾尔文学翻译家帕孜里·哈西姆·叶尔肯迪和夏·穆合买提·霍加尼扎米丁·喀拉喀西又把它译成了维吾尔语。"①《列王纪》另一译本的译者是墨玉县的夏·穆合买提·霍加

①　阿布都克里木·热合曼：《维吾尔文学史》，新疆大学出版社 1998 年版，第 455 页。

尼扎米丁·喀拉喀西。1837 年，他把《列王纪》用散文体的形式译成了维吾尔文。黑萨讲述家所讲的波斯传奇故事基本上是从这部著作中借用来的。通过故事家的讲述和达斯坦演唱家的演唱，再加上老百姓也有机会阅读，《列王纪》中的故事片段和英雄人物在维吾尔族民间就家喻户晓、老幼皆知了。"著名文学家和作家毛拉司迪克·叶尔肯迪在叶尔羌县县长米尔扎穆汗默德·胡塞因的指示下把纳瓦依的《海米赛》从韵文转写成散文，并把它改名为《散文海米赛》"，① 包括《鸟语》、《帕尔哈德与希琳》、《莱丽与麦吉侬》、《拜合拉姆与迪丽阿拉姆》、《伊斯坎德尔的城堡》。"生活于 18 世纪末 19 世纪初的莎车人奥玛尔·巴克·叶尔肯迪，把纳瓦依《五卷诗》中的《帕尔哈德与希琳》和《莱丽与麦吉侬》两部长诗改成了散文体。"② 因为这些散文化的达斯坦符合黑萨讲述家的讲述规律和原则，所以很快变成了他们的讲本。"1717 年，毛拉穆罕默德·铁木尔根据喀什噶尔阿奇木伯克依麻目穆罕默德的建议，在喀什将波斯文版的印度古典文学名著《卡里来与笛木乃》译成维吾尔文，起名《醒世警言》。"③ 《卡里来与笛木乃》为黑萨讲述家提供了无穷无尽的故事，丰富与补充了他们讲述的内容，其中的许多故事已成为维吾尔人精神生活的一部分，对维吾尔文学的发展产生了深刻的影响。黑萨故事的另一个来源是《古兰经故事》和《先知传》。《古兰经》里有不少希伯来人和阿拉伯人的民间文学作品，具有丰富而动人的故事情节。维吾尔作家拉勃胡孜（1279—1351）根据宗教神话和民间传说故事完成了他的鸿篇巨制《先知传》。本书叙述了 31 位圣人的事迹，其中也包括《玉苏甫与祖莱哈的故事》。拉勃胡孜的《先知传》中的故事至今还有人讲，尤其是黑萨讲述家。维吾尔达斯坦在形式上韵散体混用，与黑萨有所联系。众所周知，《乌古斯汗传》也是散文体的达斯坦，民间达斯坦演唱家在演唱过程中加入了一些散文体的诗行，韵散文体混合的形式已成为维吾尔达斯坦的一个特点。可见，达斯坦与黑萨有密切的联系。但要注意的是，不能把所有的

---

① 买买提吐尔逊·巴吾东整理：《帕尔哈德与希琳（散文体）〈序〉》，乌鲁木齐新疆人民出版社 1995 年版，第 1 页。《散文海米赛》又称为《散文体米尔扎穆汗默德·胡塞因·伯克海米赛》。

② 艾赛提·苏来曼：《"海米赛现象"与维吾尔文学》，新疆大学出版社 2001 年版，第 160 页。

③ 热扎克·买提尼亚孜：《西域翻译史》，新疆大学出版社 1996 年版，第 226 页。

达斯坦说成黑萨故事,同样也不能把所有的黑萨说成达斯坦。从这个意义上说,维吾尔族的黑萨概念与哈萨克族的并不相同。"黑萨——哈萨克族的一部分特殊民间长诗的通称。……在哈萨克民间文学中,凡是模仿东方文学(阿拉伯、波斯)作品情节创作的长诗,均称'黑萨'"①。维吾尔与哈萨克的黑萨大部分来自于阿拉伯、波斯文学,故事内容相同之处颇多。但是,在形式与流传方式上有很大不同。首先,哈萨克黑萨是以韵文形式为主,维吾尔黑萨则是以散文形式为主。其次,维吾尔"麦达赫"(黑萨讲述家)与哈萨克"阿肯"的表演方式不同。麦达赫一边讲述黑萨,一边像戏剧演员一样,以身体语言来模仿故事中人物的动作,而不使用任何乐器。阿肯则是一边弹冬不拉一边演唱"黑萨"。再次,维吾尔黑萨不仅包括阿拉伯、波斯传奇故事,还有本族本地的散文达斯坦或故事。后来,哈萨克黑萨的保守传统被打破了,其内容涉及突厥古老的达斯坦。"黑萨在哈萨克族民间文学中相当丰富,占据重要位置。其中有年代久远、广泛流传的突厥诸民族的古老长诗和近、现代创作的长诗。"②

达斯坦不仅是维吾尔文学才有,除了维吾尔以外,乌兹别克、土耳其、土库曼、阿塞拜疆、塔塔尔等诸突厥民族中都广泛地存在。"在乌兹别克民间文学当中,'达斯坦'具有悠久的历史传统,它(达斯坦)占据极为重要的位置。乌兹别克民间文学工作者搜集了50多个歌手所演唱的150余部'达斯坦'。"③ 在乌兹别克,学者运用"达斯坦"的频率跟维吾尔文学差不多,其内涵、意思和所用的场所基本上相同。在土库曼文学中,达斯坦同样是很流行的文学术语。土库曼的民间达斯坦内容十分丰富。"在韵文形式方面,民间文学体裁——'达斯坦'的发展尤为突出。"④ 在土耳其、阿塞拜疆、塔塔尔等诸民族文学当中达斯坦意为叙事诗,无论是民间文学还是作家文学,都把长诗称为达斯坦。哈萨克民间经常听到达斯坦的术语,甚至在一些哈萨克学者的学术著作和论文里也不止一次地出现达斯坦这一术语。哈萨克学术界所用的达斯坦概念跟维吾尔的

---

① 铁木尔·达瓦买提:《中国少数民族文化大词典(西北地区卷)》,民族出版社1999年版,第136页。

② 同上。

③ Краткая Литературная Энциклопедия》)Москва Издательства 《СоветскаяЭнциклопедия》СедмойТом〈7〉С730《文学百科全书》俄文第七卷,莫斯科1972年版。

④ 同上。

达斯坦有所差异。哈萨克把本民族所有民间长诗称为达斯坦，来自阿拉伯、波斯文学的叙事诗叫作"黑萨"。在柯尔克孜、雅库特、阿尔泰等其他一些突厥民族都使用达斯坦这个称谓。不过，与上述突厥民族不同的是，他们在使用达斯坦的同时也使用和本民族类似的术语。

第二节　选题的意义

一　维吾尔族的达斯坦历史悠久，内容丰富，蕴藏量极大

目前已搜集到民间达斯坦近 100 部，公开发表的有 65 余部。2002 年 7 月 5 日，当笔者采访新疆维吾尔自治区文联民间文艺家协会主席阿布里米提·萨迪克时，他告诉笔者已搜集整理的达斯坦有将近 60 部，《美拉斯》（遗产）、《布拉克》（源泉）以及新疆各级维文刊物公开发表的达斯坦有 100 余部，新疆人民出版社已出版了维吾尔民间叙事诗选（1—2—3—4），其中达斯坦 20 余部。除此之外，民族出版社、喀什维吾尔出版社、新疆青少年出版社等单位出版了一些达斯坦，其中有些"达斯坦"译成汉文出版了。现在，笔者手里有 35 部达斯坦文本，具体名单如下：《乌古斯汗传》、《古尔·奥古里》、《艾里甫与赛乃姆》、《塔依尔与佐赫拉》、《乌尔丽哈与艾穆拉江》、《赛努拜尔》、《玉苏甫与艾合买提》、《玉苏甫与祖莱哈》、《帕尔哈德与希琳》、《莱丽与麦吉侬》、《尼扎米丁王子与热娜公主》、《热比娅与赛丁》、《库尔班与热依汗》、《墓碑》、《阿地力汗王》、《努祖姑姆》、《好汉斯依提》、《玛依姆汗》、《阿布都热合曼和卓》、《凯麦尔王子与夏姆西美女》、《艾维孜汗》、《艾拜都拉汗》、《瞧瞧》、《雅丽普孜汗》、《巴依纳扎尔》、《萨地克图台莱》、《请看我一眼》、《白乌兰白地汗》、《勇士秦·铁木尔》、《玫瑰花》、《我的红花》、《国王之死》、《灰色库尔帕西与黑发阿依姆》、《巴日力》、《白合拉木王子与地丽如孜公主》。除此之外，也有比较古老的"达斯坦"，但是内容残缺，在历史文献和研究书籍上有所记录。比如：《阿勒普·艾尔·通阿》、《艾尔格那坤》、《阔尔库特之爷》、《恰希塔纳伊利克伯克的故事》等等。麻赫穆德·喀什噶里的《突厥语大词典》、优素福·哈斯·哈吉甫的《福乐智慧》、波斯诗人费尔多西的《列王纪》等，都有关于突朗英雄阿勒普·艾尔·通阿的记载。《恰希塔纳伊利克伯克的故事》也是一首散文体英雄叙事诗。"据一些历史文献说，关于《恰希塔纳伊利克伯克的故事》，四

五世纪有它的书面形式的记录。"①《阔尔库特之爷》是古老的突厥达斯坦之一，在哈萨克、土耳其、土库曼、乌兹别克、阿塞拜疆、维吾尔等突厥语诸民族民间流传，尤其是在土库曼与土耳其民间文学中占据举足轻重的位置。在维吾尔文学当中，《艾里甫与赛乃姆》、《玉苏甫与祖莱哈》、《莱丽与麦吉侬》、《玉苏甫与艾合买提》、《帕尔哈德与希琳》的抄本最多。在新疆古籍班珍藏的《玉苏甫与祖莱哈》有十种抄本，《玉苏甫与艾合买提》有十三种，《艾里甫与赛乃姆》有六种（古籍班研究人员艾尔肯·伊明尼亚孜告诉笔者在他所查看或接触的各种资料中看过这部达斯坦30余种手抄本）。新疆大学人文学院教授阿布都克里木·热合满教授在他的《维吾尔"达斯坦"研究提纲》一文中提到《艾里甫与赛乃姆》在国内外的11种版本，具体如下：

（1）《夏赫艾里甫与夏赫赛乃姆》——回历 1290 年（公元 1873—1874）在喀什抄手本，其中间残缺几张，现今珍藏于前苏联科学院东方研究部。（2）《艾里甫与夏赫赛乃姆》：被有个名叫哈吉·玉苏甫的人抄写的，68 首歌、1 500 诗行，现今珍藏于列宁格勒图书馆。（3）《艾里甫与赛乃姆》：夏木西丁发表的，26 页、439 诗行、26 首歌。（4）《艾里甫与赛乃姆》：艾尔西丁·买买提尼亚佐夫搜集整理的，1964 年哈萨克斯坦科学院维吾尔学院在坎土曼所找到的手抄本。（5）《艾里甫与赛乃姆》：新疆大学中文系资料室的手抄本，28 页、56 首歌。（6）《情人艾里甫与夏赫赛乃姆》：前苏联乌兹别克斯坦加盟共和国科学院出版社 1956 年版。（7）《艾里甫与夏赫赛乃姆》：阿西哈巴德 1940—1948。（8）《情人艾里甫》：阿拉木图伊犁新生活出版社，1955 年版。（9）《情人艾里甫》：18 世纪高加索版本、1892 年出版。（10）《艾里甫与夏赫赛乃姆》：阿塞拜疆版本，1939 年出版。（11）《艾里甫与赛乃姆》：英吉莎搜集的手抄本，珍藏于新疆大学科研处②。

---

① 阿布都克里木·热合满：《维吾尔族达斯坦的历史描绘与艺术特色》，《民间文学与书面文学》，喀什维吾尔出版社 1988 年版，第 43 页。

② 阿布都克里木·热合满：《维吾尔达斯坦研究提纲》，《民间文学与书面文学》，喀什维吾尔出版社 1988 年版，第 77—78 页。

在新疆维吾尔自治区古籍办的文献里，《莱丽与麦吉侬》和《帕尔哈德与希琳》这两部达斯坦的作家创作的书面版本也有一定的数量。《莱丽与麦吉侬》有四本，《帕尔哈德与希琳》有三本。《玉苏甫与祖莱哈》的版本也较多，一共有十本。《乌尔丽哈与艾穆拉江》有九本，《热比娅与赛丁》和《迪丽阿拉姆公主》两本，《古尔·奥古里》、《塔依尔与佐赫拉》、《花与百灵鸟》、《鲁斯塔姆》分别各有一本。在喀什博物馆珍藏的文献当中，《玉苏甫与祖莱哈》和《莱丽与麦吉侬》的抄本最多，分别有八本，《帕尔哈德与希琳》有六本，《塔依尔与佐赫拉》两本、《灰青年》两本，《赛努拜尔》、《迪丽阿拉姆》和《巴巴茹仙》各一本。不仅民间达斯坦如此丰富，而且历代诗人创作的达斯坦也不计其数，达斯坦创作一度成为衡量维吾尔诗人才华与文学成就的一个重要标准。在维吾尔文学，达斯坦创作长盛不衰，达斯坦创作激情一直延续到近现代。达斯坦在维吾尔文学史中占有重要位置。对维吾尔达斯坦进行全面、系统的研究，有利于推动维吾尔文学研究的深入发展。

二　达斯坦在创作与传承过程中，形成了共同的叙事模式与特征，形成了维吾尔达斯坦的独特传统

维吾尔达斯坦已引起国内外学术界的关注，国内外发表了不少研究论文与评介文章。但尚缺乏全面、系统的研究。

三　在维吾尔达斯坦研究中，有一个重要的文学现象特别值得关注，即民间达斯坦与作家创作的书面达斯坦互动的密切关系

一些流传于民间的传说，往往成为诗人创作达斯坦的题材，诗人创作的书面达斯坦在民间广泛流传。诗人再依据民间传承的叙事诗进行再创作，如此循环往复，形成了民间文学与作家文学水乳交融的局面，这是维吾尔达斯坦的继承、发展方面的一个显著特点。对此问题进行深入的探讨，有助于对民间口头文学与作家书面文学互动关系进行研究。

四　许多维吾尔达斯坦的题材源于波斯、阿拉伯

此外，达斯坦一词仍在中亚许多民族中使用。将维吾尔达斯坦置于维吾尔民族与阿拉伯、波斯文化交流，与中亚突厥语民族文化交流的语境中，进行研究。通过这种比较研究，不仅有利于拓展学术视野，而且有利于对维吾尔达斯坦的深入研究和对维吾尔达斯坦特点的把握。

五　维吾尔口承达斯坦作为口头与非物质文化遗产，在维吾尔口头文化中占重要位置

对其系统研究在维吾尔民间文学研究领域中具有较高的学术意义和文化价值。

第三节　国内外研究状况

从 20 世纪 20 年代起，前苏联学者在这一领域做了大量研究工作。1925 年在莫斯科出版的《民间文学》、1934 年、1936 年、1941 年塔什干出版的《维吾尔民间文学》等著作里都或多或少涉及达斯坦体裁，概括地介绍了一些民间达斯坦及其搜集整理分类情况。俄罗斯学者别尔捷尔斯（E·Э·Бертелъс）、日尔蒙斯基（Жирмунский）、马洛夫（Малов），哈萨克斯坦学者迪里拜尔·肉孜耶娃、穆拉德·艾姆拉耶夫、巴图尔·艾尔西丁诺夫等学者对维吾尔达斯坦的研究做过有价值的工作。别尔捷尔斯在研究纳瓦依达斯坦方面作出了很大的贡献，他先后发表了《纳瓦依与阿塔尔》（1928）、《论纳瓦依的〈伊斯坎达尔的城堡〉》（1948）、《纳瓦依与东方学》（1966）等多篇著作，从比较文学的角度对纳瓦依海米赛中的达斯坦与内扎米、贾米等诗人海米赛进行比较研究，充分肯定了纳瓦依达斯坦的重要地位。日尔蒙斯基和乌孜别克斯坦学者扎热夫（X. Т. Зарифов）合著的《乌兹别克民间英雄史诗》（1947）中提出了维吾尔古代英雄达斯坦《毕盖奇·阿尔斯兰王子》。日尔蒙斯基和扎热夫整理了《突厥语大词典》中残缺的英雄史诗歌词，从而推测了维吾尔人民曾经流传过这么一个民间达斯坦，他们深刻地分析了达斯坦的内容。马洛夫在他的《维吾尔语》（1954）一书中从语言的角度分析了《艾穆拉江与鸟》的语言规则以及语法特征。迪里拜尔·肉孜耶娃在《论尼扎里的生平及其文学创作》一文中论述了尼扎里继承纳瓦依海米赛而创作的几部达斯坦，同时指出尼扎里达斯坦的创新之处。穆拉德·艾姆拉耶夫在《艾力希尔·纳瓦依与维吾尔文学》一文中评述了纳瓦依的作品，包括达斯坦，比较系统地论述了纳瓦依与维吾尔文学的密切关系。巴图尔·艾尔西丁诺夫在《维吾尔古典文学作家创作中的叙事诗体裁》（1988）里，运用主题学研究方法，比较深入地论述了尼扎里、艾里毕和孜亚依等古典诗人所创作的几部达斯坦的来源、发展和演变过程。巴图尔先生的研究成果为探讨作家达斯坦的题材及民间达斯坦与作家达斯坦的关系打下了坚实的基础。2003 年，他又发表了一篇题为《走进达斯坦世界》的学术论著，较为系统地研究了维吾尔族民间达斯坦的起源、发展和演变过程，从学术视野考察了维吾尔族达斯坦与传说、历史和宗教等各学科的血缘关系。在维吾尔族民间文学领域，虽然在神话传说、歌谣和民间故事等体裁都有了较为深入的研究，但是对民间达斯坦的系统研究仍是一个十分薄弱的环节。哈萨克斯坦维吾尔学者巴图尔先生首次对其进行了较为系统的研究。《走进民间达斯坦》作为一本开拓性研究成果，不仅对主要达斯坦作品个案加以十分全面的研究，而且将维吾尔族民间达斯坦置于整个突厥语民族达斯坦大环境之中，对其来龙去脉进行了全面的把握，为维吾尔族民间文学学科建设提出了一些建设性意见。

本书分为三部分，一共十六章。第一部分分为十章，主要讲述史诗与历史的关系、史诗姓氏谱系、史诗的时代精神、史诗情节的平行比较研究、突厥史诗的形成途径和史诗语言艺术等，从十个方面对突厥史诗进行了系统的研究。第二部分分为四章，主要探讨了维吾尔族民间达斯坦的定义、特点、发展和传播以及分类等问题。第三部分有英雄达斯坦和爱情达斯坦两章，主要探究维吾尔族达斯坦文本的变体、情节、来源、发展和传播等细节问题，着重探讨了其与历史的关系问题。

作者的一些观点值得学界认真思考和接纳。如"英雄故事是英雄史诗的雏形，其发展演变成英雄史诗"的论点是一个意义较大的学术问题，作者以《秦·铁木尔巴图尔》（英雄秦·铁木尔）故事为例，论证了个人的思路。以前很多人认为，秦·铁木尔的故事属于民间故事，但是后来从新疆罗布淖尔地区搜集整理秦·铁木尔的说唱本之后，对此观点有了一些争议。部分学者根据故事散文多韵文少的形式特点，将其划为民间故事。但是巴图尔先生从故事的情节结构、叙述结构和母题功能结构出发，证实其拥有英雄史诗独有的很多文学特点，说明其是一个韵文特点弱化的英雄史诗。他以《乌古斯汗传》为个案论证了自己的观点，他认为，《乌古斯汗传》是一部学界公认的突厥及维吾尔族英雄史诗，但是因 13 世纪只有书面记录，没有口传，其诗歌演唱特征得以退化，而以散文故事情节线为主的英雄达斯坦，其与《秦·铁木尔的故事》有很多相似之处。笔者接受和认可他的这一观点。

巴图尔先生从克普恰克和乌古斯汗两个突厥部落体系出发，从整个突厥语民族达斯坦的故事来源、演唱表演特征和英雄谱系等若干方面入手，指出了两个部落体系达斯坦表演的差异。作者以大量实例说明，克普恰克体系突厥语民族（哈萨克、柯尔克孜、哈卡斯、阿尔泰、塔塔尔、巴什基里等）以前文字普及率虽不高，但他们口传心授的能力很发达。拉德洛夫对柯尔克孜人民即兴唱歌的能力给予高度评价，他说："柯尔克孜族人民将日常用语都讲得十分有节奏感，有很好的口才，人人都特别能说，这种功能具有大众化特点。"

他将维吾尔达斯坦分为英雄达斯坦和爱情达斯坦，英雄达斯坦分为神话型、传说型和历史型三类，爱情达斯坦分为浪漫型和英雄型两种。对《英雄阿里甫·艾尔·通阿》、《英雄恰思塔尼·别克》、《托马里斯》、《希拉克》、《乌古斯汗传》、《鲁斯塔姆》、《古尔·奥古里》、《玉苏甫与艾合买提》、《纳祖姑姆》、《阿不都热合满和卓》、《好汉斯依提》和《铁木尔·哈里发》等英雄达斯坦文本进行了具体的个案分析，同时对《帕尔哈德与希琳》、《莱丽与麦吉侬》、《艾里甫与赛乃姆》、《塔依尔与佐赫拉》、《玉苏甫与祖莱哈》、《拜合拉姆与迪丽阿拉姆》、《瓦穆克与乌兹拉》和《麦斯吾德与迪丽阿拉姆》等爱情达斯坦文本的类型、特点、故事情节和发展脉络加以科学的考察，提出了较为合理的解释。

克·艾山诺夫、思·毛拉达多夫合编的《维吾尔文学》里简单地论述了达斯坦的定义和一些作家的达斯坦创作。在这些学术著作或论文中研究者从达斯坦的某个方面入手展开篇章研究，提出了自己的见解与想法。

在国内，耿世民、郎樱、刘宾、阿布都许库尔·穆罕默德伊明、阿布都许库尔·图尔地、谢里甫丁·乌买尔、阿布都克里木·热合满、乌斯曼·司马义、阿布都热依木·萨比提等学者在维吾尔民间文学研究，尤其是达斯坦研究方面取得了一定的成就，为进一步研究达斯坦奠定了坚实的基础。耿世民先生的《古代维吾尔史诗〈乌古斯可汗的传说〉》、郎樱先生的《论维吾尔英雄史诗〈乌古斯汗传〉》、《论〈帕尔哈德与希琳〉的演变》、《从〈霍斯罗与希琳〉到〈帕尔哈德与希琳〉》、刘宾的《试论新疆民族文学的比较研究》、阿布都许库尔·图尔地的《论维吾尔古典文学》、谢里甫丁·乌买尔的《十九世纪维吾尔文学》、《维吾尔古典文学概要》、阿布都克里木·热合满的《维吾尔民间文学基础》、阿布都热依木·萨比提的《维吾尔古典文学史》（上、下）、乌斯曼·司马义的《维吾尔民间文学体裁》、阿布都许库尔·穆罕默德伊明的《〈帕尔哈德与希琳〉故事题材在维吾尔民间流传的变体》、《论纳瓦依的〈伊斯坎达尔的城堡〉叙事诗》等著作或论文里都论及维吾尔史诗或叙事诗。耿世民先生在《古代维吾尔史诗〈乌古斯可汗的传说〉》一文中论述了达斯坦写本的产生年代、故事内容及其语言特征。郎樱先生的《论维吾尔英雄史诗〈乌古斯汗传〉》、《论〈帕尔哈德与希琳〉的演变》、《从〈霍斯罗与希琳〉到〈帕尔哈德与希琳〉》对达斯坦的个案研究很有参考价值，尤其是对民间作家创作的达斯坦《帕尔哈德与希琳》的研究，将波斯与维吾尔文化交流方面的科研工作推向了一个新高潮。阿布都克里木·热合满教授也发表过对维吾尔达斯坦研究较有价值的文章。他在《谈维吾尔民间"达斯坦"及其诗歌结构特征》一文中，探讨了达斯坦的词源、主要民间达斯坦及其分类问题。在《维吾尔达斯坦研究提纲》一文中，他提出了在达斯坦研究方面要注意的几个要点，即一般性与个别性的问题、比较研究问题及历史研究问题。他在《维吾尔族民间长诗的历史描述及其艺术特点》中把维吾尔民间达斯坦分成三个时期并分别介绍了各个时期的达斯坦。在此，肯定前人研究成果的同时还必须强调的是，无论是国外研究者还是国内研究者，对达斯坦的研究工作都缺乏整体研究。虽然国内外研究者对个别维吾尔达斯坦做了大量的研究工作，但是总的来说缺乏一个从宏观上的研究，理论上总结与梳理维吾尔达斯坦的宏观研究与微观研究并适当地相结合，从而推出一个价值判断还是比较合情合理的。

第四节　研究方法

维吾尔达斯坦历史悠久，内容丰富，是维吾尔文学的重要组成部分。无论是维吾尔民间文学还是作家文学，达斯坦始终贯穿其发展过程并占据十分重要的位置。要研究维吾尔古典文学与维吾尔民间文学，离开达斯坦绝对不能准确地评价、分析民间艺人、民间搜集者和文人的劳动成果。通过达斯坦研究能够准确地考证西亚、中亚各国各族人民之间的文化交流及影响，尤其是中亚突厥语诸民族的渊源关系，能够深入研究维吾尔族与西亚、中亚各民族文学的关系史。民间口头文学与作家书面文学的互动与密切关系，在维吾尔达斯坦创作发展过程中的运用是我们应当注意的一个极为重要而特殊的文学现象。一些流传于民间的爱情故事，往往成为历代诗人、作家进行创作的传统题材，许多作家的作品又回到民间流传开来，循环往复，形成了民间文学与作家文学水乳交融的关系，这是维吾尔文学继承、发展方面的一个显著特点。

比较文学研究、文化人类学、接受美学以及口头诗学的理论是本文主要的理论视角。田野调查资料运用以及对前人研究成果的借鉴将成为本文的主要写作方式。

1. 为了划分民间达斯坦的分类，需要大量达斯坦的内容分析、结构分析与个案研究。

2. 为了研究维吾尔达斯坦的特征，需要运用叙述学、美学研究。

3. 为了研究维吾尔达斯坦的传承，需要从宗教学、文化学、民族学等多角度地研究。

4. 为了研究达斯坦与其他民间文学体裁的关系，维吾尔民间达斯坦与作家达斯坦的关系，需要接受美学、比较文学研究，具体地说是影响研究、主题学研究、类型学研究。

达斯坦作为一个复杂的民间文学体裁，与口头传承、现场表演、历史传统、田野和书面文本以及故事结构等诸多领域有十分密切的关系。为了较全面地介绍和研究达斯坦的起源、表演、传播、发展和演变等问题，需要适当地参考如下一些理论与方法，不过运用这些理论与方法的程度不同，可能口头理论、表演理论、功能理论等理论方法运用得较多些，其他理论方法运用得相对少些。

主要参考的西方理论与方法一览表

方法论分类	具体方法和理论	关于口头传承的观点	代表人物
18—19 世纪起源研究的"大理论"	浪漫主义的民族主义	一个民族民间精神的表达	赫尔德
	文化进化学说	原始或野蛮时代的遗留物	泰勒
	太阳神	自原始神话诗歌时代以来的语言疾病	缪勒
20 世纪"机械论"的起源研究	芬兰历史—地理学方法	书面文本按地理分布采集资料	阿尔奈 汤普森
	地域年代假象	口头文本的资料采集地理分析	鲍亚士

方法论分类	具体方法和理论	关于口头传承的观点	代表人物
文本模式	史诗法则	从文本法则中产生的口头传统	奥利克
	口头程式理论	作为记忆手段和传统参照的文本形式	帕里、洛德、弗里
	形态学研究	关注口头传承样式的内部结构	普罗普
结构主义和解释学方法	结构主义方法	作为深层次结构体现的口头传承	列维—斯特劳斯
	象征解释学方法	作为自我写照的口头传统	格尔茨
	结构主义—解释学方法	口头传承作为深层次结构和个人表演	费尔德
精神分析说	精神分析方法	作为心理投射的口头传承	邓迪斯
民族志诗学	民族志诗学	翻译口头传承以呈现诗学和戏剧特色	特德劳克海莫斯
表演	表演理论	作为创作过程的口头传承	鲍曼纳拉扬
女权主义	女权主义理论	作为权利和性的社会存在的口头传承	霍利斯米尔斯伯欣等
真确性	真确性	审视对于口头传承所作的种种理论假设	本迪克斯汉德勒

资料来源：江帆：《民间口承叙事论》，黑龙江人民出版社 2003 年版，第 56 页。

除了参考西方学者的理论之外，田野作业方法是一种十分有效而广泛使用的方法。在研究工作中，我们充分利用田野调查方法，为我们的论点提供了可靠的依据。

第五节　主要术语释义

维吾尔达斯坦是一个新的研究领域，其中很多相关的学术术语没有规范，出于论文的科学性的考虑，下面对几个术语作一些简单的解释。同时，笔者也参考了相关口头诗学的术语。

达斯坦（Dastan）：达斯坦在现代维吾尔语中意为叙事诗（包括史诗）。维吾尔文学中，达斯坦的范围宽泛，它不仅包括民间叙事诗，而且包括诗人创作的叙事诗。类似的体裁在乌兹别克、土耳其、土库曼、阿塞拜疆、塔塔尔、哈萨克、柯尔克孜等突厥语民族文学中都广泛地存在。达斯坦这一词汇来自波斯语，在波斯语中有"故事、小说、轶事、传说、传记、童话、神话、曲调、旋律、音乐"等多层意思。

口承性（Orality）：口承性在有些场合也称作口头性，它与书面性是相对的概念。通常指与口头传播信息技术相联系的系列特征和规律。

文本（Text）：任何释义或分析的对象都是文本。在英语和法语中，此广义文本常被称为讲述（Discourse）。在传统语言学和文学研究中，文本往往被认为是显性的、书面的，而讲述是声音的、口头的，故也有将其译为"话语"的。在多数符号学家那里，文本是具有一定释义可能的符号链，不管是否由语言符号组成。因此，一个仪式、一段舞蹈、一个表情、一首诗，都是一个文本。而狭义的传统的文本意义，如一个作家的著作、一份文件等，则被称为作品。因为任何分析对象都是文本，文本产生过程也可视为文本。在这个含义上，文本包括表述与被表述两个层面。本文中所使用的基本上是传统语言学和文学研究中的文本概念，只是它既包括抄本和印刷本，也包括表演中的创作（Composition in Performance），也就是口头诗学形态学意义上的文本。

文本性（Textuality）：使文本成其为文本（而不单单是句子的结合）的要素，这就是文本性。其结构要素大体上包含下面三个方面：黏着性（Cohesion）、突出性（Prominence）以及整体结构（Macrostructure）。

口头传统（Oral Tradition）：一般概念上的传统指时代流传的信仰、习俗、格言和技巧的集合。谚语、民歌、民间文学和各种迷信观念是口头流传下来的，也自有它们的传统。某个固定观念也可称为传统观念。文学中的传统成分意味着从过去承继下来的东西而非作者的创作。从另外的意义上讲，传统可以被认为是对文学程式整体的继承。

语境（Context）：广义的语境包含诸多因素，如历史、地理、民族、宗教信仰、语言以及社会状况等。由于这些因素在很大程度上影响着作品内容、结构和形态的形成与变化，因而它们也成为解决传承与创作之间关系的重要关联。田野意义上的语境是指特定时间的"社会关系丛"，至少包括以下六个要素：人作为主体的特殊性、时间点、地域点、过程、文化特质、意义生成与赋予。

歌与歌手（Song and Singer）：歌有广义和狭义的定义。它通常指歌唱行为或歌唱艺术，也指歌曲或诗歌。作为文学术语，歌与抒情诗有密切的关系。在诗学中，歌又以极为多样的方式与音乐发生联系，因而有宽泛的含义。口头程式理论的秉持者，在歌的名目下，囊括了史诗、民谣、抒情诗等多种有韵律、旋律和有音乐伴奏的语言艺术样式。另一个相关联的术语"歌手"，则指这些艺术样式的表演者。

程式（Formula）：根据帕里的定义，程式是在相同的步格条件下，常常用来表达一个基本观念的词组。程式是具有重复性和稳定性的词组，它与其说是为了听众，还不如说是为了歌手——使其可以在现场表演的压力之下，快速、流畅地叙事。在不同的语言系统中，程式可能具有完全不同的构造。史诗诗学的晚期发展表明，程式不仅体现在词组和句子上，也体现在更大的结构单元上。

达斯坦奇（Dastanqi）：达斯坦奇意为达斯坦，后面加了"奇"，是指在现代维吾尔语表达从事民间口承达斯坦演唱者或说唱艺术者。"奇"是一个造词的词缀，将它加入事物名词后指从事某某职业的人，不少突厥语民族当中普遍地存在这种词汇，如玛纳斯奇、江格尔奇、额尔奇等。随着时间的推移，达斯坦奇意思有所变化，现代维吾尔语中意为赞美某人某事的人，即赞颂者。达斯坦奇在维吾尔学术界中用得比较多，主要是指"达斯坦"歌手。"达斯坦奇"主要是在学者范围内使用的术语，而艺人或民众则分别将其称为"散艾提奇"、"艾里乃格米奇"和"麦达赫"等不同术语。

艾里乃格米奇（Aelnaegmiqi）：是指达斯坦演唱者，"艾里乃格玛"意为民间音乐或民间歌曲，后面加了"奇"就是指从事民间音乐或民间歌曲的人。艾里乃格米奇民间歌手，是达斯坦歌手对自己的称呼。

散艾提奇（Saenaetqi）：一是"艾里乃格米奇"elinegmiqi（达斯坦演唱家），又一个是"麦达赫"madah（歌颂者、赞美者）。艾里乃格玛意为民间音乐或民间歌曲，后面加了"奇"就是指从事民间音乐或民间歌曲的人。

麦达赫（Maddahh）：麦达赫意为歌颂者、赞美者，麦达赫一词来自阿拉伯语，阿拉伯语中有"歌颂者、能辩者"的意思。讲述传奇故事或是伊斯兰传奇的人民间称作麦达赫。

黑萨（Kissae）：在维吾尔文学中，故事讲述家所讲的传奇故事叫作黑萨。黑萨的内容极为广泛，源远流长。维吾尔民间黑萨有阿拉伯、波斯的传奇故事，伊斯兰圣人故事以及维吾尔民间传奇故事。比如：《艾子热特艾力的故事》、《圣人伊布拉辛的故事》、《鲁斯塔姆的故事》、《赌王杰姆西德的故事》、《斯雅乌西的故事》、《努西尔旺的故事》、《伊斯坎德尔的故事》、《勇士秦·铁木尔的故事》、《玉苏甫与祖莱哈的传奇》等等，包括五彩缤纷的故事情节。值得一提的是，有时会形成黑萨与达斯坦相互交融、难以分清的局面。

传统题材（Traditional Theme）：指数百年来，东方伊斯兰教文学圈内反反复复地模仿、仿效并再创作的故事题材。如：《莱丽与麦吉侬》、《帕尔哈德与希琳》和《玉苏甫与祖莱哈》等。《莱丽与麦吉侬》是一部富于东方色彩的爱情悲剧，被西方人称为东方的《罗密欧与朱丽叶》。《莱丽与麦吉侬》的原型是公元 8 世纪发生于阿拉伯半岛上的一个爱情故事。公元 7 世纪末 8 世纪初反映青年诗人盖斯爱情悲剧的古代阿拉伯民间传说①。波斯诗人内扎米·甘吉维（1141～1209）的《莱丽与麦吉侬》问世后，从内扎米·甘吉维的叙事诗中撷取人物、情节与思想进行再创作，从而写出一系列优秀的同名叙事诗。"据统计，仅《莱丽与麦吉侬》问世之后，以这一作品为蓝本，创作同一题材叙事诗的波斯语诗人有 35 人，突厥语诗人有 13 人。"② 除了印度——波斯诗人阿密尔·霍斯罗（1253～1325）、波斯——塔吉克诗人阿布都热合曼·贾米（1414～1492）和突厥诗人阿里希尔·纳瓦依（1441～1501）所著的《五卷诗》中的同名叙事诗达到相当高的水平以外，其他均未超过内扎米·甘吉维。《玉苏甫与祖莱哈》是一部具有东方色彩的爱情故事，情节曲折、语言优美动人、富于浪漫色彩和神话色彩。阿拉伯、波斯、突厥语诸民族作家创作了一系列同名作品。据前苏联学者纳扎罗夫（Г·Назаров）的研究，10 世纪至 20 世纪之间，以《玉苏甫与祖莱哈》为题材进行创作的阿拉伯、波斯诸民族诗人共有 117 人，其中突厥语诗人有 45 位③。

阿鲁孜格律：（Aruz）此词系阿拉伯语词，意思是宽广，转意为一种诗歌格律的名称。"阿鲁孜格律是指以长短音节的组合和变换为基础的

---

① 《文学百科全书》（俄文版）第 4 卷，百科全书出版社 1967 年版，第 98 页。

② 张鸿年：《波斯文学史》，北京大学出版社 1993 年版，第 128 页。

③ 库尔乌古力：《论〈玉苏甫与祖莱哈〉题材的中亚变体》，《中亚细亚研究》（维吾尔文季刊）1988 年第 1 期。

诗"①。关于阿鲁孜格律归属问题，学术界有不同的看法，归纳起来，基本有两种。一种观点认为，阿鲁孜格律原为阿拉伯、波斯诗歌的一种格律，随着伊斯兰教的传入被维吾尔诗人接受和采用。另一种观点则认为，阿鲁孜格律不只是阿拉伯、波斯诗歌的一种格律，而是生活在阿拉伯半岛和中亚广袤的大地上许多民族共有的一种诗歌格律，其中当然包括维吾尔人。持前一种观点的人的理由是，"阿鲁孜"一词是阿拉伯语，据传阿拉伯学者哈利勒（Helil Ibni Ahmed Besiri，约786年卒）② 最早总结阿鲁孜格律，并写成系统的论著，后艾赫瓦什（Ahwex，906年卒）将哈利勒的15格律增加一律，共16律。13世纪初夏米西·凯斯以《阿拉伯诗歌标准语》③ 为名的论著，进一步规范了阿鲁孜格律。持后一种观点的人在承认上述事实的同时，认为《突厥语大词典》中收录的一些古老的民歌或无名氏创作的诗歌，就是用阿鲁孜格律中的热杰孜（rejaz）、海则吉（hezej）格式写成。在古代一些诗歌中，阿鲁孜格律中热杰孜和海则吉格式也间或出现，这些都说明在阿鲁孜格律被系统化整理之前，维吾尔诗歌中就有阿鲁孜格律。笔者认为不同的观点可以有争鸣，但伊斯兰教传入之后，阿拉伯、波斯文学对维吾尔诗歌的一定影响，并使阿鲁孜格律中的某些格式在维吾尔诗歌中更趋完善，却是明显的。

玛斯纳维（Mesniwi）：也称碧依特（Beyit），即双行诗。它是两行组成一个诗节的诗歌体裁，是从维吾尔民间文学土壤中产生发展起来的，这种形式每一双行押韵，双行之间不用押韵，其形式为：aa，bb，cc，dd……它的特点是，通过这种形式可以表达广泛的内容，作品可长可短，不受限制，既可用"巴尔玛克"④ 格律写，也可用"阿鲁孜"格律写。这种形式无论古典诗歌还是现代诗歌，都被广泛地采用。

纳兹热（nazere）：源于阿拉伯语中的"nazir"一词，其意为相同的、一样的。但是，在伊斯兰古典文学中其意义引申为仿效，也即"对

---

① 张宏超：《维吾尔诗歌的格律和形成》（下），《新疆社会科学》1987年第2期。
② 季羡林：《东方文学辞典》，吉林人民出版社1992年版，第35页。
③ 伊明·吐尔逊：《论诗歌艺术》，《塔里木文化拾锦》，民族出版社1990年版，第279页。
④ "巴尔玛克"格律（barmak we'zin）：是维吾尔诗歌格律之一，它是维吾尔诗歌古老的民族传统形式，是一种量的音节的一系列重复而形成节奏，其特点是按一定规则把诗行中的音节分成为顿或音组，通过顿或音组反映出其节奏和声调。维吾尔诗歌中基本上有两种格律，一是"阿鲁孜"格律，一是"巴尔玛克"格律。

另外一位诗人诗作的格律和形式方面进行模仿创作的作品。"[①] 在伊斯兰文学中，那种针对前人的作品以应答的形式进行的一种创作，即在原作的基础上创作新作品的传统，被称为纳兹热。[②] 它有着十分悠久的历史传统，最先始于较为短小的作品，到 10—12 世纪，先后出现了许多著名的大型文学作品，这时，纳兹热写作者将注意力转向了新生的巨作。

格则勒（Ghezel）：在诗节组成上是双行的形式，它要求第一个双行押韵，以后隔行押韵，一韵到底。这种诗体的双行只能是单数，而不能是双数，一般来说由五到十三个双行组成，但在现代维吾尔诗歌中，是不受此限制的。另外，它要求在诗末的一个双行中出现作者的名字。

萨克纳玛（酒歌）（sakiname）：源于阿拉伯 "Seka \ Sakiy" 一词，意为献给酒僧或是敬酒者创作的诗作。尼扎里在达斯坦创作中每个小标题结尾写过类似的 "萨克纳玛"（酒歌）。

麦尔斯雅（mersiye）：阿拉伯语借词，意为哭泣、苦难和悲伤等，国际术语是艾里古斯（elegos），指为献给逝世的某人而写的诗歌形式，近似于挽歌。以前，它主要是针对某个国王、贵族以及人民英雄而写成的悲伤诗。

（绪论的 "达斯坦概念" 和 "术语释义" 部分来自于阿布都外力·克热木、尼扎里《"达斯坦"创作研究》，北京：民族出版社 2005 年版，第1—29 页。）

---

① 伊明·吐尔逊：《论诗歌艺术》（维吾尔文版），《塔里木文化拾锦》，民族出版社 1990 年版，第 357 页。

② 艾赛提·苏来曼：《"海米赛现象"与维吾尔文学》，新疆大学出版社 2001 年版，第 16 页。

第 一 章

维吾尔族民间达斯坦的分类

在绪论中，我们对达斯坦的概念有了清楚的认识与了解，但是对表达"叙事长诗"之意的达斯坦的定义尚未进行探讨。对其定义的认识对我们下一步的研究工作有十分重要的开拓意义，即对民间达斯坦的产生、演变及发展过程进行细致而深入的研究有一个很好的开头。

第一节　民间达斯坦

关于叙事诗，民间文艺学界争论不休，议论纷纭。有人说是诗体的故事诗，有人将其称为故事歌，也有人说是韵文长诗。很多学者从不同的角度对民间叙事诗——达斯坦提出了各自的观点。在《民间文学概论》一书中，钟敬文先生把史诗与叙事诗合为一章，认为"史诗和叙事诗都是民间诗歌中的叙事体长诗。它们是劳动人民（包括他们的专业艺人）集体创作、口头流传的韵文故事。"[1] 这一定义将一些散韵相间的叙事长诗排除了。维吾尔族达斯坦作品几乎一半以上都是散韵文体相结合的叙事诗。这一界说不能准确地归纳维吾尔达斯坦的定义。在《中国百科全书·中国文学卷》民间叙事诗词条中指出："它是一种具有比较完整故事情节的韵文或散韵结合的民间诗歌，叙事性是其突出特点。"[2] 这种认识看来将达斯坦说唱兼有的散韵结合形式囊括在里面了，但是对于故事情节没有严格的标准与要求，有一定的含糊性和非明确性。有些定义更为大胆，将篇幅稍微较长的诗歌都归类到叙事诗之中。"凡是以诗的形式叙述

---

① 钟敬文：《民间文学概论》，上海文艺出版社 1980 年版，第 281 页。
② 参见《中国百科全书》，中国百科全书出版社 1986 年版。

某一事件的过程都应该说是叙事诗。"① 这显然是广义的叙事诗定义，其中包括史诗、韵文体的神话以及颂歌、祭祀歌、生产歌、历史歌、习俗歌等叙事诗。虽然维吾尔族达斯坦可以包括史诗，但是颂歌、习俗歌和祭祀歌等有一定篇幅的民歌都是不能归入其中的。陶立璠在其《民族民间文学基础理论》中这样解说叙事诗："具有完整的故事情节、以塑造人物为主"② 的诗歌体裁。突出故事情节的类似解说在民间文学研究中较为普遍。在《简明文学知识辞典》叙事诗条目中指出："诗歌的一种，指用诗的形式描述故事、刻画人物以反映现实生活的诗歌作品。"③ "民间叙事诗，是民间口头创作和流传的、篇幅较长的散文或散韵结合的作品，以有完整的故事情节和注意塑造形象为其基本特征。"④ "是民间口头创作和流传的，篇幅较长，叙述人物故事的散文或散韵结合的诗歌作品。"⑤ "叙事诗常常通过描述故事或塑造人物来间接反映诗人对生活的认识、评价、愿望和理想。"⑥

国内很多学者对民间达斯坦进行了归纳，提出了自己的观点。雷茂奎和李竟成合著的《丝绸之路民族民间文学研究》一书中指出："丝路民间叙事诗是一种以叙事和塑造人物为主的民间文学形式。"⑦ 乌斯曼·司马义在《维吾尔民间文学体裁》一书中指出："民间叙事诗是用散文叙述和诗歌描述等手段反映现实生活的故事情节性诗歌作品。"⑧ 阿布都克里木·热合曼和买买提祖农合著的《维吾尔民间文学基础》，买买提江·沙迪克在《维吾尔民间文学概论》中都把民间达斯坦定义为"叙述故事情节，诗歌语言表达的一种民间文学文学体裁"。

纵观上述界说或定义，根据维吾尔族民间叙事诗的形式特点，我们可以归纳出一个共同的观点：民间叙事诗是以诗歌或诗歌散文相结合的，叙述故事情节和塑造人物形象为主的一种诗体。

---

① 王松：《傣族诗歌发展初探》，中国民间文艺出版社 1983 年版，第 121 页。

② 陶立璠：《民族民间文学基础理论》，广西民族出版社 1985 年版，第 331 页。

③ 西北师范大学中文系：《简明文学知识辞典》，甘肃人民出版社 1985 年版，第 41 页。

④ 钟敬文：《民俗学概论》，上海文艺出版社 1998 年版，第 276 页。

⑤ 毕桪：《民间文学概论》，民族出版社 2004 年版，第 241 页。

⑥ 彭吉象：《艺术学概论》，高等教育出版社 2002 年版，第 224 页。

⑦ 雷茂奎、李竟成：《丝绸之路民族民间文学研究》，新疆人民出版社 1994 年版，第 192 页。

⑧ 乌斯曼·司马义：《维吾尔民间文学体裁》，新疆青少年出版社 1994 年版，第 381 页。

第二节 民间达斯坦的分类问题

在维吾尔学术界，关于维吾尔族达斯坦的分类问题比较复杂。哈萨克斯坦维吾尔学者巴图尔先生在《走进达斯坦世界》① 一书中将达斯坦分为英雄叙事诗、爱情叙事诗和历史叙事诗三种类型。他对维吾尔族达斯坦的起源和发展进行了较为科学的总结和分析，但是他的分类结果有一定的问题。在历史达斯坦中，他举例《好汉斯依提》、《努祖姑姆》和《阿布都热合曼和卓》等达斯坦论证自己的观点。其实，从严格意义上讲，他所提到的历史达斯坦就是历史英雄叙事诗。他分类的英雄达斯坦是原始英雄史诗，很多情节单元与历史达斯坦有密切的联系。因此，他的分类是不太符合维吾尔族达斯坦的实际情况的。在《维吾尔族民间文学体裁概论》②中，乌斯曼·司马义教授在单独设置"EPOS"，即史诗一章的基础上，将达斯坦分为两类，即历史叙事诗和爱情叙事诗。从学术意义上来看，他的分类符合当代民间文艺学理论规范与规定，但是没有认真考虑研究对象的基本情况。阿布都克里木和买买提祖农等学者在《维吾尔族民间文学基础概论》③ 一书中，都采用了爱情叙事诗和历史叙事诗的分类方式。根据所搜集的第一手资料和维吾尔族达斯坦的实情，笔者将维吾尔民间达斯坦大体分为英雄达斯坦、爱情婚姻达斯坦、生活世俗达斯坦和宗教达斯坦四大类型。

一 维吾尔族英雄达斯坦

这里所说的英雄达斯坦十分接近英雄史诗，但是不能简单地将二者等同起来。英雄达斯坦不仅包含学术意义上的英雄史诗，还包含近现代所产生的英雄叙事诗。因此，根据作品内容和结构，我们将维吾尔英雄达斯坦分为：

（一）单一型英雄达斯坦

这类达斯坦就是学术界公认的英雄史诗，围绕着氏族、部落的起源、

---

① ［哈］巴图尔·艾尔西丁诺夫：《走进达斯坦世界》，哈萨克斯坦作家出版社 2003 年版。

② 乌斯曼·司马义：《维吾尔族民间文学体裁概论》，新疆青少年出版社 1995 年版。

③ 阿布都克里木·热合满、买买提祖农：《维吾尔族民间文学基础概论》，新疆人民出版社 1982 年版。

发展和部落联盟的扩张战争，叙述了大量跟民族历史、原始宗教和风俗习惯相关的神话传说、历史故事，并汇入纪实性的古老的生产生活内容。维吾尔族这类达斯坦可以说是单一型英雄达斯坦，也可称其为雏形英雄叙事诗，主要表现为勇士一次重大的征战过程。如《乌古斯汗传》、《勇士秦·铁木尔》。

（二）复合型英雄达斯坦

这类达斯坦的英雄人物比原始英雄人物更接近现实生活，更反映了一些社会问题。这类复合型英雄达斯坦的特点比较突出，有爱情，也有战争。与单一型英雄达斯坦相比，其英雄人物或是主要人物多，一般有两个主要人物或英雄人物。如《古尔·奥古里》、《玉苏甫伯克与艾合买提伯克》等。

（三）现实型英雄达斯坦

维吾尔民族独特的土壤孕育了具有该民族、该地域特色的本地达斯坦，这类达斯坦的数量较多，故事情节都来自真实的历史事件，现实主义色彩十分浓厚。如：《努祖姑姆》、《阿布都热合曼和卓》、《艾拜都拉汗》、《斯依提诺奇》、《玛依姆汗》、《铁木尔·哈里发》、《沙迪尔·帕勒旺》和《希日甫部长》等。

二　维吾尔爱情婚姻达斯坦

爱情婚姻叙事诗在各族民间文学领域中内容丰富，艺术性较高，也是受欢迎的民间文学类型。如我国汉族的《木兰辞》和《孔雀东南飞》、回族的《马五哥与尕豆妹》、哈萨克族的《萨利哈与萨曼》等爱情叙事诗在我国多民族的民间文学领域中可构成优秀篇章。维吾尔爱情婚姻达斯坦，即爱情婚姻叙事诗，与我国各族民间爱情叙事诗一样，是数量最多、艺术感染力较高和传播率极广的文学类型。我们根据来源、形成与流传地域，将其分为以下三类：

（一）突厥语诸民族共同的爱情达斯坦

这类达斯坦的起源较早、来源不明、流传面广，是不少突厥语民族共同拥有的爱情叙事诗。比如：《艾里甫与赛乃姆》，在维吾尔、乌兹别克、土库曼、阿塞拜疆、卡拉卡尔帕克等突厥语民族中都有流传。据调查，在哈萨克斯坦，还有哈萨克阿肯演唱《艾里甫与赛乃姆》的版本，这个达斯坦已超出突厥语诸民族民间文学的范围，在高加索各民族民间也被演唱流传。在突厥语诸民族中都有它的变体，维吾尔文学中已有十多种异文。可以说，《艾里甫与赛乃姆》已经成为跨国、跨民族的爱情达斯坦作品。新疆及中亚一些国家流传较为广泛的另一部民间叙事诗——《塔依尔与佐赫拉》也来自于民间故事。它不仅是民间"达斯坦"，而且一些诗人还利用这个题材创作了作家达斯坦。《塔依尔与佐赫拉》是流传于中亚诸突厥族人民之中，尤其是阿塞拜疆颇为有名的民间叙事诗之一。1944年末1945年初，由黎·木塔里甫导演并担任主角上演了黎·木塔里甫再创作的《塔依尔与佐赫拉》。诗人通过对《塔依尔与佐赫拉》的整理与加工，不断丰富与发展，使其成了一部混合而复杂的文学作品。中亚各民族人民在接受这本叙事诗的基本情节的基础上，对其加以再创作，创造了适应本土民族文化及其特征的《塔依尔与佐赫拉》。在乌兹别克斯坦，《塔依尔与佐赫拉》有民间故事以及民间与作家"达斯坦"两种创作形式。除此之外，《乌尔丽哈与艾穆拉江》、《赛努拜尔》在中亚几个突厥语民族当中也有流传。例如，大家所知的乌兹别克、土库曼与卡拉卡尔巴克的长篇叙事诗（如《胡尔卢克与赫姆拉》、《阿希克—加里布》、《古利与萨努巴尔》）与许多其他叙事诗不仅以口头形式流传，而且以书面形式广泛流传。《迪丽阿拉姆公主》、《拜合拉姆与迪丽阿拉姆》、《凯麦尔王子与夏姆西美女》等几部达斯坦也属于突厥语民族共同流传的爱情叙事诗。

（二）外来爱情婚姻达斯坦

从波斯、阿拉伯文学中流传来的达斯坦在维吾尔达斯坦中占有一定的比例。《帕尔哈德与希琳》、《莱丽与麦吉侬》、《玉苏甫与祖莱哈》都属于外来达斯坦。维吾尔族爱情长诗，流传于新疆及中亚地区的《帕尔哈德与希琳》来自于民间传说。关于美女希琳的传说，早在公元7—8世纪就已经在西亚和中亚人民中间广为流传了。在波斯诗人菲尔多西（940—1020）的《列王传》中关于希琳的传说首次以叙事诗形式出现，诗名为《霍斯罗与希琳》。在叙事诗中所提到的霍斯罗是伊朗萨珊王朝的一个国王，即7世纪即位的诺西尔旺国王的孙子。据历史文献记载，伊斯兰教的创始人穆罕默德圣人给他写信说服他信奉伊斯兰教，这就说明他是7世纪的人。达斯坦的主人公帕尔哈德是秦尼玛秦（古代维吾尔语，波斯语中对和田的称呼）国君的王子，他跟霍斯罗打仗，于是人民把这个史实编成传奇故事并在民间流传，后来通过在古代东西方文化交流中起过重要作用的"丝绸之路"流传于整个中亚，包括我国新疆。阿塞拜疆诗人内扎米·甘吉维（1140—1209）以此为题材进行了再创作，用波斯文写成的《霍斯罗与希琳》成为了文学名著。内扎米的叙事诗流传到民间，通过民间艺人的说唱得到普及，成为了家喻户晓的民间长诗。内扎米创作的《霍斯罗与希琳》过了一百多年，即 1298 年，印度诗人阿米尔·霍斯罗（1253—1325）再创作了同名叙事诗《霍斯罗与希琳》，到了 15 世纪，突厥文豪阿里希尔·纳瓦依（1441—1501）首次以维吾尔书面语言创作了 12000 余行的《帕尔哈特与希琳》。这部长诗在民间流传了 300 多年。到了 19 世纪，维吾尔诗人阿布都热依木·尼扎里（1770—1848）用现代维吾尔语对该题材进行了再创作，题目仍为《帕尔哈特与希琳》，由于语言优美，通俗易懂，为广大维吾尔民众所喜爱，影响也很大。20 世纪中叶，维吾尔著名诗人尼姆希依提创作了以《千佛洞与帕尔哈德—希琳》为题的叙事诗。《莱丽与麦吉侬》、《玉苏甫与孜莱哈》这两部爱情长诗都是根据阿拉伯半岛流传的民间传说写出来的。《莱丽与麦吉侬》的原型是 8 世纪发生于阿拉伯半岛上的一个真实的爱情故事，反映了年轻诗人盖斯的爱情悲剧。把《莱丽与麦吉侬》这一美丽传说首次引入书面文学的是在伊斯兰东方文学中开创"海米赛"创作先河的著名诗人内扎米·甘吉维。内扎米之后，直到纳瓦依出现前的几个世纪中，阿密尔·霍斯罗、哈塔菲、苏海丽、阿布都热合曼·贾米等 30 位诗人和作家都创作过此题材的作品。由于这个原因，这一传说也就成为中亚诸民族家喻户晓、童叟皆知的著名爱情传奇。据前苏联研究家统计，《莱丽与麦吉侬》的仿制之作一直持续不断。其中较为著名的有：用波斯文写成的二十部，用中亚—突厥文（古乌兹别克文）写成的一部，用阿塞拜疆文写成的三部，用土耳其文（奥斯曼文）写成的四部，用库尔德文写成的一部，用塔吉克文写成的两部，而此时已经到了 19 世纪末期。《玉苏甫与孜莱哈》是一则源于《圣经》的故事，后来《古兰经》中作了转述。"玉苏甫也叫优素福"，《古兰经》中记载的古代先知之一，亦译"郁素福"，是阿拉伯语音译，《旧约全书》称"约瑟"（Joseph），先知叶尔孤白之子。"孜莱哈"（祖莱哈 Zulayhā）《古兰经》所载先知优素福故事中的人物。又有"祝赖哈"、"瞿丽哈"等阿拉伯语音译。从 10 世纪起，这则《古兰经》里的爱情故事就被引入伊斯兰的作家文学中。据说，波斯诗人菲尔多西是写作叙事诗《玉苏甫与孜莱哈》的第一位诗人，继他之后阿拉伯、波斯诸民族文学中出现了一系列同名诗作。维吾尔古典文学作家拉波胡兹（1279—1357）

将《玉苏甫与祖莱哈》以散文形式写过一篇传奇小说。解放前，维吾尔现代作家阿布都拉·阿皮孜创作了叙事诗《玉苏甫与孜莱哈》。毛拉·法孜里（1653—?）写过同名的叙事诗《莱丽与麦吉侬》。据土库曼学者格尔迪纳扎罗夫的研究，10—20 世纪间，以《玉苏甫与孜莱哈》为题材进行创作的阿拉伯、波斯诸民族诗人共有 117 人，其中突厥语诗人有 45 位。

（三）土生土长的爱情婚姻达斯坦

《热比娅与赛丁》、《艾维孜汗》、《红花》、《我的红花》、《库尔班与热依汗》、《灰色库尔帕西与黑发阿依姆》等达斯坦取材于本民族现实生活，掌握历史资料与民间传说的诗人们，巧妙地把二者结合起来，真实地反映了当地人民在特定历史时期的思想感情与社会生活。叙事诗《热比娅与赛丁》是诗人阿布都热依木·尼扎里诗歌创作中的一部辉煌作品。叙事诗所描述的是一个真实的爱情故事，这一段爱情悲剧就发生在当时喀什噶尔下辖的伽师巴依托卡伊乡亚曼雅尔大渠（又称泰里维楚克河）岸边的柯克奇村。维吾尔学者、诗人阿合麦德·孜亚伊 40 年代写过歌剧《热比娅与赛丁》，后来又写了叙事诗《热比娅与赛丁》，继承与创新了尼扎里的同名叙事诗。《艾维孜汗》是以 19 世纪中叶到 20 世纪初新疆墨玉县发生的婚姻悲剧为内容的达斯坦。达斯坦的主人公艾维孜汗是一位美如天仙的姑娘，不仅人长得漂亮，而且善良聪明。村里追求她的年轻人很多，不少邻村的小伙子也都暗恋她。而她却喜欢邻村英俊帅气的年轻人阿布都拉，阿布都拉也很喜欢她。可是，本地的传统规矩不让他们自由恋爱，再加上艾维孜汗的父亲不太喜欢阿布都拉，所以他们的交往受到阻碍。于是，他们一起商量，决定私奔。他们逃到别的地方后，结为夫妻，开始了他们的幸福生活。时间一长，丈夫阿布都拉变得花心，又找了一位新欢。遗憾的是，第三者是她的朋友艾姆拉汗。她知道丈夫有外遇时，非常生气。有一天，她跟踪丈夫，发现他和艾姆拉汗约会的地方，然后她拿着刀，朝他们跑去，阿布都拉仓皇翻墙逃跑，艾姆拉汗被抓到了，艾维孜汗气得失去了理智，把艾姆拉汗捅死了。县衙将她判死刑并处决。《库尔班与热依汗》描写的是 18—19 世纪在库车发生的一起农民起义。《红花》、《我的红花》、《灰色库尔帕西与黑发阿依姆》都是罗布淖尔地区流传的爱情达斯坦，表现维吾尔人民对纯洁爱情的向往和追求以及对幸福生活的憧憬。

三 维吾尔生活世俗达斯坦

其产生时间较晚，内容独特，不能归到前两种达斯坦中。民间艺人以民间趣闻或是传说故事为素材创作的《雅丽普孜汗》、《巴依纳扎尔》、《萨地克图台莱》、《阿地力汗王子》、《请看我一眼》、《国王之死》、《巴日力》和《谢克热斯坦》等达斯坦都属于世俗达斯坦的范围，反映了维吾尔人生活的方方面面。这类达斯坦与英雄叙事诗或爱情叙事诗有明显的区别：其反映的是人民生活的趣味性，如《雅丽普孜汗》，其中描述一个美丽少妇雅丽普孜汗以机智和智慧捉弄好色的伯克老爷、法官大人和屠夫等一些人的幽默情节。雅丽普孜汗精心打扮之后，出门逛街。在街上，伯克老爷看见她，起了邪心，想凭实力霸占她，她一看就明白他的意思，向他撒娇，哄他说自己男人去了喀什，十几年没回，请他到她家做客。雅丽普孜汗回家告诉她男人事情的经过，吩咐他爬到屋顶上等着，等她的暗示之后，大声咳嗽吓唬伯克老爷。于是，她男人爬到屋顶上等着伯克老爷的到来。伯克老爷格外高兴，当晚骑着骏马，带着彩礼钱去她家。他走进房子，十分着急和她结婚，她爽快地答应，出去准备去找一个伊玛目做"尼卡"（宗教婚礼仪式）。她刚一出门，屋顶上的丈夫大声咳嗽。伯克老爷惊慌，等雅丽普孜汗一进门，赶紧告诉她，有人在屋顶上咳嗽。雅丽普孜汗对他说："糟糕，我丈夫回来了，您得藏起来。"她找一个摇篮，叫他在里面躺着，并用绳子捆了起来。丈夫从屋顶上下来，问她："这是谁的孩子？"她答："你的孩子，当你离家出走之时，我怀孕了，现在生出来的。"他又问："我孩子怎么会有胡子了？怎么会有龅牙？你去拿剃须刀和老虎钳，我给他剃胡须和拔龅牙。"雅丽普孜汗出去，一会儿又进来，说没有找到剃须刀和钳子。她丈夫出门自己去找，她边给伯克老爷解绳子边说她老公脾气不好，会给他拔牙，让他趁丈夫找东西的时机逃走。于是，伯克老爷的骏马和钱财落到雅丽普孜汗手里。她又分别两次吸引法官大人和屠夫到家做客，用同样的手段骗得心术不正的两个富人的钱财。《巴依纳扎尔》中，叙述了一群以巴依纳扎尔为首的强盗谋财害命的罪行，他们残忍地杀害了五个经学院学生，抢劫他们的钱财。后来衙门派兵将他们捉拿归案，处决了巴依纳扎尔。《萨地克图台莱》是一篇短篇叙事诗，是一首关于牧人库尔班被萨地克伯克无故欺压的控诉之歌。《请看我一眼》是一首十分有趣的叙事诗，一个年轻小伙子为了讨情人的欢心，以买衣服、买花帽、买镜子和买乌斯玛等手段求婚的故事。

四　维吾尔宗教达斯坦

以演述伊斯兰教圣人及其故事，反映人们宗教信仰的达斯坦类型。这类达斯坦主要是以伊斯兰教圣战、伊斯兰教圣人穆罕默德诞生、传教以及归真为内容，故事情节富有传奇色彩和宗教气息。《圣人之女法蒂玛婚姻故事》是一个较为典型的宗教达斯坦，这类达斯坦以激情昂扬的态势讲述穆圣女婿阿里与女儿法蒂玛的婚姻过程，尤其是伊斯兰教"尼卡"仪式（类似于基督教教父主持新郎新娘结婚仪式）的来源及其含义。在《穆圣之诞生》中，讲述穆圣父亲霍加阿布都拉和母亲布比阿米娜结婚后，穆圣母亲怀孕，这时，霍加阿布都拉额头有一束美丽的曙光，传说这是穆圣诞生的标志。布比阿米娜尚未生产之时，霍加阿布都拉不幸死亡。布比阿米娜生子难产，痛苦无比。安拉派哲布拉勒天使助她生子，天使剖腹取子，就这样穆圣诞生。但穆圣不肯吃母亲的奶，于是找了一位叫艾丽曼的女人喂他。在此期间他母亲去世，他叔父阿布都拉穆塔里夫收他做自己的养子。在叔父家发生了一些古怪之事，哲布拉勒天使和米卡伊力天使变成两只鸟，将他叼走。他们把他接到詹比乐库柏斯山，从他内心去掉嫉妒和傲气，给他心里灌输忍耐、知足和关爱，然后送他回去。①

宗教达斯坦具有传奇性、神奇性和劝解性等特征。宗教人物及其活动往往与神有密切联系。安拉、神、天使在他们的行为中起作用。在宗教故事主人公身上往往发生神奇事件，如穆圣的临时失踪，穆圣临终前夕，他的亲信阿布白克力、乌迈尔、奥斯曼都做了同一个梦，穆圣从他们梦中得知自己寿命即将到头，召集亲属、亲信教徒与他们永别。

第三节　民间达斯坦的其他分类法

除了传统分类法之外，维吾尔族达斯坦根据故事主题和唱法调子又分为两种。根据达斯坦主题内容，我们又将其分为历史达斯坦和爱情婚姻达斯坦两类，这两种类型内部还可再分。

---

① 乌斯曼·司马义：《维吾尔民间文学概论》，新疆大学出版社 2009 年版，第 661—662 页。

一 历史达斯坦

历史达斯坦根据所反映的内容，可分为古代达斯坦、中世纪达斯坦和近现代达斯坦三类。

（一）古代历史达斯坦

反映原始内容和富有神话色彩的叙事诗可称为古代达斯坦，如《乌古斯汗传》、《恰西塔尼伯克》和《英雄秦·铁木尔》等。《乌古斯汗传》：阿依汗分娩了，生下了乌古斯汗。英雄乌古斯汗一生下来就不同于凡人，四十天后就长大成人。他长相怪异，脸是青的，嘴是红的，眼睛也是红的，全身长满了毛。他有公牛般的腿、狼一般的腰、熊一般的胸。英雄乌古斯汗为人民除害，在森林中杀死了吞人畜的独角兽。一天，乌古斯汗在一处膜拜上天，这时从空中射下一道曙光，比日月还亮。曙光中有个姑娘，一人坐在其中。姑娘十分漂亮，她笑，太阳也笑，她哭，太阳也哭。她给乌古斯汗生了三个儿子，长子名叫太阳，次子名叫月亮，三子名叫星星。一天，乌古斯汗又在一个树窟窿中看见一位姑娘，她长得也十分漂亮，"眼睛比蓝天还蓝，发辫像流水，牙齿像珍珠。"乌古斯汗也爱上了这位姑娘，娶了她。生下三个儿子，名字分别叫作天、山、海。之后，英雄乌古斯汗做了国家的可汗。他对属下诸官和百姓宣称："我是你们的可汗，你们拿起盾和弓箭随我征战。让我们成为我们的福兆，让苍狼作为我们的战斗口号。让我们的铁矛像森林一样，让野马奔驰在我们的猎场。让河水在我们的土地上奔流，让太阳作旗帜，蓝天作庐帐！"乌古斯汗开始了征战行动。东方（金汗）表示自愿归服。于是乌古斯汗与他结下友谊。而西方乌鲁木（罗马）皇帝却反对他，于是乌古斯汗率大军征讨。一天早上，当他们扎营在冰山脚下时，一只大苍狼在亮光中出现。苍狼自愿为乌古斯汗大军带路。在亦德勒河（伏尔加河）畔，双方大军进行了激战。乌古斯汗获胜，乌鲁木皇帝败逃。之后，乌古斯汗又征服了女真。最后还征服了身毒（印度）、沙木（叙利亚）、巴尔汗（西辽）。征讨回来后，乌古斯汗将其领地分给了诸子：三子在东方、三子在西方。《恰希塔尼伊利伯克》叙述英雄恰希塔尼以力量和智慧战胜妖怪魔鬼的故事。《英雄秦·铁木尔》讲述英雄秦·铁木尔杀死七头妖魔营救亲妹迈合杜姆苏拉的故事。故事中描述了古代维族祖先狩猎生活的历史背景，同时反映了万物有灵的古代萨满信仰。

（二）中世纪历史达斯坦

以反映中世纪历史现实与生活现实为内容的叙事诗叫作中世纪达斯坦，如《玉苏甫与艾合买提》和《古尔·奥古里》等。《玉苏甫与艾合买提》叙述中世纪突厥人反对埃及人的战争。《古尔·奥古里》叙述了英雄古尔·奥古里打击卡尔梅客人为争取和平，扩大突厥人领土的战争故事。

（三）近现代历史达斯坦

以近现代所发生的历史事件为叙述内容的达斯坦均属于近现代达斯坦。这类达斯坦的数量较多，现实生活色彩和本土民族色彩十分突出。如：《努祖姑姆》、《阿布都热合曼和卓》、《艾拜都拉汗》、《斯依提诺奇》、《玛依姆汗》、《铁木尔·哈里发》、《沙迪尔·帕勒旺》和《希日甫部长》等。我们以《阿布都热合曼和卓》为例来说吧。这是一部英雄达斯坦。和田有个名叫艾比布拉的，他有三个儿子。老大名叫麦素木汗，老二名叫苏杜尔汗，老三名叫阿布都热合曼。阿布都热合曼七八岁的时候碰到了圣人赫兹尔，圣人在他的后背盖了黄金幛子，给其整部《古兰经》让他背熟了。阿布都热合曼长大后独自创办了一所伊斯兰教经学院，他招收的学生达到五百名。他一边讲经文一边教给他们武功，提高了学生的文武水平，为将来跟清朝的斗争做好了准备。有一天，县官大人做了一个噩梦，梦到有人想要夺取他的官位。第二天，他下令所有的大小官员查清这事是否属实，在社会上，一个走狗老爷吐露了阿布都热合曼和卓内部准备作战的情报，县官派兵立即把阿布都热合曼的父亲艾比布拉·阿吉抓来，用各种酷刑把他折磨了一天，他一直说自己什么也不知道，县官给他三天的期限，让他问他儿子到底是怎么回事。艾比布拉·阿吉回家后把儿子阿布都热合曼叫来，问他缘由，阿布都热合曼和卓表示了反对封建政府的革命决心，让他老爹吃了一惊，艾比布拉劝阻他，阿布都热合曼列举贫民悲苦的日子说服了他。他们作好开战的准备，县官关城门，起义军放火烧开大门，占领了和田市，县官带一些兵撤回到皮亚拉玛的地方，等援助部队一来，他们给阿布都热合曼写信让他撤回或打仗，阿布都热合曼和卓去皮亚拉玛打算跟他们决战。临走时，跟父母告辞，父亲看望他精壮的四十一名战士，其中一个名叫司马义的战士他看不顺眼，让儿子将其留下，但是儿子不答应。阿布都热合曼和卓到皮亚拉玛后，将司马义以使者身份派遣到敌人军营，县官用钱收买司马义。双方开战时，司马义打死了阿布都热合曼和卓，而他自己也被枪毙。阿布都热合曼和卓死后，和田人民为英雄儿女流泪，并为他举行隆重的祭祀典礼。

二　爱情婚姻达斯坦

爱情婚姻达斯坦作为维吾尔族叙事诗中最为丰富的类型，是维吾尔族民间文学中最突出和最亮丽的文学体裁。从创作风格和表现手法来看，其可分为现实型爱情婚姻达斯坦和浪漫型爱情婚姻达斯坦两种。

（一）现实型爱情婚姻达斯坦

其指的是以现实生活为创作题材和以真实性表现手法为主题的爱情婚姻叙事诗。《艾里甫与赛乃姆》、《塔依尔与佐赫拉》等普遍流行于维吾尔族民间的达斯坦均为现实型爱情达斯坦。这类爱情婚姻叙事诗都有一定的生活基础和历史根基，其经过长期流行和民间创作，已逐渐成为家喻户晓的民间叙事诗。如《塔依尔与佐赫拉》是中国新疆及中亚广泛流传的一部民间叙事诗。除了维吾尔族民间文学之外，《塔依尔与佐赫拉》的各种变体在中亚乌兹别克、土库曼、阿塞拜疆、土耳其等突厥语诸民族中间广为流传。其在阿塞拜疆是颇为有名的民间叙事诗之一，在中亚，各民族人民吸收了这部叙事诗的基本情节，使之适应本民族文化，创作并流传了《塔依尔与佐赫拉》。维吾尔民间流传的《塔依尔与佐赫拉》中叙述的塔依尔与佐赫拉的爱情悲剧故事发生在库尔勒铁门关，塔依尔是喀喇沙尔国宰相之子，佐赫拉是卡拉沙尔国公主，他俩从小青梅竹马，相亲相爱，但是等塔依尔的父亲坠马而死之后，国王撕毁定亲契约，不答应公主嫁给一个孤儿，将其流放异地他乡。塔依尔想方设法返乡寻找情人，但有人向国王报信，国王绞死了他，佐赫拉十分痛苦，最后自刎殉情。乌兹别克民间流传的版本说明故事发生地在塔什干附近的阿赫。土库曼斯坦民间流传的版本中提到，故事发生在土库曼某个地方等等，都说明该故事有一定的现实根据和历史根基。在维吾尔族民间叙事诗中，《艾里甫与赛乃姆》可谓现实主义创作的典型，它以优美而富于传奇色彩的爱情故事情节，形象生动的人物形象和反抗封建宗法制度、争取自由幸福的深刻主题以及精湛成熟的叙事艺术，奠定了其在维吾尔族叙事性韵文作品中的经典地位。关于艾里甫与赛乃姆的故事早在 11 世纪就在突厥语诸民族中流传开了。据资料研究，赛乃姆公主的父王阿巴斯是喀喇汗国国王，其大臣沙瓦兹有个儿子叫艾里甫，他们曾经起草过定亲契约。"这些变体不仅没有局限于维吾尔民间文学之中，在中亚土库曼、阿塞拜疆和乌兹别克斯坦等中亚突厥语诸民族文学中都得到广为流传。随后，这一故事曾流传到中亚、西亚以及欧洲某些国家。这部叙事诗的来源不明，因为中亚突厥语诸民族中都有它的变体流传，而且叙事诗传到哪个民族中间就具有哪个民族的民族色彩和地方色彩。流传于新疆及中亚地区，在长期流传过程中，产生许多变体。"① 大约在 15 世纪初，维吾尔族民间诗人将民间流传的有关《艾里甫与赛乃姆》的故事搜集加工改写，创作了叙事诗，并被民间乐师配上几十种曲调，在歌舞剧聚会上演唱、流传，逐渐成为维吾尔族民族中家喻户晓、世代传唱的诗章。② 《艾里甫与赛乃姆》是最受维吾尔族人民喜爱的民间叙事诗之一。历代诗人对这个爱情题材进行再创作，为这一传统故事的丰富发展作出了不可估量的贡献。16 世纪，毛拉·玉苏甫·伊本·哈德尔·阿吉根据民间流传的艾里甫与赛乃姆的故事，创作了叙事诗《艾里甫与赛乃姆》。1930 年末，在新疆地区，《艾里甫与赛乃姆》曾被改编成歌剧搬上舞台，至今仍是许多剧团的保留节目。戏剧家艾力·艾财孜（1922 年—）根据民间叙事诗《艾里甫与赛乃姆》，将其改写为艺术性较高的歌剧③，1982 年，这部歌剧荣获国家少数民族文学优秀创作一等奖。1981 年，维吾尔戏剧家、作家祖农哈德尔先生，著名诗人铁依甫江先生和戏剧家艾力·艾财孜一起合著了《艾里甫与赛乃姆》的电影剧本（根据同名长诗改写），同年新疆天山电影制片厂将其搬上银幕，电影《艾里甫与赛乃姆》上映后，在国内外引起反响。除了上述两部爱情达斯坦之外，19 世纪 30 年代创作于喀什地区的《热比娅与赛丁》也是一部富于现实生活色彩的叙事诗。描述库尔班与热依汗的爱情悲剧《库尔班与热依汗》（库尔班与热依汗是一对甜蜜的情侣，他们结婚后，靠自己的劳动过着幸福的生活，但是残暴的国王打破了他们平静而幸福的生活。有一次，库尔班打猎时碰上国王尤努斯汗，并请他到家做客。国王看上了热依汗，抢走了她，把库尔班押进监牢），也是属于这一类型。

（二）浪漫型爱情婚姻达斯坦

在维吾尔民间文学中，浪漫型爱情婚姻达斯坦数量较多，内容丰富，

① 余太山、陈高华、谢方：《新疆各族历史文化词典》，中华书局 1996 年版，第 70 页。

② 雷茂奎、李竞成：《丝绸之路民族民间文学研究》，新疆人民出版社 1994 年版，第 204 页。

③ 艾力·艾财孜：《佳南》（歌剧及话剧集），民族出版社 1996 年版。

来源复杂。如《帕尔哈德与希琳》、《莱丽与麦吉侬》、《乌尔丽哈与艾穆拉江》、《瓦尔穆克与乌兹拉》等都属于这一类型。在这类达斯坦中，主人公往往得到神人的帮助，赢得仙女或是魔鬼之女的爱情，完成重任。如《乌尔丽哈与艾穆拉江》描述了乌尔丽哈与艾穆拉江悲欢离合的爱情故事。玛秦国国王霍斯罗叫三个儿子给他寻找他梦到的一只会说话的鹦鹉。三个王子出远门寻找宝贝。三王子艾穆拉江历经苦难，走过了戈壁滩、江水和沙漠。他走了很远，非常累，睡着后，梦到了一个赫兹尔圣人，老人给他指路，告诉他获取百灵鸟的办法。艾穆拉江醒来后又继续往前走，他记住了赫兹尔圣人的圣训，不管多渴多饿，不喝路边的湖水。有一天天黑的时候，他走到拱拜，喜出望外，想在这座拱拜里好好睡一觉。他走进去躺在一个角落休息。不一会儿，一群仙女们来到这里过夜，艾穆拉江见此情景，心中有点惧怕。一个名叫乌尔丽哈的仙女发现了艾穆拉江，看到他英俊的面庞，对他产生了爱慕之心。她问他来到这里的缘故等等，艾穆拉江讲述了为实现父王的愿望而冒的这个险，乌尔丽哈告诉他这只会说话的鹦鹉在她姐姐的天园里能找到。乌尔丽哈本来想亲自去取回来，但是艾穆拉江想自己去拿。乌尔丽哈唤来一只神鸟，命令它把艾穆拉江带到天园，让他将会说话的鹦鹉取回来。神鸟驮着艾穆拉江飞到天上去了，当艾穆拉江得到鹦鹉即将回去的时候，被乌尔丽哈的姐姐乌尔孜派拉发现，将鹦鹉抢了回来，神鸟和她的将领互相厮打起来，乌尔孜派拉的士兵把艾穆拉江从天上扔到了地上。乌尔丽哈及时接住他，救他一命，她带兵打败了姐姐，姐姐把鹦鹉送给了她。艾穆拉江向乌尔丽哈请求回去看望自己的父母，乌尔丽哈只好答应他，神鹰带着艾穆拉江飞到那个三岔路口，在这儿等他哥哥回来，看他们没来，就自己去那座城市，找遍了整个城市，最后在一个杂货店里发现了他的两个哥哥，说自己已经把会说话的鹦鹉弄到手了叫他们一起回家。他们三兄弟又来到了那个三岔路口，准备休息。由于艾穆拉江很累，很快便入睡，可他的哥哥们没睡，他们暗暗商定要把艾穆拉江扔进古井里，他们挖掉艾穆拉江的两只眼睛，给鹦鹉吃，然后把他扔进古井里。他们带着鹦鹉到达自己的国家后，将鹦鹉交给父王，得到了奖赏。霍斯罗没见到艾穆拉江心里很难过，终日想念他，不停地哭泣。会说话的鹦鹉愁眉苦脸，头也抬不起。国王派宰相跟鹦鹉交流，鹦鹉对宰相说让国王把他的琴手、鼓手都集合起来，它有话跟他们说，国王就照办了，鹦鹉口述了所有事情的经过，国王听到两个儿子的罪行，立即将他们打入大牢，然后派人去三岔路口的井里救出艾穆拉江。当他们到井边的时候，乌尔丽哈也带着她的仙女们来到了这里，他们一起救出艾穆拉江。鹦鹉原本没吃艾穆拉江兄长喂给它的眼睛，乌尔丽哈拿着眼睛又放到艾穆拉江的眼眶里，神奇地治好了他的眼睛。国王举行了为期四十一天的婚礼，艾穆拉江与乌尔丽哈结为夫妻。父王去世后，艾穆拉江继承王位，从此以后他们情投意合、相亲相爱地过着幸福生活。《赛努拜尔》也是一部浪漫型叙事诗，讲述了赛努拜尔王子与仙女古丽帕丽扎特悲欢离合的爱情故事。秦尼玛秦国的国王胡尔西德因没有孩子而郁郁寡欢。有一天，从天上传来了一个声音，说他会有一个儿子。果然他最小的妃子怀了孕，生了一个儿子，国王举办了隆重的命名仪式，给儿子起名为赛努拜尔。赛努拜尔长大后，经历了很多苦难，走了很多地方，终于找到了梦中情人谢毕伊斯坦帕鲁赫的女儿——仙女古丽帕丽扎特，如愿以偿地过上了幸福的生活。

《凯麦尔王子与夏姆西美女》也属于悲欢离合类型的爱情故事。伊斯皮罕城的国王霍赛因膝下无子很痛苦，他日夜祈祷向真主要孩子，真主被他的虔诚所感动，满足了他的请求，赐予了他一个孩子。王后生了个男孩，起名为凯麦尔。过了十几年，凯麦尔王子长大成人，有一天他梦到了一个美女，从此以后他睡不着觉吃不下饭，一天比一天瘦，国王看着心里十分焦急，派人问清缘由，知道他梦见了一个美女。国王组织人解释王子梦到的美女到底是怎么回事，解释人说美女是妖魔之王夏帕尔库特的独生女夏姆西美女，她住在库依卡皮，离这儿有三百多天的路程。国王听到这个情况，劝阻王子回心转意，但是王子绝对不答应，他要出去找他的心上人，国王不得不放他走。他跟父母辞别，踏上了去库依卡皮的路。他走了几个月，口粮都没了，即便如此他也没有放弃，一直往前走，有一次，在沙漠里他饥饿难耐昏了过去，梦到赫兹尔圣人，他告诉凯麦尔王子怎么能找到夏姆西美女。王子睡醒后发现身边放着一坛酸奶和九个馕，他吃了馕，喝了酸奶，又继续赶路。他找到了一个在夏帕尔库特的花园种花的老人，他收养了凯麦尔王子，王子写了一封情书夹在花束里让老人替他送到夏姆西美女的手里，这时夏姆西美女得了相思病，她收到凯麦尔王子的情书后病情好多了，她叫来老人问他的儿子，说想要见他。老人在花园里为他们安排了幽会，一对情人最终得以相会，他俩很开心地过了几十天，夏姆西美女要凯麦尔王子向她父王提亲。凯麦尔王子求老人替他去提亲，夏帕尔库特国王看见老人来提亲，十分恼火，要砍他的头，可是他的大臣提议要让老人的儿子去做一件艰难的事：在沙漠里建一座美丽无比的花园。老人很失望，把国王的要求给凯麦尔王子说了。凯麦尔王子确实在沙漠里建了一座花园，国王看到建起的花园很惊讶，但是他失言了，并没有把女儿嫁给凯麦尔王子。国王突然得了重病，变成了瞎子和哑巴，王后下令谁能治好国王的病就把王位让给谁。凯麦尔王子治好国王的病后要求跟公主结婚，国王终于同意了，为他们举办了盛大的婚礼。凯麦尔王子与夏姆西美女如愿以偿，后来他们生了两儿一女，不久，凯麦尔王子想家、想念父母，想要回家。他带着妻儿回家，他父王因想念他痛苦过度已经失明了，他母后见到儿子昏过去后，不久就离开了人世。他安葬了母亲，治好了父王的眼睛，父王把王位传给了他。从此，他登上王位和妻子一起过着幸福美满的生活。

三　根据达斯坦的唱法、唱歌节奏和音乐调子变化，可以分为曲子固定型达斯坦和曲子多变型达斯坦两种

（一）曲子固定型达斯坦

在演唱过程中，从头到尾以一种固定音乐节奏和歌曲调子表演的达斯坦类型。《艾维孜汗》、《雅丽普孜汗》和《艾拜都拉汗》等近现代创作流传的叙事诗唱法较为单一，音乐节奏极少，从头到尾演唱只有两种音乐节奏。如笔者在 2008 年田野调查中采录的《希日甫部长》和《艾萨伯克》两部叙事诗，歌手就是以同一节奏完成全部叙事诗的。

（二）曲子多变型达斯坦

在达斯坦表演过程中，音乐节奏和歌曲调子不断发生变化的达斯坦类型。如在歌手演唱《艾里甫与赛乃姆》之时，其曲子变化多达 24 种。随着口承作品中的风景描绘、情节叙述、人物描绘和对话场景等变化，歌手演唱调子与乐器伴奏音乐节奏都相应地发生变化。《玉苏甫与艾合买提》有 9 种音乐变化。英雄对话、战争和婚姻等不同的主题都有不同的音乐节奏。

总之，维吾尔族民间达斯坦数量可观，内容异常丰富，类型十分复杂。我们根据维吾尔族达斯坦的不同情况，对其进行了较为合理且符合科学的归类。不过，我们不得不承认维吾尔族民间达斯坦分类中所存在的特殊现象。今后，随着进一步搜集整理更多的维吾尔民间口承达斯坦作品，维吾尔族学术界将会对其做出更为合理而准确的归类。

第四节　维吾尔达斯坦的功能

民间文学作为民众精神生活的重要组成部分，是人类交流信息、沟通思想、表达情感、寄托理想的重要方式之一。叙事诗作为民间文学的一个主要体裁，具有民间文学共有的娱乐功能、审美功能、认识教育功能和心理调节功能。口承达斯坦是维吾尔族民间文学的主要组成部分，在长期生产生活过程中，其创造了高度的文学与审美价值，满足了普通民众的精神需求。笔者认为，民间达斯坦的功能都有一个前后顺序，听众接受心理都经历娱乐功能、审美功能、教育功能和心理调节功能等过程，听众首先考虑的是听故事娱乐，聆听优美的曲子开心，表达自己对美好生活的向往与憧憬，然后从中增长人文知识和提高道德修养。

一　娱乐功能

维吾尔民族是性格豪爽、心地善良、热爱生活和能歌善舞的民族，历来十分喜爱民间娱乐。维吾尔人生活在自然条件较为恶劣、物质生活并不发达的沙漠地区或半沙漠地区，他们以多才多艺的表演来充实自己的精神生活，寻找他们物质生活中得不到的快乐感。"在我国新疆，荒凉的大戈壁、沙漠的龙卷风等构成的审美范畴是崇高、粗犷的阳刚之美。而新疆人民却创造了特别委婉柔美的艺术——音乐、舞蹈和艳丽迷人的服饰。既然在大自然中花开得太少太短暂，人们就要把它们固定在服饰上、歌舞中，让它们四季常开，永远以绚烂的色彩点缀那单调的生活环境。"① 笔者在田野调查中采录了有数百人聆听达斯坦歌手演唱的场景，从听众兴致勃勃的听歌表情中，可以体会得到他们心里的满足感。

二　审美功能

在文学娱乐、认识、审美、实用等各种功能当中，首要的必然是审美功能，"只有经历了审美的过程，只有在审美过程中获得了内心的悸动和愉悦，这种心理变化才有可能转化为其他。比如转化为一种类似于教育的作用。只有以审美作用为中介，文学的教育作用与认识作用才能

---

① 吴晓：《浅析民间艺术的审美功能》，《美与时代》（下半月）2008 年第 5 期。

实现。"① 纵观前人的论述，我们发现，不同的人对文学功能的认识是有偏差的，甚至是互相矛盾的。"人类在永恒地追求着娱乐和审美，因此那些具有娱乐、审美价值的文化，它们也就能长时期地得以生存。"② 笔者赞同这一观点，维吾尔族口承达斯坦能在恶劣的环境中生存下来的前提，应该是其为普通民众带来了无穷的快乐。在田野调查中，我问听众"为什么听歌手演唱？"大部分人告诉我，"我们听故事会高兴。"虽然这一回答简短而随意，但也说明聆听故事能给他们带来欢乐和快感。

> 我们通常所说的"实用动机"是指意识到的具体的创作动机。事实上，艺术之所以产生，更深层的动机是人类潜意识层的生理、心理需要。由于人类历史的遗传而形成了集体无意识的文化模式，艺术就是适应这种需要而产生的文化模式中的一类。民间艺术亦是如此，民间艺术的审美功能就是这种需要的满足。热闹对冷清的补偿：在乡村，平日里很冷清，没有热闹的街市，没有强烈的音响。所以，当人们办喜事时，必定要敲锣打鼓，鸣放鞭炮，营造喧闹、热烈的气氛。乡下旷野广场舞台演戏，也要敲打很长一阵子"开场锣鼓"，以吸引人们的关注。这些热闹的声音作用于人们的听觉，就会对大脑造成强烈的刺激，以至于使人产生一种强烈的向往，不约而同地赶往现场。这是因为在平日冷清的地方，人们需要有热闹的补偿，才能满足审美心理的需求，才能调节审美心理的平衡。③

不管是用"心理调节"、"精神补偿"还是"审美作用"等不同的术语来表达民间文学的审美功能，民间文学的审美功能都是客观存在的精神活动。妇女老幼十分陶醉地侧耳聆听民间歌手的达斯坦演唱，跟随故事内容变化而变化的表情，足以说明口承达斯坦千百年来得以流传的真正原因。

---

① 毛国媛：《儿童文学审美功能与幼儿文学活动》，《昆明师范高等专科学校学报》2006年第2期。

② 李跃忠：《影戏的娱乐、审美功能简论》，《渭南师范学院学报》2008年第4期。

③ 吴晓：《浅析民间艺术的审美功能》，《美与时代》（下半月）2008年第5期。

三　认识教育功能

这是认识新知识、传授知识和道德教育的功能。民间文学是民众智慧的结晶，民间达斯坦积累了生产知识、民俗知识和宗教知识，达到了文学的普遍效应。

> 文学作品的教育功能是一种客观的存在。今天强调它，并不是要排斥和降低其他功能，相反，正是为了通过文学情感与形象的力量，让人们感受生命的价值，创造一个使人能够得到自由而全面发展的精神氛围和人文环境。文学教育功能，从根本上说，是那种能够影响人的思想感情、伦理观念、精神品格和人生境界的力量，是那种能够净化人们灵魂、激励人们意志、陶冶人们情操、培养人们素质，从而实现改造世界、重铸自我的功能。因为文学不仅告诉人们生活是"什么样子"，而且它实际上也在告诉人们应该"怎样生活"、"怎样做人"。文学通过艺术地赞美、歌颂、鞭挞、谴责、揭露、遮蔽、自励、自慰、陶醉、叙述、呼吁等形式，客观地起着处世"指南"和人生"教科书"的作用。①

从古至今，父母给孩子讲故事不外乎两个目的，一个是满足孩子的好奇欲望（从学术术语来讲，是满足人的精神需求），另一个是给孩子传授道理。很显然，这里的"道理"也就包含文学的教育功能。童话故事往往包含真善美等伦理原则和审美原则，孩子从故事的正负面人物中知道爱谁恨谁的标准，脑子中产生好人坏人之分，这就是民间文学教育功能的结果。文学作品的审美功能、娱乐功能、认识功能，这是民众认可的，但世界道德的价值目标——教育功能，不应该在文学作用范围之外。古往今来的优秀文学作品，都是以艺术性感染民众，从中教育着人们积极向上、追求光明。

笔者认为，面向服务民众的民间文学，包括民间达斯坦，都是在为民众娱乐消遣的同时实现它的教育功能。因此，民间文学的审美功能往往离不开教育功能。民间文学作为听觉艺术，审美感觉的产生依赖于听觉，

---

① 郭彩英：《文学的教育功能》，《文学教育》2008 年第 9 期。

"美感是和听觉、视觉不可分离地结合在一起的，离开听觉、视觉，是不可能想象的。"① 在现场表演中，听众边听故事边看歌手的表情和动作，仿佛在剧场看戏的观众，从中得到无比的愉悦和美感，这就是我们用学术概念讲的审美感觉。"美的欣赏就是主体对客体所进行的一种审美接受活动。当读者对文学作品进行审美观照时，作品以其特有的魅力给人以美的享受，文学的审美功能因此而得到充分的发挥。"② 显然，听众作为审美接受者，在歌手优美的歌声中得到美的感受。"娱乐和审美本身就不能脱离本质上带有教育因素的成分和内容。人类文艺思想史上，'寓教于乐'的道理已经讲了两千年，至今恐怕也不会根本改变。就说'审美'吧，它是以培养和提高人的感受美、鉴赏美和创造美的能力，引导人们去追求高尚的审美理想，树立正确的审美观念和健康的审美情趣，塑造完美的人格气质作为自己的旨趣的。"③ 可见，民间文学审美的实施仍是教育的一个组成部分。"作为艺术品，首要的是审美价值：语言美、形象美、心灵美、意境美；其次是多功能的其他认识价值……"④ 人要想找到一种不含任何教育因素的、纯粹消遣的娱乐活动是很难的。无数民间达斯坦创作与表演实践证明，达斯坦歌手以广阔的社会历史和生活现象为素材，反映积极的人生操守和价值立场的叙事诗，在民众中受到欢迎。《艾里甫与赛乃姆》、《英雄秦·铁木尔》和《塔依尔与佐赫拉》等优秀诗篇之所以从古流传至今，是因为其拥有较强的审美功能和教育功能。"文学的诸多功能决定了文学的多元，文学的多元决定了文学的多义，正因为如此，才会有如此纷繁灿烂的文学现象。"⑤ 从口头达斯坦的创作与表演状况看，民间有声作品努力实现着审美功能与认识功能、教育功能与娱乐功能的互动和统一，这是口头创作的独到之处。笔者认为，民间文学的娱乐和审美功能是其功能系统的前提，其教育功能在这一前提之下才得以实现，一再强调文学的教育功能，就会导致文学的生硬萧条，失去其艺术性和娱乐性。正因如此，我们更应当理直气壮地提倡民间文学在审美前提下的教育功能，

---

① 陈思和：《中国当代文学史教程》，复旦大学出版社 1999 年版，第 352 页。
② 毛国媛：《儿童文学审美功能与幼儿文学活动》，《昆明师范高等专科学校学报》2006 年第 2 期。
③ 郭彩英：《文学的教育功能》，《文学教育》2008 年第 9 期。
④ 洪治纲：《无边的迁徙》，山东文艺出版社 2004 年版，第 52 页。
⑤ 郭彩英：《文学的教育功能》，《文学教育》2008 年第 9 期。

杜绝和防止那种枯燥劝解性的达斯坦作品。像《帕尔哈德与希琳》和《塔依尔与佐赫拉》等这些优秀作品，以纯洁爱情的追求与真善美的道德品质和谐统一，发挥文学最佳的鼓舞教育作用，体现了民间口头文学的存在价值。

　　总之，民间达斯坦作为维吾尔民间文学的主要体裁，其娱乐功能、审美功能和教育功能往往是水乳交融的，正如美国学者沃尔夫（Theodore. F. Wolf）所说，在观众欣赏艺术表演之时，三种功能将会同时得到实现，"首先，观众关心的是艺术家在创作一件艺术作品时，他想达到什么目的。其次，观众并不满足于仅仅了解艺术家的追求，而是试图通过对作品的美的理解以满足他们自身的感官享受。第三，观众不仅从一件作品的理解中去寻求含义，而且将这种理解与其个人的生活联系起来，从作品中获取某些对个人有益的东西。"① 从中我们应该对民间文学的娱乐、审美和教育等诸功能依次产生效率的规律予以认可，也应该承认这些功能是在经历欣赏、愉悦、快乐、感受、想象、接受和领会等心理活动时，即观众现场聆听达斯坦的过程中得以实现的结果。

① ［美国］沃尔夫、吉伊根：《艺术批评与艺术教育》，四川人民出版社1998年版，第204页。

第 二 章

民间达斯坦的文学特点

第一节　维吾尔族民间达斯坦的叙事特点

维吾尔达斯坦的叙述包括叙事交流、叙述时间、叙述地点、叙述人称、叙述聚焦、叙述方式、叙述人物和叙述（情节）功能等方方面面。以下逐一进行解释分析。

一　叙述交流

人类社会离不开交流，社会交际、人际关系、工作和学习，当代文学也不例外。文学，就其本质而言，是一种交流手段。"达斯坦"作为文学的一种特殊文学样式，也参与这种交流活动。"布拉格学派的重要人物雅各布逊曾经以图表形式列出了一个有着广泛影响的交流模式，在他的图表中包含着六个要素，这六个要素分别是：发送者（信息发送者或编码者），接受者（信息的接受者或译码者），信息自身，代码（信息所表现的意思），情景（或信息所涉及的对象），联系（发送者与接受者的联系）。"雅各布逊所列的图表如下：①

情景
信息

发送者○○○○○○○○○○○○○○○○○○○○○○○○○○○○○○○○○○○○○○ 接受者

联系
代码

---

① Roman Jakobson, "Closing Statement: Linguistics and Poetics". In Thomas A. Sebeok, ed., Style in Language, 1974, p. 356. 转摘谭君强《叙事理论与审美文化》，中国社会科学出版社 2002 年版，第 23 页。

我们利用这个图表可以把达斯坦奇与达斯坦观众的联系进行描述，能够列出达斯坦奇与其观众的交流语境。

情景（达斯坦语言的内涵）

信息（达斯坦）

发送者（达斯坦奇）○○○○○○○○○○○○○○○○○○○○○○○○　接受者（观众）

联系（表演者与观众的交流）

代码（达斯坦的内容）

这就是说，一个达斯坦奇（发送者）演唱故事（信息）给观众（接受者）听，达斯坦的信息采取了代码（语言、音乐符号）的形式，它通常是信息发送者（达斯坦奇）和信息接受者（观众）都熟悉的符号形式（听觉、视觉符号）所表现出来的。达斯坦故事具体情景或者说词语所指的对象，通过演唱、说唱和弹琴伴奏等方式传达给达斯坦观众。这些术语可以这么解释，即达斯坦奇是叙述者、达斯坦观众则是受述者，达斯坦本身是叙述文本。在达斯坦演唱活动中，达斯坦奇作为达斯坦的传承者和即兴创作者，达斯坦奇与观众直接发生关系，而作家文学中，通过作家作品，作者与读者间接发生关系。故事情节、达斯坦人物的形象、故事进展通过达斯坦奇的演唱或说唱、表情、表演动作完成，他（她）们主要依靠口头语言，再加上音乐与表情。而作家则借文学书面语言形象而深刻地表现人物的思想变化、性格、经历，反映社会现实生活。

二　叙述时间

叙事文学的一个基本特征是它的时间。时间是人类最能切身体验的经验范畴之一。人们经历着外界各种持续不断的变化，夜以继日，夏去冬来。经历的这种连续性，通常也就是人们所说的生活在时间中，正如人们生活在空间中一样。一个人即使完全与外界隔绝，也仍可大致感受到自己思想和感情的运行次序。人类生命意识的觉醒便是随时间意识的形成而开始的。人们的时间经验，或者说时间知觉可以在叙述文本中体现出来。文学是一种在时间中展开和完成的艺术。在许多叙述作品中，时间实际上成为反复出现并为作品所关注的中心之一。欧洲古典主义所谓的三一律，就是时间、地点、情节的三一律。众所周知，故事时间与叙事时间不一致。一般而言，故事越复杂对自然的时间次数的变动也就越大，为了交代头绪纷繁的故事线索，作者不得不时而回溯往事，时而预示未来。下面，我们将故事时间与叙述时间或讲说时间与故事的关系分为顺序、时距、频率三个方面加以讨论。

（1）顺序。在文本研究中，最易观察到的是顺序或时序的关系。达斯坦奇演唱达斯坦的时间顺序永远不可能与达斯坦故事的时间（被叙述时间）顺序完全平行，其中必然存在前与后的倒置。叙事时序是达斯坦文本展开叙述的先后次序，从头到尾的排列顺序，是达斯坦奇（叙述者）讲述故事的时序，而达斯坦故事的时序是被讲述或唱述故事的自然时间顺序，是故事从开始到结束的自然排列顺序，故事时间是固定不变的，叙述时间则是可以变化的。维吾尔达斯坦的故事时间从"从前"起按着达斯坦主人公的出生、成长、业绩、谈婚论嫁、凯旋以及团圆或死亡等连贯的时间顺序来讲述。如：《艾里甫与赛乃姆》中叙述这一对情人从小到长大、恋爱、克服爱情婚姻道路上的障碍和阻力最终成家的过程。《塔依尔与佐赫拉》的叙述顺序类似于《艾里甫与赛乃姆》。《帕尔哈德与希琳》中通过帕尔哈德的出生、成长、教育、寻找情人并最终被害的过程来叙述这个"达斯坦"故事。《莱丽与麦吉侬》、《玉苏甫与祖莱哈》、《坎麦尔王子与夏姆西美女》等达斯坦的故事时间也是如此。

（2）时距。所谓时距是指故事时间与叙述时间长短的比较，也就是说考察由故事时间所包含的时间总量与描述这一故事的时间所包容的时间总量之间的关系。停顿、压缩、省略等几种情形在时距方面区分开来。达斯坦奇根据达斯坦实际演唱情况有时会省略压缩，有时会进行现场创编。维吾尔达斯坦的叙述时间总是以"据传说者说或据故事家说"、"从前"、"很久以前"等不确定的时间开头。所以达斯坦奇的讲述时间离故事时间是很遥远的。

（3）频率（frequency）。叙事时间与故事时间之间可能存在的第三种关系。法国学者热奈特把故事次数与话语次数之间的关系分为四种：发生一次的事件叙述一次，发生多次的事件叙述多次，发生一次的事件叙述多次，发生多次的事件叙述多次。达斯坦奇作为达斯坦故事的权威叙述者，发生一次的事件叙述多次。如，《艾里甫与赛乃姆》这类爱情故事被反复地讲述，在传承的过程中不断得到丰富与发展。无论哪个民间达斯坦，不管其故事在现实社会中是否发生多次，在达斯坦中却只能得到一次叙述，然后由达斯坦奇多次叙述（说唱或演唱）。

三　叙述地点

维吾尔达斯坦的开头以"在秦玛秦国有个国王"、"在伊斯毗汗城有个大汗名叫布孜乌古浪"、"在伯克力故乡"、"在埃及"、"在罗马城"、"在马其顿国"和"在白利赫地区"等地名拉开序幕。首先，达斯坦中报地名、报人名或人物身份（王子、公主或贫民），然后开始叙述故事情节。一些东方国家民间作品总是采用这种叙述模式，已经形成了东方传统故事的叙述范式。在很多维吾尔达斯坦中出现的地名并不是维吾尔所生活地区的地名，甚至一些地名在民间故事中才会出现，在现实世界中就可能会引起人们的疑心。这样讲故事的原因可能有以下几个方面。首先，早期达斯坦历史悠久、内容古老，通过人民群众对当时现存社会制度的不满，反映人民对公正理想制度的追求与对安宁幸福生活的向往。达斯坦中包含了劳动人民的价值观、人生观和道德伦理观。假如达斯坦中提起本地地名会招惹上层阶层的不满，就会遭到他们的禁止和阻挠，那么，达斯坦就无法得到传播与流传。因此，故事即使在本地发生，达斯坦奇也将它说成其他遥远的地名，以避免剥削阶级的迫害。其次，为了达斯坦得到更广泛的流传，为了达斯坦变成跨语跨国的故事，达斯坦奇们总是在达斯坦中提到人们所熟悉的大城市名。这种叙述模式就逐渐变为一种叙述地点的传统，如：罗马、巴格达、埃及、希腊。再次，从某种意义上讲，这种叙述模式跟达斯坦记录人、整理人和撰写人有一定的关系。很多历代知识分子都是上层阶层出身，身上或多或少都具有维护本阶级利益的观念，在记录、抄写和撰写过程中，把阶级观念在达斯坦里加进去，我们从一部达斯坦的各种变体中就能看出这种地名的改动。如《艾里甫与赛乃姆》中有的变文里写作巴格达，有的变文里写作伯克力城。

四　叙述聚焦模式

一般，文学中叙事有三种结构模式：全聚焦模式、外聚焦模式、内聚焦模式。全聚焦模式又称"上帝式"叙述聚焦，是被运用最普遍的一种结构模式。在这类模式中，叙述者所掌握的情况不仅多于故事中的任何一个人物，知道他们的过去与未来，而且活动范围也异常的大。全聚焦模式可以概括为一个公式：叙述者 > 人物。由于这种方式事实上并不局限于某个点，因此又可以被称为"无聚焦叙述"。内部聚焦的含义是指聚焦者存在于故事内部，聚焦者通常是故事中的某一个或某几个人物。"区分外部聚焦与内部聚焦的一个最简便的方式，就是将一段第三人称的文本用第一人称加以重写，如果这样的重写行得通，那么它采用的一定是内部聚焦，如果行不通，则是外部聚焦"。① 外部聚焦模式可概括为一个公式：人物 > 叙述者。叙述者所了解的情况少于剧中人物，如同局外人与旁观者。维吾尔达斯坦中都采用第三人称叙述故事情节。叙述者运用全聚焦叙述模式叙述"达斯坦"人物的经历、情节的进展和人物的活动场景。达斯坦奇作为权威的叙述者告诉听众达斯坦情节的开端、发展、高峰、结尾以及人物命运的情况。他们的叙事模式中人物形象与情节框架已经定型化，每次说唱或演唱中情节内容都有所变动，但是总的框架与方向不会离开主题。

五　叙述人物模式

叙事作品中的人物是千差万别的，其数量又是如此之多，然而人们仍然试图从中进行归纳，概括出来某些带有规律性的东西。对人物或者说行为者进行分类就是尝试的一个重要方面。英国小说家和文学批评家福斯特将叙事作品中的人物分为扁形人物和浑圆人物两种。法国结构主义学者格雷玛斯把人物分为：发送者—（客体）—接受者—帮助者—（主体）—反对者。这对分析叙事人物的性格有一定的参考价值。如我们分析《帕尔哈德与希琳》中的人物：

主　体：一对情人　　客　体：爱情婚姻
发送者：希腊文明　　接受者：帕尔哈德
反对者：霍斯罗　　　帮助者：夏普尔

这部达斯坦中反对者力量强大，是酿成这场悲剧的直接原因。帕尔哈德为了学习希腊文化，去见希腊哲学家苏格拉底，跟他学习借助智慧和理性战胜困难和敌人的方法。他和希琳的纯洁爱情遭到封建帝王的干涉与阻挠，在残酷的战场上英勇奋战的勇士，却在霍斯罗的阴谋下因对谎言信以为真而绝望自尽。

在漫长的传承过程中，达斯坦人物形象已经程式化、固定化。哪个人

---

① 罗钢：《叙事学导论》，云南人民出版社 1999 年版，第 175 页。

物怎么讲、赞同或反对，达斯坦奇心里很清楚。"达斯坦"中的正面人物与反面人物都已经固定不变。达斯坦人物不像作家文学中的人物性格，会有那么强的多元性、易变性和复杂性特征。

六　叙述情节模式

某个类型的叙事作品、情节模式是历史悠久、成绩突出的叙事模式。情节是构成叙事作品的一个主要因素之一。从古至今不少学者关注过情节研究。亚里士多德在《诗学》中所作的探讨是以悲剧——叙事作品为主要的研究对象之一来进行的。他认为，悲剧是对一个严肃、完整、有一定长度的行动的模仿，模仿方式是借人物的动作来表达。"整个悲剧艺术包含'形象'、'性格'、'情节'、'言词'、'歌曲'与'思想'。"在他看来，"六个成分里，最重要的是情节，即时间的安排。因为悲剧所模仿的不是人，而是人的行动、生活、幸福，……悲剧的目的不在于模仿人的品质，而在于模仿某个行动。"他甚至认为，"悲剧中没有行动，则不成其为悲剧，但没有'性格'，仍不失为悲剧。"[1]可见亚里士多德显然是将人物放在一个次要的地位上，而突出了行动。俄国学者普罗普进一步发展情节研究。普罗普的杰作《故事形态学》（1928）译成英文后对西方结构主义研究发生了不可估量的影响。后来列维·斯特劳斯、布雷蒙、格雷玛斯等人对叙事结构的研究，都是沿着普罗普开辟的理论路线前进的。

普罗普认为，民间故事纷繁复杂、形态各异，要对他们作出正确的描述，第一步工作便是进行科学的分类，任何进一步的研究都依赖于分类的准确和可靠。过去传统的分类都是依据故事内容来划分。一种是依据描写的对象来区分，如将民间故事分为幻想故事、生活故事、动物故事等等。例如，生活故事当中会出现动物形象，许多动物故事常常带有浓厚的幻想色彩，反过来动物又常在幻想故事中扮演重要角色，二者很难区别。根据母题来划分同样不够精确。三兄弟母题、与青龙战斗的母题、诱拐母题、特意诞生母题等等。实际上，在许多故事中各种母题也常常交织在一起。上两种方式同样是不准确、不科学的。普罗普认为分类的前提是进行比较，为了进行比较，我们必须用特殊的方式把构成故事的基本要素提取出来，然后根据一个故事的基本要素进行比较。他比较了下面

---

① 亚里士多德：《诗学》，罗念生译，人民文学出版社1982年版，第21页。

的例子：

①沙皇赏赐给主人公一头鹰，苍鹰负载主人公至另一国度。

②老人送给苏申柯一匹马，骏马负载苏申柯到另一国度。

③巫师给了伊凡一只小船，小船载着伊凡到另一国度。

④公主给了伊凡一个指环，从指环中跳出来的年轻人背着伊凡至另一国度。

普罗普指出，比较上述四个故事，我们可以从中发现可变与不可变两种因素。其中角色的姓名、身份、赠送物体发生变化，可是这些角色的行动及其功能是不变的。民间故事常常安排各种角色，通过各种具体方式来实现同一功能，这就使得我们可以根据角色的功能来研究民间故事。①普罗普比较研究了100个民间故事，得出四条原则，归纳出31种功能。

维吾尔"达斯坦"情节也能用这种功能模式来分析，如求子行为。A. 秦玛秦国国王没有子女，因此很悲伤，日夜向安拉求子，安拉被他的虔诚感动，实现了他的愿望，王后神奇怀孕，孩子出生起名为帕尔哈德。B. 阿拉伯国王因无子而痛苦，他从事慈善活动，把财富分给穷人，虔诚为真主祈祷，他的真诚感动了真主，真主赐予一子，起名为盖依斯。C. 两个国王喀拉汗和阿克汗都因无子而难过，他们的悲伤感动安拉，两位皇后怀孕，分别生下一男一女，男婴起名为塔依尔，女婴起名为佐赫拉。D. 伊斯毗汗国有个国王名叫艾山，富裕无比，但是没有子女继承王位，因此他痛苦欲绝，连续40个昼夜做礼拜祈祷，向安拉求子，安拉感动赐予孩子，王后生一子，起名为坎麦尔王。E. 魔鬼国王夏俳尔库特因无子痛苦，他的心愿被安拉实现，皇后怀孕生一女，起名为夏姆西美女。F. 秦国国王没有子女，他日夜求子于真主，真主赐予他一子，起名为赛努拜尔。求子行动功能，也算是个母题，都由姓名不同的人完成。上述达斯坦的求子人物都是国王，这是维吾尔达斯坦一个特有的叙述程序。再如家庭某一成员离家出走：A. 当帕尔哈德从父王宝库中的宝镜中看到一个陌生的美女，便一见钟情，他不顾父王的劝阻出发远行。B. 艾里甫被国王驱

---

① 普罗普：《故事形态学》，贾放译，中华书局 2006 年版，第 16—59 页。

逐流落他乡。C. 塔依尔受到巴图尔的阴谋，被国王锁在箱子中后放到河里漂走。D. 麦吉侬（盖依斯）痴情于莱丽。他父母向莱丽家提亲，遭到莱丽父亲的反对，麦吉侬的心愿没能实现，因此他变成了疯子，离家出走，在荒野戈壁流浪。E. 为了满足父王霍斯罗的要求，他的三个儿子包括小儿子艾穆拉江离家出走，去找布里布里古雅（神秘的百灵鸟）。F. 坎麦尔王梦到了一个美女，于是决定去找她。H. 赛努拜尔王子梦到了一个美女，为了寻找梦中美女，他不顾父王、王后的劝阻离家出走。I. 为了经商，王子尼扎米丁跟商队一起去夏姆地区。J. 阿地力汗王慷慨地把皇位以为期 40 天的条件让给七个乞丐，期限满后，七个乞丐不愿意把皇位还给阿地力汗，阿地力汗和他的家人不得不离家出走，开始他们的流浪生活。K. 努祖姑姆因农民起义被镇压而被流放到伊犁。L. 好汉赛依特为了见世面，离家出走，流浪到阿克苏、乌什和前苏联几个加盟共和国。普罗普归纳的第八种功能是缺少一个新郎，这种缺乏有时被明确指出来，如：《莱丽与麦吉侬》、《艾里甫与赛乃姆》、《塔依尔与佐赫拉》；有时则暗含在故事中，如：《帕尔哈德与希琳》、《凯麦尔王子与夏姆西美女》、《尼扎米丁王子与热娜公主》、《赛努拜尔》、《乌尔丽哈与艾穆拉江》。如达斯坦主人公未婚，出发去寻求一位妻子，随之展开故事的行动。第六个功能是对头企图欺骗他的对手，以求占有他或他的东西。对头乔装改扮，如毒龙变成一头金山羊或一个英俊潇洒的青年。巫婆假扮成一位慈善的老太婆，尽力模仿母亲的声音。然后展开功能，如《帕尔哈德与希琳》中，霍斯罗为了占有希琳，派巫婆将帕尔哈德伤害，巫婆假扮成一位慈善的老太婆，装成一个霍斯罗的受害者得到帕尔哈德的同情和信任，然后展开她的把戏。谎报希琳病死（有些变文中写她已经跟霍斯罗结婚），然后帕尔哈德悲伤自尽。第七种功能是受害者上当，因而不自觉地帮助了他的敌人。《阿地力汗王》中，阿地力汗在路上相信商队队长的谎言，不知不觉地上了他的当。

第二节　民间达斯坦的程式特点

一　韵律程式

（一）头韵

在漠北草原，在古代突厥及回鹘诗歌中，头韵形式是十分常见的。

AAAA，AABB 等头韵韵式在回鹘摩尼教、佛教赞歌中得到广泛的采用。如 "Ta ŋt ɛŋri k ɛlti/Ta ŋt ɛŋri øzi k ɛlti/Ta ŋt ɛŋri k ɛlti/Tang ŋt ɛŋri øzi k ɛ lti" 等等。

（二）尾韵

西迁之后，回鹘人的头韵形式逐步衰退，尾韵形式得到了长足的发展，先是 AAAB 尾韵式得以普遍运用（《辞典》中的歌谣以这一韵式为主），后来双行诗 AABB 尾韵（鲁提菲、纳瓦依等古典诗人诗作）得到发展，到近现代尾韵 ABAB、ABCB 形式在维吾尔族诗歌中占了上风。在长期的运用和发展中，一个韵式代表了一系列诗歌作品的韵律特征，一个韵式符合一大批诗歌的韵律模式。这样一来，韵律逐步得到统一化和单一化，形成了一个韵律程式。从这一角度看《阿里甫·艾尔·通阿》，我们会发现，在诗歌中普遍采用的程式化尾韵形式是 "AAAB"。如：

uliɾip ɛr ɛn børl ɛju，（A）　　jirtip jaqa urlaju，（A）
siqirip yni junlaju，（A）　　si γtap køzi ørtylyr。（B）① ………

在《辞典》中，这一韵式的诗歌最为流行，由于篇幅和时间的关系，这里我们不一一举例说明。

（三）格律，格律程式

一般诗歌格律与诗歌节奏有密切的联系。突厥语诗歌，尤其是史诗、叙事诗都具有几套固定的音乐节奏和演唱调子。如维吾尔族爱情叙事诗《艾里甫与赛乃姆》有不同的 50 多种调子，② 柯尔克孜族史诗《玛纳斯》有十多种演唱调子。现代维吾尔族民歌都带着一两种唱调。平时，大多数维吾尔人一看歌词，就会演唱这首民歌。民歌格律在长期演唱和传播过程中得到了丰富和发展，都有相对稳定的节奏。因此这些民歌在口头文学创作传统中构思、创作、即兴演唱和表演有一定的程式化特点。如用同样一种调子，可以演唱一系列民间歌曲。《阿里甫·艾尔·通阿》是一本书面化而不完整的文字文本，没法考证这些诗歌的演唱调子，但是从诗歌朗诵规律诵读这些古诗之时，我们会感到其具有较强的规律，而且这些诗歌都

---

① 麻赫穆德·喀什噶里：《突厥语大辞典》（维文版），新疆人民出版社 1984 年版，第 64 页。

② 阿布都克里木·热合满：《论维吾尔族达斯坦》，《维吾尔族民间文学与书面文学》，喀什维吾尔出版社 1988 年版，第 281 页。

拥有一套十分接近的格律。如：

uliɾip ɛr ɛn børl ɛju,　　　— ~/— ~/— ~—

jirtip jaqa urlaju,　　　　— ~/— ~/— ~—

siqirip yni junlaju,　　　　— ~/— ~/— ~—

si ɣtap køzi ørtylyr。　　　— ~/— ~/— ~—

……

根据对这一诗段的格律分析，我们发现英雄达斯坦诗歌片段都有类似于汉语诗歌的"平仄、平仄、平平仄"的特征。

二　结构程式（双行、四行、多行）

突厥及回鹘诗歌结构在不同时期有不同的变化。一般突厥及回鹘诗歌是以四行为一个诗段的。如"b ɛgl ɛr atin a ɣruzup, /qaz ɣu ani tur ɣ uzup, /m ɛŋzi jyzi sar ɣajtip, /kørkym a ŋar turtylyr。"等。除此之外，有双行、五行、六行、八行、九行和十行及以上的自由诗式的诗歌结构。这些诗歌结构在突厥及回鹘人长期的诗歌创作和传播过程中不断得到完善和优化，逐步形成了一个相对稳定的结构程式。这一结构程式在《阿里甫·艾尔·通阿》这部英雄达斯坦中得到十分广泛的应用。如：

Alp ɛr toŋa øldimu　　　英雄通阿身已殒，

ɛsiz ažun qaldimu　　　　不平世道犹独存，

øzl ɛk øtɾin aldimu　　　苍天可解仇和恨，

ɛmdi jyr ɛk jirtilur　　　悠悠我心戚如焚。……

在《辞典》中，类似的四行诗是很多的，在此我们不再赘述。我们应该承认阿里甫挽歌的诗歌结构是符合这一结构程式的。

古代突厥及回鹘诗歌的音节也是在长期创作与传播过程中得以稳定，并呈现出一种程式化特征的。从突厥古诗来看，七个音节的诗歌占主导地位。据统计，在维吾尔族民歌集成大全中，七个音节的歌谣占一半的比例。这部英雄史诗的诗歌片段都是以七个音节为主的。当然，在回鹘诗中也有八音节、九音节、十音节、十一音节的音节结构。其中，九音节、十一音节的诗歌音节框架是最为突出的。自从 11 世纪起，阿拉伯—波斯阿鲁兹格律的诗歌影响到突厥诗歌，对其分类、音节、节奏、格律和韵式都产生了深远的影响。在上述例句中，我们会看到大量由七个音节组成的诗歌，这是我们音节结构的具体依据。

第三节　民间达斯坦的审美特点

维吾尔民间达斯坦不仅有叙述和结构等方面的特征，还具有音乐美、绘画美、悲剧美、喜剧美和优美性等审美特征。这些民间作品塑造了各种历史人物和神话人物形象，叙述以高山草原、戈壁沙滩以及绿洲沙漠为背景，反映民族的社会命运，塑造跃马扬鞭的北国英雄，体现出一种浑厚的历史感和浓郁的民族地域特色。维吾尔达斯坦大多采用单线连续性和连贯性的结构方式，使作品情节的推进、故事的展开多按时间顺序进行。大部分达斯坦作品在结构上还以散文体叙事来串接故事，出现作品韵散夹杂的艺术形态。这就决定了维吾尔达斯坦审美特征的多样性和丰富性。

一　音乐美

诗歌的音乐性是诗歌艺术中的另一个重要美学特征。民间达斯坦不仅具有丰富的情感和曲折的情节，还有音乐美的特征。一个民族最真实的表达是它的舞蹈和音乐，身体永不撒谎。维吾尔民间歌谣十分强调诗歌的音乐性，古代维吾尔族人表达了这种强烈要求和审美取向。因此，民间达斯坦的节奏鲜明，旋律和谐，给人以音乐的美感。诗歌的另一个主要审美特点就是诗意深。诗人们巧用艺术手法表达了自己的哲理性思考，表达了深厚的思想感情。让我们共同赏析下面数首叙事诗节选，以深刻地感受这种音乐之美。

ulirip ɛr ɛn børl ɛju，	人们像狼般号啕，
jirtip jaqa urlaju，	扯着衣领号啕哭泣，
siqirip yni junlaju，	泪水遮住了眼睛，
si ɣtap køzi ørtylyr。[①]	大声哀号声嘶力竭。

这些以"junlaju，urlaju，børl ɛju"结尾的诗句不仅给我们一种押韵之美，而且使我们感觉到诗句的音乐性特征。诗的艺术感染力既要用语言去影响读者的感情，陶冶读者的情操，又要调动语言的声音去唤起读者的美感，拨动读者的心弦，使诗产生音乐效果。达斯坦作为民间的诗歌，之所以具有经久不衰的生命力和活力，除了具有深刻的思想外，它的音乐美也是不可忽视的因素。

---

① 麻赫穆德·喀什噶里：《突厥语大辞典》，新疆人民出版社1984年版，第104页。

kolumni baghladilar,	把我的双手捆绑着,
qalma kilip taxladilar.	像泥巴一样扔了过去。
Icci han bir bolup,	两个国王钩心斗角,
de'ryagha taxladilar.	把我扔到河里流走。

Tah'irning atasi yok,	塔依尔没有父亲,
Belide' putasi yok.	他腰上没有"普塔"。
Yighlimanglar yax balla,	年轻人们,请不要哭泣,
Ale'mning wapasi yok.	这一世道不义。

Sanduk cep turidu henim,	我被捆到箱子里,
Sandukka patmidi tenim,	我躺在箱子里,
Biz e'mdi cete'r bolduk,	我即将远去,
Yahxi kal Zv're henim.	佐赫拉公主,多保重!

从饱满的韵律诗行中感受到强烈的节奏感和音乐感,得到一种旋律的快感和享受。诗歌的音乐美表现在词句的节奏上:一是指言语(词句)的节奏,二是指言语的韵律。因此,维吾尔达斯坦的音乐美特征具体体现于诗歌语言的节奏和韵律之中。头韵、脚韵和尾韵等韵律形式的各种表现方式(AAAB \ AAAA \ AABBAA \ AAABCBDB \ ABAB)在上一部分已加以论述,在此不再赘述。达斯坦作为口头演唱的艺术,在音乐伴奏下进行传唱,带有表演和民间曲艺的特征。这种曲艺性特征使作品增加了音乐的节奏,同时也便于记忆、保存和流传,但是这导致了其表演的机械单调,减弱了艺术感染力。

二 绘画美

绘画美是美学特征之一。每一幅画都是凝固的,它们无声无息地向人们传达着至美的视觉信息。诗人对客观事物的形象描绘,在形象画面之中表达自己内心的思想感情。雪花、草原、戈壁、沙漠、河流……这些雄健的自然景物,都是民间达斯坦所描绘的主要对象。诗人通过形象地描绘大自然景物,使诗歌具备了形象美、绘画美。在《雅丽普孜汗》中,艺人用奇特的想象,描绘热闹的维吾尔巴扎场景以及忙于生计的人们,得到了很好的绘画艺术特色。苍茫的沙漠、零散的绿洲、冰山蓝天、早晨的露水、铃铛响动的骆驼和无边无际的戈壁滩，在维吾尔达斯坦中便形成了如画般的自然美景。维吾尔民间达斯坦往往借用民歌形式，塑造纯朴的艺术形象，作品处处流露出对故乡生活的热爱。词曲结合恰当、巧妙，互为一体，准确反映了民间艺人的艺术情思和情感审美态度。听众在民间艺人富有激情的演唱中，也同样要契合心境，感发情思。音乐旋律充满着浓郁的情感，十分动人，充分展现出新疆农区原生态、简单和可爱的自然景象。

三　悲剧美

悲剧作为美的一种高级形态，在文学作品中得以表现。它是在矛盾冲突的艺术表现中对美的肯定，而且往往与崇高和优美相联系，使人产生深沉而巨大的同情心和心灵震撼，并以其深刻的艺术感染力，给人以激励和启示，引发人们深层次的审美感受。维吾尔达斯坦中，悲剧美也是一种主要的审美价值倾向。一些达斯坦主人公扣人心弦的悲剧结局在读者心中留下了深刻的印象。如《塔依尔与佐赫拉》中，青梅竹马的塔依尔与佐赫拉被等级观念很强的公主的父王拆散，国王下令将男主人公塔依尔放在箱子里，扔到河里漂走。男主人公在生命危险时刻没有忘记女主人公佐赫拉。男主人公不愿意与救过自己生命的他国公主结婚，于是又悄悄地回到佐赫拉身边，但悲剧发生了，佐赫拉父王听闻塔依尔返乡的消息，立刻派人捉拿拘留，宣判他死罪并处决。佐赫拉听到这一噩耗，自刎殉情。这些悲剧人物为追求自己自由的婚姻而牺牲。"美学意义上的悲剧至少须具备两个条件：一是有价值的人或物的毁灭；二是人或物虽毁灭了，但其价值却在某种意义上得到确证、肯定、增值、扩大。"① 塔依尔与佐赫拉的毁灭体现了他们崇高的价值，他们珍惜真爱和反对封建婚姻制度以及等级制度的崇高精神在读者心里产生了一种悲剧之美。再如《帕尔哈德与希琳》也是一部典型的爱情悲剧，这部达斯坦叙述了勇敢、聪明、能干和勤劳的男主人公帕尔哈德不顾父母劝阻，历经困难，到达亚美尼亚国寻找心爱的人希琳的故事。帕尔哈德努力完成女王下达的修渠引水任务后，即将与希琳公主结婚，但残暴的波斯国王霍斯罗侵略亚美尼亚，抢夺希琳为妻。帕尔哈德英勇善战，阻止侵略者，成了他们的眼中钉。为了达到自己肮脏的目的，霍斯罗派人谋害帕尔哈德。这部达斯坦所表现的悲剧艺术体现在以

① 杜书瀛：《文艺美学原理》，社会科学文献出版社1998年版，第64页。

下三个方面：第一，男女主人公的爱情故事在情节的叙述中创造出了一种
悲剧气氛。情节开头、过程、高潮和结尾中气氛的渲染，都在极力营造爱
情的悲苦情调。第二，帕尔哈德与希琳的人物悲剧命运，是最富有感染力
的悲剧力量。主人公帕尔哈德的勇猛、聪慧、好学、能干、英俊和希琳的
美貌、纯洁、高尚，都被塑造得完美无缺。人物形象愈是完美，其悲剧效
果愈为突出。因此，他们的悲剧实际上是古代封建社会男女爱情婚姻的悲
剧。第三，艺术手法强化了悲剧效果。夸张、比拟、比喻和拟人化等传统
修辞手法增加了悲剧的浓度，突出了人物形象的美学效果，描写细节，多
层次渲染等手法，清晰地将悲剧气氛凝为一体。帕尔哈德的悲剧故事、悲
剧形象和悲剧结局在优美的语言和严谨的叙述结构中得以展现，在读者心
里产生强烈的震撼力。除此之外，《莱丽与麦吉侬》、《好汉斯依提》和
《努祖姑姆》等许多达斯坦都属于悲剧性作品，这些作品以引人注目的悲
剧性故事情节，塑造了有血有肉的悲剧人物形象，创造了极高的悲剧
之美。

四　喜剧美

　　喜剧美是审美价值的一种主要形态，给予接受者（听众或读者）一
种笑的美感。喜剧美与悲剧美形成对应关系，是受众者对艺术对象的审美
价值的积极评价。"悲和喜不同于在价值客体两极形成的美和丑，它们是
对价值和反价值之间矛盾的审美评定，仿佛产生于这些价值之间的应力场
中。"① 在维吾尔达斯坦中，带有喜剧性情节的作品不少。《雅丽普孜汗》
是一部喜剧效果极高的习俗型达斯坦。女主人公凭着自己的智慧，诱惑有
钱有势而作风不正的男人，引到她家过夜，然后骗取他们的钱物，以丈夫
回家为理由，赶走衣着不整齐的男人，他们丑陋而卑鄙无耻的形象又可笑
又可恶，让受众者心里讽刺嘲笑这些好色之徒，产生良好的喜剧效果。
"喜剧对消极价值的否定性情感评价，是通过笑进行的。"② 笑是喜剧美的
主要因素，没有笑，就没有喜剧，也没有喜剧美。《萨迪克图台莱》是一
部喜剧性作品，牧民弹着热瓦甫琴，唱着民歌，嘲笑地主萨迪克的吝啬、
无情和残暴，结合幽默而讽刺的语言达到了较高的艺术效果。在《关于

---

① ［俄］斯托洛维奇：《审美价值的本质》，中国社会科学出版社 1984 年版，第 133 页。
② 杜书瀛：《文艺美学原理》，社会科学文献出版社 1998 年版，第 70 页。

马匹的五行诗》（另名"萨拉姆纳玛"）中，一个和田人托人给阿克苏的同学送钱，要买一匹骏马。一年之后，阿克苏的同学卖了一匹野马给他。这匹马秉性很差，该跑时不跑，不该跑时却狂奔。别人听说这匹马不好，谁也不想买，想出售却没人要。他觉得十分为难，以诗的形式写了一篇讽刺诗，诉说马匹的恶行，嘲笑阿克苏的同学做人不诚实和办事不认真的做事风格。他以夸张的修辞手法描述这匹马在他着急出门时躺着不起和不想走路的时候跑个不停等细节，嘲笑同学花 50 金元买这样一匹劣马。听众听这一达斯坦不由自主地发笑，以嘲笑和讽刺的态度批判和田同学，在戏剧性艺术效果中，得到喜剧美的效果。

五　优美性

优美性作为一种审美范畴，是在受众者接受文学作品过程中产生的一种审美价值。优美的审美价值主要体现于均衡、平静、和谐和友善等方面。每当受众听到优美的歌声时，在心理上就会产生一种愉悦的感受，得到歌唱的审美愉快。读者看到一张优美的绘画，心里抒发优美的情感。在维吾尔族达斯坦中，艺人描绘自然风景，描写和谐环境或塑造优美的人物形象之时，心里产生一种平静和向往的情感，体现了浓重的乡土气息、社会意义以及受众的愿望和理想，都表达着表演者美的心灵感受，倾注着表演者的爱美情感，这是感染听众、引起共鸣的原因所在。

《艾里甫和赛乃姆》长达 1 500 多行。艾里甫是宰相之子，赛乃姆是国王的公主。他们青梅竹马，彼此相爱。在奸臣挑拨下，国王毁约，把艾里甫流放到远方的巴格达。两人坚持抗争，最后在亲朋好友的相助下，如愿以偿，过着幸福美满的生活。达斯坦热情讴歌至死不渝的爱情，愤怒地谴责以国王为代表的封建势力。歌手在开篇中唱道：

这首长歌流自我智慧的源泉，

像夜莺的悲鸣激荡在每个人的心间。

我放开歌喉歌唱艾里甫和赛乃姆，

为忠诚的恋人献上爱情的花环。

歌手急切地向听众表明，他不是讲述一般的爱情故事。歌手的激情和对主人公的赞颂一下子都传达给了听众。达斯坦采用了韵散交替的说唱形式，在演唱时还伴以乐器演奏，其中有些还套用了维吾尔族《十二木卡姆》的音乐旋律，具有典雅华美的风格。

维吾尔达斯坦注重男女主人公的形象塑造，男主人公坚强勇敢、斗志顽强，女主人公聪明美丽，勇于追求自己的爱情。在刻画人物时，维吾尔达斯坦多采用直接的人物描写和行动描写，善于在曲折动人的矛盾冲突中展示人物的命运和性格特征。在语言运用上，达斯坦大多采用民间口头语言，呈现出活泼自然的风格。有时也不乏大量的比喻、夸张、排比、拟人等修辞手法的运用。故事中人物的语言和叙述人的语言不时合二为一，使作品的语言始终笼罩在一片动人心魄的艺术氛围中，这使得作品带有浓郁的抒情色彩。[①]

除此之外，维吾尔族达斯坦中还有浓厚的民族特色、历史感和地域气息等审美特征。这些审美特征在描写民族生活和民族习俗、塑造历史人物和反映主人公地域观和时代精神等诸方面得以体现。

维吾尔族达斯坦更引人注目的特点有三：其一，作家文学因素较强，也就是作家对民间口承达斯坦整理加工，又将其传到民间的现象较为突出，这是与其他民族文学有区别的文学现象。因我们将会在第十一章中深入细致探讨这一问题，在此不再赘述。其二，有中亚、西亚各民族共同拥有的传统题材。《莱丽与麦吉侬》、《帕尔哈德与希琳》、《艾里甫与赛乃姆》《塔依尔与佐赫拉》等达斯坦在阿拉伯、波斯、土耳其、乌兹别克、哈萨克、土库曼以及阿塞拜疆等很多民族国家和地区广为流传，在这些地区，民间文学共同拥有这些达斯坦故事情节，这是跨国、跨民族和跨文化的文学现象，是世界各民族人民文化交流的例证。其三，散韵相间的叙述方式，这是维吾尔民间达斯坦与突厥语诸民族所具有的共同性的显著结构特征。笔者在调查时又对维吾尔民间达斯坦主要特征进行了分析，其实，还有很多独特的审美特点需要我们全面深入细致地挖掘和研究。

---

① 田茂军：《少数民族叙事诗略论》，《吉首大学学报》1995 年第 1 期。

第三章

达斯坦奇与达斯坦的传承方式

第一节　达斯坦奇(民间传承人)

一　达斯坦奇的称谓问题

维吾尔民间达斯坦作为口承叙事诗,通过演唱者的演唱活动,历经数百年,才得以流传至今。演唱达斯坦的民间艺人,在民间叙事诗的传承与传播中作出了卓越的贡献。在民间,对达斯坦表演者的称谓问题有不同的解释。一般维吾尔人将演唱达斯坦的歌手称作麦达赫(meddah)或散艾提奇(senetqi)。目前,民间艺人、民众和知识分子对演唱达斯坦歌手的称谓亦有所不同,民间艺人将从事本行业的人称作木卡姆奇(Mukamqi),而知识分子把达斯坦歌手叫作达斯坦奇(Dastanqi)。维吾尔达斯坦演唱者或说唱者有两个常用名称:一个是艾里乃格米奇(elinegmiqi,达斯坦演唱家),一个是麦达赫(madah,歌颂者、赞美者)。这两个术语在民间普遍存在,主要代表百姓的观点。"艾里乃格玛"意为民间音乐或民间歌曲,后面加了"奇"就是指从事民间音乐或民间歌曲演唱的人。麦达赫来自阿拉伯语,意为"歌颂者、赞颂者、能辩者",以前维吾尔人将民间传奇故事讲述家称为麦达赫。"达斯坦奇"在维吾尔学界中用得较为广泛,在维吾尔学者的论文中经常出现这一术语。为了更加明确达斯坦歌手称谓,也为了更加规范其名称,笔者通过在校的新疆各地维吾尔大学生对达斯坦歌手的称谓进行了问卷调查。请参见调查表:

新疆各地维吾尔人对"达斯坦"及歌手的称谓调查一览表

序号	调查者姓名	调查者籍贯	年龄	文化程度	歌手的称谓
1	热依汗古丽	新疆库尔勒	28	研究生	贝依特奇
2	阿布里克木	新疆和田市	27	进修研究生	麦达赫
3	阿依斯曼	新疆喀什市	20	本科生	麦达赫、瓦依孜
4	热依拉·阿不来提	新疆莎车县	19	本科生	麦达赫或瓦依孜
5	迪里热巴·帕尔哈特	新疆乌鲁木齐	19	本科生	达斯坦奇
6	阿布都许库尔·阿布都热依木	新疆精河县	18	本科生	麦达赫、萨伊里
7	买买提江	新疆且末县	18	本科生	麦达赫、瓦依孜
8	茹先古丽·阿克甫	新疆哈密市	17	本科生	阿皮孜
9	哈丽扎特·艾外都拉	新疆吐鲁番	18	本科生	阿皮孜
10	马赫木提江·图尔逊	新疆皮山县	18	本科生	艾里乃格米奇
11	艾则孜古丽·卡迪尔	新疆托克逊	18	本科生	麦达赫、木卡姆奇
12	努日曼古丽·艾则孜	新疆库车县	21	本科生	麦达赫
13	热娜·买买提明	新疆沙雅县	20	本科生	麦达赫
14	阿兹古丽·海依拉特	新疆沙湾县	19	本科生	吉尔奇、阔夏克奇
15	迪丽拜尔·努尔买买提	新疆伊宁市	19	本科生	麦达赫
16	古丽斯坦·吐尔逊	新疆墨玉县	18	本科生	艾里乃格米奇
17	热孜万古丽·艾比布拉	新疆鄯善县	21	本科生	木卡姆奇
18	玛利亚木·买买提力	新疆阿图什	20	本科生	麦达赫、乃孜木奇

　　从表中可见，维吾尔人把民间达斯坦歌手称作麦达赫、贝依特奇、瓦依孜、达斯坦奇、萨伊里、阿皮孜、艾里乃格米奇等。那么，达斯坦歌手本人对自己怎么称呼呢？在田野调查期间，笔者带着这个疑问，向数十名民间艺人专门请教这一问题。新疆墨玉县奎牙乡（Kvya）86岁高龄的民间艺人沙赫买买提（Shahmemet）①告诉我，他本人把演唱或说唱达斯坦的人，尤其是弹琴伴奏演唱者称为"艾里乃格米奇"。他说本地人民也把他称为"艾里乃格米奇"或"木卡姆奇"（指唱木卡姆的人）。他将不用

---

　　①　沙赫买买提是和田地区最有名的民间艺人，不仅是和田地区，而且整个新疆的民间文艺领域的人都熟悉这个人的名字。达斯坦奇沙赫买买提出生于1916年墨玉县奎牙乡喀克里克村。他父亲帕萨尔阿洪，他的哥哥沙库尔班都是当时当地有名的民间艺人，弹热瓦甫演唱许多民间歌谣以及优美动听的民间叙事诗。沙赫买买提向父亲、哥哥学会演唱了许多歌谣、民间叙事诗。他不仅把这些民间叙事诗用都它尔伴奏演唱，而且自己不断再创作和融入一些故事情节。

乐器讲述传奇故事的人叫作麦达赫。墨玉县另外一个失明的民间艺人阿布里米提·喀日①说，人们把自己通俗地称作散艾提奇（sanetqi 艺人），他本人也赞同这一称谓。其实，散艾提奇指的是所有从事艺术事项的人，包括演员、舞蹈家、歌手和画家。莎车县民间艺人优里瓦斯汗②说，人们把他叫作麦达赫或是阿皮孜（拥有好嗓子、会讲美言的人）。据目前的调查，人们一般将唱达斯坦的人说成艾里乃格米奇或木卡姆奇，把讲黑萨的人叫麦达赫或阿皮孜。在此，应该注意的是，平民虽然将民间木卡姆奇与达斯坦演唱者等同起来，但是我们不能混淆，要科学地辨认。当然，二者有密不可分的联系，不少达斯坦奇（艾里乃格米奇）在开始演唱达斯坦时，加一个序曲（这一序曲跟达斯坦故事情节没有直接的联系），演唱内容总是唱木卡姆片段。在维吾尔十二木卡姆中，有不少维吾尔民间达斯坦曲目，在艾里乃格米奇所唱的民间达斯坦中，一些歌曲是木卡姆套曲的重要组成部分。可见，达斯坦与木卡姆有直接而复杂的关系，恐怕老百姓将木卡姆奇与艾里乃格米奇分不清也是合理的，无须大惊小怪。一些维吾尔学者用麦达赫来形容达斯坦奇。学者阿布都克里木·热合满教授在《漫谈维吾尔“达斯坦”及其结构特征》一文中，提出演唱民间叙事诗的达斯坦奇指的是麦达赫。他指出麦达赫（达斯坦奇）不但是民间叙事诗的歌颂者、民间叙事诗的背诵者、代代相传的传承者和民间大师、艺人，而且是改编传说、故事以及古典文学作品的再创作者和通过综合艺术活动觉醒民间审美意识的启蒙主义者。”③ 他在文本中“麦达赫”一词总是用达斯坦奇来加以注释。总之，达斯坦奇相当于民间术语“艾里乃格米奇”，无论民间怎么称呼并不重要，重要的是，在学术上，我们认同与接受“达斯坦奇”这一学术概念，将达斯坦歌手称作“达斯坦奇”。其实，在民间，也有人说“达斯坦奇”，不过这么称呼的人并不多。达斯坦奇意为从事达斯坦创作或演唱的人，不仅符合维吾尔语言表达规律，而且概念清

---

①　阿布里米提·喀日于 1938 年出生在墨玉县阿克萨拉依乡（Ahsaray）土喀其拉村的一个宗教人士家庭。3 岁时，会弹都它尔唱歌。14 岁时，师从民间艺人吐尔逊·尼亚孜学会用手鼓伴奏演唱《伊丽普孜汗》（Yilpizhan）。

②　优里瓦斯汗今年 60 岁，莎车人，讲述伊斯兰传奇故事，在伊斯兰知识方面受过良好的教育，懂阿拉伯语。

③　阿布都克里木·热合满著：《漫谈维吾尔达斯坦及其结构特征》，《文艺评论集》（维文），民族出版社 1984 年版，第 199 页。

楚并容易为人们所接受。

二　达斯坦奇——民间传承人

达斯坦奇作为民间艺人，是为了更好地继承和发扬祖国优秀的民间文化传统、促进民间文艺事业的发展，出现在历史舞台上的。达斯坦奇作为一个特定社会的产物，有一身兼多角色的社会身份。

（一）达斯坦奇的身份

在一个国家，达斯坦奇要自觉遵守国家法律法规，自觉上税，拥护国家政策，为国家作出自己应有的贡献，从这一意义上讲，他（她）是一个普通的国家公民。在一个多民族的国家，达斯坦奇也有一个民族归属，是一名民族成员。在日常社会中，与其他成千上万的百姓一样，为生计忙碌，为事业奔走，从这一意义来讲，他（她）是一名社会平民。除了政治和社会身份之外，达斯坦奇与其他民间艺人一样，具有某种社会职业，对于大多数民间艺人来讲，他们的艺术行业往往是一个副业或是业余爱好而已。我国北方民族地区，很多民间艺人是农民或牧民，从事农业或畜牧业生产。他们的这一身份是由这些民间艺人所在地区的社会经济所决定的。维吾尔族是一个农耕民族，他们主要是以农业为主，以果园业、林业和圈养家畜为辅的生产模式。在这一大环境下，维吾尔族大多数人口从事农耕生产劳动，包括身为民间艺人的达斯坦奇，也是一个普通农民。笔者在田野调查过程中采访的20多名民间艺人几乎都是农民，其中仅有一名达斯坦奇以自己出色的表演才能与社会声望被选为县政协委员，成为了一名公务员。哈萨克族、柯尔克孜族等我国突厥语族游牧民族主要从事畜牧业生产，一般从事民间文学艺术的民间艺人都是牧民。"据哈萨克族民间文学界提供的情报，卡孜姆是当今哈萨克族中活着的能够演唱许多民间叙事诗（哈萨克语叫作 dastan 和 kisalare）的民间艺人，也是目前哈萨克族最优秀的民间艺人之一。根据对哈萨克族民俗学者别克·苏勒坦的访谈了解到，卡孜姆会唱70多部民间叙事诗。我在福海县文化局副局长的协助下，走进了民间艺人卡孜姆的个人生活。卡孜姆，是新疆阿勒泰市福海县附近科克阿尕什牧业村的普通牧民。"① 柯尔克孜族很多史诗歌手——玛纳斯奇都是牧民，柯尔克孜学

---

① 乌日古木勒：《史诗艺人的生活史研究——对哈萨克族民间艺人卡孜姆的访谈》，《河南教育学院学报》2008年第2期。

者阿地里统计的柯尔克孜族的 48 位玛纳斯奇几乎都是牧民，牧业是他们的基本生产方式，而演唱《玛纳斯》是一种业余消闲娱乐形式。[①] 在众多柯尔克孜玛纳斯奇当中，居素普·玛玛依是一名德高望重的史诗艺人，他能够熟练地演唱《玛纳斯》史诗八部，被称为"当代荷马"，现在他是新疆文联副主席，是一个文艺管理干部。民间文学是传承人经过代代相传而延续下来的，民间传承人主要是指具有较高民间文学演唱才能的故事家、民间歌手和能熟练操作剪纸术、弹奏乐器的民间艺人，他们在民间文化传承过程中起着十分重要的作用。当今我国民间文化保护工程的重点就是要发现和保护民间文学的主要传承人。关于民间传承人的定义、概念和作用等问题，许多民间文学论著或多或少都有论及，但没有一个较为全面而权威的定义。所谓的民间传承人是以讲述、说唱和演唱等表演形式或以手工技艺的方式传播民间艺术的民间手工艺者，这就是平时人们对民间艺人的理解与定义。不过，这一定义显得不够全面。我们认为，民间艺人是继承、保存、传播和发展民间文化艺术的传承人。从事维吾尔族达斯坦演唱或说唱艺术的民间艺人达斯坦奇是一身兼任多种角色的传承人。达斯坦奇作为民间长诗的歌手，除了社会身份之外，还具备多种不同的身份。也就是说，民间传承人不仅是一个传统民间文化的传承者，而且是一个创作者和表演者。

1. 传承者

民间文学是一个传递与承接的传承过程，有杰出的传承者，才能将民间文学信息传递给接受者，虽然这一传承通过他们反复多次的互动关系才能够实现，但传承过程往往离不开民间文学艺人的精彩表演。"民间文学传承性的形成也是由民间文学所具有的功能和使用价值所决定的。民间文学是广大民众在现实生活中实际应用的文学，它常常是人们现实生活的一部分。在广大民众的实际生活里，民间文学并不是可有可无的，凡有民众生活的地方就有民间文学。民间文学的永恒价值和生命力也就在于它紧紧地伴随着广大民众的日常生活。人们用民间文学规范民间道德、总结经验、传授知识、排难解纷、举行仪式、消闲娱乐等等。民间传统文化的氛围越浓，人们就越离不开民间文学。而民间生活是延续不断的，民间文学

---

①　阿地里·居玛吐尔地：《20 世纪玛纳斯其群体调查报告》，《中国西部文化多样性与族群认同》，中国社会科学文献出版社 2008 年版，第 113—118 页。

也就伴随着人们一代又一代的繁衍生息而传承着。"① 一般民间文学的传承者，可能是集体，也可能是个体。集体的传承活动是通过前辈们将曾经听过的歌谣、故事或神话传说等民间文学信息传授（讲或唱）给晚辈的方式而得以实现的。作为个体传承者的民间故事家、说唱家和歌手等则是民间文学传承的主力军，"这些人是在民间文学传承活动中涌现出来的佼佼者，他们或讲或唱或说唱兼而有之，有着长期讲、唱民间文学的实践，语言丰富，表达能力强，不仅记下了大量作品，而且能够即兴发挥，出口成章。这些'个体'传承者是在民间文化的哺育下成长起来的，他们熟悉民间生活和传统，他们自己往往就是民间生活的'百科全书'，一些人还有丰富的阅历，这就足以使他们在民众中间拥有较高的影响和声望。同时，这一切也使他们在讲、唱活动中间能够自如地从民间文化和自己的生活经历中吸取养分，从而丰富讲、唱的内容，形成自己的讲、唱风格，并进而吸引一大批听众。"② 由此可见，传承者，尤其是我们在此所探讨的个体传承者在民间文学继承、保存和发展过程中发挥着不可磨灭的作用。

2. 创作者

在田野调查过程中，笔者发现，达斯坦奇不仅是一个民族民间文学的主要表演者和传承者，而且也是一名丰富发展民族达斯坦的创作者。民间艺人往往是凭借自身超群的记忆力和创造力，在达斯坦传统故事情节基础上再增加一些生动而形象的细节，将这一故事编织成精彩完美的优秀作品传播给听众。"第一，口承史诗的创作不是一次性完成的。民间歌手演唱史诗时，都带有即兴创作因素，因此，民间歌手作为口承史诗的创作者，包含着如下两层意义：史诗的始作者是史诗研究、史诗的加工、润色以及再创作者。在这里，史诗的始作者是个历史的概念。而史诗的即兴创作者与史诗的演唱者则是由民间歌手一人同时扮演两个角色，史诗的即兴创作、史诗的演唱及听众聆听民间歌手演唱史诗，这三者为共时关系。"③ 与文学书面创作相比，口头文学创作有即兴创编的独到之处。达斯坦奇或"史诗歌手在即兴演唱时，既高度依赖传统的表达方式和诗学原则，又享

---

① 毕桪：《民间文学概论》，民族出版社 2004 年版，第 28 页。

② 同上书，第 28—29 页。

③ 郎樱：《听众在史诗传承中的地位与作用》，《民族文学研究》1991 年第 3 期。

有一定的自由度去进行即兴的创作"①，因此，达斯坦奇往往即兴创编一些新情节或插曲，使民间作品更具生命力与魅力。这可能是读者阅读兴趣与听众聆听兴趣的主要区别。读者读完一篇作品就不再阅读或是不想再读（除非研究者根据研究需要反复细读或是读者有必要回忆其中的一些情节等原因），而听众虽反复多次地聆听不同歌手或是同一个歌手的同一部达斯坦作品，但只要有机会还是会不厌其烦地听歌手演唱。我们所说的民间文学变异性特点是因民间艺人的创造性而产生的，一个达斯坦奇在不同场合或地点多次演唱同一部达斯坦，并不一定是一模一样的。民俗学家刘魁立先生对这一问题做了一番精辟的论断："民间文学创作的动态特点的另一个表现是：一篇民间文学作品的任何一次讲述，都是它丰富多彩的生命的一个瞬间。民间文学作品一直处在不停的发展变化当中。一位古代哲学家曾经说过：任何一个人都不会两次走进同一条河水里，因为河水总是不断地向前奔流。如果不借助现代的录音、录像设备的话，我们恐怕也很难听到在完全相同的思想和激情支配下，用完全相同的语言手段重述的民间文学作品。一部作品在条件迥异的时代和环境中经过具有各种经历、各种生活感受、各种艺术素养的讲述家不断加工、口耳相传，它就获得了像悠悠长江一样流动的、丰满的、绚丽多彩的、充满活力的生命。"② 我们可以断定，达斯坦奇的创作就是对原作的再创作，这是维吾尔族达斯坦演唱活动长盛不衰的一个动力所在。

3. 表演者

谁是表演者？对此问题，美国学者洛德有明确的回答，他说："我们的口头诗人是创作者。我们的故事歌手是故事的创作者。歌手、表演者、创作者以及诗人，这些名称都反映了事物的不同方面，但在表演的同一时刻，行为主体只有一个。吟诵、表演和创作是统一行为的几个不同侧面。"③ 达斯坦奇在口头演唱或说唱活动中扮演着一个表演者的角色，这时，正如洛德所说的那样，他（她）是一个"表演"中的创作者。对于民间歌手——达斯坦奇来讲，表演具有一个特殊的含义，第一层意义是他们即兴创编叙事诗，增加自己的新内容，创新传统故事，现场从事口头创

---

① 朝戈金：《冉皮勒〈江格尔〉程式句法研究》，广西人民出版社 2000 年版，第 13 页。

② 刘魁立：《文学和民间文学》，《文学评论》1985 年第 2 期。

③ 阿尔伯特·洛德著，尹虎彬译：《故事的歌手》，中华书局 2004 年版，第 13—14 页。

作活动。第二层意义是他们继承民间达斯坦口头传统，将古老母题和主题故事传给听众。达斯坦奇弹奏乐器和运用身体语言等行为是突出达斯坦奇表演者身份的具体观察点。笔者在田野调查过程中所采访过的维吾尔族达斯坦奇几乎都会使用乐器，而且很多达斯坦奇的专业名称是以擅长的乐器来命名的。如热瓦甫奇（擅长弹拨六弦琴的琴手）、都它尔奇（善于弹拨双弦琴的琴手）等等。为数不少的维吾尔族达斯坦散韵相间的结构形态，歌手在乐器伴奏下演唱韵文部分，然后停顿讲述散文部分，这时，他们开始用手势传达一些故事信息。在整个演唱活动中，达斯坦奇的面部表情始终为听众提供故事情节变化的信号，为表演发挥了重要的作用。

（二）民间达斯坦奇的作用与地位

1. 达斯坦奇的作用

在传承过程中，达斯坦奇发挥着举足轻重的作用，没有达斯坦奇就没有流传至今的口头叙事诗作品。达斯坦奇作为口头文化传统历代的优秀继承人，将先进民间口头文化的接力棒送到后一代人的手中，使口头文学代代相传的可能性得以实现。达斯坦奇的作用主要体现于以下三个方面：

第一，达斯坦奇为达斯坦的保存和传播起到了重要作用。其实，在日常生活中，民众都无意识地完成了保存和传播民间文学作品的任务。爷爷给孙子、父母给孩子、老师给小学生讲故事是一个正常渠道的民间传播方式。虽然所讲的故事范围包括国外的或是国内的，本民族的或是其他民族的，但只要是有趣味性、文学性和可讲性，孩子们都喜欢聆听并接受它。"长期阶级社会中地位的升降，往往与统治者对其重视的程度和民众神权观念的强弱成正比。"① 民间故事家、歌手和达斯坦奇都是杰出的民间传承人，他们代表普通民众，承担完整地保存和传播民间文学的重任。如柯尔克孜族居素普·玛玛依以超群的记忆力和高妙的表演技巧，独人演唱25万行的史诗《玛纳斯》，他完整地唱出了以玛纳斯家族八代英雄的英勇事迹为主的英雄史诗。维吾尔族著名达斯坦奇沙赫买买提一个人为民间文艺搜集者演唱了《阿布都热合曼和卓》、《好汉斯依提》和《艾拜都拉汗》等八部叙事诗，保存了即将面临失传的维吾尔族口头叙事诗。哈萨克歌手卡孜姆能够演唱70多部民间叙事诗，为哈萨克族叙事诗的保存与发展作出了很大的贡献。藏族歌手扎巴老人完整地说唱《格萨尔王》26

---

① 钟敬文：《民俗学概论》，上海文艺出版社1998年版，第295页。

部，13 万诗行之多①，为藏族民间文学的保存与发展发挥了不可估量的作用。

第二，达斯坦奇在达斯坦的表演、创作和发展过程中起着极大的作用。民间艺人们在民众聚集之地反复多次地演唱或说唱叙事诗，在受众的鼓励和反馈之下，积极即兴创作新内容，不断丰富发展民间叙事诗的故事情节。维吾尔族历史英雄叙事诗《努祖姑姆》起初是一些没有完整故事情节的零零散散的民歌，后来，通过两三代达斯坦奇的加工和创作，逐步发展成为一部有头有尾的叙事诗。《英雄萨迪尔》（也称"萨迪尔帕力旺"）是歌颂反清英雄萨迪尔的颂歌，是数十诗行组成的短篇民歌，在反复表演过程中，达斯坦奇将有关他身世的英雄事迹和征战实况即兴创编成叙事歌，不断地演唱，使其内容得以丰富化和复杂化。目前，《铁木尔·哈里发》、《和卓尼亚孜》和《乌买尔巴图尔》等近代历史英雄叙事诗都是由十来首民歌创作成的有一定规模的叙事诗。叙事诗的创作与发展活动离不开有名气的达斯坦奇的演唱活动。

第三，达斯坦奇的个人信息和个性表演为研究者提供了宝贵的研究材料。在民间文学领域中，民间讲述家、歌手和笑话家等民间艺人的研究日益得到研究者的关注，部分学者已出版了关于故事歌手、史诗艺人和故事讲述家的专著。因此，达斯坦奇学艺生涯和个人表演空间在不断地引起越来越多的学者的注意。有人专门跟踪调查一些盲人歌手，采录其在不同场合中的表演，记录整理他们不同变体的唱本。2002—2007 年间，笔者对和田地区的一个盲人歌手阿布里米提进行了 5 年的跟踪调查，采录了他的一些叙事诗作品，了解了他的个人成长经历和学艺过程，为深入研究民间艺人搜集了珍贵的材料。柯尔克孜族青年学者阿地力走访采录了 120 多名玛纳斯歌手，为他们建立档案，根据年龄、性别、民族、地域和演唱内容等信息，对其进行了科学分类，十分细致地论述了玛纳斯歌手的学习、创作和表演活动。

2. 达斯坦奇的地位

解放前，我国民间艺人的社会地位很低，往往遭到上层阶级的欺负和歧视。著名维吾尔族达斯坦奇沙赫买买提及其父亲在旧社会是没有土地的长工，他们为地主种地，艰苦劳动，生活贫穷，日子过得很艰难。虽然埋

①   杨恩洪：《民间诗神——格萨尔艺人研究》，中国藏学出版社 1995 年版，第 13 页。

头苦干，却吃不饱肚子，加之往往遭到巴依老爷和腐败旧政府官员和士兵的压榨剥削，生活举步维艰，低下的社会地位决定了他们糟糕的经济状况。这种情况在我国各民族艺人中都普遍存在。

　　新中国成立之前，大部分有才华的艺人都是在流浪中度过一生的。他们卓越的说唱才能虽然受到百姓的欢迎、喜爱，但是并未被统治者重视。他们没有土地、牛羊，以说唱史诗为生活的唯一来源。他们经常与商人或朝佛、朝圣者结伴而行，辗转游吟于高原各地，说唱史诗所得的报酬往往是一点糌粑、酥油或是几件旧衣物，这些也只能维持他们最基本的生活。著名艺人扎巴带着妻子及儿女离开边坝流浪，在颠沛流离中，妻子和三个儿子因贫困病饿相继离开人世，直到西藏和平解放之时，他流浪到林芝地区定居下来，成为一名工人，才有了固定的工作和收入。丁青艺人桑珠、班戈艺人玉珠情况也是如此，他们的大半生都是在流浪中度过的。有的艺人被叫到寺院或达官贵人家中说唱，时间长至数月，或短至几天，唱毕可以获得对他们来说丰厚一些的报酬，如糌粑、衣物，甚至钱币，使他们的生活得到短暂的改善。尽管如此，他们的地位仍然与行乞艺人无异，被上等人视为消遣解闷的工具，过着"召之即来，挥之即去"的生活。历代文人、宗教人士对民间艺人大多采取轻视的态度。他们之中一些人或从艺人口中记录史诗，或将艺人说唱史诗刊刻印行，却很少提及艺人的贡献。[①]

　　旧社会，大部分达斯坦奇虽然有固定的住宅，但是生活条件极其恶劣，甚至一些基本的生活必需品都没有，过着十分贫困的生活。在维吾尔族社会也有一些杰出的流浪民间艺人，他们表演才能极高，但是没有固定居所，没有基本的生活必需品，过着风餐露宿、寄人篱下的生活，吃穿均靠别人施舍，与乞丐无异。如沙赫买买提在旧社会当过乞丐，靠卖唱过日子。解放以后他为社会主义革命和社会主义建设歌唱，深受当地群众欢迎。他在工地上一边劳动、一边唱歌，群众喜欢他的歌声，所以随他出工的人就特别多。大家都说只要沙赫买买提带上他的热瓦甫给我们一唱歌，

　　① 杨恩洪：《民间诗神——格萨尔艺人研究》，中国藏学出版社1995年版，第28—29页。

让我们干多长时间都没有关系。有不少群众还要求给沙赫买买提记二十个人的工分来报答他为大家唱歌的功劳。

解放后，我国对民间艺人予以高度重视，党和政府对民间文艺工作予以高度的指导和大力支持。1988—1989 年间，我国启动了全国范围内大规模的民间文学搜集整理的系统工程，全国各地党和政府组织专业人员搜集整理出版了"民间歌谣·民间故事·民间谚语"三套集成。在这一搜集过程中，我国民间艺人为专业搜集人员或说或唱了无数优秀的民间文学作品，为民间文学作品的保存、传播与发展发挥了巨大的作用，使他们的社会地位与学术地位的重要性重新得到了全面的认识与重视。

目前，我国各族优秀的民间艺人或是被推荐到当地文化部门工作，或是被选为政协委员，生活上得到了保障，但是还有部分民间艺人的生活仍十分困难。笔者分别于 2002 年、2003 年和 2008 年三次前往我国和田地区（维吾尔族达斯坦奇较为集中的地方）进行田野调查，前后采访了二十多位民间歌手，他们生活情况都不好。2008 年，我去了和田地区于田县喀拉克尔乡的一个达斯坦奇家，他名叫买提吐尔逊·喀日，是一位农民。我们进屋发现，农房只有一间屋子可以坐人，屋里只有一件稍微像样的羊毛毯，其余家当都十分破旧，令人心痛。屋里没有东西招待客人，他就跑到自己果园里摘了些桃子端上来。他告诉我们，他家五口人，有妻子和三个女儿，他自己种一亩三分地，由于肥料、种子等农资费用较高，加之浇灌农田的水费也得交，秋收再多，还清债务之后，自己剩下的也并不多。今年他种了麦子，由于天气较热，缺水，农作物生长情况并不理想。虽然他的经济情况较差，但他还是十分乐观，他说："有安拉的福佑，我们仓库有粮食够吃，饿不着，日子是会好起来的！"我曾经调查过的和田策勒县和墨玉县的几名达斯坦奇都是农民，家境都令人忧虑。"阿布力米提喀热现在的家庭状况还不算富裕，为了照顾残疾人，政府每月救济他们一些抚恤金。""由于儿子都在外，家里的活计完全由图尔地买提喀热的妻子承担。家里种了 2 亩棉花，我去拜访老人时，她正好在地里干活，回来时背了一大捆玉米秆。我看见她家羊圈里有三四只羊和一头奶牛。房屋破旧，家具简陋，但收拾得却很干净。"①

---

① 热依汗：《墨玉县维吾尔族达斯坦奇调查日志》，《中国西部文化多样性与族群认同》，中国社会科学文献出版社 2008 年版，第 140、144 页。

类似的现象在我国西北大部分民族地区都存在。民间文学家郎樱先生在新疆乌恰县进行田野调查时也发现民间艺人生活上的困境。

> 这3位歌手所处的贫困生活状况，也使我们十分忧虑。塔巴勒德与萨尔特阿洪是乌恰县有名的两位歌手，但是他们家里，至今没有通电灯，以微弱的烛光照明。萨尔特阿洪说，电线离他们村只有100多米，村民们说，21世纪了，连电灯都没有享受过就死去的话，实在不甘心。天才歌手萨尔特阿洪有4个孩子，1985年，林场将他辞退，此后他就靠着7亩缺水的旱地为生，衣食无着，生活特别贫困，4个孩子中没有一个上学。现在，他几乎没有收入，靠女儿和儿子接济。古里逊是唯一培养徒弟的歌手，但是，他的9个孩子没有收入，生活拮据，孩子们没有钱上学，男孩子外出打零工。年迈的歌手塔巴勒德的处境也艰难，只有一个儿子，70岁高龄还要放牧牛羊。为生活的重担所压，影响他们的演唱情绪，也影响史诗的传承。①

他们家境贫穷可能有两方面的原因：第一，民间艺人是职业农民或是牧民，没有直接经济收入，再加上孩子较多，开支较大。第二，将民间文学艺术作为副业或是爱好的民间艺人，本身因忙碌着外出表演，没有及时干农活儿，影响收成，进而影响家庭经济。农业生产是季节性较强的生产方式，需要及时劳作，否则秋收就没希望。达斯坦奇有一种艺人般的自由散漫而富于想象的性格特征，他们本身有一种"多享受、少付出"的懒汉心理，这最终影响家庭的收入与发展。

达斯坦奇是民间文化的保存者、维护者、传播者和传承者，他们的经济情况普遍都不好，笔者所采访调查的达斯坦奇几乎都是50岁以上的老人，其中有一些90岁高龄的歌手，他们坚守在维吾尔族达斯坦——民间文艺类型的最后一个岗位，一旦他们逝世，一些维吾尔族口承达斯坦将随之失传。我们希望，各地政府把代表性传承人作为特殊的先进群体，切实加以关心和照顾，真心实意地为传承人提供帮助，及时解决他们的困难和问题，使传承人能够心情愉快地在非遗传承中发挥骨干作用。

---

① 郎樱：《柯尔克孜史诗传承调查》，《中国西部文化多样性与族群认同》，中国社会科学文献出版社 2008 年版，第 17 页。

第二节 达斯坦的传承

一 民间传承

众所周知，在民间，交流活动是一个传递信息与接受信息的过程，在这一过程中，语言符号不停地组成编码构成意义向群众传达信息。传递信息是人类长期生活与生产过程中逐步形成的传播模式和传播过程，其形成经过了一个漫长的历程。

> 早在原始民众建立原始社会之初，正式用人类特有的"传"的能力和机制，构成了人与人之间沟通的关系，也构成了人与自然（或叫作神灵的超自然）之间的交流关系。于是形成了衣食住行的日常生活习俗；丰富了人类赖以交流的语言代码与非语言代码的象征符号；积累了有关天地昼夜、日月星辰、风雨雷电等天体天象的神奇生动的神话知识；创造了色彩斑斓、声音嘹亮、载歌载舞的多种娱神娱人活动；传布了采食、狩猎、捕捞、放牧和农耕等多样的生存、生活与生产的经验；传播了只有人类拥有的多彩多姿的物质文化和精神文化。整个人类社会的习俗惯制就这样自古传今、自前传后，从秘密的祖传和师传，再到群体的大传播、大广布，于是形成了完整的、系统的"传"的民俗文化。①

人类传递信息的过程是一项复杂而艰苦的劳动。在反复的传播过程中，人类自发接受信息传承者传递的信息，对其产生十分深刻的影响。后来，将这一丰富多样的民间信息传递给后一代，就这样产生了代代相传的民间传播模式，即民间传承。"'传承'（Transmission）这一个汉语词汇在汉文典籍中原本不存在，相近的词在古典中只有《汉书》的《儒林传序》中使用的'传授'一词，其含义解作'传述'并'承受'，即'传承'的本义。"② 为了生活与生产需求，人类有意识或无意识地创造了祭奠、欢庆、篝火舞、劳动歌等诸如此类的一系列民俗现象，丰富了人类精

---

① 乌丙安：《民俗学原理》，辽宁教育出版社 2001 年版，第 278—279 页。
② 同上书，第 280 页。

神生活。在漫长的流传过程中，这些民俗现象或民俗习俗具有了传承性特点。在信息传播过程中，一些杰出的民间艺术家（歌手、舞蹈家、画匠、铁匠、木匠、故事家等）发挥了极大的传承作用。他们以个人超群的记忆力将这一传统艺术传给了下一代人。

通常，传承有纵向传承与横向传承两种基本传承模式。纵向传承是按从古至今的时间顺序的传承模式，民间信息代代相传，不断得到丰富与发展。横向传承是在相对稳定的一个时间段内，一片规模极大的地域流传的传承模式。日本学者贺左卫门将人类传承活动分为记录性传承、造型传承和以行为、言语、感觉为主的传承三种传承形态。①

二　维吾尔族达斯坦的传承

传承方式在各民族口头文学的流传和发展中发挥了重要作用。达斯坦奇因其成长经历、生产职业和生活环境等的不同，逐步形成不同的传承方式。根据维吾尔族达斯坦奇的学艺和传承，可将其分为家传、师传、社会传承。

（一）家传

是民间文学艺术中最为广泛的一种传承方式。不仅民间文学作品通过家传方式得以传承，而且手工艺、制药秘方和精品炒菜技艺等诸领域往往都靠家传而代代相承。家传是民间达斯坦的主要传承方式，也可以称其为"血缘传承方式"，"是指在辈分和部落内部的具有血缘关系的群体内部进行的文学传承活动。部落是在血缘关系基础上逐渐形成壮大的，同一部落的人彼此之间往往有血缘关系"，"根据其特点，可将血缘传承分为直系亲属传承和旁系亲属传承两种传承方式。"② 在维吾尔族口承达斯坦的传承中，血缘传承方式占有一定的地位。

1. 直系亲属传承方式

直系亲属的传承方式主要指有直接血缘关系的家庭直属成员之间的传承。这一传承方式主要体现在长辈传给晚辈的传承关系。家庭作为社会最小的基础单位，在漫长的人生关系中，家庭成员之间的娱乐占重要地位。许多维吾尔族长辈能说会唱，其子女也不示弱，会继承和发扬长辈的艺术

---

① 乌丙安：《民俗学原理》，辽宁教育出版社2001年版，第286页。

② 黄中祥：《哈萨克族口头文学的传承方式》，《中央民族大学学报》2007年第1期。

特长。无论是在信息闭塞的过去，还是信息发达的今天，以血缘关系为基础的直系亲属传承方式依然存在。维吾尔族达斯坦奇沙赫买买提·库尔班是一名在地方上很有名气的歌手，他教会了小儿子《阿布都热合曼和卓》、《斯依提好汉》和《艾拜都拉汗》等叙事诗，他的两个女儿也都会唱一些口头达斯坦，优先继承了父亲的事业。沙赫买买提告诉笔者，他的父亲和兄长都是著名的史诗歌手，他从小就聆听父亲和兄长演唱叙事诗，耳濡目染，自己也学会了达斯坦的演唱。

2. 旁系亲属传承方式

主要指兄弟、姐妹、叔伯、伯母、婶母等旁系亲属之间构成的传承方式。在维吾尔族达斯坦奇中，有一部分人受教于自己的兄姐或叔伯。新疆尉犁县95岁高龄故事讲述家、达斯坦说唱者买买提塔依尔从小和叔父一起放牧，深受擅长讲述民间故事的叔父的熏陶，学会了说唱《塔依尔与佐赫拉》、《乌兰拜地汗》和《玫瑰花》等叙事诗。这种旁系传承方式在突厥语诸民族民间文学中广泛地存在。"如曾经活跃在新疆阿勒泰地区的民间说唱艺人司马古勒·喀里（Simaghulkaliy），就是在其舅母的培养下成长为一名民间阿肯的。他于1900年出生在哈萨克斯坦的斋桑，于1910年前后来到我国新疆阿勒泰地区的哈巴河县，后搬迁到福蕴县。1924年，他以歌手阿肯的身份参加了新疆阿勒泰艾林王立帐典礼，演唱了三天三夜，名声大振。1976年，新疆人民出版社出版了他的诗集《生活中的倾诉》（Omirtolghawi）。他于1982年在阿勒泰市的阿拉阿克（Alakak）乡谢世。"①

（二）师传

师传是师徒传承的简称，是在民间艺术、工艺、武术、功夫以及医药等各种领域中传承技术、技巧和传统的主要传递方式。很多维吾尔达斯坦爱好者把当地有名气的艺人拜为师父，向他们学习演技，逐渐成为大师。如达斯坦奇阿不力米提把沙赫买买提拜为师父，学习《好汉斯依提》、《阿布都热合曼和卓》和《艾拜都拉汗》等达斯坦。

（三）社会传承

社会传承范围较广，包括经商、战争、通婚、宗教和翻译等领域的传承。根据媒介可分为经商式传承、战争式传承、通婚式传承、宗教式传承

---

① 黄中祥：《哈萨克族口头文学的传承方式》，《中央民族大学学报》2007年第1期。

和翻译式传承五种传承方式。经商、战争、通婚、宗教和翻译等行为是传播文化、交流对话和促进发展的有效途径。在以往的研究中，人们忽略其在文化传承过程中的作用和地位。随着文化传承研究的深入，很多学者逐渐发现其在文化传播活动中的重要性，对此开始了不同视角的研究。

1. 经商式传承

经商是人类经济贸易活动中一个主要的环节，是促进商品交易和经济发展的有效方法之一。史上被称为"回纥、回鹘"的维吾尔人，历来善于做买卖，经商意识较强。在中世纪，他们沿着丝绸之路将中原的陶器、丝绸和茶叶运到印度、阿拉伯半岛和波斯，甚至运送到西班牙，为东西方经济贸易来往作出了不容忽视的贡献。他们的经济贸易往来不仅仅是一个简单的商品交易活动，从另一个角度来讲，也是接受文化和传播文化的活动。在维吾尔族达斯坦作品中，描述了维吾尔族商人随队前往异地他乡做生意的情节单元。如《塔依尔与佐赫拉》中，讲述了到罗马从事经贸生意的维吾尔族商队替塔依尔给佐赫拉报信的故事情节。再如《尼扎米丁王子与热娜公主》叙述了王子尼扎米丁随着商队到夏姆（叙利亚国）经商的故事。从经济效益角度来看，我们可推测商队从他国购买书籍运回本国的商贸活动是必然的。

2. 战争式传承

战争是灾难的代名词，在历史上，人类经历过无数次的残酷战争，饱受战争的苦难与痛苦。但是，为了金钱和权力，统治者往往不顾百姓的死活，发动侵略战争，为贫民带来物质损失和精神损害。不过，从另一个角度来看，人类讨厌而又不可避免的战争，还会影响彼此的政治、经济和文化活动，促进各国各民族之间的文化交流。维吾尔族英雄史诗《阿里甫·艾尔·通阿》反映了波斯人与突厥人长期争夺领土的军事战争。在提到阿里甫·艾尔·通阿（阿芙拉西亚普）之时，菲尔多西往往将其行为和战争联系在一起。因此，波斯人将他看作战争的化身。对于波斯人为什么把突厥名字阿里甫·艾尔·通阿（Alip ɛrtoŋa）称作阿芙拉西亚普（ɛfrisajap）这一问题，目前学术界有两种观点。第一种观点认为，在伊朗传说和《王书》中，他被描述为战争的象征，因此，他的波斯名可能是与战争有关的"盾"（ɛfras）和"箭和子弹"（jab）的组合。第二种观点认为，这是波斯人对原名的发音变化而造成的。在突厥语中，阿里甫·艾尔·通阿，也称作 ɛwr ɛn ɛsri alip，波斯人将其发音为 ɛwrasalip，即音译为阿芙拉西亚普。在长期的使用过程中，这一名词逐步变成为 εfrisajap 这一形式。① 从这个角度来讲，波斯人将他描述成给波斯人带来灾难的宿敌，是有道理的。不管怎么讲，这是对波斯人与突厥人长期政治冲突与文化交流的真实反映。

3. 通婚式传承

通婚也是文化交流的一种主要方式。众所周知，唐代文成公主嫁给吐蕃大王松赞干布，将中原农耕技术、织布和造纸等知识传授给吐蕃人民，促进了各族经济发展和民族文化交流。史上，关于中原与回鹘通婚有文献记载。

政治联姻。唐王朝曾先后以宁国公主、咸安公主、太和公主嫁与回纥可汗。因此，两方之间增加了亲属关系。回鹘与唐朝和亲，都是出于政治利益，而婚姻关系，更是政治关系的反映。唐朝与回鹘和亲主要目的是为了抵御吐蕃，而回鹘兴起与唐朝协助有密切的关系。

唐朝公主嫁与回鹘可汗的共四位。第一位是宁国公主。"丁亥（十七日），唐朝册封回纥可汗为英武威远毗伽阙可汗，并把肃宗的小女儿宁国公主嫁给了回鹘可汗为妻。"② 宁国公主 758 年 7 月嫁与回鹘，次年磨延啜即死，因宁国公主无子，遂返唐京，公主在回鹘的时间不及一年。③ 宁国公主返唐之后，唐玄宗将第六子琬荣之女嫁与回鹘英义建功毗伽可汗（移地健）。她生二子，但是移地健被杀时，二子亦被杀。顿莫贺封她为长寿天亲可汗后，后又成为多逻斯、阿啜二位可汗的汗后，最后死于回鹘。④ 第三位是咸安公主，是唐德宗第八女。"不久，回鹘可汗派使者上表自称儿臣，凡是李泌与他们约定的五件事情，全部听从。德宗打发回鹘使者合阙将军回国，答应将咸安公主嫁给可汗，还以绢五万匹偿还他们的马价。"⑤ 公元 787 年 8 月，回鹘武义成功可汗（顿莫贺）遣使至唐请婚，唐许以咸安公主下嫁，并册公主为"智惠端庄长寿孝顺可敦"。"回鹘合咄禄可汗得

① 伊明·吐尔逊：《塔里木文集》，民族出版社 1990 年版，第 593 页。
② （宋）司马光：《白话资治通鉴·14》，时代文艺出版社 2002 年版，第 5615 页。
③ 林幹、高自厚：《回鹘史》，内蒙古人民出版社 1994 年版，第 51 页。
④ 《旧唐书·回鹘传》，中华书局 1975 年版。
⑤ （宋）司马光：《白话资治通鉴·15》，时代文艺出版社 2002 年版，第 5947 页。

到唐朝允许通婚的消息后，非常高兴……，说：‘往日两国结为兄弟，如今可汗是皇上的女婿，是皇上的半个儿子了。如果吐蕃危害朝廷，儿子自当为父亲除去他们。’”① 贞元四年（公元 788 年），顿莫贺派遣宰相以下千余人至唐迎娶公主。顿莫贺死后，咸安公主先后为多逻斯、阿啜、骨咄禄和特勤四位可汗之妻，公元 808 年死于回鹘。第四位公主太和公主于 822 年嫁与回鹘崇德可汗为妻。当时汗王政治不稳，可汗屡有更易，太和公主依次嫁与昭礼、漳信三位可汗。公元840 年，黠戛斯打败回鹘，得到太和公主。黠戛斯可汗派遣十人护送太和公主，途中被南逃的回鹘乌介可汗率领的部众所劫。② 后唐军打败乌介可汗，迎回公主。“庚子（十一日），在杀胡山打败回鹘兵，可汗被枪刺伤，和几百名骑兵慌忙逃走。于是，石雄迎接太和公主返回。”③ 除此之外，曾经有过回鹘公主嫁与唐王宗室的事例。早在唐朝宁国公主嫁与回鹘之前，回鹘葛勒可汗（磨延啜）就曾将其妻妹嫁与唐敦煌郡王李承寀，被唐封为毗伽公主，又封为王妃。此事《资治通鉴》、《新唐书》等历史文献都有记载。“敦煌王李承寀来到回鹘牙帐，回鹘可汗把女儿嫁给了他，并派自己的大臣与李承寀及仆固怀恩一起来唐朝，在彭原见到肃宗。肃宗对回鹘节度使重加赏赐，然后使他们归国，并将回鹘可汗的女儿赐号为毗伽公主。”④ 唐朝又有忠臣之女嫁与回鹘可汗的事例。“从前，回鹘毗伽阙可汗曾向登里求婚，肃宗将仆固怀恩的女儿嫁给登里为妻，成为登里的可敦。”⑤回鹘与唐朝的和亲关系对维护国家统一、加强民族团结、发展经济、文化都有重大意义。⑥

在维吾尔族达斯坦中，有主人公与异国公主，甚至是神仙国度的仙女通婚的故事，如《赛努拜尔》、《夏姆西公主与凯麦尔王子》、《尼扎米丁

① （宋）司马光：《白话资治通鉴·15》，时代文艺出版社 2002 年版，第 5955—5956 页。
② 林幹、高自厚：《回鹘史》，内蒙古人民出版社 1994 年版，第 53 页。
③ （宋）司马光：《白话资治通鉴·16》，时代文艺出版社 2002 年版，第 6347 页。
④ （宋）司马光：《白话资治通鉴·14》，时代文艺出版社 2002 年版，第 5573 页。
⑤ 同上书，第 5665 页。
⑥ 阿布都外力·克热木：《从碑铭文学看唐代与回鹘的和谐关系》，《西北民族研究》2007年第 3 期。

王子与热娜公主》和《塔依尔与佐赫拉》等叙事诗均描述通婚故事。

4. 宗教式传承

宗教作为一种意识形态，在人类思想史上产生了深远的影响，至今还有极大的力量。世界四大宗教的威力遍布全人类，并不断地扩大规模。维吾尔族祖先曾经信奉过萨满教、摩尼教、佛教和伊斯兰教，深受其影响。这些宗教对维吾尔族达斯坦的传承与发展产生了极大的影响。如《乌古斯汗传》描述了一些狼图腾和萨满信仰的原始文化痕迹。再如英雄故事《恰斯塔尼·伊利克伯克》是叙述英雄英勇搏杀妖怪、为民除害的佛教故事。又如《玉苏甫与祖莱哈》是一则源于《圣经·旧约》的故事，后来《古兰经》中有记载。从10世纪起，这则《古兰经》里的爱情故事被引入了伊斯兰作家文学。随着伊斯兰教的传播这则故事迅速地流传到西亚、北非、中非、中亚、东南亚，甚至遍及整个东方世界。它还通过《圣经》的渠道传到欧美国家，它的影响远远超越了东方，为欧洲作家提供了宗教题材①，推动了东西方文化交流的发展。

5. 翻译式传承

翻译作为桥梁中介行为，在各族文化交流和传承过程中产生过一定的作用。世界文学经典名著都是经过翻译途径向各族读者介绍和传播的。维吾尔族翻译活动历史已久，最早翻译活动往往离不开翻译宗教文献活动。《弥勒会见记》、《两个王子的故事》和《金光明经》是一批优秀的佛教文学作品，在维吾尔族翻译文学中，占有一席之地。频繁的翻译活动推动了维吾尔族文化，尤其是维吾尔文学的发展。

据记载，维吾尔文学家阿訇毛拉·夏·伊吉拉尼于1678年用史诗体将《列王纪》译成维吾尔语，但未流传下来。大约在18世纪，维吾尔文学翻译家帕孜里·哈姆西·叶尔肯迪又把它以诗体形式译成了维吾尔语。1837年，新疆墨玉县人夏·穆合买提·霍加尼扎米丁·喀拉喀西把《列王纪》以散文形式译成了维吾尔语。维吾尔文的《列王纪》问世后，其影响更加深远，《列王纪》中的故事片段和英雄人物在维吾尔民间家喻户晓，老幼皆知。萨迪的《蔷薇园》，内

---

① 德国作家托玛斯·曼写过的四部曲《约瑟和他的兄弟们》，采用的是《圣经·旧约》中关于约瑟（玉苏甫）的故事。

扎米、德里维和贾米的《五卷诗》口头与书面同时流传，对维吾尔文豪纳瓦依、阿布都热依木·尼扎里等文人的创作产生了深远的影响，尤其是对纳瓦依的《海米赛》的问世起到了推动作用。民间书法家、抄书家抄写阿拉伯民间故事集《一千零一夜》、印度名著《五卷书》（《卡里来与迪木乃》①）译本，在民间流传。大约18世纪，新疆阿克苏人阿布杜拉汗·马赫苏木曾把阿拉伯民间文学名著《一千零一夜》（又译《天方夜谭》）译成维吾尔语。1709年新疆喀什维吾尔文学翻译家毛拉·穆罕默德·铁木尔将阿拉伯文的《卡里来与迪木乃》译成维吾尔文。这两部世界文学经典在维吾尔人民当中产生了很大的影响。随着时间的推移，其中的许多故事已成为维吾尔人民精神生活的一部分，对维吾尔文学的发展也产生了深刻的影响。《卡里来与迪木乃》中的《五彩兽》、《能吃铁的老鼠》、《乌鸦和鹰》、《石鸡》、《老虎和兔子》、《大象之死》等民间故事及《一千零一夜》中的许多故事，早已在民间口头流传。维吾尔族寻常百姓用《一千零一夜》的故事片段教育子孙后代，文人们学习和研究它，吸取营养，用之于创作题材，使得维吾尔文学更上一层楼。② 穆罕默德·铁木尔除了《一千零一夜》以外，还翻译了15世纪波斯诗人毛拉纳·霍塞因·伊本·阿力阿尔瓦依茨·卡西菲的《美人之道德》（美德篇）和波斯著名诗人阿布都热合曼·贾米的叙事诗《玉苏甫与祖莱哈》。这些作品受到了维吾尔族人民的欢迎，特别是《玉苏甫与祖莱哈》的很多抄本在民间流传。这就证实了维吾尔文化同阿拉伯、波斯文化有着密切联系。③

一些优秀文人创作的书面达斯坦作品，经过翻译者翻译传播到民间，对民间艺人的达斯坦创作与表演产生了一定的影响。长期的文学翻译活动促进了各族文化交流和文化传承。

---

① 《五卷书》是印度古代的一部著名童话寓言集。在六世纪时，曾被译成巴列维语，到八世纪后，又由伊本·穆加发译成阿拉伯文，书名为《卡里来与迪木乃》。这个本子曾经在维吾尔民间流传。

② 阿布都克里木·热合满：《维吾尔文学史》，新疆大学出版社1998年版，第456页。

③ 阿布都外力·克热木：《从影响研究来看阿拉伯、波斯与文化的交流》，袁洪庚：《域外文学新论》，上海教育出版社2007年版，第358页。

从传播载体来划分可分为口头传承、书面传承、音频传承和视频传承以及网络综合类传承五种传承方式。

这与维吾尔族所经历的两种不同的生产方式和生活方式相关。在漠北高原期间，维吾尔族祖先是个游牧民族。维吾尔族祖先在那儿过着草原游牧生活，放牧着羊、牛、马、骆驼。演唱表演是游牧民族的主要娱乐方式，也是一种特长。因此，一般游牧民族的口头遗产异常丰富。可以说，维吾尔祖先在叶尼塞河下游以及鄂尔洪河流域时创作了不少口头文学作品，《乌古斯汗传》、《阔尔库特之爷》等史诗可认为是这种观点的有力证据。但是，由于文字普及缓慢和其他一些缘故，很多口头文学作品没有得到记录，在漫长的岁月里悄悄地失传了。西迁后，维吾尔部落在西域跟土著居民融合，从事农耕生产劳动，逐渐形成定居生活。生产方式的转变，城市生活的需要，使得维吾尔族文化生活形式多样化了。在继承以往的文化传统的基础上，形成了多层次、多角度的文化圈。在这种情形下，维吾尔民间文学也有了较大的变化，即以前的口头流传占优势的局面逐渐改变了。文字的使用频率日益增高，不断地提高和巩固文字的地位与声誉。就这样，维吾尔文学中形成了口头传承与书面传承并存的局面。在"达斯坦"的流传过程中，二者相辅相成，为维吾尔"达斯坦"的保存和发展作出了不可估量的贡献。我们将从以下方面逐一进行讨论。

（一）口头传承

从创作与传播的角度来看，口承性才是民间文学基本的艺术形式之一。在整个人类社会发展过程中，没文字的时间是相当长的，口头创作一直伴随着人类创造了不可估量的精神财富。在这个漫长的历程中，口头流传是唯一的传播方式。经过几千年的流传、传播、磨炼，便形成了一种口头传统。从漠北高原至西域，从古代一直延续到今天，维吾尔口头传承经历了相当漫长的历史过程。在维吾尔达斯坦的口头传承过程中，达斯坦奇是一个最关键的环节之一。达斯坦奇作为民间艺人，对达斯坦的生存与发展起着不可估量的作用。他们一边利用民间材料创作新的达斯坦，一边进行演唱或说唱表演把作品传承到民间。他们以艺术表演娱乐广大听众，感化和教育了他们，同时传承达斯坦使其得到保存，他们甚至学习和领会其他民族的达斯坦，使其在本民族民间表演中流传。他们把外来达斯坦加以民族化、地方化，使其适应本民族的审美观和欣赏口味。达斯坦奇以超人的记忆力、高超的口才能力、引人注目的戏剧动作和表情来演唱或说唱达斯坦。他们保护、发展和传播民族精神财富，一生刻苦学习、认真而耐心地演唱，不断提高自身业务水平和表演能力，同时对接班人的培养给予高度重视。他们把自己的精力奉献于民间文学事业，为民族口头文化传承和发展作出了巨大的贡献。

达斯坦有两种表演方式，邀请型表演方式和自律型表演方式，前一种是乡村的长辈代表全乡村邀请达斯坦奇表演达斯坦的方式。在新疆，当晚秋农业劳动即将结束的时候，某个村庄的长辈出面邀请达斯坦奇与乡亲们一起娱乐。或是村里的尊长在院子里安排规模较小的家庭宴会，请达斯坦奇做客，当然村民都会来参加。晚饭后，坐在上座的达斯坦奇拿起都它尔或热瓦甫开始演唱达斯坦。为了增强表演气氛和让大家进入状态，达斯坦奇首先要加一个序。一般有些达斯坦奇唱木卡姆片段（笔者到新疆墨玉县采访达斯坦奇时，听过达斯坦奇演唱的木卡姆片段），有些达斯坦奇演唱当地流行的民歌。当听众投入聆听状态时，民间艺人才开始正式演唱达斯坦。由于很多维吾尔达斯坦由韵文和散文组成，达斯坦奇既演唱又说唱。一般这样的达斯坦说唱活动一直延续到夜深。有时，根据听众的兴趣和要求，达斯坦演唱会持续好几天，他在一个村庄住上几天把一个达斯坦唱完才走。当他（她）告别时，主人送给他（她）礼物（比如马、牛、羊、绸缎等）。主人不是硬着头皮地赠送，而是心甘情愿地表示一片心意。过去，在婚礼或民族节日中，有请达斯坦奇唱歌的习俗，目的是让达斯坦奇的演唱增加婚礼或节日快乐的气氛，使其显得更为热闹（婚礼或节日唱的都是达斯坦中欢快的片段或节选曲子）。

另一种是达斯坦奇在公共场所自律性的表演活动。达斯坦奇去热闹的巴扎（集市），选好一片空地，弹热瓦甫或敲鼓，引起周围行人的注意。为了看热闹，便会有人围过来，组成一个大圈子。达斯坦奇估计人数差不多了，便以滑稽的动作和幽默的话语开始达斯坦演唱和表演。但这种达斯坦演唱时间不会太长。达斯坦奇唱到最有趣的部分时会突然停止，向听众收费，他赞美慷慨和大方的听众，让听众自愿地给他钱。钱数有多有少，反正听众想给多少就给多少。等达斯坦奇的帮手把钱收完后，达斯坦奇才开始继续演唱。集市上，达斯坦奇在一天之内会换几个地方演唱达斯坦。某个地方，上午几个小时唱完，下午再换另外一个地方演唱。由于达斯坦演唱时间短暂，达斯坦奇选取达斯坦中最精彩的情节片段或达斯坦主人公的英雄事迹，集中地演唱或说唱。除此之外，在路途或劳动场地（休息的时候）也进行达斯坦演唱活动。以前，新疆的道路交通落后，从一个地方到另外一个地方要花十几天，甚至一个多月。一般是几个人骑马或骑驴一起旅行，当然有时其中会有达斯坦奇。途中休息的时候演唱达斯坦以娱乐大家，使他们忘却旅途的劳顿。另外，为了建设水利工程或修路，新疆经常有在沙漠或荒野集体劳动的情况。这样自然环境恶劣的地方，不仅劳动艰苦、生活艰难，而且没有文化活动，甚是寂寞无聊。在这样的地方，也会出现几个民间艺人，包括达斯坦奇，他们以讲故事、演唱达斯坦民间文艺的形式娱乐大家，消除他们的苦闷。

维吾尔民间达斯坦演唱或说唱活动有以下几种形式：

1. 弹唱

多以韵文形式展开，这种形式的特点是凝炼、生动、激人情怀。同时，由于形式的规定性出现程式化，使得叙事诗歌手的自由发挥受到相应限制。所以弹唱的内容多为情歌、习俗歌、农牧劳动和生活歌以及叙事诗的片段。而弹唱的叙事诗，由于全部用韵文，便失去了对故事生动性和人物情感细腻性的表现。有些故事情节的描述，因为以韵文展开，就会显得简单而拘谨。也有弹唱全本叙事诗的，由于受到弹唱形式的制约，有可能对原本进行了简化处理。弹唱歌手为了适应听众的需要往往会因时因地对作品进行一些改动，但这样做，为我们对原著真实情况的了解增加了困难。比如，一个高级弹唱歌手为社会上层服务，类似重大的庆典、婚宴、堂会等，他们所演唱的内容多以颂扬上层的德行为主，有些作品在民间虽很流行，但在那种场合就要进行必要的改动。同样，在民间的各种娱乐活动中，为了满足情绪激昂的人们的需要，弹唱艺人会即兴发挥，将有可能使人们扫兴的情节删除或改动。现在还无法证实弹唱的叙事诗是否最接近其原始的面貌，但从叙事诗的发展状况来看，叙事诗的故事性是逐渐得到加强和丰富的。最初可能是较为简单的韵文诗，经过无数歌手和很长时间的流传，不断丰富起来。笔者认为，弹唱的叙事诗似乎更接近其原始面貌。由于弹唱本身的规定性，歌手自由发挥受到一定的限制，这就有可能使其表现的内容更接近原貌。而且，叙事诗最初的故事是很简单的，也许仅是一个传说、一个小故事，经过歌手的加工，使之更趋文学性。最初的加工不可能是很完善的，而且有可能以诗的面貌首先出现。因为从维吾尔文学的发展来看，散文不及韵文在民间容易流传。韵文体似乎更接近原来的故事。散、韵结合的流传方式在维吾尔文学史中出现较晚，大约是在漠北维吾尔汗国时期（744—840），当时记述可汗一生功业的碑文就是运用散韵结合的方法。而在此之前韵文体的文学作品已相当流行，弹唱歌手也早已存在。当然，还可能有其他别的原因。由于弹唱形式灵活自如，使其成为维吾尔达斯坦奇经常使用的传播手段。对于弹唱这一民间文学流传方式，我们应该加以研究，对其弹唱的叙事诗，要尽可能地详细记录，它们有可能较为真实地反映了那些作品的最基本原始形态。①

2. 说唱形式

维吾尔民间艺术说唱形式较为普及和易于接受，它的特点是灵活自如、变化无穷、生动细腻、绘声绘色，尤其对叙事诗的故事性表述具有引人入胜的效果。由于散文的叙述具有灵活性，艺人的随意创造性得以发挥，他们会因当时的心境而添枝加叶，或因当地的民俗和风情而改变原故事的某些内容和情节。尤其是每个艺人的文学修养和爱好的不同，往往还会对原故事进行适合自己口味的再创作。总之，这种方式对原故事的忠实程度远远不及弹唱方式。流传的各种叙事诗的手抄本可能多数来自对说唱艺人说唱的故事的记录，这就出现了手抄本因时、因地、因人而变异的情况。这种变异使我们对故事的原型的了解有了一定的困难。但是从另一个方面来看，由于说唱艺人可以对故事进行必要的增删，就使古老的故事得以适合听众的需要，继续流传下去。我们今天在维吾尔聚集地，在每个欢聚的日子里，都可以听到说唱艺人在听众的叫好声中如醉如痴地讲述那些古老的故事。那些古老的故事因说唱艺人的即兴发挥而变得生机勃勃。由于说唱方式的灵活性和随意性，使叙事诗中许多情节和内容都发生了很明显的变异，比如有些叙事诗中，既有信仰伊斯兰教前的维吾尔文化观念和生活习俗的表现，又有伊斯兰教传入后的维吾尔文化和生活习俗的表

---

① 热依汗·卡德尔：《和田墨玉县维吾尔达斯坦奇及演唱方式》，《民族文学研究》2005 年第 3 期。

现。如英雄叙事诗《秦·铁木尔巴图》讲述的是维吾尔族信仰伊斯兰教前维吾尔人的生活。故事中的主人公为争取火种，与森林中的掌火女妖展开了激烈的生死搏斗。最后秦·铁木尔和妹妹麦合图姆苏拉战胜掌火女妖，过上了平静的生活。这部作品在民间流传的过程中，发生了很大的变化。如主人公秦·铁木尔巴图的身份，就有好几种说法。吐鲁番、哈密及乌鲁木齐等地传说，轻铁木尔巴图和其妹麦合图姆苏拉是被遗弃在森林中的孤儿。轮台、库尔勒等地则流传说他们兄妹是农家儿女。前一种说法更符合故事的原始面貌，后一种说法则明显地发生了变异。

《乌古斯汗传》随着时代的变化，甚至因地域的不同，不同的艺人会随时更改流传下来的作品，使其符合当时当地听众的需要。《乌古斯汗传》按其表现的内容，实际是维吾尔族信仰伊斯兰教前的作品。这个故事反映的是维吾尔族形成时期的民族神话，表现的是维吾尔族人对自己历史的传说。但在不断的流传中，伊斯兰思想也不断渗入其中。虽然我们不能说这种变异就是由于说唱艺术的说唱形式造成的，但起码可以证明，由于说唱方式对于保存维吾尔叙事诗具有很重要的价值，而且后来的手抄本多以其为蓝本，所以说唱方式对于变异有不容抹煞的作用。我们现在着手研究维吾尔的叙事诗所依据的资料，多是这种手抄本。各种手抄本之间的差异虽是非本质的，但有许多地方的差异还是相当大的。[①]

（二）　文字书面传承

文字书面传承方式是与口头传承方式对应的传承方式，虽然口头传承是许多民族共同拥有的传承方式，但是书面传承不一定是所有民族都共有的现象（当然现在随着文字的普及，很多民族都有抄本，甚至是印刷出版本）。维吾尔族与其他突厥语民族相比，农耕定居生活时间比较长，文字的普及面也比较广。这种情形为民间文学书面传承模式的产生与发展提供了良好的条件。

---

①　热依汗·卡德尔：《和田墨玉县维吾尔达斯坦奇及演唱方式》，《民族文学研究》2005 年第 3 期。

　　根据物质载体的不同，维吾尔达斯坦书面传承方式可分为抄本传承、印刷本传承、录音本传承和电子文本传承等方式。

　　1. 抄本传承，也称作手抄本传承，是在作家文学发展的基础上逐步形成的

　　维吾尔族人民西迁定居，从事农业生产之后，在摩尼教、佛教和伊斯兰教等宗教的影响下，以翻译阐释和文学创作为主的作家文学得到快速发展。随着文字在民间不断普及和作家文学作品日益增加，对民间文学的创作和传播产生了较大的影响。维吾尔人从游牧经济过渡到农业经济，以往悠闲讲故事的时间逐渐消失，整日忙于农业生产，没有太多的业余时间聆听达斯坦演唱。在这种社会和文化背景下，人们对纸质故事文本产生需求。一些商人组织文书人员或是秘书人员搜集、记录、抄写或转写民间文学作品，批量抄写，装订成册，公开经销。这种以营利为目的的抄书现象已逐步形成了一个规模，在维吾尔族社会上产生了一种以抄书卖书谋生的职业。纵观维吾尔文学史，我们发现，不少文人为了谋生曾经从事过抄书工作，由于他们书写漂亮工整，也算是当时有名的书法家。因为当时没有现代意义上的较为发达的印刷厂和修改编辑的出版社，所以民间书商只好手工装订、做封面、做成精美的书籍，然后到处销售。在抄书过程中，有些文人对口头文本或多或少地加以修改（增删一些内容），但是民间口头文本的基本框架没有太大的变动。比如阿吉·玉苏甫抄写的《艾里甫与赛乃姆》和《帕尔哈德与希琳》、毛拉·毕拉里抄写的《塔依尔与佐赫拉》、十三世纪姓名不明的抄写者抄写的《乌古斯汗传》、毛拉穆罕默德·铁木尔抄写的《乌尔丽哈的故事》、毛拉阿布都热合曼抄写的《灰青年》、《玉苏甫与艾合买提》等都仍然保留着民间文学的基本性质。有些文人将老百姓阅读理解难度较大的作品，改写成通俗民间版本。如著名文学家和作家毛拉司迪克·叶尔肯迪把纳瓦依的《海米赛》从韵文转写成散文，将它称为《散文海米赛》。莎车人奥玛尔·巴克·叶尔肯迪从纳瓦依的《五卷诗》中挑选出《帕尔哈德与希琳》、《莱丽与麦吉侬》两部长诗改写成散文体。维吾尔"达斯坦"的抄写本内容方面不像柯尔克孜、哈萨克"达斯坦"那样，征战部分占优势，维吾尔"达斯坦"主要情节针对家庭冲突和爱情婚姻。"可以这么推测，很多'达斯坦'书本是'达斯坦奇'利用古典诗人的书面'达斯坦'再创作而产生的。如《帕尔哈德与希琳》、《莱丽与麦吉侬》、《拜合拉姆与古兰旦姆》都是在纳瓦依的

《海米赛》的基础上产生的，《玉苏甫与祖莱哈》是在同名的波斯、突厥'达斯坦'的基础上产生的，《鲁斯塔姆》、《瓦尔姆克与乌孜拉》是从波斯语译成阿塞拜疆语'达斯坦'的基础上产生的。"① 中世纪的维吾尔"达斯坦"《赛努拜尔》、《凯麦尔王子与夏姆西美女》、《迪丽阿拉姆公主》、《艾里甫与赛乃姆》、《塔依尔与佐赫拉》、《尼扎米丁王子与热娜公主》等都是以抄书形式在民间流传的。这些"达斯坦"民间文学与作家文学的艺术传统相互交融和相互渗透，构成了复杂而多层次的特色。不管怎么说，这些"达斯坦"在经过"达斯坦奇"长期的演唱或说唱中，保留了民间文学鲜明的个性特点。

2. 印刷本传承，全称是印刷出版本传承方式

这一传承方式产生较晚，但是发展速度较快。随着科学技术发展，印刷技术得到日益提高和改善。印刷设备经历了从无到有、从普通到高级、从简易到复杂的发展过程，印刷类型也依次产生了石印、铅印、油印、针式打印、喷墨打印和激光打印等多种印刷形式。19 世纪末至 20 世纪初，维吾尔族达斯坦最早在俄国喀山塔塔尔文石印社印刷，如《塔依尔与佐赫拉》是以《塔依尔传奇》和《塔依尔与佐赫拉传奇》等为主分别于1877、1882、1891 和 1896 年在喀山得以石印发行。1886 年，拉德罗夫（Radlov）将《塔依尔与佐赫拉》的变体（即《国王塔依尔与佐赫拉夫人》）列在圣彼得堡出版的《北方部落民间文学精选》（第六卷）中。再如 1908 年《乌尔丽哈与艾穆拉江》在塔什干出版社印刷发行。随着时代的发展和现代印刷技术的普及，19 世纪初期和中期《玉苏甫与祖莱哈》、《赛努拜尔》、《艾里甫与赛乃姆》、《帕尔哈德与希琳》和《莱丽与麦吉侬》等维吾尔族达斯坦在喀山、塔什干和阿拉木图印刷发行。解放以后，我国新闻出版社得到长足的发展，在少数民族地区设立了民文出版社，国家审批了一大批民文报刊编辑部门。在新疆，前后拥有了以维文出版业务为主的新疆人民出版社、新疆青少年出版社、新疆科技卫生出版社、新疆教育出版社和喀什维吾尔出版社等出版机构，还有了发表维文民间文学作品的《美拉斯》（遗产）和《新疆文艺》（后改名为《塔里木》）等杂志，80 年代，又成立了《布拉克》（源泉）、《腾格尔塔格》（天山）、《喀什

---

① 阿布都克里木·热合满：《谈维吾尔民间达斯坦及其诗歌结构》，民族出版社 1984 年版，第 210—211 页。

噶尔文学》、《阿克苏文学》、《新玉石文学》、《哈密文学》、《博斯坦》、《伊犁河》和《吐鲁番》等文学杂志，虽然这些是以发表作家文学为主的杂志，但其中几乎都设有民间文学栏目，供民间文学作品发表。50 年代，在《新疆文艺》杂志上，民间文学工作人员发表了《努祖姑姆》和《热比亚与赛丁》等叙事诗。之后，在《美拉斯》、《布拉克》和《塔里木》等省级杂志上以及《喀什噶尔文学》和《博斯坦》等地方期刊上也先后发表，人们搜集整理发表了《乌古斯汗传》、《古尔·乌古里》、《博孜依格提》、《玉苏甫与艾合麦特》（也有叫作《玉苏甫伯克与艾合麦提伯克》）、《英雄秦·铁木尔》、《鲁斯坦姆》、《阿甫拉斯雅普》、《赛努拜尔》、《玉苏甫与祖莱哈》、《塔依尔与佐赫拉》、《帕尔哈德与希琳》、《姑丽与奴鲁孜》、《乌尔丽哈与艾穆拉江》、《艾里甫与赛乃姆》《热娜公主与尼扎米丁王子》、《库尔班与热依汗》、《帕塔姆汗》、《努祖姑姆》、《艾维孜汗》、《阿布都热合曼汗霍加》（也有叫作《阿布都热合曼汗帕夏》）、《好汉斯依提》（《斯依提诺奇》）、《艾拜都拉汗》、《铁木尔·哈里发》、《萨迪尔帕里万》等 50 余部叙事诗。1982 年至 1993 年间新疆人民出版社先后出版发行了《维吾尔民间长诗集》（1、2、3、4）等四套书，共收录 18 篇。1986 年热赫木图·加力整理发表了《玉苏甫与艾合买提》的单行本。1985 年，阿布都拉阿皮孜搜集整理发表了《玉苏甫与祖莱哈》，1990—1992 年间伊宁人民政府三套集成办公室、尉犁县人民政府三套集成办公室和墨玉县民间文学三套集成办公室分别以资料准印号形式印刷发行了《伊宁民间叙事诗集》、《尉犁县民间叙事诗集》和《墨玉县民间叙事诗集》，这三本书一共收录 17 部叙事诗。1996 年，喀什维吾尔出版社出版发行了拉伯胡孜的叙事诗《玉苏甫与祖莱哈》。1998 年诗人阿布都肉苏里·吾买尔同志根据以前新疆人民出版社出版的四本叙事诗集，从中精选《艾里甫与赛乃姆》、《帕尔哈德与希琳》、《凯麦尔王子与夏姆西美女》和《好汉斯依提》等 11 部达斯坦作品，以《维吾尔民间长诗精选》一名整理出版。2001 年民族出版社出版发行了《祖父德德库尔库特故事》（包含 12 篇英雄故事）。2006 年"维吾尔民间文学大典"编委会策划精选编辑出版了《维吾尔民间叙事诗》（1、2、3、4、5）五套书，共收录 31 部达斯坦作品。这是维吾尔族达斯坦搜集整理出版工作中的一个大工程，是维吾尔族达斯坦搜集整理保护工作中的一个里程碑。除了搜集整理印刷出版之外，有一些达斯坦作品尚未记录整理印刷，还在民间流传。

（三）录音文本的传承

录音文本是指以声音为载体记录的形式，应归入书面传承范畴。随着信息社会的到来，录音技术得到突飞猛进的发展，使民族口头文学传承的载体日益现代化、多样化。1988 年，在搜集整理民间文学作品期间，民间文艺工作者已经用录音机把维吾尔族口头文学中的优秀作品，其中包括民间达斯坦进行了分门别类的录音，从而使人们有机会听到素不相识的民间艺人的说唱。通过磁带录制，使更多的民间口头文学作品以原貌的形式得以保存。录音文本的传承在口头文学的传承中所占的地位会越来越重要，所发挥的作用也会越来越大。

（四）录像视频文本的传承

随着摄影技术的发展和摄像设备的普及化，摄像产品日益在民众中受到欢迎。为了传承民族文化，各地电视台组织摄影组采录了一些民俗纪录片，其中有一些珍贵的民间文学视频材料。国家投入大量经费，组织编导和演员，拍摄录制了维吾尔族十二木卡姆大型音乐套曲，完成了长达 20 小时的 12 张录像光碟，其中有不少民间达斯坦曲子，如《艾里甫与赛乃姆》、《赛努拜尔》和《玉苏甫与艾合买提》等。目前，新疆文联民间文艺家协会、新疆大学人文学院和中国社会科学院民族文学研究所等机构组织力量，派人在喀什、和田等地区采录了部分民间叙事诗，在这一方面，中国社会科学院民族文学研究所做得很出色。他们用先进的声音数字库设备，将口承文学作品转入数据库并加以编号，使其得以更好的保存。

（五）网络电子文本传承

20 世纪末，计算机技术得到迅速发展，在世界各地不断得到普及，我国最早在工业、军事、航天等各领域中投入使用。进入 21 世纪，计算机技术在我国文化出版、教育、政府、金融、邮政等各行业被广泛应用。互联网（Internet）技术的应用为我们的很多工作带来了便利。新闻图书出版行业纷纷建立了各自的工作网站，开始实行网上读书和选书等业务，尤其是一些报社已逐步实现了报纸电子版，提前迈出了文化及新闻产品电子网络化的发展步伐。国内一些出版集团逐渐实行网上购书业务，在各自工作站上扫描录入了一些图书的电子文稿。除了出版部门之外，一些文化工作站和私人公司申请制作了图书阅读网站，开发了用户注册软件，实现了以营利为目的的网上登记付款阅读方式，这种业务在全国得以扩展，形成了一定的规模。与汉文图书网站相比，维文图书出版网站发展较慢，制作较晚。目前，部分维吾尔文文化网站在"维吾尔文学"栏目之下放了一些叙事诗节选文本，供网友阅读欣赏。部分维文出版社已实行了网上选书项目，为购书者提供图书的详细介绍，包括编著者或编者情况和故事情节等内容。电子文本模式又包含视频音频传承模式，这一传承方式需要特殊设备，应该单独列为一个特殊的传承方式，但是从引申意义层面理解电子文本，除了网络版本之外，可以将音视频文本纳入电子文本层面。目前，电子音视频文本也都有了长足的发展。我国很多视频网站（如优酷网、土豆网、新浪视频、迅雷看看和风行影视等）都及时将最新电影、电视剧和栏目（法制、道德、焦点访谈等）报道放入网站内，供人们随时观看。我国音频网站数量也相当可观，除了雅虎、搜狐和新浪等大型网站的音乐专栏之外，QQ163 音乐网、一听音乐、爱听音乐、可可西音乐和百度 MP3 酷等音频网站随时为大家提供 Mp3 \ Mp4 等各种音频类型歌曲。目前，维文音视频网站制作行业正在逐步形成和成长，网站内容不断得到充实，技术服务不断得到改进和完善。如新疆艺术研究所制作的维吾尔《十二木卡姆》网站上有木卡姆中叙事诗节选的音视频资料，均可观看和聆听。一些维文综合网站和文化网站都有音乐专栏，其中有一些民歌、流行歌曲和叙事诗节选曲。

第四章

民间达斯坦与其他口头叙事文学体裁

第一节　神话传说与达斯坦

很多维吾尔达斯坦是在神话、传说与民间故事的基础上发展而成的。因此，神话传说与达斯坦有密切联系。下面逐一讨论两者的关系。

神话，在世界各民族的民间文学中占有十分重要的位置，被认为是散文体文学的源头。神话，英文为"myth"，源于希腊语的"mythos"，正确的解释，它是原始社会时期人们在原始思维基础上不自觉地把自然和社会生活加以形象化而形成的一种神奇的幻想故事。在维吾尔文学中，神话是一种古老的形式，内容丰富。维吾尔族在历史上是一个有过多种宗教信仰的民族。除了深受原始宗教萨满教的影响之外，维吾尔族还曾信仰过祆教、佛教、摩尼教、景教和伊斯兰教。15 世纪后期，其他宗教完全被伊斯兰教所取代。众所周知，神话与宗教有密切的联系。维吾尔族神话中存在着各种宗教信仰的深刻影响。《乌古斯汗传》中的一些情节则反映出了古代突厥和维吾尔族中萨满教的遗迹。史诗末尾提到祭祀活动，即木杆下面拴着一只黑羊、一只白羊，很明显，这些情景是北方民族萨满教仪式的残缺。"达斯坦"中提到了创始说的神话，如乌古斯汗娶了光中出现的姑娘，生了三个孩子，分别叫太阳、月亮和星星，他还娶了树洞中的美女，又生了三子，分别叫天、山和海。这个故事细节反映了古代维吾尔族人民关于自然起源的神话故事。史诗中叙述了乌古斯的特异诞生和迅速成长的神奇故事情节，这种英雄特异诞生母题和神速成长母题也属于古老的英雄神话母题之一。该史诗中另一个引人注意之处就是关于许多著名突厥部族名字，如克普恰克、康里、葛禄略等的来源传说。可见，《乌古斯汗传》作为维吾尔族古老的史诗，其与古老维吾尔神话传说有密不可分的联系。

《勇士秦·铁木尔》中的多头女妖母题、神秘苹果母题都是古老母题，带着浓厚的民间文学神话色彩。维吾尔族古代比较著名的英雄史诗《阿勒普·艾尔·通阿》主人公阿甫拉西雅布是一个传奇人物，在优素福·哈斯·哈吉甫的《福勒智慧》、麻赫穆德·喀什噶里的《突厥语大词典》和波斯古籍《阿维斯塔》、《列王纪》中都记载了阿甫拉西雅布。他是突朗国王，是伊朗人的对手，据说他死时有 200—300 多岁，很明显这是将其神化了的叙述，古代维吾尔民间也广泛地流传着他的神话传说，如《突厥语大词典》中零星地记载了英雄史诗《阿勒普·艾尔·通阿》的片段。

最古老的乌古孜—突厥"父辈经典"——史诗《先祖考尔库德书》也是在古老神话传说的基础上产生的史诗。虽然史诗的最早抄本（11 世纪）和后来的抄本（15—16 世纪）属于第二个千年的头五百年间，但根据世界突厥学家所达成的一致看法（巴托尔德、凯普勒、A. 阿比德、Г. 阿拉斯拉、О. Ш·吉其阿衣、М. 西依德夫等），《先祖考尔库德书》史诗（歌谣、传说）的形成应在 5—7 世纪这一段时期内，然后，《先祖考尔库德书》的故事经历了一定的变化、补充和改造，特别是在 9—15 世纪，史诗中渗入了宗教信仰因素，即在旧约时代相关联的突厥处世观的主题，还有一部分与神秘信仰以及萨满风俗相关联的主题也被排挤或替换掉了。

从这部史诗的开篇可以了解到先祖考尔库德是一位歌手，是一位吹笛和讲故事的大师，也是萨满教的巫师——巴赫西，是一个咒语词曲的创作者，同时也是所有"达斯坦"说唱故事的说书人和演唱者。这些说唱故事表现乌古孜英雄题材的十二种不同的场面，描写在反对共同敌人的斗争中，团结在巴彦都尔可汗周围的许多乌古孜英雄。这是乌古孜人的一致性，这种团结统一在史诗时代的 11 篇诗歌中得以保留，只是在第 12 篇中描写乌古孜勇士与可汗之间开始出现内讧、分歧时，这种统一才遭到破坏，因而出现了乌古孜民族的悲剧时代，它带来的是历史的遗忘，是乌古孜"终结的开始"。

顺便说一句，勇士们表现出奇迹般的英雄气概，他们不仅与侵犯的外来者斗争，而且与体现善恶、生死的地上、天上神化人物的化身作战。而女勇士在这方面也不逊于男子，她们准备以其崇高的英雄主义精神来征服死神。这部史诗的第 5 篇和第 6 篇极其精彩，这些诗歌的突出特点是包括了全人类的道德、哲学和美学内涵，其中一篇是勇士与死神的搏斗，勇士的妻子献出自己的生命以拯救勇士的生命。另一篇诗中，描述了坎·吐拉勒有关求婚和反映乌古孜人日常礼仪的传奇故事。史诗典型地表现乌古孜历史及其事件，但作为民族优秀韵文史记，无论是史诗的布局，还是形象结构都与这种叙述风格特有的英雄化有关：英雄独特，事件夸张。史诗宣扬和激起的崇高意向和情感——战斗的忘我精神，热爱自由的天性，勇士的顽强、英勇和力量，对自己的土地、民族的自豪感，对家庭团结和故乡的感情，对女性权力神化的感受。史诗中的勇士是夸张了的高大形象，忠于共同的事业，并且紧密团结在捍卫国家统一和完整的头领乌古孜周围。尊重族长和领袖，为了祖国领土的崇高荣誉，随时准备牺牲自我，保卫国家，不惜付出自己的鲜血和生命，这一切构成了史诗的主旋律。[1]

　　叙事诗《热比娅与赛丁》是诗人阿布都热依木·尼扎里诗歌创作中的一部辉煌作品。叙事诗里所描述的故事是一个真实的爱情故事，这一段爱情悲剧就发生在当时喀什噶尔下辖的伽师巴依托卡伊乡亚曼雅尔大渠（又称泰里维楚克河）岸边的柯克奇村。19 世纪 30 年代初、40 年代末，新疆各地维吾尔文化促进会组织上演了一大批优秀的戏剧作品，包括《热比娅与赛丁》、《艾里甫与赛乃姆》、《塔依尔与佐赫拉》、《乌尔丽哈与艾穆拉江》。维吾尔学者、诗人阿合麦德·孜亚伊于 40 年代写过歌剧《热比娅与赛丁》，后来又写了叙事诗《热比娅与赛丁》，继承与创新了尼扎里的同名叙事诗。这些叙事诗像很多维吾尔"达斯坦"一样，刚开始在民间出现，然后文人的接受与创作并进入书面文学之中，又过了一段时间，通过民间艺人的学习与即兴创作，又回归到民间。民间叙事诗《努祖姑姆》从 18 世纪起在维吾尔族民间流传，到了 19 世纪毛拉·毕拉里（1824/25—1899）取材于从这部民间叙事诗写成叙事诗《努祖姑姆》，至今在南疆一部分地区流传。1930 年，维吾尔戏剧家把《努祖姑姆》的故事情节编写成歌剧并被新疆一些歌舞团上演。这种不断的循环关系，便构成了复杂的文学现象。口头与书面，作家与艺人之间的沟通往往是十分默契的。

　　目前，一些人名地名传说是在维吾尔族民间达斯坦故事的基础上流传至今的。如《努祖姑姆山洞》和《萨迪尔陵墓》等传说是在民间达斯坦演唱过程中保存与传播的。《帕尔哈德水渠》、《千佛洞》、《神秘的城堡》

---

　　① 　雅沙尔·卡拉耶夫：《操突厥语族语言民族的"父辈经典"——〈先祖考尔库德书〉》，海潚英译，《中央民族大学学报》2000 年第 2 期，第 92—94 页。

中这三个传说与民间口承叙事诗《帕尔哈德与希琳》有关。英雄帕尔哈德喜欢邻国公主希琳，同时伊朗暴君霍斯罗也看上了这位美女，都向邻国国王提亲，国王让希琳做出选择，虽然希琳发自内心地爱上英俊好汉帕尔哈德，但是害怕暴君霍斯罗入侵扰乱他们的国度，想以凿山修建水渠的难题考验他俩，帕尔哈德以自己的智慧和勤劳完成了任务。霍斯罗却派巫婆欺骗帕尔哈德，谎报："希琳已嫁给了霍斯罗，在荣华富贵中已经忘了你"，帕尔哈德掉入霍斯罗的陷阱，悲痛万分，一头撞在石头上自杀了。希琳闻到噩耗，自刎殉情。后来，人民将这一水渠以帕尔哈德的名字命名，即称作"帕尔哈德水渠"。《神秘的城堡》中，传说帕尔哈德是一个妖魔，他迷上了公主希琳，但是国王不愿意将公主嫁给一个妖魔，又不想得罪他，向他提出了一个难题，以便令他打消娶她女儿的念头。国王要求他在茫茫的沙漠中修建一座美丽壮观的城堡，帕尔哈德答应了。他从南山的山中扛着巨石，运到沙漠中央，修建城堡。等他快修建完毕之时，国王着急了，他叫来一个老太婆密谋，老太婆道："你屠宰九千只羊羔、牛犊、小马和小骆驼，我去帕尔哈德那儿，谎报希琳的死讯。"国王照办，老太婆谎说希琳突然死亡，全国为她哀悼。帕尔哈德听到从城市传来的哭声，相信了老太婆的谣言，一头撞在岩石上而死。他修建过的城堡从此成为一个神秘的地方。在《千佛洞》中有有关龟兹国公主希琳与和田王子帕尔哈德爱情悲剧的传说。龟兹国国王下令："谁在龟兹国内的高山上修建千佛洞，我就把女儿嫁给谁"。和田王子听到龟兹国公主的美名，前往接受这一任务。他以高超的雕刻技术和绘画水平开始修建千佛洞，希琳前往工地视察他的工程进展，并对这位英俊能干的王子一见钟情，但是等帕尔哈德修建完毕，即将收工报信之时，偷恋希琳的大臣之子派巫婆毒死了帕尔哈德，希琳闻讯，为他自刎殉情。民间达斯坦《努祖姑姆》是反映女英雄努祖姑姆反清斗争的故事。1826 年清朝政府曾经把一批参加农民起义的维吾尔族人民从南疆喀什一带迁往伊犁，努祖姑姆便是其中一名。努祖姑姆在伊犁找到了在卡尔梅克官吏家中当奴仆的哥哥阿布都卡迪尔。不久，她结识了长工巴克，并与他相爱。由于努祖姑姆长得清秀苗条，卡尔梅克官员想霸占努祖姑姆。阿布都卡迪尔和巴克为救努祖姑姆，想尽了办法，都未成功。卡尔梅克逼着她成亲，努祖姑姆假意答应，在新婚之夜，她捅伤清官，出逃躲藏。她逃到一个山洞，过着隐居生活。后来，有人发现她，禀报了清官，清官派兵抓捕她。他们以为入洞抓人十分容易，不过山洞口子不大，只能进一人。清兵进一个，努祖姑姆便杀一个。为了让她走出洞外，清兵烧火熏山洞，但是烟熏不到洞内。于是，他们敲打洞口，试着开大洞口，努祖姑姆拿着死兵的宝剑，砍杀前来敲洞子的敌人，杀死了很多清兵，最终因又饿又渴累倒了，清兵趁机抓捕了她，并被封建统治者处死。从此，这一山洞便以努祖姑姆命名。民间传说《萨迪尔陵墓》是为民间英雄萨迪尔修建的坟墓。萨迪尔是民间叙事诗《萨迪尔帕里旺》中的主人公，是一个真实的历史人物。他于1798年出生在伊宁县毛拉托乎提圩孜村的一个贫苦农民家庭。他在青年时期，领导农民起义，进行了英勇的反清斗争，深受被压迫人民的爱戴，被称誉为萨迪尔帕里旺（"萨迪尔勇士"之意）。据传，萨迪尔一生曾13次被捕入狱，但每次都在人民群众的协助下，凭勇敢和智慧越狱出逃。他不仅是一位农民革命勇士，而且是著名的民歌手，他一方面手持武器，领导人民的反清斗争，另一方面通过犀利的歌声去唤醒人民的觉悟，无情地揭露反动统治阶级的丑恶嘴脸。因此，等他去世入土安葬后，伊犁将军率兵前往萨迪尔陵墓，在他坟墓上鞭打了一百下，以此解恨。

总之，维吾尔神话传说与维吾尔族民间达斯坦有着不可分离的血缘关系。神话传说为民间达斯坦的创作与发展提供了第一手素材，同时民间达斯坦也为人民留下了优秀的民间传说。二者之间的这种相辅相成，促进了这些民间体裁的进一步丰富和发展。

第二节　民间故事与达斯坦

民间故事和达斯坦都是叙事文学的重要组成部分。从叙事性质来讲，民间故事与叙事诗——达斯坦有密切的联系。民间故事与叙事诗——达斯坦是故事性强、情节完整的文学体裁。它们在框架、情节、母题、主题以及类型等诸方面有很多的共同点，但是叙述方式有本质的不同。民间故事是以散文形式展开故事情节的，达斯坦则是以韵文形式叙述故事的。从民间文学形态学意义来讲，从主题、母题和结构等诸方面对二者进行研究是一个值得关注的课题。

一　民间故事与达斯坦的相互过渡

在维吾尔文学中，维吾尔族民间有上千个故事，内容丰富，情节曲折，引人入胜。目前，维吾尔族搜集整理的达斯坦有 150 余部，其中有现实性作品也有幻想性作品。它们之间互相促进的作用体现于：

1. 民间故事为民间歌手提供创作题材

在维吾尔族文学中，取材于民间故事的民间叙事诗数量也不少。如《赛努拜尔》、《夏姆西美女与凯麦尔王子》、《热娜公主与尼扎米丁王子》、《勇士秦·铁木尔》、《乌尔丽哈与艾穆拉江》、《拜合拉姆与迪丽阿拉姆》、《瓦穆克与吾兹拉》、《玫瑰花》、《灰色库尔帕西与黑发阿依姆》、《库尔班与热依汗》等一些民间叙事诗，都取材于民间故事。

2. 韵文叙述特点弱化的达斯坦逐渐演变为民间故事

如维吾尔族英雄达斯坦《乌古斯汗传》原本是民间演唱的篇幅很长的叙事诗，但是随着民间歌手表演的弱化，其逐渐成为故事形态的民间传说。再如《塔依尔与佐赫拉》是一部爱情叙事诗，在一些维族地区以故事形式流传。

因此，可以说，民间故事将会过渡到叙事诗，同时叙事诗也会过渡到民间故事。但是，随着当代媒体对民族地区的冲击与影响，韵文形式的表演与传播环境得到破坏，使达斯坦进入民间故事形态的现象更为普遍。

二 民间故事与达斯坦的共同点

维吾尔达斯坦与民间故事在情节结构、叙事模式、人物形象等几个方面表现出共同的特点。

（一）曲折的情节框架

这类故事中主人公通过克服种种困难，才达到目的，实现愿望。以爱情为内容的民间故事的故事构造：男主人公梦见美女，一见钟情——他不听父母、亲朋好友的劝阻而远行——路上遇到种种困难与障碍——男主人公找到了梦中情人——女主人公的父亲反对他们的结合并考验女婿——男主人公完成岳父的要求，使他不得不答应他们的婚姻——为梦中情人，不顾父母劝阻而离家的主人公（一般都是以异国王子的身份出现）携着妻儿，回国登位。这些连贯性的叙述单元形成了曲折动人的故事情节。祈子母题、梦恋母题、劝阻母题、遇难母题、考验母题、回家登位母题都是构成这类故事的基本内容。除此之外，抗敌卫城母题、国王为难女婿母题和主人公杀毒龙救人母题等叙事单元在维吾尔族叙事文学（主要是传说、民间故事和达斯坦）中得到采用。

（二） 连贯式的叙事模式

从叙事方式看，无论是维吾尔族达斯坦还是民间故事，都是按自然时序由始至末的连贯叙事模式，叙述主人公的诞生、成长、成家立业等过程。英雄达斯坦是讲述从英雄的诞生开始一直到主人公的去世。

（三） 非凡的英雄人物

在民间文学和达斯坦作品中，很多主人公是非凡的英雄。他们的诞生与众不同。以祈子母题为例，维吾尔叙事诗的祈子母题往往具有如下内容：一是主人公未诞生前，他们的父母总会因为无子而悲伤、苦恼不已，于是向上苍或真主祈祷求子。在突厥语诸民族文学中，"祭天、拜天、向天祈祷的情节习以为常，例如阿尔泰语系民族英雄史诗中的英雄特异诞生母题，其模式为：英雄的父母年老无子——祭拜苍天向天神求子——天神赐子——妇女神奇受孕——生下的婴儿带有特异的标志，孩子长大成为英雄，具有超人的神力。"① 在历史发展过程中，英雄特异诞生母题越来越集中、简练和被压缩。后在维吾尔民间叙事诗中演变为祈子母题，其基本模式为：主人公父母年老无子而悲伤——向真主祈祷求子——妇女神奇受孕生子。尼扎里的《帕尔哈德与希琳》和《莱丽与麦吉侬》中主人公的父亲富裕无比，德高望重，但是因无子而十分悲伤，向真主祈祷，举行盛大的"乃孜尔"，最后得到孩子。《四个托钵僧》中国王阿扎旦·白赫特因无子而伤心，十分苦恼，甚至到了不理朝政的程度。二是祈子母题中，主人公都是被神奇受孕而生下来的，也就是神授之子，这与维吾尔人宗教信仰有密切联系。史诗《古尔·奥格里》中，国王艾合买德之妹因先知信徒艾孜热特·艾力的祈祷而神奇受孕，因此她忧虑、悲伤，向真主祈求将她的灵魂送往阴间，她的祈祷被真主接受了。她被安葬后，在安拉的保佑下，在坟墓中生子，因此取名为"古尔·奥格里"（"坟墓之子"之意），这与伊斯兰教有关。前伊斯兰教时期，突厥诸民族流传的传说、故事和民间叙事诗祈子母题与苍天（Tengri，音译腾格里）有密切联系。在漠北高原，突厥语诸民族信仰萨满教，萨满教与人们的日常生活息息相关。他们遇到什么苦恼的事情都向苍天求助。"人们至今给神灵敬献供品，有难事或旅行时请求神灵的帮助，特别是在患病的时候，一定会向神

---

① 郎樱：《阿尔泰语系民族叙事文学与萨满文化》，《阿尔泰语系民族叙事文学与萨满文化》，内蒙古大学出版社 1990 年版，第 23 页。

灵求助。"① 当维吾尔人信奉伊斯兰教之后，苍天的概念被认为是宇宙万物的创造者"真主"所代替。因此后来，维吾尔民间流传的民间文学作品中原有的苍天被改讲为"真主"。在世界各民族文学中求子母题、神奇受孕母题也经常出现。如阿拉伯神话故事《巴斯尔王子与魔王》中，巴斯尔因无子继承王位而十分焦虑，祈祷真主求子，安拉答应了他的愿望，赐给王子。② 巴比伦神话《伊塔那求子》中这样写道：伊塔那对神非常虔诚，他把国家治理得十分好，臣民们生活十分幸福，天神觉得十分满意。然而，美中不足的是掌管国家的国王伊塔那没有子嗣。……伊塔那十分烦恼，总是吃不香睡不甜，整天愁容满面。他多次来到神庙，向苍天跪拜祈祷，请求神灵赐给他一个儿子。③ 蒙古族《巴彦宝力德老人》④ 中说：从前有两位无儿女的老人，老头巴彦宝力德在八十五岁时，他七十五岁的老伴神奇般地怀孕，生子希林嘎立珠巴图尔。上述所提到的例子中，不孕之妇都是在未同房的情况下受孕的，出生的主人公是真主、天神所授之子，与自己的父亲没有血缘关系。这种观点说明"在原始人类尚未认识到男女媾交孕育生命的道理时"，维吾尔族先民相信"女性是生命孕育者，女性生殖器孕育了新生命"⑤ 的观点。世界各地都存在神奇怀孕的观点。在澳大利亚的土著民族认为，"怀孕不是媾交的结果，而是一个精神上的孩子进入阴道的结果。"这种观点在一些非洲人的思想中十分盛行。"孩子精神上的父亲是非人类'上帝'，生理上的父亲与孩子无关。"⑥ 祈子母题中的主人公大多具有超人的神力，聪明而勇敢。《帕尔哈德与希琳》中的男主人公帕尔哈德以超人的力量完成凿山引水的使命，他以勇敢的精神抗击波斯暴君霍斯罗的侵略。

---

① ［匈牙利］米哈依·霍帕尔：《图说萨满教世界》，白杉译，内蒙古自治区鄂温克族研究会选编 2001 年版，第 209 页。

② 陶冶：《阿拉伯神话故事》，商务印书馆国际有限公司 2000 年版，第 421 页。

③ 陶冶：《巴比伦神话故事》，商务印书馆国际有限公司 2000 年版，第 431 页。

④ 任钦道尔吉：《关于阿尔泰语系民族英雄史诗、英雄故事的一些共性问题》，《阿尔泰语系民族叙事文学与萨满文化》，内蒙古大学出版社 1990 年版，第 18 页。

⑤ 郎樱：《东西方民间文学中的"苹果母题"及其象征意义》，《西域研究》1992 年第 4 期，第 96 页。

⑥ ［美国］M. E. 斯皮罗：《文化与人性（"Culture and Human Nature"）》，徐俊等译，社会科学文献出版社 1997 年版，第 251 页。

三 民间故事与达斯坦的共同类型

从故事类型的角度考察，民间故事与达斯坦都有完成国王的艰巨任务与公主结婚的类型和坏哥哥们与好弟弟的类型这两种。第一种类型（维吾尔族魔法故事的第 7 种类型）的故事情节是：主人公（王子或是凡人）为寻找自己的幸福而外出，在路上碰到神人或是超人（拥有超人能力的人），得到他们的指引或预言，找到自己心爱的公主，但是国王提出凡人无法完成的任务，主人公在神或是超人的帮助下顺利完成任务，国王不得不将公主嫁给他。如在《夏米西美女与凯麦尔王子》、《尼扎米丁王子与热娜公主》等达斯坦作品和《鞋匠》、《四个旅伴》、《善良的夏吾东》和《好人好报》等民间故事中，这种类型都得到了巧妙的采用。《凯麦尔王子与夏姆西美女》中凯麦尔王子梦到了一个美女。他不听父王的劝阻，寻找美女—历经磨难—找到了心中人—完成美女父亲的任务—如愿以偿。《尼扎米丁王子与热娜公主》中，据说夏姆城有个国王麦合苏提，他有个女儿热娜，她美如天仙，聪明善良。很多王子、少爷向国王提亲，但是都被热娜公主拒绝了。公主梦到了一个英俊青年，就爱上了他。有一天，热娜公主坐马车逛街，她路过市中心的市场看见了一个英俊的年轻商人，好像她梦到的小伙子，她跟年轻人攀谈后知道他是哈藏市的王子，尼扎米丁王子也看上了热娜公主，彼此之间产生了爱慕之情。尼扎米丁王子约定二人晚上在花园相见。晚上，尼扎米丁在房东的带领下去花园跟热娜公主见面。热娜公主为了试探他的智慧提出了几十道题，尼扎米丁一个一个准确地回答了热娜公主的问题，热娜公主敬佩他的才华，他们当天晚上就结为夫妻。

《四个旅伴》、《鞋匠》、《三个任务》和《战胜铅耳朵的英雄》等民间故事属于同类型的作品，故事主线是主人公离家远走，在旅途中结识了超人，并与其成为朋友，走到某城市之后，参加国王择婿活动，在朋友或是神的帮助下，顺利完成国王布置的任务，娶公主为妻。《工匠青年人》和《残忍的公主》所述的民间故事属于另一种类型。故事情节是主人公离家远走，到达某城市后，参加公主的难题测试，准确回答公主的提问，并娶她为妻。

民间达斯坦《乌尔丽哈与艾穆拉江》，《有情兄弟与无情哥哥》、《百灵鸟》、《古丽卡卡鸟》、《次子》和《三兄弟》等民间故事属于神秘动物援助类型的民间口承作品。这类故事叙述三兄弟外出寻宝过程。老大、老二和老三分头旅行，都经历一些磨难，老三克服困难得到宝物（神鸟、神物等）、公主或是仙女，但是老大和老二却什么也得不到，最后沦为身无分文的乞丐。老三分别把哥哥们找回来，准备回家。兄弟俩看老三得到了一切，而他们却一无所获，便产生了邪念。他们合谋将弟弟扔进古井，然后带着仙女或宝物回家，向父母吹嘘自己的"业绩"。神鸟或是仙女偷偷地跑出来，到古井救人。等父母知道真相之后，惩罚兄弟二人，老三和仙女或是公主结婚，过着幸福的生活。

民间故事与达斯坦都是具有文体特色的故事类型和母题形式。殉情类型和痴情者类型是达斯坦一个典型的故事类型，这是维吾尔族民间故事中绝无仅有的。英雄弟弟类型、蛇王子类型、产下宝石的鸡类型、有超能的燕子类型、狡猾狐狸类型、神秘木马类型、神壶故事类型、神剑类型、神石类型和黑心哥哥与善良弟弟类型等等①是维吾尔民间故事的主要类型，而在民间叙事诗中却没有。

总之，维吾尔族民间故事与达斯坦在故事结构、叙事特点、母题类型和语言特色等诸方面都有密切的联系，都起着相辅相成的作用。民间艺人取材于民间故事，对其加以再创作，创作与表演了为数不少的达斯坦作品。同时，民间讲述者利用达斯坦故事情节，将它改编为民间故事。民间故事是人民群众对理想社会或国家的追求，是幻想和想象相结合的产物，但是达斯坦倾向于反映现实社会，是现实与审美艺术相结合的产物，这是二者的最大区别。

第三节　民间歌谣与达斯坦

达斯坦和民间歌谣都属于诗歌范围的不同类型，达斯坦以韵文形式叙述故事情节，篇幅比歌谣长得多，歌谣是抒发情感、表达思想的较短的诗歌样式。维吾尔族歌谣可分为民歌、民谣及对诗三种类型。民歌，维语称作纳黑夏（Nahsha），是维族歌谣中数量最为丰富且影响力极高的歌谣类型。民歌渗透到新疆各族人民生活的每一个角落，生活题材的歌曲如

---

① 乌斯曼·司马义：《维吾尔魔法故事研究》，新疆大学出版社 2006 年版，第 229—316 页。

《摇篮曲》、《牧羊人之歌》、《赶车人之歌》、《收割歌》；历史歌曲如《筑城歌》、《搬迁歌》；爱情歌曲在维吾尔族民歌中占有很大比重，体现维吾尔族人独特审美情趣的爱情歌有《黑眉毛》、《掀起你的盖头来》、《难道是朵云》、《不要说我不忠诚》、《达坂城的姑娘》，这些歌曲歌唱内容丰富、生活气息浓郁。民谣，维语叫作阔夏克（koshak），每一诗节表达一个独立的情感和思想，无须演唱或吟咏的歌谣样式。维吾尔歌谣具有独特的表达特点。一般，其前两行描述自然风景或自然景象，后两行表达作品的核心思想。对诗，全称称为对说朗诵歌谣，维语称作拜伊特（Beyit）。在维吾尔族婚礼、麦西莱甫及民间聚会等活动中，男女或是女女即兴创作和朗诵的赛诗形式。这一歌谣样式是在维吾尔族婚礼、聚会等群体性活动中最为活跃的文学类型，是人民群众最为喜爱的艺术体裁。

民间歌谣作为最古老的文学形式，对史诗、叙事诗及诗剧等诗歌类型的形成与发展产生了深远的影响。很多优秀的民间达斯坦作品往往是在长篇歌谣的基础上发展而来的。近现代创作并传播的《萨迪尔帕里旺》、《努祖姑姆》、《乌买尔巴图尔》、《亚齐伯克》和《铁木尔·哈里发》等民间叙事诗都是以民歌的形式流传的，随后逐渐丰富起来，形成了一部部完整的民间达斯坦作品。从这一点来讲，民间歌谣与民间达斯坦具有十分密切的亲属关系。二者在音节、韵律及诗行等结构特征方面有较多的共同点。

一　音节

音节是维语中构成词语的最小单位。歌词词句的形式以音节数命名，由几个音节构成的就被称为几个音节。就维吾尔民间叙事诗及民歌形式来讲，每四句自成一段，每句以七个音节为准。诗歌结构形式可分为奇数音节式和偶数音节式两种形式。维吾尔族诗歌每行从四音节至十六音节最为常见。奇数音节式中以七音节为最多，兼有九音节式、十一音节式和较为少见的五音节式和十三音节式。偶数音节式以八音节式为最多，兼有十音节式和极为少见的六音节式、十二音节式和十四音节式。如以英雄叙事诗《古尔·奥古里》为例，在这一达斯坦中，七、八、九、十、十一和十二音节式都被采用，但是其中七音节式最多，按照音节形式，将作品中的诗歌依次排列成八音节、九音节、十音节、十一音节和十二音节等音节式。在维吾尔民歌中，从四音节至十六音节都会出现。如"日日夜夜/挥动砍土曼/从黑土里/寻找黄金不断。"（四音节式），"别哭，姑娘，别哭/这是你的喜事/金色的花床帐/是你的新婚卧室。"（六音节式），"看你讲不讲义/我跑了很多回，/既然你不讲信义/我千万次后悔。"（七音节式），"钢铁扔进水里无法漂起来，/纵给黄金人心也无法买起来"（十一音节式）等等。无论在民歌还是叙事诗中，七音节式最为丰富，八音节、九音节和十一音节诗歌形式也较多。

二　韵律

维吾尔诗歌韵律样式有头韵和脚韵两种，头韵在古代民歌中能够找到一些例证，在漠北草原，在古代突厥及回鹘诗歌中，头韵形式是十分常见的。AAAA、AABB 等头韵形式在回鹘摩尼教、佛教赞歌中得到广泛的采用，如 "Ta ŋt ɛŋri k ɛlti /Ta ŋt ɛŋri øzi k ɛlti /Ta ŋt ɛŋri k ɛlti /Tang ŋt ɛŋri øzi k ɛlti " 等等。西迁之后，回鹘人的头韵形式逐步开始衰退，尾韵形式得到了长足的发展，先 AAAB 尾韵式得以普遍运用（《辞典》中的歌谣以这一韵式为主），后双行诗 AABB 尾韵（鲁提菲、纳瓦依等古典诗人诗作）得到发展，到近现代尾韵 ABAB、ABCB 形式在维吾尔族诗歌中占了上风。在长期的运用和发展中，一个韵式代表了一系列诗歌作品的韵律特征，一个韵式符合一大批诗歌的韵律模式。但是近现代民歌中，类似的韵律形式已经不存在了。在维吾尔族达斯坦韵律中，韵脚较多。从近现代流传的民歌和叙事诗来看，主要以 AAAB、ABAB、ABCB、AABA、AB-ABAB、ABBB 等韵脚形式为主。AAAB 式韵律形式历史悠久，在古代民歌和收录于《突厥语大词典》的叙事诗片段中，都采用这一韵律形式。

Alp ɛr toŋa øldimu,	英雄通阿身已殒，
ɛsiz ažun qaldimu,	不平世道犹独存，
øzl ɛk øtɾin aldimu,	苍天可解仇和恨，
ɛmdi jyɾ ɛk jirtilur.	悠悠我心戚如焚。[①]
……	
b ɛgl ɛr atin a ɣɾuzup,	伯克们奔跑，坐骑也倦乏，
qaz ɣu ani tur ɣuzup.	哀伤悲痛使他们脸色憔悴，
m ɛŋzi jyzi saɾ ɣajtip,	他们脸上犹如涂上一层黄蜡，

---

① 麻赫穆德·喀什噶里：《突厥语大辞典》，新疆人民出版社 1984 年维文版，第 33 页。

kørkym a ŋar turtylyr. ①　　　　面色枯黄，神情忧郁。②

(《突厥语大词典》，第一卷，第 633 页)

这种押韵形式在《玉苏甫与艾合买提》、《艾里甫与赛乃姆》、《乌尔丽哈与艾穆拉江》和《赛努拜尔》等叙事诗中被广泛地采用。例如：

Yahxi zaerrin cursi angakoydurdum,

Tilla tv'xaec taehtcae animindvrdvm,

Ispihhanning nispiy hirajin buyrudum,

Caelhaet kuxlar xunkar aelhhanbolurmu?

ABAB 式是维吾尔族诗歌中常见的押脚韵形式。其中，ABCB 式数量最为可观。例如：

阿古柏是只猛虎，／吃人从不吐骨头；
勒索人民的钱财，／变成喀什的巨富。

(民歌，张世荣译)

亲王派人把信传，	战斗打响在苦水台，
要起义的部队受招安；	真傻得天昏地也暗。
铁木尔哈里发回信说，	不自量力的狗道台，
有本事你派兵再来战。	被义军打死在戈壁滩。

(《铁木尔·哈里发》卜昭雨译)

在民歌及民间叙事诗中，AABA 式和 ABBB 式的押脚韵形式也较多。我们从历史英雄叙事诗《努祖姑姆》来看这两种韵律方式的运用情况：

官兵们把努孜克追击，	烈火燃烧在巴克心里；
在苇滩里多了六个月，	没有见过一丝阳光；
做饭的生铁锅里，	没有下过一次勺子；
我那可怜的同胞哥哥，	也在为妹妹日夜叹息。
努孜克的头上，	压着山一样的悲伤。
在苇滩里睡了六个月，	没有解过一次扣子。

(张世荣译)

ABABAB 式在新疆罗波诺尔地区民歌中较多，在维族叙事诗中，这

① 麻赫穆德·喀什噶里：《突厥语大辞典》，新疆人民出版社 1984 年维文版，第 633 页。

② 郎樱：《突厥语大辞典中的文学价值》，中国民族文学网（http：//iel. cass. cn），第 3 页。

一韵律形式较为少见。如：

微风吹开纱巾之时，／我看到你美丽的容颜；

当夜莺在花丛中歌唱时，／我又苦苦地把你思念。

啊，我美丽的情人哪／我的心日夜在把你眷恋。"（民歌，张世荣译）

三　诗段

民歌和叙事诗主要是由四行为主的诗节构成，还有五行、六行、七行、八行及自由行等诗节形式。四行诗，如"让劳动的歌声，／响彻在田野里。／让你那春天之女神，／拥抱起大地"。（黎·穆塔里甫诗）。五行诗，如"愿你使歌声像烈火似的炽燃，／愿你使意志在战斗的艺苑里得到冶炼，／愿你向人们把音乐的灵魂灌输，／愿你使暴洪般的浪涛腾起在琴弦，／战斗的生活在向我们展开笑颜，我的乐师。"（黎·穆塔里甫诗）。八行诗段，例如：

"Hɛwzixan nɛdɛdesɛ，如果问我，艾维孜汗去了哪里？

Ari ɣul ɣa kɛtti dɛrmɛnmu. 难道我要告诉它们你去了阿里胡村。

A balam，a balam，a balam，a balam. 我的儿啊，我的儿。

Tala tøt kyn jaz bolur，明天就入夏了，

kakkuk kelip sajriɾur. 布谷鸟儿欢快地歌唱。

Hɛwzixan nɛdɛdesɛ，如果问我，艾维孜汗去了哪里？

rɛhɛgɛkɛtti dɛrmɛnmu. 难道我要告诉它们你进城去了。

A balam，a balam，a balam，a balam. 我的儿啊，我的儿。（摘自《艾维孜汗》）

由于时间和篇幅的原因，我们不再一一列举说明双行、七行、九行和十行以及自由行诗等诗段。

四　格律

维吾尔族诗歌韵律大体分为阿鲁兹格律和巴尔玛克格律两类。阿鲁孜格律诗是以长短音节的组合和变换为基础的诗，它共有 19 种格式，常见的有"热杰孜"、"热麦勒"、"海则吉"、"瓦菲尔"、"泰维勒格"、"木塔卡里卜"等等。"巴尔玛克"格律（barmak we'zin）是维吾尔诗歌格律之一，它是维吾尔诗歌古老的民族传统形式，是一种音节的一系列重复而形成节奏，其特点是按一定规则把诗行中的音节分成为顿或音组，通过顿

或音组反映出其节奏和声调。

维吾尔族民歌及达斯坦以长短音节形式产生诗歌的节奏感。我们以《阿里甫·艾尔·通阿》为例。从韵律、结构和节奏来讲，其口头特点十分明显，其具体表现在以下一点：韵律程式（尾韵）。这样一来，韵律逐步得到无比的统一化和单一化，形成了一个韵律程式。从这一角度看《阿里甫·艾尔·通阿》，我们会发现在诗歌中普遍采用的程式化尾韵形式是"AAAB 式"。如：

ulirip/ɛr ɛn/ børl ɛju，（A）— — ∨ jirtip/ jaqa/urlaju，（A）— — ∨

siqirip/yni/junlaju，（A）— — ∨ si ɣtap/ køzi/ørtylyr。（B）①— — ∨

………

Alp /ɛr toŋa /øldimu　　　英雄通阿身已殒，　　　— — ∨

ɛsiz /ažun/ qaldimu　　　不平世道犹独存，　　　— — ∨

øzl ɛk /øtrin/ aldimu　　苍天可解仇和恨，　　　— — ∨

ɛmdi/ jyr ɛk/ jirtilur　　悠悠我心戚如焚。　　　— — ∨ ……

在朗诵诗歌之时，由长音（以元音结尾的音节或是词语，代号为"∨"）和短音（以辅音结尾的音节或是词语，代号为"—"）构成的诗节或是诗段产生一种强烈的音乐感，这就是我们所说的诗律。

维吾尔族民歌。新疆音乐以维吾尔族民间音乐最享盛名。它继承了古代龟兹乐、高昌乐、伊州乐、疏勒乐和于阗乐的艺术传统，保留着浓厚的民族特色和地域特色。由于地域的分隔，历史、地理和生产方式的不同，又形成了风格迥异的四个音乐色彩区，即天山以南的塔里木盆地是以喀什为中心的南疆色彩区，天山北麓的伊犁河谷和准噶尔盆地是北疆色彩区，天山东端的哈密和吐鲁番盆地是东疆色彩区和刀郎色彩区。例如南疆色彩区的和田民歌古朴短小，富有乡土气息。喀什民歌节奏复杂，调式丰富。库车民歌热烈活泼，具有鲜明的可舞性，隐隐透露着古龟兹乐舞的遗风。刀郎色彩区的民歌风格粗犷，保留着古代从事游牧业的刀郎人所喜爱的牧歌情调。

维吾尔族情歌，犹如一朵艺苑奇葩，首冠群芳，享誉中外，透过情歌可以了解到这个民族的社会生活风貌、人文习俗，体察到他们的审美情趣，感受到他们多姿的优秀民俗和审美文化传统。

---

① 麻赫穆德·喀什噶里：《突厥语大辞典》，新疆人民出版社 1984 年维文版，第 64 页。

　　总之，从韵律、格律、诗段和音律等诸方面来考察维吾尔族民歌与达斯坦，我们会发现二者在诗歌结构和诗歌格律等领域的共同性。从起源学角度谈，民歌起源应当比达斯坦早些，民歌对达斯坦的形成与发展发生影响是必然的。达斯坦在民歌形式的多样化和内容的多元化上所作出的贡献是必须认可的。因此，我们要从诗歌格律、步格、韵律、诗节和诗歌音节等环节，对二者的异同进行更为细致的研究，这是一项十分有意义的工作。

第五章

达斯坦歌手——达斯坦奇的学习与演唱

第一节　达斯坦奇学习的语境

语境（context）包括广义和狭义两个层面，广义的语境包括地理环境、社会环境、民俗、宗教信仰、语言、风俗习惯等内容。这些因素在很大程度上影响口头传统的发展趋势，影响口头作品的结构、框架、主题和表现形式。狭义语境是田野意义上的语境，它包括人作为主体的特殊性、时间点、地域点、过程、文化特质、意义的生成和赋予等。① 由于笔者三次田野调查地点都是和田地区墨玉县，这里经济较为落后，民间艺人较为集中，下面本文以这一县为个案，对其环境、经济、社会、宗教和民俗进行简洁的说明，以便解决达斯坦奇的学习、传承与社会之间的复杂关系。

一　生态环境

1. 自然生态环境

墨玉县位于塔克拉玛干大沙漠南缘，昆仑山北麓，地处东经79°08′~80°51′，北纬36°36′~39°38′，海拔 1 120~3 600 米，是和田绿洲的一部分。全县总面积 25 312.2 平方公里，其中绿洲面积占 4.3%，沙漠占85%，山区占 10.7%。县辖 1 镇 15 个乡，361 个行政村，1 643 个自然村，总人口近 40 万，是全疆的三大县之一。全县现有耕地面积 54 万亩。墨玉县为暖温带干燥荒漠气候，气候特点是：春季升温快而不稳，常有回寒天气发生，多大风，浮尘日多，有沙暴。夏季炎热，秋季降温快，冬季

---

① 朝戈金：《口传史诗诗学：冉皮勒〈江格尔〉程式句法研究》，广西人民出版社 2000 年版，第 15 页。

冷而不寒。光照充足，降水稀少，年均降水量为 35.2 毫米，无霜期长达 210 天左右，昼夜温差大，年平均气温为 11.6℃，长年主要风向为西北风。农业土壤以黄沙土壤为主，土壤肥厚，生产量较高，适合种小麦、棉花、玉米、油菜和水稻等农作物。墨玉县水源主要来自于喀拉喀什河和地下水。喀拉喀什河发源于昆仑山北坡，以融水为主，有少量雨水。河水季节性周期较为明显。当年 10 月至次年 5 月期间，河水水量少，6 月至 9 月期间，水量大，有时甚至发生水灾。墨玉县充分利用地下水，灌溉农田，过渡旱灾。墨玉县矿产储藏量不大，主要昆仑山现已探明的矿产有砂金、金刚石、玉石、水晶石、盐等。墨玉县的林木资源主要有沙区天然种植的红柳林和居民区人工林两种，共有林业面积 58.2 万亩，森林覆盖率为 1.7%，林木品种共有 30 多种。草原面积少，质量不高，可利用草原面积有 1 227.915 亩，主要是荒漠草原类型，以低草植物为主。墨玉县的自然灾害也较多，主要有旱灾、水灾、虫灾等。①

2. 社会生态环境

墨玉县是以维吾尔族为主的多民族聚居县，1997 年维吾尔族人口占全县总人口的 99.2%，汉族占 0.3%，其他蒙古、回、壮、满、哈萨克、乌兹别克等民族，约占总人口的 0.5%。主体民族维吾尔族都信仰伊斯兰教，其中虔诚的穆斯林很多。墨玉县人民主要是以农业为主，以畜牧业、商业和林果业为辅的生产方式。全县以生产粮食为主，小麦播种面积 24.4 万亩，还有一定规模的经济农作物。具体情况是：玉米 3 万亩左右，棉花 7 万亩左右，苜蓿 7 万亩左右，水稻和葡萄均保持在 4 万亩左右。墨玉县畜牧业并不发达，畜牧方式是以天然草原放牧和家庭饲养相结合的方式。县南和县北适合放牧，草场面积较广，但是因近年来开垦造田和沙化等原因，造成了天然草原规模逐渐缩小。墨玉县主要是以小本经营为主的商业形式，平民还在从事以集市为单元的自给自足的自然经济模式。除此之外，园艺业有一定的规模，墨玉县的核桃、巴旦木杏等干果生产较为突出。县内创办了一些乡镇企业，也有一些私营企业，但是由于技术低和管理不科学等原因，经济效益不高。因此，墨玉县被列为全国特困县，经济发展较为落后。这些年来，墨玉县交通状况得到改善。从墨玉县开往和田

---

① 中国社会科学院民族研究所：《墨玉县·维吾尔族卷》，民族出版社 1999 年版，第 1—15 页。

市的公路达到国家一级公路的标准，从和田市乘车 20—25 分即到。从墨玉县经由皮山然后到喀什叶城县，道路顺畅，公路建设较好。此外，从县城通往各乡的普通柏油路都已修好。居民的住宅，四墙由土块或砖砌成，内部一明两暗的房屋，四周筑土炕台，专供接待亲朋好友吃饭、午休之用。墨玉县农民出门赶巴扎，有的赶着毛驴车，有的乘车，有的骑着摩托车。现在大部分居民有摩托车或是自行车，个人出门主要靠这些交通工具，少数富裕农民有了自己的汽车，但是拥有的人依然很少。

二　风俗习惯

墨玉县主体民族——维吾尔族，作为一个地方群体，民俗习惯和风俗与整个维吾尔族是一样的，但也有一些具有地方特色的习俗。

1. 生产习俗

墨玉县作为一个农业县，在农耕生产过程中形成了一定的习俗。播种时男前女后，在播种前喊上一句"胡大（真主）保佑！"以保证种子全部出苗。在干旱缺水时，有到麻扎（陵墓）向真主求雨的习俗。待粮食打场入仓时，每家每户都要做一些馕，请乡亲们食用，向胡大（真主）祈祷，以便祈求来年丰收。

2. 生活习惯

墨玉县人主食有馕、抓饭、包子和面条，墨玉县的烤包子和羊肉串很有名，味道好。墨玉县农民一般晚上一顿正餐（做饭），早餐和午饭主要以馕和吃苞谷面糊糊为主。城镇居民多食白面馕、牛奶、砖茶、拌面等。每逢星期日进城赶巴扎，村民在巴扎上品尝拉面、烤包子和抓饭以改善伙食。

3. 服饰

墨玉县居民老年人多穿白大褂式的裕袢，戴花帽，喜欢穿胶质套鞋。中青年多数穿西式衣服、衬衫或是休闲夹克等。妇女穿连衣裙，戴头巾，部分妇女还戴面纱。但是目前这种现象较少。很多妇女，尤其是公务员或教师等行业的妇女会穿时尚衣服，戴一些昂贵的首饰。

4. 礼仪

维吾尔族自古讲究礼节，礼仪习俗较多。如见面礼、迎宾礼、婚礼、满月礼、膳后礼和告别礼等。见面礼是每天早晨第一次见面，双方弯腰行礼，问候，男则握手，女则以吻代替握手。迎宾礼：主人门前相迎，让客人先入室，铺上单子或褥子，年长者上座，其余人环形跪坐。吃饭之前，主人端上洗水盆，用铜壶浇水洗手。男女有别，男主人侍奉男客人，女主人招待女客人。婚礼一般经过男女相爱——男方提亲——女方同意求婚——男方送聘礼——双方商定结婚日——阿訇主持男女做"尼卡"仪式——男方迎接新娘回家——婚庆宴会等过程。满月礼是孩子出生 40 天之后举行的庆祝活动，又叫"摇篮礼"。膳后礼是凡请客或其他任何时间，膳后必须双手放于胸前行"都瓦"（祈祷），由长辈领头，众人随之同做。告别礼也是历史悠久的民俗礼节。凡亲朋告别时，主人须先弯腰鞠躬，说一声"真主保佑"、"一路平安"，客人亦回敬"谢谢"、"真主保佑"，退至一两步远再转身离去。

5. 娱乐

墨玉县人喜欢大众化的麦西莱甫娱乐活动，群众欢乐地伴着鼓声、唢呐声翩翩起舞。男女老少，欢歌笑语，形式多样。农村每逢巴扎之日，农民群众喜欢听讲故事。农民也喜欢看电影、电视。目前，电视普及率较高，给农民带来了无限的乐趣。

6. 生育

墨玉县的乡俗是姑娘生第一个小孩必须在娘家。婴儿出生后第七天举行命名礼。阿訇抱着婴儿，在他（她）右左耳朵各喊三次，然后命名。男孩长至 7 岁须行割礼。

7. 丧葬

人去世后，用温水净身，用白布先将下腭绑上，以免下腭脱下。然后用白布将全身缠裹，放入抬尸架，抬到清真寺。由阿訇诵经祈祷，然后送至土葬。三日、七日、四十日和一周年分别举行祭祀活动。

8. 节庆

墨玉县居民与整个维吾尔族一样分别过着 3 月 21 日的诺鲁兹节、登霄节（拜拉特节，每家做油饼，送于麻扎，为亡灵诵经祈祷）、盖德尔节（入斋后第 27 日，通宵不眠，诵经祈祷）、肉孜节（封斋节）、古尔邦节（宰牲节）等节日。

这些社会环境对达斯坦奇的学习与演唱产生各方面的影响，如达斯坦奇须掌握普通观众的生活规律、生活习俗、节假日庆祝活动、麻扎崇拜仪式和娱乐方式等内容。他们要注意何时何地应该演唱什么样的达斯坦、不应该表演什么样的叙事诗等常识性问题。为了迎合观众的心理，讨他们的欢心，他们要明白在达斯坦的何处再加一些新内容等。

第二节　学习动机与目的

达斯坦奇为什么学习叙事诗——达斯坦作品？这是我们进一步探讨的问题。对于达斯坦奇的学习动机与目的，我们从下面三点加以探究：

一　兴趣

人类艺术史是相当漫长的。从马克思主义观点出发，我们肯定艺术起源与劳动的关系。前辈学者以科学的方法论证了狩猎与舞蹈、民歌与劳动等艺术形式与生产方式的关系。

1. 达斯坦奇对达斯坦演唱的学习兴趣与家庭环境和社会环境有联系

在基层社区，达斯坦奇接触达斯坦的机会较多。部分达斯坦奇的父亲、兄长就是达斯坦奇，家庭环境对他的达斯坦学习有很大的影响。如达斯坦奇沙赫买买提的父亲和兄长都是有名气的达斯坦歌手，这对于达斯坦奇来说提供了得天独厚的条件。达斯坦奇看到父亲忘我的表演场景，聆听那些动听而离奇的故事歌曲，不由自主地对达斯坦演唱活动产生兴趣。他们随父亲或亲戚出门，和平民观众一起欣赏他父亲的表演。等他们看到很多人兴致勃勃地聆听这些口头表演之后，更加激起他们对达斯坦创作和学习的欲望。一部分达斯坦奇在家庭成员中没有歌手的情况下多次参加民间歌手的达斯坦演唱活动，逐渐对这一即兴创作的口头说唱艺术产生兴趣。他们向当地有名的达斯坦奇学习达斯坦，掌握达斯坦的故事内容和表演技巧。

2. 这与热爱生活、热爱故事、认知世界的需要有关系

很多达斯坦歌手在童年对曲折离奇而古怪的民间故事、童话有一种强烈的兴趣。他们热爱故事，想象力丰富，他们将故事中的神奇物品（阿拉丁神灯、飞毯、会飞的木马等）和刀枪不入的英雄信以为真，以儿童眼光认知世界。他们相信这是一个充满幻想而神奇的世界。因此，他们热爱生活，向往童话中的神奇沙漠、花园和生活环境。其实，在维吾尔达斯坦中，有一部分幻想色彩浓厚的爱情叙事诗，其中描述主人公与怪兽、毒龙、独眼巨人、妖魔的斗争，他们凭自己的智慧和力量，得到仙女的爱情。这些幻想故事深深地吸引年幼的达斯坦奇，指引他们进入神奇而又充

满想象的世界。他们就这样喜欢上达斯坦艺术，逐渐进入达斯坦故事和表演技巧的学习。

二　谋生

笔者在田野调查期间遇到的达斯坦奇几乎都是农民，达斯坦创作与演唱是他们的副业或是兼职。其中也有一些以达斯坦为职业的歌手，如沙赫买买提是一个以达斯坦为谋生手段的民间歌手。他是和田地区有名的达斯坦奇，身兼多种身份，还是和田地区墨玉县政协委员、新疆民间文艺家协会会员和新疆文化厅生活补贴获得者。其实他也有农田，本身就是农民，只是地由儿子耕种，他自己到处表演达斯坦。每周一至周日，在墨玉县各乡镇轮流举行巴扎（集市）日，周六、周日是县城的大集市。沙赫买买提到各乡镇的巴扎，找一个合适的地方，为赶来买生活用品的村民表演达斯坦，听众人数多达百余人。沙赫买买提向听众索要报酬。"这个时候巴扎也是最热闹的，农民们赶集，多多少少可以小奢侈一下，艺人在这个时候也就有了展示的机会。虽说现在到处有录音机、广播和电视里放的音乐、歌曲、电视剧和电影等，一旦有艺人演唱，还是有不少前来听曲的观众。买一两毛钱的瓜子，围坐在说唱艺人的身边，一边听一边嗑瓜子，也是一种享受。艺人在演唱到某一关键段落，便停下来向听众索取报酬。"[1]有时，在和田一些麻扎（陵墓）附近举行宗教朝拜仪式，人较为集中。此时，他赶到麻扎，找一个合适的地方，开始他的达斯坦表演。有些达斯坦奇利用农耕空闲时期参加一些婚礼、割礼或麦西莱甫等民间活动，弹唱一些欢快而有趣的达斯坦曲目来活跃气氛。这时，主人以一块布料、砖茶或羊肉等礼品答谢达斯坦奇，有些人直接给他数十元或百余元作为奖励。偶尔，他们在巴扎上现场表演，但是活动次数远远不如像沙赫买买提这样的职业歌手。他们用季节性赚来的微薄收入作为生活的补贴。

三　名誉

对人来说，除吃喝住行等物质需要之外，有一个更加强烈的愿望就是做名人或是有脸面的人。为了这一需求，有人会奋斗一辈子。达斯坦奇也

---

[1]　热依汗：《墨玉县维吾尔族达斯坦奇调查日志》，朝戈金：《中国西部的文化多样性与族群认同》，中国社会科学文献出版社 2008 年版，第 157 页。

有做名人的欲望。一些达斯坦奇在当地或周围一带地区有很大的名气、威望和信誉。像沙赫买买提，他在全疆就大有名气，是很多达斯坦奇学习的榜样。

第三节　学习过程

达斯坦演唱技巧的学习过程是一个循序渐进的过程，要分步骤、分阶段地进行。任何一个达斯坦奇在成为一名合格的达斯坦奇之前都要经过一个漫长的学习阶段。学习是一个需要勤奋、用功而刻苦的过程。要学好知识，光对某行业或技巧感兴趣还远远不够，必须付出心血和努力。一个达斯坦演唱爱好者，要严格要求自己，多听多练，才能成为一名好达斯坦奇。

一　聆听

一般在外语教学中，说好外语的一个前提是听，多听的目的是懂意思和把握信息要点。关于第一阶段，美国学者弗里（John Miles Foley）在其《口头诗学：帕里——洛德理论》一书中提到："在导入介绍歌手的表演和学习训练的第一章之后，洛德概略地勾勒了史诗演唱的一般环境和社会背景，进而记述了歌手学艺的三个阶段。第一阶段是单纯地聆听叙述的节奏与修辞的韵律……"[①] 达斯坦演唱学习过程的第一个步骤也是聆听。像洛德所说，先听音乐节奏、曲调和格律，后听歌曲内容和信息，即歌词。"在第一阶段，别人演唱时他端坐一旁，打算有朝一日自己演唱，或许他仍未意识到自己的决定，只是非常急切地要聆听老人的演唱。在他实际开始演唱之前，他已经在无意识之间打下了基础。"[②] 在学习兴趣的前提之下，多次聆听著名达斯坦奇的现场表演，将会很好地掌握达斯坦奇的表演风格、技巧和达斯坦的故事情节。

二　记忆

记忆是学习的一个主要手段。对于学习知识者来说，记忆是一个必不

---

① ［美］弗里（John Miles Foley）：《口头诗学：帕里——洛德理论》，中国社会科学文献出版社 2000 年版，第 97 页。

② ［美］洛德：《故事的歌手（The singer of tales）》，尹虎彬译，中华书局 2004 年版，第 28 页。

可少的能力。很多歌手是记忆超群的民间艺人，是保存和传播民族传统文化的传承者和表演者。如柯尔克孜著名歌手居素普·玛玛依是一位因演唱八部《玛纳斯》史诗（25 万行）而举世闻名的大玛纳斯奇。这一阶段"他（歌手）正在熟悉故事，熟悉英雄和英雄的名字以及远古的、遥远地方的习俗。他对诗的主题很熟悉，当他听多了，并听到人们讨论歌的时候，他对这些主题的感受更加敏锐了。与此同时，他正在吸收演唱的节奏韵律和歌中思想表达的节奏。即使在此早期阶段中，那些反复出现的词语即所谓的城市也得以被吸收。"① 歌手经过反复聆听，记忆故事情节、主题、母题以及表演手段等内容，为后来的表演奠定了基础。古希腊歌手荷马也是一个记忆超群的盲艺人。很多民间艺人都具备一个共同的特点就是超人的记忆力。他们凭借超强的记忆力，掌握内容丰富而叙述复杂的达斯坦文本的情节脉络和线索，通过反复地聆听达斯坦文本的演唱，将达斯坦演唱曲调、音乐节奏和曲子变化记在脑海中。对于盲人歌手来说，这是最为重要的。在田野调查中，盲人歌手图尔地买买提·喀日告诉我：

"我在三岁时得了一场病，不知道什么病，后来双目就失明了。从此之后，我无法干活儿，就热衷于学习达斯坦。父亲把我送到奎牙乡的著名达斯坦奇胡达拜地木匠那里，拜师学艺。我是盲人，但是我的听力很好，记忆力也不错。反正我能把听到的故事记在脑中。像《玉苏甫与艾合买提》一样篇幅很长的达斯坦，我只能反复聆听我师傅胡达拜地·阿訇（尊称）的演唱，花一年多的时间，才能够背好。一些篇幅较小的达斯坦，如《司依提诺奇》、《乌尔丽哈与艾穆拉江》等，我只花了几个月就掌握了。"② 另外一位盲人歌手阿布里米提·喀日承认听和记在拜师学艺中是两个十分重要的环节，称其曾经对他的学艺起到主导性作用。"阿布里米提·喀日演唱生涯的转折点在 1979 年。那年在乡里防洪筑坝时，他有幸与奎牙乡的沙赫买买提一起为参加劳动的人民演唱民歌。那是他第一次听沙赫买买提演唱，让他记忆犹新的是沙赫买买提演唱《艾拜都拉汗》的风格对他触动很大。之后，他就开始学唱沙赫买买提说唱过的曲目。他经常追随沙赫买买提，听他演唱。据他自己讲，他只需听一遍，就会默记

---

① ［美］洛德：《故事的歌手（The singer of tales）》，尹虎彬译，中华书局 2004 年版，第 28 页。

② 笔者于 2008 年 7 月 29 日在墨玉县田野作业的日志资料。

在脑子里。"①

近现代，一些识字的达斯坦爱好者，阅读达斯坦的手抄本，掌握了达斯坦的故事脉络和程式化的主题。但是，他们认为歌手现场表演时的曲调、节奏和韵律等"表演中的创作"因素，歌手的表情、手势和身姿等行为举止是书面文字无法替代的。

三　演练

学习过程的第二步骤是训练和运用。经过聆听、吸收和记忆阶段之后，爱好者进入演唱试练阶段。阿尔伯特洛德（Albert Bates Lord 1912—1991）对此问题阐述得十分到位，他说："第二阶段从歌手开口演唱开始，不管此时是否有乐器伴唱。这个开始阶段伴随着形式上的主要成分——格律和曲调的建立，即歌和古斯莱或塔姆布拉（双弦弹拨乐器）的曲调就是歌手表达思想的框架。从此以后，他所做的一切都在这种韵律模式的限定之下。"② 爱好者反复地背诵主要达斯坦的故事情节，掌握故事的整体框架和主要脉络，为今后表演打下良好的基础。如果说达斯坦故事是达斯坦奇表演的主要途径，那么达斯坦各个段落的曲调、格律和节奏就是表演活动的补充环节。达斯坦作为一种民间口传艺术，音乐对其来说是一个十分重要的因素。好歌手都是一流的好乐师，他们往往在乐器伴奏下进行演唱。因此，一个达斯坦爱好者要掌握一门弹奏乐器的功课。弹琴需要耐心学习和刻苦训练。对爱好者来说这是一个难题。他要拜师，刻苦学习弹琴。弹奏一手好琴，除了拥有一个好的乐感之外，还要不断地训练。训练的具体环节有模仿和演唱。

1. 模仿，模仿是学习的过程

艺术起源于模仿，是最古老的一种说法。古希腊哲学家德谟克利特就认为艺术是对自然的模仿。他说："从蜘蛛那我们学会了织布和缝补；从燕子那儿学会了唱歌。"③ 在他之后，亚里士多德进一步认定模仿是人的本能，所有的文艺都是模仿。他指出："这一切实际上是模仿，只是有三

---

① 热依汗：《墨玉县维吾尔族达斯坦奇调查日志》，朝戈金：《中国西部的文化多样性与族群认同》，中国社会科学文献出版社 2008 年版，第 141 页。

② ［美］洛德：《故事的歌手（The singer of tales）》，尹虎彬译，中华书局 2004 年版，第 27—28 页。

③ 《西方文论选（上册）》，上海译文出版社 1979 年版，第 5 页。

点差别，即模仿所用的媒介不同，所取的对象不同，所用的方式不同。"①
虽然模仿是对文艺起源的一种说法，但是对于艺术的学习却有一定的参考
作用。根据亚里士多德的说法，歌唱家是用声音来模仿。因此，达斯坦爱
好者只有对达斯坦奇的声音、身体语言、语言程式和演唱技巧等进行反复
地模仿，才能够掌握达斯坦奇的表演技巧。罗德强调："学歌的第二阶段
是一个模仿的过程，这包括学习乐器的弹奏和学习传统的程式和主题。实
际上歌手模仿的是大师们的创作技巧，而不是某部史诗诗歌的激发……他
并无特定的学习课程，也没有学习这个或那个程式的意识。这是一个不断
学习、大量实践、模仿和融会贯通的过程。"② 可见，达斯坦爱好者模仿
歌手的一套程式化的技法和表达程式，学习歌手的表演技巧，在自己父母
面前或在同伴中间，对一些精彩的达斯坦片段进行模仿表演，以达到演练
彩排的目的。

2. 演唱，演唱是一个歌手学习达斯坦的一条途径

学习演唱有两个渠道，第一个渠道是学习口头演唱和口传达斯坦表
演；第二个渠道是学习书面文字的达斯坦手抄本或是印刷本。在口头学习
阶段，"首先是在家庭内或家族中得到耳濡目染的熏陶和教育"，使达斯
坦演唱得到初步的接受和理解，"然后通过拜访某一位著名达斯坦奇，拜
他为师反复聆听，观察他的演唱，琢磨、领会，掌握其演唱内容和技巧，
并在其指导下进行演练的传统学习方式"。达斯坦奇"学习和获得"达斯
坦的所有知识，"都必须设身处地地与达斯坦演唱融合在一起，获得对达
斯坦口传传统亲如一体的认同"。"后来，随着文字逐渐在维吾尔平民中
普及，出现了一些既继承了口头传统又掌握阅读技巧的歌手，他们一方面
可以在聆听和观摩前辈的演唱活动时，通过听觉和视觉的感受学习和掌
握"达斯坦的内容，"另一方面还可以借助手抄本，通过反复阅读、记
忆、背诵，强化留存在记忆当中的"达斯坦文本。③ 演唱是学习达斯坦的
最终目标和努力方向，他们通过聆听、记忆和训练等学习环节，进入一个
初步模仿演唱的阶段。他们在亲朋好友中显现出达斯坦演唱与表演方面的

---

① 《西方文论选（上册）》，上海译文出版社 1979 年版，第 51 页。

② ［美］洛德：《故事的歌手（The singer of tales）》，尹虎彬译，中华书局 2004 年版，第 32 页。

③ 阿地里·居玛吐尔地：《玛纳斯史诗歌手研究》，民族出版社 2006 年版，第 112 页。

才能。在亲戚或好友的鼓励和支持下，他们反复地演练，不断地改进和完善演唱技巧和表演水平。

四　创作

创作是一个凭着生活积累和艺术灵感构思故事和用各种媒介（口头、文字、线条、声音、动作、画面等）表达的精神劳动。民间艺人是用声音创作口头作品的。民间艺人通过即兴创作产生一个口头文本。根据西方学者的观点，口头文学的每一次表演，是一个文本，即便是同一个口头作品的再表演，也是原来唱本的新文本。它是对口头传统的翻新和回归。"事实上，在活形态的史诗传统中是不存在权威本和标准本的"①。一般音乐是作曲家、诗人和乐师等艺人一度创作的，同时需要指挥家、演奏家和歌唱家的二度创作，它是一个集体默契合作的过程。但是，作为民间艺人的达斯坦奇，一个人就要扮演乐师、歌手和诗人的多重角色来完成一个达斯坦曲目。需要指出的是，达斯坦奇演唱的达斯坦的音乐节奏和故事歌词是从口头流传下来的，是从前辈歌手那里学来的。虽然如此，但因歌手对口头传统的学习方法、艺术风格以及表演技艺的不同，也会产生别样的艺术效果。加之民间艺人的每次演唱都是一个即兴表演活动，虽然演唱的是已记忆背诵的故事情节，但也会有意识地对修饰语、故事细节和篇幅进行或多或少的增删修改。因此，在口头演唱活动中创新是无法避免的。

口头创作与作家创作有着较大的差异。作家创作会产生一个固定的书面文本，口头创作则不然，民间艺人在口头创作过程中创编或创作新情节的空间很大。"反复聆听别人的演唱，然后凭着记忆在独自一人时进行演练，熟悉达斯坦内容，最终在达斯坦传统结构内编织自己的故事，直至在听众面前演唱。"②

盲人歌手阿布里米提·喀日是 1936 年 7 月出生于墨玉县阿克萨拉依乡（Ahsaray）土喀其拉村的一个宗教家庭。父亲名叫库尔班·尼亚孜阿洪，是本地一位有点名气的宗教人士。阿布里米提·喀日在三岁时因病而失明，他父亲想要把他培养成一个知识渊博的宗教人士的愿望没能实现。他三岁时，便学会了弹都它尔琴和唱歌。1952 年，十二岁时他跟着一位

---

① ［美］洛德：《故事的歌手》，尹虎彬译，中华书局 2004 年版，第 143—144 页。
② 阿地里·居玛吐尔地：《玛纳斯史诗歌手研究》，民族出版社 2006 年版，第 115 页。

叫吐尔逊·尼亚孜的民间艺人学会用手鼓伴奏演唱的《伊丽孜汗》
(Yilpizhan)。他不仅会都它尔琴伴奏演唱这一部情节曲折、节奏欢快、悦
耳的民间叙事诗，而且自己还不断增加了一些故事细节。"他还说，他不
是完全照搬沙赫买买提的作品，而是做了改编。比如，沙赫买买提演唱
时，通常有大段的具有宗教内容的开场白，他则把这些开场白删除了。他
同时也会对故事情节作适当的改变，以满足不同观众的不同需求。他改编
之后的同一曲目，精练了许多，故事情节更加紧凑，很受观众们的喜
爱。"① 在各民族口头传统中，不同的民间艺人对同一首叙事诗进行表演，
也会创作或是增加很多新的细节。比如，叙事诗的主要故事情节可能大同
小异，但是其歌词、韵式和音节等细节将不会发生变化。在即兴创作中，
类似的变化或改变是无法避免的，这就是同一首叙事诗或同一个故事，同
时存在数十种变体或异文的原因所在。

第四节　达斯坦奇的学习方法

达斯坦奇的学习有向作为民间艺人的家人学习、拜师傅学习、看书学
习、听录音学习和观看 VCD 学习等几种方法。（1）向家人学习，也称为
家传。这是一个爱好者学习民间艺术的主要途径。一般学习者的父母、祖
父母或是叔叔舅舅等亲人中有优秀的民间艺人，他们从小对学习者进行耳
濡目染的传授，随着时间推移，学习者在亲人的熏陶之下对民间达斯坦艺
术产生兴趣并掌握表演技巧。（2）师传，即拜师学习。任何一门手艺，
包括民间艺术、手工艺或是职能、职业都需要师傅的引导和培养，因此当
学生或学徒是必要的。学习者将当地有名的达斯坦奇拜为师傅，在他那里
住一段时间进行训练和学习，这是一个系统的学习方法之一。（3）看书
学习。这一学习方法是后期产生的学习手段，主要适用于识字的学习者。
一些会演奏乐器的艺术爱好者（平时会演唱民歌）看书记忆达斯坦歌词
和故事，在掌握曲子的前提下进行演练，逐渐走向成熟。（4）听录音学
习。这是随着录音机在民间使用普及之后才产生的学习方法，对于盲人来
说是最为实用的学习方法。哈密盲人歌手依不拉音给笔者讲述了他听录音

---

① 热依汗：《墨玉县维吾尔族达斯坦奇调查日志》，朝戈金：《中国西部的文化多样性与族
群认同》，中国社会科学文献出版社 2008 年版，第 141 页。

学习哈密达斯坦《亚齐巴克》的经历。（5）观看 VCD 学习。这是极为现代化的学习方法。随着民间艺人 VCD 的制作和经销，一些民间艺术爱好者购买光碟，通过观看 VCD 的方式学习民间达斯坦。除此之外，还有最新学习方法——上网学习。随着网络的普及，一些研究机构、文化部门或个人将一些达斯坦视频放在网上，供大家欣赏。因此，一些年轻学习者通过上网观看视频学习达斯坦演唱。

第五节　达斯坦奇的演唱

独立演唱是一个初学的、没有演唱技艺的达斯坦奇逐步走向成熟的明显标志。通过听、记、练和创作等学习环节，初学者对达斯坦演唱有一定的学习收获。"他只是在有意无意之中，加深了对传统的认识，积累了在未来的'创作表演'中能够轻松地创编史诗诗行必须得到传统程式的表达方式。他要根据从师傅那里听来的，或者是从手抄本中学来的内容，特别是挑选那些深受听众喜爱，经过数代达斯坦奇反复雕琢而成为精品的传统篇章或是定型的故事情节"为家庭成员演唱，得到他们的审视和验证，并根据他们的意见加以修正和改善，不断走向艺术的高峰。"①等学习完成之后，达斯坦演唱初学者在家庭成员中或是同伴中演唱他的第一个模仿唱本，在他演唱发生内容遗漏或是曲子走调的地方，家人当场给他指出来，让他改进。为什么初学者急于演唱？对于这一个问题我们从表现技艺和提高技艺两方面加以探讨：

（一）演唱目的

演唱是一种综合性表演，它把音乐、歌、动作作为主要表现手段，为观众现场表演即兴创作的作品。为了展现自己的演唱技艺，进一步提高演唱技巧，学习阶段的达斯坦奇需要不断地进行演练。

1. 展现，表现是展现的近义词

不管是儿童或是成人，他（她）会有较为强烈的表现欲望，以专业才能、事业、艺术或是体育特长等各种形式，向大众展现自己的能力。孩子的表现欲望公开并且更直接一些，成人的表现欲望则相对强烈一些。艺术界的艺术爱好者更是如此。经过一段时间的用心学习和刻苦演练，达斯

---

① 阿地里·居玛吐尔地：《玛纳斯史诗歌手研究》，民族出版社 2006 年版，第 115 页。

坦演唱学习者掌握了演唱时要注意的词句、音节、母题、程式、主题、结构模式方面的技巧，具备了独立表演的能力与条件。他们以激动而积极的心态演唱出自己的达斯坦唱本，展现出自己较高的口头艺术才能，在听众的专心聆听和鼓励中表现欲得到满足。以自己的演唱娱乐观众，正是他们所追求的目标之一。

2. 提高，学习阶段的达斯坦奇在听众中反复进行演唱，不断进行实践，他们面对观众演唱自己记忆背诵的达斯坦故事，并对一些无关紧要的修饰语、连接词语进行改变、调换和扩充，进一步提高自己的演唱技艺。其中，观众对他们表演水平的提高起到极为关键的推动作用。"也正是从这个时候起，观众开始对他的演唱施加影响。他在聆听和阅读背诵中掌握的那些文本已经给他提供了必要的材料，使他能够根据听众的意见和建议，在歌的长度、修饰、扩充上下功夫。这样，他也就能不断地向成熟歌手的方向迈出自己的步伐，使自己的演唱逐步得到提高。"①　同时，歌手的演艺水平与听众、社会环境有密切的关系。在一些口头传统浓厚、口头表演频繁、当代媒体冲击薄弱和"听众热情高涨的地区，歌手的技艺会在这种实践中不断得到进步。而在另外一些地区，因为听众和社会环境的影响，则会使一个很有希望的"②　歌手水平原地踏步。听众会把一个学习中的达斯坦奇培养和锻炼成一个高水平的达斯坦歌手。

（二）演唱特征

达斯坦作为维吾尔民间文学中历史悠久的口头表演，在漫长的传播过程中形成了一些综合性的特征。它与作家文学有很大的区别，作家文学的书面性、独创性、稳定性和个性特征与其口传性、集体性、变异性和传承性等形成鲜明的对照。达斯坦除了民间文学共有特征之外，还有戏剧性、音乐性、叙述性、传统性、表演性等一些特征，这些特征是相对作家文学而言的。

1. 戏剧性，舞台、动作和演员是戏剧的主要表演手段

戏剧性冲突是其剧情的特点。那么，我们说达斯坦演唱有戏剧特征，其是否有这些特点？维吾尔族达斯坦演唱主要是口头艺术与讲授艺术相结

---

①　阿地里·居玛吐尔地：《〈玛纳斯〉史诗歌手研究》，民族出版社 2006 年版，第 116～117 页。

②　同上书，第 117 页。

合、听觉艺术与视觉艺术相结合的综合艺术形式。当达斯坦奇以说或唱的形式反映主人公与其对头（妖魔、毒龙、国王等）之间的矛盾冲突时，他以各种手势动作和身体动作来表现达斯坦人物的对骂、怒吼、狂叫、欢呼、痛哭、搏杀、争吵等内容，引发观众产生一个戏剧性场面，使他们有一种身临其境的感觉。这时，达斯坦奇已不是一个普通的民间表演者，而是一个像站在民间舞台上的有经验的演员。

2. 音乐性，音乐与节奏有十分密切的联系，在音乐中，节奏是最基本和最重要的表现手段

"在艺术领域中，节奏是最重要的艺术表现形式之一。"① 诗歌、音乐和舞蹈等艺术类型都离不开节奏。"一首具有优美旋律的歌，即使有个别显著的缺点——这些缺点发挥消失，不好的诗节不会被一起唱出来；但是歌的精神，本身能深入人们的灵魂，而且能激起人们合唱的情绪，这种精神是不朽的，而且继续发生影响。"② 音乐节奏具体是由乐音的长短、高低、强弱和音节长短等变化组合而成的。达斯坦的多半演唱活动是在乐器伴奏下表演的，在演唱达斯坦主人公的愉快心情时，达斯坦奇以欢快的节奏使观众陶醉，等唱男女主人公谈情说爱时，歌手以舒缓的节奏使人沉静，在演唱主人公大团圆之时，他又以极为激烈的节奏使人振奋，在主人公遇难或是悲痛之时，他以沉重的节奏使听众压抑和痛心。作为音乐与歌曲相结合的达斯坦演唱艺术是通过有规律的节奏和丰富的故事情节来构造艺术形象的。因此，达斯坦的音乐性特征十分明显。

3. 叙述性，一般叙述分为口头叙述和书面叙述两种类型

口头叙述又分为日常口语叙述和民间艺术叙述两种。民间艺术叙述具体包括神话、传说、故事、民间叙事诗和史诗等文体。民间口头叙述与文人书面叙述是截然不同的，民间口头叙述依赖于口头传统的叙述方式，其有程式化、简化、重复性和变异性等特点，而文人叙述是依赖于文字化的叙述模式，其有个性化、多样性、独创性和创意性等特点。作为口头艺术的达斯坦，以口头声音为手段进行艺术创作。口头叙述是其刻画人物、叙述故事的一种表现方式。

---

① 彭吉象：《艺术学概论》，高等教育出版社 2002 年版，第 189 页。

② ［德］赫尔德：《民歌中各民族人民的声音》，《西方文论选》（上卷），上海译文出版社1979 年版，第 442 页。

4. 传统性，传统是某个领域中代代传承下来的持之以恒的习惯

在人类无文字的漫长进程中，人类是以口传心授的方式将知识和经验传承下去的。各民族在长期口头传播过程中形成了各自的口头传统。歌手在口头传统中掌握叙述结构、故事框架、故事范式和母题等核心因素，在这一基础上他们不断地创作和创编新内容，但是他们无法超越传统这一"潜在规则"。因为居民只能接受传统内容和传统思想，歌手的表演依赖于传统结构和框架。因此，传统性是达斯坦演唱的一个主要特点。

5. 表演性，表演性是音乐、舞蹈、戏剧、戏曲、曲艺等艺术种类的核心特点，也是达斯坦演唱艺术的一个主要特征

我们记录在纸上的达斯坦文本还不能算作一部口头演唱作品，必须通过达斯坦奇的表演才能使它成为一个活形态的口头唱本。达斯坦奇以高超的表演和投入的演唱，将音乐和"故事歌"传达给听众，使听众获得艺术美的享受。没有表演，就没有音乐和演唱。"属于音乐的特殊性的，还有作品与听众之间的中间环节，即表演，它具有自己的历史发展规律，具有自己的美学价值，并在很大程度上服从于社会的要求，同时也改变着作品本身的面貌。"① 民间达斯坦的价值并不体现在其书面文本上，而是体现在其口头表演过程中。这一点越来越受到民间艺术家的重视。可见，表演性在达斯坦演唱中具有举足轻重、不容忽视的地位。

6. 动态性，口头演唱并不是一个静态表演，而是一种活形态的动态表演

虽然我们收集、整理和印刷的书面达斯坦文本是静态的、固定不变的作品，但是达斯坦奇的口头唱本是在表演中不断更新和变化的。因此，口头演唱是动态的表演活动。

7. 即兴性，达斯坦奇在表演过程中依靠即兴发挥、即兴创作，才能顺利完成演唱达斯坦活动

如果说作家和诗人凭借灵感进行创作，那么民间艺人就是凭借即兴进行创作的。当然，他们是以记忆背诵的情节脉络为基础的，但我们无法否定即兴性在民间艺人活形态表演中所起到的作用。

---

① ［波］卓菲亚·丽莎：《论音乐的狂》，上海文艺出版社1980年版，第180页。

8. 程式性，民间文学中，有很多程式化的词句、音节、结构、母题、格律和叙事等成分

这些程式化的因素在达斯坦表演中发挥着极大的作用。一个歌手掌握的程式化成分（我们所谓的"套话、套语"）越多，他的表演水平就会越高。他运用程式的语言（语音和词语）、程式的主题、程式的情节、程式的场景和动作等程式化的单元，顺畅自如地创作与表演，他会无限地增加套语，不断地扩大口头作品的篇幅规模，使口头叙事诗的故事内容得到极大的丰富和发展。

总之，维吾尔族叙事诗演唱者——达斯坦奇是维吾尔族达斯坦的表演者和传承者。本文从学习语境来考察处于学习阶段的达斯坦奇的学习过程，亦从兴趣、谋生和名誉等方面论述达斯坦奇的学习动机与目的。笔者从听、记、背、练和创作等环节考察了达斯坦奇的学习阶段及学习过程，又从表现自己和提高演艺的角度探讨了达斯坦奇的演唱目的，进而讨论了达斯坦演唱活动的戏剧性、音乐性、即兴性、传承性、表演性、叙述性和程式性等特征，提出了笔者对歌手学习和演唱的一些理论思考与看法，以便交流与讨论。

第六章

达斯坦奇的表演与创作

第一节　表演的条件

一　达斯坦奇表演的相关条件

（一）表演服饰与道具

达斯坦奇作为民间艺人，在表演时，往往离不开一些配合演唱的特定的服饰和道具，如服饰、乐器等，其在民间艺人的表演活动中是不可缺少的配备工具。为了对表演进行更为细致的研究，需要先对这些表演的相关因素加以细致研究。

1. 表演服饰

服饰对艺人具有特定的含义，甚至是神奇的功能。我国著名史诗《格萨尔》说唱艺人都特别讲究表演服饰。"藏族神授艺人最重要的道具就是'仲夏'（说唱《格萨尔》的艺人帽），这种特制的帽子对于艺人来说有一种神奇的力量。那曲戈县艺人玉珠说，一戴上这顶帽子，格萨尔的故事便会自然降于头脑之中，故事就会滔滔不绝地从口中讲出来。有的说唱艺人在说唱前，左手托帽，右手指点，介绍帽子的来历、形状、饰物及其象征意义（即口诵'帽子赞'），然后开始说唱。"① 当然，民族服装对维吾尔族艺人并没有像藏族艺人一样具有神奇的作用，但却是艺人表演活

---

① 杨恩洪：《民间诗神：格萨尔艺人研究》，中国藏学出版社 1995 年版，第 59—60 页。

动中的一个主要组成部分。我们从两个角度对这一问题进行探讨。第一，舞台表演服装。维吾尔族舞台服装与平时穿的服装有一定的差异。维吾尔人舞台服装的特点是：色彩鲜艳，样式丰富多样。一般男性艺人头戴着花帽，身着蓝色、绿色或是红色袷袢①，女性艺人爱穿一种用"艾特莱斯绸"② 做的宽袖的连衣裙。男性穿着靴子，女性喜欢穿高跟鞋。一些地区的女演员在演出之时多喜欢穿西式短上装和裙子。一些著名维吾尔族达斯坦奇穿着舞台服装在舞台上表演过。如80年代初，沙赫买买提戴着羔皮帽，身着藏蓝色的袷袢，穿着长筒靴参加了北京民族文化宫全国少数民族民间艺人演出。第二，日常表演服装。民间歌手在平时表演之时喜欢戴着花帽、穿着袷袢，有一些上了年纪的维族老人喜欢用"塞莱"（用一条较长而较宽的白布）缠头。维吾尔族不论男女老幼都戴绣有各种花纹的多帕（花帽）。笔者在和田地区于田县进行田野调查时，采访过的五位达斯坦奇都戴着浅绿色的花帽，身穿白衬衫。从中可以看出民间艺人戴帽是十

---

①　袷袢是一种较长、过膝、宽袖、无领、无扣的大衣，腰系宽长带，带中可放馕及其他物品，春夏秋冬都能穿。其历史悠久，是维吾尔族男子喜欢穿的民族服装。

②　艾特莱丝绸质地柔软，轻盈飘逸，尤其适于夏装。布料一般幅宽仅40厘米。图案呈长条形，有的呈二方连，错落有致地排列；有的为三方连，交错排列。艾特莱斯绸是和田的特产。艾特莱斯绸色泽十分艳丽，与沙漠边缘单调的环境色彩形成强烈对比，突出了维吾尔族人民对现实和未来生活的热爱和追求。艾特莱丝绸基本为四大类型，按色彩分为黑、红、黄等三种颜色的艾特莱斯，另外还有多色调艾特莱斯。各种绸的基色为一种，但又恰到好处地搭配其他色彩，以凸显图案、纹格，艳丽中不失端庄，飘逸中不失稳重。黑艾特莱斯制造历史最为悠久，在民间被称为"安集延艾特莱斯"。这种艾特莱斯多用于制作成中、老年妇女的服装。安集延是乌兹别克斯坦的一个城市，历史上由于和田与中亚关系密切，曾有大批乌兹别克人到和田定居，和田称他们为安集延人。艾特莱斯除这四大类型外，最近几年又出现了蓝艾特莱斯、绿艾特莱斯等。其中绿艾特莱斯绸多为学龄前儿童女装。这几个新品种尚不成系统，有的按其色彩的调配，分别归于上述四种类型。艾特莱斯绸图案富于变化，样式很多，采用植物图案的有花卉、枝叶、巴旦木杏、苹果、梨等。采用饰物图案的有木梳、流苏、耳坠、宝石等。采用工具图案的有木锤、锯子、镰刀等，采用乐器图案的有热瓦甫琴、都它尔琴等。其他还有栅栏、牛角等。各种图案具有强烈的和田地方特色，是和田人民生活美在服装上的艺术反映。图案中瓜果、枝叶运用得较多，表现了和田是瓜果之乡这一特色。采用的热瓦甫琴、都它尔琴图案较普遍，显示了和田歌舞之乡的特色。另外，和田维吾尔族妇女喜爱的饰品也多有表现。有的图案较为直观，很容易辨认。有的图案则运用强烈艺术变形，辨认就不那么容易了。图案一般是从上至下按规则排列，如把花瓣、栅栏、都它尔琴、耳坠组合为一组，两侧再配以流苏等纹样。（摘自百度词目 www.baidu.com）

分讲究的，表演时都有戴帽的习惯。他们大多数喜欢戴黑色或浅蓝色花帽，也有喜欢戴"多帕"的四楞小花帽——一种绣有"巴旦木"图案的花帽。由于多在农村居住，我所采访的民间艺人都喜欢穿袷袢或是棉袄等服装，但也有一些夏日喜欢穿衬衫和裤子的艺人，这与我国农村生活改善有着密切的关系。"在服饰方面，维吾尔族男女的服饰与以前相比发生了较大变化，男式袷袢、长筒皮靴、小花帽已逐渐退出日常生活，仅在舞台上和偏僻的农村可以见到这类服饰。"① 改革开放以来，维吾尔人穿着也发生了较大变化。如男子喜欢白衬衣领边、前襟和开口处缀花边，穿着十分潇洒。男子喜欢穿硬底皮鞋或中长筒皮靴。行走时，气宇轩昂，挺拔有力。冬日，中老年人喜欢穿套鞋，即在皮鞋外再穿一双软质胶套鞋。夏天，姑娘们既穿艾特莱斯花绸裙，也穿百褶裙、西服裙、喇叭裙、筒裙，既穿本民族十字挑花的绣花衬衣，也穿卡腰的、拉链的、带公主线的、夹克式的各式上衣。农村女装变化更大，妇女们讲究贵（质地贵重）、好（舒适大方）、艳（色彩绚丽）等方面已接近城市服装了。中青年男子喜欢穿花格衬衫，给人以充满活力之感。冬季，男人们喜欢戴精致的库车皮帽，而老翁们则钟情于水獭皮帽。城市青年对帽子的选择也发生了变化，不少人喜欢戴呢制或尼龙制礼帽，也有少数青年，一年四季不戴帽子，将头发烫卷成现代式样，看起来十分时髦和神气。女人服饰无论从色彩、样式到穿着，都远比男人们复杂得多。女子喜欢戴耳环、手镯、项链等装饰物。过去少女都梳十多条发辫，以长发为美。婚后一般改为两条，辫梢散开，在头上别成月形。维吾尔族妇女在穿衣上十分讲究用料和色泽。她们很喜欢轻盈洒脱的乔其绒、乔其纱、柔姿纱、金丝绒、印花绒，它们以色泽稳重沉静、飘摆自如，为广大妇女所青睐。

2. 表演道具

在田野调查时，笔者发现民间艺人几乎都在乐器伴奏下进行表

---

① 马合木提·阿不都外力：《现代化进程中维吾尔族文化转型刍议》，新疆社会科学出版社2006 年版，第 6、16 页。

演，一般歌手用热瓦甫琴①、都它尔琴②、弹布尔琴③、萨巴依④以及

---

①　热瓦甫琴身为木制，音箱为半球形，以羊皮、驴皮、马皮或蟒皮蒙面。琴颈细长，顶部弯曲。热瓦甫可分为喀什热瓦甫和牧人（阔依奇）热瓦甫。喀什的热瓦甫琴身较小，指板上缠丝弦为品，可以调换和移动品位，音色铿锵；北疆的热瓦甫以铜或兽骨为品，通常使用五弦，琴杆和琴头上部常以兽骨镶嵌出美丽而丰富的民族图案，既是一种独奏乐器，又是非常精致的工艺品，很受旅游者的欢迎。牧人热瓦甫显得极为简单，使用两弦，音色尖细清脆，弹拨法较为容易，携带便利。因此，牧人在放牧之时用来弹唱娱乐。当然，笔者在和田墨玉县民间艺人沙赫买买提处见到一种特殊的热瓦甫琴，琴杆比正常热瓦甫较长，琴头相对大些，用十一根琴弦制作的，这是一种属于十分另类的热瓦甫。我问沙赫买买提缘故，他回答：“这是他家祖祖辈辈传下来的家宝，为了耐用和独特的演奏需求，祖父特做的。”（摘自百度词目www.baidu.com）

②　新疆都它尔是维吾尔民间的指弹弦乐器。它是木制琴身，瓢形，琴杆长，有大小两种。传统的都它尔，构造与弹布尔相似，大的新疆都它尔柄上用丝弦缠17个品位，小的新疆都它尔有14个品位，都张二弦，按四度琴关系定弦，适合男女弹奏。演奏时或拨或挑，或挑或扫，右手五指并用，缺一不可。新疆都它尔这种乐器音色柔美，可用于独奏，也可与手鼓、笛一起为歌舞伴奏，因其音量小，多数情况下是在家庭宴会中使用，很少在盛大场合出现。“都它尔”的琴声清脆、悠扬，是新疆的维吾尔族、乌孜别克族钟情的也是唯一的民间弹弦乐器。它的名字来源于波斯语“dutar”，“都”意为“二”，“它尔”是“琴弦”之意，即两条弦的乐器。汉语译音也写为“都它尔、都塔尔、独塔尔”等。（摘自百度词目www.baidu.com）

③　弹布尔一般多为坐姿演奏，右腿放在左腿上，左手持琴斜立，琴头朝向左上方，共鸣箱置于右腿近腹部处。右手腕部接触垫板，手掌接近琴马，击弦点在马子至上方3厘米之间。在北疆和东疆广大地区，将钢丝指拨绑于右手食指第一关节处，即可在主奏弦上单向弹奏，又可在弦上往复弹拨。在南疆则不用钢丝指拨而采用牛角或塑料拨片弹奏。左手以食指、中指、无名指按弦，拇指奏和弦时也偶尔使用，根据乐曲的需要，可以自由灵活地上下移动、变换把位。演奏技巧丰富多样，右手有弹、强弹、拨、双弹、滚弹、琶弹和扫弹等，左手有平按、拉弦、上下滑音、上下颤音、打音、泛音和揉音等。弹布尔适合演奏热情奔放、节奏鲜明的民间音乐，曲目十分丰富，主要为《乌扎勒》、《奥夏克》和《木夏乌热克》等“十二木卡姆”中的曲调。较著名的独奏曲有《艾介姆》、《林派特》、《三只雁子》、《沙巴》、《祖国是花园》和《给母亲的歌》等。著名演奏家有于三江·贾米、黑牙斯丁·巴拉提和库尔班江·乌买尔等。（摘自百度词目www.baidu.com）

④　古老的萨巴依用羚羊角制作，角的中部缀一大铁环，并在环上串有五六个小铁环。演奏时，右手执羊角下端，靠上下、前后摇动或拍肩，使铁环撞击羊角而发音。现代萨巴依常用檀木制作，在两根长35—50厘米的并连檀木棒上，缀有两个直径11厘米的大铁环，每个大环中又套有7—10个小铁环。演奏时，右手执木棒下端摇震或碰击左手、双肩等部位，使大铁环撞击木棒发音，小铁环也随之发出有节奏的音响。在大铁环碰棒处镶有铁皮，以保护木棒和使音响清脆。（摘自百度词目www.baidu.com）

艾捷克琴①等演唱达斯坦。在口头创作与表演过程中，乐器对民间歌手来讲显得十分重要。世界各地不少民间艺人在学习或表演史诗、叙事诗及民歌时，都用乐器来伴唱。"年轻歌手要学会乐器伴唱，这是他首先遇到的问题。这并不是太难的事，因为伴唱的乐器大都不复杂。以南斯拉夫为例，年轻的歌手要学会弹拨单弦的乐器古斯莱，音域是一个开弦加上四个指头、五度音的范围。节奏是最主要的，优雅的音调是修饰性的。一些老歌手会告诉我们如何弹拨乐器，或者年轻人只是偷偷地模仿老人。"② 我国三大史诗在使用乐器或是不用乐器问题上都有自己的历史传统。如我国蒙古艺人在演唱《江格尔》之时，用陶布舒尔、四胡和马头琴等多种乐器。"演唱中有的艺人用乐器陶布舒尔伴奏，也有关于艺人使用弦琴、四胡、马头琴的报告，甚至还有琵琶。有的不用任何乐器。"③ 一般格萨尔艺人和玛纳斯艺人都不用任何乐器，在玛纳斯艺人中，曾经出现过一个用乐器伴唱的歌手。

我们在田野调查时发现，在柯尔克孜族的史诗演唱传统中，玛纳斯奇在演唱史诗时从来都不用任何乐器为自己伴奏，也没有类似于《格萨尔》说唱艺人的神奇的帽子一样的道具。纵观国内外十多位玛纳斯奇的生平和他们的演唱经历，只有19世纪末和20世纪初生活在吉尔吉斯斯坦境内的玛纳斯奇坎杰·卡拉（Kenje Kara）是一个特例，他在柯尔克孜民族传统乐器"克雅克"（柯尔克孜族民间传统弓弦乐器之一，为木制双弦弓拉琴）的伴奏下进行演唱。

---

① 艾捷克在流传过程中不断丰富和发展，形成了多种不同形式。以主奏弦来分，有一弦、二弦和三弦艾捷克。从地区来分，有多朗艾捷克和哈密艾捷克。除传统的艾捷克以外，还有改革的新型艾捷克和低音艾捷克。虽然品种繁多、形制有别，但都是维吾尔族民间乐队中最常用的乐器。多朗艾捷克流行于南疆和多朗地区的和田、莎车、麦盖提、喀什、巴楚、阿瓦提和库车等地。主奏弦分别有 1～3 条。哈密艾捷克流行于东疆哈密地区。这种艾捷克，音量较大，音色明亮，富有浓郁的地方特色，已用于独奏、民间器乐合奏或为歌舞伴奏。因外形与胡琴相似又称"哈密胡琴"。琴筒有木制和薄铁板卷制两种。前口蒙以山羊皮、牛皮或蟒皮，琴杆上端设有两个弦轴，系有两条钢丝为主奏弦，在琴杆上部还设置弦钮，拴有 4、5、7 或 8 条钢丝共鸣弦。（摘自百度词目 www.baidu.com）

② ［美］阿尔伯特·洛德：《故事的歌手》，尹虎彬译，中华书局 2004 年版，第 45 页。

③ 朝戈金：《口头史诗诗学：冉皮勒〈江格尔〉程式句法研究》，广西人民出版社 2000 年版，第 52—53 页。

在达斯坦表演活动中，并不是所有的维吾尔族达斯坦奇都在乐器伴奏下进行演唱，还有部分民间艺人不用乐器，直接说唱叙事诗。在巴州尉犁县采访一位名叫买买提·塔依尔的艺人时，他没用乐器，以说唱的方式表演了维吾尔族传统达斯坦作品《塔依尔与佐赫拉》和《乌兰白地汗》。还有在新疆和田县，肉孜尼亚孜亦在未使用乐器伴奏的情况下，说唱了《艾孜热提艾里》。

应当注意的是，维吾尔族达斯坦奇主要用热瓦甫、都它尔和艾捷克伴唱，弹布尔、萨巴依、手鼓和唢呐琴等乐器在木卡姆的达斯坦部分演出之时使用。从现场田野调查中我们发现，达斯坦奇的乐器使用具有鲜明的地方性特点。如新疆喀什、和田地区民间歌手大都使用热瓦甫和都它尔琴，而东疆的哈密地区民间艺人则擅用艾捷克琴伴唱。

（二）表演空间

人类的生存离不开大自然和社会环境，这是人类生存与发展的空间。达斯坦奇作为人类的艺人之一，他们的表演与自然空间和社会空间有着密不可分的关系。

第一，自然空间。人类的生存与发展依赖于大自然，所有的活动在大自然的范围之内。因此，人类对大自然的探索从没有间断过。从原始的神话传说到如今的发展，人类力求寻找大自然的科学规律，这是我们自然科学研究的最终目的。随着自然灾害的频繁和环境污染的恶化，人类对大自然的关注达到了历史上空前的程度。世界自然科学研究者对地球运动、物种灭绝、能源消耗、土地沙漠化以及宇宙运动等与人类生存密切相关的现象予以高度重视，并对其加以深入细致的研究。

维吾尔族达斯坦奇所生活的中国新疆地区，地处欧亚大陆的内部，是离海最远的地区之一，维吾尔族人民的生活生产方式依赖于沙漠和山脉周围的河流或水渠流域，属于典型的绿洲农垦方式，在这样的人文地理环境之下，形成了其独特的绿洲文化。

这一地区拥有高原和山脉——昆仑山与东部天山，山区中包括宽广的盆地；它还有广袤的无水沙漠、戈壁，塔克拉玛干沙漠的年降水量仅为5—10毫米。东部天山将两个巨大盆地隔开：北方（部）的准噶尔和南方（部）的喀什噶尔。塔里木盆地的大部分被塔克拉玛干沙漠所占据，其夏季灼热异常，喀什7月的平均气温高达33℃，气候十分干燥，该城的年平均降水量仅为 83 毫米。因此，对当地来说，水流与地下泉源显得极为重要。最重要的河流是塔里木河，喀什噶尔河、叶尔羌河和阿克苏河均注入此河。塔里木河本身有个游移的三角洲，三角洲的分岔之一便流入内陆罗布泊。这些河道的特点是：夏季因来自天山上的融化雪水的供给而水流充沛，其流域的田地则唯有受到河水浇灌时才能进行农耕。那里主要生长沙漠和半沙漠的植物，只有在山坡与河谷地带方能见到森林区。离贫瘠而干燥的沙漠较远，宜于畜牧。只有山间河流离开峡谷或地下水源达到地面时，才出现丰茂的植物和绿洲。沿着东部天山北麓和南麓以及西部昆仑山北麓的丘陵地带，绿洲形成一条长链。是水源决定了自东至西的主要陆上通道，从一个绿洲到另一个绿洲，从一个井泉到另一个井泉。①

无边无际的塔克拉玛干沙漠中的绿洲是生命的象征，绿洲可称为新疆人生命的岛屿。绿洲被茫茫的沙漠和绵绵的群山包围，人们生活艰难，走出绿洲就是无边无际的戈壁滩或是沙漠，又感到十分寂寞或孤独，于是人们的悲情意识十分强烈。长期的孤独感使人们对文学艺术产生了特殊的需求和期待。维吾尔族谚语说"歌声能使遥途变短"，要在艰苦的自然条件下生存就要具备乐观主义精神，因此，无论是在片片绿洲、荒凉的戈壁滩还是茫茫的沙漠上，都能听到人们或高亢粗犷或低回婉转的歌声，对比鲜明，形成强烈的反差，体现了新疆民歌和叙事诗歌大喜大悲的风格。昆仑山脉、天山、阿尔泰山以及通古特沙漠形成了从新疆到中亚、西亚、俄罗斯的天然屏障。由于人们强烈的交流欲望和交流需求，于是丝绸之路的产生成了必然的内在因素，而西域绿洲自然成为丝绸之路上的中转站。随着八方商品货物在这座城市集散，东西方文化也在这里形成了交汇，由于旅途漫长交通不便利，于是东西方文化在此交汇积淀的同时又打上了本地的烙印并再向其他地区传播，这就是绿洲文学艺术，尤其是民歌及民间叙事诗演唱既带有江南水乡韵味，又有异国他乡的情调，同时还保留了本地的音乐特色，使新疆民歌及叙事诗艺术具有了丰富多彩的特点和浓郁的生活气息。因此，我们可以说沙漠、绿洲、戈壁滩以及雪山是民间艺人达斯坦

---

①　A. H. 丹尼、马松：《中亚文明史·第一卷》，中国对外翻译出版公司 2002 年版，第 10 页。

演唱赖以生存与传播的自然空间。

第二，社会空间。社会空间与人类的生产方式、社会制度、民族风俗习惯、宗教信仰以及历史传统等诸因素有着十分密切的关系。新疆资源丰富，地理环境差异大，生活方式也各异。"新疆历史上就是一个多民族地区，除维吾尔族外还有汉、哈萨克、回、柯尔克孜、蒙古等十几个民族。他们有自己的语言文字、风俗习惯、宗教信仰、传统文化和心理素质，在独特的自然条件中以独特的生产、生活方式创造了辉煌的文化画卷。"① 北疆的草原、东疆的戈壁滩和南疆的绿洲形成了适应各自所处自然环境的特有文化区，如"以绿洲农业、庭院经济为主的维吾尔文化区，以畜牧业为主的哈萨克、柯尔克孜族文化区，以高山游牧为主的塔吉克文化区，以饮食、经商为主的回族文化区。"② 新疆的社会文化空间与其自然环境一样丰富多彩。

1. 历史空间

包括新疆及周边的地区，古称"西域"，几千年来随着历史的变迁、沧海桑田，这些都在文学艺术中得到了反映。西域王国之间的历史战斗、新疆居民之间的宗教战争、新疆各族人民反沙俄的侵略战争以及辛亥民主革命等历史事件构成了丰富而复杂的西域历史空间。西域土著部落塞种人、粟特、吐火罗人与乌孙、匈奴、大月氏、突厥语部落之间的统治与被统治的斗争反映了古代塔里木盆地的主要历史生活。9 世纪中叶，回鹘分别在吐鲁番和喀什噶尔建立了高昌回鹘汗国和喀喇回鹘汗国，彻底改变了这里的社会秩序和社会结构，同时促进本族群从游牧转入农耕的生产方式。高昌回鹘反抗西辽统治者——契丹人的斗争和喀喇汗国回鹘人与中亚霸王——波斯人的战争是 10—12 世纪的主要历史事件。13—14 世纪回鹘人臣服于成吉思汗，参与蒙古西征，目睹与经历了世界历史大事的整个过程。察合台汗国的成立，蒙古贵族之间的权力斗争，后来蒙古后裔帖木儿建立的蒙古帝国。16 世纪回鹘化的蒙古族后裔萨义德汗的叶尔羌汗国及其与宗教野心家阿帕克和卓的斗争以及后期准噶尔蒙古人征服全疆的一系列历史事件形成了新疆沧桑曲折的历史变迁。清代，是新疆人民历史战争

---

① 马合木提·阿不都外力：《现代化进程中维吾尔族文化转型刍议》，新疆社会科学出版社 2006 年版，第 6 页。

② 王茜、刘国防：《维吾尔族：历史与现状》，新疆大学出版社 2005 年版，第 142 页。

最为频繁的时期。左宗棠奉命率军讨伐侵略者阿古伯，巩固了乾隆皇帝平定准噶尔蒙古叛军后的新疆省统治体系。19世纪初，喀什人民掀起的反清斗争被镇压，清朝政府把俘虏的起义军流放到伊犁开垦边地，以便保障清军军粮。之后，和田、库车、伊犁等地相继爆发了农民起义，虽然都被镇压，但是却在人民心灵上留下了重创。1911年，辛亥革命胜利后，与全国其他地区一样，新疆地方政权落到了清朝将领杨曾新手里，在这里继续实行愚昧的封建政策。1931年，哈密爆发了农民起义，对当时新疆封建政府给予了致命的打击。1933年，新疆军事指挥官盛世才发动政变，当了新疆督办，登上新疆政治舞台。他假装马克思主义学习者，以共产主义者的面孔欺骗了苏联驻疆总领事，得到了斯大林的赞赏。在斯大林军事援助下，他消灭了伊犁将领张培元、甘肃马仲英和哈密农民起义首领和卓尼亚孜，当上了新疆的土皇帝。1942年，苏联陷入二战困境之后，他又投靠国民党政府，杀死了毛泽民、林基路等一大批优秀共产党员和各民族优秀知识分子，在新疆政治舞台上制造了白色恐怖事件。1944年9月，伊犁地区爆发的三区革命又掀起了争取人民自由和平等的革命战争；1950年，王震将军率领人民解放军，对新疆国民党军进行和平改造，新疆获得和平解放。从上面对新疆简短的历史描述来看，新疆各族人民不平凡的历史命运，为各族民间文学艺术提供了丰富的故事题材。这些历史事件渗透到了维吾尔族人民的精神世界之中，出现了一部部令人感动的历史作品。这正是维吾尔族达斯坦奇取材即兴创作与表演的历史空间。

2. 社会空间

社会空间与生产生活方式、民族风俗习惯、宗教信仰和民俗活动有密切的关系，达斯坦演唱活动作为一种文化形态，在这些领域中得到了生存与发展。

（1）生产生活方式，我们在前面提到维吾尔族是以农耕生产为主、以圈养和果园业为辅的大陆性生产方式，这种生产方式决定了其民族艺术形式。由于农耕生产的特殊要求与环境限定了艺人文学艺术活动的范围，也就说民间艺人作为农耕生产组织的一员只能在农耕生活方式之内进行民间文艺创作与传播互动。从这个意义上讲，农民社会生活环境是民间艺人赖以存在的社会生活空间。通常情况下，民间艺人在打场子、修水渠、赶巴扎等农耕生产劳动及生活场所中利用休息时间进行达斯坦演唱活动。在维吾尔族经济商贸交易中，巴扎①作为商品交易场所占据着十分重要的位置。巴扎遍布新疆城乡。新疆因地处丝绸之路这条中西贸易通道的中段，各族人民特别是维吾尔人又具有重商、崇商、经商的传统，因此新疆各地的巴扎，就是他们长期从事商贸活动的场所。在南疆维吾尔人聚居地区，差不多每个乡镇、交通路口都有巴扎。这里平时有若干店铺，销售日用百货。一到巴扎日（每星期一次，多在星期五或星期日，相邻的几个巴扎，可将时间错开），方圆几十里的群众纷纷前来"赶巴扎"。小商小贩们也抓住时机，在巴扎上占位设摊，扬声叫卖。一些农民也把自家生产的少量瓜果、禽蛋、羊只、手工制品之类拿到此地兜售。卖小吃、冰水、酸奶的也穿插其间，一时人如潮涌，热闹非凡。假如这时有两三辆汽车慢慢地通过巴扎大道，那车鸣、驴叫、人喊交织而成的高八度声音，简直就是一首"巴扎交响乐"。经济建设的发展给古老的巴扎注入了新的活力。今日的巴扎已成为城乡商业活动的重要场所，不断地得到充实、更新。巴扎既是当地农牧副业产品的集散地，又是外地外省商品乃至进口商品的销售市场，还是当地的文化中心、交通中心、新闻信息中心以及展示当地民俗风俗、特产风味的中心。

因此，近年来到新疆旅游的中外客人多爱到巴扎游逛购物，体会西域的风情。达斯坦演唱者喜欢赶巴扎，在巴扎日（集市之日）进行表演，他们的表演活动不仅仅是民间娱乐活动，而且还带有一定的商业色彩。"当演唱者选择好场地后，先敲锣打鼓或弹热瓦甫琴，听众闻声便纷纷围拢形成一个圆圈。演唱者估计人数差不多了，便开始用幽默的语言或动作

---

①　系维吾尔语，意为集市、农贸市场，巴扎是一种周期市场。一些学者认为，巴扎的周期主要受人口密度的影响，较大的人口密度导致周期短的巴扎。巴扎属于低级的中心地，交易的商品一般为日常用品和易耗品等低级货物，为巴扎附近的乡村居民服务。巴扎地点通常选择位于交通适中的集镇或乡村、城镇边缘地带等。巴扎的间隔往往取决于买者和卖者所愿意离开居住地前往的最大距离。巴扎大多处于位置适中、交通方便的中心村镇、麻扎（陵墓）圣地和城镇边缘地区；也可引申为进行交易的场所或居落，称为集镇。农村集镇是经济空间网络的基本构成单元，在中心地系统的概念中处于较低的一级中心地，它以其特殊的职能和规模，与一般意义上的城镇既有联系又有区别。集镇以经济活动为主，是基于其经济功能发生、发展起来的。是农村商品购集的起点，又是商品销售的终点，担负着农村生产资料和生活资料、农产品收购和交易的职能。集镇中一般划有专门的交易地点，为便于管理和进行交易，各类物资分别集中在一定范围，既互不相扰又联成一体。农村集镇还具有教育、医疗、娱乐等职能，是农村居民娱乐和相互交往的主要场所。历代地方官府都力图通过集镇来控制县级以下农村区域。现在农村巴扎通过以商促农，繁荣农村经济，沟通城乡联系，加速农村城镇化进程而发挥作用。

制造热闹的气氛，把周围听众的注意力吸引过来之后便开始演唱长诗。"①
当歌手演唱到最精彩的片段时，戛然而止，开始向听众索要报酬。听众少
的一毛，多的十块往他兜着的衣摆里投钱，等收完钱之后，达斯坦奇又继
续演唱表演。在田野调查中，盲人歌手阿布里米提·喀日告诉笔者，他在
修建水渠的工地上为人们演唱过达斯坦。维吾尔族文学学者热依汗女士在
《墨玉县维吾尔族达斯坦奇调查志》一文中提到过达斯坦奇在水利工地上
参加演唱的细节。"阿布里米提·喀日演唱生涯的转折是在 1979 年。那年
在乡里防洪筑坝时，他有幸与奎牙乡的沙赫买买提一起为参加劳动的人们
演唱民歌。那是他第一次听沙赫买买提演唱，让他记忆犹新的是沙赫买买
提演唱的《艾拜都拉汗》，情节曲折，曲调动听，而且沙赫买买提生动幽
默的演唱风格对他触动很大。"② 由此可见，场子、巴扎、水利及修路工
地为民间艺人提供了一个特殊的"表演舞台"。

　　（2）宗教信仰。宗教生活是社会生活的主要组成部分。对于农耕民
族来说，这与他们的日常生活密不可分。维吾尔族曾经信奉过萨满教、摩
尼教、佛教、景教、拜火教、伊斯兰教等多种宗教，这些宗教在维吾尔语
言文学、伦理道德及风俗习惯等诸领域都留下了多元多维的文化痕迹。
"在古代很长的时间内，新疆是东西文化交流的枢纽，许多国家的文化包
括世界上几个文化发源地的文化都在这里汇流，有名的'丝绸之路'就
是通过新疆的。尽管有许多古代民族今天已经不存在，然而他们留下的文
化痕迹一直到今天还到处可见。"③ 宗教与文学的关系显得十分密切。宗
教场所对人类来说是十分重要的圣地。明教大寺、佛教庙宇、伊斯兰教麻
扎（汗王及宗教人士陵墓）都是僧人及艺人讲经文、说唱传奇故事以及
表演历史达斯坦（关于宗教人物故事）的社会生活空间。我在和田采录
了凯赫玛琳麻扎上的达斯坦奇现场表演。

　　　　按穆斯林的习惯，每周星期四是祭祀亡灵的日子。在农村，人们
　　　常常去麻扎（墓地）进行一些大的祭祀活动。中午 12 点，我到和田

　　① 阿布都克里木·热合满：《丝路民族文化视野》，新疆大学出版社 1999 年版，第 117 页。
　　② 热依汗·卡地尔：《墨玉县维吾尔族达斯坦奇调查志》，朝戈金：《中国西部的文化多样
性与族群认同》，社会科学文献出版社 2008 年版，第 141 页。
　　③ 季羡林：《比较文学与民间文学》，北京大学出版社 1991 年版，第 142 页。

市区中心打车去拉依喀乡的塞瓦里木村。塞瓦里木村位于和田市的正东方向，距离和田市大约 70 公里。汽车大约行驶了将近两个小时，塞瓦里木村渐渐地出现在我眼前。在公路的左前方，远远地看见了一座山，山上人头攒动。塞瓦里木村阿拉伯语为蛇洞的心意，在村子的东边，有个麻扎叫 Koekmarim（阔克玛里木），阿拉伯语为蛇谷之意。……于是，阿拉伯青年得道升天的故事一代代传了下来，而这个麻扎也成了人们的敬仰之地……

进村子往左走，便看见那座土山。山下停放了很多摩托车、驴车，来来往往的人很多。这时，从山顶上围坐的人群中隐隐约约传来了热瓦甫的琴声，沙赫买买提老人已经开始了他的演唱。我为自己来晚而懊悔，三步并作两步朝山上跑去。演唱就在山顶上宽不过六米的地方，可仍然坐着闻声赶来的听众。

维吾尔族全民信仰伊斯兰教，伊斯兰教圣地是维吾尔族穆斯林向往而敬仰的地方，他们不定期前往此地膜拜，向安拉表示自己无比虔诚的心意。参与达斯坦演唱活动的歌手与听众都生活在这样一种共同的社会环境当中，共享民间文化与宗教文化资源。笔者调查过新疆和田地区一些偏僻的农村，这里的人们祖祖辈辈生活在一个相对封闭的空间当中，从事相同的生产劳动。由于贫困，再加上交通不便，出远门的人，尤其是民间艺人并不多。他们主要在相邻县区活动，当地巴扎买卖和麻扎祭祀等活动对他们来说都是十分重要的文化娱乐活动。

（3）民俗活动，维吾尔族民俗活动十分丰富。春游、努鲁孜节（新春节）、达瓦孜（走钢丝）、麦西莱甫①等民俗活动为维吾尔族达斯坦奇提供了表现才艺的机会。对于达斯坦演唱活动来说，麦西莱甫民俗活动是十分重要的表演空间。新疆各地都举行麦西莱甫活动，形式多样，内容不同，但组织形式基本上大同小异。维吾尔族学者艾娣雅对这一问题进行了极为详细而科学的论述：

麦西莱甫（meshrap）意为"聚会"、"集会"，现在维吾尔民间

---

① 热依汗·卡地尔：《墨玉县维吾尔族达斯坦奇调查志》，朝戈金：《中国西部的文化多样性与族群认同》，社会科学文献出版社 2008 年版，第 158—159 页。

专门用之称谓群众性的传统娱乐聚会。麦西莱甫内容一般包括音乐、舞蹈、歌唱、联句对歌、讲故事、做游戏、说笑话、猜谜语、滑稽表演、即兴吟诵等活动，可大致分为乐曲舞蹈、娱乐与惩罚这三个部分。麦西莱甫的参加者由麦西莱甫公众与民间艺人组成。参加麦西莱甫的艺人有：木卡姆奇（Mukamqi）意为善唱木卡姆的歌手，达斯坦奇（Dastanqi）长诗演唱者，乃格曼奇（Negmenqi）乐师，达班迪（Dapqi）鼓手，库夏克奇（Kushakqi）歌谣吟唱者。艺人有乌斯塔（Usta）师傅与乌斯塔孜（Ustaz）大师之分。在这些民间与乐师中以木卡姆奇地位最高，他们主要演唱大型套曲"木卡姆"，其次是以演唱传统民间叙事诗为主的达斯坦奇，然后是作为一般歌手与乐师的乃格曼奇和达班迪与民间歌谣吟唱者库夏克奇。麦西莱甫的组织者被称作"小伙子首领"（jigit beshi），其兼做整个麦西莱甫的主持人。主持人手下有几名助手：米尔瓦孜"协调人"（亦称 mirshap 米尔夏甫）负责介绍节目与艺人，串讲鼓动词与赞颂诗句以活跃气氛；哈孜伯克（hazibeg）法官负责纪律，根据公众及主持人意愿裁决违纪者；衙役（jaji）执行人负责执行判决，实施惩罚。这套班子由麦西莱甫公众推选组成，这个组织保证麦西莱甫正常秩序与各项活动的顺利进行，在民众中享有威信的人才有可能被推选。

麦西莱甫可以在室内外、庭院的葡萄架下、苹果园里、野外风景地等场地举行。活动开始时，参加者围坐成一圈，坐在一隅的艺人们开始演唱木卡姆，当乐曲进入有节奏的歌舞曲时，众人入圈翩翩起舞开始自娱性舞蹈。随着乐曲节拍、节奏及速度的变化，舞蹈由庄重、稳健渐趋欢快、热烈，至乐曲终了，舞者尽兴，众人下场休息，第一轮歌舞活动告一段落。聚会开始进入第二部分娱乐与游戏。待人们兴高采烈又想入场起舞时，乐师与歌手们又开始演唱演奏新一轮歌曲，如此多次反复，直到麦西莱甫公众人人尽兴，兴尽意足，麦西莱甫才结束。一般麦西莱甫要持续数小时，有时甚至一两天。

麦西莱甫有很多类型。一般来说按内容划分主要有以下几种类型：1. 节日庆典麦西莱甫，此类规模宏大，参加者众多；2. 仪式礼仪麦西莱甫，在婚礼、割礼、成年礼等人生仪礼时举行，如邀请麦西莱甫，内容为将已成年的子女介绍给乡邻，请求大家接纳其成为麦西莱甫群体成员，具有成年仪礼性质；3. 农事麦西莱甫，此类有麦苗返青麦西莱甫、春耕麦西莱甫、丰收麦西莱甫等，多在特定的农事季节举行；4. 季节麦西莱甫，此类有初雪麦西莱甫；5. 社交麦西莱甫，此类如轮流做东麦西莱甫，多在农闲时举行。由参加者轮流做东承办，除娱乐外，还兼有协商重大事宜、互相帮助的功能；6. 请罪麦西莱甫，由在麦西莱甫聚会中犯规者承办；7. 和解麦西莱甫，由主持人邀请结怨双方到场，相互敬茶，表示歉意与和解，了结怨恨；8. 手艺人麦西莱甫等，一般在冬季初雪后举行，蕴有瑞雪兆丰年的含义，类似的还有诺鲁孜麦西莱甫，迎春郊游麦西莱甫等；十里不同风，百里不同俗。遍及全疆各地的麦西莱甫独具特点，各地还流行着以地方命名的地方麦西莱甫类型。麦西莱甫的多种类型充分显示出其所具有的传承、控制、娱乐、人际关系协调、交流感情、德育、美育、生活与生产、互助等多种功能，其中民俗传承是主要的功能。①

由于受时间限制，麦西莱甫的达斯坦演唱活动，一般不会持续很长时间，多是演唱几首表现主人公情感生活的歌曲。一般维吾尔族爱情婚姻叙事诗分为赞歌、相思歌、离别歌、重逢歌、挽歌等几个不同的阶段，几乎都是以情歌为主，每首歌犹如一朵艺苑奇葩，首冠群芳，透过其中的情歌可以了解到这个民族的社会生活风貌、人文习俗，体察到他们的审美情趣，感受到他们多姿的优秀民俗和审美文化传统。在一些仪式中，主人要求达斯坦奇演唱一些历史英雄人物事迹的片段，以便让孩子们崇拜故事英雄，学习他们的优秀品格。麦西莱甫活动几乎囊括了婚丧礼仪、传统节日、野游等各项活动。

（三）表演时间

一般口头文学表演都有一个相对固定的时间段。如人们给孩子们讲故事往往选择晚上睡觉前的时间。又如人们在合适的时间（周末朋友聚会之时或是节假日亲人聚餐之时）讲述幽默笑话，以便娱乐人们。表演时间应该从两个方面加以考虑：一是何时表演，二是表演多长时间。根据农耕经济的生产规律，春夏季节，农活儿较忙，民间娱乐性活动相对集中于秋冬季节。"一是晚秋开始早春之间的农闲时期，在乡亲或亲友举行的麦

---

① 艾娣雅·买买提：《麦西莱甫传承述论：中国非物质文化遗产》，http：//www. ihchina. cn/inc/detail. jsp？info_ id＝585。

西莱甫上，专门邀请'麦尔达赫'（故事讲述家——笔者注）演唱，演唱长诗前，一般要演奏一段音乐，热烈的曲调顿时感染了在座的听众，造成了兴奋而又肃穆的气氛。在音乐序曲过后'麦尔达赫'便进行演唱。这类演唱活动，有时从夜晚持续到天亮，在某些地方甚至要持续好几天，根据听众的情绪，有时演唱到一个段落时稍事休息。"① 根据听众的兴趣或是要求，达斯坦演唱时间或长或短。笔者调查发现，在新疆和田巴扎现场的表演活动，根据人们的生活规律，分为上午和下午两个时间段进行。上午民间艺人从 9 点左右开唱，12 点左右收场，然后中间休息两个小时。下午 2 点左右又开始表演，4 点多结束。由于赶集的农民离乡或镇农贸市场有一定的距离，必须早几个小时动身出发。等他们买好生活必需品，再听完达斯坦演唱，已经到了回家的时候。在夏天，虽然是农忙季节，但因夏景优美，空气湿润，有钱人往往组织举行小型聚会，邀请民间艺人弹唱。规模较大的达斯坦表演活动只能在过努鲁孜节或是赶麻扎之时才能进行，而数人或数十人参加的平时表演活动在自家或是村里举行。达斯坦表演活动为维吾尔族民俗活动的主要内容，与他们的生活习俗和生活方式有极为密切的联系。"但是，所有史诗的演唱并不能像流动的生活一样随时随地发生。它一定要有相对稳定的时间限定和符合自身特点的规律性。史诗的娱乐消遣等社会功能决定了它的表演场合和表演时间。"② 在长期的社会生活过程中，民间口头艺术与人们的民俗生活和礼仪有不可分割的关系。达斯坦奇作为一名普通社会成员，要自觉遵守民间民俗活动的运行规则，否则，他的达斯坦表演活动就无法存在与发展。"其中《依皮塔纳麦》、《尼喀纳麦》、《伊玛目胡赛音》、《库尔班纳麦》都是在特定场合才唱的曲目。《库尔班纳麦》一般是在男孩举行割礼的时候唱，《依皮塔纳麦》是在斋月晚上的时候唱，《尼喀纳麦》是在举行婚礼时唱，《伊玛目胡赛音》一般是在接受伊斯兰教洗礼、起名和麻扎祭拜时才唱。因此，沙赫买买提在唱这些曲目时是很慎重的，不在特定的场合，他不随便唱。"③ 在世界其他国家和地区也存在特定时间和特定场合的口头文学表

---

①　阿布都克里木·热合满：《丝路民族文化视野》，新疆大学出版社 1999 年版，第 117 页。

②　阿地里·居玛吐尔地：《〈玛纳斯〉史诗歌手研究》，民族出版社 2006 年版，第 70 页。

③　热依汗·卡地尔：《墨玉县维吾尔族达斯坦奇调查志》，朝戈金：《中国西部的文化多样性与族群认同》，社会科学文献出版社 2008 年版，第 152 页。

演活动，这说明口头表演有明确的地点和时间的限定。"南斯拉夫穆斯林有一个特殊的节日，这个节日的作用是使一些歌增加长度，这个节日便是斋月。在一个月的时间里，男人们从日出到日落都要进行斋戒，他们聚集在咖啡屋里待上一整夜，聊家常和听史诗，这对通宵演唱一个完整的史诗来说是绝好的环境，在这个环境中，一个半职业的歌手可以获得至少 30 部诗歌的演唱篇目。"① 维吾尔族全民信仰伊斯兰教，斋月对穆斯林来说是一项他们必须履行的重要的宗教义务，尤其是我国和田、喀什等新疆南部地区，维吾尔人对斋月十分重视。斋月分为黎明之前封斋和黄昏时辰开斋两个重要时间段。在秋冬季节，白天封斋者主要是休息，晚上开斋后聆听诵经或是与斋月相关的故事演唱。在春夏季节，人们封斋后，照样从事农业劳动。随着时代的发展，现代化思潮冲击着新疆乌鲁木齐、伊犁、哈密、吐鲁番、库尔勒等地，这里的维族人对伊斯兰教戒律意识越来越淡薄，斋戒变成了个人自由行为。新疆主要城市里的人们，尤其是年轻人不怎么重视斋月里的封斋，不实行斋戒的年轻人并不受到人们的为难和指责。因此，在这些城市地区，人们在斋月中请阿訇诵经或是请民间艺人演唱叙事诗的情况也不复存在，只留存于南疆个别县镇或是乡村里。

（四）表演语境

语境（context）产生于语言学领域。语言学家早就发现从课文分出来的单词往往表达不同的意义，甚至产生歧义，只能放在语境（即上下文）中才能获取最为准确的意思。由于口头文化语境与书面文字语境有差异，所以词义的理解与环境是无法分割的。美国学者瓦尔特就文字书面文化这一问题谈道："口语词的意义只能够从它们经常出现的栖居环境里获得，这样的环境不像简单地包含词语的词典，它把手势、语音的抑扬顿挫、面部表情以及人类生存的整个环境一网打尽。真正说出口的词语总是出现在人类生存的整个环境里。词语的意义不断地从当下的环境里涌现出来。"② 这说明活形态的文化现象离不开现场情境的观点。从这一意义上讲，语境不仅对语言至关重要，对民俗礼仪、宗教信仰、民间文学以及民族风俗等诸方面也具有开拓性意义。正因为如此，符号学家、民俗学家、文化人类

---

① ［美］阿尔伯特·洛德：《故事的歌手》，尹虎彬译，中华书局 2004 年版，第 20 页。

② ［美］沃尔特翁（Walter. J. Ong）：《口语文化与书面文化：语词的技术化》，何道宽译，北京大学出版社 2008 年版，第 35 页。

学家将语境纳入到符号学研究、民俗学研究和人类学研究当中进一步拓展了其研究领域。"我们在此并不想讨论语境的概念和范围等问题，只是想强调语境在这里应该从两个层面上进行理解。一、语境是表演现场中所有信息的集合体；二、语境是能够对歌手的表演以及当时所创造的口头文本产生影响的社会和环境因素。"① 口头表演活动与表演环境、听众群体、宗教信仰、语言背景等表演语境密切相关。口头文学依赖于口头文化背景，是以口头演唱、乐器演奏及即兴创作为一体的复杂而诱人的综合性活动。美国学者阿尔伯特·洛德对此问题进行了精辟的论述："显然，创作的那一时刻对这种研究是极其重要的。对口头诗人来说，创作的那一时刻就是表演。在书面诗歌的情形中，创作与表演、阅读有一条鸿沟；在口头诗歌中，这条鸿沟并不存在。因为创作与表演是同一时刻的两个方面。"② 在达斯坦表演中，歌手表演对语境十分重视。在一次田野调查中，有一个细节令我印象极深。在和田地区于田县兰杆乡采访了一个名叫买买提明·阿訇的民间达斯坦奇，他是由县文体局的干部阿不都热西提和乡文化站的同志们从家里请来的。文化站站长买提哈斯木安排他在文化站的值班室（大约 10 平方米的钢筋结构的房屋）为我们演唱。

文化站的亚森等四名同志，还有来自新疆师范大学教师海热提江·阿布都拉、阿不都热西提、我和夫人在场，不久有三位小学生也闻声赶来聆听。达斯坦奇演唱的是维吾尔族传统的英雄型爱情达斯坦《乌尔丽哈与艾穆拉江》。买买提明在热瓦甫琴的伴奏下进行表演。故事中主人公艾穆拉江走到仙女国时，有一段仙女乌尔丽哈与英雄艾穆拉江之间的男女情爱片段。由于有位女士在场，他没有按照原本的故事情节演唱，而是以隐讳的言语处理了这一问题，他以散文形式讲道："这一头公牛（指的是主人公）是力量无比而精力充沛，它看着这一美丽而娇嫩的绿草（指的是仙女），馋得口水直流。它便贪婪地望着绿草，透露着享受的欲望。绿草随着微风飘动，好像迎着它的意愿。于是，公牛毫不客气地享用绿草。公牛快乐无比……"③

---

①　阿地里·居玛吐尔地：《〈玛纳斯〉史诗歌手研究》，民族出版社 2006 年版，第 75—76 页。

②　阿尔伯特·洛德：《故事的歌手》，尹虎彬译，中华书局 2004 年版，第 17 页。

③　笔者田野调查笔记，2008 年 7 月 23 日，新疆于田县。

这种处理方式说明维吾尔民间艺人对现场观众的注意程度和表演活动的灵活性，这是作家在书面创作中无法达到的效果。"文字培育抽象概念，使知识与人类竞争舞台拉开距离。文字使拥有知识的人和知识分离。与此相反，口语文化把知识纳入人生世界，把知识只放进生存竞争的环境。"① 在听众与歌手关系方面，我们已提到了听众与歌手的互动关系。当歌手看到听众注意聆听的场景和听到观众中传来的掌声和呼喊声时，得到极大的鼓舞，更加显示自己的口才和技艺，使演唱变得越来越精彩。听众的构成成分也是十分重要的。苏联学者日尔蒙斯基提及类似现象："当然，听众的构成成分对他（民间艺人——笔者注）十分重要。假如听众中有达官显贵，那他绝不会忘记把这些显贵们所属部落的汗王赞颂一番并且在演唱中加入一些动听的诗句取悦他们。如果听众全部为贫民，歌手便会在大部分情况下有意识地讽刺、嘲笑显贵们傲慢的秉性。如当作者在听众中间时，歌手在演唱史诗《玛纳斯》第三部的时候提到沙皇是玛纳斯的朋友。"② 这一例证足以表明民间艺人的表演与听众的身份、性别、年龄及生活方式等细节密切相关。民间艺人生活环境中的历史知识、宗教信仰以及民俗生活都是民间艺人表演中所考虑的主要因素。比如，和田民间艺人沙赫买买提在达斯坦表演时往往是以一些地方历史人物故事为主的（清代期间的反清英雄阿不都热合曼和卓、农民起义领头艾拜都拉汗以及保卫婚姻而无奈行凶的和田县妇女人物艾维孜汗等），听众对这些历史知识有较深的认识和理解。"听众与艺人的互动作用是在共时态里发生的。艺人与听众，共同生活在特定的传统智慧之中，共享着特定的时间，以使传播能够顺利地完成。"③ 因此，外来听众在首次聆听时会感到相关历史知识的不足。由于我国和田地区维吾尔人是虔诚的伊斯兰教徒，他们对宗教故事的审美期待较高。《法特哈与艾孜热特艾力婚礼》、《库尔班纳玛》（古尔邦节的来历故事）等宗教叙事诗，在这一地区深受欢迎并广为流传。

---

① ［美］沃尔特翁（Walter. J. Ong）：《口语文化与书面文化：语词的技术化》，何道宽译，北京大学出版社 2008 年版，第 33 页。

② Chadwick. Nora and Victor Zirmunsky：Oral Epic of Central Asia，Cambridge University Press，London，1969，pp. 224 – 225.

③ 朝戈金：《口传史诗诗学：冉皮勒〈江格尔〉程式句法研究》，广西人民出版社 2001 年版，第 238 页。

达斯坦奇的表演与身体语言有十分密切的关系。身体语言是语境的一个主要组成部分。维吾尔族达斯坦有散韵相间的叙事结构特征，通常是一章接着一章地演唱并在情节交接处加上一段人物行动描述。这时达斯坦奇以丰富的面部表情、手势和身体动作以及抑扬顿挫的声调等身体语言符号增加表演的艺术效果，使观众在听觉与视觉上得到极高的艺术欣赏。

从表演诸角度来探讨，我们发现维吾尔族达斯坦奇既像是故事家、演员，又像是音乐家以及歌手，他们以唱词、音乐、模仿动作和讲述等多种方式完成口头表演，从这一角度来讲，达斯坦表演拥有综合性艺术特征。

第二节　表演的程式系统

在民间文学叙事作品中，我们往往遇到一些重复的词句，修辞性的形容词片语以及惯用的词组，在以往研究中学者将其以"套语"来界定。很多学者以套语概念对民间文学加以理论探讨，如毕桪先生在研究哈萨克民间故事时特别采用套语加以研究。他谈道："套语的运用是民间故事的一个重要特点。哈萨克民间故事里典型的套语语音和谐、词语对仗、有明显的节奏和诗韵美，有的就是快板式的韵文。"[1] 但是，套语、惯用语、重复词组及片语等一些术语不是太模糊，就是过于限定，这时需要一种精确性。米尔曼·帕里的工作最大限度地满足了这种需要。他的研究成果之一便是程式（Formula）概念[2]："在相同的步格条件下，基于表达某个确定的基本意义而有规律地运用的一组词汇。"[3] 帕里采用程式这一术语，以大量的荷马史诗程式化词语、句法成分加以分析，解决了争论已久的荷马史诗是口头的、而不是书面创作的历史热点问题。后来学者进一步扩大了程式这一概念，如"程式和程式化是把人和社会生活中的种种语言、行为、思想、感情等加以分类，并用类型化的、规范化的、成套的语言、动作或旋律将它们表现出来。"[4] 在维吾尔族达斯坦奇表演当中，达斯坦

① 毕桪：《哈萨克民间文学概论》，中央民族大学出版社 2006 年版，第 157 页。

② ［美］阿尔伯特·洛德：《故事的歌手》，尹虎彬译，中华书局 2004 年版，第 40 页。

③ Parry Milman, "Studies in the Epic Technique of Oral Verse-Making, I. Homer and Homeric Style" Harvard Studies in Classical Philology, 1930, p. 272. 转载于［美］约翰·迈尔斯·弗里：《帕里—洛德理论》，朝戈金译，社会科学文献出版社 2000 年版，第 65 页。

④ 阿地里·居玛吐尔地：《〈玛纳斯〉史诗歌手研究》，民族出版社 2006 年版，第 153 页。

奇娴熟地运用程式化的故事结构、程式化的词语及词组和程式句法能够演唱几千行，甚至上万行的达斯坦作品。笔者认为，程式是在民间艺人长期口头创作与表演过程中逐渐形成、积累及发展的一个传统单元。在民歌、叙事诗、史诗、民间故事、神话、传说等民间文学体裁中，都得到了普遍运用。帕里从四个方面论述了它的一些特征："1. 固定特性形容词的使用，基于它们的韵律吟唱的和谐一致，而不是基于配合表达他们的含义；2. 它们是传统的；3. 它们总是装饰性的（而非特殊化了的）；4. 它们往往是普泛的（同时也是个别的）。"① 从程式的特征来看，程式是一个特殊传统的，即口头传统的产物。我们看到的口头诗人继承他们前辈的创作与表演"技术或是技巧"，在即兴创作压力下，广泛地采用了词语或是其他程式，顺利完成每次数小时甚至一两天的表演活动。我们以语言程式和结构程式来对此加以探讨：

一　语言程式

我们在这里提到的语言程式包括两个方面的内容：一是词语程式；二是程式句法。

（一）词语程式

词语是任何一种语言中的基本意义的相对独立的语言单位。语言学家根据词语的功能、用途、含义及结构等特质分为名词、代词、形容词、副词、动词、数词、动名词以及助词等类型。根据词类来探讨维吾尔族达斯坦中的程式问题，我们发现其中名词、形容词和数词比例较多。我们对此加以具体分析：

1. 名词

名词是表示人、动物与事物称谓的词类，是语言环境中最多用的一种词语类型。在维吾尔族达斯坦中，人名和地名是最为频繁出现的名词形式。在维吾尔族达斯坦中地名有"Qinmaqin 秦玛秦"、"秦国 QinDvliti"、"Eraem 伊兰"、"Arminiya 亚美尼亚"、"Rom 罗马"、"DiyarBekri 迪亚白克力"、"Yemen 也门"、"Demexik 大马士革"、"Bagdad 巴格达"、"Xebistan"、"Ispihan 伊斯法罕"、"Koyikap 阔伊卡普"、"Xam 夏木"、"Hezan

---

① ［美］约翰·迈尔斯·弗里：《帕里—洛德理论》，朝戈金译，社会科学文献出版社 2000年版，第 60 页。

哈藏"等。在维吾尔族口承达斯坦中，这些地名反反复复地出现，为进一步展开情节而服务。可以说，它们早已有了程式化的特征。关于达斯坦中反复运用的这些地名，阿布都克里木教授解释道："我们认为这样编造故事的发生地点，可能有下面几种原因：第一，这类长诗往往表达了人民群众对当时社会现象的看法，提出了自己的理想和愿望。演唱者在编创和演唱这些作品的过程中，由于遭到或可能遭到封建统治阶级的反对和迫害，为了提防和避免与自己家乡的统治者发生直接冲突，因此不得已把事件发生地点说成是远离家乡的异土或想象中的城镇。第二，演唱者为了宣传自己所演唱（其中也有自己创作的成分）长诗的重大意义和普遍性，往往把故事发生的地点移到人们都熟悉的或向往的地方。这个特点已成为那个时代民间口头文学的传统风尚。第三，在民间文学领域里，作品是靠一代代的口耳传承的。由于演唱者隶属于一定的阶层和集团，因此，难免加进自己的看法，根据自己的意愿做出必要的改动。"[1] 笔者赞同前两种观点，而对于第三个观点并不十分认同。达斯坦中所提到的地名确实是有依据的，伊拉克首都巴格达、伊朗重镇伊斯法罕、叙利亚首都大马士革、土耳其的迪亚白克力、也门和亚美尼亚等都是众所周知的大城市及国家名称。其实，很多达斯坦来自于阿拉伯、波斯文学，在维吾尔文化中得到本土化和民族化，融入到维吾尔族民间文学之中。因此，这些达斯坦也许保留了一些故事发源地，同时传入到其他故事当中，就逐渐变成了频繁使用的地名。虽然秦国、依兰国和哈藏国等地名是没有得到考证的一些神话色彩性的国名，但是这些地名在维吾尔族达斯坦演唱过程中得以程式化的特点是不容置疑的。

　　人名也是词语程式中十分值得关注的一点。在维吾尔族达斯坦中，主人公的名字都是增加一些"夏赫 Xah"、"帕迪夏赫 Padixa"、"艾米尔 E-mir"、"夏赫扎达 Xehzade"、"苏里坦 sultan"、"麦里凯 Melike"、"伯克 Beg"、"好汉 NoqiHoja"、"和卓 Hoja"、"汗 Han"、"帕勒旺 Palwan"、"哈吉 Haji"和"哈里发 Helipe"等职位、职务头衔、宗教荣誉名称以及勇士好汉等词语。"夏赫"、"帕迪夏赫"、"艾米尔"和"苏里坦"，都是表示"国王、帝王和大王"等意思。这些头衔附加到主人公或主人公父

---

① 阿布都克里木·热合满：《维吾尔民间长诗的演唱形式及其艺术特色》，张宏超译，《丝路民族文化视野》，新疆大学出版社 1999 年版，第 151 页。

王人名或前或后表示主人公的社会地位。如阿迪力夏赫（阿迪力王）、艾米尔古尔奥古里、苏里坦古尔奥古里（古尔奥古里大王或是帝王）、凯迈尔夏赫（凯迈尔王）、夏赫亚库甫（大王亚库甫）、夏赫美丽巴努（女王美丽巴努）、夏赫阿巴斯（国王阿巴斯）等等。除了这些表达"国王、王"之意的词语外，还有"哈干（'大汗'之意）Hakan"和"汗王han"等两个名词。其中，"大汗"仅在个别作品中运用，"汗"与"大汗"比"汗王"的使用范围更广些。如《帕尔哈德与希琳》中的帕尔哈德父王是秦国哈干（秦国大帝）、乌古斯汗（乌古斯汗王）、艾合买德汗（艾合买德汗王）、博格拉汗（博格拉汗王）、喀喇汗（喀喇汗王）、阿克汗（阿克汗王）、苏丹汗（苏丹汗王）、阿尔斯兰汗（阿尔斯兰汗王）等等。"夏赫扎达"在维语中表示"王子、太子"之意，古代突厥语中以"特勤"命名，也是使用频率十分高的名词。如夏赫扎达尼扎米丁（王子尼扎米丁）、夏赫扎达拜合拉姆（拜合拉姆王子）、夏赫扎达帕尔哈德（帕尔哈德王子）等等一般都与主人公人名合用。还有一个王子官名叫"汗扎达 Hanzade"，表示"汗王之子"，可以说和"夏赫扎达、王子"有同等意义，不过在使用过程中有所区别。《博孜依格提》中博孜青年是汗王之子，因此称为汗扎达博孜依格提（王子博孜依格提）。"伯克"是上层贵族的官名，平时附加在人名后面，在《玉苏甫与爱合买德》演唱过程中，达斯坦歌手在玉苏甫和爱合买德等两兄弟英雄人名后都带有伯克，正因为如此有时称其为"玉苏甫伯克与爱合买德伯克"。在维吾尔族达斯坦中，以英雄人名与"伯克"相结合的合成词最为常见。如亚齐伯克、伊斯兰伯克、阿奇木伯克等。除此之外，还有以表示"勇敢、勇猛、英勇、猛将"之意的"帕勒旺、诺奇、巴图尔"等后缀名词。这些词语是为塑造主人公坚强、英勇无比的人物形象服务的。如清代反清英雄萨迪尔帕勒旺（好汉萨迪尔或是萨迪尔大侠之意）；又如维吾尔人把清代大力士司仪提以"诺奇"（好汉司仪提或是勇士司仪提之意）来歌颂；再如我们看到秦·铁木尔以"巴图尔"形容他的勇敢而聪明；近代反准噶尔蒙古压迫的哈密历史人物吾迈尔，由于他大胆勇敢地反对准噶尔蒙古抢劫人民群众的财产，哈密人把他称为吾迈尔巴图尔（勇士吾迈尔或是好汉吾买尔之意）。英雄人物名字相关的名词中，还有一部分是与宗教，尤其是伊斯兰教密切相关的词语。如"哈里发"、"和卓或是霍加"、"阿吉或是哈吉"和"阿訇"等。"哈里发"是中世纪政教合一的阿拉伯帝国元首的称谓，后来传入信仰伊斯兰教的各个国家和地区，含义得以演变。如今维吾尔人把在清真寺里教经文、教义的导师称为"哈里发"（汉文又音译为"哈里法"）。如铁木尔·哈里法，他出身于一个普通铁匠之家，后在清真寺里学习，也教育过孩子。他领导了1911年哈密爆发的农民起义，因战功显赫，故当地农民尊称他为"哈里发"以表达对铁木尔的崇敬之意。"和卓或是霍加"，指的是伊斯兰教圣人穆罕默德后裔，人们尊称他们为"和卓"。当然其中也有一些欺骗群众的披着宗教外衣的骗子，如在新疆近代史上为维吾尔族人民带来很多社会灾难的阿帕克和卓、伊萨克和卓、加汗格尔和卓等等。在维吾尔族民间，人们把一些为人民挺胸而出的民族英雄尊称为"和卓"，以表达敬意。在歌颂新疆反清勇士、和田历史人物阿布都热合满的达斯坦中，民间艺人往往带着"和卓"，全称为"阿布都热合满和卓"，还有一位反军阀马虎山的勇士艾拜都拉汗名字后也加"和卓"，即艾拜都拉和卓。"阿吉或是哈吉"表示穆斯林前去麦加朝觐归来者，被称为"哈吉或是阿吉"，是一个尊称。后来，维吾尔人为了尊重他人，不管去不去麦加朝圣，都礼仪性地附加"阿吉或是哈吉"，表示对他（她）的尊重，这种现象在新疆喀什地区十分普遍。因此，这种叫法在达斯坦中使用频率较高。如哈密农民起义领袖胡加尼亚孜，由于他是一个十分虔诚的穆斯林，人们尊称他为"胡加尼亚孜阿吉"。除此之外，还有一个修饰词语"阿訇"指的是"学习和掌握伊斯兰教义的人"。在长期使用过程中，"阿訇"这一称谓越来越带有世俗化的色彩。平时，维吾尔族人可以随便在某个男子名字后加上"阿訇"，表示对人家的尊敬。在一部分维吾尔族达斯坦作品中，民间艺人使用"阿訇"是为了突出主人公的智慧和人品。如尼扎米丁阿訇、艾里甫阿訇等等。

2. 形容词程式

指的是描写主人公的修辞性词语。为了减轻现场即兴演唱的压力，歌手巧妙地采用形容词程式，增加达斯坦的艺术性来感染听众。在达斯坦表演过程中，达斯坦奇描写女人美貌之时常用一些固定的比喻修辞。如《乌古斯汗传》中形容姑娘的"眼睛比蓝天还蓝、头发好似流水、牙齿好比珍珠"等；《拜合拉姆王子与迪丽热孜公主》中形容迪丽热孜"面貌如月、头发如柳条、眼睛如羚羊之眼、嘴唇如樱桃、腰细得如蚂蚁"等等；《赛努拜尔》中美女像十五的明月，喝水时能见到喉咙里的水等；《我的红玫瑰》中姑娘美得像明月，牙齿像珍珠，头发像柳树等。在这类达斯坦中，形容姑娘眉眼的修辞性词语十分相似，这说明这些形容姑娘眉眼的修辞词语曾经历过一个创编传统和继承传统的发展过程，在反复加工、锤炼和使用过程中，逐渐得到固定化并类型化的特征，也就是我们探讨的程式化特征。如《勇士秦·铁木尔》是如此描绘买赫土木苏鲁的："你的眼睛像清泉，/你的黑眉形如箭。/你的身躯像挺拔的云杉，/你的话儿像蜜饯那样甜。/你的秀发如垂柳，/你的面容如月光闪闪，/你的朱唇似宝石，/你的双手灵巧非凡。/你的牙齿像珍珠，/你的美名天下遍传。"从这些修辞性词语的对比中，我们可以看出它们鲜明的程式化特点，同时也可看到民间艺人高超的艺术才能和想象力。在《博孜阔尔帕西与黑发阿依姆》中女主人公人名前加上"黑色辫子"（简称黑发）。在《红玫瑰》中主人公将心爱的姑娘比喻成红玫瑰。达斯坦奇在演唱过程中，欢乐的气氛用红色来表示，以白色来表示纯洁，以黄色（如发黄的树叶、脸色）表示愁苦等。在一些作品中，达斯坦奇以人名前附加几个固定的形容词来引出主人公。我们以《艾维孜汗》为例，在这一作品中，男主人公描绘阿布都拉与艾维孜汗的修辞词语频繁运用：

Abdulla χan aq burut，白胡子的阿布都拉·洪，

kat ①ystid εolturup，坐在床上，

Tar sykig ε②qarap qujap，看了一下窄土炕，

Tala gh a qoqap ma ŋdi. 向外走去。

tʃo ŋd εrwaza③aldi gh a tʃiqqu tʃε，走到大门时，

H εwzi χan jitip tʃiqti. 艾维孜汗跟着出来了。

Abdulla χan qunaq burut，白胡子的阿布都拉·洪，

Jenim gh ina H εwzi χan，亲爱的艾伟孜，

ikkimiz hajat turup，既然活着，

ømrimiz budaq øtmisun，不要让生活这样乏味，

ʃundaqqina dig εnd ε   当他这么说的时候，

Undaq bolsa Abdulla，阿布都拉既然这样，

M εn erimdin a ʤri ʃip，我与丈夫离婚，

---

① 卡尔提（kat）意为"床"。

② 苏坎（syke'）"形似新疆北疆的炕，但不生火"。

③ 达吾匝（dawza）意为大门。

Altaj boldi olturdum. 在家已六月。

ʃundaqqina deg ɛnd ɛ': 当她这么说时，

obdan boldi H ɛwzi χan, — 太好了，艾维孜汗，

Deg ɛn gh u zamanlarda. 当他这样说的时候。

Deg ɛn gh u zamanlarda 他就这么说道，

Undaq bolsa Abdulla, 阿布都拉既然这样，

M ɛn erimdin a ʤri ʃip, 我与丈夫离婚，

Altaj boldi olturdum. 在家已六月。

— Andan boldi H ʒwzi χan, — 太好了，艾维孜汗，

Bir øjd ɛbolap qalsaq, 那就让我们生活在一起吧，

ʃundaqqin ɛd ɛp turdi. 他就这么说道。

ʤenim gh ina, Abdulla, 亲爱的阿布都拉，

Onb ɛʃkvndinkijin tʃiqqina, 十五天后你再来吧，

Rabi χan a tʃamni ŋkid ɛ', 你去热比汗大姐家，

（qe tʃip ketili Abdulla, 让我们逃走吧，）

ʃundaqqina dig ɛnd ɛ'. 她就这么说道。

Aridin onb ɛʃkyn øtti, 十五天过去了，

Abdulla χun aq burut, 白胡子的阿布都拉·洪，

Bir atqa menip tʃiqti. 骑着马走来了。

H ɛwzi χan dig ɛn tʃokan, 少妇艾维孜汗，

qolida qapaq-tʃøgyn, 手里端着水壶，

Su gh a ma ŋgh ud ɛk bolsa, 在去提水的路上，

jolda joluqap qaldi. 碰到了阿布都拉。

Rabi χan a tʃamni ŋkid ɛ', 你去热比汗大姐家，

kirip oltur gh a tʃturu ŋ. 先坐一会儿。

M ɛn suni ɛtʃirip qojap, 我先把水提回家，

øzvmni j ɛmsirip①kil ɛj. 然后梳洗一下就来。

ʃundaqqina d ɛp qojap k ɛtti. 她就这么说道，

Sa ɛtt ɛk ɛldi. 将近一个小时的时候，艾维孜汗赶到了。

ʤenim gh ina Abdulla, 亲爱的阿布都拉，

① je'msiri 准备，文中意为"梳妆打扮"。

j ɛn ɛbir d ɛm to χtaq turu ŋ　你再等一会儿，

Rabi χan a tʃam bil ɛn，我跟热比汗大姐，

øjg ɛbir berip kil ɛj，＿ 再回趟家，

ʃundaqqina d ɛp qojap k ɛtti.　她就这么说道。

Rabi χan dig ɛn m ɛzlum，妇人热比汗，

Tamni ŋarqidin tʃiqip，她爬上屋顶，

Ty ŋlyk be ʃi gh a k ɛp turdi，来到了天窗边，

H ɛwzi χan dig ɛn tʃokan，少妇艾维孜汗，

øjg ɛkirip d ɛrhal，艾维孜汗走进屋，

Bo gh tʃimisini tʃigip，收拾好包袱，

Ty ŋlyktin sunup b ɛrdi.　从天窗递出去。

Rabi χan dig ɛm m ɛzlum，热比汗这个妇人（拿着艾维孜汗的包袱），

A ŋgh i tʃɛjitip k ɛldi.　随后从后院翻墙而下到了自己家。

H ɛwzi χan dig ɛn tʃokan，艾维孜汗这个少妇，

Dawzidinqol selllip tʃiqti，空着手走出了自己家门，

Rabi χanni ŋkig ɛk ɛldi.　来到了热比汗家。

Namaz ʃamdin øtk ɛd ɛ'，黄昏时分，

Atqa mingi ʃp'qa tʃti.　骑着马（与阿布都拉）逃走了。①

　　从诗句中，我们可见在诗行中"白胡子的阿布都拉"出现了三次，"亲爱的阿布都拉"使用了两次，"少妇艾维孜汗"使用了三次。达斯坦歌手十分擅用一些程式化的形容词和词组。如：笔者在和田采录的盲艺人阿布里米提·喀日演唱的《雅丽普孜汗》中，形容词用得频繁且重复：

qajaʃ ②deg ɛn k ɛnttin，名为喀亚西的村庄，

jetim eriq③ni ŋbujidin.　在易提穆艾力克村旁。

Tuka ja ʁtʃi bil ɛn amdi，那里有个卖油的瘸子，

jalpuz χan da ŋliq tʃokan.　有一个能干的少妇雅丽普孜汗。

ol ʁunuwa，tul ʁunuwa，扭着腰身，

qol ʁa y tʃpulni aldi.　揣着三个铜板。

---

① 参见附录笔者田野调查口承文本《艾维孜汗》。

② 喀亚西（qajaʃ）是村庄名。

③ 易提穆艾力克村（jetim eriq）是村庄名。

y tʃpulni qol ʁa elip：拿着三个铜板对卖油的瘸子说：

qoj ja ʁtʃi, tuka ja ʁtʃi. 喂，卖油的瘸子。

Bygyn kyng ɛs ɛjʃ ɛnbik ɛn，今天是星期二，

……

Bir pul ʁa upa al ʁin. 一个铜板给我买粉，

ʃundaqqina deg ɛnd ɛ，听了她的话，

Maqul, musuman, maqul, ＿ d ɛp "好的，好的"，

Bajiqi tuka ja ʁtʃi, 那个卖油的瘸子连忙回答，

…

Dyʃ ɛnb ɛbaza ʁa tʃiqti，他来到星期一巴扎，

Te'nziqining aldidin，在摊子上，

Sodisiniqilip kirdi，买好了东西就回来了，

Hoj ja ʁtʃi, tuka ja ʁtʃi, 喂，卖油的瘸子，

Hama ŋmusuman, hama ŋla, ＿ d ɛp，"真是让你辛苦了"，

jalpuz χan jygyryp badi. 雅丽普孜汗说着跑过去。

Bajiqi tuka ya ʁtʃi, 那个卖油的瘸子，

Haj χenim, ʤenim χenim：哎，夫人，尊敬的夫人。

Bygyn haduq sora ŋla，今天你得谢谢我，

M ɛn soda ŋlini qip kirdim，我终于给你买回来了，

ʃundaqqina deg ɛnd ɛ　他对雅丽普孜汗这么说着。

Osmini d ɛmd ɛqojap，用奥斯曼涂好了眉毛，

ɛŋlikni ɛtiwa qojap，抹完了胭脂，

Upini syrtyp bolap，擦完了粉，

Bu ʁma ʃajisini kijip，穿着她的华裳，

L ɛp ɛŋʃip qol selip ma ŋdi. 摇摇摆摆地走了，

Bajiqi tuka ja ʁtʃi： 那个卖油的瘸子：

Hoj musuman, ʤenim musuman，哎，可敬的妇人，

Orda aldi ʁa bama ŋla，别去奥达阿勒底，

…….

Dawza qaqqili tur ʁanda：正在敲大门时，

Hoj ja ʁtʃi, tuka ja ʁtʃi, （雅丽普孜汗）喊道：卖油的瘸子，

Hekim begim k ɛlm ɛk tʃi，艾克穆老爷说了要来，

øgzig ɛʧiqip olturu ŋlar. 你先上屋顶等着。

〈〈øh ø〉〉 dejiʃim kiri ŋlar，当我咳嗽的时候就下来，

ʃundaqqina d ɛp qojdi. 她就这么吩咐道。

Bajiqi tuka ja ʁʧi，那个卖油的瘸子，

ilm ɛkl ɛp jygryp ʧiqip. 攀援着上了屋顶。①

在上述 40 行诗中，"卖油的瘸子"出现了 9 次，如果从全文统计，肯定比例更高。在这部《雅丽普孜汗》中"卖油的、亲爱的、尊敬的"等诸如此类的修辞式形容词是十分丰富的。我们加黑的词语在歌手演唱过程中不止一次地被采用，还有一定数量的修辞性词组，毫无疑问地可以称之为"程式"（formula）。

3. 数词程式。数词是表示数量含义的词类，它是最为传统程式化的词类之一。《乌古斯汗传》中大量采用了程式化的传统数字，如"9 天准备好乌古斯汗的马"，"40 天后长大了"，"制作了 40 张桌子和 40 把椅子"，"走了 40 天后到了冰山脚下"，"立起了 40 丈高的木杆"，"举行了 40 天的婚礼"等等。《艾里甫与赛乃姆》中"申请 40 天期限"（用五次），"遇到了 40 个强盗"，"40 个男仆"，"举行了 40 昼夜的婚礼"等等。《凯麦尔王子与夏姆西美女》中主人公走了 40 天，与美女夏木西约会 40 天，骑着骏马 40 小时返回家乡，举行了 40 昼夜的婚礼。《塔依尔与佐赫拉》中塔依尔与佐赫拉一起学习 40 天、游玩 40 天，后来塔依尔被放在木箱子漂流，罗马公主以 40 丈的长发辫子套住了木箱子，他在罗马王国打猎 40 天。等他被处死后，佐赫拉打开了 40 间房屋，观看里面的珠宝。《赛努拜尔》中"40 个乞丐、40 个精灵、40 个侍女"等程式化数字频繁出现。《尼扎米丁王子与热娜公主》中，尼扎米丁王子向热娜公主道：

Kiriktin abtowa hujramda tvrlvk esiklik，我的卧室内悬挂着四十只水壶，

Kiriktin altun petnuslar tehtte koyaklik，在宝座中放着四十个托盘，

Kiriktin panus hujramda xamlar esiklik，我的卧室内也挂着四十盏油灯，

ELim，helkim hujramni heber eylisem. 希望我的人民卫护我的卧室。

Kiriktin seksen bisatim hujramda esiklik，宫殿的四十个空间上有我的八

---

① 参见笔者采录、转写并翻译的《雅丽普孜汗》。

十箱财宝，

Kiriktin seksen tvxekte tekiye koyaklik，　宫殿的四十个床位上有我的八十只枕头。

………　……

热娜公主向尼扎米丁王子提问：

Adem sefi kirik yil，neqvk?　　40 年对人来说意味着什么？

Tuprak kepi kirik yil neqvk?　　40 年对土壤来说意味着什么？

Yamgur kebi kirik yil neqvk?　　40 年对雨水来说意味着什么？

Ata kildi janing alla.　　安拉为你赋予了生命。①

《玉苏甫与祖莱哈》中"40 小时走路、40 天祈祷、40 年做礼拜"。《玉苏甫与艾合买提》、《古尔·奥古里》等英雄达斯坦中都有主人公最为忠诚而勇猛的四十位勇士。甚至当代歌手所演唱的《阿布都热合曼和卓》和《艾拜都拉汗》等叙事诗中这两位近代历史英雄都拥有十分可靠而忠实的 40 名年轻战士，他们都在英雄陷入危机时刻挺胸而出，表示他们同生共死的诚意。其实，在突厥史诗汇编集《达达阔尔库特书》② 中英雄撒鲁尔之子、康图尔艾里、巴伊博来克、狂人图姆茹鲁和柯尔克孜族的《玛纳斯》以及哈萨克族的《阿勒帕梅斯》等英雄史诗中英雄都有四十位勇士跟随。其他维吾尔族史诗及叙事诗中与数字"40"有关的人数、疑问和时间已习以为常。这些数字与维吾尔族在内的突厥民族的民俗礼仪、风俗习惯和宗教信仰有根深蒂固的渊源关系。如婴儿出生的第七天要为之取名并举行命名礼，第 40 天要行卧摇床礼，且邀请一位操作熟练的理发师为婴儿剃头发。另外，由于人们认为人死 40 天后，死者灵魂在家与分之间游动，因此，要行 40 天乃孜尔祭祀。传说在安拉的旨意之下，整个宇宙下了 40 年的雨水，然后安拉用 40 年时间创造了土壤，安拉耗 40 年时间用光创造了神仙，同时创造了撒旦，创造了善神和死神，又花了 40 年创造了人。

《乌尔丽哈与艾穆拉江》中讲述了一个国王的三个儿子寻找神鸟的故事。国王有三个儿子，他要求儿子三个月之内想方设法给自己找回一只他

---

① 阿布都肉苏里·吾迈尔编：《维吾尔民间长诗精选》，新疆人民出版社 1998 年版，第 418、469 页。

② 托合提·提拉译：《阔尔库特寓言故事选》，民族出版社 2001 年版。

梦见的美丽神鸟。他们走了三天，来到一个三岔路口，三个方向的路牌上分别刻着三句话，即"有去有回"、"有去或有回或无回"和"有去无回"，三个兄弟依次选择了三条路线出发。老三踏上了最危险的路程，经历千难万难，走了三个月，找到了父亲梦到的神鸟。《乌古斯汗传》中乌古斯汗娶了一个曙光中的美女为妻，生了三个儿子，分别名叫"太阳"、"月亮"和"星星"，他又娶了树洞中的美女为妻，也生了三个儿子，分别名叫"苍天"、"山"和"大海"。乌古斯汗的大臣梦见一支金箭和三支银箭，他告诉乌古斯汗把领土分封给儿子们。等儿子们长大成人后，乌古斯汗派了三个儿子向东方打猎，又派了三个儿子向西方打猎，他们分别捡到了一支金箭和三支银箭交给父王。父王把金箭折成三段分给三子，又把三支银箭分给三子，要求他们团结治国。"3"与维吾尔族原始信仰有直接的关系。"三天"、"三鞠躬"、"三天会议"、"三个旅伴"、"三个小时"、"三个问题"、"三个难题"、"三大考验"和"三次机会"等与数字"3"关联的情节在维吾尔族达斯坦及民间故事中屡见不鲜。维吾尔族祖先回纥在漠北高原接受了萨满教信仰，萨满教将宇宙分为"天界"、"人界"及"地界"等三层，神界又分为七层，这七层加上人界与地界共为九界。"这就是阿尔泰萨满教9层宇宙观形成的基础。所以'9'也就成为了一种圣数。从一个方面来看，在我们的祖先并不发达的数字概念中9被认为是数之最，是数字中的极限，所以在人们头脑中9体现着无限的意义。所以它也就成了'强大的'、'伟大的'、'无限的'象征而成了人们所尊崇的数字。"[①]《古尔·奥古里》中她穿了九套袍子，他的坐骑一口气跑了九天，他前后娶了九个妻子，在他身边有九个护身符，他前后换九次马返回战场，饿死了九个敌人，搞得九个士兵晕头转向，在可汗的军队中有九面旗子，"九姓回纥"及"九姓乌古斯汗"等等。《塔依尔与佐赫拉》中喀拉巴图尔讨公主欢心，打猎九只鸟将其烧好，给公主佐赫拉送去，但他碰见塔依尔吻了佐赫拉九次的场景，喀拉巴图尔陷害塔依尔，国王将塔依尔放入木箱子，投入河中漂走。箱子漂流到被称为九分流之处，托付商队给佐赫拉传口信。商队到达喀喇汗国，给佐赫拉传口信，佐赫拉十分感激他们，以九个骆驼驮的珠宝丝绸奖赏他们。罗马公主救了他，国

---

①   阿布都克里木·热合满：《操突厥族语言的民族圣数观》，百合提亚尔译，《丝路民族文化视野》，新疆大学出版社 1999 年版，第 151 页。

王为他们举行四十天的盛大婚礼。新婚之夜，红娘为他们铺设了九个床位，塔依尔没有与罗马公主同房，为了情人佐赫拉，他走了九天路程，穿过九个大门，走到佐赫拉居住的后宫。他们开始秘密幽会，喀拉巴图尔九次偷窥他俩相吻的情境，又向国王告状，国王喀喇汗处决塔依尔，右边九个刽子手，左边九个刽子手立即拽着他，砍成九块。

程式化数词中还有"7"，其有程式化特征与维吾尔族在内的突厥语民族共有的原始观念有密切关系。据说太阳神与月亮神之间有七层障碍，即有七层天，太阳有七个儿子，分别布满在星空之中，是我们所看到的七星。"圣数'7'的形成具有更深重的根基，同样不能与波斯琐罗阿斯德教文化的影响分开。因为波斯人把'7'作为圣数的历史也相当古老。因为琐罗阿斯德时代的伊朗产生的七神可能就是其中的原因。印度文中，数字'7'也早就进入了圣数范畴。印度文化中的这种观念与公元前1—2世纪阿尔泰山、天山等地所风行的七星崇拜有关联，后来数字'7'的神秘性在阿拉伯伊斯兰教文化中得到升华。历史上那些突厥语民族接受伊斯兰教后，这种圣数文化现象也就融于该文化之中，并一直流行到了今天。"[1]

如维吾尔人在七岁时举行的割礼，为死者举行的乃孜尔祭祀，为了死者灵魂顺利升到第七层天而举行的周年礼等等都与宗教信仰密切相关。在维吾尔族达斯坦中，程式数词"7"使用十分频繁。如"热娜公主祈祷七天七夜"，"热娜向宫女说：'宫女们，你们陪了我七年，我们即将离开，希望你们不要埋怨我'"，"塔依尔与佐赫拉满七岁时入学，他们以超群的智商一天学完了七天的知识内容"，"罗马国王七天开会，商讨塔依尔寻找佐赫拉上路的事宜"，"秦·铁木尔杀死了七头妖魔"，"凯麦尔王子在沙漠中走了七天七夜"，"也门国王阿迪力答应七个乞丐坐四十天的王位。等期限已满，国王阿迪力汗要求七个乞丐归还王位，但是他们不但没有还位，反而准备伤害他一家人"。我认为一周七天也是故事文本中"7"频繁使用的原因之一。

数词"1"、"30"也是出现频率较高的数词程式。在维吾尔族达斯坦开头部分中，几乎所有故事都是从"一个国王"、"一个巴依"或是"一

① 阿布都克里木·热合满：《操突厥族语言的民族圣数观》，百合提亚尔译，《丝路民族文化视野》，新疆大学出版社1999年版，第150页。

个老人"等词语展开故事情节的。我们以《古尔·奥古里》为例。故事是这样开头的："据传，有一座城市，名为柴米比，其中有一个国王，名为艾合买德汗，他有一个妹妹，妹妹有一个美丽无比的花园。有一天，圣人艾孜热特阿里骑着神马路过此地，远处看见了眉眼公主，祈祷她为他生个孩子。她神秘怀孕。有一天，她照镜子，发现脸部的雀斑，明白自己怀孕，她祈祷安拉夺去自己的生命，以免给兄长艾合买德汗丢脸，安拉使她如愿以偿。胎儿在坟墓诞生，他用一根芦苇吸氧，爬出了坟墓之外，然后一匹母马奔来喂着他。这样时间过了一天又一天，一位放马的老牧人随着马找到了这个男婴儿……"英雄古尔·奥古里（坟墓之子）的故事就这样展开了，在短短的一段描述中，十处有数词"1"。我们根据新疆人民出版社出版于 2006 年的文本加以统计，数词"1"的重复率可达 168 次。在维吾尔族达斯坦中，送彩礼描述部分往往出现数字"30"，这是否与一个月 30 天的情况相吻合，尚未论证。英雄给美女父亲送彩礼，都要 30 只羊、30 头牛、30 头骆驼和 30 匹马。维吾尔族麦西莱甫活动中，人们要求"三十个姑娘和九个小伙子"，这是传统的习俗。这对口承达斯坦产生了影响，如"从喀什疏附县娶了九个妻子，／从喀拉沙尔县（焉耆县）娶了三十位妻子。／无情的夏赫亚库甫／鞭打虐待妻子。夏赫亚库甫的小子，／把乡亲们瞧不起。／娶上三十位姑娘为妻，／三十天就分离。"① 在诗句中，我们可见三十个姑娘和三十天等固定的数词。在民间叙事诗中常见 30 昼夜旅行的片段。艾穆拉江梦见一位赫兹尔神，他说道："哎，孩子，你继续走七天七夜的路，走到一口泉水旁，这是妖魔的地盘，你千万不要望它一眼，立即离开那儿。然后，再走 30 昼夜，你可以走到另一口泉水边……"艾穆拉江睡醒一看，周围没有人，他继续走，走到第一口泉水旁，没朝它看，又继续向前走，走了 30 昼夜，才走到了第二口泉水边。从上述例句中，我们发现数字 30 的反复使用频率，在其他达斯坦中，也可以看到数词 30 的程式用法，由于篇幅关系，在此不再赘述。

（一）程式句法

程式句法是能够说明口头达斯坦的内在结构特征的分析方法。达斯坦歌手与听众共同关心一些与艺术欣赏相关的问题，如韵律、格律和句形等

---

① 编委会：《夏河亚库甫与苏里坦汗》，《布谷鸟与再纳甫·民间长诗选集》，新疆人民出版社 2008 年版，第 246 页。

问题。"对于口头传统的听众和演唱者而言，口头史诗首先是一个通过听觉来欣赏的艺术。因此，与步格、音节、韵律相关的头韵法（alliteration）、句首韵（head rhyme）、平行式（parallelism）等句法规则在我们的研究中也就成了不容回避的问题。"[1] 在维吾尔族古代诗歌中，尤其是7—8世纪期间的诗歌作品中，我们发现了头韵或句首韵的诗歌韵式。如：

yaruq tängrilär yarliqazun,	愿光明之神保佑我们！
yawašim birlä,	跟我的温柔伴侣一起，
yaqišiban adrilmalim. [2]	让我们永不分离。

但是后期维吾尔族诗歌的韵式逐渐是以脚韵或是尾韵为主的形式占了主导地位的。我们所探讨的达斯坦作品也是以尾韵为主的，因此，我们主要对其尾韵形式加以重点探究。维吾尔族达斯坦的尾韵特征与维语语法结构有直接关系。为数不少的维语诗歌是以名词结尾的，但是大部分情况是后加名词格词缀或是人称单数或复数形式的。大多数维语诗歌是以动词结尾的，在维语中动词的形态变化十分丰富。因此，艺人往往借助丰富的动词附加成分、名词和代词的变格等丰富多彩的变化形式押尾韵，这是维族达斯坦一种普遍的诗学规则。

1. 尾韵

维吾尔族达斯坦，就其形式而言，比较典型的是每诗段一、二、三押韵，每句以其音节为准。如《艾里甫与赛乃姆》、《塔依尔与佐赫拉》和《努祖姑姆》等达斯坦都是以七或八或九个音节组成 AAAB \ AABA \ ABAB 等韵式为主的。

Alp ɛr toŋa ɵldimu,（A）	英雄通阿身已殒，
ɛsiz ažun qaldimu,（A）	不平世道犹独存，
ɵzl ɛk ɵtɾin aldimu,（A）	苍天可解仇和恨，
ɛmdi jyr ɛk jirtilur.（B）	悠悠我心戚如焚。[3] 《阿里甫·艾尔·通阿》

Yar yolida boyun sunmak.（A）	为情人我垂头丧气，

---

① 阿地里·居玛吐尔地：《〈玛纳斯〉史诗歌手研究》，民族出版社 2006 年版，第 186 页。

② 克尤木·霍加、吐尔逊·阿尤甫、斯拉菲尔·玉苏甫：《古代回鹘文文献精选》，新疆人民出版社 1984 年版，第 310 页。

③ 麻赫穆德·喀什噶里：《突厥语大辞典》，新疆人民出版社 1984 年维文版，第 33 页。

Mehnet tartip rahet almak. (A)　　为情人吃苦，为的是享福，

Xah senemdek vlpet bolak. (A)　　像赛乃姆美人做伴侣，

Kixige muyesser bolurmu? (B)　　我最终能否得到？《艾里甫与赛乃姆》

这一尾韵形式在维吾尔族达斯坦中较为常见，一个古老的韵律方式有时以 AAAA 形式出现，在古代维吾尔族民歌中十分常用。笔者认为，这一韵式与维吾尔族口头诗歌传统，即格律、节奏和结构等传统有直接关联。英雄达斯坦《玉苏甫与艾合买提》和《艾米尔·古尔·奥古里》的诗歌尾韵是 AAAB 韵式为主的，虽然每行诗句的音节有所变化（其中有七音节、八音节、九音节、十音节以及十一音节不等），但这种尾韵方式的主导地位是毋庸置疑的。

Men keldim tokkuz taram, （A）　　我来自于九水沟，

Mendin Zvhrege salam, （A）　　替我向情人问候，

Zvhre elik almisa, （B）　　若佐赫拉没有搭理，

Burun svyginim haram. （A）　　那只能说明我的爱不够。《塔依尔与
　　　　　　　　　　　　　　　佐赫拉》

Kaynap torgan kazanga, （A）　　做饭的生铁锅里，

Qvmvq selip bakkan yok, （B）　　没有下过一次勺子，

Yar uyakta, men buyakta, （A）　　情人不在我身边，

Mongdixipmu yatkan yok. （B）　　没有贴身谈心里。《努祖姑姆》

这两种尾韵方式在民歌、史诗及叙事诗中的运用频率可以说仅次于 AAAB 韵式，很多维吾尔族达斯坦中这些韵式被广泛地使用。ABCB 是在民歌中非常丰富的尾韵形式，在近现代创作与传播的民间达斯坦中被大量采用。如：

Vq kvre bogday tatrtuq,　　　三斗子麦子磨成面，

Hemme hekke ax boldi,　　　给五百壮丁开了饭，

Tvmvr helipe degen batur,　　铁木尔占领山头十二座，

On ikki takka bax boldi.　　　不愧是领导起义的英雄汉。

Tvmvr helipe hohendur,　　　铁木尔·哈里发是好汉，

Yawga oklar yegvzdi,　　　弹无虚发不简单，

Menmen degen darenni,　　　指挥有方打得狠，

Karang, hox-hox degvzdi.　　　大人们被打得心胆寒。①《勇士铁木尔·哈里发》

这一尾韵方式运用简便而灵活，并不受到韵律十分严格的规则约束，因此，普通民歌创作者可以即兴创编形式简洁而内容简单的民歌作品。很多维吾尔族口头达斯坦最初是以民歌形式发展丰富的，继承了民歌的优秀传统，如《努祖姑姆》、《好汉斯依提》、《和卓尼亚孜阿吉》、《勇士吾迈尔》、《伊斯兰伯克》和《玛依姆汗》等优秀民间达斯坦都是采用这一尾韵形式进行创作的。

除此之外，还有十二音节、十三音节、十四音节、十五音节，甚至十六音节的诗行，同时以 AA、BB 式或是 AA、BA、CA \ AAAAA 或是 AAAAB 式，甚至 ABABAB 或是 AAAAAB 等较为复杂的尾韵方式。笔者认为，这些韵律较为复杂的韵式是维吾尔族作家文学对民间文学影响的具体变化之一。作家文学以书面书写传统为背景的创作模式，其形式极为复杂，诗学规则和类型丰富多样。由于维吾尔族创制文字及使用文字历史相对悠久，书写传统对口头传统的补充与干扰是难免的。作家文学对民间文学的影响包括主题、结构、文体以及表现手法等很多内容。一般在维吾尔族诗歌中超过十二音节的诗行和超过六段式（以六行为诗段）的诗节，在大多数情况下，出现于作家文学领域中的诗作之中，这是值得注意的焦点。

2. 平行（parallelism）② 是一个重复的形式，在诗句、词组及句型中使用相同的结构或是相同的意思

维吾尔族达斯坦中平行诗节很多，在长期使用过程中，平行方式得到了反复运用的艺术技巧形式逐步变成了艺人处理表达困难的技巧。维族诗歌中主要采用排比平行和复杂平行等两种方式，但递进平行却十分罕见。

我们以《艾里甫与赛乃姆》中的诗段为例：

Mondin keter boldung Bagdad xehrige,　　你即将离开我们，远去巴格达城，

---

① 张宏超：《中古与近代民间文学》，新疆人民出版社 1995 年版，第 13—14 页。

② Parallelism is a form of repetition. The use of phrases, clauses, or sentences that are similar or complementary in structure or in meaning. 赵典书、闫凤霞主编：英美文学术语精编（A Brief Classary of English and American Literary Terms），敦煌文艺出版社 2009 年版，第 105 页。

Gerip seni bir allaga tapxurdum,

哎，艾里甫，我把你托给仁慈的安拉，

Alla saldi judalikning derdige,

安拉让我们经受分离之苦，

Gerip seni bir allaga tapxurdum.

哎，艾里甫，我把你托给仁慈的安拉。

Karametlik kadir alla,

至仁至慈的万能安拉，

Geripni sanga tapxurdum.

把艾里甫托付给你。

Svyer yardin boldum juda,

即将离开心爱的人，

Geripni sanga tapxurdum.

把艾里甫托付给你。

Sening rastlik jawabinga,

你的答案是真的，

Ixendim, emdi ixendim.

我相信，确实相信。

Sening mehkem kararinga,

你的决定是坚定的，

Ixendim, emdi ixendim.

我相信，确实相信。

Aridin hiq svz vtmeyin,

时隔没过多久，

Jan aka, kayan barursen?

敬爱的哥哥，你去哪儿？

Mening gvlvm eqilmayin,

我的心情没得到快乐，

Jan aka, kayan barursen?

敬爱的哥哥，你去哪儿？

Qimenlerning iqide nazuk qimen bar,

这种花儿你以往从未采过，

Bayan kilgil, ay ana, gvlni kim tvzdi?

奶妈告诉我，是谁采了这束花？

Rasti bilen manga eyligil izhar,

请你把真实情况给我透露，

Bayan kilgil, ay ana, gvlni kim tvzdi?

奶妈告诉我，是谁采了这束花？

Aghiqa ana, sanga erzim eytayin,

奶妈，我有状要告给你，

Yarning gvli keldi, vzi kelmidi.

情人花束来了，自己没来。

Mening vqvn vz xehridin kelipmix,

为了我从边城赶来看我，

Yarning gvli keldi, vzi kelmidi.

情人花束来了，自己没来。

Ay, yerenler, Diyar bekri elide,

哎，乡亲们，在迪亚白克力国

	土上，
Eklim aldi, kara kvzlvk bir peri.	我看见了一位黑眼睛的仙女。
Emdi vlsem kerek uning derdide,	也许我会为她容颜丧失生命，
Eklim aldi, kara kvzlvk bir peri.	我看见了一位黑眼睛的仙女。

在上述诗段中的排比结构，我们可以看到每一组都是相当整齐的平行样式，每一诗节的第二行诗句和第四行诗句完全相同，以同一诗句的排比逐渐构成了韵律和谐和循环。该组平行式有的是隔行押尾韵的，有的是交叉押韵的（即一和三、二和四）。上述例句中像这样的排比平行式还有很多，它们在格式上显得十分严整。复合型排比是复杂的平行形式之一。每行诗句的前半段或是后半段显示出平行状态。这种平行式在维吾尔达斯坦中屡见不鲜。

Ikki kvzvm karisi,	你是我眼睛的眼珠子，
Jenim svygen jan balam.	心疼可爱的孩子。
Boyliringdin aylinay,	我爱你呀，欣赏你，
Altun balam, jan balam!	像金子一样可爱的孩子！

Kerilikta atangning,	你父亲等过晚年之时，
Kahxar kvni baxlandi.	唉声叹气的日子又来了。
Yalghuz kelip anangning,	你母亲孤独而悲伤，
Yiglar kvni baxlandi.	哭泣的日子又来了。

Kvz aldimda bar bolsang,	如果你站在我眼前，
Kvrmesmidim jan balm!	为何不能见到你，孩子！
Vlgen yerde bar balsam,	你绞刑之时，若我在场，
Vlmesmidim, han balam?!	为何不能我先死，孩子？！《博孜青年》

从上面的诗句来看，虽然第二诗行和第四诗行的前面一个单词或两个词语不同，但是押韵是十分严谨的（如 kahxar/yiglar，kvrmesmidim/vlmes-midim，jan/han 等），而且从整体诗段结构来看，有十分明显的平行式。这样个别词语或是词组重复是带有程式性特征的，这说明平行或是重复排比方式是口头记忆与口头表演的需求。这种技巧在儿歌中得以运用，是基于小孩"学得快、忘得快"的年龄特征，以重复的方式教给他们学习。如《两只老虎》中"两只老虎，两只老虎，跑得快，跑得快……""玛丽

有只小绵羊、玛丽有只小绵羊……"等儿歌中常用一些重叠的词语或是重复的词组以便孩子记住。对于平行样式，朝戈金研究员推出了精辟的总结："总之，我们在这里所分析的平行式是民间诗歌在长期的历史发展过程中逐步积累起来的传统的技巧手段。就其基本的方法而言，它是句法的结构原则。就其功能而言，它显然有利于歌手的现场创编。而且在我们的样例中，绝大多数情况下，它还是与程式同一的。多行组合的程式，都是平行式的结构！"① 平行式在韵律、结构和节奏等诸方面的优势，为口头创作与表演提供了一个便利条件。维吾尔族诗歌的排比平行和复合平行等平行式，不仅在口头诗歌中得到运用与发展，而且在其对诗人书面创作上也产生了影响。

3. 格律程式

维吾尔族诗歌格律具有浓厚的民族特色和地域特色，是一个十分有趣的论题。我们首先对维吾尔族诗节或诗段加以界定。从章法来分，维吾尔族诗歌主要分为四行一段的四行式和每行数目不限的长短诗段。维吾尔族民歌或是达斯坦中，四行式诗段是占主要地位的。笔者认为，根据诗歌格律和表达思想内容的需求，维吾尔民间诗歌都通用四行式诗段，这是后期四行式诗段拥有程式化结构的重要原因之一。除了四行式诗节之外，在一些达斯坦中还有五行式、六行式、七行式，甚至八行式的诗段夹在其间，构成一个极其复杂的诗节结构特征，但是我觉得这是后期文人对个别口承达斯坦所做的"艺术加工"，是他们的"贡献"而已。另外一个行数不限的长短形式也是口承达斯坦中的传统诗歌形式。柯尔克孜族英雄达斯坦《玛纳斯》、哈萨克族的《阿勒帕梅斯》、维吾尔族《好汉斯依提》、《红玫瑰》、《阿布都热合曼和卓》、《勇士乌买尔》等都采用这一传统诗歌形式。我们上述举例说明的很多诗歌样例中都有四行式形式，在结构程式中有无限行数的例子，因此限于篇幅不一一举例说明。

维吾尔族诗歌格律分为阿鲁孜格律和巴尔马克格律。民间达斯坦中主要采用巴尔马克格律，也有阿鲁孜格律部分，但是由于阿鲁孜格律的规则复杂而结构组织严密，民间史诗和叙事诗中运用相对少些。在前面章节，我们对两种格律形式做了一定的介绍，在此不再进行详细解释。维吾尔族

---

① 朝戈金：《口头史诗诗学：冉皮勒〈江格尔〉程式句法研究》，广西人民出版社 2000 年版，第 203 页。

诗歌格律与维吾尔族音乐体系有直接关系，在维吾尔族十二木卡姆的第二大部分就是"达斯坦"，以音乐和演唱相结合方式叙述故事情节。虽然维吾尔族民间达斯坦与维吾尔族十二木卡姆有密切的关系，但是两者有篇幅和内容上的不同。民间达斯坦是从头到尾地演唱的口头作品，而木卡姆里的"达斯坦"是职业乐师和职业歌手选择性地节选民间达斯坦歌曲而对其进行表演的连贯性歌曲，前者拥有一个完整的故事内容和表演过程，后者是拥有数首达斯坦经典曲子和精选歌曲。无论二者如何产生密切关系，维吾尔族民间达斯坦的强烈音乐性和节奏感都是毫无疑问的。

Kelermen deb/ bede kildi/,	我在守望她如花的身影，
– – – △ – – – △	
Kelem mud/detidin ytti/,	我愿朝夕和美人相亲，
– – – △ – – – △	
Erte qaxgah/ge yeti/,	约会的时间已经过去，
– – – △ – – – △	
He boldi ya/rim kelmidi?	为什么我的情人还不来临？
– – – △ – – – △	
Ya bir der/te kaldi/,	期待的时刻多么难忍，
– – – △ – – – △	
Ya bir gey/ri boldi/,	望眼欲穿哟我面对花径，
– – – △ – – – △	
Kyzym yoli/ge telmvrdi/,	红润的面颊已经憔悴，
– – – △ – – – △	
He boldi ya/rim kelmidi/?	为什么我的情人还不来临？
– – – △ – – – △	
Meni ketti/ dep malal/ bomigin,	流放时煎熬你我心儿欲碎，
△ – – – △ – – – △ – – – △	
Yiglimigil/senemjan /ketsem kelormen.	赛乃木江莫为我悲伤流泪。
△ – – – △ – – – △ – – – △	
Kizilgvldek /eqilip hergiz/ solmigin,	人生一世总难免风风雨雨，
△ – – – △ – – – △ – – – △	

Yiglimigil /senemjan/ ketsem kelormen. 山回路转有一天我们总要相会。
△ － － － △ － － － △ － － － △

Keyser dereh tenidin su eqer? 什么精灵没有根，躯体却赋予
它生命？

－ － － △ － － △ － △ － －

Uning bir xahidur alemni kuqar? 什么树木没枝蔓，大地上却洒
满绿荫？

－ － － △ － － △ － △ － －

Bir kox kanati yok seylene uqar? 什么鸟儿没翅膀，它却能遨游
太空？

－ － － △ － － △ － △ － －

Oglum axik bolsang manga jawap ber. 你若是个有心人，请回答我的
提问。

－ － － △ － － △ － △ － －

Iman bir derehtor tendin su eqer, 人的灵魂没有根，肉体赋予它
生命，

－ － － △ － － △ － △ － －

Kvngvl bir xahidur alemni kuqar, 生命之树没有枝蔓，大地上有
它的绿荫，

－ － － △ － － △ － △ － －

Rohimiz bir koxtur seylene uqar, 思维之鸟没翅膀，它却能遨游
太空，

－ － － △ － － △ － △ － －

Manga ostaz bolsang jawabim xuldur. 您是鲜明之师，我一一回答您
的发问。①

－ － － △ － － △ － △ － －

在上面的例子里，我们看到一些自然分割的短小的片段，长短错落一

---

①　张宏超：《中古与近代民间文学》，新疆人民出版社 1995 年版，第 265、266、268、270页。

致的形态给听众一种听觉上的旋律美感。所列诗行中"韵律的反复使用，加强了语气的节奏感和急促感，渲染了故事情节的气氛。"[①] 由于维吾尔族民间音乐较为发达，音乐曲子多样，歌曲调子不同。维吾尔族民间达斯坦的韵律也是较为丰富的，如在《艾里甫与赛乃姆》中有50多种不同的曲调，是证明其有较强的节奏性的最好体现。[②] 与哈萨克、柯尔克孜族达斯坦相比，维吾尔族达斯坦的调子变化多样，表演难度较大。《玛纳斯》和《阿勒帕梅斯》等柯尔克孜族、哈萨克族英雄达斯坦虽然篇幅宏伟，但是音乐变化并不十分多样，仅限于十几种固定调子。我们以田野采集的活形态的口承达斯坦为例，对维吾尔族主要音乐特征加以稍微具体而细致的探讨。

这是《玉苏甫与艾合买提》的乐谱：

DimTaTaDimTaTa 和 Dim Dim TaTa 是《玉苏甫与艾合买提》的主旋律，很多歌曲都是在这种节奏中得以进行的。从这一角度来讲，这个音乐曲调具备了程式化格律或是程式化节奏的特征。

DimTaTa TaDimTaTa Ta 上述两个乐谱是和田策勒县人民达斯坦《希日甫部长》的主要音乐旋律，在整个达斯坦表演活动中，民间艺人主要以这两种调子进行弹唱。从这一运用频率来看，这一曲调已经具有了鲜明的程式化色彩。

二　结构程式

任何一个民间文学作品都拥有一个相对固定而常用的结构程式。如果我们拿达斯坦来说，就发现音节、诗段、韵律、格律和叙述结构等因素，它们在长期运用过程中形成了一个相对稳定的雷同化与程式化的特征。《雅丽普孜汗》是一部盲歌手演唱的典型的口承叙事诗，歌手在结构程式的采用与运用方面是十分明显而突出的。故事讲述一个女人是如何以同样的手段蒙骗老爷、喀孜和屠夫等人的有趣故事。她擦油、抹粉、穿漂亮的衣裳，外出逛街。在街上碰到卖油的瘸子，请他到家里做客。第一次碰到

---

① 朝戈金：《口头史诗诗学：冉皮勒〈江格尔〉程式句法研究》，广西人民出版社2000年版，第181页。

② 阿布都克里木·热合满：《浅谈维吾尔族达斯坦·文艺评论选》，民族出版社1982年版，第281页。

达斯坦

作词:民间艺人
作曲:民间艺人

1=B $\frac{2}{4}$
♩=100

$\underline{33}$　3　|　$\underline{33}$　$\underline{21}$　|　1　$-$　|　$\underline{1 \cdot \underline{2}}$　3　5　|

$\underline{\dot{1}6}$　$\underline{75 \cdot}$　$\underline{05}$|　$\underline{66}$　$\underline{54}$　$\underline{45}$　|　$\underline{02}$　$\underline{31}$　$\underline{21}$　|　1　$-$　$-$　|

‖:$\underline{\dot{3}\dot{3}}$　$\underline{\dot{2}\dot{1}}$　|　$\underline{7\dot{1}7\dot{2}}$　$\underline{\dot{1}6}$　|　6　$6 \cdot$　|　$\underline{\dot{3}6}$　$\underline{\dot{5}4}$　|

$\underline{\dot{3}\dot{4}\dot{3}\dot{5}}$　$\underline{\dot{4}\dot{2}}$　|　$\dot{2}$　$-$　|　$\underline{\dot{6}6}$　$\underline{\dot{5}4}$　|　$\underline{\dot{3}\dot{4}\dot{3}\dot{5}}$　$\underline{\dot{4}\dot{2}}$　|

$\dot{2}$　$-$　|　$\underline{\dot{3}\dot{3}}$　$\underline{\dot{2}\dot{1}}$　|　$\underline{7\dot{1}7\dot{2}}$　$\underline{\dot{1}6}$　|　6　$-$　:‖

注：本曲谱由"作曲大师"软件生成，www.zuoqu.com。

达斯坦4-2-3

作词:民间艺人
作曲:民间艺人

1=♭E 4/4
♩=90

3̇3̇3̇ 3̇3̇ 4 - | 3̇3̇3̇ 2̇1̇ 3̇ - | 3̇3̇3̇ 3̇2̇ 4 - | 3̇3̇3̇ 2̇1̇ 3̇ - |

3̇3̇ 3̇3̇ 3̇ 0 | 3̇ 3̇3̇ 3̇1̇ 1̇ | 3̇3̇2̇ 3̇2̇ 1̇1̇ 77 | 7̇1̇7̇2̇ 1̇3̇ 0 - |

1̇1̇ 1̇ | 3̇3̇ 3̇4̇ | 5̇3̇ 3̇ | 1̇1̇ 1̇ |

3̇3̇ 4̇3̇ | 3̇ - | 3̇· 3̇ 3̇3̇ 4̇5̇ 3̇ | 1̇3̇ 3̇3̇ 4̇3̇ 3̇ |

3̇· 3̇ 3̇3̇ 4̇5̇ 3̇ | 3̇3̇ 3̇3̇ 4̇3̇ 3̇ | 4̇3̇ 3̇3̇ 4̇5̇ 3̇ | 1̇3̇ 3̇3̇ 4̇3̇ 3̇ |

3̇3̇ 4̇5̇ 5 | 1̇3̇ 3̇3̇ 4̇3̇ 3̇ ‖

D. C.

Dastenqi Qira Helk

1=E 2/4
♩=70

作词:民间艺人
作曲:民间艺人

```
3  0  3  | 3 - 362 | 3  0  3  | 3 - 362 |

‖: 0   03 | 6756  6 6 | 6217  6 4 | 4·2  31 |

   2·4  3 4 | 4·2  3·1 | 2·2  2  :‖

‖: 0  3671 | 2·3  121· | 7·6  75 | 6   0 |

   0  3561 | 2·3  121· | 7·7  675 | 6   0 :‖

6111  673 | 4·4  23 | 42  45 | 23  4 |

6·5  56 | 23  4 | 3 - | 67  53 |

4·2  3 | 6673  53 | 4·2  3  3 |
```

注: 本曲谱由"作曲大师"软件生成，www.zuoqu.com。

达斯坦

作词:民间艺人
作曲:民间艺人

了艾克穆老爷，艾克穆老爷询问她的芳名、住处和婚姻等情况，她回答道：自己住在喀亚西村，丈夫去喀什经商，尚未返回，但她已经托人给他寄了一封离婚书，他们离婚已70多天了。

Hekimbɛg haramzade，可恶的艾克穆老爷，

Baʃaqt ʧi①tɛrɛptin，从巴夏克奇方向，

At selipjygryp kirip，骑着马奔来，

ʃundaqqina kɛlgɛndɛ，正在这个时候，

jalpuz χan jaman ʧokan，机智的雅丽普孜汗，

O ŋ - ʧɛpisigimu k øz taʃlap，左顾右盼，

qaʃ etip qojup turup：眉目传情：

Hɛmisila Hekimbegim，＿ dɛp，您辛苦了，艾克穆老爷，

Aldi ʁa ytɛp turdi. 说着走到他跟前。

Atning beʃini qajdurup，掉了马头，

D ølɛt zijadɛ，＿ dɛp turdi，祝您财源滚滚，

Haj χenim， ʤenim χenim，哎，夫人，亲爱的夫人，

Atlirimu nemikin？请问您的芳名？

øjlirimu nɛdikin？请问您的居所？

Te χi ɛrlirimu barmikin？再冒昧地问一下您是否已婚嫁？

ʃundaqqina degɛndɛ，当他这样问时，

Waj begim，ɛzimɛt begim，（雅丽普孜汗）：哎，老爷，勇猛的老爷，

Meni ŋetimni sosila，您若问我的名，

jalpuz χan da ŋliq ʧokan，我是方圆有名的雅丽普孜汗，

Meni ŋyjymni sosila，您若问我的家，

qajaʃ degɛn kanttidɛ，名为喀亚西的村子里，

jetim ɛrikni ŋbujida，在易提穆艾力克村，

Meni ŋerimni sosila，您若问我的丈夫，

qɛʃqɛr ʃerigɛkɛtkili，去了喀什噶尔，

On t ørt jil ʁina bolapti. 已十四年了。

ølɛm χeti kɛlgili，判决书到了，

jatmiʃ yɛttɛkyn bolaptu，已七十七天了，

---

① 巴夏克奇 Baʃaqt ʧi 是地名。

　　听了雅丽普孜汗的回话，艾克穆伯克老爷感到十分高兴，接着问何时去合适？给她带点什么礼品？雅丽普孜汗回答道：如今她欠了人家的五百铜板，没有能力还债，希望他替她送五百元，伯克老爷满口答应。雅丽普孜汗告诉他今天傍晚到她家，她在家等他。卖油的瘸子提前回了家，他们刚喝茶聊天，就有人敲门。她说道：今晚艾克穆伯克老爷到家做客，吩咐他爬上屋顶待着。等她以发干咳声为信号，他可以下来进屋。吩咐完后，她给伯克老爷开门，她就撒娇，用热情的态度引他进屋，然后把他的毛驴赶进马圈，用绳套牵住了他的骏马。她拿了五百元，放在小箱子里，然后他催她说道：

Hoj χenim，ʤenim χenim，喂，亲爱的夫人，

Undaq oltursaq bolmas，我们还是别这样干坐着，

Nika-pika qilwatsak ʧa，不如把尼卡念了吧，

ʃundaqqina dɛp turdi. 他这样催促道。

　　看到老爷着急的样子，雅丽普孜汗不慌不忙地劝说让他别着急，让她找一个毛拉，再筹点念尼卡（像基督教的主持婚礼一样，一种伊斯兰教结婚仪式，阿訇主持的普通的新人结婚典礼）的费用，再打扮一下她自己。她故意拖延时间，给卖油的瘸子发信号，以便实现计划。

Way begim，Hekim begim，喂，老爷，亲爱的老爷，

Bir dɛm ʧidap tursila，您再忍耐一会儿，

Bir molla tepiwalaj，我先去找一个毛拉，

Nikah hɛqqi tepiwallaj. 再去借点念尼卡的费用。

yzɛmni rastliwalaj，让我好好装扮一下，

ʃundaqqina dɛp turdi. 她这样回话道。

Heliqi tuka ja ʁʧi，那个卖油的瘸子，

øgzidɛolturup jytɛldi，坐在屋顶上咳嗽着，

〈〈øh ø-øh ø〉〉jytiriʃi，当他"哦呵，哦呵"时，

伯克老爷听了一个男人的咳嗽声，坐不住了。他说道：屋顶有人咳嗽，是男人的话，他下来就会杀死我，赶紧让她想办法把他放走。

Hekim begim ʧa ʧrap qopti. 艾克穆老爷立即站起来，

Haj χenim，ʤenim χenim，喂，亲爱的夫人，

øgzidɛbirsi jytiridu，屋顶上好像有人咳嗽，

Heli menikirsɛøltyritu. 他进来会把我杀了。

ila ʤisi bolsa bir qilsila，你替我想个办法，

雅丽普孜汗把他放到摇篮里捆起来了，然后用布遮盖。卖油的瘸子下来，进屋后看了捆绑于摇篮的伯克老爷，配合她，立即扮演她丈夫的角色。他质问雅丽普孜汗："我上屋顶之前，你没有孩子，从哪儿找了孩子?"她回答道："我本来有身孕，你上屋顶之时才分娩了，放在摇篮里。"他说道："我来亲一下'宝宝'"，这一亲，老爷的胡须扎着了他的嘴。他说道："我拿着刀片给'宝宝'剃须，他有牙齿，我给他拔掉。"说完就出去，去别的屋里找剃刀。雅丽普孜汗吓唬他道："你赶紧逃命吧，否则'丈夫'真的把你的胡须剃掉，把你的牙齿拔掉。"伯克老爷背着摇篮往外跑。他到自己家门口，敲门，但是孩子们不认识他，把他赶走了。

Dazwaldisi ʁa ba ʁanda，到了自己家门口，

Biripla iʃiki ŋni a ʧ! _ dɛp，大喊"开门，开门"，

Dawzisiʁa birni ysti. 一头撞到了大门上。

ʧo ŋbalisi jygryp ʧiqti，他的大儿子跑出来了，

Mijɛdɛbir nɛrsɛkɛp qaptu，"这里来了个东西，

ja ejiqmu, adɛmmu?! 不知是人，还是熊?!

ja sara ŋmu, hajwanmu?! 不知是疯子，还是畜生?!

Byʃyk satqili kɛldi ŋmu? 你是来卖摇床的吗?

Biz ʁu byʃyk almajmiz, _ 我们不要摇床，"

ʃundaqqina degɛndɛ，正在这时，

Haj balam, ʤenim balam，哎，我的儿呀，我的儿，

Gɛpni asta qili ŋla，小声一点，

Mɛn selini ŋdada ŋla. 我是你们的父亲。

ʃundaqqina degɛndɛ，正在这时，

hoj balla, jygyr balla，"哎，孩子，快点孩子，"

Ma gadaj nemɛdɛjdj，这个要饭的在说什么?

Mɛn seni ŋdada ŋdɛjdu. 他说：我是你的父亲。

øʃnisidɛbyʃyk turitu，在他背上背着摇床，

Byʃyk satqili kɛptu. 他是卖摇床的。

Tɛp ma gadajni ŋqo ŋi ʁa. 给我狠狠地打，

ʃundaqqina degɛndɛ，就在这时，

Ballirijygryp ʧiqip，他的孩子们出来了，

Tɛpkili turdi qo ŋi ʁa. 狠狠地踢着他。

就这样老爷被自己的孩子们赶出门外，他只好向喀孜（法官大人）告状。喀孜传呼雅丽普孜汗到公堂问罪。雅丽普孜汗打扮得很漂亮，向喀孜大人眉目传情，否认她欺骗了艾克穆伯克的行为，并说不认识伯克老爷，也没有见过他的五百元，还有毛驴和骏马。喀孜也赶走了伯克老爷。伯克老爷走到村外，找了个大坑跳下去避难。喀孜看上了雅丽普孜汗，问她家在何处、是否结婚等诸如此类的问题，她像回答伯克老爷一样，以同样的方式予以回答。喀孜又问：何时适合去她家？给她送什么？雅丽普孜汗又说道她欠了五百元，请他携带五百元，她想还债。今晚去她家做客，喀孜大人也同意了。喀孜傍晚骑着骏马，牵着毛驴，携带五百元，走到了雅丽普孜汗家，她搞定马和毛驴后，又把五百块钱放在箱子里锁着。喀孜催着雅丽普孜汗念尼卡，雅丽普孜汗像上次回答伯克老爷一样，以找毛拉、筹集念尼卡费用和打扮自己等理由拖延时间，恰恰这时，在屋顶上等待时机的卖油的瘸子大声咳嗽。喀孜很紧张，怕她丈夫伤害自己，求她想办法。

ʃundaqqina degɛndɛ: 听了此话的雅丽普孜汗说：

Waj a χunum, Elama χunum，哎呀！艾里麻洪老爷，

Bizni ŋgadajni ŋa ʧʃiqi，好像是我男人，

ɛʤɛp bɛk jaman idi，他脾气够坏，

miʃɛgɛittik kɛlsilɛ，你快来这里，

ʤuwaz ʁa qoʃap qujaj，我把你套在磨盘上，

Tyki joq topaq dɛmɛ，我将告诉他，你是脱了毛的公牛，

quruqi joq topaq dɛmɛ，我将告诉他，你是只没有尾巴的公牛，

Tuwiqi joq topaq dɛmɛ，我将告诉他，你是只没有蹄盖的公牛，

kydɛqolaq uzaj dɛmɛ，我将告诉他，你是只短耳朵的牛犊，

Dɛp ʤuwaz ʁa quʃap qojdi. 说着就将他套上了磨盘。

altɛtaʃni ɛp qojdi，在磨盘上放了六块石头，

Duqu ŋʃip ma ŋʁili turdi. 他开始慢慢地拉磨。

雅丽普孜汗就这样将他套上了磨盘，后来的故事情节重复伯克老爷的那套处理方式。瘸子拿着皮鞭打在他身上，他就忍不住疼痛而喊叫。瘸子说准备拿改锥在他鼻子上钻一个洞，转身出门找改锥，雅丽普孜汗让喀孜

老爷赶紧跑，喀孜拖着磨盘忙逃命。他回家后像伯克老爷一样遭到被赶出家门的下场。他也跑到郊区找到伯克老爷，他们一起诉苦，后悔上了雅丽普孜汗的当。雅丽普孜汗又以同样的手段和解决方式套住了一个富有的屠夫，骗他钱财。

这一民间叙事诗是一个典型的叙事结构程式。在整个口头作品中，雅丽普孜汗以美色诱惑、与男人问答、请人做客、骗财赶人、受害者被家属赶出家门的叙述单元重复三次。在歌手阿布里米提给笔者演唱这一世俗达斯坦时，他亲口告诉我他的这一达斯坦可以以同样的故事结构延长故事情节，如可加上雅丽普孜汗欺骗巴依、商人的情节，他又想法继续创编，进一步丰富故事内容。① 在其他口头叙事诗中，主人公以战胜妖魔、战胜毒龙和回答难题等重复性的叙述结构，这是我们所探讨的结构程式。

第三节　继承与创新

我们在上节讨论的程式句法、词语程式以及结构程式是口头传统的产物，并不是现当代民间歌手创造的。"程式是传统诗歌的惯用语言，是多少代民间歌手流传下来的遗产，对口头创作的诗人来说具有较高的实用价值，还包含了巨大的美学力量。"② 从这一意义上讲，民间艺人在创作与表演过程中继承了本民族数百年以来延续的口头传统。口承达斯坦是维吾尔族人民韵文类中篇幅最长且表演难度较大的体裁，是植根于维吾尔族传统文化土壤的艺术范式。

一　继承传统
（一）传统的理解

首先，我们对传统这一概念加以明确的界定，对其有一个明确的认识与理解，这是进一步探讨问题的前提。对于传统，许多学者从不同的视角进行了解释。"传统"的中文字面意思为"传统是以前时代留下的一种文化，一个时代确凿无疑的观念有时候是下一个时代的难题。"③ tradition 的

① 笔者在和田田野采访录。
② 尹虎彬译：《古代经典与口头传统》，社会科学文献出版社 2002 年版，第 104 页。
③ 百度解释，http//：www.baidu.com。

英文之意为"世代相传的精神、制度、风俗、艺术等"①。从上述两种解释可以看到，传统的含义十分宽泛。从大的方面讲有文化传统、制度传统，讲具体点，有艺术传统、文学传统、民俗传统、宗教传统等等。"传统与文化一样，也是一个歧义繁多的名词，要想给它下一个较全面完整准确的定义是很困难的。笔者不揣浅陋做一尝试。传统是由以往的历史形成、凝聚的，经历代传承、流变、积淀下来的文化的有机系统，具有鲜明的民族性和时代性，传统与社会生活密不可分，它组建着人的基本生存方式，其本质是真实的现在，传统是流动于过去、现在、未来整个时间段中的一种过程展现出无限的超越性。"② 在人类社会发展中，人们积累了社会制度、宗教信仰、艺术类型、风俗习惯、民俗活动、语言文学、科学技术以及精神等知识财富。每一门学科在形成与发展过程中都经历了一个持续性的历史发展过程。人们对某一领域加以积累的内容和形式，逐渐演变成为该领域的传统。我们认为，传统是相对稳定而长期流传下来的人为现象。

（二）口头传统（oral tradition）

我们在此讨论的是口头传统，口头传统是一种文化现象，也就是口头文化传统。那么，什么是口头文化传统？

文化是人类实践活动创造出的有别于纯自然的东西，凡历史上遗留下来的人创造的包括物质的和精神的劳动产品构成为传统。传统与文化是密切联系的两个概念。近代文化概念是从西方传入的，拉丁文写作 cultura，原指与自然相对应的、人对自然界有目的的影响以及人本身的培养和训练。本世纪初，文化学作为一门新学科兴起后，文化的定义繁多。1952 年，美国文化人类学家克鲁伯和克拉洪在其《文化：关于概念和定义的评论》一文中，列举了从 1871 年到 1951 年 80 年间有关文化的定义达 164 种之多。尽管如此，歧义之中共同点还是存在的，这主要有：文化是人创造的，是人为现象；文化是人们用来产生行为的知识，通过符号传递；文化是人生存的基本方式；文化的核心是由历史上获得并经过选择的价值观念体系。由此可见，文

---

① 包也和：《传统概念探析》，《哲学动态》1996 年第 4 期，第 30—31 页。
② 同上。

化与传统的关系是：文化在人类世代相传之中必然形成传统，传统的内容必然是文化。要搞清楚传统是什么，就不能离开文化。但是不是历史上遗留下来的东西都是传统呢？这就需要进一步研究了。庞朴先生把传统分为传统文化与文化传统两大类。传统文化的落脚点在文化，对应于当代文化与外来文化，其内容为历代存在过的种种物质的、制度的和精神的文化实体和文化意识，其意或为文化遗产。如那些供人凭吊古昔的废墟遗址、收藏家或图书馆的书库深窖里的孤本绝版，已流逝或正在流逝的风俗、礼仪、道德、艺术、宗教、制度等等，即在"过去"的时间向度上向我们开放着的东西。文化传统的落脚点在传统。文化传统不具有形的实体，不可抚摩，仿佛无处存在，但它却是无所不在，既在一切传统文化之中，也在一切现实文化之中。文化传统是不死的民族魂、民族精神，它影响着人们的思维方式，支配着人们的行为习俗，控制着人们的情感抒发，左右着人们的审美趣味，规定着人们的价值取向，悬置着人们的终极关怀（灵魂归宿）。可以这样说：文化传统是形而上的道，传统文化是形而下的器；道在器中，器不离道。①

我们不得不承认，传统的内容就是文化，传统文化是具有民族性和一些共同特征的文化集成和精神积淀。"传统文化的全称大概是传统的文化（Traditional culture），落脚在文化，对应于当代文化和外来文化而言。其内容应当为历代存在过的种种物质的、制度的和精神的文化实体和文化意识。例如说民族服饰、生活习俗、古典诗文、忠孝观念之类，也就是通常所谓的文化遗产。传统文化产生于过去，带有过去时代的烙印；传统文化创成于本民族祖先，带有自己民族的色彩。文化的时代性和民族性，在传统文化身上表现得最为鲜明。"② 那么，按照这一思路推进，口头传统的核心内容是口头文化，口头文化是从长期口头传承与发展中积累下来的文化类型。德国哲学家伽达默尔曾经提到传统是一种历史的持续性。口头传统也是历史的积淀，像书写文化传统一样，它是稳定的、持久的、相对不

---

① 包也和：《传统概念探析》，《哲学动态》1996 年第 4 期，第 30—31 页。

② 庞朴：《文化传统与传统文化》，摘自 http://www.confucius2000.com/poetry/whctyct-wh.htm。

变的。口头文化作为传承下来的文化形态，包括口头创作、传播、发展与保存的艺术样式（如神话传说、笑话故事、史诗及叙事诗等）、创作与表演技巧、优秀口头传承人、听众的记忆、口头传递信息方式等内容。口头传统是依赖于口语文化的土壤生根发芽的。口头传承是将大量信息用有声语言传递给听众，听众口头记忆信息。"在口语文化社会里，口头记忆的技能是很珍贵的财产，这是可以理解的。然而，口头记忆在口语艺术形式里的运作方式和过去读书人的方式是截然不同的。"① 民间艺人以口头记忆大量的口传信息，掌握程式、主题和叙事模式等传统的口头叙述技巧。读书人通常按照文本逐字逐句地背诵，掌握书面信息。口头文化传统是一个极其丰富而历史悠久的文化传统，虽然口头传统在当今世界各地遭到失传或是灭绝，但是就人类文化史而言，它所作的贡献是巨大的。众所周知，人类有文字的历史是相当短暂的，也就是说无文字的历史也是十分漫长的。在这一漫长的时期，人类口述自己的历史、口头记忆生产和生存经验、口头创作与传播自己的文学艺术，拥有了极为丰富的口头文化遗产。"口语文化并非理想，且从来都不是理想。以正面态度面对它并不等于提倡它，并不是把它当作任何文化的永恒状态。如果没有文字，书面文化为语词和人类生存开启的可能性是难以想象的。如今，口语文化的社会珍视自己的口头传统，为失去这些传统而感到痛苦……然而，口语文化绝非低劣的文化，口语文化创造的成果也有可能是书面文化望尘莫及的。"②

我们讨论了口头文化的内涵及其特点，下面对维吾尔族口头传统加以探讨。那么，维吾尔族口头传统是如何形成的？它包括什么内容？在维吾尔族社会发展过程中，没有文字的时间相当长，最早有文字记载的文献可追溯到大约公元6—7世纪，维吾尔族人以口头创作与传播的方式创造了为数不少的民歌、神话和传说，丰富了自己的精神文化生活，也就是说口头创作一直伴随维吾尔族，为人们创造了不可估量的精神财富。在没有文字的这个漫长历程当中，口头传承是一种必要的传播和传承方式。经过数千年的流传或传播、磨炼，便形成了一种口头传统。"由于口头的创作、

---

① ［美］沃尔特翁（Walter. J. Ong）:《口语文化与书面文化：语词的技术化》，何道宽译，北京大学出版社2008年版，第44页。
② 同上书，第135页。

传播，在口头作品中逐渐形成了许多较为固定的格调或套语。"① 口头性与书面性都有各自的特征，口头性的特点体现于简单、通俗与重复表现手法之中，而书面性特点则在优雅、庄严与复杂的表现手法中突出出来。口头创作是继承传统、体现传统的过程。反之，书面创作则是不断地打破传统、打破固定模式的过程。其实，"民间文学的种种传统艺术特点都是与口头性相关。"② 维吾尔族民间达斯坦依赖于维吾尔族口头文化得以生存与发展。某些杰出的艺人依靠所掌握的传统表达成分，将口头达斯坦代代相传。我们对口头表演与宗教信仰、风俗习惯以及生产生活方式进行了简要概括的探讨。因此，最优秀的民间艺人也不能不关注广大的社会文化环境，否则他的作品无法传播与保存。很多优秀达斯坦是在维吾尔族民间文化土壤中生成、发展和传播的。如《努祖姑姆》、《好汉斯依提》等。一些口承达斯坦在吸收和消化外来文化的基础上增加了民族色彩和地域色彩，如《帕尔哈德与希琳》、《莱丽与麦吉侬》等作品。

二　创作与创新

我们认识了口头文学创作与传播活动是继承口头传统的艺术活动，民间艺人依赖于本民族古代传统，他们从前辈那里继承而来的固定的因素，诸如叙事结构、故事模式、主题、程式词语和程式句法以及程式化表述方式，是"数代人总结和积累起来的集体的智慧和财富。但是，我们应该清楚，集体或者某一群体都不是明确的话语主体，而只是一种隐喻性的语境意义上的主体概念，传统的话语主体——每一个玛纳斯奇都是传统的承载者，他们对于传统都有自己独特的认识、理解和发展，具备各自鲜明的特点。因此，我们在研究中既要看到集体的统一性，又要看到个体的特殊性。"③ 传统与创新是字意上对立的术语，传统是保留、保守优秀历史沉淀之意；创新是对传统挑战，丰富与翻新内容，加大生命活力。就传统的意义而言，是数十代人集体创作与传承的文化实体，是经过锤炼加工的固定因素，民间艺人不能不依赖与运用。美国学者对传统的保守性做了精辟的论述，他提道：

---

① 乌内安：《民间文学概论》，春风文艺出版社 1980 年版，第 58 页。

② 段宝林、祁连林主编：《民间文学词典》，河北教育出版社 1988 年版，第 273 页。

③ 阿地里·居玛吐尔地：《〈玛纳斯〉史诗歌手研究》，民族出版社 2006 年版，第 141 页。

　　只要我们回顾一下这些史诗诗歌传承的实例，我们就会被传统的保守性所震撼。基本的故事框架被小心翼翼地保存着，而变异主要趋向于几个清楚的类型，具体有以下几个方面：（1）使用或多或少的诗行讲述一个故事，这主要是由于歌手创作诗行的方法，以及将诗行联系在一起的方法不同。（2）修饰的铺张、扩充、描述的细节（这很重要）。（3）顺序的不同（这可能因为学歌的人对平衡的感受不同而引起，还有可能因为所谓交叉配韵之故，有的歌手对现成的歌的顺序的处理与别的歌手相反）。（4）所添加的材料并不是由师傅的传本而来的，而是从本地其他歌手的文本中获得的。（5）删减某些资料。（6）用一个主题代替另一个主题，这种替换是在某一故事之内进行的，而这种故事是由一个内在的张力整合到一起的。①

　　因此，维吾尔族民间艺人一方面继承与保留固定的主人公父母求子、神秘怀孕、特异诞生、少年立功、爱情婚姻、征战、远征落难、亲戚背叛、家乡被劫、相助者帮忙脱险、凯旋、惩罚背叛者、庆祝登上皇位；或是男女相爱、主人公爱情遇阻、情人考验或是情人遇难、情人解决难题或是死亡、情人团聚如愿以偿或是前后殉情等传统故事框架，另一方面自由灵活地调配现成的程式化表达方式，不断翻新口头传统。我们在下一个论题中进一步探讨创作与创新问题。

（一）表演中的创作

　　民间艺人作为维吾尔族人民中一个十分重要的特殊群体，对维吾尔族口头传统作出了重大贡献。口头诗人与书面诗人最大的不同是，口头诗人的创作与表演是同一个过程，而书面诗人的创作与读者阅读活动是截然不同的两个层面。"洛德发现口头诗歌的表演和创作是同一个过程，口头诗歌的创作是以表演的形式完成的，表演的那一刻随着创作。"② 口头艺人不仅是一个传统的传递者、保持者和传承者，而且更重要的是，他是一个创造者。口头传统是以口头语言为根基的，口头语言的易变性、重复性以及简易性将会决定口头传统的流动易变的特性。因此，口头艺人一边继承本民族历来的固定传统，一边对相对固定的程式内容加以翻新与丰富。笔

---

① ［美］阿尔伯特·洛德：《故事的歌手》，尹虎彬译，中华书局 2004 年版，第 178 页。
② 尹虎彬：《古代经典与口头传统》，中国社会科学出版社 2002 年版，第 88 页。

者在和田玉田县采集了一部近代英雄达斯坦《好汉斯依提》，是一位名为买提哈斯木阿訇弹唱的，一共612行，其比阿吾提阿訇演唱的同一部达斯坦作品①少188行。在买提哈斯木唱本中，缺一段好汉在路上碰到一个老人的重要细节，阿吾提唱本中每一段故事单元都比买提哈斯木多唱了一些。2003年，笔者在尉犁县采集了爱情达斯坦《塔依尔与佐赫拉》的唱本，一位名为买买提塔依尔的85岁高龄的老艺人说唱了这一部达斯坦，全诗共有277行，其中韵文54行，散文223行。与1998年出版的《维吾尔民间长诗精选》中的《塔依尔与佐赫拉》（托合提·夏希丁1982年的唱本）② 相比，篇幅有很大的差距。托合提唱本总共802行，其中诗行272行，散文行数530行，总行数比买买提唱本多525行，其中诗句多218行，散文表述多307行。但是，这两个唱本故事情节是大同小异的，没有十分明显的变化，买买提唱本比托合提唱本显得更为紧凑。从这一数字变化来看，我们知道口头作品的规模与行数的不稳定性。达斯坦的规模与当时的社会环境、表演语境、工作环境有很大的关系。在其他民族史诗、民间叙事诗演唱及其搜集整理过程中都出现过一个艺人不同场合与时间演唱的同一部作品篇幅长短不同的现象，这足以证明表演活动中的创作的灵活性和可变性。

　　居素普·玛玛依有一次被请到克孜勒苏柯尔克孜族自治州首府阿图什补唱《玛纳斯》。在工作组的精心安排和热情关怀下，居素普·玛玛依心情舒畅，诗情焕发，再一次大展歌喉。在近半年时间内，他毫无怨言地重新演唱了他三年前唱过的史诗前五部的内容，而且还演唱了45 000余行的史诗的第六部《阿斯勒巴恰与别克巴恰》。居素普·玛玛依尽量发挥自己的诗歌才能，使史诗在语言的运用、情节的安排上比第一次更为成熟和合理，演唱达到了炉火纯青的地步。这样，史诗的内容也比第一次演唱得更为丰富，一些遗漏的细小情节得到了补充，史诗前五部的内容也相应地得到了扩展。第一部《玛纳斯》由原来的3 800行增加到5 090行，第二部《赛麦台》由原来的

---

① 阿布都肉苏里·吾迈尔编：《维吾尔民间长诗精选》，新疆人民出版社1998年版，第578—610页。

② 同上书，第146—179页。

27 000 行增加到 32 000 行，第三部《赛依铁克》由原来的 18 360 行增加到 24 430 行，第五部《凯耐尼木》从原来的 16 000 行增加到 34 058 行，第五部《塞依特》从 2 880 行增加到 10 130 行。加之新唱的第六部《阿斯勒巴恰与别克巴恰》的 45 000 行，使《玛纳斯》史诗的总行数达到了 196 500 余行。①

口头诗歌行数的增加向我们说明口头艺人的表演与创作受到演唱环境与故事相关信息的影响。我们已讨论过听众的积极聆听与反馈信息对艺人表演的推动作用，民间艺人在一个良好的表演环境中进行演唱与创作之时将会发挥最大的艺术才能，把原来的故事情节、人物形象及与其相关的描绘再进一步扩大，使作品内容更加丰富。如果听众不专心致志地聆听歌手的演唱或是听众不多，听歌兴趣不高，那故事歌手就会简洁地唱完一部达斯坦，草草收场。不同的歌手创作与演唱的同一部口头作品或是一个歌手在不同时间和地点演唱不同的口头作品，往往出现篇幅、故事情节、人物形象以及语言等诸方面的很大差异，这就是民间文学的差异性特点，也是口头文学的灵活性之所在。

（三）即兴创编与创兴

民间艺人的演唱活动是一个即兴表演过程，歌手的每一次表演都是一个独立的口头文本。同一个歌手在表演同一首歌的时候都出现变异性特征。这说明民间艺人继承传统的同时，即兴创编一些内容，或是增加或是删除一些内容，也即增删一些细节。如我们把阿布里米提不同时间演唱的《雅丽普孜汗》版本加以对比就可看出这种变异性特征：

1987 年热依汗采集的唱本	2003 年笔者采集的唱本
kayax degaen kanialin	kayax degaen kanialin
名为喀亚西的村庄，	名为喀亚西的村庄，
Yetim Erikning Bnyida	Yetim Erikning Bnyida
在易提穆艾力克村旁，	在易提穆艾力克村旁，
taka Yaghaibilen emdi	taka Yaghaibilen emdi
那里有个卖油的瘸子，	那里有个卖油的瘸子。

---

① 阿地里·居玛吐尔地、托汗·伊莎克：《当代〈玛纳斯〉演唱大师居素普·玛玛依评传》，内蒙古大学出版社 2002 年版，第 168—169 页。刘发俊：《史诗〈玛纳斯〉搜集、整理、翻译工作三十年》，新疆人民出版社 1994 年版，第 263 页。

olghuntu，tolghuntu
扭着腰身，
rq polni elip
揣着三个铜板，
Hey. Yaghqi，tukayaghai
喂，卖油的瘸子，
Brgun kunge xenbiken
今天是星期六，
ete kunge yekxenbe
明天是星期天，
Yekxenbe bazargha Keyip
到了星期天巴扎，
bir polgho os ma dghin
用一个铜板给我买奥斯曼，
bir polgha opa alghin
一个铜板给我买胭脂，
bir polgha englik alghin
一个铜板给我买粉，
osmilardin kvker tey
让我用奥斯曼粉抹黑眉毛，
opalarda akartay
让我用脂粉美白皮肤，
engliklerde kvkertip
让我擦擦胭脂油，
boghma xayimni keyip
穿着连衣裙，
dmnya nimu tapmamdim
不是更能赚钱吗?②

Yalpuzhan degaen qokan
有一个能干的少妇雅丽普孜汗，
koligha rq polni oldi
手拿了三个铜板，
ra polni elip
揣着三个铜板对卖油的瘸子说：
Hey，yaghqi，tuka Yaghqi
喂，卖油的瘸子，
Brgrn Kvnge Seyxenbe
今天是星期二，
ete kangimu qarxenbe
明天就是星期三，
rgrnlikimu peyxenbe
后天就是星期四，
Jrme vtvp ketsun
等星期五过完后，
Xanbe ketiwa kalar.
星期六就会来临。
Yekxenbe bazargha kerip
你到星期日的巴扎上，
bir polhgha osma alghin.
用一个铜板给我买奥斯曼，
bir polgha opa alghin
一个铜板给我买胭脂，
bir polgha englik alghin
一个铜板给我买粉。①

在上述诗行中，我们不难发现阿布里米提在两次不同时间表演同一个

---

①　参见附录笔者搜集整理本。

②　热依汗·卡地尔：《维吾尔族民间叙事诗精选》（尚未出版的内部资料）。

片段中有一些细节的变异。在两种唱本中，开头四句是类同的，但是关于时间描述出现差异，在作者唱本中，从周二开始说到周日，仅简单地提到了雅丽普孜汗让卖油的瘸子购买奥斯曼抹粉、胭脂粉和脂粉。在热依汗搜集的唱本中直接从周六开始说起，交代周日卖油的要赶集购买化妆品的事情和她自己如何打扮上街的想法。在民间文学中，类似故事情节变异的例子是很多的，为了简单而明确，我们无须通过更多的例子对此加以说明。

民间艺人注重共性的同时，也十分重视个性。他们的个性发挥往往体现于口头作品之中。对此问题，学者热依汗研究员做过十分有意义的田野调查：

之后，他就开始学唱沙赫买买提所唱过的曲目。他经常追随着沙赫买买提，听他演唱。据他自己讲，他只需听一遍，就会默记在脑子里。他还说，他不是完全照搬沙赫买买提的作品，而是做了改编。比如，沙赫买买提演唱时，通常有大段的具有宗教内容的开场白，他则把这些开场白删除了。他同时也会对故事情节做适当的改变，以满足不同观众的不同需求。他改编之后的同一曲目，精练了许多，故事更加紧凑，受到听众们的喜爱。

维吾尔民间叙事作品，内容多为记述民族征战和宗教传播的故事。据阿布里米提·喀热说，现在许多曲目的演唱受到限制。当我提出能否给我演唱《阿布都热合曼霍加》等曲目的要求时，开始时遭到了拒绝，原因是作品内容涉及了一些宗教、民族问题，他说有人干涉。他说村干部给他打过招呼，凡是宗教内容的曲目不能唱。当我解释说自己是学者，不是上级派来的人时，他才为我演唱了《阿布都热合曼霍加》、《艾拜都拉汗》、《孜维德汗》的过去与今天。阿布里米提·喀热虽有眼疾，但他有着过人的记性，可谓过耳不忘。他很好学，不保守，善于根据演唱环境和听众的反应而突破原有的故事情节，即兴发挥，创造出新的内容。他突出的特点是能够将民间演唱与现实紧密结合在一起，常常根据本地发生的故事，自编曲目。他自编的曲目多为轶闻趣事，比如寡妇不甘寂寞而偷情、吝啬鬼贪财而受到愚弄等等。老人很早就注意到了民间口头作品与现实脱节的弱点，所以他才采取了自编自唱的方式，创作出了像《孜维德汗》、《雅丽普孜汗》等反映本土人生活的作品，并受到欢迎。①

　　我们不得不承认民间艺人的创造能力和个性发挥，在无数次的表演活动中，民间艺人无论自己即兴创作才能有多高都离不开程式，也就是说运用固定故事框架和程式化的句法以及词语。口头传统虽然是无数民间艺人长期努力的结果，是一个相对固定的整合体，但每一位民间艺人的即兴创作和临时发挥却是口头传统的生命力所在。他们根据个人的努力和个性创作为民间达斯坦的传播与发展作出自己的贡献，具体体现为：第一，民间艺人根据听众的兴趣爱好吸收新内容，进一步丰富故事情节。听众的爱好兴趣是民间艺人创造与创新的原动力，若听众不喜欢，艺人的表演离开自己的表演对象，就失去了生存意义。第二，宗教信仰的变化和民俗习惯的演变对他们的表演带来新的创作契机。宗教信仰的变化对包括民间艺人在内的广大民众产生深远的影响，当故事内容与宗教观念有出入或是冲突的时候，民间艺人立即改变策略，增加一些新的宗教内容，如 13 世纪文字记录的《乌古斯汗传》中深刻地反映了维吾尔族人图腾崇拜和萨满教宗教信念，但是后来记载于中亚史学家阿布尔·哈齐·把阿秃儿汗《突厥世系》中的乌古斯汗是一名虔诚的伊斯兰教徒，为传播伊斯兰教而做出贡献的将领，"合剌汗与其正妻生有一个俊美超过月亮与白昼的儿子。一连三个昼夜，这孩子拒绝吮吸其母亲的奶水。每个夜晚，他都好似陷入沉思，并屡屡恳求她的母亲皈依伊斯兰教，对她说：'如果你不信仰真主的话，我将不再吃你的奶，就那样死去。'母亲出于对其新生儿的怜爱，在他的恳求下让了步，暗中回到真主的怀抱，孩子也不再拒绝吃她的乳汁……"②除此之外，波斯史学家拉什德丁的《史记》中也有乌古斯汗及其子孙皈依伊斯兰教的记载。③ 这一现象足以说明宗教对民间艺人及其口头作品所产生的影响是多么的深远。第三，时代发展和社会变迁对民间艺人的创作与表演发挥着作用。随着时代的发展，经济生产方式的演变，对民间艺人的即兴创作也带来了巨大冲击。公元 9 世纪，作为维吾尔先人的

---

　　① 热依汗·卡地尔：《墨玉县维吾尔族达斯坦奇调查志》，朝戈金：《中国西部的文化多样性与族群认同》，社会科学文献出版社 2008 年版，第 141—142 页。

　　② 阿布尔·哈齐·把阿秃儿汗著：《突厥世系》，罗贤佑译，中华书局 2005 年版，第 11 页。

　　③ 拉什德丁·费祖拉赫著：《史记集》，余大钧、周建奇译，商务印书馆 1997 年版。

回鹘举族迁徙西域，生产方式得到了极大转变。由于塔里木盆地居民从事农耕生产劳动，再加上天山山脉脚下和塔克拉玛干周边的绿洲适合于从事农耕生产，回鹘人不得不适应新的自然地理环境，逐渐从游牧经济转变为农耕经济。因此，民间艺人的达斯坦创作新增了不少与农业相关的信息，很多口头达斯坦反映了农业生产生活方式。随着文字的普及，掌握文字阅读的达斯坦奇不断增加，那种在草原流行的单靠口头单线传播的方式发生了很大变化，手抄本或是手写本在民间艺人的创作中产生影响。书面文学的故事情节逐渐出现于口头达斯坦作品中，进一步丰富了原有的口头情节。需要说明的是，民间艺人把书面文学的故事材料以口头传统结构和口头程式演唱，不断发展了口头达斯坦的故事情节。

总之，民间达斯坦是一种口头艺术形式，也是视觉和听觉艺术。在现场表演中，达斯坦奇面对广大观众，不断增加一些新内容，展现自己的个人创作才能。在他们的积极创编下，维吾尔族达斯坦产生了一部部扣人心弦的优秀篇章，不断出现一个个不同的变体。从这一角度来讲，民间艺人对民间达斯坦的生存与发展作出了不可磨灭的贡献。在广大口头传统背景之下，他们的个性表演和即兴创作是促进口头达斯坦艺术蓬勃发展的动力。从这一意义上，我们肯定民间艺人的创新创编才能和即兴表演水平。

第七章

听众是达斯坦赖以生存的土壤

听众作为达斯坦表演的接受者，对达斯坦奇（叙事诗歌手）和达斯坦故事情节的发展产生了十分深刻的影响。听众以反馈意见或是指出疏漏之处的形式，积极参与达斯坦奇的演唱或说唱活动，促进达斯坦故事情节的丰富与发展。听众与歌手的关系是辩证关系，听众是达斯坦奇口头演唱或是说唱活动的前提，没有听众，歌手无法展现自己的才艺和技艺。歌手是口头叙事诗表演活动的组织者，没有这些优秀的艺人，听众就会失去一个艺术欣赏的机会。因此，二者是相辅相成和相互关联的。

第一节　维吾尔族民众对达斯坦表演的接受

提起维吾尔族民间达斯坦表演艺术，人们总要想起《艾里甫与赛乃姆》和《塔依尔与佐赫拉》，正是这两部达斯坦被改编成戏剧，被搬上舞台表演之后，才使得民间达斯坦艺术在 20 世纪 30 年代扬名全疆。这两部达斯坦作品都是以一对恋人的离奇曲折爱情故事为重点，反映了封建社会对年轻人自由爱情的禁止和约束行为，歌颂这些主人公为爱情奋斗到底的战斗精神和坚强意志。前者是爱情喜剧，后者是爱情悲剧。《艾里甫与赛乃姆》是维吾尔族人民最喜爱的民间叙事诗之一。历代诗人对这个爱情题材进行再创作，为这个传统故事的丰富发展作出了不可估量的贡献。16 世纪，毛拉·玉苏甫·伊本·哈德尔·阿吉根据民间流传的艾里甫与赛乃姆故事创作了叙事诗《艾里甫与赛乃姆》。1930年，在新疆地区，维吾尔族文化促进会文艺组将《艾里甫与赛乃姆》改编成歌剧搬上舞台，至今成为许多剧团的保留节目。戏剧家艾力·艾财孜（1922 年—）根据民间叙事诗《艾里甫与赛乃姆》，改写成艺术性较高的歌剧①，1982 年，这部歌剧荣获国家少数民族文学优秀创作一等奖。1981 年，维吾尔戏剧家、作家祖农哈德尔先生，著名诗人铁依甫江先生和戏剧家艾力·艾财孜一起合著了《艾里甫与赛乃姆》的电影剧本（根据同名长诗改写），同年新疆天山电影制片厂将其搬上银幕，电影《艾里甫与赛乃姆》上演后，在国内外引起反响。《塔依尔与佐赫拉》在民间的影响不亚于《艾里甫与赛乃姆》。《塔依尔与佐赫拉》通过诗人的整理与加工，不断丰富与发展，形成了一部内容复杂的文学作品。14 世纪左右，维吾尔诗人萨亚迪②创作了叙事诗《塔依尔与佐赫拉》。民间叙事诗《塔依尔与佐赫拉》在国内外有十种写本：乌兹别克斯坦科学院东方学院收藏的有五个写本，前苏联科学院东方学院列宁格勒收藏室有一本，《布拉克》发表的有两本（1994 年第 3—4 期，斯拉皮勒·玉苏甫整理发表的版本；1996 年第 3 期，麦提哈斯木·阿布都热合曼整理发表的版本），在《博斯坦》（"绿洲"之意，文学季刊）1983 年第 1 期上由艾尔西丁·塔特里克整理发表的版本和在《伊犁河》1983 年第 3 期上由吐尔逊·则尔丁整理发表的版本。1940 年，黎·穆塔里甫改写了戏剧剧本。1945 年，这部叙事诗被改编为歌剧并多次搬上舞台，并从舞台到银幕，始终受到中亚各民族的热烈欢迎。1948 年，乌兹别克戏剧家萨比尔·阿布都拉根据民间叙事诗《塔依尔与佐赫拉》改写了剧本。1950 年，乌兹别克斯坦加盟共和国电影制片厂将其搬上银幕，电影《塔依尔与佐赫拉》上演后，在国内外引起了强烈的反响。1980 年，吾甫尔·努尔再创作了话剧《塔依尔与佐赫拉》，这个剧本在新疆社会高等专科歌舞团上演后，受到了广大观众的好评。新疆巴州文工团作家买买提·纳扎尔引用艾尔西丁·塔特里克和吐尔逊·则尔丁所发表的《塔依尔与佐赫拉》，将其改写成了话剧。1985 年，作家穆依丁·萨依特根据民间流传的故事传说，再创作了话剧《塔依尔与佐赫拉》。根据民间传说，他积极发挥个人的艺术才华，对原故事情节进行了创新。大约在 15 世纪初，维吾尔族民间诗人将民间流传的有关《艾里甫与赛乃姆》和《塔依尔与佐赫拉》的故事搜

---

① 艾力·艾财孜：《佳南》（歌剧及话剧集），民族出版社 1996 年版。

② 萨亚迪的生卒年不详，关于他的创作生涯，没有具体材料。乌兹别克斯坦文学出版社于 1966 年出版的《乌兹别克文学》一书中写道："根据 1930 年阿日夫在赫瓦（Hiwe）发现的古老写本，能够推测该叙事诗创作于 14 世纪。"买买提吐尔逊·巴哈吾东：《谈萨亚迪及其叙事诗〈塔依尔与佐赫拉〉》，《布拉克》（源泉）1995 年第 1 期。

集加工改写，创作了叙事诗，并被民间乐师配上几十种曲调，在歌舞剧聚会上演唱、流传，逐渐成为维吾尔族民间家喻户晓、世代传唱的诗章。①这些达斯坦表演作为一种艺术性较高的类似于戏剧的活动以其鲜明的表演特色和浓厚的地方色彩演绎了一幅丰富多彩的社会形态。

木塔里甫、铁依甫江、尼姆谢依提和艾力·艾则孜等老一辈文艺家到民间聆听达斯坦表演活动，从中汲取营养，对其加以再创作，他们观看了《艾里甫与赛乃姆》和《塔依尔与佐赫拉》等达斯坦改编的戏剧，对此给予高度评价。

数世纪以来，维吾尔族民众喜爱聆听达斯坦演唱以及在此基础上再创作的戏剧作品。为什么《艾里甫与赛乃姆》和《塔依尔与佐赫拉》等（还有很多民众喜爱的民间达斯坦）民间达斯坦会赢得这么多专家的好评和观众的喜爱？除了达斯坦演唱特有的艺术魅力之外，也与其富有戏剧性的表演有关。正是这种独特的表演迎合了新疆维吾尔族观众的心理，才能在观众心中留下深刻的印象。在此我们将主要以这两部达斯坦为例，从表演的角度来研究观众的接受心理，为达斯坦表演艺术的改革和发展提供参考。

新疆特定的民间土壤孕育了达斯坦表演艺术，并逐步形成其特有的地方表演风格。如和田地区纯朴而沉重的音乐调子、哈密欢快而活泼的演唱风格、喀什悦耳而感人的音乐特色等等。要说清楚达斯坦表演艺术的发展变化，恐怕得追溯到这个民间达斯坦的起源。民间文学的产生与发展源远流长。据现代考古发现，人类无文字的历史十分悠久。没有文字之前，人类只靠"口传心授"的方式记忆和传播很多优秀的神话传说、民歌、民间故事、达斯坦以及叙事诗等民间文学作品。其中，维吾尔族达斯坦（包括叙事诗及达斯坦）是在民歌演唱和故事讲授的基础上逐渐发展而形成的。民间歌手在乐器伴奏下演唱一首完整的"故事歌"（具有完整故事情节的叙事诗），甚至有些歌手直接以丰富的身体语言对其进行清唱。英国学者玛卡蒂内在一百年之前拍摄于喀什街头的照片上有一幅民间艺人达斯坦表演的画面。据此我们可以推测，数百年前，当时新疆的农村，每年秋收后农闲时节，或者宗教集会和喜庆节日曾经有过类似故事歌演唱或是演出的民间活动。人民十分崇拜达斯坦中的英雄好汉，喜欢爱情叙事诗中

①　雷茂奎、李竟成著：《丝绸之路民族民间文学研究》，新疆人民出版社 1994 年版，第 204 页。

的艾里甫、赛乃姆、塔依尔、佐赫拉等爱情人物，积极聆听民间艺人的表演以娱乐。后来这种达斯坦表演吸引了大批观众，为人们所喜爱，于是发展到在麦西莱甫（大众娱乐）上表演，并逐渐出现一种职业化的农牧民歌手和业余的农民艺人。随着民间达斯坦艺术的普及，为满足群众的要求，艺人们吸收外来故事成分，糅合而形成韵散相间口耳相传以及和演唱相结合的表演方式。10—15世纪期间，维吾尔族皈依伊斯兰教，在原有的中原文化和印度文化的基础上深受阿拉伯—波斯伊斯兰文化的影响，吸收了《莱丽与麦吉侬》、《玉苏甫与祖莱哈》、《帕尔哈德与希琳》和《拜合拉姆与迪丽阿拉姆》等外来达斯坦的故事情节，使民间达斯坦的内容与形式得以丰富多彩，表演艺术也比较灵活。20世纪初，南疆地区民间艺人取材近代历史人物故事创作上演了一些新作品，艺人们又吸收维吾尔族木卡姆的音乐演奏形式和麦达赫（传奇故事讲述家）的表演技巧，逐渐形成了今天达斯坦表演艺术的形式和规模。

虽然民间达斯坦表演艺术起源的说法没有可靠的文献记载，但是至少可以说明达斯坦表演艺术的起源与民间听众的参与是分不开的。目前，一些有名气的民间艺人到处演出，深受群众欢迎。民间艺人在城镇剧场固定演出的机会较少，大部分在乡村里流动巡演，其观众以农村群众居多，因此达斯坦有很深厚的民间土壤，体现出维吾尔族文化的鲜明特色。

维吾尔人喜欢热闹，讲究喜庆气氛，他们性格豪爽大方，热情好客，遇事讲究排场，因此请民间艺人演出便成了一种最能吸引大众的娱乐形式。一有喜事，如生育、摇篮礼、割礼、婚礼、麦西莱甫聚会等等，都可以看到小规模的达斯坦表演活动。受伊斯兰教文化影响，新疆维吾尔人尤其是南疆人又比较虔诚，祭祀、封斋、开斋、宰牲节也往往请民间艺人演唱有宗教内容的达斯坦（如宰牲节传说、尼卡（念结婚之经）故事等），既可以祭祀、还愿，传达民众的心理寄托，又可以渲染热闹气氛，让乡亲们一起狂欢，消解日常生活的疲乏和重负。

德国接受美学的代表理论家姚斯在《文学史作为文学理论的挑战》中提出了："文学史是作家、作品和读者三者之间的关系史，是文学被读者接受的历史。"[①] 在这里，姚斯对读者在文学创造中作用的强调确实值

[①] 姚斯：《文学史作为文学科学的挑战》，赵宪章编：《二十世纪外国美学文艺学名著精义》，江苏文艺出版社1987年版，第460页。

得我们关注，"因为没有读者接受的作品实际上并未能实现自己的审美价值。"① 民间文学艺术也更是如此，观众的接受对其艺术价值的实现是至关重要的。一出戏能不能成其为戏，一部达斯坦能不能成为艺术，一个人物形象能不能生存与发展，是与观众的欣赏与接受密切相关的。由此可见，正是新疆维吾尔民众特有的风俗习惯和新疆农村肥沃的民间文化土壤，有力地推动了维吾尔民间达斯坦表演艺术的产生和发展，特别是在这种文化土壤中孕育出来的民族观众的欣赏心理和接受习惯决定了达斯坦表演艺术特定的表演方式、表演技巧，也使达斯坦表演艺术成为民间喜闻乐见的艺术形式。观众的能动接受促进了民间达斯坦的艺术发展，奠定了其在民间文学中的独特地位。

姚斯强调文学作品应注重为读者而创作，读者是文学活动的能动主体。在作家、作品和读者的三角关系中，后者并不是被动的因素，不是单纯作出反应的环节，它本身便是一种创造历史的力量。"一部文学作品的历史生命如果没有接受者的积极参与是不可思议的。因为只有通过读者的传递过程，作品才进入一种连续性变化的经验视界。"② 达斯坦接受者也是一种能动而主动的状态，而不是被动的，观众是作为能动主体参与达斯坦表演的全过程，正是群众的欣赏才让达斯坦表演艺术有了生存的前提，也推动了达斯坦表演艺术的不断发展与成熟，特别是达斯坦表演艺术的发展成熟，这一点表现得尤其明显。

实际上原先的达斯坦表演艺术并非是短暂的数十个小时的表演，最早的达斯坦表演是适宜游牧生产生活方式的——进行长时间的即兴表演，那时维吾尔族主要是"逐水草而居"的游牧生产经济，草原生活较为单调。由于地域辽阔，人与人之间见面和聚会的机会并不多，也不像现在有电视、收音机、VCD 和电脑网络等传媒工具，人们精神生活较为匮乏，因此人们喜欢听像当代电视连续剧一样的达斯坦演唱或是故事讲述。随着生产方式的转变，维吾尔人从牧业转向农业，对达斯坦表演有了新的需要和要求。农村达斯坦表演大多在晚间进行，到了午夜时分，民间艺人精疲力竭，台下观众因日间忙于农活而晚间又长时间观看表演也难免出现"审

---

① 戴冠青、许雪仪：《"高甲丑"与闽南观众的接受心理》，《文艺争鸣》2006 年第 5 期，第 142 页。

② 朱立元：《接受美学》，上海人民出版社 1989 年版，第 15—16 页。

美疲劳"。这时民间艺人及时穿插一些新花样，以诙谐的对白、通俗易懂的故事、轻松有趣的小调等滑稽的即兴表演来刺激观众的口味，调动观众情绪，从而起到活跃气氛的目的。为了省时省事，民间艺人压缩了一些故事情节，久而久之，达斯坦表演便从一种长时表演，发展到短时表演。

民众为什么喜欢这些故事中的人物形象？

首先，民间达斯坦表演中的社会环境多为维吾尔族社会，人物形象多为王子、公主、英雄、凡人，贴近人们现实生活，与民众心理差距较小，易于被观众接受。达斯坦表演艺术中的那些生活在社会各层的人物形象，如王子、公主、农民、猎人、学生、农村妇女等，他们其貌不扬，却往往都是心地善良、助人为乐的好人，甚至那些一身正气、行侠仗义、见义勇为、舍己救人的英雄好汉，许多也是由民间艺人以生动的语言和生动的故事情节塑造出来的。比如惩罚花心好色的财主老爷的农村平民妇女雅丽普孜汗。雅丽普孜汗是一位地位卑微却又乐于助人的小人物，为了协助瘸腿丈夫赚钱养家糊口，她打扮妖艳，上街先后勾引屠夫、老爷和法官大人等一些好色之徒。骗取他们的钱财，随后引出一系列妙趣横生的故事。在艺术形象上，她其貌不扬却机智伶俐，出身低微但狡黠聪慧。她身上虽然带有下层妇女纯朴和粗俗的缺点，却是一个讨人喜欢、朴实可爱的大众形象，其真实动人的艺术魅力也深深感染了观众。

维吾尔民间达斯坦演唱的是一些稍有社会地位的人物形象，也常常是一些深为民众所接受和赞赏的正直淳朴之士。《好汉斯依提》中富于同情心、大度仗义却缺点不少的平民好汉，《艾拜都拉汗》中正直刚强、敢于反抗的平民百姓等都是脍炙人口的十分经典的达斯坦人物形象。正因为达斯坦艺术中的人物形象大多扮演的是生活在社会各层的人物形象，所以他们身上既有下层百姓的淳朴可爱，也保留了种种缺点和陋习，因此才显得真实可信，从而缩短了人物形象与民众之间的心理差距，极容易被群众所接受。[①]

其次，民间艺人以生动活泼的表演风格和轻松愉快的艺术效应，营造出了一种妙趣横生的娱乐氛围，易于调动观众的积极性。民间艺人擅长观

---

① 戴冠青、许雪仪：《"高甲丑"与闽南观众的接受心理》，《文艺争鸣》2006 年第 5 期，第 143 页。

察听众的脸色，根据他们的口味及时调整自己的表演策略和表演风格，因为他们的表演能引人注意，讨人喜欢，逗人开心，让人兴奋，使人身心得到极大的愉悦，所以为观众所喜爱。对于起源于民间节日与民间表演的艺术体裁来说，其根本上就带有很强的群众性和民间性特点。达斯坦正是因为这种地方性和民族性因素所带来的大众效果，使它一出现就在民间深深扎根，形成强烈的群众性和民间性。欣赏的娱乐效应，促进双向交流，消解了民间艺人和观众、艺术与生活的距离，观众在欣赏过程中得到心灵的自由。由此可见，达斯坦表演给新疆维吾尔族乡村的观众带来了欢乐，也以一种轻松愉快的形式消解了民众日常的疲劳和辛苦。这也是维吾尔观众从心理上接受达斯坦表演的一个重要原因。

最后，维吾尔民间达斯坦表演艺术人物形象还以其形式多样的表现手法和高超的表演技巧吸引了民众的欣赏兴趣，并深受欢迎。民间艺人既是表演者，又是人物形象角色，他们以歌手的身份演唱故事歌，在塑造各类人物形象之时，以按照人物性格扮演他们的角色（如模拟人物口音、动物以及表情等），节奏活泼紧凑，身段富有变化，声调充满韵味，语言既通俗又生动，人物既形象又夸张，既有唱又有讲，正是这种表现手法多样化、趣味性极强的艺术魅力深深吸引了观众。达斯坦表演艺术不仅要求艺人吐字清楚，嘴皮子有劲，声音洪亮，抑扬顿挫，口似流珠、声似银铃，而且还要尽量口语化，因此艺人在口头讲述时常常插入俗语和民间谚语，让人觉得通俗易懂又诙谐有趣，极富生活气息。其道白表演，又往往借助眉、眼、鼻和身躯的身体语言变化来刻画人物性格。民间艺人那些看似随意的挤眉弄眼、摇头晃脑、耸肩甩手、骑马砍人和扬鞭子的表情动作和达斯坦特有的叙述语言一结合，便把人物的个性特征活脱脱地表现出来。如民间艺人在演唱主人公谈情说爱片段时适当地使用挤眉弄眼的小动作，就进一步表现了主人公活泼的情感色彩。在塑造英雄形象之时，艺人把骑马扬鞭子、英勇杀人的动作模仿出来，以提高故事的真实性。

姚斯的接受理论特别指出了期待视阈对审美接受的重要性。期待视阈即读者在阅读理解之前对作品显性方式的定向性期待。他认为作品的理解过程就是读者的期待视阈对象化的过程。读者的期待视阈不仅源于已有的文学阅读，还隐含了全部的历史文化记忆，接受什么，肯定什么；拒绝什么，否定什么——特定读者的期待视阈之中已经存有历史赋予的基本标准。① 而伊瑟尔在《阅读行为》中也提出"文学作品是一种交流形式"。② 读者的阅读与文本间存在着一种互动关系。文本常常以一种特殊的结构召唤读者阅读，并唤起读者已有的期待视阈，以此去填补空白、连接空缺来获得新的视阈。这就是文本的召唤结构。在这里，我们也可以运用姚斯、伊瑟尔的接受理论来探讨维吾尔族听众对达斯坦艺术的接受过程。正如文学作品要有读者阅读才能实现其精神价值一样，民间文学价值的实现同样也要以听众的接受为前提。达斯坦的传统表演使观众领略到了其强大的艺术魅力，因此观众在听达斯坦演唱时对故事情节存在着期待视阈。观众喜欢的是一种新的表演内容和表演风格。比如《艾里甫与赛乃姆》就是根据民间传说改编而成的。原来的情人殉情情节被淡化，取而代之的是主人公如愿以偿的大团圆故事结构。这不能不说是听众的一种选择。观众期待的是新鲜有趣的情节，是快乐圆满的故事结尾，是轻松活泼的氛围。所以这部达斯坦的改编和表演重视听众的期待视阈，迎合了人民大众的精神需要，也就能够赢得更多的观众。也就是说，艺人惟妙惟肖的表演获得了观众的欣赏和接受，观众的欣赏和接受又进一步推动了达斯坦表演的发展和繁荣。听众在听戏看戏过程中有形无形地影响着达斯坦表演，听众与达斯坦艺人形成了一种双向互动的关系。观众在接受过程中也不是简单的全盘接受，而是能动地参与其中。对口头作品的接受过程并不是对作品简单的记忆和欣赏，而是对其一种积极创造性的推动作用。

大众在被达斯坦表演艺术吸引的同时，也引导着民间艺人向他们所喜欢的样式、所期待的方向发展，从而促使达斯坦表演内容也越来越多，其表演技艺也得到了不断提高和成熟。时至今日，达斯坦作为维吾尔族"十二木卡姆"的三大组成部分之一（民间达斯坦与木卡姆中的"达斯坦"有区别），以民间演唱艺术而名扬四海。

总之，正是达斯坦艺人的表演技艺激发了广大观众的接受心理，而广大维吾尔听众对达斯坦的热爱和赞赏则进一步促进了民间艺人达斯坦表演艺术的繁荣和发展。

---

① 戴冠青、许雪仪：《"高甲丑"与闽南观众的接受心理》，《文艺争鸣》2006 年第 5 期，第 144 页。

② 沃·伊泽尔著：《阅读行为》，金惠敏等译，湖南文艺出版社 1991 年版，第 21 页。

第二节　作为接受者的审美心理

一　期待与渴望

1. 听众的"期待视野"

这是德国学者汉斯·罗伯特·姚斯（H. R. Jauss，1922—）的基本理论中最重要的概念。

姚斯认为在人们既定的期待视野与文学作品之间存在着一个审美距离。① 对于达斯坦故事审美特征的预设在一次达斯坦演唱活动中，达斯坦奇和听众身份明确之后，听众并不消极等待，而是相应地确定了一种审美态度来迎纳达斯坦故事，确定了一种无功利的审美直觉的感知态度，他开始预备以不同于日常生活中的想象活动的审美情感去超越现实情感的审美性②，他（她）带着他的全部审美理想的理解倾听达斯坦奇演唱，并希望因此而获得审美的精神愉悦。这就是说，听众在倾听之前已建立了倾听态度，这种倾听态度区别于将民间达斯坦故事作为新闻、小道消息、街头巷语的聆听态度，而是把维吾尔民间达斯坦故事作为民间叙述故事来听的态度。等听众聆听一部达斯坦之后，由于其篇幅较长，歌手无法在数小时内唱完，只好改天再表演，这时，对故事入迷的听众不耐烦地等待歌手的下次表演，渴望主人公得到美好幸福生活和故事大团圆的结局。每一位听众在开始聆听时都已具有一种先在的审美经验、艺术理解与鉴赏水准，形成迎纳达斯坦故事文本的期待视野（艺术前理解，这种前理解将随着演唱活动的进行不断产生新的流动和变异）。听众的期待视野既指向达斯坦故事演唱，也指向所演唱的达斯坦故事本身。达斯坦奇的演唱风格、技巧和达斯坦故事情节是否与观众的期待视野融合以及融合的程度决定了听众对于达斯坦奇此次演唱活动的评价。每一次演唱活动中，听众的期待视野都面临三种可能的变化：在演唱活动中，任何一个达斯坦奇都会试图通过创新的风格和技巧打破听众的期待视野而获得他们的赞誉，因此在演唱活动还未开始之前听众的期待视野已经向达斯坦奇提出了需求。听众要求通过演唱活动获得满足和平衡，可以说听众的期待视野已经提前介入到民间达

① 金元浦：《接受反应论》，山东教育出版社 2001 年版，第 123 页。
② 纪军：《浅析民间故事讲述中的听众》，《荆门职业技术学院学报》2004 年第 2 期。

斯坦故事演唱活动中去了。

2. 空白或是不确定性

根据接受美学的观点，文学作品（无论是书面的还是口头的）是一个充满"不确定"（in-determinacy），"空缺"（gap）的"召唤结构"（e-vocative struc-ture）[①]，文本所创造出来的意象、语义、情感、思想、主题乃至社会意义无一不是由读者在阅读活动或听众聆听当中被重新建构（recon-structed），从而被具体化（concretized）的。这些"不确定"和"空缺"是激发读者想象力与创造力的源泉，赋予了文本独立于作者之外的文学价值。听众对于达斯坦的接受，不是被动的接受，而是积极主动的接受，同时也是听众参与达斯坦创作和表演的过程。接受美学理论认为，每部文学作品都有"召唤结构"，即文学作品基本结构充满"不确定性"与"空白"，这种"不确定性"与"空白"召唤读者参与创作，这就是文学作品的召唤结构。达斯坦文本中的"不确定性"与"空白"比一般书面文学作品要多得多，也就是说，达斯坦的召唤结构是达斯坦听众创造性的接受活动、为达斯坦听众参与达斯坦创作留下了很大想象余地与思考空间。达斯坦人物形象的塑造就有许多"不确定性"与"空白"，以英雄乌古斯汗为例，民间达斯坦对于他的描绘形象而相当夸张，只说"一天，阿依汗眼放异彩，生下一个男孩，这男孩的脸是青的，嘴是火红的，头发和眉毛是黑的，他长得比天神还漂亮。这孩子只吮吸了母亲的初乳，就不再吃奶了。他要吃生肉和饭，喝麦酒，并开始会说话了。四十天后，他长大了，会走路了，会玩耍了。他的腿像公牛的腿，腰像狼的腰，全身长满了密密的厚毛。"[②] 除此之外，达斯坦对于英雄乌古斯汗的眼睛和脸型没有更细致的描绘。至于乌古斯汗身材有多高，他的穿着如何，这些都要凭听众想象。每个听众心目中都有一个乌古斯汗的形象，正如"有一千名观众，就有一千个哈姆雷特"，有一千名听众，就有一千个乌古斯汗的具体形象。达斯坦在事件的叙述中所留下的"不确定性"与"空白"就更多了。例如，在乌古斯汗抄本中，乌古斯汗在远征之时，征服了沙木、玛

---

① 高阳：《从读者接受美学的角度论大学英语课堂教学改革》，《西安外国语学院学报》2005 年第 4 期。

② 耿世民：《乌古斯汗传》（维吾尔族古代史诗），新疆人民出版社 1980 年版，第 14—15 页。

萨尔等很多异地之国，但是达斯坦只做了简单的交代，至于乌古斯汗如何指挥和打仗，攻打敌人几次，双方打了几次仗，打了几天仗，死了多少人，俘虏了多少敌人等这一系列问题在达斯坦抄本中都未做交代。再如《乌古斯汗传》最后结尾部分描写乌古斯汗按照乌鲁克大臣的梦，把领土分给儿子们的情节。乌古斯汗为什么接受大臣的建议、金箭和银箭都有什么象征意义、给儿子们具体分封什么地方等这些问题，在达斯坦中没有太多的交代。达斯坦中的这些"空白"，就是达斯坦的召唤结构。类似的"空白"给听众留下了很大的想象空间，为听众创造性地接受达斯坦留下了很大的余地。① 听众在接受达斯坦故事的过程中可以展开想象的翅膀去填补达斯坦中的"不确定性"及"空白"之处，充分参与创作和表演。从听众角度看，"由于听众的生活阅历、文化修养、审美趣味各不相同，因此，听众在接受史诗时，他们的审美经验的期待视界就存在差异，对于达斯坦的理解与感受也不尽一致。也就是说，听众创造性接受达斯坦的程度往往因人而异。达斯坦中同一'空白'，不同的听众会用不同的想象内容去加以充填。"② 姚斯提出的"期待视野"、伊塞的"召唤结构"、"隐含的读者"以及英迦登的"空缺"，从不同的角度都反映出接受理论的基本理论概念。文学作品作为精神财富的保存和流传载体不可能脱离接受者而存在。文学的不朽性并非它超越时空的功能，而在于读者或听众或是观众赋予它的动态的审美解放功能。③ 对比接受理论和传统的以作者为中心的理论使我们不难发现，这一理论的运用为文学价值和功能的多元性及文学研究的开放性提供了可能。它把文学从作者个人手中解放出来，通过读者阅读的无限性或听众聆听的创造性和接受的能动性把文学价值体现得淋漓尽致。

3. 带给达斯坦奇精神上的满足④

许多民间达斯坦奇都有数十年演唱达斯坦故事的历史，这不仅仅是出于他们本人对于达斯坦故事的喜爱，其中听众的期待和支持是他们的重要动力。面对听众，民间艺人保存的一些古老的传说故事不属于他而属于他

---

①　郎樱：《玛纳斯论》，内蒙古大学出版社 1999 年版，第 198 页。

②　同上书，第 199 页。

③　高阳：《从读者接受美学的角度论大学英语课堂教学改革》，《西安外国语学院学报》2005 年版，第 4 页。

④　纪军：《浅析民间故事讲述中的听众》，《荆门职业技术学院学报》2004 年第 2 期。

的听众。对达斯坦奇而言，演唱不单是娱人而且可以娱己，同时还在某种程度上令他们摆脱庸常的人生，获得精神上的满足。许多达斯坦奇都将听众的认同和好评视作最好的奖赏。民间达斯坦故事的传播是一种面对面的传播，这种面对面的传播并不仅仅限于语言的传播，还包括大量的非语言符号。从心理学角度来看，听众的存在符合达斯坦奇的心理需要，有了听众，达斯坦奇才能满足自身对归属与爱的需要、对自尊与尊重的需要、对自我实现的需要、对认识和理解的欲望以及对美的追求。

二　欣赏与接受

艺术欣赏是接受活动的一个主要环节。欣赏和接受都是一个接纳和享受艺术表演或是文学阅读的过程，二者关系是十分密切的。在文艺批评中，人们无意识地将文学欣赏或是文学鉴赏视为文学接受活动，其实二者是有区别的，"如果说欣赏一般专指对优秀作品在欣然愉悦中单纯的赏鉴的话，那么接受则泛指对作品审美和非审美的一切方面的接纳、占有、消化、拒绝、摈弃等反应。接受包含了欣赏，欣赏则不能包含接受。"① 歌手开始演唱达斯坦，听众的欣赏活动便开展了，听众往往鉴赏歌手美妙的歌声和优美的音乐。民间达斯坦歌手，即达斯坦奇是一个演技高超的乐手，他们能自弹自唱（也有二人合作演奏演唱），演奏演唱十分精彩。民间达斯坦曲子，就像民歌一样，有很强的生命力，其生命在听众的聆听活动之中得到实现。目前，虽然很多年轻歌唱家演唱的流行歌曲在维吾尔族歌坛流行一时，可是不管歌手歌声多悠扬，音乐多动听，歌词多美，其在民众中流行的寿命并不长，其流行时间快，遗忘速度也同样快。

艺术欣赏与接受要经历视觉、听觉、注意、兴趣、记忆、想象和情感等心理变化过程，才能达到艺术欣赏目的。（一）视觉。视觉作为人类辨别和观察事物的主要生理功能，在人类生存和发展中有着重要意义。"视觉的适宜刺激是光，光是具有一定频率和波长的电磁辐射……光线透过角膜传入瞳孔经过水晶体折射，最后聚焦在视网膜上。光线达到视网膜后，首先穿过视神经纤维的节状细胞，再引起感光细胞（锥体细胞和棒体细胞）的变化，然后它们通过一定的光——化学反应影响双极细胞和节状

---

① 　童庆炳：《文学理论要略》，人民文学出版社 2001 年版，第 220 页。

细胞，从而引起视神经纤维的冲动传入视觉中枢。"① 这是视觉的生理反应变化过程，也是人类观察事物和认识事物的过程。通常，人们路过人群聚集的地方，会无意识地探明人聚在一起的缘故。在街头，有人表演便兴致勃勃地多看几眼，想要了解表演内容。（二）听觉。听觉是人类接受以声音为符号信息的生理器官。"听觉是人通过听觉器官对外界声音刺激的反应，是仅次于视觉的重要器官。听觉的适宜刺激是一定频率范围的声波。它产生于物体的振动。物体振动时能量通过媒质传入耳中，从而产生听觉……音响是有声波振动的幅度（强度）引起的听觉特性。声波振动的幅度大，声音听起来就响；振动的幅度小，声音听起来就弱。"② 达斯坦最主要的表演形式是音乐，音乐是有节奏的声音符号。人类喜欢悦耳动听的声音，讨厌杂音、喧哗声和起哄声。因此，听众自然而然地被优美的达斯坦艺人的歌声吸引和迷住。（三）注意。注意是人心理活动的主要表现之一。"注意是心理活动对一定对象的指向和集中。指向性和集中性是注意的两个基本特征。注意的指向性是指心理活动有选择地反映一定的对象，而离开其余的对象。"③ 达斯坦歌手是一个善于引起听众注意的能手。他们持"好的开头是成功的一半"的理念，在巴扎（集市）或喜庆聚会上，他们在正式表演之前，会演奏一曲动听的序曲，以引起听众的注意。听众这种注意行为是指事先没有预定目的，也不需要作意志努力的无意注意。（四）兴趣。兴趣是认识和从事某种工作的直接动力，是推动人们去寻求知识和从事活动的心理因素。"兴趣是个体力求认识某种事物或某项活动的心理倾向。它表现为个体对某种事物或从事某种活动的选择性态度和积极的情绪反映。"④ 为了激发听众兴趣，民间达斯坦歌手演奏的这些序曲往往是节奏沉稳的木卡姆"琼乃额玛"大曲，将人引入一种沉思的人生境界。一些达斯坦奇喜欢以节奏欢快的"麦西莱甫"（大众民俗娱乐活动）舞曲开演。听完序曲之后，听众听取歌手讲述达斯坦散文形式"故事家给我们如此讲述或是麦达赫（能讲者、会说者）传说的开场白，正式进入聆听鉴赏状态。（五）记忆。经过兴趣环节之后，听众进入记忆

---

①　叶奕乾、何存道、梁宁建：《普通心理学》，华东师范大学出版社 2004 年版，第 94—95 页。

②　同上书，第 103—105 页。

③　同上书，第 61 页。

④　同上书，第 336 页。

环节。对艺人表演传统故事的记忆是体验和思考问题的前提。"记忆是人脑对过去经验的保持和再现（回忆和再认）。人们在生活实践中感知过的事物、思考过的问题、体验过的情感以及练习过的动作等以映像形式在人脑中的保持，以后在一定条件的影响下重新得到恢复。这种在人脑中对过去经验的保持和重现就是记忆，它是人脑对过去所经历过的事物的反映。"① 在民间歌手表演一部完整的达斯坦故事的过程中，听众对自己感兴趣的核心内容记在心中，对其中的某些人物予以褒贬评价，加深对其的认识和理解。（六）想象。想象是文学艺术的主要因素，是文艺家依靠的主要创作手段。达斯坦奇在说唱或演唱故事中的妖魔或仙女时，不知不觉地在听众头脑中出现了妖魔或是仙女的形象；歌手在描述如月般的美女容貌时，听众在心中想象她的美丽身段，这都是想象的产物。"想象是一种意向性的反映，它在某种程度上超脱现实，因此，可在有意或无意间发生。"② 听众在听达斯坦故事的过程中对故事人物或是事件随时进行有意或无意的想象活动。"想象是人脑对已有表象进行加工改造而创造新形象的过程。通过想象过程创造的新形象就是想象表象，想象表象具有形象性和新颖性的特点。"③ 想象是听众参与达斯坦奇创作活动的一个基本环节。（七）情感。情感是人们反映客观世界的一种形式，是人的心理的重要组成部分，在人们的现实生活和精神生活各方面都发挥着重要作用。人对各类事件表达喜怒哀乐等基本表情，对外部现象表现自己的各类情绪。情感和情绪是关系密切的心理因素，其具有多层次交叉的、复杂的特征。"情绪和情感是人对客观事物的态度的体验，是人的需要是否得到满足的反映。"听众对正面人物的爱，对他们不幸命运的同情，对他们胜利的快乐，对敌对人物的憎恶、对他们劣行和恶行的愤怒和愤慨等情感活动，都是体现听众情感生活的主要方面。情感和情绪有快感和恶感、紧张和放松、激动和平静等对立范畴。"情绪的每一次发生，都兼容生理和心理、本性和习得、自然和社会诸因素的交叠。"④ 情感活动的复杂性和多元性对听众欣赏过程产生一定的影响。

---

① 叶奕乾、何存道、梁宁建：《普通心理学》，华东师范大学出版社 2004 年版，第 137 页。
② 同上书，第 174 页。
③ 孟昭兰：《普通心理学》，北京大学出版社 1994 年版，第 324 页。
④ 同上书，第 389 页。

民间歌手以韵散相间的方式又说又唱达斯坦故事，一会儿放着乐器，用身体语言讲述过渡环节，一会儿弹唱主人公的内心变化和对话诗句，吸引听众注意达斯坦的故事情节，尤其是主人公的离奇经历和独特命运。听众从欣赏过渡到渴望、期待、关注、猜测和推测的过程，他们密切注意故事发展，期待英雄克服困难、战胜对头、解决难题、过上美好生活，渴望像他们一样不畏艰险，得到幸福，凭着自己的审美经验猜测和推测故事主人公的下一步行动，像我们看电影时不由自主地称赞和佩服正面人物和暗骂诅咒负面人物（死敌）一样，听众在脑海中默默地对故事主人公进行正面的评价，祈求神力助他（她）除敌。经过注意、欣赏、渴望、期待和接纳等一系列审美活动和猜测、推测、认可或是否定评价等非审美活动，听众进入文学理论家称为"整体活动"的接受阶段。

第三节　听众的聆听与参与

作家文学作品阅读活动与民间文学聆听活动有很大的差距。如果说读者的阅读活动是理解文本意义的一种手段，那么听众聆听民间文学作品（神话、传说、故事、叙事诗等）活动则是欣赏和理解民间文本的主要手段。人类通过生产劳动来满足吃穿住行的物质需求，除了生产劳动之外，人类还侧重于满足精神生活需求。无论是古代，还是现代，演唱或说唱达斯坦和聆听达斯坦是维吾尔人们最为喜欢且最为简易的娱乐方式。虽然我们现代生活的娱乐方式日益多样化和丰富化，但是讲故事和民间口承达斯坦表演这一最为古老而简单的叙事方式尚未消失，如我们当代儿童睡觉之前还是喜欢听父母讲童话故事一样，较为偏僻的山区群众还是喜欢听达斯坦故事等活形态文学，这些现象都有力地说明了我们的论点。只要有热情的听众，达斯坦就有市场，达斯坦奇就有市场。达斯坦表演活动是民间艺人与听众共同参与创作与表演的艺术审美活动。

一　影响听众聆听与参与民间文学表演活动的具体因素

探讨听众聆听和参与民间文学作品问题之前，需要对一些影响听众欣赏艺术的基本因素加以考察。下面从听众的个人信息和听戏环境角度，分析和探讨听众的欣赏和受其影响的基本因素。

（一）听众个人信息

听众的年龄、性别、文化水平、家庭出身以及语言背景等信息影响他们的接受过程。由于听众的性别、年龄、兴趣、爱好、文化水平、艺术修养各不相同，其接受心理也是呈现出多样化的格局。以笔者看，听众应该具备多种角色。首先，听众是欣赏者和鉴赏者。听众作为民间文学作品的热爱者，在民间文学活动中始终扮演一个忠实的受众。其次，听众是评议者、参与者和反馈者。听众在达斯坦表演过程中特别注重故事的情节和人物个性。听众十分关注故事的来龙去脉和前因后果，追求故事的真相，期待故事"发生—发展—高潮—结局"的整个过程。达斯坦奇在表演活动中戛然而止，没有往下讲，把听众的胃口吊起来。在中途休息期间，听众对人物命运的安排，给他们进行新的构思，安排新的情节，甚至还会为此相互争辩得面红耳赤。再次，听众是歌手价值的体现者和歌手水平的衡量者。下面我们以 2008 年在新疆和田县凯合马力木麻扎（陵墓）举行的一场达斯坦表演活动为例，分析听众的基本信息。

背景材料：

表演者：沙赫买买提　95 岁　肉孜尼亚孜阿訇　58 岁　艾提尼亚孜阿訇　49 岁

表演内容：好汉斯依提、尼卡纳麦（伊斯兰教主持婚礼仪式来历故事）、库尔班纳麦（宰牲节来历故事）圣人孕吾赛鲁姆艾赞木传奇故事

表演时间：2008 年 8 月 3 日（周四）

表演地点：新疆和田县凯合马力木麻扎

聆听人数：90 人，还有来往不固定的人数 30 人，为了计算准确性，我们以相对稳定的 80 人为单位。

听众年龄比例一览表（一）

（人数共有 90 人／总比例 100%）

年龄段（岁）	10	10—15	15—20	20—30	30—40	40—50	50—60	60 以上
人数/名	12	8	2	3	5	17	22	21
比例（%）	13	9	3	4	6	18	24	23

我们分析表（一）可以看到，50 岁以上和 60 岁以上听众人数的比例

最高，分别占总人数的百分之 24% 和 23%，40 岁以上的仅次于这一比例，其中，15—30 岁之间人数较少，比 15 岁以上儿童的比例还少。这说明，在这些达斯坦听众中，老人和孩子的比例极大，20—30 之间的年轻人的比例最小。除了老人和孩子喜欢听达斯坦故事的原因之外，还有两方面的因素，一是中青年人是乡村主要劳动力，有养家糊口的重任，而老人和孩子都是被爱护和养护的对象，劳动能力较低。因此，他们出门听故事有时间和条件。二是这次麻扎膜拜活动带有浓厚的宗教色彩，维吾尔族老人几乎都是虔诚的伊斯兰教徒，他们从不放过到宗教圣地礼拜积功德的好事，这也是老人聚集的原因。

听众身份比例一览表（二）

（人数共有 90 人/总比例 100%）

职业	农民	小贩	手工业者	职员干部	教师	研究人员	游客及其他
人数/名	62	11	9	4	5	2	7
比例（%）	60.90	10.90	9.60	4.60	5.60	1.90	6.50

从表（二）中，我们可看到听众中，农民比例绝对占优势，占 60.9%，小贩和手工业者也不少，占将近 20%，职员、研究者、游客和其他职业的听众人数较低，合起来只占大约 20%。这一情况说明，农民是乡村达斯坦活动的主要收听群体。

听众文化水平比例一览表（三）

（人数共有 90 人/总比例 100%）

文化水平	不识字	小学	中学	高中	大学	硕士	硕士及以上
人数/名	13	56	12	5	2	1	1
比例（%）	15.6	58.7	13.6	6.6	2.5	1.5	1.5

文化水平较低者占 73.3%，初高中文化水平者只占 20.2%，其他人所占比例少得可怜。这一现象说明基层听众群体普遍文化水平不高。其原因之一：50 多岁的中老年人几乎都经历过"文化大革命"的灾难阶段，没有读书的机会。虽然其中一部分上过小学，学过以拉丁字母为

主的维吾尔新文字①，但是 1982 年 9 月开始，新疆政府取消维吾尔新文字，恢复使用老文字，就这样 60—70 年代读书的维吾尔人变成了不识字的人。其原因之二：新疆和田是我国最贫穷的地区之一，由于教育条件和教育水平有限，再加上农民经济状况不好，对接受教育的意识不高，坚持"农民的孩子读书也找不上工作"的落后思想，经常让孩子辍学送给手工艺师傅当徒弟，因此，这里小孩升学率不高，主要停留在小学阶段。自从施行《义务教育法》和免学费政策之后，和田孩子教育得到普及，但上大学的孩子还是不多。这是听众群中高文化层次者较低的具体理由。

听众身份比例一览表（四）

性别	男性	女性	备注
人数（单位：名）	63	27	包括老小 90 人
比例（单位:%）	70.7	29.3	总比例 100%

从表（四）中，我们可看到男性比例比女性多两倍以上，男性听众比例占 70.7%，而女性听众比例只占 29.3%。女性分工和男性分工的不同是造成这一比例差异的主要原因。由于维吾尔族社会女性主要承担家务及养育孩子的重担，出门活动机会少于男性。这次前来收听达斯坦故事的女性几乎都是带着小孩出来的，这说明这些女性是带孩子出门游玩到此地来看戏的。

（二）收听环境

收听环境指的是民间艺人表演时的自然环境和社会环境因素。地理环境包括自然地理环境、社会经济环境和社会文化环境等。

1. 自然环境

自然地理环境简称自然环境，其内涵是受自然规律制约的地理环境；其外延则包括未受人类活动直接影响（或者影响微弱）和已被人类改造

---

① 1965 年开始推行过以拉丁字母为基础的维吾尔文，有 33 个字母，其中元音字母 8 个，辅音字母 25 个。1976 年开始正式使用，其后两种文字并用。1982 年 9 月，新疆维吾尔自治区决定全面使用阿拉伯字母为基础的文字，而以拉丁字母为基础的文字则只作为一种拼音符号保留。

利用了的两种形态的地理环境。① 自然环境是人类赖以生存、生活和社会发展的自然基础，社会物质生活是必需的条件。大自然赋予人类以丰富的资源，人类利用它们为自己创造了灿烂的物质文明。达斯坦活动是在一定的自然环境和条件下进行的。自然环境形形色色，变化多端，如天气晴朗、无暴风雨或是暴风雪强等等。如果民间艺人的达斯坦表演遭到了暴风雨或是大风困扰，那么听众就没有心思聆听，民间艺人觉得时机不恰当，也就草草收场走人。因此，一个安全而舒适的自然环境是听众惬意地收听达斯坦故事的前提条件。绿洲是维吾尔人休养生息的据点，是维吾尔文化的自然环境基础。绿洲的自然环境既有特色，也有"美中不足"的地方（气候恶劣、温差大）。维吾尔人苦中取乐的艺术追求与绿洲环境关系密切。"维吾尔绿洲文化有深厚的草原文化背景。一方面，天山以北和新疆周边地区有广阔的草原，也有许多游牧民族。另一方面，维吾尔先民来自漠北。公元 740—840 年维吾尔人在漠北草原建立回鹘汗国。公元 9 世纪中叶回鹘汗国迁徙，维吾尔人大举西迁，主力越过阿尔泰山，进入天山南北麓，从游牧生活过渡到定居的农耕生活。草原背景的绿洲文化在维吾尔人的性格、服饰和音乐等方面都有反映。"② 新疆一走出绿洲，便是无边无际的沙漠，风沙弥漫、冬季严寒、夏季炎热、干旱缺水等这些自然环境对艺人及其听众群体的物质生活和精神生活难免产生影响，因此，我们必须考虑自然环境对艺人表演和听众接受活动的影响。

2. 社会环境

指人类在自然环境基础上，通过长期有意识的社会活动，加工、改造自然物质，创造出新的环境。笔者认为，教育场所、宗教场地、消费市场以及道路等物质设施都是社会环境的重要组成部分。社会环境可分为社会经济环境和社会文化环境。人类生产方式属于社会经济环境范围，维吾尔族以农耕生产为主，以果业、商业和牧业为辅的经济模式与维吾尔听众的社会环境密切相关，并因社会经济环境的差异而产生不同的生活方式。社会文化环境是人们共有的精神家园。社会文化环境是社会结构、社会风俗和习惯、信仰和行为规范、生活方式、文化传统、人口规模与地理分布等

---

① 史培军、宋海：《从土地沙漠化论人类活动与自然环境的关系》，《新疆环境保护》1983年第 4 期，第 7 页。

② 胡兆量、阿尔斯朗等：《中国文化地理概述》，北京大学出版社 2006 年版，第 331 页。

因素的形成和变动。平时，听众熟悉的达斯坦奇主要选择清真大寺前面、农贸市场、集市（巴扎）、水渠施工地以及麻扎等地方进行表演。因此，他们知道要聆听达斯坦故事到这些地方就能找到民间艺人。

二　听众的聆听和参与
（一）听众的聆听

观看艺术表演，聆听优美的音乐是人人都期待的艺术享受。对于民间达斯坦演唱活动来讲，"为什么爱听叙事诗"是我们要探讨的一个侧重点。

1. 听众为何爱听叙事诗

在田野调查中，笔者带着这一疑问，曾经向数名听众问过这一问题，他们的回答是不一致的。一位老人回答道："我喜欢他（歌手）用热瓦甫琴演奏的音乐"。一位中年妇女说："我同情艾维孜汗（达斯坦故事女主人公）的不幸命运，听这部达斯坦故事已数十次了，但是不知什么原因，还是爱听"。有一个年轻人告诉我："你问我为什么爱听？我也不知道具体原因，但是我比较喜欢曲折离奇的达斯坦故事情节，比如《夏木西美女和卡迈尔王子》和《鲁斯坦木》（民间达斯坦）一样。"[①] 从听众对这一问题的答复来看，听众是出于不同的视角发表言论的。听众的聆听是一个从注意、兴趣到喜欢的发展过程。他们以聆听达斯坦奇说唱的美妙的达斯坦故事歌，欣赏它，教育自己。鲜明独特的人物个性、有血有肉的人物形象也是听众接受评议的焦点。听众被人物个性所吸引，与主人公一起荣辱浮沉，欢乐悲泣，同呼吸，为人物的胜利而呼唤，为人物的失败而悲泣，忘却了自己的社会角色，完全融入到演唱内容之中。我们可以从娱乐和审美教育的视角分析听众爱听达斯坦的原因：一是游戏娱乐。游戏娱乐是人类的基本需要之一，是人类与生俱来的本能，民间达斯坦表演是有唱有说、有故事有音乐的综合娱乐活动，它以其轻松活泼的气氛、离奇曲折的故事，满足着观众对这种心理需要的追求。人类的生活需要调节才能平衡而有情趣，欲求生活的情趣，就要保持快乐的心情，保持同社会环境的联系，使自身与周围环境产生亲近而和谐的关系。二是审美教育。听众在娱乐的基础上得到艺术欣赏和审美教育。具体地说，他们向好人学习，对

---

① 笔者 2003 年 8 月 3 日在和田墨玉县田野调查实录。

坏人表示愤怒和厌恶，从他们的恶行中吸取教训，就这样实现民间口承作品的教育功能。

2. 爱听什么

对于听众来说，内容显得十分重要。达斯坦故事情节是吸引听众的一个主要因素。不管听众的年龄、职业和身份如何，对达斯坦故事情节的期待和兴趣是同样强烈的。社会生活是富有戏剧性的，艺术更加需要戏剧性。按我的理解，架起实实在在的社会现实生活与艺术戏剧性关系的桥梁是情节。

> 也许这是文艺创作上最古老的话题之一。希腊戏剧、中国戏曲，都提供了难以尽数的例证和经验，古老的未必是命中注定要死亡的。一部中外文学艺术史启发我们：情节在艺术中的魅力和作用，至今并未穷尽，而是一座诱导着亿万观众的"迷宫"。物极而反。正由于情节的诱惑力过于强大和迷人，以至形成了无数创作者的滥用。渐渐追求情节和情节剧之类成为一种贬义，某些新潮文艺理论家干脆举起了"非情节化"的旗帜。创作并不总是随着理论家的指挥棒打转。没有观众，创作难以生存。尤其是当电视剧这一最现代化、最具滋化的艺术进入到整个文化艺术系统中来时，人们，包括理论家再次发现：情节的功能实在不可忽视。缺乏情节性、戏剧性的连续剧几乎难以想象。对于情节，历来有种种分析和研究。高尔基的名言：情节是性格的历史，为情节和人物性格的关系提出了很有价值的观点，至今仍值得重视。但以往的论述往往从作品本身着眼，而缺少从观赏者、大众接受心理的角度去分析情节、研究情节，这对于电视这样一种大众传播文化媒介来说，又是不可少的，具有关键性的。从观众接受的角度看，现代人对情节的心理要求已进入一种新的阶段和层次。[1]

可见，听众对情节的要求越来越高，对情节的兴趣也越来越被激发出来了。一是维吾尔族听众对情节鉴别力得以提高。正是由于观众已领略过各种以情节取胜的作品，其鉴赏辨别能力必然相应提高。稍在情节上有模仿和雷同情况，观众便会在心理上产生抗拒和排斥。可以说，情节的参照

---

[1]　王云缦：《情节和观众心理接受刍议》，《中国电视》1988 年第 5 期，第 151 页。

系仍在生活之中。正是由于生活中充满着无尽的偶然巧合，才为种种情节的构造提供了基础。《雅丽普孜汗》中，艺人选用贴近生活而富有活力和生命力的幽默情节创作新作品，受到听众的欢迎，听众对此十分热爱。二是对情节创造力的要求。从一百年民间达斯坦发展来看，听众对情节创新的要求却是日益明显，这种不离生活，而又勇于在情节上作大胆的铺排和渲染的做法，给予听众很大的心理满足。① 我们传统口头文学作品的情节程式化特点是比较严重的，当然，这是口承文学区别于作家文学的一个亮点，但是适当地取材于现实生活，反映当代生活变化也是听众的强烈需要。达斯坦奇阿布里米提独立创作的《过去与今日》就是一个很好的例证。三是对情节扩展的追求。古往今来，众多作品在情节处理上是完成式的，有头有尾，有因有果，有问有答的圆圈式的情节结构。这虽然是怀旧的中老年人喜欢的情节模式，但是对于想象力日趋丰富、思维方法渐近开放的现代维吾尔族青年听众却易于厌倦。目前，在维吾尔族听众中青年听众显得越来越少，这对民间达斯坦生存与发展带来不利因素。

（二）听众的能动性作用

1. 听众的准备

这包括达斯坦唱本有待于产生的意义和听众的经验两方面的情况：一是达斯坦唱本本身具有深刻的意义。口承达斯坦作为口头传统的产物，本身带有历史意义和现实意义。其历史意义已有程式化的特点，把历史神话观、风俗习惯、宗教观和审美观容纳到自己的身上。姚斯对这一问题提出了独特的论点："美学蕴涵存在于这一事实之中；一部作品被读者首次接受，包括同已经阅读过的作品进行比较，比较中就包含着对作品审美价值的一种检验。其中明显的历史蕴涵是：第一个读者的理解将在一代又一代的接受之链上被充实和丰富，一部作品的历史意义就是在这一过程中得到确定，它的审美价值也在这过程中得以证实。"② 如果我们把这一论点运用到听众聆听达斯坦故事的接受过程，那就推出不同时代的听众的经验积累创造达斯坦审美价值的论断，我们将要欣赏的达斯坦是历史的产物，它就是将艺术与现代艺术，传统评价与当前尝试的串联；二是达斯坦的听众，也就是首次要聆听达斯坦故事的听众，对达斯坦有自己的经验和观

---

① 王云缦：《情节和观众心理接受刍议》，《中国电视》1988 年第 5 期，第 152 页。
② ［德］姚斯：《接受美学与接收理论》，辽宁出版社 1987 年版，第 24 页。

点。他们按照自己的原有经验，将其他民族的史诗、叙事诗与达斯坦加以对比，预先形成个人观点，这就是在没聆听达斯坦之前产生的意义。

2. 听众的参与和运作过程

前节从听众心理接受中分析了听众聆听与参与达斯坦创作与表演的全过程。关于听众参与创作的历程是从期待开始的。（1）期待。期待是生命的动力，有别人的期待也有自己的定位。别人的期待对自己有一种无法抵抗的推力。期待作为对美好事物的追求和向往，引导听众接受美丽的故事。熟悉达斯坦表演的听众对生动而激情的表演场景和栩栩如生的人物性格与命运早有审美经验，因此，期待重新享受离奇曲折的故事和生动的人物形象。对于将要首次聆听达斯坦演唱的听众来说，期待歌手的生动表演，期待"死而复生"（文本中的静态人物在歌手口中变成有血有肉的"活人"）的故事人物和丰富多彩的故事情节的再现。从这一意义上讲，期待是激发听众兴趣的源泉，产生收听故事动机的动力。（2）选择。从词义分析，选择是从多种备选对象中进行挑选与确定。与挑选、选取、筛选等词汇意思相近。对于听众来讲，他们对达斯坦有选择或不选择的权利。根据自己的兴趣爱好，听众可以选择听故事、看电视、看戏或是看书等不同文化娱乐方式。对于达斯坦表演来讲，听众可听其中自己所喜欢的精彩部分，也可听自己喜欢的爱情达斯坦故事或是英雄达斯坦故事，这也是听众的自由选择。（3）要求。听众在聆听前后对歌手直接提出自己对达斯坦情节、人物、主题以及语言诸方面的审美要求，影响歌手的表演过程。这与作家文学有很大的差别。作家文学作品是以静态的形式出现的。

这里所说的静态，包括两种含义：第一，作者提供给我们的是创作过程完成后的结果，而创作过程本身却是隐蔽的，隐蔽在完成的作品之中；第二，这个作品是定型化的，人们对它的理解可能变化，可能发展，可能深入，可能背离甚至超越作者的主旨和作者所反映的生活，然而作品本身作为已经完成的创作过程的结晶，却一成不变，再也不会改移和发展了。一位作家对于一定的社会现实可以进行反复的观察和认识，还可以多次修改他的形象反映的方法和方向，但是一旦作品"杀青"，这一具体创作活动也就随之完结了。

民间文学的创作则是动态的。一般来说，讲述人所讲的口头作品，都是经过多次流传的作品，他听来、学来，现在重新讲给新的听众，这本身就是一次对作品的再创作、再加工。关于这一点，我们在下文还要谈到。民间文学创作的动态特点首先表现在：这种再创作的过程和讲述人演述的过程是同一的。这一过程直接呈现在听众面前。这也是我们通常说的即兴特点。民间文学创作的动态特点的另一个表现是：一篇民间文学作品的任何一次讲述，都是它丰富多彩的生命的一个瞬间。民间文学作品一直处在不停的发展变化当中。一位古代哲学家曾经说过：任何一个人都不会两次走进同一条河水里，因为河水总是不断地向前奔流。如果不借助现代的录音、录像设备的话，我们恐怕也很难听到在完全相同的思想和激情支配下、用完全相同的语言手段重述的民间文学作品。一部作品在条件迥异的时代和环境中，通过具有各种经历、各种生活感受、各种艺术素养的讲述家的不断加工和口耳相传，它就获得了像悠悠长江一样的流动的、丰满的、绚丽多彩的、充满了活力的生命。①

民间文学动态表演环境为听众提供便利，他们把自己的想法、愿望、心思以及艺术构思直截了当地向民间艺人提出来，以便艺人更加充实和丰富民间文学作品。在听众的各种要求下，民间歌手进一步完善和发展达斯坦的故事情节，使达斯坦作品在这样的互动过程中得到强大的生命力。

（4）想象。想象是文学创作者的翅膀，其在达斯坦听众中的作用是毫无疑问的。想象作为人在脑子中凭借记忆所提供的材料进行加工，从而产生新的形象的心理过程，能突破时间和空间的束缚，人们将过去经验中已形成的一些暂时联系进行新的结合。听众边听边记忆达斯坦故事，在其记忆内容上进行加工，从而联想与这些信息相关的意境。听众凭借记忆，日益丰富着自己的故事量。（5）反馈。听众的反馈可以从如下两个方面体现出来：一是表情。歌手十分在乎听众的反应，十分关注听众的各种表情。达斯坦歌手随时观察在场听众的面部表情和动作，判断他们是否喜欢或是否满意自己的表演。在民间文学领域，讲述人同听众直接接触，听众的反应（所谓"信息反馈"）立即传达给讲述人，从而影响他的演唱过程。听众的情绪高昂，讲述人在演述中便眉飞色舞；听众无精打采，他便会草草收场。二是听众的好恶褒贬直接影响着他的演唱或是说唱。在一些

---

① 刘魁立：《文学与民间文学》，《文学评论》1985 年第 2 期，第 122 页。

情况下，听众的评议和补充还可能促使讲述人对作品进行一定程度的改动和加工。从这个意义上说，听众在"讲述人—（作品）—听众"这一系列环节中绝非是单纯被动的消极的因素，相反地，他却是在一定程度上参与了表演活动。①

3. 听众与达斯坦的交流模式

听众参与达斯坦创作有两个途径，一是接受达斯坦的过程中为寻找和填补达斯坦唱本的确定性和空白而个人进行自由创作；二是通过影响达斯坦演唱者——歌手的即兴创作，直接参与达斯坦内容的再创作活动。而这第二个途径，是听众参与达斯坦创作的最主要的途径。② 值得注意的一点是，听众在创造性接受民间达斯坦的同时，通过对史诗演唱者施加影响，与达斯坦演唱者共同创作与表演达斯坦。在作家书面文学中，读者的审美需求，读者的意向和意见反馈到作者那里以后，只能影响到作者下一部文学作品的创作或是这一作品的修订版中，但在大部分情况下文学印刷物不会得到二次修正的机会。因此，对于用文字形式固定下来的出版物来说已难以发生影响，除非此作品再版时做些改动，将读者的意见融进去。但是，口承达斯坦的听众的审美需求、他们的意向和建议，甚至他们的批评与意见，可以直接影响到达斯坦表演者的即兴创作活动。歌手了解到听众的反应，受到听众审美需求与审美期待的影响，他即兴创作后的作品，对于一些事件的处理，对于一些人物与情节的安排，已融进听众的意见和建议。听众参与达斯坦创作活动所发挥的作用也更大。

从听众和歌手的互动创作和表演视角来讲，任何一部达斯坦作品都是听众与民间携手一起参与和创作的。饱受天灾人祸之苦的维吾尔族人民期望世间能出现一位顶天立地的英雄，帮助他们克服天灾，帮助他们战胜侵略者，使他们过上安居乐业的生活。向往自由爱情和幸福婚姻的维吾尔大众希望通过公正的国王能使一对情人如愿以偿。渴望理想世界的贫民借助民间文学幻想战胜魔鬼或是毒龙登基王位。长期压迫的人民群众期盼英雄人物挺身而出，打败巴依老爷或是残暴国王为人民带来和平安宁。他们同情因阶级统治者阻挠恋人而造成的爱情悲剧。心神疲惫的维吾尔劳动人民渴望讽刺达官显贵的趣味轶事，借此取乐，发泄内心的不满。正是基于这

---

① 刘魁立：《文学与民间文学》，《文学评论》1985 年第 2 期，第 121 页。

② 郎樱：《玛纳斯论》，内蒙古大学出版社 1999 年版，第 199 页。

种心态，维吾尔族人民将本民族中涌现出来的英雄人物和历史人物的事迹、爱情传说以及世俗故事与自己的美好理想愿望结合于一体，逐渐创造出一部部优秀的英雄达斯坦、爱情达斯坦和世俗达斯坦作品。在这一过程中，听众的理想和想象对富有才华的民间艺人即兴创作起了至关重要的作用，没有听众强烈的期盼心理，没有听众参与创作，没有听众的接受活动，这些流传于今日的达斯坦杰作不可能形成。

听众与歌手、听众与达斯坦唱本、听众与达斯坦人物有多种交流模式。"在姚斯看来，在理解与认识、欣赏与阐释问题的背后，隐藏着一种关系，这就是原初的审美经验同第二级的审美反射之间的相互关系。也就是说在审美交流过程中，具有审美自由的观察者（接受者）与他的非现实的对象（作品的主人公）之间来回互动，正是在这种互动中，主体在审美享受中经历了多种态度范畴。"① 我们运用这种交流结构模式，举例分析维吾尔族主要三种类型的达斯坦人物与听众的交流形态，以便加深对此种互动的认识与了解。

听众对主人公审美识别的互动模式一览表②

序号	识别的样态	故事主人公	所致	教授部署	行为或态度标准（＋表示确定的，－表示否定的）
1	敬慕的	《古尔邦纳麦》中的易卜拉欣、易斯玛依；《尼卡纳麦》中的圣人阿里、圣女帕提曼和达斯坦中的赫兹尔等	完美的主人公（圣徒、哲人）	赞美	＋（竞　赛） －（模　仿） ＋楷　模 －特殊形式的教诲或愉悦（解脱的要求）
2	同情的	《塔依尔与佐赫拉》中的塔依尔、《艾维孜汗》中的艾维自汗等	非尽善尽美的（平凡）的主人公	怜悯	＋道德兴趣（伺机行为） －感伤（玩赏痛苦） ＋为了明确行动组成的**联盟** －自我确认（慰藉）

① 金元浦：《接受反应论》，山东教育出版社 2001 年版，第 143 页。

② ［德］姚斯著：《审美经验与文学解释学》，顾建光等译，1997 年版，第 50—287 页。

续表

序号	识别的样态	故事主人公	所致	教授部署	行为或态度标准（＋表示确定的，－表示否定的）
3	净化的	《帕尔哈德与希琳》中的帕尔哈德、《莱丽与麦吉侬》中的麦吉侬等	(a) 受磨难的主人公；(b) 受压迫的主人公	悲剧感情的升华/自在自由同情的笑/戏剧性的内在解脱	＋无目的的目的性自由反应 －如痴如醉（幻觉中的愉悦） ＋自由的道德判断 －嘲笑（笑——仪式）
4	讽刺的	《雅丽普孜汗》中的艾克穆伯克、喀孜老爷、屠夫等	消失的主人公或反主人公	异化（挑战）	＋互惠的创造性 －唯我论 ＋感觉的精练 －培养成的厌倦 ＋批判的反映 －冷漠

　　姚斯提出的五种交流模式，仅有四种符合维吾尔族达斯坦表演实际的交流模式。由于听众参与游戏或是仪式（把自身置于所有其他参加的角色之中）而得到享乐的联系型交流模式，不太符合维吾尔族达斯坦与听众的交流现象，因此，在此没有采用。听众与主人公第二种敬慕型认同结构指的是接受者（读者、听众或观众）怀着一种崇拜、赞许的心态接受故事主人公。如维吾尔族民间广为流传的以宗教为内容的达斯坦主人公都属于这一结构。维吾尔族英雄达斯坦主人公，如乌古斯汗、恰西塔尼、阿里甫·艾尔·通阿等神话式英雄和斯依提、阿布都热合曼和卓、艾拜都拉汗、萨迪尔、铁木尔、和卓尼亚孜等近代历史英雄亦属此类。第二种是同情型认同模式，是关于跟我们差不多的主人公与接受者（读者、听众或观众）之间交流认同的类型。如维吾尔族爱情达斯坦中的塔依尔、艾里甫、艾维孜汗等主人公，属于此种交流结构。"在这类认同中，读者直接以自身去'衡量'作品中的主人公形象，拿艺术形象处理事务、情感的态度与自己的处世态度相比，设身处地地设想主人公的命运，因而产生同情、怜悯的或共鸣的接受心理状态。"[①] 听众对为爱情而殉情的塔依尔而

　　① 金元浦：《接受反应论》，山东教育出版社2001年版，第145页。

悲伤，同情为嫉恨女朋友追自己的丈夫而行凶的艾维孜汗，为暴君残忍分离情人的艾里甫而怜悯，为赛努拜尔的苦难而痛苦，为艾穆拉江的遭遇而痛心，为热娜公主与尼扎米丁王子的离别而悲泣。

第三种净化型交流结构是听众审美经验与道德实践之间交流对话模式。听众仿佛置身于主人公的位置上，共同感受到悲剧的震撼。在收听《帕尔哈德与希琳》的过程中，听众为主人公的超群聪慧和积极好学精神所佩服，为主人公杀毒龙，战胜妖魔，寻找哲人苏格拉底而敬佩，为心中人希琳公主开山凿石引水浇灌的劳动激情而欢呼，为情人壮烈殉情而震撼。听众在聆听莱丽与麦吉侬浪漫爱情悲剧之时，为不幸的主人公盖斯及其情人莱丽而流泪。可以说，这是听众与主人公结构交流模式的最高境界。

第四种交流模式是带有批评性质的讽刺型交流结构。听众被愚弄的反主人公逗乐，对反主人公富有幽默性的喜剧行为表示厌恶，对他们欺骗平民百姓、勒索平民的恶劣行为进行心理批判。

总之，听众参与达斯坦创作的过程是经历了一系列环境条件、心理准备、生理变化的过程。自然环境和社会环境是听众与歌手创作与表演的前提。听众经历视觉和听觉的刺激、心理动机、注意、兴趣、记忆、想象以及情感等诸多心理变化过程。听众对达斯坦故事展开的期待、故事情节以"空白"和"未定性"为主的召唤结构，为听众留下很多思考空间和构思余地。听众的年龄、性别、文化水平和职业等具体因素影响他们接受达斯坦唱本的过程和质量。在民间文学领域中，听众的能动性作用比作家文学显得更为突出，从某种意义上讲，听众是民间文学创作的参与者，歌手的助手，也就是说，听众也是达斯坦歌手的创作合作者。听众以敬慕、同情、净化和讽刺等模式与故事主人公进行广泛交流。由此可见，听众与达斯坦歌手、达斯坦唱本的关系是十分密切的。

第八章

民间达斯坦的主题研究

第一节 麦吉侬主题

《莱丽与麦吉侬》是一部富于东方色彩的爱情悲剧。莱丽与麦吉侬，这对东方纯情恋人，为爱而死的情侣，在世界文苑中，或许只有西方的罗密欧与朱丽叶能与之媲美。歌德在《东西诗集》中数次提到这对情人："请听着，记住/这六对爱侣。……相依为命度生平，/梅基农和莱拉（莱丽与麦吉侬）。"①

盖斯是叙事诗《莱丽与麦吉侬》中男主人公的原型，是一位心地善良、忠诚憨厚的痴情人物形象。他在私塾读书时，与美女莱丽相识相爱，盖斯用诗歌吟咏表达对莱丽的爱，倾诉对她的思慕。当盖斯向莱丽部族求婚时，莱丽之父认为，盖斯公开向他女儿表白是伤风败俗，败坏了她的名声，因此他断然拒绝，盖斯的悲剧就此产生。盖斯因为大胆地反对封建礼教，勇于向莱丽表达纯真的爱情，才被人们称为"麦吉侬"（阿拉伯语"疯子傻子"之意）。"麦吉侬"是理解与认识盖斯形象最好的视角。麦吉侬听到莱丽家拒绝他的提亲的消息，失去了知觉，离家出走，与野兽为伍，过着与世隔绝的生活。从此，人们不称呼他的原名，而叫他"麦吉侬"。当时，黑暗势力将那些拥有进步思想的理想主义者称为"麦吉侬"（"疯子"），他们不了解麦吉侬追求新生活、探索真理的活动，害怕给他们的权力与财产带来什么麻烦，把麦吉侬视为伤风败俗的"疯子"。盖斯与莱丽自由恋爱是当时封建礼教与部落习俗不允许的，尤其是麦吉侬用吟

---

① ［德］歌德著：《歌德诗集》（下），钱春绮译，上海译文出版社1982年版，第360—361页。

诗表达自己的爱是被黑暗势力视为伤风败俗的行为。因此，麦吉侬为爱情装作"疯子"来反对部落的旧习俗与反对保守势力思想，但他的生活方式和精神状态并没有超出生活的常轨。莱丽父亲的拒绝使他明白自己没有得到社会与人们的认可。假如他听从亲友们的劝告，放弃对莱丽的爱情，在自己的部落中寻找一个姑娘结婚，那就变成人们所说的正常人。但是，麦吉侬不能那么轻易地放弃自己的纯真爱情，无法扭曲自己，使自己适应环境，为周围的人认同。为坚持自己的爱情，他宁可抛开家庭，抛开故土，抛开正常的生活，去流浪，去做一个"疯子"，而将爱情自由地歌唱。在诺乌法勒的相助下没有取得成功后，麦吉侬彻底绝望了，他再次走向荒野，所有的人把他看作是失去理智的"疯子"。他彻底地抛弃了人的世界，放弃了人的生活习性，走向大自然，走向了"疯狂"的极端。他与任何人都不再来往，将自己的温暖献给野生动物，将自己的爱情与希望寄托于大自然。他有月亮、星星可以谈心，有狼、乌鸦可以叙情，有清风，有生机勃勃的花草树木与他心心相印。最好的食物，他让给野兽，自己却宁愿啃草根，他这样带着野兽，在茫茫荒野奔走。莱丽出嫁，他没有灰心，仍挂念着莱丽，对莱丽炽热的爱火依然没有熄灭。"麦吉侬，一个'疯子'，一个像圣者一样的'疯子'。正是他的'疯狂'，为自己树立起了一块独一无二的纪念碑。"① 世人视他为一个彻头彻尾的疯子。一方面，周围的人们仅仅从麦吉侬的生活方式去评价他。他爱上莱丽之后，荒废学业，四处游荡，生活开始出现异常的征兆。父亲为他求亲失败后，他逃向荒野，乞讨、流浪，脱离了生活的常轨。诺乌法勒放弃对他的帮助之后，他更是完全抛弃正常人的生活方式，像野蛮人那样地生活。另一方面，社会的普遍意识与麦吉侬思想之间的差距造成了误区，而将麦吉侬视为"疯子"。当时，阿拉伯社会的封建包办婚姻制度，男女不平等的思想观念被普遍认可，看作天经地义，但是追求婚姻自由与纯真爱情的观点，反而被认为是不正常的，是被异化的和被歪曲的群体意识。"麦吉侬"就是这样造就的。他的爱情婚姻观点与社会传统旧观念之间激烈的矛盾冲突，使他被迫选择了一个与世隔绝的生活方式——野蛮生活。麦吉侬深知自己的理想与社会现实格格不入，追求爱情是一种越轨的行为。他

---

① 买买提依明：《试论纳瓦依长诗〈莱丽与麦吉侬〉中的人物性格》，《民族文学研究》1999 年第 2 期。

周围的人都在拼命地将他拉回到旧有的轨道，拉回到旧的秩序中去，像周围其他人一样正常生活。但是，麦吉侬坚信自己的爱情无罪，所以拼命地抗争，不听他们的劝告，将自己抛向荒野，去过流浪人的生活，就是为了脱离旧生活的常轨。所以，他的"疯狂"既是对现实的抗争，也是对爱情执着的追求。"疯狂"使麦吉侬增加了反抗的勇气，"疯狂"加强了主人公追求爱情而义无反顾的决心。莱丽父亲对他的嫉恨，诺乌法勒的背信弃义，众人恶毒的诅咒使他清楚地看到他们狰狞的面目，使他认识到这个无情的社会现实，更加意识到他的理想与社会现实之间的冲突，从而对社会、对人类产生了一种强烈的厌恶。他觉得将人类与自然相比，后者更天真、更真诚，有更多无私的爱。于是他将真情献给被人类看作凶猛、残忍的野兽，对整个人世伦理道德做出了最彻底的否定与批判。

麦吉侬不顾世俗的偏见，勇敢地追求爱情，向往幸福生活，这是对宗教禁欲主义的大胆藐视。麦吉侬为了爱情，可以弃家，放弃为人子的责任，走出人与社会的圈子，走向荒野，过着流浪的生活。这样，他否认了封建社会中个人在家庭与社会中的责任与地位，认为在封建制度下，没有个人存在的价值，更没有生存的价值，因此失去理智的"疯子"才过得轻松、自由自在。

总之，麦吉侬代表了反对旧习俗的叛逆者形象。民间艺人在浓墨重彩描绘和渲染莱丽与麦吉侬纯真爱情悲剧的同时，也突出了这一爱情的叛逆意义，加重了它反封建的色彩，更加焕发出人性的光辉。麦吉侬走向荒野的"疯狂"行为，表现出他与这个黑暗现实之间的矛盾，表现出对人们普遍认可并在经受着的那种生活方式的彻底否定。他为了追求新的人生，与现实世界决裂，抛开黑暗的人类社会，浪迹天涯，过着自由的野蛮生活。他为追求自由爱情与幸福婚姻而不屈不挠的精神，表现了像他那样为爱情与封建礼教进行激烈斗争的青年男女的理想，也使他成为纯真爱情的典型代表人物。

关于文学艺术形式中的类型问题，从亚里士多德到贺拉斯、布瓦洛、丹纳、孟德斯鸠等均有论述。目前，类型学（typology）是比较文学的一个新兴门类，利用它可以对各国各族文学之间的共同或是相似的文学现象进行研究，归纳某种文学规律，推出一定的价值判断。类型学的主要理论基础来自俄罗斯比较文学派提出的"借用"（заимствование）与

"影响"（влияние）。① 由于麦吉侬兼具诗人和情人的双重角色，他不仅是情诗诗人的代表，而且本人就是这类爱情故事的主人公。当他的事迹被别人以口头或书面的方式传颂时，他们便成为生活中以致文学作品中的某种类型。麦杰侬形象的不断塑造、发展和完善，使他不仅成为纯情诗的代表，而且成为一个著名的情痴类型——"麦吉侬"类型。

　　作为爱情故事中的"麦吉侬"类型具有普遍意义。在维吾尔文学中，尼扎里《热比娅与赛丁》中的赛丁，孜亚依《瓦穆克与吾兹拉》中的瓦穆克都属于"麦吉侬"类型。《热比娅与赛丁》中的赛丁因是贫苦农家的儿子，他们家的提亲遭到了富裕地主亚库甫的拒绝，于是他失去了知觉，抛开现实社会，走向荒野，过着野蛮人的生活。他像麦吉侬一样，脱离日常生活的常轨，被人们视为"不正常"的人。他的命运也像麦吉侬一样，悲惨地相思而死。《瓦穆克与吾兹拉》中，泥浆工人之子瓦穆克闻到公主吾兹拉衣裳的香味，便神秘地爱上了她。瓦穆克的父亲知道儿子爱上公主后，力劝他放弃这种痴情，但瓦穆克听不进去，反而越来越痴，竟变得像乞丐或醉汉一样，半裸着身子走街串巷，时而号啕大哭，时而又像疯子般仰天大笑，时而又拾起石头、木棍追赶街上的行人。身子日渐虚弱，有气无力，最后忧伤而死。他的一举一动像"麦吉侬"，他的痴情比麦吉侬还强烈。他确实是一个"麦吉侬"类型。《莱丽与麦吉侬》、《热比娅与赛丁》和《瓦穆克与吾兹拉》三个故事的基本情节是相通的：一对青年男女相恋；双方家庭的门户偏见；男方向女方求婚遭拒；女方家庭违背女意而将女另嫁他人；一方死，另一方殉情。这样的爱情悲剧在维吾尔文学中实为常见。比如《博孜库尔帕西与黑发阿依姆》中博孜库尔帕西与黑发阿依姆相爱，遭到女方父亲拒绝，她父亲和哥哥合谋杀害了博孜库尔帕西。黑发阿依姆安葬了他，自己也在情人尸体旁边自杀殉情。类似的痴情类型在突厥语诸民族文学中异常丰富。柯尔克孜族民间叙事诗《库勒木尔扎与阿克萨特肯》、《奥尔加巴依与克茜木江》，哈萨克族民间叙事诗《少年阔孜与少女巴颜》都是封建门第观念造成的爱情婚姻悲剧。《库勒木尔扎与阿克萨特肯》中贫民之子库勒木尔扎与牧主之女阿克萨特肯相爱。但是他们的爱情遭到了女方父亲的阻挠，结果她的父亲与叔叔合谋将库勒木尔扎杀害，将尸体葬于深山之中。阿克萨特肯得知自己的情人被害

---

① 　杨乃乔：《比较文学概论》，北京大学出版社 2002 年版，第 234 页。

的噩耗，自杀殉情。《奥尔加巴依与克茜木江》中，奥尔加巴依与表妹克茜木江倾心相爱，但是他们的亲事遭到了舅父的拒绝。有个牧主库达凯看上了克茜木江，为了得到她，杀害了奥尔加巴依，接着克茜木江为奥尔加巴依自尽殉情。《少年阔孜与少女巴颜》中，阔孜和巴颜二人相识相爱，喀拉拜派人暗杀了阔孜。巴颜到阔孜遗体边祭奠三天，阔孜复活，同巴颜正式举行了婚礼，带着巴颜回到家乡，过了三十年幸福生活，三十年一满，阔孜就死去了。这时，有一群商人从这里经过，见巴颜貌美，争相要娶她，巴颜躺在阔孜身旁自杀殉情。上述的爱情故事中，作为封建势力的代表人物财主与牧主不仅不答应将女儿嫁给男主人公，而且派人或是自己杀害他。以上几部爱情叙事诗的情节发展、人物命运是十分相似的，这是突厥语诸民族互相影响的产物。

这样的爱情悲剧故事是世界各地普遍存在的，以"麦吉侬"为代表的人物形象也是普遍存在的。如西方有罗密欧与朱丽叶，中国有梁山伯与祝英台，这些都是封建礼教和传统道德的约束造成的爱情婚姻悲剧。恋人殉情而死（女方表现似乎更为突出）是对封建礼教和传统道德的血泪控诉和有力反抗。不同国别的三个故事基本相通的情节，说明在特定条件下此类现象所具有的代表性，也说明它们在美学上的普遍意义。

主题是对事件的归纳、概括和抽象。但是我们为什么说麦吉侬是个主题？西方有些评论家认为，主题与人物相关，而母题则和情境（主要指作品的情节、事件、行为方式的组合）相关。例如美国学者乌尔利希·韦斯坦因（Weissein Ulrich）说："主题是通过人物具体化的，而母题是从情境中来的。"[①] 为什么主题只能通过人物具体化呢？西方文学中常常以一些典型的名字来指称主题，如说俄狄浦斯主题、浮士德主题、唐璜主题、普罗米修斯主题、堂·吉诃德主题等。浮士德是人生、命运、理想主题的组合，俄狄浦斯是弑父娶母的乱伦主题，堂·吉诃德是关于不符合实际的思想与活动主题的具体体现。"可见，用典型人物来命名，只在一定程度上具有概括性。"[②] 麦吉侬这一人物，由原型到类型，经历了虚构、想象的艺术过程。莱丽与麦吉侬在尼扎里、贾米、霍斯罗和纳瓦依等波

---

① ［美］乌尔利希著：《比较文学和文学理论》，刘象愚等译·韦斯坦因，辽宁人民出版社1987年版，第137页。

② 陈惇、刘象愚：《比较文学概论》，北京师范大学出版社2000年版，第194页。

斯、突厥语诗人们的创作与艺术加工之后，才成为著名的故事。在东方文学中，麦吉侬实际上已成为一个典型。凡因爱情而变得神魂颠倒、失去理智或为爱而殉情的，人们均称他为"麦吉侬"。"麦吉侬·莱丽"（即莱丽的痴情人）千百年来不仅在书面和口头流传，而且有着特定的含义。艺术典型的形成，除了虚构和想象外，更重要的是概括，将特殊与一般结合。可以说，典型即是普遍和特殊的有机融合。"歌德在吟诵包括麦吉侬与莱丽在内的六对东方情侣时，就将诗名题为'典型'[①]"。[②]

典型的形成有赖于塑造，甚至是反复地塑造。世界文学史上，一些本已成为典型的人物经过重塑变得更加"典型"。浮士德即是其中突出之例。早在歌德之前，浮士德的故事即已流传。关于浮士德的著作、戏剧不下 20 部。歌德历数十年重塑浮士德，将这位自身充满弱点、矛盾，但却苦苦追求的永恒典型留给了世人。歌德之后，续写浮士德的也不乏其人。在这方面，麦吉侬这一人物的典型意义的确立，同样离不开历代文人对他的反复精心塑造。我们只举内扎米·甘吉维、霍斯罗、贾米、纳瓦依、富祖里和邵基在不同历史时期创作的同名叙事诗、诗剧《莱丽与麦吉侬》，说明他们对典型重塑的意义。

内扎米·甘吉维于 1188 年创作长诗《莱丽与麦吉侬》，之前流传的阿拉伯故事虽然优美动人，但情节不够完整，内涵也有局限。内扎米·甘吉维决心重新记述这一早已口口传唱的故事，重新塑造这对恋人的形象，使其符合他生活时代的人们的要求。内扎米·甘吉维生活在波斯塞尔柱王朝的极盛时期。他出生的席尔旺王国的甘泽城当时工商业已十分发达。社会生活已有了某些新的内容。长诗歌颂了人们的觉醒、尊严和价值，发出了被压抑的人性的呼喊，因而具有一定的人民性。《莱丽与麦吉侬》比《罗密欧与朱丽叶》产生早四百年，但在表现感情方面，并不逊色于后者。由于内扎米·甘吉维的长诗，麦吉侬这一人物典型才在东方生根，在世界不朽。

据统计，到 19 世纪末仿效内扎米·甘吉维这部爱情叙事诗的同名作

---

① ［德］歌德著：《歌德诗集》（下），钱春绮译，上海译文出版社 1982 年版，第 360—361 页。

② 郅溥浩：《马杰侬和莱拉其人何在？——关于原型、类型、典型的例证》，《外国文学评论》1995 年第 3 期，第 99 页。

品，在波斯文学中有 20 部，察合台语文学中有 15 部，库尔德语文学中有
1 部。① 令人不解的是，近代以前，未有阿拉伯诗人或作家将其改编再创。
"这大概与他们对此传说一直将信将疑有关。甚至直到现代，塔哈·侯赛
因博士对马杰侬其人的真实存在仍持断然否定的态度，认为他是一个虚构
的经过文学加工而形成的人物。"② 1931 年，埃及诗王邵基创作诗剧《麦
吉侬与莱丽》才改变了这一状况。内扎米·甘吉维、霍斯罗、贾米、纳
瓦依和尼扎里等著名诗人们腾出手来，以他们天才的思想、巨匠的手笔重
新塑造这对叛逆"典型"，世界文苑出现了另一部新的《莱丽与麦吉侬》，
使麦吉侬典型形象流传得越来越广。目前，阿拉伯、波斯、印度、阿塞拜
疆、土耳其、维吾尔、乌兹别克、土库曼和哈萨克等各民族中间广泛流传
着这个爱情故事，麦吉侬已成为了他们心目中的痴情者典范。诗人们巧妙
利用麦吉侬的名字，表达自己对情人的痴情，尤其是维吾尔民间文学中不
止一次地出现，已成为了维吾尔文学中的典故。如：

我像麦吉侬流浪在苦难的荒原，/情火烧得我即将命丧黄泉。

晨风啊，请向情人陈述我的苦况，/也许我见不到她，就会离开
人间。③

东方伊斯兰教文化圈里出现的一些与这部爱情故事相关的成语，如
"用麦吉侬的眼光看莱丽的容颜"等同于汉语中的"情人眼里出西施"，
"每个男人都歌颂自己的莱丽"等等，意思与汉语"情人眼里出西施"
相近。维吾尔民间以"麦吉侬"的称谓来比喻一些爱到失去神智的痴
情者。

从总体上来说，"麦吉侬"这一词汇变成了情痴的代名词，也是殉情
主题的代名词。历来阿拉伯、波斯、突厥语诸民族作家、诗人，尤其是维
吾尔诗人借用或引用这对恋人的名字在作品中赋予其崭新的内容。在
《莱丽与麦吉侬》中，尼扎里将麦吉侬的悲惨命运与 19 世纪的维吾尔人
社会生活相结合，使这个古老的阿拉伯故事重新焕发出青春的活力，也使

---

① 扎米尔·赛都拉：《论"纳兹热"与东方文学中的"海米赛现象"》，《新疆师范大学学
报》1998 年第 2 期。

② 郅溥浩：《马杰侬和莱拉其人何在？——关于原型、类型、典型的例证》，《外国文学评
论》1995 年第 3 期，第 101 页。

③ 刘宾、张宏超：《中古与近代民间文学》，忆萱译，新疆人民出版社 1995 年版，第 196
页。

"麦吉侬"这一典型人物更加著名。这说明麦吉侬这一典型代表在东方伊斯兰文学中有着不可替代的作用。①

第二节　"殉情"主题

"殉情"是古今中外文学中一个重要主题，它触及人类共同遭遇的悲惨命运与人类的集体心理深层。在世界各民族文学中，无论作家文学或是民间文学都存在"殉情"故事。殉情主题是尼扎里的"达斯坦"创作的一个主题，殉情具有这样的一个含义：为了爱情，与心爱的人一起去死。在他的《热比娅与赛丁》、《帕尔哈德与希琳》和《莱丽与麦吉侬》等几部优秀爱情叙事诗中都体现出这样的一个价值判断。来源于19世纪维吾尔社会生活的爱情悲剧《热比娅与赛丁》是一部悲剧色彩极为浓郁而引人注目的诗篇。诗人从自己生活的那个时代的现实生活中汲取了新的素材，突破了旧传统，达到了一个新的高峰。热比娅与赛丁因门第悬殊而没有实现愿望，他们之间的爱情为封建社会的束缚所扼杀，向往自由与尊严的这对青年男女由于美好愿望不能实现而双双死去，诗人为自己的主人公抛洒了悲愤的热泪，对他们的不幸寄予了深切的同情，对迫害他们的不平世道发出了愤怒的控诉：

这个世道竟是如此的不义，/谁也无法将折磨回避。

这个故事传诵在人们之间，/有的人哂笑，有的人哭泣。②

尼扎里指出造成热比娅与赛丁悲剧的根源是不平等的社会。热比娅与赛丁虽然未能达到有情人终成眷属的目的，但在黑暗势力面前，他们没有退却，他们的殉情本身就是对封建婚姻制度，对封建制度的反抗。他们在精神上是胜利者。

尼扎里在《帕尔哈德与希琳》中同样描述了一对情人的悲剧故事。帕尔哈德从宝镜中看到貌美出众的希琳公主，一见钟情，并以自己的行动赢得了希琳公主的爱慕之情。可是，以暴虐闻名的无情的刽子手霍斯罗将魔爪伸向希琳，他发兵进犯，妄图摧毁亚美尼亚，夺取希琳。他的这一罪

---

① 阿布都外力·克热木：《尼扎里的"达斯坦"创作研究》，民族出版社2005年版，第123—130页。

② 毛星：《中国少数民族文学》（上），湖南人民出版社1983年版，第10—131页。

恶行径被帕尔哈德和亚美尼亚人民所挫败。霍斯罗散布了希琳已死的消息，在听到自己心爱的情侣希琳去世的噩耗时，帕尔哈德悲恸欲绝，撞石身亡。希琳坚决地拒绝了霍斯罗及其子施鲁耶的要求，在自己忠贞的情人帕尔哈德的遗体前殉情。帕尔哈德与希琳的双双殉情使人们产生了强烈的悲剧情感。黑格尔曾经说过"悲剧人物的灾祸如果引起同情，他就必须本身具有丰富的内容意蕴和美好品质，正如他遭遇的伦理理想的力量使我们感到恐惧一样，只有真实的内容意蕴才能打动崇高心灵的深处。"① 帕尔哈德是勤劳勇敢、忠诚憨厚，具有优良品质的人，也是人民理想的化身。因此他的死亡是人民群众理想的毁灭，他的悲惨命运是人民共同的悲惨命运，所以他和他心上人的悲剧能够真正震撼人们的心灵。

尼扎里取材于另一个富于悲剧意义的题材，运用殉情叙事模式创作了另一部震撼人心的爱情悲剧《莱丽与麦吉侬》。男女主人公虽情深意笃，渴望结为夫妻，但莱丽的父亲要求她嫁给富豪萨拉姆时，她最激烈的反抗行动是死活不与丈夫同床。维吾尔青年男女相爱往往遭到女方父亲——封建家长的迫害，女方父亲出于家庭利益，要将女儿嫁给某个有财有势的人，女儿不答应以死抵抗或是男方听情人已嫁给富豪就悲痛自杀殉情，接着女方也自杀殉情。男女主人公双双殉情，这固然是封建婚姻制度的罪恶，但也说明了悲剧英雄的软弱和无能。殉情主题有这样两层含义：表层含义与深层含义。其表层含义是，殉情主题表现了对现存社会婚姻制度的一种反抗，对自由爱情的渴求。深层含义是，反映"生不能共枕，死求同葬"的观点。维吾尔族先民相信万物有灵魂的观念，他们认为，人死后灵魂并不死，只能变成某个动物的灵魂。因此，他们认为，不幸死去的情人们虽然肉体没有相结合，但他们的灵魂会在一起，也就是说，如果情侣们生时没有走到一起，那就死后如愿以偿。这说明，人们具有"生不能共枕，死求同葬"的观点。殉情故事的结尾反映了人们对于男女主人公无限的同情，同时描写了人们对幸福自由生活的追求，其中渗透着"生不能成夫妻，死也要同墓葬"的思想观念。在残酷的现实面前，这样的结局令人获得一种精神上的慰籍和满足，使人从中感受到人民大众自身蕴藏的巨大潜能，看到表层之下的火的运行，从而凝聚起前进的信心、勇

---

① ［德］黑格尔著：《美学》（第三卷，下册），朱光潜译，商务印书馆1981年版，第288页。

气和力量。

维吾尔爱情叙事诗有这样三种叙事类型：第一种叙事类型是男女相恋——女方家长（因贪财或门第观念）拆散或是恶人破坏——男方相思而死或被迫害致死，接着女方殉情。这是典型的殉情母题叙事模式，如尼扎里的《莱丽与麦吉侬》、《热比娅与赛丁》、《帕尔哈德与希琳》都属于第一种类型。莱丽与麦吉侬，热比娅与赛丁都是从小一起长大，相亲相爱，后来遭到女主人公的父亲反对，男主人公忧伤而死，女主人公为他殉情。《帕尔哈德与希琳》中，男方女方一见钟情，两人成了恋人，男方在追求自己爱情时遭到情敌的谋杀，接着女方自刎殉情。第二种叙事类型是，男女青梅竹马——女方家长拆散（因贪财、贫富悬殊）——经历磨难男女眷属成婚。如尼扎里的《麦赫宗与古丽尼莎》，民间叙事诗《艾里甫与赛乃姆》都属于这种叙事模式。麦赫宗与古丽尼莎是青梅竹马，因女方家长贪财把他们拆散，经历种种磨难和折腾后才走到一起，喜结良缘。艾里甫与赛乃姆也是青梅竹马，因贫富悬殊，女方家长将这一对情侣无情地拆散，通过一段时间的奋斗，这对男女成婚，终于如愿以偿。第三种类型是男方青年神秘地钟情女方，男女成了恋人——男方去寻找女方的途中经历多次的考验、磨难——男女两人团圆，实现心愿。如民间叙事诗《赛努拜尔》、《夏姆西美女与凯麦尔王子》都属于第三种类型。男方梦见美女，对她产生爱慕之情，然后男方不顾父王的规劝，冒着生命危险，踏上了艰险的路程，途中遭受饥渴，遭遇野兽的攻击和魔鬼的阻挠等种种磨难，最后在圣人的帮助下，克服一切困难，终于走到美女的故乡，实现了自己的愿望。

爱情婚姻是人类永恒不变的主题，文学中的婚恋题材，无论是中国或是西方都俯拾即是，因为爱情和婚姻是一个民族深层文化的体现。维吾尔爱情婚姻叙事诗蕴藏量比较大，内容丰富多彩。在维吾尔文学中殉情主题占据一定的地位，尤其是在维吾尔爱情叙事诗中尤为常见。突厥语诸民族文学中爱情诗、情歌、爱情婚姻故事和爱情叙事诗异常丰富，其中存在大量以男女主人公悲惨命运为内容的爱情悲剧。下面列举突厥语诸民族当中一些典型的爱情悲剧：

突厥语诸民族殉情故事记录一览表（一）

（以维、哈、柯、乌等民族为例）

作品	男主人公	女主人公	民族	殉情原因与殉情方式
《塔依尔与佐赫拉》	塔依尔	佐赫拉	维吾尔	因塔依尔父亲去世，佐赫拉的父王背信弃义，不想女儿嫁给塔依尔，将塔依尔装进木箱放入河里。塔依尔被人搭救又回来跟情人秘密幽会，后被国王杀害。佐赫拉去他的坟墓，随着一声悲号，顿时坟墓崩裂，佐赫拉纵身投入墓穴。他们死后墓头上长出了两朵紧紧缠绕在一起的花。
《热比娅与赛丁》	赛丁	热比娅	维吾尔	赛丁是一个贫民之子，赛丁与同村富裕农民女儿热比娅相爱。赛丁的父亲向热比娅家求亲，被拒绝了。从此之后，赛丁变得疯疯癫癫，身子越来越虚弱，最后竟活活地煎熬至死。贪婪残忍的亚库甫强迫女儿嫁给了有钱人巴依，热比娅投河自杀，为赛丁殉情。
《帕尔哈德与希琳》	帕尔哈德	希琳	维吾尔	帕尔哈德与希琳相爱，波斯国王霍斯罗以武力向希琳求婚，遭到帕尔哈德为首的亚美尼亚人民的反抗，他派巫婆散播传言说希琳死了，帕尔哈德悲恸欲绝撞石而死，希琳听闻噩耗，在情人尸体旁自刎殉情。
《莱丽与麦吉侬》	麦吉侬	莱丽	维吾尔	阿拉伯青年盖斯与部落酋长女儿莱丽相爱。他们的亲事遭到了莱丽父亲的拒绝。于是盖斯痴情得疯了，被人叫作"麦吉侬"（意为"疯子"）。莱丽被迫嫁给了富豪，但是她的心仍思念着麦吉侬。最终，莱丽忧郁而死，麦吉侬得知噩耗，悲恸欲绝而死。
《博孜青年》	博孜青年	萨伊普加马力	维吾尔	博孜青年梦到了一个美女萨伊普加马力，他们的爱情遭到了美女父王的拒绝，博孜青年不顾危险去找美女秘密幽会，被人发现告到国王那里，国王大怒派兵杀害博孜青年，美女去其坟墓，随着一声悲号，顿时坟墓崩裂，她纵身投入墓穴，墓合拢如旧。

续表

作品	男主人公	女主人公	民族	殉情原因与殉情方式
《红玫瑰》	伊斯坎达尔	古丽扎满	维吾尔	公主梦到一朵玫瑰花，求父王给找回来，有个怪物声称可以帮国王找到那朵玫瑰，但要以公主古丽扎满来陪他为条件。公主古丽扎满陪他度过了一段时间，原来怪物是个英俊的王子叫伊斯坎达尔，他们相知相爱。后来遇到强盗，被迫分离，伊斯坎达尔在沙漠里渴死，接着古丽扎满悲伤而死。
《博孜库尔帕西与黑发阿依姆》	博孜库尔帕西	黑发阿依姆	维吾尔	博孜库尔帕西与黑发阿依姆相爱，遭到她父亲的拒绝，她父亲和哥哥合谋杀害了博孜库尔帕西。黑发阿依姆安葬他，自己也在情人尸体旁自杀殉情。
《瓦穆克与吾兹拉》	瓦穆克	吾兹拉	维吾尔	吾兹拉是国王的女儿，瓦穆克是泥瓦匠之子。瓦穆克暗恋吾兹拉悲痛而死。死后，埋葬于皇宫花园的休息台下。次日，吾兹拉散步的时候，坟墓崩裂，瓦穆克的爱火在吾兹拉心中燃烧，她也纵身投入墓穴，墓合拢如旧。
《墓碑》	帕塔尔江	玛丽亚	维吾尔	帕塔尔江与玛丽亚相依相爱，过着美满生活。国王看上了玛丽亚，于是抢过来，让她当自己的妃子。帕塔尔江去营救玛丽亚。但是在营救的路上被人杀害了，接着玛丽亚也自杀殉情。
《库勒木尔扎与阿克萨特肯》	库勒木尔扎	阿克萨特肯	柯尔克孜	贫民之子库勒木尔扎与牧主之女阿克萨特肯相爱。但是他们的爱情遭到了她父亲的阻挠，结果她父亲与叔叔合谋将库勒木尔扎杀害，把尸体葬于深山之中。阿克萨特肯得知情人被害的噩耗，自杀殉情。死后他们的墓头上长出了两棵青杨，树枝紧紧地缠在一起。墓旁还有两股泉水、一对鸟儿、两条鱼儿。
《奥尔加巴依与克茜木江》	奥尔加巴依	克茜木江	柯尔克孜	奥尔加巴依爱上了美貌的表妹克茜木江，克茜木江也对他有爱慕之情，但是他们的亲事遭到了舅父的拒绝。有个牧主库达凯看上了克茜木江，为了得到她，杀害了与克茜木江秘密幽会的奥尔加巴依，接着克茜木江悲伤而死。

作品	男主人公	女主人公	民族	殉情原因与殉情方式
《少年阔孜与少女巴颜》	阔孜	巴颜	哈萨克	喀拉拜与萨尔拜在一起打猎的时候结成了朋友。喀拉拜之妻生一女取名为巴颜，萨尔拜之妻生了儿子取名为阔孜。两人当即结成儿女亲家。后萨尔拜坠马而死，于是喀拉拜毁弃婚约。后阔孜和巴颜二人相识相爱，喀拉拜派人暗杀了阔孜。巴颜到阔孜遗体边祭奠了三天，阔孜复活，同巴颜正式举行了婚礼，带着巴颜回到家乡，过了三十年幸福生活，三十年一满，阔孜死去了。这时，有一群商人从这里经过，见巴颜貌美，争相要娶她，巴颜躺在阔孜身旁自杀殉情。
《喀勒喀曼和玛莫尔》	喀勒喀曼	玛莫尔	哈萨克	青年喀勒喀曼和少女玛莫尔因相爱而结合，但是遭到头人们的反对。他们以同一部落的人不能通婚作为口实订下了"伤风败俗"、破坏传统规矩的罪名，玛莫尔被亲人用乱箭射死。喀勒喀曼虽免得一死，但对头人们的暴虐行为不满，愤而出走。
《莱丽克和杰别克》	杰别克	莱丽克	哈萨克	《莱丽克和杰别克》是一篇很有影响力的爱情叙事诗。他叙述了托伯克部的青年巴特尔杰别克和乃蛮部少女莱丽克的爱情婚姻悲剧。他们为了逃避封建婚姻制度的迫害曾经一起奔往深山。后来两个部落的头人串通一气，抓到了他们。这一对情侣竟遭五马分尸的极刑，身后还留下了一个可怜的孤儿。①
《奴隶和少女》	塔来勒	古丽江	哈萨克	奴隶主巴勒潘手下有十五个奴隶。塔来勒是其中的一个。他自小为奴，被买来给巴勒潘放羊，长大些后又给巴勒潘放马。他是个武艺高强的英俊小伙子，能弹会唱。奴隶主的女儿聪明美丽的古丽江喜欢上了他。后来，两人偷偷相爱，山盟海誓，私自订下了终身。消息传出去以后巴勒潘和一群奴隶主的公子们大为恼火，他们密谋要杀害塔来勒。古丽江对塔来勒的爱情坚贞不渝，两人被迫私奔。不料，刽子手们尾随追来。塔来勒在战斗当中不幸身亡。古丽江宁死不屈，纵身跳下山崖，带着满腔悲愤离开了人间。

①　毕桪：《哈萨克民间文学概论》，中央民族学院出版社 1992 年版，第 403 页。

续表

作品	男主人公	女主人公	民族	殉情原因与殉情方式
《萨里哈与萨曼》	萨曼	萨里哈	哈萨克	部落头人的女儿萨里哈同牧羊人萨曼真诚相爱。两人为了免遭迫害，追求光明，逃离家乡。萨里哈的父亲亲自带人抓回了萨里哈，受伤的萨曼被抛弃在荒山。萨曼千里迢迢来到天山，他希望得到圣人的帮助。可是，在充满邪恶的人间，竟连神灵也无能为力。萨曼决心靠自己的力量救出萨里哈。但是，当他赶到的时候，萨里哈不甘屈辱，已经悲愤地自杀了，萨曼也以身殉情。
《塔依尔与佐赫拉》	塔依尔	佐赫拉	乌兹别克	因塔依尔父亲去世，佐赫拉父王背信弃义，不想把女儿嫁给塔依尔，将塔依尔装进木箱放入河里。塔依尔被人搭救又回来跟情人秘密幽会，被国王杀害。佐赫拉去他的坟墓，随着一声悲号，顿时坟墓崩裂，佐赫拉纵身投入墓穴。他们死后墓头上长出了两朵紧紧缠绕在一起的花。
《古丽》（民间故事）	纳瓦依	古丽	乌兹别克	国王霍塞因·拜喀拉与宰相纳瓦依一起爱上了贫民之女美貌无比的少女古丽。国王听信小人谗言后，为了惩罚纳瓦依，下令将他流放异地他乡，强娶了古丽为妻。古丽十分悲痛，坚守自己的爱情，服毒身亡。国王取消了流放纳瓦依的诏令，从此纳瓦依与国王霍塞因断绝了关系。

①

　　从表中可见，突厥语诸民族文学中爱情婚姻悲剧题材十分丰富。这些脍炙人口的爱情故事在中亚各民族中间广为流传，为文人提供了大量的创作题材。纳瓦依等诗人取材于流传民间的爱情故事，创作了令人肝肠欲断的优秀爱情悲剧。诗人尼扎里受到民间文学作品的影响，创作了令人回肠荡气的优秀爱情叙事诗。

　　总之，殉情是一个世界性的叙事模式之一。殉情主题普遍存在于各国各族文学中，丰富了世界文学的主题类型。反映以殉情主题为内容的爱情

---

① 阿布都外力·克热木：《试论维吾尔爱情叙事诗的"殉情母题"及其文化内涵》，《西北民族研究》2005 年第 4 期。

悲剧在各民族文学当中是最为优秀的文学作品，在文学史上占有一席之地。在世界各民族文学史中，殉情文学作品不止一次地出现，可以说这是一个跨国、跨民族、跨文化的主题之一。总结出来，它包括以下几点具体内容：

（1）对封建制度对纯真爱情的扼杀，封建包办婚姻对自由爱情婚姻的阻挠与破坏进行了严厉的鞭挞与抨击，对男女主人公敢于大胆追求自由爱情而奋斗的精神及封建社会妇女对美满婚姻的渴求和幸福家庭的理想给予了肯定与尽情赞颂。

（2）一些爱情故事中有这样的爱情至上者，他们为了真爱什么都可以放弃，甚至生命。比如巴基斯坦的一部名篇《永恒的爱情》中，为了真爱男主人公离开了自己富裕的家庭，与心爱的人住在简陋的房宅里，过着普通人的生活。但因女主人公得了癌症而去世，男主人公忧郁而死。

（3）殉情是人类造就悲剧美的艺术手法之一，爱情悲剧是以主人公的殉情为尾声的爱情故事，它是一个民族文学中的文艺精华。悲剧可以使人产生共鸣、震撼人心，因此许多爱情故事都因其悲剧魅力而闻名于世，如《罗密欧与朱丽叶》、《梁祝》和《热比娅与赛丁》等。

爱情与死亡是人生最大的两件事，也是人类社会发展中历来关注的两大问题。意大利学者维柯在其论著《新科学》中涉及这个问题。他写道："一切民族无论是野蛮还是文明的，尽管是各自分别创建起来的，彼此在时间和空间上都隔得很远，却都保留了下列三种习俗：1. 它们都有某种宗教；2. 都举行隆重的结婚仪式；3. 都埋葬死者。"[①] 从维柯所提到的三大习俗中可以看到，结婚与送丧、婚姻与死亡是人类社会最主要的两大部分，是人类共同关注与考虑的话题。殉情是因爱情而牺牲的崇高行为，它包括人类爱情婚姻与死亡这两大问题，为文艺提供了无穷无尽的完美、动人的永恒主题。托马舍夫斯基曾谈到爱情与死亡主题的永久性："如果我们排除现实性的局限，就可以达到普遍的兴趣（爱情问题、生死问题），实际上这种兴趣在整个人类历史进程中是始终不变的。"[②] 有人就有爱、有婚姻、有死亡，如果不平等的社会制度与婚姻制度存在，就会发生殉情

①　维柯：《新科学》，朱光潜译，人民文学出版社 1987 年版，第 135 页。

②　鲍·托马舍夫斯基：《主题·俄国形式主义文论选》，中国社会科学出版社 1989 年版，第 236 页。

事件。这样的殉情故事层出不穷，为文学艺术提供了富有悲剧意义的故事题材，将会出现扣人心弦的爱情悲剧。我们要出于殉情主题的深入考察，对世界各民族文学进行比较研究，进而加深对各民族文化的了解与认识。①

第三节　维吾尔族达斯坦的主题思想透视

一　英雄主义主题

英雄主义是英雄史诗和叙事诗的核心思想，它主要体现为个人超强的作战能力，在维吾尔族达斯坦中体现出来的英雄主义主题可分为两种：

1. 神话幻想色彩的英雄人物。《乌古斯汗传》、《恰西塔尼·伊利·伯克》、《勇士秦·铁木尔》、《阿里甫·艾尔·通阿》、《比盖奇·阿尔斯兰·特勤》、《古尔·奥古里》和《玉苏甫与艾合买提》等达斯坦都属于此类。这些达斯坦作品中主人公共同拥有半神半人的超人特征。他们的诞生、成长、少年立功、结婚以及远征等细节比凡人特殊。我们以乌古斯汗为例：阿依汗分娩，生下了乌古斯汗。英雄乌古斯汗一生下来就不同于凡人，仅吃一次母奶就再不吃了，四十天后就要肉吃、要酒喝，两三年就长成了十多岁孩子的相貌。他长相怪异：脸是青的，嘴是红的，眼睛也是红的，全身长满了毛。他有公牛般的腿、狼一般的腰、熊一般的胸。英雄乌古斯汗为人民除害，曾在森林中杀死了吞人畜的独角兽。一天，乌古斯汗在一个地方膜拜上天，这时从空中射下一道光，比日月还亮。光中有个姑娘，一个人坐在其中。姑娘十分漂亮，她笑时，太阳和月亮都笑。后来他娶了这个光中的姑娘，生下三子，长子名叫太阳，次子名叫月亮，三子名叫星星。一天，乌古斯汗又在一个树洞中看见一位姑娘，她也十分漂亮，"眼睛比蓝天还蓝，发辫像流水，牙齿像珍珠。"乌古斯汗爱上了这位姑娘，娶了她。生下三个儿子，名字分别叫作天、山、海。之后英雄乌古斯汗当了国家的可汗。他对属下诸官和百姓宣称："我是你们的可汗，你们拿起盾和弓箭随我征战。让我们成为我们的福兆，让苍狼作为我们的战斗

---

① 阿布都外力·克热木：《试论维吾尔族爱情叙事诗中的殉情及其文化内涵》，《西北民族研究》2005 年第 4 期。阿布都外力·克热木：《尼扎里的达斯坦创作研究》，民族出版社 2005 年12 月。

口号，让我们的铁矛像森林一样，让野马奔驰在我们的猎场。让河水在我们的土地上奔流，让太阳作旗帜，蓝天作庐帐！"乌古斯汗开始了征战活动。又如《恰西塔尼》中的恰西塔尼是半神半人的英雄，他以超人的本领征服了给人民带来灾难的鬼、妖，拯救被鬼、妖折磨而染病面临死亡的平民，为民造福。由于他身上有神一般的智慧和力量，才能无畏地挺身而出，消灭鬼、妖。上述例子中的阿里甫·艾尔·通阿、古尔·奥古里等英雄人物都带着浓厚的神话传奇色彩，作品中描述他们不仅是一个个英勇无畏的将领，更主要的是他们活过数百年。这类达斯坦中，主要叙述主人公打天下的英雄事迹，以及建立一个强大帝国的故事。在数百年间，阿里甫多次率兵攻打古波斯人，扩展领土，建立了一个强大帝国。古尔·奥古里召集天下文武双全的才子，年年扩展国土，威名远扬，对周围的强国构成了威胁。深受埃及非教徒国王地牢之苦的玉苏甫伯克和艾合买提伯克兄弟被释放之后，他们俩齐心协力，练兵戎马，率大军远征，征服了埃及广袤的领土，建立了一个地盘辽阔的帝国。这些英雄人物凭借着自己的智慧和力量，依靠赫兹尔神（善神）以及人类朋友的相助，克服种种磨难，实现国泰民安的愿望和理想。

2. 现实历史性的英雄人物。《艾拜都拉汗》、《好汉斯依提》、《阿布都热合曼和卓》、《英雄萨迪尔》、《好汗吾买尔》、《亚齐伯克》、《铁木尔·哈里发》、《和卓尼亚孜·阿吉》、《希力甫部长》、《努祖姑姆》和《帕塔姆汗》等达斯坦都属此类。这些达斯坦主要歌颂在近代历史上涌现出来的历史人物及其英雄事迹。这些历史人物都有可靠的历史依据和相应的民间传说，都是由民间艺人在有血有肉的、活生生的历史人物基础上创作而成的。好汉斯依提是在喀什一个手工家庭出身的爱国爱民人士。为了拯救被压迫的平民，他拜师练功，逐渐成了一名力气超强的好汉。他走遍南疆，到处为民讨公道，打击欺软怕硬的公子、老爷以及巴依，赢得百姓的爱戴。他积极参加哥老会，公开反对腐败的清朝政府，成了封建势力的眼中钉。乌什县官写信给他，让送给喀什大人，他们密谋杀害斯依提。斯依提拿着自己的死亡书送到喀什，结果被喀什县官处死。他是一个19世纪生活于喀什的历史英雄。艾拜都拉汗是20世纪生活于和田地区的历史人物，他组织地方武装分子，反抗土匪马虎山的暴行。马虎山镇压了这次小型农民暴动，处死艾拜都拉汗。萨迪尔是清朝时期生活在伊宁县的一个农民，他替被清朝地方官吏敲诈勒索和压榨的人民打抱不平，率领农民起义，反抗清朝封建政府的剥削和压迫。他几次被抓捕，关在监狱。每次都越狱并坚持斗争。好汗吾买尔和亚齐伯克都是16—17世纪生活于新疆哈密地区的地方历史名人。他们组织小分队，反抗准噶尔蒙古人的掠夺行为，保护当地人的生命和财产安全。后来，由于叛徒出卖，分别落入敌人手里，壮烈牺牲。阿布都热合曼和卓也是一名真实的历史人物，是清代和田农民起义的领袖。19世纪，为了消灭清军，解放当地人民，他组织地下武装力量，长期训练民兵，积极准备迎战。由于叛徒的泄密，他不得不提前爆发起义，起义军很快占领和田市以及周围地区，很多农民响应起义，积极参军反抗敌人，起义军乘胜追击，清兵分别撤到和田皮山县和喀什叶城县。清政府从喀什派出援兵，在和田皮山整顿之后反攻农民起义军，战争十分激烈，双方伤亡惨重，各回营房休整。清军收买阿布都热合曼和卓的义子，暗杀阿布都热合曼和卓，最终镇压了起义。希力甫是解放前夕和田策勒县波斯坦乡的地方官，是一个为民着想的好官。为了维护百姓的利益，他得罪了当地的地主老爷，他不顾地主的愤怒，和他们进行斗争。结果，老爷们雇佣凶手杀害他。努祖姑姆、帕塔姆汗和玛依姆汗都是反封建压迫的女英雄。努祖姑姆参加喀什农民起义，起义被镇压之后，流放到伊犁。到达伊犁后，她被强迫嫁给满族大官做妻子，她不答应，新婚之夜刺伤官员出逃。伊犁将军府派兵抓捕她，并对她处以绞刑。玛依姆汗编歌讽刺地主老爷以及小官的恶行，得到了平民的拥护和爱戴，但是土豪劣绅告她的状，把她送进监狱，后被处死。帕塔姆汗也是中世纪的农民起义将领，她率民兵严厉打击封建势力的嚣张气焰，取得了局部胜利，后来因敌多我少，离开城市，流落到山区进行游击战。铁木尔·哈里发和和卓尼亚孜·阿吉分别是20世纪哈密爆发的两次（1911年和1931年）农民起义的领袖。铁木尔响应辛亥革命，在哈密组织农民起义部队，反抗哈密地方王府和清朝政府，最终轻信敌人使者的花言巧语，到乌鲁木齐当了傀儡"副主席"，后被军阀杨增新谋杀。和卓尼亚孜1931年又一次在哈密爆发起义，对军阀金树仁和盛世才给予沉重的打击，最后接受中介者前苏联驻疆领事的建议，到新疆政府当了副主席，也被盛世才处死。他俩出于摆脱平民受压迫的理想抱负，组织贫民发动武装起义，打击剥削阶级，受到拥护。

由此可见，无论是在古代英雄达斯坦作品里还是在近代历史人物的达斯坦里，通过主人公的英雄事迹，都歌颂了以消除妖魔、毒龙或是政治敌人，保护人民利益，为民除害的英雄主义主题。

二　爱情主题

爱情是人类永恒的主题，这是众所周知的结论。无论是作家文学或民间文学，无论影视文学还是其他历史叙述记载，没有爱情，就没有富有感染力的艺术作品。很多英雄故事或英雄电影穿插爱情细节后才能得到更好的审美效果。我们在殉情主题中探讨了维吾尔族爱情悲剧类叙事诗。在维吾尔族爱情婚姻达斯坦中，通过男女主人公为自由爱情同阶级势力进行不懈斗争的故事，反映了年轻人对恋爱自由和婚姻自由的追求和理想。他们的爱情故事有两种结局：一种是爱情悲剧。在上节我们所讨论的殉情主题，《帕尔哈德与希琳》、《莱丽与麦吉侬》、《塔依尔与佐赫拉》、《热比娅与赛丁》、《红玫瑰》、《博孜库尔帕西与黑发阿依姆》、《瓦穆克与吾兹拉》和《喀库克与再纳甫》等达斯坦都属此类。第二种是爱情"喜剧"。我们这里所说的并不是真正意义上的喜剧，而是以大团圆结局为主的爱情达斯坦作品。在这类作品中，主人公不怕困难，经过磨难，跋山涉水，最终达到自己的目的，他们以自己的执着精神歌颂"伟大爱情、爱情胜过一切"的主题思想。《艾里甫与赛乃姆》、《玉苏甫与祖莱哈》、《乌尔丽哈与艾穆拉江》、《凯麦尔王子与夏姆西美女》、《麦斯吾德与迪丽阿拉姆》、《拜合拉姆与迪丽阿拉姆》、《赛努拜尔》和《热娜公主与尼扎米丁王子》等爱情达斯坦亦属于此类。《艾里甫与赛乃姆》中，国王和宰相在他们夫人没有分娩之前签订婚姻契约，王后生公主，宰相夫人生公子。艾里甫与赛乃姆从小一起长大，青梅竹马，相亲相爱。国王自从宰相不幸去世后擅自毁掉契约，把艾里甫流放到遥远的巴格达，强行让这对情人分离。艾里甫经历千难万苦，回到赛乃姆的身边，杀死国王身边的奸臣。国王回心转意，为他们举办隆重的婚礼，让他俩如愿以偿。艾穆拉江、凯麦尔王子、赛努拜尔和尼扎米丁王子等男主人公得到赫兹尔善神的相助，战胜妖魔、毒龙或是自然灾害（沙漠、大河等）行至目的地，以自己的智慧和英俊容貌赢得情人的心，实现了自己的爱情理想。

三　爱国主题

爱国是保卫祖国、奉献祖国、贡献祖国之意。个人认为，我们的爱国意识是从爱家乡意识培养起来的。维吾尔族达斯坦的爱国主义思想主要体现在主人公爱家乡、爱同乡、爱家庭等细节当中。爱国主题在维吾尔族达斯坦中无处不在，在英雄达斯坦中尤为突出。以《勇士秦·铁木尔》为例：铁木尔和其妹妹麦合杜姆苏拉原是妃子的孩子，皇后嫉妒妃子，将他们抛弃荒野。之后，他们被熊收养。等他们长大成人后，离开熊，他们自己建房，并开始独立生活。秦·铁木尔喜欢狩猎，经常去打猎，几天才能回来。每次出门前都吩咐妹妹不要灭火，不要出门，不要在河水里洗头发。麦合杜姆苏拉一个人很寂寞。有一次她不小心灭了火，爬上屋顶环视四周，见不远的地方有烟升起。她去那儿借火。原来这是一个七头妖怪，她变成了一个老太婆迎接麦合杜姆苏拉，她借给她火，还给了她炉灰，要她一路撒上，以便她能找到她的房子，单纯的麦合杜姆苏拉照办了。七头妖怪每天到她家用她的辫子把麦合杜姆苏拉悬挂在天花板上，吸她的血，妖怪威胁她，不许她把这件事告诉哥哥，否则把她杀掉。麦合杜姆苏拉一天比一天消瘦，等哥哥回来，铁木尔看见妹妹，简直不敢相信自己的眼睛，才过了七天妹妹就变得这么瘦。问什么缘故，她讲述了妖怪的折磨。勇士秦·铁木尔大怒，向天发誓要杀死妖怪。妖怪又来了，勇士铁木尔将妖怪杀掉。又一次，他又出去打猎，麦合杜姆苏拉又忘记了哥哥的吩咐，在河里洗头发，她的几根又长又黑的头发掉在水中流走了。蒙古王子乌孜木合拾到这些长发，非常惊讶，问是哪个美女的头发，他手下说它们是一个勇士秦·铁木尔的妹妹的。乌孜木合暗恋这位美女，决定抢过来做自己的妃子。他率领大军抢走了麦合杜姆苏拉。秦·铁木尔虽然跟蒙古大军英勇奋战，但是打不过成千上万的敌军。后来，他几次跟蒙古大军打仗都失败了。由于他对妹妹的感情极深，受不了离别之苦，最后失明。麦合杜姆苏拉一直不适应宫廷的生活，时时刻刻思念哥哥，思念家乡。虽然她已经有了两个孩子，但还是想回家。有一次，她以出去散步为借口，牵走王子的千里马，跟四十个宫女和四十个卫兵一起去河边。然后让所有卫兵和宫女喝酒，并让他们喝醉，之后骑马就跑。当她过了河时，蒙古士兵追过来，要她回来，否则把两个儿子扔到河里，她放弃了最亲爱的孩子，离开了蒙古国。麦合杜姆苏拉回去找到哥哥，用苹果抹哥哥的眼睛，哥哥的眼睛就治好了，恢复了视力，然后兄妹幸福而和睦地过着生活。麦合杜姆苏拉忍着与两个孩子的离别之苦，回到家乡，与哥哥团聚的感人细节十分生动地表达了麦合杜姆苏拉对家人、家乡的怀念之情。好汉斯依提、艾拜都拉汗、和卓尼亚孜、阿布都热合曼和卓等英雄人物为民挺身而出，同反动势力英勇斗争、为民造福的爱民思想也是爱国主义主题的一个主要组成部分。在爱情达斯坦中，主人公远离家乡，多年在外漂泊，实现人生梦想，故事最后往往以思念家乡、思念父母的男主人公带着心爱的女主人公踏上返乡之路为结尾。这些现象说明达斯坦主人公以想家人、爱家人、想家乡和爱家乡等方式表达对祖国强烈的情感。如《凯麦尔王子与夏姆西公主》结尾是这样的：不久，凯麦尔王子想家、想父母，想要回去，他带着妻儿回家。他父王因想念他痛苦过度而失明，他母后看见儿子而昏了过去，不久就离开人世。他给母亲送葬，治好了父王的眼睛，父王把王位传给了他。从此，他登上王位，跟妻儿一起过着幸福的生活。又如《麦斯吾德与迪丽阿拉姆》结尾中麦斯吾德好不容易才从这些巨大的黑人那里逃出来，又落入了猴子的手中。他千方百计地摆脱了猴子，但却劫难未尽，又受了几番折磨，经过几番周折，终于被艾兰姆罘巴克国国王谢赫巴尔·帕丽搭救。至此，麦斯吾德王子经历了十三年磨难之后，终于见到了他的意中人迪丽阿拉姆公主。他告别了谢赫巴尔·帕丽国王，带着迪丽阿拉姆公主，欢天喜地回到了自己的故乡。

四　友谊、和平、战争及其他主题

友谊是一种纯正而无私的奉献之情。友谊也是维吾尔族达斯坦常见的主题思想之一。在《帕尔哈德与希琳》中，这种友谊主题得到了侧面反映。帕尔哈德是中国秦尼玛秦王国的王子，是一个文武双全、聪慧而勇敢的青年人。他爱上了亚美尼亚公主希琳。他义无反顾地上路，决定寻找心爱的人。在路上，他结识了伊朗画家夏普尔，夏普尔聆听他的心声，为他画了希琳公主的像，帕尔哈德十分高兴，与他结为朋友。夏普尔和帕尔哈德一起前往亚美尼亚，帮助朋友寻找希琳。亚美尼亚女王下令，谁从山上修建水渠引水，就把希琳嫁给谁。帕尔哈德顺利完成了这一任务，美丽的女王巴努为帕尔哈德与希琳准备举办隆重的婚礼，但是波斯国王霍斯罗派使者向女王提亲，女王不答应，霍斯罗率大军侵略亚美尼亚，帕尔哈德在波斯军路过的山区埋伏，对其予以沉重的打击。波斯大军无法挺进。霍斯罗要诡计，往帕尔哈德驻扎的山区派遣了一个老太婆。老太婆毒死了他（部分变体中老太婆报"希琳已死"的谎信，帕尔哈德撞到岩石上自杀）。这时，帕尔哈德的好友夏普尔杀死了老太婆，为朋友报仇，为帕尔哈德送葬。夏普尔与帕尔哈德的友谊体现了国际主义友谊关系，帕尔哈德是中国王子，夏普尔是伊朗画家，他俩的友谊象征着两国人民的友谊，同时反映了世界和平的主题。

在维吾尔族达斯坦中，和平主题也是十分重要的侧重点。和平是从通常的意义上理解的，和平意指无战争或者少暴力的状态。以民间传说为素材创作而成的《古丽和诺鲁兹》讲述的是纳沃夏德王子诺鲁兹和法尔哈尔公主古丽悲欢离合的故事。纳沃夏德王子诺鲁兹在梦中见到法尔哈尔公主古丽，对她十分倾慕。派人四处查访，仍得不到古丽的消息。一天，王子为消忧解愁，出外游玩，途中遇到远方来的商队，在与其中一个名叫布尔布尔的青年攀谈中，得知他来自法尔哈尔，并认识古丽公主。王子托他去见古丽，转达自己的爱慕之情。在布尔布尔和古丽的乳母苏珊的帮助下，王子和公主终于相见。不料，中国天子听闻古丽的美色，派遣使团接走了古丽。诺鲁兹闻讯，赶到边境线，趁风雨之夜，悄悄地带着古丽逃走。路上迷失了方向，掉进边关镇守使夜来达设置的陷阱中。夜来达派人把他俩送到京城。天子将其二人送到寺庙，剃度为僧。不久，天子驾崩，他俩乘乱逃亡，路上误入修道士乃吉德的禅房，险遭摧残。从那儿逃出后，乘船在海上漂流，海风大作，木船沉没，古丽被海浪送到了阿丹，做了阿丹的统帅。诺鲁兹漂游到了也门，做了也门的统帅。适值两国交兵，也门国前统帅拜合拉姆战死，古丽和诺鲁兹在战场上相见，各自班师回国。两国国君消除积怨，言归于好，诺鲁兹和古丽结为夫妇。后也门、阿丹、纳沃夏德、法尔哈尔的国君们相继逝世，诺鲁兹统一了四国。从此以后国家和平昌盛，人民安居乐业。在这一达斯坦中，男女主人公的相聚使敌对的也门和阿丹两国实现了和平和安宁，同时也统一了也门、阿丹、纳沃夏德、法尔哈尔四国，成立了公正、和平、安定和富强的国家。这是和平思想十分突出的表现。这部达斯坦，虽然以爱情为题材，却表达了诗人的人生态度和政治抱负。它热情地歌颂了正直善良、英勇无畏、互助友爱、忠于爱情等美好品德，鞭挞了封建统治阶级的残酷暴虐和苏菲派修道士的伪善狡诈。这充分反映了作者向往国家统一安定、人民安居乐业的政治理想。大团圆结尾的其他爱情达斯坦都描述了王子和公主结婚之后两国统一和平和安宁的结局，反映了国强民安的和平思想。

战争主题或是征战主题是维吾尔族英雄达斯坦中的主要内容，也是值得探讨的主题。战争从卷入范围上可以分为不同等级，如国内战争、地区战争（即局部战争）、世界战争。国内战争在一定条件下会导致局部战争，局部战争是诱发世界战争的一个危险因素。战争还有游击战争与常规战争、地面战争与空中战争、立体化战争、核战争等划分，这主要是军事理论学和军事技术学研究的范围。战争表达了给人类带来灾难的意义，是和平的反义词。战争或征战往往是以扩张领地、占领他国、掠夺财富为目的的。为了保护家乡而征战的正义战争也同样存在。征战结果是为人类带来灾难、痛苦、饥饿、孤独、残忍、无情等。我们上述提到的乌古斯汗、阿里甫、阿尔斯兰、古尔·奥古里等传奇英雄的战争主要为了扩展领地，扩大影响力。从这一意义上讲，这是不正义的战争，但是他们往往出于为民着想，为民带来幸福生活的统治理念，这是肯定的。近代历史人物艾拜都拉汗、阿布都热合曼和卓、勇士铁木尔、铁木尔·哈里发、和卓尼亚孜·阿吉、吾迈尔、亚齐伯克、萨迪尔等现实型英雄站在爱民立场，挺身而出，与敌人打仗，打击剥削阶级的嚣张气焰。这是一场正义的战争。因此，战争或是征战是维吾尔族达斯坦中的主要主题思想之一。由于在上述论述中已举过例子，因此不再举例说明。

在维吾尔族达斯坦中，也有一些其他主题，如"善人善报、恶人恶报"主题、团结主题、反对阶级压迫和剥削，追求美好幸福生活的主题等。因果报应主题是维吾尔族民间故事中最为主流的主题，在一些民间达斯坦中也有反映。如《国王之死》，从前有个暴君，他下令，今后他国家内的人谁要是得病，七天之内必须养好，否则斩头。老百姓十分愤慨，示威抗议，国王武力镇压他们。从此以后，很多没有治好的病人都被斩头。过了几年后，公主得了肺癌并且没有在七天内治好病，国王装得像没事似的，亦未采取措施。老百姓集会要求国王将公主斩头，国王看到民众的气愤表现，不能违背自己的国令，只能将女儿斩头，公主的死给了他极大的打击，国王不久就因病去世了。广大民众为此兴高采烈，举行隆重仪式庆贺。杀害了很多善良而无辜黎民百姓的国王按照自己的规定亲口下令杀死公主，自己也病死。由于这个暴君杀害无辜群众，自己也遭到报应。这是一个典型的因果报应主题。又如《巴依纳扎尔》中，叙述了以巴依纳扎尔为首的强盗惨杀五个经院学生，抢劫他们的钱财。后来，县官派兵捉拿他们归案，以分尸方式处死他们。这些谋财害命的强盗为自己犯下的罪行而被处死，遭到报应。

团结和谐是祖国大家庭的主题，是宣传工作的主要方向，也是文学作品的主题思想。在维吾尔族达斯坦中也有表达团结主题的叙事诗，如

《谢凯日斯坦》（甜果之乡）就是一部辩论体裁的叙事诗。在果园，桑果、杏子、桃子、无花果、苹果、核桃、巴旦木、哈密瓜、西瓜等瓜果和小麦、稻子、高粱等庄稼水果歌颂自己，证明自己比其他水果庄稼高一等，最后大家达成一个"各有各的优势，团结和谐才是硬道理"的共识。可见，经过各类水果的争论，作品表达了团结和谐的主题思想。

　　控诉旧社会、向往幸福生活也是维吾尔族达斯坦的主题思想之一。如《控诉西纳夏伯克》中的旧社会，在西纳夏地区有个残酷无情的伯克，他有一位勤劳勇敢的雇农，名叫买买提克里木。伯克想方设法剥削买买提克里木，让他不停地为自己创造财富，而且以各种借口揍他、折磨他，不给他工钱。买买提克里木有一个漂亮的妻子孜维地汗，她有一双令人陶醉的黑眼睛，黝黑的长发，是个靓女。伯克对孜维地汗产生了邪心，故意让买买提克里木到隔壁的处女地开垦种田，然后想霸占孜维地汗。但是孜维地汗是一个忠诚、善良而勇敢的女人，以全力反抗伯克，他的邪念未能得逞，伯克气急败坏，到隔壁找买买提克里木，故意找茬儿，用鞭子抽打他。买买提克里木不堪忍受压迫，携妻子到异地他乡。他一路弹琴唱歌，控诉无恶不作的伯克暴行，向世人揭发他的所作所为。民间艺人通过传唱伯克压迫和剥削买买提克里木及其妻子孜维地汗的恶行，对剥削阶级表达憎恨和不满，买买提以编歌唱歌的方式揭露伯克的罪行。他举家搬到异地他乡，表达了对美丽幸福生活的向往和对平等、安宁社会的追求。又如《夏赫亚库甫与苏里坦汗》也属于此类达斯坦作品。从前，有个贫民名叫夏赫亚库甫，他是个野心大、心眼坏的人。夏赫亚库甫给一名商人当伙计，在一次戈壁滩旅行中，杀害主人，霸占了他的财富，成了一名暴发户。他利用钱财，说服美女苏里坦汗的父母，娶苏里坦汗为妻。后来，夏赫亚库甫又娶了三个老婆。于是不像原来那么疼爱苏里坦汗，开始打她骂她，最后把苏里坦汗赶走了。人们十分同情苏里坦汗的不幸命运，对夏赫亚库甫的暴行表示极大的愤慨。曾经吸引了许多小伙子的苏里坦汗走进戈壁沙漠，活活饿死。通过美丽善良的苏里坦汗的悲剧，揭露夏赫亚库甫杀人和虐待妇女的罪行，控诉旧社会的不平和黑暗，表达了对幸福生活的追求和憧憬。

　　忠诚爱情和婚姻也是维吾尔族达斯坦的一个主题。在《艾维孜汗》中，这种主题思想反映得淋漓尽致。主人公艾维孜汗是个美貌的姑娘，不仅人长相漂亮，而且善良聪明。村里追求她的年轻人很多，不少邻村的小伙子也都暗恋她。她喜欢邻村英俊帅气的年轻人阿布都拉，阿布都拉也很喜欢她。可是，本地的传统规矩不让他们自由恋爱，再加上艾维孜汗的父亲不太喜欢阿布都拉。所以他们的交往十分困难。于是，他们商量，决定一起私奔。他们逃到别的地方后，结为夫妻。刚开始他们的生活幸福美满，时间一长，丈夫阿布都拉变得花心，找到了新欢。很遗憾的是，第三者是她的朋友艾姆拉汗。当知道丈夫有外遇时，艾维孜汗非常恼火。有一天，她跟踪丈夫，发现他和艾姆拉汗约会，然后她手拿着刀，朝他们跑过去，阿布都拉翻墙仓皇逃跑，艾姆拉汗被抓到了。艾维孜汗气得失去了理智，把艾姆拉汗捅死。县衙判了她死刑并被处决。这部达斯坦通过花心阿布都拉对艾维孜汗的背叛和无情无义，以及艾维孜汗行凶杀死好友艾姆拉汗的行为，反映男女要相爱忠诚和一心一意相守的人生道理。男女相亲相爱厮守一生，相互关心、相互关爱，才能得到幸福美满、安宁快乐的生活。

第九章

维吾尔民间达斯坦的母题研究

母题是在民间故事、神话、叙事诗以及史诗等叙事文学作品中反复出现的情节单元。美国学者史蒂斯·汤普森（Stith Thompson）提到："一个母题是一个故事中最小的、能够持续存在于传统中的成分。要如此它就必须具有某种不寻常的和动人的力量。绝大多数母题分为三类：第一类母题是一个故事中的角色——众神，或非凡的动物，或巫婆、妖魔、神仙之类的生灵，要是传统的人物角色，如受人怜爱的最年幼的孩子，或残忍的后母。第二类母题涉及情节的某种背景——魔术器物，不寻常的习俗，奇特的信仰等等。第三类母题是那些单一的事件——它们囊括了绝大多数母题。"① 在维吾尔文学中，母题十分丰富，历史悠久。维吾尔文学中的母题与突厥语诸民族民间文学的母题有惊人的相似之处。毋庸置疑，这种相似性在某种程度上与突厥语诸民族的地域生活、历史、生产方式、生活习俗、宗教信仰等各方面都有着直接的联系。维吾尔族所运用的祈子、考验、死而复生、相助者以及家乡被劫等古老母题经过维吾尔民间文学长期创作、提炼和流传过程，形成了比较固定的叙事模式，具有了一种程式化的结构特征。它们在不同作品中重复出现，逐渐形成了程式化的特点。在各民族文化交流的推动下，它们得到不断的补充与发展，使叙述模式趋于完美。这些母题不仅仅是简单的叙事单元，而且是在一定的民族文化的基础上产生的，因此，与本民族的生产劳动、宗教信仰、生活方式以及生活习俗诸方面有密切的联系，具有丰富的文化内涵和象征意义。

---

① 史蒂斯·汤普森：《世界民间故事分类学》，上海译文出版社 1991 年版，第 499 页。

第一节   祈子母题

祈子母题在维吾尔民间文学中，尤其是在民间叙事诗中经常出现。主人公的父母因无子而苦恼、悲伤。通过举行祭天祈子仪式，感动上苍，使其妻子神奇般地怀孕。这是维吾尔叙事诗祈子母题的主要内容。祈子母题作为一个古老而传统的母题结构，有很多类型及其深层的文化内涵。

一　祈子母题的类型

维吾尔族求子母题可分为自然崇拜祈子型、图腾崇拜祈子型、萨满信仰祈子型和伊斯兰教祈子型等类型。

1. 自然崇拜祈子型与维吾尔人的自然崇拜观有关

维吾尔族民间故事和叙事诗以及其他突厥语民族民间文学中常见的神秘苹果求子母题类型亦属此类。如在《塔依尔与佐赫拉》一文中国王与宰相都没有子女，他们跋山涉水，走到了一个美丽的花园里，碰到了一位老者，他给他们二人各一个苹果，他们的妻子吃了苹果后都怀了孕，王后生女佐赫拉，宰相之妻生子塔依尔。主人公之母吃了"神奇苹果"受孕，生子的情节在突厥语诸民族文学中都曾出现。吃苹果怀孕母题是一个古老的叙事模式，不仅出现在维吾尔民间文学中，在突厥语诸民族民间文学中也十分常见，它体现了古代突厥语诸民族人民对身孕的神奇性的一种认识与了解。除此之外，维吾尔族存在的树木崇拜神话也是自然崇拜的一个有力例证。回纥可汗仆骨被认为是从神树中诞生的。据《亦都护高昌王世勋碑》记载，多桑（蒙古史）、（伊朗）志费尼合著的《世界征服者史》引证：维吾尔人祖先居住的土拉河与色楞格河交汇的地方，并排长着两棵大树。一天，树中间冒出一个土丘，一道亮光从天而降，照在土丘上。从此，土丘慢慢长大了。维吾尔人怀着敬畏虔诚的心情走近时，听到一种像唱歌一样的美妙悦耳的声音，而且总有一道天光照射在土丘周围。后来，土丘裂开，中间有 5 个帐篷似的内室，每间室内都坐着一个孩子。部落首领们以为他们是神，都来顶礼膜拜：①

---

①   阿布都克里木·热合满：《维吾尔文学史》，新疆大学出版社 1998 年版，第 44—45 页。

当风吹到孩子身上，他们变得强壮起来，开始走动。终于，他们走出石室，被交给乳母照管，同时，人们举行种种典礼。他们断了奶，能够说话，马上就询问他们的父母，人们把这两棵树指给他们看。他们走近树，像孝子对待父母一样跪拜，对生长这两棵树的土地，也表示恭敬。这时，两棵树突然出声："品德高贵的孩子们，常来此走动，恪尽为子之道。愿你们长命百岁，名垂千古。"①

这则神话是一个典型的自然崇拜的表现，也是树能生子的求子型例证。后来的树崇拜观与萨满教得到融合，其与天神腾格里融为一体。迄今为止，一些无子或没有怀上孩子的维吾尔族妇女仍会在戈壁或是沙漠中的独树上结布条，表示求子之意。

2. 图腾求子型

这一类型在维吾尔族民间文学中以变样的形式出现，人兽相结合的模式趋于弱化。维吾尔族英雄达斯坦《勇士秦·铁木尔》中，熊收养婴儿的细节，这是图腾求子型的演变过程。故事开头中叙述：勇士秦·铁木尔和其妹妹麦合杜姆苏拉是王子和公主，是一位妃子的孩子。由于他们母亲怀上国王的孩子，皇后嫉妒妃子，派人将他们抛弃荒野。被抛弃在荒野后，他们被熊收养。等他们长大成人后，离开熊，他们自己建房，开始独立生活。维吾尔民间故事《勇士库木拉克》和《艾力·库尔班》中都讲述熊抢走女人做妻子的故事。这种人熊结合诞生的孩子往往是力大无比的勇士，事迹不平凡。《魏书·高车传》中记载的如下：

高车，益古赤狄之余种也。……俗云、匈奴单于生二女，姿容甚美，国人皆以为神。单于曰："吾有此女，安可配人？将以与天。"乃于国北无人之地筑高台，置二女其上，曰："话天自迎之。"经且年，其母欲迎之，单于曰："不可，未彻之间午。"复一年，乃有一老狼，昼夜守台嚷呼，因穿台下为空穴，经时不去。其小女曰："吾父处我于此，欲以与天，而个狼来，或是神物，天使之然。"将下就之。其妹大惊曰："此是畜生，乃无父母

---

① ［伊朗］志费尼：《世界征服者》，内蒙古人民出版社1981年版，第63页。

也。"妹不从，下为狼妻产子，后遂滋繁成国。故其人好引声长歌，又似狼嗥。①

《北史·突厥传》和《隋书·突厥传》也有记载狼与人生子的故事：

> 突厥者，其先居西海之右，独为部落，益匈奴之别种也。姓阿史那氏，后为邻国所破，尽灭其族。有一儿，年立十岁，兵人见其小，不忍杀之，乃刖足断其臂，弃草泽中。有化狼以肉饵之，及长，与狼交合，遂有孕焉。彼王闻此儿尚在，重遣杀之。使者见狼在侧，并欲杀狼。于是若有神物，投狼于西海之东，落高昌西北，山有洞穴，穴内存干粮皮革，周回数百里，四面俱山，狼匿其中，遂生十男。十男长，外托要孕，其后各为一姓，阿史那即其一也，最贤，遂为君长，故牙门建狼头示不忘本也。②

这是图腾型求子和生子结构的具体例子，是人类在自然崇拜观的基础上发展而成的，这些记载说明了在原始狩猎和游牧生活中人类与狼关系的密切程度。

3. 萨满型求子

萨满教是在原始信仰基础上逐渐丰富与发展起来的一种民间信仰，出现时间很早，是世界上最早的宗教信仰，曾长期盛行于中国北方各民族中。萨满教是皈依伊斯兰教之前，突厥语诸民族包括维吾尔族流传的传说、故事和民间叙事诗中祈子母题与苍天（腾格里 Tengri）的密切联系。在漠北高原，突厥语诸民族人民信仰萨满教，萨满教与人们的日常生活息息相关。流传于土耳其、哈萨克、维吾尔等突厥语诸民族的《阔尔库特祖爷之书》③ 中德尔赛汗因无子而被人们嘲笑和歧视，为此责备妻子不

---

① 《魏书·高车传》（下册），卷一百三、列传第九十一，红旗出版社 1974 年版，第 1650 页。

② 李延寿：《北史·突厥传》，卷九十九、列传第八十七，中华书局 1974 年版；《魏书·突厥传》（下册），卷八十四、列传第四十九，红旗出版社 1974 年版，第 1474 页。

③ ［土耳其］卡纳尼著：《阔尔库特童话集》，托乎提·提拉译，新疆人民出版社 2001 年版。

能生育，让她说出不能生育的原因。后来他按照妻子的吩咐大宴宾客，广散布施，赈济饥寒交迫之人，由此众人向上苍祈祷，于是上苍答应实现德尔赛汗的愿望，他妻子受孕生子。哈萨克英雄史诗《阿勒帕梅斯》中拜布尔老人因无子而苦恼不已。《阔布兰德》中也有类似的叙述：阔布兰德的父母久婚不育，为此他又娶了两房妻室，也还是不生育，于是他舍弃财产，同妻子阿娜勒克去向神灵求子，得到了阔布兰德。《英雄谢尔扎特》中，主人公之父因没有子嗣而苦恼悲伤。维吾尔族接受伊斯兰教宗教信仰之后，他们向苍天求子的形式得到转变，真主替代了故事求子叙述结构中天神腾格里的位置，但有一点我们必须注意，那就是，神灵有变，而故事结构仍保留着原始的叙述单元。从这个意义上讲，母题是一个相对稳定而传统的叙述结构。

4. 伊斯兰教型求子

在维吾尔族达斯坦祈子母题中这一类型异常丰富。这与维吾尔族现有的宗教信仰有直接的关系。维吾尔民间叙事诗《博孜青年》中有个国王阿布都拉虽然富裕无比，却膝下无子，因此他很悲伤，整天向真主祈祷，从而感动真主，使他喜得王子取名为"博孜青年"。[①] 这种求子型母题在维吾尔族的《帕尔哈德与希琳》和《莱丽与麦吉侬》中表现得尤为突出。帕尔哈德的父王威名远扬，富裕无比，领土辽阔，但是他因无子而痛苦，他向真主祈祷，感动真主，赐给了他儿子。达斯坦文本描写了国王的忧虑、祈望和王子的诞生等祈子传统叙述模式的细节，使读者看到维吾尔族传统母题模式的具体表现。类似祈子母题在《莱丽与麦吉侬》中也得以描述。麦吉侬之父因无子而苦恼悲伤，向真主祈祷，期盼赐给他孩子，他的虔诚感动了真主，真主使他妻子神奇地怀孕生子。麦吉侬之父虽然有钱有权，但是一直都为无子嗣而忧伤。他日夜向安拉祈祷，喜得一子。叙事诗中提到维吾尔人的一个与宗教融合的主要习俗"乃孜尔"，麦吉侬父母得到孩子之后，为感谢真主的恩赐，给百姓散发了"乃孜尔"，给贫民施予金钱和粮食。祈子母题在维吾尔文学中最为常见。维吾尔民间叙事诗

---

① 艾尔西丁·塔提里克：《艾米尔·古尔奥格里》，《维吾尔民间叙事诗集》，新疆人民出版社 1986 年版，第 333 页。

《艾里甫与赛乃姆》① 的有些变体中也有祈子母题，国王阿巴斯与宰相艾山都曾为无子而焦虑，向真主祈祷，感动安拉，最后安拉赐给他们孩子。《塔依尔与佐赫拉》② 中男女主人公的父亲——阿克汗与喀拉汗都曾为无

---

① 《艾里甫与赛乃姆》：统治着伯克力城的国王阿巴斯和丞相艾山外出狩猎，遇到一只怀胎的羚羊，两人不谋而合地放过了这只羚羊。当他们互相问起缘由时，都言称自己妻子身怀有孕，不忍心伤害这只即将分娩的母羚羊。当时，国王与丞相约定，如果两个都是男孩或两个都是女孩，就让他们结为兄弟或姊妹，如果生下一男一女，就让他们日后结为夫妻，并写下婚约文书，盖上金印。九个月后，丞相夫人生下一男孩，取名"艾里甫"，王后生下一女孩，取名"赛乃姆"。过了三年艾山丞相病死（有的变体中说坠马而死，有的变体中说遭到另一个丞相的谋害），家境随之贫寒。艾里甫与赛乃姆从小一起读书玩耍，形影不离，长大成人后相互倾心爱慕，当他们得知父母早为他们订了婚约后更是山盟海誓，欢喜不已。国王阿巴斯和王后看到艾里甫家境衰败，便背信弃义，不顾女儿的反对，烧毁了婚约文书，并把艾里甫一家驱逐流放到遥远的巴格达。艾里甫在巴格达日夜思念着赛乃姆，决心长途跋涉与赛乃姆相会。在寻找赛乃姆的路上，艾里甫巧妙地回答了角乃依特圣人的难题并得到了帮助。可他又路遇强盗被卖到艾莱甫的奴隶市场。不久，国王阿巴斯见女儿赛乃姆得病，为了驱邪他要为赛乃姆建造一座美丽的花园，正巧，艾里甫被国王的差役买来，改名古里麦特在花园中终日劳动。一次，艾里甫采集了鲜花并机智地将信夹在花中让女仆送给赛乃姆。赛乃姆见信后又急又喜，在女仆的安排下在花园中悄悄与艾里甫相会了。一位名叫苏曲克的宫女出于忌妒，向国王告发了此事。阿巴斯大怒，派兵抓捕。艾里甫与赛乃姆机智地躲过了国王的搜捕，在善良人民的帮助下，逃出牢笼，奔向太阳升起的自由而幸福的地方。（有的变文中写道：艾里甫与赛乃姆逃跑后，阿巴斯带兵跟着追，快要被追赶上的时候，他们躲起来了。赛乃姆为了感化父王，祈祷真主把她变得更加漂亮，安拉接受她的恳求赋予她仙女般的美貌。然后，她爬上山顶让父亲及其卫兵看到。阿巴斯骑马前来一看，认不出亲生女儿，一见钟情。他情火燃烧，这时赛乃姆跟父说明她是他的女儿。阿巴斯很窘，他深深地感到情人离别的痛苦，后悔往事。他把艾里甫叫来，为他们举办婚礼。另一种变文：艾里甫与赛乃姆逃跑后，在一次暴风中失散了。赛乃姆迷路，怕在途中遇到麻烦，她便女扮男装，到处寻找艾里甫。有一天夜间，她到了布格拉汗国的首都，卫兵怀疑她的外貌，将她送进牢里。赛乃姆在牢里边哭边唱，看守人看到"小伙子"很悲伤，呈报皇上。皇上召见她，并问怎么回事，她陈述了她的遭遇。阿巴斯的王国是布格拉汗的一个附属国。布格拉汗听完赛乃姆的故事，立即给阿巴斯写信，让他为赛乃姆与艾里甫举办婚礼。）

② 《塔依尔与佐赫拉》：从前，有两个国王阿克汗和喀拉汗，他们膝下无子，总是为此发愁。二位国王的痛苦感动了真主，真主给他们恩赐，让他们的王后怀孕。他们十分高兴，便外出打猎。外出狩猎时，遇到一只怀胎的羚羊，两人不谋而合地放过了这只羚羊。当他们互相问起缘由时，都言称自己妻子身怀有孕，不忍心伤害这只即将分娩的母羚羊。当时，国王阿克汗和喀拉汗约定，如果两个都是男孩或两个都是女孩，就让他们结为兄弟或姊妹，如果生下一男一女，就让他们日后结为夫妻，并写下婚约文书，盖上金印。两个宫廷都传来消息，阿克汗的夫人生下男孩。喀拉汗的王后生下女孩。阿克汗喜出望外，急于回家，却坠马而死。喀拉汗埋葬了阿克汗后，举行命名仪式，阿克汗的儿子取名"塔依尔"，他给女孩取名"佐赫拉"。塔依尔与佐赫拉从小一起读书玩耍，形影不离，长大成人后相互倾心爱慕、山盟海誓、欢喜不已。国王喀拉汗看到塔依尔家境衰败，再加上他想把女儿嫁给手下将领喀拉巴图尔，便背信弃义，烧毁了婚约文

子而焦急，他们的痛苦使真主动心，使王后神奇般受孕，两个国王异常高兴。维吾尔民间叙事诗《凯麦尔王子与夏姆西美女》①中伊斯法罕城的

书。有一天，喀拉巴图尔窥到塔依尔和佐赫拉接吻，忍不住告诉喀拉汗。喀拉汗大怒，命令将塔依尔抓来坐牢。他让木匠们制造一个大木头箱子，然后把塔依尔放在木箱子里扔到河内流走。罗马王的公主们接到了箱子。罗马王见塔依尔聪明又英俊，就看中他。他将小公主苏丹布比恰嫁给了他。塔依尔心里一直思念佐赫拉，没有跟苏丹布比恰同房。塔依尔经罗马王的允许，跟来自喀拉汗国的商队一起回到家乡。他在花园跟佐赫拉相见，这时，一个老太婆看到这个场景，就去告诉喀拉巴图尔，次日，喀拉巴图尔确实窥见塔依尔和佐赫拉在花园约会。他又去告诉喀拉汗，喀拉汗立即派兵，命令将塔依尔斩首。佐赫拉到塔依尔的墓前祈求真主打开塔依尔的坟后，坟墓就裂开了，佐赫拉投入到坟墓之内，坟墓又恢复原形。宫女们发现佐赫拉的发辫夹在裂缝中，就去报告给喀拉汗。喀拉巴图尔听到佐赫拉殉情，他也拿着刀刎颈自尽了。喀拉汗命令把他安葬于塔依尔和佐赫拉中间。塔依尔和佐赫拉的坟中长出了两朵玫瑰花，然而喀拉巴图尔的坟上却长出了荆棘。两朵玫瑰即将缠绕时，荆棘总是将它们分开。

① 《凯麦尔王子与夏姆西美女》：这是一部爱情达斯坦，描述凯麦尔王子与夏姆西美女悲欢离合的爱情故事。伊斯法罕城的国王霍赛因膝下无子很痛苦，他日夜祈祷向真主要孩子，真主感动于他的虔诚，满足他的请求，赐予了他一个孩子，王后生了个男孩，起名为凯麦尔。过了十几年，凯麦尔王子长大成人后，有一天他梦到了一个美女，从此以后他日夜思念，日渐消瘦，国王看他焦急，派人问怎么回事，知道他梦见了一个美女。国王组织人解释王子梦到的美女到底是怎么回事，解释人说美女是妖魔之王夏帕尔库特的独生女夏姆西美女，她住在库依卡皮，离这儿有三百多天的路程。国王听到这个情况，劝阻王子回心转意，但是王子绝对不答应，他要出去找他的心上人，他父王不得不放他走。他跟父母辞别，踏上了去库依卡皮的路。他走了几个月，口粮都没了，即便如此他仍未松懈，一直往前进。有一次，在沙漠里他由于饥渴，昏过去了，梦到赫兹尔圣人，他给凯麦尔王子指点了怎么找到夏姆西美女，他睡醒后发现身边放着一坛酸奶和九个馕，他吃了馕，喝了酸奶，又继续赶路。他找到了一个在夏帕尔库特的花园种花的老人，他收养了凯麦尔王子。王子随即写了一封情书夹在花束里让老人替他送到夏姆西美女的手里，这时夏姆西美女得了相思病，她收到凯麦尔王子的情书后病情好转，她向老人打听他的儿子，说想要见他。老人在花园里安排了幽会，一对情人相会几十天，过得很开心，夏姆西美女要凯麦尔王子向她父王提亲。凯麦尔王子求老人替他去提亲，夏帕尔库特国王看见老人来提亲，十分恼怒，想斩了他，可是大臣建议要让他的儿子去做一件艰难的事：在沙漠里建成一个美丽无比的花园。老人很失望，将国王的要求传达给凯麦尔王子，凯麦尔王子确实在沙漠里修建了一个花园，国王看到花园很惊讶，但是他食言了，没有将女儿嫁给凯麦尔王子。他突然得重病，变成了瞎子和哑巴，王后下令谁能治好他的病便把王位让给谁。凯麦尔王子把国王的病治好后，要求跟国王的女儿结婚，国王终于同意并为他们举办了盛大的婚礼。凯麦尔王子与夏姆西美女如愿以偿，后来他们生下两男一女，不久，凯麦尔王子因思念家乡和父母，便带着妻儿回家，父王因想念他痛苦过度而失明，他母后看到儿子就昏过去，不久就离开了人世。他给母亲送了葬，治好了父王的瞎眼，后来父王把王位交给他，他即位后，跟妻儿一起过着幸福生活。

国王霍赛因威震四海，富甲天下，但因膝下无子而痛苦，他日夜祈祷向真主要孩子，真主感动于他的虔诚，满足他的请求，赐予了他一个孩子，王后生了个男孩，起名为凯麦尔。《赛努拜尔》① 中，秦尼玛秦国的国王胡尔西德因没有孩子而忧心忡忡。有一天从天上传来了一个声音，说他会有一个儿子。果然他最小的妃子怀孕，生下一个儿子，国王举行了隆重的命名仪式，给儿子起名为赛努拜尔。这种伊斯兰教祈子母题不仅在民间文学中得以采用，而且在作家文学中也广为运用。如孜亚依的《麦斯吾德与迪丽阿拉姆》② 中也出现了祈子母题。米尔则班国王威震四海，富裕无比，但年事已高，膝下无子，内心不免十分忧愁。他日夜向真主祈祷求子：

---

① 《赛努拜尔》：是描述赛努拜尔王子与仙女古丽帕丽扎特的悲欢离合的爱情故事。秦尼玛秦国的国王胡尔西德因没有孩子而忧心忡忡。有一天从天上传来了一个声音，说他会有一个儿子。果然他最小的妃子怀孕，生了一个儿子，国王举行了隆重的命名仪式，给儿子起名为赛努拜尔。赛努拜尔长大后，经历很多苦难遭遇，走过很多地方，终于找到了梦中情人谢毕伊斯坦的帕鲁赫的女儿古丽帕丽扎特，如愿以偿。

② 《麦斯吾德与迪丽阿拉姆》：讲述拜斯尔国的国王米尔则班的儿子麦斯吾德与艾兰姆巴克国国王谢赫巴尔·帕丽的女儿迪丽阿拉姆公主相爱的故事。米尔则班国王年事已高，财力无边，但膝下无子，内心不免十分忧愁。大臣们听说此事后，就召集星相家们在一起，为国王推运测命，建议国王娶也门国的公主为后。米尔则班准奏，迎娶了也门公主，不久果然喜得王子，这便是麦斯吾德王子。麦斯吾德被父母视为国家千秋大业的根基，让他受最好的教育，学习家传的和国有的一切技艺，促其成长为一名德才兼备的青年。麦斯吾德王子满十岁那年，米尔则班举行了一次盛大的宴会，拿出国库中保存的从所罗门王那儿留传下来的一件奇异的锦袍和一枚戒指，送给了麦斯吾德。麦斯吾德回到自己的住处后，发现父王所赐的锦袍上印有一个天仙般美貌女郎的画像。这画上的女郎如此美艳绝伦，以致王子对她一见钟情，日夜无睡眠，几近痴傻。最初王子身边的人还在隐瞒，但不久王子因爱火煎熬，人渐憔悴，衣带渐宽，侍从们不敢再瞒。一天，国王从王子的乳兄（被同一妇女哺乳的孩子以乳兄乳弟相称）萨比特的口中得知真情，想方设法帮助儿子摆脱痴情，但始终无效，最后只得让王子麦斯吾德去仙女的故乡——艾兰姆巴克，寻找意中人。麦斯吾德率领几百艘船走海路，快到库斯坦坦城时，海上刮起风暴，所有的船只都沉入大海，随从人员均葬身波涛，只有麦斯吾德凭借一块木板活了下来。经过四十天的漂流，他来到一座无名岛，岛上形体高大的黑人捉住了麦斯吾德并把他带到他们国王那里。这位国王是位老头，身子如白杨树一般高大，头如一座毡房大，鼻子如两只拳头大小，胸膛如大门板。这古怪的老头一见麦斯吾德，竟如醉如痴地对他产生了恋情。麦斯吾德好不容易从这些巨大的黑人那里逃出来，又落入了猴子的手中。他千方百计地摆脱了猴子，但劫难未尽，又受了几番折磨，经过几番周折，终于被艾兰姆巴克国国王谢赫巴尔·帕丽搭救。至此，麦斯吾德王子经历了十三次磨难之后，终于见到了他的意中人迪丽阿拉姆公主。他告别了谢赫巴尔·帕丽国王，带着迪丽阿拉姆公主，欢天喜地回到自己的故乡。

　　　　威名远扬的巴斯尔国王，/统辖着许多乡镇城邦。

　　　　他慷慨大方，乐善好施，/经常向臣民发放钱财。

　　　　他年事已高，行将就木，/身边却没一个子息。

　　　　他生命之树即将枯死，/忧心的是没有结下果实。

　　　　他独自躲在一间静室，/日夜流涕，向真主祈祷。

　　　　国王日夜向真主求祈，/这中间过了许多时日。①

　　大臣们听说此事后，就召集星相家们在一起，为国王推运测命，建议国王娶也门国的公主为后。米尔则班准奏，迎娶了也门公主，不久果然喜得王子，这便是麦斯吾德王子。在著名诗人尼扎里和孜亚依合作的《四个托钵僧》中写道，罗马国王阿扎旦·白赫特威震四海，富甲天下，但年事渐高，膝下无子，无人承袭王位，他常为此事伤心落泪后接纳大臣们的建议，向真主祈祷，广施普济，释放奴仆，以善行祈子。四个托钵僧为他祈祷，他最终喜得王子。祈子母题不仅在维吾尔民间文学中十分常见，而且在维吾尔作家文学中也经常出现。如16世纪的维吾尔族诗人阿亚兹·西凯斯泰的达斯坦《世事记》中有类似的叙事单元：

　　　　久远的过去，有位君主，/他的名叫夏赛瓦尔。

　　　　他的国家建都于赛明，/上天赐予他宝座和幸福。

　　　　他已经步入了二百岁高龄，/膝下却没有一个子息。

　　　　为此他日夜忧心如焚，/为没有后嗣而煎熬不已。

　　　　他日日夜夜向真主祈祷，/跪倒在地上，痛哭流涕。

　　　　晚上他经常出外巡游，/暗地里给穷人施舍财物。

　　　　国王如此虔诚地祈祷，/全心全意地赞念真主。

　　　　真主终于打开恩惠之门，/给夏赛瓦尔赏赐一个儿子。

　　　　他当即解放了男奴和女奴，/让国家的穷苦人欢乐无比。②

　　从上述例子我们可以推论，伊斯兰教求子型叙述结构在维吾尔族达斯坦祈子母题中占绝对优势，这一现象一方面说明维吾尔人"主至高无上，能够满足平民的期望"的虔诚伊斯兰教徒心理，另一方面萨满教求子型

---

　　①　孜亚依：《麦斯吾德与迪丽阿拉姆》，郝关中译，《新疆文学》1982年第2期，第144—145页。

　　②　阿亚兹·西凯斯泰：《世事记》，郝关中译，刘宾、张宏超著：《察合台语早期文学》，新疆人民出版社1995年版，第216—217页。

叙述结构向伊斯兰教求子型叙述结构演变的过程。

祈子母题是一个大的母题体系，具体包括求子母题、神秘怀孕母题、特异害口母题、难产母题、特异诞生母题和迅速成长母题等子母题系列，而且这些母题形式是相互紧密联系的。我们就以《乌古斯汗传》为例，由于这一史诗文本前面部分残缺，没有描述乌古斯汗父母求子、母亲受孕、母亲害口和难产等过程，但是从后来的叙述结构可以推测这部史诗也具有传统的叙述模式。

> 阿依汗分娩了，生下了乌古斯汗。英雄乌古斯汗一生下就不同凡人，只吃一次母奶，再不吃了，四十天后他就要酒和肉，迅速长大成人。他生相怪异，脸是青的、嘴是红的、眼睛也是红的，全身长满了毛。他有公牛般的腿、狼一般的腰、熊一般的胸。英雄乌古斯汗为人民除害，在森林中杀死了吞人畜的独角兽……

从乌古斯汗的诞生、长相和成长细节中，我们看到英雄特异诞生、奇特外貌、迅速成长和少年立功等母题结构。英雄达斯坦《古尔·奥古里》中也有一段英雄特异诞生的叙述：

> 且米毕力市的国王艾合麦德有个妹妹，名叫祖丽帕尔·阿依姆，她十分漂亮。有一天，当她梳头发的时候，艾孜热特·艾力骑着他的千里马路过这儿，他看中了她，他心里渴望着："这位美女给我生个孩子多好！"祖丽帕尔·阿依姆就这样神秘地怀孕了。她发现自己怀孕了，怕给她哥哥艾合麦德丢脸，祈求真主夺去她的生命，真主接受了她的祈求，她就这样死去了。她在坟墓里生子，因此人们给他的孩子起了名字叫古尔·奥古里（意为坟墓之子）。

从这一叙述片段中可看出英雄母亲神秘怀孕和英雄在坟墓诞生的异常现象。我们在上述多次强调英雄母亲神秘怀孕，也就是英雄与神灵有关系的论点，在此我们不再赘述。英雄母亲在怀孕期间想吃野兽肉和内脏的叙述单元，也就是我们所提到的孕期奇特害口母题。英雄母亲想吃虎、狮子、豹子、熊等野兽的内脏，是与英雄勇气和力量密切相关。对这一问题，学者郎樱研究员有一段精辟论述："这一母题反映了古代突厥人民动物崇拜的观念。在古代突厥人民的心目中，凶猛的野兽是力与勇的象征。他们相信，英雄的母亲在孕期吃了虎心、狮心、狼心、豹肉、狮肉、龙肉、龙胆，狮虎豹狼等猛兽的力量就会通过母胎输入到即将出生的英雄身上，成为英雄力与勇之源。"① 很多突厥史诗中出现英雄难产母题②，虽然维吾尔族达斯坦中类似的叙事单元已少见或是略掉，但其作为固定母题系列的组成部分，可能在古老维吾尔族史诗和叙事诗中得以运用。难产诞生的英雄也是神速成长，乌古斯汗、玛纳斯、谢尔扎提、艾尔托施什托克等英雄人物在几十天、几个月或几年时间之内成长，长大成人。这一神速成长母题也是祈子系列的一个主要叙述内容。

　　总之，祈子母题经历求子、神秘怀孕、想吃野兽内脏、难产和神速成长等母题链发展过程，形成了固定而传统的叙述结构。在长期反复运用过程中，得到了程式化的传统性特点。这一母题链不仅是一个表面叙述层面的问题，而且是其各子母题都具有十分高深的文化内涵。

二　维吾尔族祈子母题的文化内涵

　　通过上述例证可以总结如下几点：一是求子愿望总是与宗教礼仪与民俗礼仪紧密相结合。"无子女的痛苦折磨着年迈的老人。加克普汗有三个妻子，无一生育；铁依特别克汗（库尔曼别克之父）娶了七房妻子，无一生子；阿济致汗（阿勒曼别持之父）娶了六十位妻子，也是无一人生子；《阔布兰德》史诗中的八十老翁托合塔尔拜为无子而苦恼悲伤；《英雄谢尔扎特》中的柯尔克木奇也常常因无子而忧伤；《考交加什》中年过花甲的卡里甫可汗经受着无子的痛苦；《加苗什与巴依什》史诗中卡尔额洽汗王也因无子苦恼。几乎每部突厥史诗都是在年迈老人经受了无子痛苦煎熬之后去举行祈子仪式的。"③ 主人公的父亲祈祷苍天，日夜做礼拜，

---

　　①　郎樱：《玛纳斯论》，内蒙古大学出版社 1999 年版，第 382 页。

　　②　纳依尔迪难产，痛苦不堪，经过一番痛苦的折磨，英雄玛纳斯才落地。阿娜雷克肚子疼痛难忍，从毡房里滚到毡房外，又从山上滚到山脚下，躺在雪地上呻吟，足足折腾了十五天，英雄阔布兰德才诞生于世。拜布尔的妻子怀阿勒帕米斯时亦难产，一阵阵疼痛使她难以忍受，遭受许多折磨，才生下英雄阿勒帕米斯。古老突厥英雄传说人物库尔阔特在母胎里生活了三年，临产时，他母亲疼痛了九天九夜，最后三天三夜狂风骤起，暴雨瓢泼，伸手不见五指，人们沉浸在一片恐惧的气氛之中。由于难产令人恐惧，所以人们才给他取名作"库尔阔特"（令人生畏之意）。郎樱：《玛纳斯论》，内蒙古大学出版社 1999 年版，第 384 页。

　　③　郎樱：《玛纳斯论》，内蒙古大学出版社 1999 年版，第 380 页。

以自己虔诚的行动感动苍天达到求子的目的。二是祈子母题不仅在维吾尔民间文学中颇为常见，而且在作家文学作品中也屡见不鲜。它是民间叙事诗中尤为丰富的古老叙事单元，已经具有程式化、反复出现的特点。如民间叙事诗《艾里甫与赛乃姆》和维吾尔族的《帕尔哈德与希琳》和《莱丽与麦吉侬》中均存有这种叙事单元。三是这一母题类型是在突厥语诸民族文学中普遍存在的，甚至阿尔泰语系其他语族的民间文学中也出现。① 祈子母题在突厥语诸民族文学中异常丰富。乌孜别克民间叙事诗《阿孜古丽》中，哈拉汗国王拥有数百名王后和美妃，但已年近半百，膝下尚无子女，因此他十分焦虑，正如他自己说的那样悲伤："然而我心头上经常飘着一朵愁云，/我也总有一天会闭上眼睛，/如今我膝下尚无儿子，/这闪着金光的宝座谁来继承?"② 乌孜别克民间故事《熊力士》中，塔什干的国王年事已高，但膝下仍无子女，为此，他整日愁云满面，闷闷不乐。柯尔克孜英雄史诗《考交加什》中，年逾花甲的卡里普汗因无子苦恼。几乎每部突厥史诗、民间叙事诗中都出现过这种古老的传统叙事单元。

人类任何原始思维结构都来自古代神话和宗教。维吾尔族祈子母题与维吾尔族宗教信仰有密切的关系。因此，维吾尔族祈子观与自然崇拜、生殖崇拜、图腾崇拜、萨满信仰以及伊斯兰教有直接的关系。

1. 与伊斯兰教宗教密切相关

主人公父母年事已高，财富充足，但因无子而悲伤。他们向真主昼夜祈祷祈子，真主因他们的虔诚而感动，赐予一子，使得他们如愿以偿。这种叙述结构与真主万能，伊斯兰教传教思想息息相关。维吾尔叙事诗的祈子母题往往具有如下内容：一是主人公未诞生前，他们的父母总会因为无子而悲伤，苦恼不已，于是向上苍或真主祈祷求子。在历史发展过程中，英雄特异诞生母题越来越集中、简练和被压缩。后在维吾尔民间叙事诗中演变为祈子母题，其基本模式为：主人公父母年老无子而悲伤——向真主祈祷求子——妇女神奇受孕生子。维吾尔族的《帕尔哈德与希琳》和《莱丽与麦吉侬》当中主人公之父富裕无比，德高望重，但是因无子而十

---

① 阿布都外力·克热木：《试论尼扎里叙事诗中的祈子母题及其文化内涵》，《民族文学研究》2007 年第 1 期。

② 库尔班·巴拉提：《阿孜古丽》，井亚译，《新疆文学》1983 年第 2 期，第 166 页。

分悲伤，向真主祈祷，举行盛大的"乃孜尔"，最后得到孩子。《四个托钵僧》中国王阿扎旦·白赫特因无子而伤心，十分苦恼，甚至到了不理朝政的程度。二是祈子母题中，主人公都是被神奇受孕而生下来的，也就是神授之子，这与维吾尔人宗教信仰有密切联系。史诗《古尔奥格里》①中，国王艾合买德之妹因先知信徒艾孜热特·艾力的祈祷而神奇地受孕，因此她忧虑、悲伤，向真主祈求将她的灵魂送往阴间，她的祈祷被真主接受了。她被安葬后，在安拉的保佑下，在坟墓中生子，因此取名为"古尔·奥古里"（"坟墓之子"之意），这与伊斯兰教有关。在世界各民族文学中，求子母题、神奇受孕母题经常出现。如阿拉伯神话故事《巴斯尔王子与魔王》中，巴斯尔因无子继承王位而十分焦虑，祈祷真主求子，安拉答应了他的愿望，赐给王子。② 笔者认为，最早的祈子母题形式源于原始崇拜和信仰，如萨满教、生殖崇拜、图腾崇拜或自然崇拜。伊斯兰教传入维吾尔族社会之后，从向天神求子类型到向真主求子类型转变。当维吾尔人信奉伊斯兰教之后苍天的概念被认为是宇宙万物的创造者的"真主"代替。因此，后来，维吾尔民间流传的民间文学作品中原有的苍天改称为"真主"。

2. 与萨满教信仰有关

萨满教作为一个原始宗教，与维吾尔族各类文化现象密切相关。祈子

---

① 《古尔·奥古里》：这是一部英雄达斯坦。且米毕力市的国王艾合麦德有个妹妹，名祖丽帕尔·阿依姆，她长得十分漂亮。有一天，当她梳头发的时候，艾孜热特·艾力骑着他的千里马路过这儿，他看中了她，他心里想着："这位美女给我生个孩子多好！"祖丽帕尔·阿依姆就这样神秘地怀孕了。她知道自己怀孕，怕给她哥哥艾合麦德丢脸，祈祷真主，祈求真主夺去她的生命，真主接受了她的祈求，她就这样死去了。她在坟墓里生子，因此人们给她的儿子起名叫古尔·奥古里（意为坟墓之子）。古尔·奥古里的舅舅国王艾合麦德领养了侄子。古尔·奥古里文武双全，英勇无比，他十岁时，单独讨伐加依珲，抢走加依珲市国王的大力士达尼亚特的女儿。他舅舅将自己的王位让给了他，古尔·奥古里去了伊斯法罕市抢来了伊斯法罕英雄哈利达尔罕的儿子艾山汗。他娶了仙女阿噶·玉奴斯、仙女密斯卡里、仙女古丽娜尔、达尼亚特的女儿等九个老婆。后来，他一个人去珲哈尔市，骗走了珲哈尔英雄哈瓦孜汗。后来，他率领士兵去讨伐加依珲王国，打败了他们。他的舅舅艾合麦德趁古尔·奥古里远征，夺取王位并自封为汗王，将古尔·奥古里的妻儿赶到荒野去。古尔·奥古里回去又执掌王位，将艾合麦德一家赶出境外。在艾合麦德的怂恿下，黑人王国讨伐且米毕力，古尔·奥古里在英雄哈瓦孜汗及其朋友的协助下打败了敌人。古尔·奥古里举办了四十天的婚宴，将黑人国王的公主与艾合麦德的女儿嫁给哈瓦孜汗，然后古尔·奥古里也去世了。

② 陶冶：《阿拉伯神话故事》，商务印书馆国际有限公司 2000 年版，第 421 页。

母题叙述结构中可以看见萨满教的烙印。原始人类离不开萨满教，他们遇到什么苦恼的事情都向苍天求助。"人们至今给神灵敬献供品，有难事或旅行时请求神灵的帮助，特别是在患病的时候，一定会向神灵求助。"①巴比伦神话《伊塔那求子》中这样描写道：伊塔那对神非常虔诚，他把国家治理得十分好，臣民们生活十分幸福，天神觉得十分满意。然而，美中不足的是掌管国家的国王伊塔那没有子嗣。……伊塔那十分烦恼，总是吃不香睡不甜，整天愁容满面。他多次来到神庙，向苍天跪拜祈祷，请求神灵赐给他一个儿子。② 在突厥语诸民族文学中"祭天、拜天、向天祈祷的情节颇为常见，例如，阿尔泰语系民族英雄史诗中的英雄特异诞生母题，其模式为：英雄的父母年老无子——祭拜苍天向天神求子——天神赐子——妇女神奇受孕——生下的婴儿具有特异的标志，孩子长大成为英雄，具有超人的神力。"③ 维吾尔人祖先回鹘人，与很多北方民族一样，信仰"万物有灵"的萨满教，接受了天神"腾格里"。因此，他们认为大自然和人类一切互动都在天神的掌控之中，包括生子、生病、死亡等等。我们认为，按照人类社会发展和自然规律来看，萨满教是由自然崇拜、生殖崇拜、图腾崇拜、灵魂崇拜和祖先崇拜等原始信仰繁衍而来的。

3. 与自然崇拜密切相关

苹果型求子母题能够论证这一点。自然崇拜是人类最早的原始信仰之一。人类对大自然实物和自然现象的认识和理解水平不高，把这些实物当作神圣之物，便崇拜他们。高大而雄伟的森林为人类生存提供了丰富的物质资源保障，引起人类的崇拜之意，树木崇拜与日月星辰、雷电雪雨和山水崇拜一样，均属于自然崇拜。古代维吾尔人曾经有过树木崇拜，由于树向苍天生长，无比地靠近天神，因此，树木被视为是沟通人间和天上的桥梁。我们上述已提到的关于回纥仆骨（固）可汗从树木诞生的故事也是这一自然崇拜的例证，尤其是树木崇拜的表现。苹果在果树上结果，也是树木的结晶。从维吾尔人对树木崇拜的角度讲，故事主人公父母吃苹果与喝圣水得子情节具有较高的象征意义。因此，主人公父母吃苹果之后得子

---

① ［匈牙利］米哈依·霍帕尔：《图说萨满教世界》，白杉译，内蒙古自治区鄂温克族研究会选编 2001 年版，第 209 页。

② 陶冶：《巴比伦神话故事》，商务印书馆国际有限公司 2000 年版，第 431 页。

③ 任钦道尔吉、郎樱：《阿尔泰语系民族叙事文学与萨满文化》，内蒙古大学出版社 1990年版，第 23 页。

的叙事形式，这一母题类型在突厥语诸民族民间文学中非常丰富。

如维吾尔族叙事诗和乌孜别克族故事《塔依尔与佐赫拉》的异文中都有这一古老叙事单元：国王与宰相都没有子女，他们跋山涉水，走到了一个美丽的花园，碰到了一位老者，老者给他们二人各一个苹果，他们的妻子吃了苹果后都怀了孕，王后生女佐赫拉，宰相之妻生子塔依尔。主人公之母吃了"神奇苹果"受孕生子的情节在突厥语诸民族文学中都曾出现。"在我国'帕米尔派'《玛纳斯》异文中，吉尔吉斯斯坦著名玛纳斯奇萨雅克拜·卡拉拉耶夫的《玛纳斯》唱本中，也有绮依尔迪吃了神力苹果后神奇怀孕，生下玛纳斯的情节。在古老的史诗《艾尔托什吐克》的异文中，叶列曼之妻吃苹果生下托什吐克。"[①] 乌孜别克民间故事《金发少年》中写道：多年以前，有个园丁膝下无子，每天悲叹自己命运不佳，女妖给他一个苹果，他的妻子吃了苹果，果然怀了孕，生了一子。[②] 另外，还有一些另类的求子母题。如裕固族的《宝道亦格的故事》有这样一个求子情节：

> 从前有一对老夫妇，他们没有孩子，为此老头总说："如果咱们有个孩子的话，我愿意把碗里的给他吃！"老太太便会接上一句："我愿意把勺里的给他吃！"有一天，一个孩子从天窗里倒吊着叫他们，他们赶紧把孩子取了下来。从此，父亲会把碗里的给他吃，母亲也会把勺里的给他吃……[③]

主人公父母求子之时，被神秘赐予子女的求子母题，这是与上述求子类型不同的一种叙述单元，是值得深入研究的。可见，吃苹果怀孕母题作为一种维吾尔古老的叙事模式，在突厥语诸民族民间文学中十分常见，它体现了突厥语诸民族人民对怀孕的神奇性的一种认识与了解。苹果是参天大树结的果子，树是通往天间的纽带，与古维吾尔人自然崇拜，尤其是树木崇拜的原始观念有关。

---

① 郎樱：《玛纳斯论》，内蒙古大学出版社 1999 年版，第 381 页。
② 苏由译：《乌孜别克民间故事》，新疆人民出版社 1983 年版，第 122 页。
③ 杜秀兰口述，阿尔斯兰、卓玛整理：《宝道亦格的故事》，《尧熬尔文化》2010 年第 1 期，第 18 页。

4. 与生殖崇拜有关

上述所提到的例子中，不孕之妇都是在未同房的情况下受孕的，出生的主人公是真主、天神所授之子，与自己的父亲没有血缘关系。这种观点说明在原始人类尚未认识到男女媾交孕育生命的道理时，维吾尔族先民相信"女性是生命孕育者，女性生殖器孕育了新生命"① 的观点。世界各地都存在神奇怀孕的观点。澳大利亚土著民族认为，"怀孕不是媾交的结果，而是一个精神上形成的孩子进入阴道的结果。"这种观点在一些非洲人当中十分盛行。"孩子精神上的父亲是非人类的'上帝'，生理上的父亲与孩子无关。"② 因为祈子母题中的主人公具有超人的神力，聪明而勇敢。维吾尔族传说中有一位保护女性生殖安全的女神，她叫乌麦神。维吾尔族神话传说中的生育女神，相传居于宇宙上部光明之国（天）和下部黑暗之国（地）中间，赐予人类光明、幸福和子嗣，为孕妇所崇拜。她等同于我国古代汉文文献中所记载的"禖"神——保护妇女儿童的女神。乌麦女神据《突厥语大词典》解释为儿童在母胎时的保护神，并引用格言说："谁敬信乌麦，谁就得子。"据突历卢尼文碑铭所载，直至后东突跃汗国时代，蓝突庶显贵仍然虔诚地呼唤着她的名字。例如《暾欲谷碑》第 38 行："上天乌麦（母神）及神圣的水土会帮助（我们）的。"《阙特勤碑》第 31 行："托像乌麦女神一样的我母可敦之福，我弟受成丁之名。"由此看来，在古代维吾尔族及其他突厥语诸民族的原始信仰中，对乌麦女神的崇拜非常鲜明。③ 考古出土发现的类似男女生殖器的物品和岩石壁画男女生殖器的图像都说明维吾尔族先民曾经有过生殖崇拜观，他们也与地球人类一样，先后经历了生殖崇拜、女性生殖崇拜和男性生殖崇拜等历史过程。不管怎么说，祈子、受孕、生子与人的生殖器官有直接联系，因此，我们不得不略微分析和探讨生殖崇拜观。

5. 与图腾崇拜有关

维吾尔族传说故事和达斯坦中存在大量有关狼人结合型、熊人结合型

---

① 郎樱：《东西方民间文学中的"苹果母题"及其象征意义》，《西域研究》1992 年第 4 期，第 96 页。

② ［美国］M. E. 斯皮罗：《文化与人性》（*Culture and Human Nature*），徐俊等译，社会科学文献出版社 1997 年版，第 251 页。

③ 仁钦道尔吉、郎樱：《阿尔泰语系民族叙事文学与萨满文化》，内蒙古大学出版社 1990 年版，第 338—339 页。

的英雄故事。我们从上述《高车传》和《突厥传》中清晰地看到人狼结合型神话的来源，这表明突厥语诸民族，包括维吾尔族先民图腾崇拜的鲜明例子。《勇士秦·铁木尔》和《艾力·库尔班》中熊和人的关系，都说明熊人结合型叙述结构渊源与图腾崇拜有直接联系。秦·铁木尔是具有传奇色彩的英雄，他和妹妹麦合杜姆苏拉是被遗弃在荒野的孤儿，后来得到熊的庇护和养育，他们从熊那里获得了狩猎技艺和超群的胆力。

> 很久以前一位妇女与女儿进山打柴，女儿不幸被白熊掳去作妻，一年后，生下一男孩，名叫艾力·库尔班。库尔班常与熊父爬山越岭捕捉野兽，其力大如熊，胆量过人。后因父母相貌殊异，及问母，得知情由，遂杀死熊父，携母回到故里。库尔班具有人与熊的体貌特征，故乡人畏高避之。但由于他心地善良，除暴安良，遂赢得女人器重。其后，国王因其体统殊人，且民心所向，恐成后患，便设计陷害，命他去取恶龙首级和到魔王国杀掉魔王。库尔班以无比的勇气、非凡的智慧和超群的力量，分别战胜了对手。①

我们从《勇士库木来克》中的具体描述来看，熊人结合型母题形式在具体民间作品中的体现：

> 从前有个国王，他有个独生女。他很喜欢这位公主，为了讨她欢心，为她修建了两个美丽的花园和果园，姑娘天天在花园游玩。一天，公主在花园门口碰到了一位老太婆，老太婆说："满十八岁时，你务必参加一场出门狩猎。"公主向母后告诉了她的想法，母后便同意，但是父王死活不答应。公主通过母后做父王的工作，父王最终答应，为她筹备了四十万大军和四十马车珍宝。他们上路了，半路上公主想解手，下令军队停歇。她刚找到一个踏实的地方蹲下，就刮起大风，天昏地暗，一刹那所有士兵和宫女在大风中消失。公主后悔听老太婆的话出门打猎。她在山脚下不知往哪儿走，突然从山里走出来一只黑熊，公主吓得全身颤抖。这是一只瘸腿的黑熊，它用人话说："你嫁给我吧，我养你。"说完就带着她回到熊洞。于是他们在那里

---

① 阿布都克里木·热合满：《维吾尔文学史》，新疆大学出版社1998年版，第50页。

一起生活。天长日久，公主便怀孕，生了一个男孩……①

这一古老的图腾叙述结构反映维吾尔族兽人生子的原始图腾崇拜观。除此之外，维吾尔族祖先崇拜观也对维吾尔族祈子观有一定的影响。俄罗斯汉学家李福清教授曾经在其《神话与鬼话》中提到妇女吹风受孕生子、喝水受孕生子、吃植物根部受孕生子、与动物交媾受孕生子、与妖鬼结合受孕生子和男女结合受孕生子六种类型，其中，第四种类型与图腾崇拜有关。"女人与动物性交母题，在中国文献及美拉尼西亚均有。据《太平广记》引的《梁四公》述昆明东南绝徼之外有女国，以猿为夫，有女国，无男与蛇交合，美拉尼西亚 The New Britains 群岛神话中女人之国的女人与乌龟交媾。在印度 Assam 省 Naga 族神话中描述蜂吸女人之乳房而使女人生子。"② 世界各地动物结合求子型母题中，动物或是昆虫与当地人类生活环境和生产方式有密切相关。从中我们只能了解到人与动物交媾生子母题的古老性和普遍性的现象。除此之外，在民间，祭祀祖先崇拜也仍有痕迹，人们向他们求心愿的现象仍然屡见不鲜。但却没有有力的民间故事或达斯坦证据，在这里我们将其一笔带过。

总之，祈子母题在突厥语诸民族文学中是占据一席之地的，尤其是在维吾尔文学中表现得尤为突出。祈子母题不仅是简单的传统情节单元，而且具有丰富的文化内涵。它与维吾尔人的信仰、生活习俗有密切的联系。从某种意义上说，祈子母题反映了古代人们对生育神奇性的认识与了解。

第二节　坏父亲母题和考验母题

一　坏父亲母题

维吾尔族达斯坦中贪婪父亲母题最为突出。贪婪父亲母题在维吾尔文学中可谓是屡见不鲜。在《艾里甫与赛乃姆》和《塔依尔与佐赫拉》这两部民间叙事诗中贪婪父亲母题表现得尤为突出。《艾里甫与赛乃姆》中，赛乃姆之父阿巴斯看到艾里甫家境衰败，便背信弃义，不顾女儿的反对，烧毁了婚约文书，并把艾里甫一家驱逐流放到遥远的巴格达。艾里甫

---

① 维吾尔民间文学大典编委会：《维吾尔民间故事（1）》，新疆人民出版社 1998 年版，第 92—93 页。

② ［俄］李福清：《神话与鬼话》，社会科学文献出版社 2001 年版，第 195—201 页。

在巴格达日夜思念着赛乃姆，赛乃姆也因相思而得病，使他们陷入了深深的生离死别的苦难中。在《塔依尔与佐赫拉》中，佐赫拉的父王喀拉汗背信弃义，违背了与塔依尔的父亲——大臣阿克汗签订的契约，不想把女儿嫁给孤儿塔依尔。后决定将女儿佐赫拉嫁给卡拉巴图尔，并将塔依尔装入木箱，投入孔雀河中。当塔依尔克服种种困难，回到故乡时，又被国王喀拉汗处决，佐赫拉十分悲伤，对父亲表示极大的憎恨，最终因悲愤而死。维吾尔民间叙事诗《博孜库尔帕西与黑发阿依姆》① 等诗作中都存有

① 《博孜库尔帕西与黑发阿依姆》：描述博孜库尔帕西与黑发阿依姆悲欢离合的爱情故事。罗波淖尔湖畔有个叫苏亚格勒的人，他有个儿子名叫博孜库尔帕西。库尔帕西长得帅气、力大无比，摔跤、射箭、赛马都名列前茅。他有一只喜鹊和会说话的骏马，与他形影不离。不久，他的父母都去世，在这儿没有其他亲戚，于是他决定出去见世面。他去了英苏，英苏的巴依要收留他。这个巴依名叫苏鲁，他有一儿一女，儿子叫巴亚格勒，狡猾、暴躁和残暴；女儿叫黑发阿依姆，是善良聪明、美丽无比的姑娘。库尔帕西给巴依当长工，就待在英苏，他以自己的勤奋、聪明和善良赢得了同龄人的尊敬，巴亚格勒因心太黑受不了仆人名誉的增高。黑发阿依姆暗恋着博孜库尔帕西，几次相会后，彼此产生了爱慕之情，二人靠着喜鹊飞来飞去给他们传递情书，他们的恋爱秘密已被村民知晓，巴亚格勒的老婆暗恋库尔帕西就以巴亚格勒的名义把他叫来，然后对他调情撒娇，被库尔帕西拒绝了，她怀恨在心，将阿依姆与库尔帕西的亲密关系告诉了公公和丈夫，父子听到这个消息十分恼火，一个仆人要娶他们家的女儿对他们来说是莫大的侮辱。他们私下密谋，苏鲁巴依打算在摔跤比赛中摔死库尔帕西。巴亚格勒举办了一次摔跤比赛，比赛中跟库尔帕西摔跤被战败。这次阴谋失败后，他们又想出了一个计策。巴亚格勒请库尔帕西打猎，打猎的时候，用毒箭射伤了他，库尔帕西看在阿依姆的面子上饶了他，并放他走了。巴亚格勒回去报战果，苏鲁巴依听说他还没死，有点担心，可他知道箭是有毒的就放心多了。库尔帕西的骏马告诉他箭是浸过毒的，伤口必须治好，但是库尔帕西很自信，不听骏马的劝告。过了几个时辰，他全身肿胀得动不了，骏马把他带到离英苏不远的桂依特莱克，他后悔不听骏马的话，写信让喜鹊给黑发阿依姆传递，巴亚格勒这个黑心的东西怕库尔帕西靠鸟寄信，给妹妹换了另外一个房间，让老婆住进妹妹的房间。喜鹊栖在阿依姆房间的天窗歌唱，巴亚格勒的老婆悄悄攀上屋顶抓住了喜鹊，看了库尔帕西寄来的信，他们很恼火，质问喜鹊库尔帕西的住处，喜鹊没有开口，他们用火烤它，喜鹊痛苦地叫了声"特莱克"就断了气。他们知道库尔帕西在一个叫特莱克的地方，巴亚格勒给父亲传达了这个消息，他们怕库尔帕西带人来复仇，就带着几名仆人去特莱克砍死了库尔帕西。黑发阿依姆从嫂子的弟弟那里知道他父亲和哥哥去特莱克跟库尔帕西打仗。根据巫婆说的话，又看见他父亲带兵十分得意地回来，推测到库尔帕西遭到伤害。她骑马赶到特莱克，看到尸体被撕成碎片的库尔帕西，她捡来库尔帕西的尸体，净身做礼拜后，向真主祷告，然后她第一次跨过库尔帕西的尸体，他的尸体变得完整了，第二次跨过他的尸体时，就显出睡觉的样子，其实再跨越一次，他就会复活，可是阿依姆不愿意这么做，因为她知道她父亲和哥哥不会让他们如愿。于是她挖了能躺下两个人的坟，把库尔帕西放在里面，然后自己也躺在他的身边，将库尔帕西的刀刺入心脏，一对情人就这样离开了人世。巴亚格勒与苏鲁巴依去找阿依姆，看到了他们躺在一个坟墓里，苏鲁巴依想抬走女儿的尸体，俯身想抱起阿依姆，突然眼前一片黑暗什么也看不见，便倒在地上死了。巴亚格勒越看越恐惧，好像库尔帕西朝他砍剑似的失去了理智，就疯了。

这个古老母题。博孜库尔帕西是一个英勇而善良的年轻人，他和美女阿依姆相亲相爱，但是阿依姆父亲苏鲁巴依和自己儿子巴亚格勒串通一气，策划暗杀博孜库尔帕西。在一次打猎之时，阿依姆的长兄巴亚格勒用毒箭射伤了库尔帕西，库尔帕西看在阿依姆的面子上饶了他，放他走了。巴亚格勒回去报战果，苏鲁巴依听说他还没死，有点担心，可他知道箭是有毒的就放心了。库尔帕西的骏马告诉他箭是浸过毒的，伤口必须治好，但是库尔帕西很自信，不听骏马的劝。过了几个时辰，他全身肿胀得动不了，骏马把他带到离英苏不远的桂依特莱克，他后悔没听骏马的话，写信让喜鹊给黑发阿依姆传递，巴亚格勒这个黑心的东西怕库尔帕西靠鸟寄信，给妹妹换了另外一个房间，让老婆住进妹妹的房间。喜鹊栖在阿依姆房间的天窗歌唱，巴亚格勒的老婆悄悄攀上屋顶抓住了喜鹊，念了库尔帕西寄来的信，他们很恼火，质问喜鹊库尔帕西的住处，喜鹊没有开口，他们用火烤它，喜鹊痛苦地叫了声"特莱克"就断气了。他们知道库尔帕西在一个叫特莱克的地方，巴亚格勒告诉了父亲这个消息，他们怕库尔帕西带人来复仇，便带几百名仆人去特莱克砍死了库尔帕西。《玉苏甫与艾合买提》中，兄弟俩的叔父是一个心胸狭窄的小人。他面对名声越来越大的侄儿感到不安，认为他们会对自己的王位构成威胁，下令派他们到边疆防御外敌。结果，玉苏甫与艾合买提落到埃及国王下属手中，在地牢中受苦受难。维吾尔族的另一部爱情叙事诗《莱丽与麦吉侬》中也出现了贪婪父亲母题。莱丽之父拒绝了麦吉侬家的提亲，他听到麦吉侬的诳语，派人用毒刺一样的语言讽刺了麦吉侬的父亲。麦吉侬之父受到他的侮辱非常气愤，不得不将自己的儿子紧锁在家里。凶恶而贪婪的莱丽之父为了敛财强迫女儿嫁给一位富有的商人，无情地拆散了热恋中的情侣，酿成了悲剧。麦吉侬思念莱丽，忧伤而死，莱丽亦在情人墓前殉情。在纳瓦依创作的《莱丽与麦吉侬》中有一个片段更加体现出莱丽之父的丑陋面貌。勇士诺乌法勒为麦吉侬"疯狂"的爱情所感动，同情他的遭遇，决心帮助他。他率领强悍的士兵要用武力为麦吉侬夺来他的生命——莱丽。但是，面对胜利的征服者，莱丽的父亲慷慨陈词："你要带去我的女儿，我的宝贝，你把她给一个最穷的奴隶。架起篝火吧/叫大火把她烧成灰/为了这一切，做父亲的要感谢你。把她碎尸万段，扔进恶臭的污井，干这件事，我可以效劳，决不伤情……但是我决不把孩子给一个怪物。为什么如此固执呢？因为他说麦吉侬既说他的爹娘丑，也说我的丑，所以宁可亲手将我柔顺的女儿一刀劈开，哪怕扔给狗也行，就是不给怪物。"① 可见，莱丽的父亲如此残忍，如此无情，在他心目中，女儿什么都不是，是败坏他名誉的不孝女，为了维护他的声誉，父亲愿意亲手杀害亲生女儿。他将麦吉侬视为怪物，决不将女儿嫁给他。他是一个典型的坏父亲形象。在《尼扎米丁王子与热娜公主》中，父王看到女儿热娜公主与一个陌生男人幽会，以破坏王室的道德风尚为由下令绞死了她。在《热比娅与赛丁》中，热比娅之父亚库甫就是典型的贪婪父亲形象。亚库甫是个一心敛财、贪图财富和日思夜想想发财的小人，他认为贫民伊布拉音提亲是对他的无比侮辱，因此无礼地将他赶出了门外。亚库甫拒绝伊布拉音的提亲，导致了这桩悲剧的发生，赛丁听到这个消息后十分悲伤，正如维吾尔族写的那样"可怜的赛丁听到了这不幸的消息／昏昏沉沉地倒在地上"，变得疯疯癫癫，悲痛万分，最后活活地煎熬致死。贪婪残忍的亚库甫对赛丁之死毫无同情之心，根本不了解女儿的心思，不愿意理解她的内心世界，对女儿的恋情也毫不顾及，一心想拿女儿去为他敛财，强迫热比娅与财主贾比尔成亲。亚库甫为贾比尔和热比娅举行了婚礼，热比娅含泪被迫嫁给了贾比尔，但是她逃回娘家，又遭到了父亲的暴骂。可是，热比娅认为要她和贾比尔结为夫妻是根本不可能的事，就在成亲的当天，她没有让贾比尔碰他，径直逃回了娘家。但是丧尽天良的亚库甫不仅不同情女儿，反而使出种种暴虐的手段逼迫热比娅第二天必须回到贾比尔家去。诗人给读者展露了亚库甫的丑陋面目，亚库甫逼得热比娅走投无路，她再也无法忍受父亲的无情无义，便走上绝路，投河自尽，为赛丁殉情。可以说，亚库甫作为封建制度和封建礼教的拥护者，是酿成热比娅与赛丁悲剧的罪魁祸首。

在《麦赫宗与古丽尼莎》中，古丽尼莎之父和卓也是一个鲜明的贪婪父亲形象。古丽尼莎与麦赫宗在学校谈情说爱时，和卓不让女儿上学，绝断了二人的联系。后和卓在经商途中，遭匪劫掠，落得一文不名，想卖掉女儿，敛一笔钱财，遭到了妻子的反对。但是，和卓赛依德不顾妻子的反对，竟以六倍的价钱将女儿卖给宰相。就这样和卓赛依德卖女儿得到了一笔钱，满足了他一时的贪心。在他心目中，古丽尼莎是物品，可以随便

---

①　买买提明：《试论纳瓦依长诗〈莱丽与麦吉侬〉中的人物性格》，《论伟大的诗人纳瓦依》，新疆人民出版社 2001 年版，第 118 页。

买卖，可以随便践踏她的人格和尊严。他根本没有将她当作女儿看待，对他来讲钱财比女儿重要，甚至比他自己的生命都重要。由此可见，他是一个典型的贪婪父亲形象。

贪婪父亲母题在维吾尔叙事诗中极为常见，不仅数量较多，而且又蕴含着深刻的象征意义。古老的突厥英雄传说中，也有坏父亲母题存在。如在《英雄布哈什的传说》中，布哈什的父亲德尔谢汗由于听信谗言，趁打猎之机，用箭将自己的儿子布哈什射死。"突厥史诗中坏父亲的形象已引起许多学者的注意。不少人认为坏父亲的形象在史诗中是为了衬托英雄的高大，通过父子形象的对比，加强英雄形象的高度。仅仅指出这一点显然是不够的。坏父亲母题还包含着更为深刻的文化内涵。"① 根据上述分析可以归纳出如下几个观点：一是贪婪父亲都是门第观念鲜明、野心勃勃的残暴家长。二是贪婪父亲身上都带着阶级社会的烙印。上述所指的坏父亲都是作为封建社会恶势力的化身，亚库甫、喀拉汗、阿巴斯等贪婪父亲都是封建制度与封建礼教的保护者，是极端的保守分子。为了保护旧制度与旧习俗，他们总是牺牲儿女的幸福，他们都出于保护王权、敛财横富的目的，不择手段地对亲生儿女及其情人进行伤害，破坏他们的爱情，酿成震撼人心的爱情悲剧。三是主人公的特殊出身是与家长产生隔阂的一个主要方面。赛乃姆和佐赫拉都是神奇受孕后所生的，是神授之子，与他们父亲没有血缘关系，因此，就产生了贪婪父亲与子女之间的矛盾冲突。

二　考验母题

考验母题在维吾尔叙事诗中是经常出现的叙事单元，尤其是维吾尔民间故事中最为常见的情节单元。在维吾尔达斯坦中经常出现的是婚姻考验母题。其具体内容是，年轻的主人公受女方父亲之托完成某种使命，经受种种磨难，女方家长终于允婚。在《帕尔哈德与希琳》中巧妙地采用了考验母题，衬托出英雄的勇猛和高大。帕尔哈德跋山涉水，翻山越岭，战胜了毒龙、恶魔阿赫拉曼，使帕尔哈德的英雄形象表现得更为突出。他顺利地完成了凿山引水工程，赢得了梦中情人希琳公主的爱，他由于完成了女王交给亚美尼亚百姓的使命，得到了女王的认可。

维吾尔民间故事和民间叙事诗中总有这样几种情节模式：一种是男女

---

① 　郎樱：《玛纳斯论》，内蒙古大学出版社 1999 年版，第 388 页。

主人公相亲相爱，国王偶尔看见这一女主人公，便喜欢上了她。为了得到美女想杀害男主人公；国王交给男主人公艰难的使命。男主人公在女主人公的帮助下顺利地完成了国王的使命，通过了国王的考验，破坏了他的阴谋。如民间故事《老牧人及其儿子》中，青年牧民娶了仙女为妻后，国王想将她占为己有，于是，交给青年牧民凡人力不能及的任务，在仙女的帮助下，青年牧民完成这些任务，破坏了国王的阴谋，最后消灭了国王，自己登上王位。第二种是男主人公神奇地爱上一个美女后，为了找到她，他不畏艰难险阻，克服途中遇到的种种困难，终于与女主人公结为伴侣。如民间叙事诗《赛努拜尔》中赛努拜尔梦到一个仙女，并深深地爱上了她，为了寻找她，他用几年时间走了几千里的路，战胜妖魔，终于找到了女主人公。又如民间叙事诗《夏姆西美女与凯麦尔王子》中，凯麦尔王子为了寻找仙女，不怕苦累，日夜赶路，三年后到达库依卡皮国，仙女父亲交给他在沙漠中修建花园的任务。他在仙女的帮助下完成了任务，有情人终成眷属。第三种是男主人公在旅行过程中杀死了恶魔、毒龙或女妖，救出了美女，得到了她的爱，同她成亲，过着幸福美满的生活。如民间叙事诗《鲁斯塔姆》中，鲁斯塔姆带着老母亲背井离乡，在路上，他杀死了毒龙，搭救了美丽无比的公主，公主对他产生了爱慕之情，他俩成亲。第四种是女主人公为了考验男主人公的意志、聪明才智和勇气，提出一个艰难的要求让男主人公完成，男主人公凭借自己的英勇精神和才智完成了这个艰难的任务，得到女主人公的认同与称赞。如民间故事《猴女》中，临走时仙女对男主人公说："当你铁鞋穿破，铁杖磨成缝衣针的时候，你会找到我的。"为寻找仙女，男主人公数年不停地奔走，他的铁鞋穿破了，他的铁拐杖磨成了缝衣针，仙女终被他的意志和忠诚感动，出现在他眼前，他们快乐地生活在一起，过着幸福的生活。孜亚伊的《麦斯吾德与迪丽阿拉姆》中，王子麦斯吾德经受种种磨难，到达伊兰国后，公主迪丽阿拉姆的父王给他出了五道难题，让他回答，如果他答对，他就应允将女儿嫁给他。麦斯吾德以非凡的才华，回答了国王所提出的难题，带着公主迪丽阿拉姆返回家乡。在民间达斯坦中，赛努拜尔、凯麦尔王子、尼扎米丁、艾穆拉江等年轻人为寻找情人，为得到她们，他们跋山涉水，历经苦难，完成岳父交代的任务。他们以自己的智慧和勇气克服磨难，完成艰巨的任务，最终如愿以偿。第五种是问答类型，即公主出一个难题，让提亲者许诺："谁能回答准确，公主嫁给谁"。很多王子、太子、公子、汗王前来答题，都没有答对，被公主下令斩头。如民间达斯坦《公主迪丽茹孜》中公主以赛诗和解答难题的方式考验未婚夫，结果无数出身高贵的青年人未解答出公主的难题，都被公主下令处决。① 民间故事《四十个谎言》中，公主以令人信服的四十个说谎为条件考验无数前来参赛的年轻人，结果很多王子、太子死在她的手里。②

从以上论述可以归纳出下面几个论点：一是考验母题是一个古老的叙事单元，其与人类成长仪式有关。在世界上，很多民族举行男孩的成年礼，以各种形式测验他们的智慧、力气和成熟程度，考验他们能否拥有独立养家糊口的生存能力。从这个意义上讲，维吾尔族达斯坦考验母题是在年轻男子成年礼的基础上发展而来的，也就是说是成年礼在民间文学中的具体表现。在突厥语诸民族文学中普遍存在。如哈萨克族《阔布兰德》、《阿勒帕梅斯》、乌孜别克族《谢尔扎提》、柯尔克孜族《玛纳斯》等，都叙述英雄考验三项情节，即射箭、赛马和摔跤。这是考验英雄骑马射箭技能以及智慧和力量的具体表现。二是考验母题中的考验方式与各民族生产及生活方式有极为密切的联系。维吾尔民间故事和叙事诗中，女主人公之父总是交给男主人公修建花园、修筑华丽的建筑或凿山等使命，这都与农耕文化有着密切的联系，是农耕社会和城邦生活发展的反映。如希琳的姐姐美丽的巴努女王以修建水渠从山上引水为难题考验帕尔哈德王子。又如在《凯麦尔王子与夏姆西美女》中描写夏姆西父王以修建花园为难题考验驸马的情节：

> 凯麦尔王子求老人替他去提亲，夏帕尔库特国王看见老人来提亲，十分恼火，想砍他的头，可是他的大臣提议，让他的儿子去做一件艰难的事：在沙漠里建成一个美丽无比的花园。老人很失望，把国王的要求传达给了凯麦尔王子。凯麦尔王子确实在沙漠里建了一个花园，国王见到花园很惊讶，但是他食言了，没有把女儿嫁给凯麦尔王子。国王突然得了重病，变成了瞎子和哑巴，王后下令：谁能治好国王的病，便把王位让给谁。凯麦尔王子治好了他的病后，要求跟他女

---

① 艾合买提·依米提、亚森·孜拉力：《维吾尔民间长诗（4）》，新疆人民出版社 1993 年版，第 191—239 页。

② 阿布里米提·萨迪克：《维吾尔民间故事选》，新疆人民出版社 1979 年版，第 126 页。

儿结婚，国王终于同意了，为他们举办了盛大的婚礼。

哈萨克、柯尔克孜等游牧民族民间文学作品中有婚姻考验母题的最古老形式：主人公要通过赛马、射箭、摔跤三项优胜来取得女方父亲的同意，方能与女方成婚。"这是在草原游牧业发展起来之后的考验形式。"[①]如哈萨克英雄史诗《阔布兰德》中，阔布兰德射中高悬于月光下的金盘，得到了柯尔克特木汗的应允，成了他女儿的择偶对象。哈萨克民间叙事诗《骑黄骠马的坎德拜》的主人公坎德拜完成了天鹅女的父亲交托的寻找金尾马驹的使命，并且在完成这一使命之后同天鹅女完婚。《骑黄骠马的坎德拜》故事一开始就交代了，故事发生在渔猎时代。这种完成使命的婚姻考验，其现实基础是当时盛行的婚姻服务制。[②] 三是考验母题体现"任何一个理想愿望的实现都需要艰苦的奋斗"的一种主题思想。通过男主人公历尽种种困难和曲折，最后如愿以偿的情节发展过程，反映了劳动人民对美满幸福生活的追求与渴望。

第三节　违禁母题与梦兆母题

一　违禁母题

禁忌是一种古老而神秘的民间信仰，它与宗教信仰密切相关。"人们对神圣的、不洁的、危险的事物所持的态度而形成的某种禁制。危险和具有惩罚作用是禁忌的两个主要特征，是人们为自身的功利目的而从心理上、言行上采取的自卫措施，是从鬼魂崇拜中产生的。禁忌大致分为原初阶段、次生阶段与转化消亡三个阶段。丧葬禁忌与祭祖是禁忌的原初形态，与鬼魂信仰的联系最直接。次生阶段中人们继承了原始时期的鬼魂崇拜所出现的禁忌，将它们制度化、礼仪化，并作出烦琐的规定。在人们的生活中，无论是礼仪、节日、行业等，凡认为不吉利的几乎都在禁忌之列。"[③] 根据普罗普的说法，禁忌和违禁是组成母题的前后因果关系，指的是主人公违背父母的嘱托或是别人的劝告打破禁忌遭到灾难的情节单

①　毕桪：《哈萨克民间文学》，中央民族学院出版社 1992 年版，第 181 页。

②　同上书，第 197 页。

③　http: //baike. baidu. com/view/93672. htm? fr = ala0_ 1。

元。普罗普认为这都与人类的信仰有关。英国人类学家弗洛泽也告诉我们，禁忌是人类与神灵有关的行为，不能违抗，否则将会遭殃。在维吾尔族达斯坦中违禁母题结构十分常见。如《帕尔哈德与希琳》中主人公帕尔哈德不听父王的嘱咐，打开王宫中的密藏室，发现魔镜，他从魔镜中看到希琳公主，对她一见钟情，为她得相思病。又如《红玫瑰》中有一段女主人公因不守诺言而造成的严重后果。

> 花园的美丽风景让她陶醉了。她喜欢上这座花园了。她不怕怪物，跟他聊天，怪物特别健谈，给她讲了很多有趣的故事。她一边在花园里散步赏花，一边跟怪物聊天，就这样不知不觉地过了一年。她想念父母，想念亲朋好友，想回家。怪物允许她看望父母，给她一枚戒指，反复地要求她必须当天回来。她戴上戒指，马上就跟家人团聚了，大家都很高兴，不知不觉天已经黑了，古丽扎曼要回去。母亲边哭边挽留她，让她住一晚再走。公主不能拒绝母亲的恳求，就留下来了。第二天公主回到花园，不敢相信自己的双眼，花园刮着大风，花朵凋谢，树木落叶，到处一片荒凉。她去怪物那儿被吓了一跳，怪物躺在地上像尸体似的没动。她后悔因自己的食言导致了这么严重的后果。

由于公主违禁，她的白马王子变成一个丑陋可怕的怪物。这一故事结果说明违禁会给人类带来灾难。再如英雄达斯坦《好汉秦·铁木尔》中，叙述勇士铁木尔妹妹麦合杜姆苏拉不听劝，被妖怪折磨的故事情节。

> 秦·铁木尔喜欢狩猎，经常去打猎，几天才能回来。每次临走时，吩咐妹妹不要让火熄灭、不要出门、不要在河水里洗头发。麦合杜姆苏拉一个人很寂寞。有一次，她不小心把火熄灭了，便爬上屋顶环视四周，见不远的地方有烟升起，她就去那儿借火。原来这是一个七头妖怪，她变成了一个老太婆迎接麦合杜姆苏拉，她借给她火，还给了她炉灰，要求她一路撒上灰，以便她能找到她的房子。单纯的麦合杜姆苏拉照办了，七头妖怪每天到她家用她的辫子把她悬挂在天花板上，吸她的血，妖怪威胁她："不许把这件事告诉哥哥，否则把你杀掉"。麦合杜姆苏拉一天比一天消瘦。

麦合杜姆苏拉的遭遇也是因违禁而造成的。在民间文学中，三兄弟行走都遇到三条路的选择，路牌上写着"有去有回"、"有去无回"和"有去有回或无回"字样，往往长子选"有去有回"的路，老二选"有去有回或无回"的路，老三只好选"有去无回"的路。如民间达斯坦《乌尔丽哈与艾穆拉江》中类似的叙述结构：

> 三个王子准备远行，艾穆拉江的两个哥哥为了早日找回鹦鹉得到父王的奖赏暗自商定甩下艾穆拉江，于是，他们偷偷地上路了，艾穆拉江向他们追过去。第三天，到一个三岔路口时赶上他们。三岔路口立着三块大石头，上面刻着醒目的大字，第一个路口的石头上刻的是"有去有回"。第二个路口的石头上刻的是"有去有回或无回"；第三个路口上刻的是"有去无回"。艾斯卡尔走上了第一条路，努尔顿踏上了第二条路。艾穆拉江勇敢地走上了第三条"有去无回"的绝路。

我们认为，这三种路牌本身蕴含着一个禁忌意义。对于三条路的选择，石头上的字样已预兆各条路的最终结果。他们勇敢地选路，踏上等待命运的道路，这也是违禁破禁的一种模式。

总之，违禁母题是一个相当古老的传统叙述结构，是古代人们的禁忌观在民间文学作品中的具体体现。违禁母题与古代人们的灵魂崇拜、萨满教信仰有直接的联系。禁忌作为人类担忧和预防各种灾难的心理防线，但仅在人们生活中有一定的烙印。如母亲叮嘱孩子上路小心，老师教育孩子遵纪守法，领导要求员工责任到人等都带着一种"禁忌"色彩，如果谁"违犯这些禁忌"，肯定遭殃（遭到车祸、受到处罚或是法律的制裁等）。

二　梦兆母题

梦兆不仅在日常生活中出现，而且在文学作品中也经常被描写。人们的梦兆与人的潜意识活动连接在一起，其实，梦作为人的一个秘密心理活动，在文学作品中发挥着电视"预告片"的作用。弗洛伊德的精神分析说就是以梦研究作为切入点的。他在《释梦》中提出："梦的内容在于愿望的达成，其动机在于某种愿望。"① 我们把梦的类型分为有鬼神梦和无鬼神梦、预警梦和预示梦、吉梦和噩梦。梦对梦者本人的心理和行为产生很大的作用。② 梦兆在维吾尔族文学中有悠久的历史。《乌古斯汗传》中有有关梦兆表现的解析：

> 有位银须白发的老人。这位老人足智多谋、公正善良，是位大臣，他的名字叫乌鲁克·吐尔克。一天，他在梦中梦见一张金弓，这张金弓从东方一直伸延到西方，三支银箭则指向北方。醒后他把梦中所见，告诉乌古斯可汗："啊，我的可汗，愿您万寿无疆，我的可汗，愿我们的国家法制公正！愿上天在梦中启示，我的应验愿您征服的国土子孙永传。"③

这是一个典型的吉祥之梦，大臣在文本中以天神之意的视角对可汗解梦，解释把领土按时分封给太子。从梦的性质来看是吉梦和预警梦。其实，在君主制社会，王室家庭成员内讧往往起源于领土和王位斗争。大臣的以梦解决难题是一个绝妙的决策。噩梦性质的梦兆显然是不吉祥的，是灾难的预兆。在《善良王子的故事》中，当善良王子以自己的肉身拯救老虎之时，他母亲做了一个噩梦，梦见儿子遇到危险，她睡醒之后派人打听，果然她儿子遇难。《玛纳斯》中妻子梦见丈夫玛纳斯陷入险境，他确实陷入卡尔梅克人的包围之中，她前往玛纳斯毡房营救了他。

在这些梦中，前者是噩梦，后者是预警梦。在《乌尔丽哈与艾穆拉江》中两处有梦兆母题：

> 皇帝陶醉在明媚而灿烂的阳光下，不知不觉地睡着了，而且做了个奇妙的梦：在一个美丽的花园里，花园中花儿绽放，果树上结满了熟透的果子。形形色色的鸟儿在歌唱，他发现有一只鸟格外好看，声音特别响亮完美。"呵布力布力古亚鸟……"皇帝惊喜地喊了一声，

---

① 章国锋、王逢振：《二十世纪欧美文论名著博览》，中国社会科学出版社 1998 年版，第 193 页。
② 陈筱芳：《春秋梦兆信仰》，《西南民族大学学报》2007 年第 5 期。
③ 耿世民：《乌古斯可汗的传说》，新疆人民出版社 1980 年版，第 26 页。

就惊醒过来了。他回忆梦中的花园，仿佛跟他自己的花园是一模一样的美丽，只是自己的园里缺少一只布力布力古亚鸟。他说道："在我的花园里，要是也有一只布力布力古亚鸟多好呵！"

……艾穆拉江走进了荒蛮无际的戈壁滩。他走了很远，累坏了就睡着了，梦到了一个老翁给他指路，并告诉他如何获取布力布力古亚鸟的具体路线。艾穆拉江醒来后牢记赫兹尔圣人的圣训又继续往前走……

皇帝的梦告诉听众，世界上有一个叫声悦耳动听的神鸟，他想得到它。艾穆拉江做的吉祥梦，梦中得到了善神赫兹尔的指点和相助。在日常生活中，我们平时梦见的事物不一定都存在，但在民间文学世界里主人公梦见的事物无不存在。如在《凯麦尔王子与夏姆西美女》中叙述了如下两场梦境：

过了几十年，凯麦尔王子长大成人。有一天他梦到了一个美女，从此以后他睡不着吃不下，一天比一天瘦，国王看着他焦急，派人问怎么回事，知道他梦见了一个美女。……

有一次，在沙漠里，他又渴又饿昏了过去，梦到赫兹尔圣人，他指点凯麦尔王子怎么才能找到夏姆西美女，他醒来发现身边放着一坛酸奶和九个馕，他吃了馕，喝了酸奶，又继续走。

凯麦尔王子梦到的美女确实存在，她是仙女国中的公主，世间的绝美姑娘。凯麦尔王子像艾穆拉江一样，在梦中见到赫兹尔神，并教他如何得到夏姆西美女，这是在神相助下。他克服重重磨难，娶她为妻，如愿以偿。在《玉苏甫与艾合买提》中，也有梦兆母题。如玉苏甫与艾合买提被关进地牢之后，监狱官的女儿喀拉奎孜梦到了牢里的玉苏甫伯克和艾合买提伯克，她去牢里看到他们英俊的面貌，听到他们谈吐风雅，便爱上了他们。她不顾父亲的劝阻，每天买九个馕和一坛酸奶，送到牢里给他们吃。美女喀拉奎孜的预示梦像一组无线信号一样，使她得到了一个神秘提示符，她以自己的行动到现场确认和验证这一信息。梦兆母题在突厥民间文学中经常出现。就梦兆母题的内容而言，情境描述：

　　《玛纳斯》中出现的梦兆母题以凶兆为主。当卡勒玛克人与克塔依人的军队浩浩荡荡向柯尔克孜人的驻地开来的时候，玛纳斯的妻子便有不祥的预感。当赛麦台依与坎巧绕要上路时，英雄赛麦台依的母亲卡妮凯劝阻道："不要单身去祭祀，要去就带上众乡亲。我连夜来总是做噩梦，惊得我白天也惶惶不宁。我梦见你的塔拉斯，到处是恶犬狂吠，我梦见你的城堡倾覆塌斜，我梦见塔拉斯大地，除山羊以外没有任何生命。你父亲死前，我也做过类似的梦，只是梦见的绵羊，而不是山羊。这是不祥的梦兆，我的孩子，你不要去吧！"阿恢曲莱克也苦苦相劝道："昨夜我做了一个梦，梦中是熊熊大火、瘦瘦的牛，黑压压的一片暗影从塔斯的四面八方密集而来，我惊醒后便久久不能入睡，这是不祥的梦兆，我的丈夫，你不要去吧！"赛麦台依没有听从母亲与妻子的劝告，执意前往，结果惨遭杀害。凶兆的梦在突厥史诗中普遍存在。在《库尔曼别克》中，英雄库尔曼别克即将上阵与卡勒玛克入侵者决一死战的前夕，他做了一个噩梦，他对妻子说："我刚才做了一个噩梦，梦见我的心坎上结了永不消融的坚冰。我做了这样的梦，预兆我将遭到不幸。我梦见从我心尖上淌出了殷红的鲜血。我做了这样的梦，预兆我将在战场上丧命。"第二天，他上阵与敌人厮杀，因寡不敌众，战死在战场，证明梦兆是灵验的。在哈萨克史诗《阿勒帕米斯》中，正当英雄与搭救他逃出地牢的卡勒玛克汗王之女卡拉阔孜结为伉俪，沉浸在新婚的欢悦之中，阿勒帕米斯做了一个梦，他梦见"一只凶猛秃鹫飞到自己的床上，无论怎样驱赶它，它也不动。"他从梦中惊醒，惴惴不安，担心家中出了事情，赶忙返回家乡。他的家乡已被卡勒玛克人占领，父母与妹妹都沦为奴隶，卡勒玛克首领与自己的妻子正在举行婚礼。这正是他的不祥之梦所预示的，秃鹫就是卡勒玛克首领及他的部众。在《阔布兰德》中也有类似的梦兆，英雄阔布兰德外出征战，他梦见"父亲腿上无裤穿，正在放羊；母亲在搓毛线，喂羊羔，妹妹在给人家当女佣，烧火做饭；爱妻库蒂哈则被卡勒玛克人逼着改嫁。"他醒后心中十分不安，意识到家里发生了变故，连忙赶回家乡，所见所闻与梦中梦见的一样。[①]

---

①　郎樱：《玛纳斯论》，内蒙古大学出版社1999年版，第398—399页。

总之，梦兆母题是和人类做梦心理活动与潜意识有直接联系的，它有自己的文化含义和特点。

1. 梦兆母题具有一定的象征特点

弗洛伊德对梦的象征意义有深入的研究。"象征的关系基本上仍是一种比拟，但却不是任何的比拟。我们认为象征的比拟受到某些特殊的制约，虽然我们无法指明这些条件究竟为何。一物一事可比拟的事物，非尽可呈现于梦而成为象征，反过来说，梦也不象征代表任何事物……梦中以象征代表的事物为数不多，如人体、父母、子女、兄弟、姊妹、诞生、死亡、赤裸，此外尚有暂时不提。"① 我们从弗氏论断中了解到梦具有象征意义，而且象征的事物是有限的。如《玉苏甫与祖莱哈》中有一段释梦描述。埃及国王玉苏甫解释国王的梦，他告诉国王他梦到七头肥牛吃掉了七头瘦牛和七块丰满的麦穗吃掉了七块幼小的麦穗，预示埃及将连续七年大丰收。七头肥牛吃七头瘦牛和七块大麦穗吃七块小麦穗的梦境预示着七年大丰收之后还将会连续七年打饥荒和旱灾。从这一解梦细节来看，国王梦到的肥牛、丰满麦穗是丰收的象征，而瘦牛和小麦穗是饥荒和旱灾的象征。

2. 梦兆与人类的欲望、愿望密切相关

梦兆与人类的潜意识、潜能和体验有关。"虽然，梦是缥缈无形、扑朔迷离、变幻无穷的，但却包含着极其复杂和隐秘的触发机制，它是人类内心最深处的体验。梦兆与潜在感觉有着或明或暗的直接关系，古今中外有许多梦境中的预感都成为了现实，这就足以证明从梦境中得到的预感与迷信完全是截然不同的。梦兆是预知、预感的一种特殊的表现。虽然梦兆现象是一种奇异古怪的现象，但它却是实实在在地不断发生在我们的现实生活中。梦与思维传感、信息传感、科技发明、艺术创造、预告人体疾病，甚至破案都有密切的联系。当然，对这一切还有待于进一步探索研究，解开这个神秘的谜。"② 弗洛伊德提到："实际上是人的各种本能冲动，如饥饿、口渴、便感等，总之是'单纯的方便或舒服'。而大量的

---

① ［奥地利］弗洛伊德著：《精神分析引论》，罗生译，百花洲文艺出版社 1997 年版，第126 页。

② 李克鑫：《奇妙的梦兆世界》，《东方养生》1994 年第 11 期。

'梦的焦虑'均起源于性生活，而且，大多是因为梦者的'原欲'（Libi-do）由正常的对象转移而无从发泄才在梦中实现。梦是一种受压制的愿望经过改装的达成。对于此种欲望，我想到两种可能的来源：第一，它是在白天受到刺激，不过却由于外在的原因无法得到满足，因此把一个被承认但却未满足的欲望留给晚上。第二，它也许源于白天，但却遭到排斥，因此留给夜晚的是一个不满足而且被压抑的愿望。……第一种欲望源于潜意识，第二种欲望从意识中被驱逐到无意识。"① 弗洛伊德的这一论断告诉我们，梦与人的意识活动有关，清醒的梦境在意识中出现，无法满足的欲望在梦中出现。人未满足的欲望和愿望在梦中得到满足或达成。在民间文学中，人物把自己的担忧、惦记、牵挂、梦想、愿望和理想以梦的方式得以解决。如凯麦尔王子在沙漠中又饿又渴的情形下梦到水和食物，醒后确实得到了一坛酸奶和九块馕，这满足了他因口渴和饥饿需要食物的愿望。

3. 梦兆与人类原始信仰有关

维吾尔人相信万物有灵论，由于梦与宗教信仰观念一样在人的意识形态里存在与发展，因此他们认为，人的梦也是具有神圣性的。喜庆、大喜或大祸、大难在人类意识形态中也有固定的梦境现象，如鲜血流出、敌人追踪是大祸的预兆，而鲜花绽放、游戏娱乐场景是大喜的预示等等。

4. 梦兆是预兆信息和符号

在维吾尔族达斯坦中，梦兆往往发挥着"发现信息、发布信息和提出预告"的作用。以前，人类通信科技落后，只能以口信、书信或信鸽等方式报信联络。就远处的亲人或情况只能以做梦手段预知或设想。因此，梦具有信息沟通的功能。在当今时代，也有类似梦兆信息验证的真实事件。

> 迄今报道过的最著名的预知案例，可能要算是美国俄亥俄州辛辛那提市一名叫布斯的办公室经理所做的梦了。在 1979 年 5 月 26 日飞机事故发生的前 10 天，他连续做了相同的梦，梦见一架飞机起火爆炸坠入一个满是建筑物的区域。他因为梦中清晰的场面极度不安，于

---

① 章国锋、王逢振：《二十世纪欧美论文名著博览》，中国社会科学出版社 1998 年版，第193—195 页。

是在 5 月 22 日给联邦飞行局打电话，又告诉梦境中发生事故的美国航空公司。在绝望中他又找到专长于解析梦的心理医生进行谈话。布斯绝对没有怀疑他的经历是预知。他说他一遍又一遍地看到、听到并感觉到整个事件的过程。这种经历就像在电视或电影屏幕上展现整个过程，远比一般的梦境清晰。5 月 26 日，相关的梦最后一次出现在布斯的梦中。在飞机起飞后仅几秒钟，发动机脱落，飞机像一个巨大的火球坠入机场旁边的建筑群中，飞机上所有的人当场死亡。事故发生后，民航当局发言人证实飞机坠毁的许多细节与布斯向他们及该飞机所在的航空公司报告的梦中情景相符。①

这是一个偶然的巧合还是有科学含义是值得探讨和研究的。马克·吐温也曾经做了一场自己弟弟死去的梦境，"在梦中，他看见兄弟的尸体躺在妹妹家起居室的金属棺材中。棺材放在两张椅子上面，一束中间夹着一枝深红色花的白色花束放在亨利的胸前。"不久后，他弟弟亨利因航船锅炉爆炸受重伤丧生。轮船死亡者大多数是用木质棺材埋葬，但一些当地"妇女对年轻的亨利非常同情，于是募捐了一些钱为他购置了一副金属棺材。当马克·吐温赶来见他兄弟最后一面时，他发现兄弟的遗体躺在金属棺材之中，同他梦见的完全一样，然而梦中的花束却不见了。正当马克·吐温站在遗体旁思索时，进来了一位妇女，把一束白花放到亨利的胸前，花束中间夹的正是一枝红玫瑰。"② 这种不可思议的巧合说明梦心理活动的复杂性和神秘性。

虽然人类在认识宇宙万物方面取得了巨大的成绩，可对自身却犹如一个巨大的斯芬克斯之谜。美国著名心理学家和哲学家威廉·詹姆斯认为：普通人只用了他们全部潜力的极小一部分，而大多数人对此却一无所知。人体的多种潜能中，最突出的一种就是预兆、预感、预见能力。这种潜能多数人是在特定的梦境中产生的。预兆是指某一事物或事件在将发生前产生的一种必然的、神秘而又幽微的含义、启示，是一种独特的潜在感觉。但是，人这种特殊的潜在感觉，长期被

①　肖雄：《非同寻常的梦兆》，《科学大观园》2006 年第 4 期。
②　刘辉：《非同寻常的梦兆》，《科学之友》2004 年第 9 期。

许多有形的和无形的力量压制着，没有得到发掘和利用，也没有进行探索和研究。反而为"迷信"二字受到禁锢，使想涉猎该领域的人望而生畏，不敢踏入"雷区"一步。①

从这一论断中我们不难发现人的扑朔迷离的潜意识预兆信息与现实生活密切相关，一次次的现实巧合和一个个实例论证了梦兆与现实有必然的联系。当然，这一说法并不是断定一切梦境与现实都有关系，只是其中一些清晰而符合当时当地实际的梦兆确实能够奇迹般地验证预言。如有位波兰姑娘萨玛娜梦见自己在前线参战的未婚夫在一个小山城堡中困着，她连续做了几次同样清晰的梦。虽然第一次世界大战结束已两年，但她未婚夫还未回来，无任何音讯，她决定按照自己的梦境线索寻找未婚夫，最终她在希腊小山城堡里找到了被困两年的未婚夫。《纽约环球时报》职员萨姆森在办公室睡觉，做了一个火山爆发的噩梦，等他醒来，觉得有意思，把梦境记录下来。他的同事无意间把文章登在了报上，时隔不久，在印度洋一个小岛上的火山爆发了，爆发情境与萨姆森的报道一模一样。② 这是现实生活中的不可思议的例子，但在民间文学中梦境的真实性是毋庸置疑的。男主人公经常以做梦的方式梦到自己心爱的美女（可能是仙女或是公主等），预示他要经历千难万险寻找梦中情人的个人历险过程。国王或是其他人在梦中看到一个宝物，想得到它，这个宝物往往在魔鬼或是老妖婆手中，他派儿子或自己冒险踏上危险旅程。在达斯坦表演中，听众通过故事人物的梦境得到故事下一步要展开的情节线索，凭着故事信号，在自己的想象中猜测或推测故事高潮或结尾。对于民间艺人艺术处理或是听众接受审美来讲，梦兆母题的预示信息和预兆符号的作用是不可缺少的基本叙事单元。

第四节　相助者母题、亲戚背叛母题及幸免母题

一　相助者母题

相助者母题也是突厥语民族民间文学，尤其是民间故事和民间达斯坦

---

① 李克鑫：《奇妙的梦兆世界》，《东方养生》1994 年第 11 期。

② 同上。

中最为突出的。根据相助者的类型，可以分为神仙型相助者和凡人型相助者两类。

1. 神仙型相助者母题

神仙型相助者在维吾尔民间文学中反复出现，其中赫兹尔神最值得一提。赫兹尔神是一位伊斯兰教神系统中的善神，他在故事主人公陷入困境或是走投无路的情况下突然神秘地出现，他以一个白发苍苍和双颊滋润发光的长者形象出现在主人公的梦境中或是现实生活之中。如英雄达斯坦《阿布都热合曼和卓》中，阿布都热合曼七八岁时，在上学的路上碰到了圣人赫兹尔，圣人分别在他的右后背甲骨和左后背甲骨盖上了银章和金章，从此，他背熟了《古兰经》文本，提前完成了学业。《玉苏甫与祖莱哈》中，玉苏甫被其兄长们投入无水古井，安拉派哲布拉依勒神仙在空中扶着他，以免摔伤。然后神仙为他征服古井中的毒蛇、蝎、老鼠以及其他昆虫，叫它们不伤害玉苏甫和听从玉苏甫的话。埃及大臣的妻子祖莱哈对他产生爱慕，并多次挑逗引他就范，但玉苏甫不为所动。祖莱哈修建了一座密室，四面墙都以裸体女画像为装饰，在屋里放一张床，她引玉苏甫走进密室，关门加锁，不许进出，然后以裸体照和风情撒娇诱惑他，同她合欢。这时，安拉启示他直接走到墙边，墙体裂开，神秘地开辟了一条道路，玉苏甫逃脱了。

> 艾穆拉江走进了荒茫无际的戈壁滩。他走了很远，累得睡着了，梦到了一个老翁给他指路，教会他获取神鸟的办法。艾穆拉江醒来后又继续往前走，记住赫兹尔圣人的圣训，不管多渴多饿，不喝路上的湖水。有一天天黑的时候，他走到拱拜，喜出望外，想在这座拱拜里好好睡一觉。他走进拱拜躺在一个角落里休息。不一会儿，一群仙女们来到这里过夜，她们在这里嘻嘻哈哈地游玩了好一阵，然后睡觉了。其中，最美丽的仙女没睡，发现了躲藏在拱拜里的艾穆拉江，立即就想叫醒她的女伴们，但艾穆拉江以请求的眼光看她，她也见到他俊美而老实的外表，心里一热，便放他一马。他俩说了一些悄悄话，彼此有了好感，仙女名叫乌尔丽哈，他得知艾穆拉江的来意，愿意帮他把神鸟弄到手。

《凯麦尔王子与夏姆西美女》中，凯麦尔在沙漠中又累又困，又饿又渴，失去了知觉，躺在地上酣睡，在睡梦中见到赫兹尔神，赫兹尔神指引他怎么到达夏姆西美女藏身之地以及怎样才能得到她的方法，等他醒来，身边有馕有酸奶，供他吃喝。艾穆拉江得到仙女乌尔丽哈和神鸟，在返回的路上，被不知好歹的长兄挖出眼珠，投入枯井。仙女挺身而出，请自己的仙女伙伴一起营救艾穆拉江。神仙都具有超人的神力和魔力，以自己的神力帮助主人公完成大业，必要时冒险救他们的性命。

2. 凡人相助者母题

这是真正的人间友谊在文学中的具体体现。帕尔哈德的好友夏普尔在帕尔哈德求亲之路上始终陪伴着他，最后朋友被老太婆伤害之时，他刺杀老太婆，为朋友复仇。在《赛努拜尔》中，赛努拜尔梦中见到古丽帕热扎提仙女，深深地爱上了她，食不甘味，得了相思病。他的朋友孜瓦尔陪伴他前往仙女之国寻找梦中情人，但路上得病死去。为朋友献身的这种无私奉献精神而感动，这是凡人相助者母题的核心。在这一母题类型中，值得注意的是"英雄外出征战落入敌人之手，敌首之女爱慕落难的英雄，千方百计将英雄救出。"在《玉苏甫与艾合买提》中，兄弟英雄落入敌人之手，关在地牢里，这一困难时刻，狱长之女喀拉奎孜爱上这两位英俊而聪慧的兄弟，始终为他们送饭。在《玛纳斯》的第五部《赛依特》中也有类似的情节。卡勒马克首领之女"吉勒吉凯对英雄赛依特一见钟情，随英雄返回故乡。其父苏莱玛特可汗带兵追来，为保护英雄，吉勒吉凯毅然将自己的父亲杀死。在哈萨克族史诗《阔布兰德》中，当英雄阔布兰德被卡勒玛克人俘获，并被囚禁在狱中。阔布兰德的英俊勇敢博得了阔比克特可汗之女哈尔丽嘎的好感，这位卡勒玛克姑娘爱上了英雄，并帮助阔布兰德逃走。当卡勒玛克汗王发现后追赶，哈尔丽嘎告诉阔布兰德英雄，自己父亲所穿战甲在肚脐间少四块铁甲，于是阔布兰德向阔比克特可汗的致命处刺去，可汗翻身落马，被阔布兰德砍下头。哈尔丽嘎不仅背叛了自己的父亲，当她发现侵犯阔布兰德家乡的敌人竟是自己哥哥时，哈尔丽嘎趁他不注意，用矛刺向哥哥的致命处，亲手杀死自己的哥哥。这与德国史诗《尼伯龙根之歌》中的女主角克里姆希尔特为了报杀夫之仇，为了寻找丈夫的尼伯龙根宝物的下落，杀死亲哥哥勃艮第国王巩特尔的情节相类似。"① 在哈萨克族英雄史诗《阿勒帕梅斯》中，英雄和他的四十勇士被

① 郎樱：《玛纳斯论》，内蒙古大学出版社1999年版，第393页。

卡尔梅克老太婆灌醉，关进地牢，卡尔梅克国王之女暗地里给他送吃送喝，保全了他的生命。

3.骏马型相助者母题

马是男人的翅膀，没有骏马，无法想象英雄的英勇事迹，从这一意义来讲，可以说是"骏马是英雄的翅膀"。关于骏马成为英雄助手的叙述在维吾尔族英雄史诗中有充分的展现。英雄骏马能通人性，会说人话，在战斗中骏马成了英雄的左右臂，尤其在英雄遇到危险时，骏马会把英雄从枪林弹雨中救出来，转危为安。如在《古尔·奥古里》中，骏马在坟墓中找到婴儿，喂他长大。英雄长大成人后，为他的狩猎和远征提供交通保障，甚至生命保障。《博孜库尔帕西与黑发阿依姆》中，博孜库尔帕西的骏马提示敌军的暗箭有毒，当受伤之时，为他寻药治病。在突厥语民族英雄故事中，骏马型相助母题是十分多见的。玛纳斯得到了阿克库拉神驹，它富有十分神奇的特征。原来它是一匹骨瘦如柴满身胎毛都未脱净，四条腿像打羊毛的杆子般细而被人瞧不起的劣马。当英雄玛纳斯的手从它的额鬃一直顺着背脊抚摸时，马咴咴地叫了一声，全身胎毛一下子掉光了，身躯也伸长变大，变成了一匹如大山般的高头骏马。在以后的战斗中，英雄如虎添翼，变得英勇无比，即使在英雄受伤之后，它因通人性，也能给英雄无尽的帮助，成为英雄东征西战时共同患难的伙伴。[①]哈萨克族《阿勒帕梅斯》和《阔布兰德》中，骏马是聪慧而通人性的相助者，英雄被敌人蒙骗或陷入险境之时，它就以独特动作和嘶声警告他们，并在危急时刻把他们带出去，脱离困境。

总之，相助者母题有三层意思：第一，歌颂人间友谊和爱情的伟大及无私，表现对和谐生活与和谐社会的强烈追求和向往。第二，动物（如骏马）为英雄提供超人的力量和勇气。第三，反映"好人好报""善人得到别人善待"的主题思想。神仙型相助者母题显然是人类向神灵崇拜的一个表现，随着宗教的演变，神灵角色不断得到转换。这一母题类型是对神仙的虔诚之心将会引来神仙相助的具体体现，是值得深入探讨的文学现象。

---

① 马莉：《柯尔克孜族英雄史诗〈玛纳斯〉母题探析》，《伊犁师范学院学报》2007年第3期。

二　亲属背叛母题

亲属背叛母题在整个突厥语诸民族民间文学，包括维吾尔族达斯坦中都十分常见。"亲属背叛母题包括丈夫背叛妻子，妻子背叛丈夫，父亲背叛儿子，儿子背叛父亲，叔叔背叛侄子，侄子背叛叔叔等多种内容，这一母题的存在酿成了一幕幕震撼人心的悲剧。"① 父亲背叛儿子的叙述结构在坏父亲部分有详细论述，不再赘述。在维吾尔族达斯坦中，叔侄背叛母题最为常见。亲属背叛母题中，趁出征之机，夺位登基，英雄闻讯返回，惩罚叛变者，恢复社会治安和社会秩序。如在《古尔·奥古里》中，他的舅舅艾合麦德趁古尔·奥古里出征，夺取王位，自立为王，把古尔·奥古里的妻儿赶到荒野里了。古尔·奥古里回去又执掌王位，将艾合麦德一家赶到境外。在艾合麦德的怂恿下，黑人王国讨战古尔·奥古里，他失去都城而不得不撤退。古尔·奥古里借助勇士哈瓦孜汗及其朋友的协助打败了敌人。古尔·奥古里举办了四十天的婚宴，将黑人国王的公主与艾合麦德的女儿嫁给哈瓦孜汗。亲属背叛母题囊括了英雄出征、家乡被劫、英雄讨伐叛变者和惩罚背叛亲属者等母题，我们在《古尔·奥古里》中已经清晰地看到这一点，在《玉苏甫与艾合买提》中也出现了类似的母题系列：

> 玉苏甫伯克和艾合买提伯克被抓走后，丞相纳迪尔伯克跟阿依汗勾结，篡夺王位，然后把叶尔艾里汗、莱丽阿依姆从乌尔盖尼奇城赶了出去。玉苏甫伯克和艾合买提伯克到达乌尔盖尼奇的时候，纳迪尔伯克把女儿古丽哈迪恰，也就是艾合买提伯克的妻子，嫁给了阿依汗，正好举行婚礼四十天。玉苏甫伯克和艾合买提伯克找到叶尔艾里汗、莱丽阿依姆、古丽艾塞丽、妹妹喀丽迪尔喀奇、吾守尔，大家重新团聚，然后闯进纳迪尔伯克的宫廷，惩罚了两个叛徒。他们登上王位，公正地统治国家，过着幸福安宁的生活。

在这一达斯坦片段中，我们看到英雄陷入困境、亲属背叛、英雄返乡夺回权力和惩罚叛徒等一系列母题结构。在达斯坦作品的开头，他们

---

① 郎樱：《玛纳斯论》，内蒙古大学出版社 1999 年版，第 391 页。

的叔父合谋要夺取他的王位，并公开排斥他们，下令免去他们的一切军事职务，打发他们到边疆守卫。这些细节也属于亲属叛变类型。在一些达斯坦作品中，有叙述英雄兄长背叛弟弟的母题。如《玉苏甫与祖莱哈》中，黑心兄长们把玉苏甫扔进古井，后来认为这样做太便宜了他，又返回拉他上来，以12硬币的超低价把他卖给叙利亚商人，当他们的奴隶。玉苏甫到埃及当奴隶卖给了大臣，后关在地牢受难受苦。又如《乌尔丽哈与艾穆拉江》中讲述了一段令人揪心的长兄背叛弟弟的故事：

> 艾穆拉江请求乌尔丽哈回去看父母，乌尔丽哈只好答应他，神鹰带着艾穆拉江飞到那个三岔路口，在这儿等他的哥哥们回来，看他们没来，就自己去那找遍了整个城市，最后在一个杂货店里发现了他的两个哥哥，说自己已经把会说话的神鸟弄到手，让他们一起回去。他们三个兄弟又来到了那个三岔路口，想休息一下。艾穆拉江很快睡着了，可他的哥哥们没睡，他们暗暗商定要把艾穆拉江扔进井里，他们挖掉艾穆拉江的两只眼睛给鹦鹉吃，然后把他扔进井里。他们带着鹦鹉回到他们的国家，将鹦鹉交给父王，得到了奖赏。霍斯罗没见到艾穆拉江心里很难过，终日想念他，不停地哭泣。会说话的鹦鹉愁眉苦脸，头也没抬起过，整天闷闷不乐，没有悦耳动听地鸣叫。国王派宰相跟鹦鹉沟通，鹦鹉对宰相说让国王把他的琴手、鼓手都集合起来，它有话跟他们说，国王就照办，鹦鹉讲述了所发生的事情，国王听到两个儿子的罪行后立即将他们打入大牢，然后派人去三岔路口的井里救出艾穆拉江。当他们到井边的时候，乌尔丽哈带着她的仙女们早已来到这里，他们一起救出艾穆拉江。鹦鹉也没有吃艾穆拉江的眼睛，又还给了他，乌尔丽哈拿着眼睛又放到艾穆拉江的眼眶里，用神力治疗好了他。国王为艾穆拉江与乌尔丽哈举行了为期四十一天的婚礼，结为夫妻。父王去世后，艾穆拉江继承王位，从此以后他们情投意合，相亲相爱地过着幸福的生活。

亲属背叛母题在突厥语诸民族达斯坦中屡见不鲜，在长期的使用过程中，形成了一个相对稳定而古老的叙述结构单元。如在《爹爹库尔库特之书》中，有一个《布莱克之死》的古老突厥语传说，其中反映了侄子与叔叔之间不可调和的矛盾和冲突。外乌古斯的首领阿鲁孜背叛内乌古斯联盟，发动反对内乌古斯的战争。阿鲁孜的侄子乌赞在内乌古斯，当双方矛盾激化后，乌赞带兵来征讨叛乱的外乌古斯，并将背叛的叔父阿鲁孜杀死，平息了部族内部的叛变。① 又如在《玛纳斯》中也有叔叔侄子敌对的叙述结构。"充当卡勒玛克人的奸细，用毒酒害死英雄玛纳斯的凶手之一的阔孜卡曼，原名叫乌森，是加克普汗的弟弟，玛纳斯的叔叔。赛麦台依的叔叔阿继开与阔别什也一直蓄谋要杀死自己的侄儿，阴谋未得逞，反被侄儿所杀，叔侄成为了不共戴天的仇敌。以武力争夺阿依曲莱克的育阔交，也是赛麦台依的叔父。他争夺侄儿的未婚妻，最终被侄子赛麦台依所杀。叔侄矛盾的尖锐化、激烈化可从中窥见一斑。叔侄矛盾激化，侄杀叔的母题在古老的突厥民间文学作品中就已存在。叔侄冲突的原因有多种，但是争夺权力、争夺财产是主要原因。在古代突厥有兄死弟继位、兄死弟娶嫂的习俗。"②

　　总之，亲属背叛母题具有下列两个特点：第一，亲属背叛母题是一个固定而古老的母题系列结构，在长期反复运用过程中得到巩固和延伸。英雄远征或是陷入危境、亲属背叛、企图夺位、虐待英雄妻儿或是被迫出嫁、英雄借助骏马或是敌人之女相助得救、改变模样、英雄返乡（有时候乔装乞丐）、惩罚叛变者、重新登基皇位等这一系列母题结构都是亲属背叛母题的具体内容。随着时间的推移，突厥语民族民间文学中，亲属背叛母题叙述结构和形式趋于简化。第二，亲属背叛母题是部落、阶级、王室之间利益冲突的集中表现，也是国家制度和社会权力造成的悲剧源泉。从成吉思汗后裔之间的尖锐矛盾，亲属之间的讨伐和惨杀中，我们看到利益冲突为权力阶层的亲属造成了血的悲剧。我国历代王史中，利益冲突、权力斗争，亲属阴谋、谋害和厮杀等社会悲剧连续不断。这一社会现象是亲属背叛叙述结构的故事来源。

① 托合提·图拉译：《阔尔库特寓言故事集》，民族出版社 2001 年版，第 146—156 页。

② 郎樱：《玛纳斯论》，内蒙古大学出版社 1999 年版，第 391—392 页。

第五节　其他一些常见母题

一　苦别母题

苦别指的是情人之间不情愿的离别或是被迫离别。苦别母题也是维吾尔爱情叙事诗中最为常见的母题之一。这种母题叙事模式为：青年男女相互倾心爱慕，但是女主人公的父母是他们幸福爱情的绊脚石，国王或是财主往往因门第观念而将热恋中的情侣无情地拆散。于是，上层贵族与底层贫民之间，封建礼教保护者与自由爱情的追求者之间，先进思想与保守思想之间展开了一场激烈斗争。这种矛盾冲突不同于敌我矛盾，因为这是女主人公的父王或是富豪父亲单方面的阻挠，青年男女以耐心等待，饱受精神折磨来达到目的。在《麦赫宗与古丽尼莎》中，这种母题表现得尤为突出。麦赫宗与古丽尼莎在私塾中相识相爱，但是古丽尼莎父亲以女儿已长大，不能与男子接触为由将其关在家中。麦赫宗在师傅的应允下，以家庭老师的身份进了古丽尼莎家。不过三日，因为麦赫宗的父亲要朝觐，想带着他一起去，于是他不得不离开古丽尼莎家，他们就这样苦别了。等麦赫宗回来时，家道中落的赛依德欲将女儿古丽尼莎卖给丞相，他们又陷入窘境。《麦赫宗与古丽尼莎》的苦别母题模式为：相爱——苦别——相聚——离散——团圆。男女主人公的离别往往是数个月或数年，他们历经磨难，遭受坎坷，终于团圆。麦赫宗与古丽尼莎历尽了几年的曲折离散，终于如愿以偿，过着幸福美满的生活。《艾里甫与赛乃姆》和《塔依尔与佐赫拉》中也巧妙地运用了这种母题。这两部达斯坦中男女主人公父亲在狩猎时，立下婚约。这时，府中派人来报喜，男主人公的父亲见子心切，途中坠马而死。男女主人公青梅竹马，正在这时情节发生极大的转变。《艾里甫与赛乃姆》中，国王阿巴斯不愿意将公主赛乃姆嫁给孤儿艾里甫，因而撕毁婚约，将艾里甫与母亲以及妹妹一起流放到了巴格达，于是造成了艾里甫与赛乃姆的生离死别。其模式为：相爱——苦别——团圆。《塔依尔与佐赫拉》中，塔依尔与佐赫拉正值热恋时，国家面临着被侵略的命运。国王下令："谁能阻退敌军，我就将女儿嫁给谁。"有位名叫喀拉巴图尔的将领使用诡计大退敌军，于是国王许诺将女儿许配给他。其间，他发现塔依尔与佐赫拉私下有往来，十分恼火，将塔依尔装入木箱，投入河中。就这样男女主人公生离死别的日子又开始了。其模式为：

相爱——苦别——殉情。

　　总之，苦别母题在维吾尔文学中有着悠久的历史。在维吾尔民间叙事文学中广泛地运用这种叙事模式，尤其是在民间故事中极为突出。在民间故事中男女主人公由于种种原因而离别，经过一段时间的痛苦磨难，进而走到一起。这种母题一方面体现了封建社会中激烈的阶级斗争，尤其是封建包办婚姻对青年男女的残害，严厉鞭挞了封建制度的黑暗，对忠贞情侣给予了极大的同情。另一方面，通过男女主人公遭受种种磨难，经受住了爱情的考验，从而对纯洁爱情及其追求者进行歌颂。

二　神秘钟情母题或是一见钟情母题

　　其在维吾尔民间文学中是常见的叙事单位之一，特别是在爱情叙事诗中经常出现。其模式为：男主人公以某种特异的方式（照宝镜看到美女、梦到仙女、闻到美女衣服的香味、看到美女画像或是塑像）神秘钟情女主人公——为寻找女主人公上路，途中遭到种种磨难——最后找到梦中美女，如愿以偿或是找到情人时遭到谋害。第一种钟情美女的方式是男主人公照宝镜看到美女便钟情于她。如在《帕尔哈德与希琳》中，当男主人公帕尔哈德从父王宝库里的照宝镜中看到一个陌生的美女时便一见钟情，甘愿冒一切风险去实现自己的愿望。第二种钟情女主人公的方式是男主人公梦中看到一个美女便一见钟情。神秘钟情母题在维吾尔民间叙事诗与民间故事中十分丰富。如《赛努拜尔》、《凯麦尔王子与夏姆西美女》和《博孜青年》等民间叙事诗当中都出现了这种叙述结构。《赛努拜尔》、《凯麦尔王子与夏姆西美女》和《博孜青年》中，赛努拜尔、凯麦尔王子和博孜青年都在梦中看到了美女，就一见钟情，然后不顾父王的规劝，冒着生命危险上路了。途中遭遇饥渴、野兽的攻击和魔鬼的阻挠等种种磨难，最后在圣人的帮助下克服一切困难，终于走到美女的故乡，实现了自己的愿望，如愿以偿或为美女殉情而死。（《博孜青年》中最后博孜青年被处决，以悲剧结局。）这一母题结构模式在作家文学中屡见不鲜。15世纪，伟大诗人鲁提菲以民间传说为素材创作的叙事诗《古丽和诺鲁孜》中，纳沃夏德王子诺鲁孜在梦中见到了法尔哈尔公主古丽，对她十分倾慕。他经过种种磨难，最后实现了自己的愿望。第三种钟情方式是男主人公闻到女主人公的香味，便神秘地爱上了她，后由于门第差别而没有实现自己的愿望，忧伤而死。如《瓦穆克与吾兹拉》中男主人公瓦穆克闻到美丽无比的公主吾兹拉衣裳的香味就神秘地爱上了她，因门第悬殊而没有实现自己的愿望，最后痛苦地死去了。第四种神秘钟情方式是，男主人公看到美女画像或是塑像便对她一见钟情。如《麦斯吾德与迪丽阿拉姆》中，麦斯吾德王子发现父王所赐的锦袍上印有美貌女郎画像，对之一见钟情，为了寻找美女，他不顾父王劝阻上路，途中历尽周折，先后经历了十三年的磨难之后，来到了女主人公的国度，找到公主迪丽阿拉姆，实现了自己的愿望。《四个托钵僧》中的第二篇故事中的男主人公看到罗马美女的塑像，便一见钟情，后历尽种种曲折，终于实现了自己的愿望。

可见，这种母题在维吾尔爱情叙事诗和爱情故事中经常出现，它的钟情方式也是多种多样的。神秘钟情母题是以古代维吾尔民间流行的"婚姻是神秘的"这一观点为基础，将它在文学作品中得以表现。维吾尔族人们凭借丰富的想象力，提出了获得爱情与美满婚姻的艰难性，经过努力与奋斗才能够得到幸福生活的观点渗透到了民间文学之中。

三　合葬母题，又称为同葬母题

是维吾尔"达斯坦"中常用的一种叙事模式，尤其是在爱情叙事诗中更为突出。其基本模式：一对男女青年倾心相爱——他们的爱情遭到阻挠——因阴谋或忧伤而死。《帕尔哈德与希琳》、《莱丽与麦吉侬》和《塔依尔与佐赫拉》中都出现过类似的情节模式。《帕尔哈德与希琳》中，帕尔哈德的情敌霍斯罗派巫婆散布谎言，帕尔哈德得知希琳已死，十分悲伤，一头撞到岩石上死了，希琳来到帕尔哈德遗体旁，号啕哭泣，因悲伤过度而死，人们将他们合葬在花园里。在《莱丽与麦吉侬》中，莱丽、麦吉侬先后殉情而死，人们将他们葬在一起。从此，这里成了人们朝拜的圣地，尤其是年轻恋人们必至的地方。

"到天堂里找归宿"这种信仰观一方面反映了维吾尔人的伊斯兰教信仰观念，另一方面提出了自己的乌托邦思想。维吾尔人深信人死后会面临天堂与地狱两个截然不同的新世界，天堂就是人们向往的幸福快乐的理想王国，他们认为，好人死后上天堂，坏人死后下地狱。因此，人们认为这对忠实憨厚的情人会上天堂，虽然他们在这个世界不能在一起，但死后在天堂里将会过着幸福安宁的日子。这反映了人民群众对美好生活和光辉未来的憧憬与向往。这种理想在一些维吾尔族爱情悲剧中同样得以表现。

《热比娅与赛丁》中，运用了合葬的情节模式，将维吾尔族人民的理想王国思想巧妙地写在诗中，表达了对男女主人公的悲惨命运的无比同情，给后人留下了深刻的印象。这部达斯坦描写了亲友们对热比娅与赛丁的衷心祝愿，表达了人们对于现存社会相对立的理想王国的向往之情。诗人将主人公的命运与宗教信仰观念紧密结合，寄托了人们对来世的憧憬。

维吾尔民间叙事诗《塔依尔与佐赫拉》中，塔依尔和佐赫拉被埋葬于孔雀河畔的铁门关上，相传墓地上开放的白玫瑰是塔依尔，红玫瑰是佐赫拉。我国四大传说之一"梁山伯与祝英台"中也有与《塔依尔与佐赫拉》相似的结尾。"梁山伯病死后，祝英台被迫无奈嫁给马家，成亲那日，她要求在花轿经过山伯墓前时，让她扫祭一番。当她全身素装来到山伯墓前时，随着"梁兄——"一声撕心裂肺的悲号，顿时天昏地暗，风雨大作，电闪雷鸣之中，只见山伯坟墓崩裂，英台纵身投入墓穴。众人抢拦不及，只扯到一片碎裙。瞬间，山伯墓合拢如旧。这时，雨后的晴空挂着美丽的彩虹，墓地上两只硕大的彩蝶上下飞舞，形影相随。这就是生不能共枕，死也要同葬的笃情男女的传说——梁山伯与祝英台的灵魂。"[1] 这样的结尾，反映了人们对于男女主人公无限的同情，同时描写了人们对幸福自由生活的追求，其中渗透着"生不能成夫妻，死也要同墓葬"的思想观念。在冷酷残忍的现实面前，这样的结局可以获得一种精神上的慰藉和满足，更可以从中感受到人民大众自身蕴藏的巨大潜能，看到表层之下地火的运行，从而凝聚起前进的信心、勇气和力量。[2] 爱情悲剧《瓦穆克与吾兹拉》中有这样一个合葬情节：瓦穆克死后，他家人按他的遗言，设法把他葬于吾兹拉常来游玩的花园中的"苏帕"（外修筑的平台，供人夏日小憩）下。次日，吾兹拉来花园游玩，一阵风从"苏帕"那边吹来，吹到吾兹拉的脸上，吾兹拉偷偷地向"苏帕"方向望去，忽见铺在"苏帕"上的地毯一时间列成了一条，从瓦穆克的脸上发出一束束强光。这光亮又激起了吾兹拉心中原有的爱火，她忘情地扑到瓦穆克身上，"苏帕"裂开的地毯又恢复了原状。诗人通过一对男女青年的爱情悲剧向人们指明门第差别是人类纯洁爱情的桎梏。诗人用这种富于幻想的故事结尾，表达了人民群众对未来的美好希望与追求的向往。

---

① 贺学君：《中国四大传说》，浙江教育出版社 1989 年版，第 5 期。
② 同上书，第 131 页。

突厥各民族民间文学中以神奇结尾的爱情故事较为多见。如柯尔克孜《库勒木尔扎与阿克萨特肯》是最为典型的一个例子：贫民之子库勒木尔扎与牧主之女阿克萨特肯相爱。但是他们的爱情遭到了她父亲的阻挠，结果她父亲与叔叔合谋将库勒木尔扎杀害，将尸体葬于深山之中。阿克萨特肯得知她情人被害的噩耗，自杀而亡。死后他们的坟头上长出了两棵青杨树，树枝紧紧地缠在一起。从上述特异的结尾中，我们可以发现它们有一个共同特点，那就是：以男女主人公在现实中遭受的不可避免的失败和悲剧为前提、为契机、为开端，展开大胆、神奇而又富有色彩的想象，在幻想的世界和精神的王国里，让主人公充分按照劳动人民自己的愿望和方式，痛快地惩罚和处置那些破坏人民幸福生活的黑暗反动势力，同时，自由地去实现自己的美好愿望和要求，从而获得一种积极的精神满足和心理补偿。

总之，合葬母题包含着深层的文化内涵。第一，与维吾尔族神灵崇拜的信仰有关，它反映了维吾尔人"人死魂不死"的古老信仰，维吾尔族先民相信万物有灵的观念，他们认为人死后灵魂并不死，只能变成某个动物或植物的灵魂。因此，他们认为不幸死去的情人们的肉体虽然没有相结合，但他们的灵魂会在一起，"生不能共枕，死求同葬"的观点就是这种观念的产物。第二，合葬母题反映人民群众对死亡的认识与了解，表达他们追求幸福美满生活的理想愿望。[①] 最重要的是，表达对自由爱情和自由婚姻的追求和向往，对反对势力和顽固势力的严厉批判和鞭挞。

四　如愿母题

其实一见钟情母题的大结局如愿母题普遍存在于世界各国各民族的文学之中，尤其是各国民间文学中使用最多的叙事模式之一。如果我们利用俄国学者普罗普人物的功能规则对如愿母题模式进行分析，那就可以更好地理解如愿或是团圆母题的基本情节模式。我们可以看到，维吾尔爱情叙事诗里的人物迥异，但在整个情节过程中行为却是相似的。普罗普指出："这就决定了永恒不变的因素和可变的因素之间的关系。人物的功能是永

---

① 张天佑、阿布都外力·克热木：《维汉文学中的殉情——合葬原型比较分析》，《西北民族大学学报》2009 年第 6 期。

恒不变的因素，而其余部分都是可以变化的。"① 我们以维吾尔爱情叙事诗为例说明我们的论点。

（1）赛努拜尔不顾父王的规劝，冒着生命危险去寻找美女。（赛努拜尔动身出发）赛努拜尔得到圣人的帮助，克服种种困难，实现自己的愿望。（赛努拜尔得到帮助）

（2）凯麦尔王子不顾父王的规劝，冒着生命危险，去寻找仙女。（凯麦尔王子动身出发）凯麦尔王子得到圣人、老人和仙女的帮助，克服种种困难，实现自己的愿望。（凯麦尔王子得到帮助）

（3）艾穆拉江为实现父王的要求，冒着生命危险，去寻找神奇百灵。（艾穆拉江动身出发）艾穆拉江得到仙女的帮助，得到神奇百灵和仙女的爱，实现自己的愿望。（艾穆拉江得到帮助）

（4）麦斯吾德不顾父王的规劝，冒着生命危险，去寻找公主。（麦斯吾德动身出发）麦斯吾德得到仙女的帮助，实现自己的愿望。

（5）麦赫宗冒着生命危险去寻找失散的古丽尼莎。（麦赫宗动身出发）麦赫宗得到师傅、渔夫的帮助，经历种种苦难，两人团圆，如愿以偿。

主人公动身出发寻人寻物，得到帮助是永恒不变的因素，人物身份、动身的理由、寻物的结果等是可变的因素。在寻人寻物的过程中，主人公经历种种苦难痛苦，得到某个帮助者（神灵或是人类）的帮助，实现自己的愿望。按照上述的分析，可确定如愿母题的基本模式，具体为：主人公为了实现某种愿望或完成某种使命而英勇奋斗——主人公历尽种种曲折（离别、敌人阴谋或个人遭遇）——克服一切困难，达到目的，实现愿望。这种母题是真善美对假恶丑的胜利，人类伦理道德和美学观点在文学作品中得到具体表现。在维吾尔民间故事和爱情叙事诗中主人公命运往往以如愿以偿（大团圆模式）为结尾。维吾尔民间故事《裂开，山崖》中，女主人公被狠毒的后娘折磨，她的痛苦感动山崖，山崖裂开后将她藏于里面，以此逃避后娘的祸害，之后她成为王子的妻子得到幸福安宁的生活。这位善良美丽的女主人公摆脱后娘的压迫，得到幸福生活的理想结尾，是许多民间故事共同具有的解决阶级斗争的方式，是劳动人民对黑暗势力的

---

① 普罗普著：《神奇故事的转化．俄国形式主义文论选》，中国社会科学出版社 1989 年版，第 209 页。

胜利,是对美满幸福生活的追求与憧憬。

《麦赫宗与古丽尼莎》中男女主人公通过坚持不懈的奋斗精神克服各种困难,战胜封建势力的破坏与阻挠,最后走到一起,过着幸福生活的故事情节,把他们的勇气和精神表现得淋漓尽致,对追求自由进行歌颂,以富于幻想的故事结尾,使人们的愿望在心理感情上得到最大的满足。

《四个托钵僧》中,主人公阿扎旦·白赫特为求子,到陵墓院祈祷,在这里倾听了四个托钵僧离奇曲折的爱情故事,后在四个托钵僧的祈祷下喜得王子。之后,他的王子与天王公主成亲,在主人公阿扎旦的请求下,天王下令魔鬼、仙女和天兵将四个托钵僧的情人找回来,与四个托钵僧喜结良缘,大家都如愿以偿。这样的团圆式的结尾是人民群众对主人公命运的理解与同情的结果,同时表达了人们向往理想社会的主题思想。这样的结尾都是大欢喜的团圆场面,也可以给人们带来心理上的暂时安慰,然而,由于其中渗透了封建伦理思想和宗教意识,实际上还会造成消极后果,使人们对于迫害他们的社会制度所应有的憎恨和反抗在这暂时的满足之中减弱以至消失。

总之,如愿母题在尼扎里"达斯坦"得到了很好的表现,尼扎里描写主人公经历一段时间的磨难后得到幸福美满的生活,反映了维吾尔族人们对幸福生活的渴求,对自由恋爱的向往和对忠贞情侣的歌颂。如愿母题是人类共同向往的理想王国的产物,是人们对主人公命运理想化的处理。

五 幸存母题

幸存指的是在大难或大祸中幸免一死的情况。在维吾尔族达斯坦中,幸存母题出现得较少一些。在《赛努拜尔》中,国王考虑到赛努拜尔一个人上路危险,给他五百个士兵。赛努拜尔在海上遭到暴风雨,船翻了,所有士兵都遇难了,他和好友孜瓦尔因爬到木板上在海里漂流而幸免于难。在《帕尔哈德与希琳》中,帕尔哈德不顾父母的劝阻准备远行。父王给他五千名卫兵一路护送。在海上,他们遇上大风,船沉入了大海,帕尔哈德靠着一块船板幸存。在《麦斯吾德与迪丽阿拉姆》中,麦斯吾德率数百艘船走海路,快到库斯坦坦耶城时,海上起了风暴,所有的船只都沉入大海,随从人员均葬身波涛,只有麦斯吾德凭借一块木板活了下来。经过四十天的漂流,他来到一座无名岛,岛上形体高大的黑人捉住了麦斯吾德并把他带到他们的国王面前。在《麦赫宗与古丽尼莎》中,他们坐在自己做的木舟上向巴格达行进，遭到暴风雨，二人凭借着船板在河里漂流，得以幸存。

总之，幸存母题具有如下两层含义：第一，表现了人类对生命的崇拜和生存的欲望。在任何恶劣的自然环境和社会环境下，人类以顽强的拼搏精神和努力，得以生存。他们强大的生命力源于生存欲望。这一观点在文学中，尤其是底层民众的民间文学中得以表现。第二，受众（读者、观众、听众）接受心理的要求和艺人展开故事情节的必要。受众希望他们喜爱的故事主人公大祸逃生、幸免于难，主要人物幸存是艺人为了增强主人公的传奇色彩，进而丰富故事情节来吸引受众的艺术需求。

六　死而复生母题，也称复活母题

达斯坦《麦赫宗与古丽尼莎》中更为神奇的是，鲸鱼吞吃麦赫宗之后，他大难不死，渔夫们捕获了这条鲸鱼，开刀救出了麦赫宗。这也是带有死而复生色彩的。故事中描述的地牢是一个非常深暗的地洞，比喻为地狱。从这一意义上讲，故事中打入地牢中的英雄意味着"死亡"，由于没有一点音讯和踪影，英雄亲属早已视他们为死魂灵。如在《玉苏甫与艾合买提》中，他俩被关在地牢中，他们的妻子没法联络他们，以为他们早已受伤遇难，日夜为他们哭泣吊丧。后来，他二人以赛诗赢得冠军获救，意味着他们已"死而复生"。《博孜库尔帕西与黑发阿依姆》中，博孜库尔帕西被苏鲁巴依迫害后，黑发阿依姆整理情人粉碎的器官，在他身旁念经祈求他的复活，在情人即将复活之时，她考虑到父亲和兄长二人会继续破坏他俩的爱情婚姻，因而自刎殉情。博孜库尔帕西的碎尸得到恢复，这一细节也属于死而复生的母题结构。在突厥语诸民族达斯坦中死而复生母题也常见。在《英雄布哈什的传说》中，父亲听信小人的谗言，一箭射杀死自己的儿子——英雄布哈什，英雄的母亲用报春花拌上自己的乳汁敷在儿子的伤口上，英雄布哈什便死而复生了。[①] 在阿尔泰族史诗《央格尔》中，英雄央格尔被波斯王子的毒箭射中，伤势恶化，濒临死亡，是他的两个妻子将他救活，央格尔激动地说："是你们点燃了我生命之火，是你们妙手回春，使我死而复生。"在哈萨克史诗与英雄传说中，英雄死后经常出现一位白天鹅姑娘，她用圣水使英雄死而复生。"在《玛

---

① 托合提·图拉译：《阔尔库特寓言故事集》，民族出版社 2001 年版，第 1—19 页。

纳斯》的古老唱本中英雄死而复生母题占有重要的位置。在早期的《玛纳斯》唱本中，玛纳斯的叔父闲孜卡曼长期生活于卡勒玛克人中，娶卡勒玛克人为妻。其子阔克确阔孜对玛纳斯心怀歹意，他在玛纳斯的酒中投毒。玛纳斯逃走，又被他的枪射中，摔到山崖下昏了过去。阔克确阔孜篡夺了柯尔克孜领导权，欲霸占玛纳斯之妻卡妮凯。卡妮凯用神药使丈夫死而复生，玛纳斯复活后将阔克确阔孜杀死。在《玛纳斯》的第二部《赛麦台依》中亦有赛麦台依死而复生的母题。玛纳斯之子赛麦台依被叛变的勇士所杀害，仙女将赛麦台依的尸体运到卡依普山的山洞，施用仙药使赛麦台依死而复生。"① 因此，死而复生母题在突厥语诸民族文学中是一个非常古老的母题。英雄人物作为天之骄子，民众的领袖，他们本身对长生不老有一种强烈的欲望。但是时间是不可抗拒的，英雄最终无法避免死亡的命运。他们想象借助圣灵手段或神秘食物、圣水、神药和巫术等，永葆生命。"突厥史诗中的英雄死而复生的母题保留着古老神话中神死而复生的鲜明印迹。突厥史诗中的英雄们逃脱不了衰老、死亡的命运，突厥语诸民族的先民出于对英雄的崇拜，他们让英雄们在壮年时死去，再通过巫术，使用母乳、生命水、神药等物，使英雄死而复生，在重生的过程中英雄们补充了能量获得了永恒的生命力。"②

总之，死而复生母题具有如下几层意义：第一，人类对于长生不老、永恒生命的向往和精神追求。第二，古代人民相信以神奇植物、动物、乳汁为药物可以死而复生。在《西游记》中，孙悟空给乌鸡国国王服下从天间弄来的神药丸，使得他死而复生，全家重新团聚。第三，对英雄人物生命力的大力渲染和夸张。歌颂英雄人物打败自己的敌人，为人民造福的精神，期待他们长生不老，做他们的保护者和领导者。

除了这些母题之外，在维吾尔族达斯坦中还有其他一些母题，如鸿雁传书母题、复仇母题等。鸿雁传书母题是人类借助鸟类保持通信和联络之意。《博孜库尔帕西与黑发阿依姆》中，由于阿依姆父亲管教严厉，没法与博孜库尔帕西正常见面而由一只燕子送信，使库尔帕西与阿依姆能保持联络。《玉苏甫与艾合买提》中，英雄们养过的一群大雁为他们和他们的爱人送信，保持联络。这一现象说明人类对能像鸟一样自由飞翔，随时与

---

① 郎樱：《玛纳斯论》，内蒙古大学出版社1999年版，第389—390页。
② 同上书，第390—391页。

亲人见面和聊天的向往与幻想，表达了两地分居的人们对相互联络和沟通的需求。

探讨复仇母题之前要了解复仇的含义。"复仇是人类所处的一种极端化的情境，它是一种人自身或与之密切联系的个体受到其他个体的伤害而采取一系列报复性行为致使对方接受更惨烈的痛苦的自然法则。现代文学中以复仇为题材的小说大致可分为三大类：一类是因情感受伤而进行的爱情复仇；一类是因杀害至亲之人而进行的血亲复仇；一类是因受阶级压迫而进行的阶级复仇。"① 复仇母题作为一个古老的母题结构，也是我国武侠小说和历代演义故事所采用的核心叙述结构。在维吾尔族达斯坦中也有一些复仇母题的色彩，在亲属背叛母题中，英雄杀死叔叔或舅舅也是一种复仇母题的体现。英雄惩罚或杀死背叛亲属，为受委屈的妻儿复仇。侄儿杀死叔叔、叔叔毒死或暗杀侄子，兄弟杀害兄长等亲属复仇故事都属于血亲复仇母题类型。"血亲复仇是一种特殊的历史文化现象，它是以超常态的、极端性方式为特征的人类自然法则的体现。在叙事文学中以复仇为取向的创作形成了具有某种永恒意义和特定价值的母题显性形态。"② 夏普尔杀死老太婆为朋友复仇，国王处死伤害弟弟的两个太子等细节，都带着复仇母题的含义。《国王之死》中，人民群众反抗残暴无情的君主，使得国王得病，这是典型的阶级复仇。在《巴依纳扎尔》中，政府镇压抢劫杀人的五个强盗，为无辜死者报了仇。《艾维孜汗》中，为感情纠葛而杀死女友的年轻少妇被衙门处以绞刑，为死者复仇，这属于典型的爱情复仇类型。

总之，复仇母题与人类心理底层的报复意识有关，与阶级社会相互搏斗厮杀和阶级斗争有关。复仇母题是包括亲戚或朋友受到伤害或遇难母题、英雄策划母题、英雄报复母题等具体母题结构，如莎士比亚的《哈姆雷特》中，哈姆雷特的叔父杀害他父亲，娶他的母亲做妻子这属于主人公亲戚遇害母题；叔父继而策划杀害他，但他装疯卖傻，暗地里计划复仇是属于策划母题；哈姆雷特秘密组织密信，杀叔父夺权，为父亲复仇，

---

① 万水君：《复仇母题与中国传统文化》，《桂林航天工业高等专科学校学报》2006年第1期。

② 练素华：《中国古代叙事文学中的血亲式复仇母题初探》，《湘潭师范学院学报》2008年第5期。

这是报复母题。我国《赵氏孤儿》赵氏孤儿杀害屠岸贾，为被他害死父样赵盾及赵家满门 300 余口亲人报仇的故事，也属于复仇母题类型。复仇作为人们心理仇恨和行使报复的结合，反映了人类社会的矛盾和冲突。它以一种社会现象和社会问题进入文学作品之中，在长期运用过程中得以丰富和发展，具有了复杂而深刻的社会意义和文学价值。

第 十 章

维吾尔民间达斯坦人物论

　　人物是故事情节的核心，塑造人物形象是文学作品的主要任务。一切故事情节和事件都是围绕着主人公的行动而展开的，所有正反面人物与主人公都有密切联系。从这个意义上讲，人物是连接故事前后线索的纽带，是受众期待的中心。在当今作家文学中，正反面人物界限早已被打破，人物性格趋于多元化、复杂化和多样化。由于我国解放初期的文学作品主要是以阶级斗争为纲的创作思想占主导地位，往往以敌我两线思路进行作品创作和人物形象塑造。而"文革"后，作家以人性为出发点，反映人物性格和命运的多变性和复杂性，塑造了多元性格的人物形象，也就是打破了"好人始终是好，坏人始终是坏"创作的条条框框，体现了"好人变坏、坏人变好"、"人又好又不好"的创作思路。正如黑格尔所说："每个人有每一个人的特征，本身是一个整体，本身就是一个世界，每个人都是一个完整的有生气的人，而不是某种孤立的性格特征的寓言式的抽象品。"① 如果我们对人物形象定得过分死板，人物个性和独立性就无法体现，更重要的是他们吸引受众的魅力就将逐渐消失。但是，民间文学中，仍然保持了褒贬正反两种人物阵营。这是长期历史发展过程中固定下来的人物性格观，我们只能按照民间文学内在规律分析和论述这些人物形象。根据我们搜集整理的 60 余部达斯坦内容，可以把其人物形象划分为正、反人物形象两大阵营，我们按照这两大阵营人物类型分别加以探讨。

---

　　① ［德］黑格尔著：《美学（2）》，朱光潜译，商务印书馆 1979 年版，第 343 页。

第一节　正面人物类型

正面人物是民间文学作品的主要描写对象，大部分属于民间文学主人公，少部分属于配角类型的辅助人物类型。根据维吾尔族达斯坦主人公加以分类可分为英雄人物、爱情人物和世俗人物三种类型。下面我们对三种类型人物加以举例论述。

一　英雄人物

维吾尔族达斯坦成功地塑造了众多达斯坦英雄的光辉形象。达斯坦艺人热情地歌颂了史诗中英雄们顽强的战斗精神，真实地反映了他们的优秀品质、英雄气概、斗争意志和伟大力量，具有深刻的社会意义和重大的历史意义。在他们身上寄托了普通人民的革命理想和反抗精神，他们为底层民众出气、为民除害（阶级敌人或是神奇妖魔），为他们带来和平和幸福。因此，人民群众喜欢聆听自己英雄的故事。在维吾尔族达斯坦人物长廊里，我们可以看到塑造的一系列光彩照人的英雄形象，乌古斯汗、古尔·奥古里、恰西塔尼伯克、阿里甫·艾尔·通阿、阿尔斯兰·特勤、秦·铁木尔、玉苏甫和艾合买提等是其中突出的代表。

英雄乌古斯汗是一个神奇、勇猛、果断和聪慧的人物形象。他出生40天，就要酒喝和要生肉吃，再不吃母乳。他在婴儿之时就体现了神奇的特征。在成长过程中，他的身体呈现出奇异的状态，他的腿像公牛的腿，腰像狼的腰，肩像黑貂的肩，胸像熊的胸，全身长满了密密的厚毛等。他在孩童之时杀死了为民造成威胁的独角牛和一只秃鹰，展现了他的勇猛和智慧。他分别娶了一位树洞里出现的姑娘和空中光环里的仙女，生了六个儿子。他率军远征，征服了很多部落和王国，俘虏了很多士兵，缴获了无数的战利品，无限地扩大了国土，建立起了一个地盘辽阔的帝国。在征战中，有些将领表现出对强国强部落的畏怯和恐慌，乌古斯汗却坚持挺进，乘胜追击，最终战胜了势力较强的部落和王国，体现了他果断、大胆和勇敢的领导魄力，深受将领和士兵的爱戴。最后，接受大臣乌鲁克的建议，将领土分封给自己的儿子们。他对下属的建议和规劝的接纳说明他具有谦虚、慎重和尊重长者的人格魅力。

古尔·奥古里是英雄达斯坦《古尔·奥古里》中的核心人物，整个故事情节和所有人物围绕他进一步展开。他是一个具有传奇色彩的英雄人物，他母亲感应受孕，在死亡的状态下生了古尔·奥古里，因此给他命名为古尔·奥古里（坟墓之子，意思是坟墓里诞生的孩子）。他诞生之后，一匹母马把坟墓刨开，把他从墓中拖出来，用奶喂他。后来，国王令弼马温跟踪这匹母马，并发现了这个婴儿，弼马温向国王禀报。由于婴儿是从自己亲妹妹的墓中找到的，国王收养了古尔·奥古里。给他系统地教授了战术、马术、剑术等军事本领，想把他培养成一个盖世英雄。古尔·奥古里不仅武艺高强，英勇无畏，而且有较强的组织才能和领导才能。他率军打天下，占领了很多领地，威名远扬。他听说异国有个文武双全的英雄好汉名叫阿瓦孜，就特意去请他，希望能辅助自己。阿瓦孜被他的真诚感动，表示愿意跟他结盟。后来，古尔·奥古里以同样的方式组成了自己的四十个贴身护卫，大大加强了自己的势力，在中亚和西亚一带获得了"王中之王"的美名。

恰西塔尼伯克是一位半神半人的英雄人物。他是一个热爱民众、热爱人类、不怕邪恶势力的勇士。鬼妖在他家乡传播瘟疫，掏出被疾病折磨半死的人的内脏，吸他们的血，把他们的胃肠缠在自己身上，显得极度猖狂。恰西塔尼伯克下定决心，降除鬼妖，消灭瘟疫，为人们营造安乐平和的社会环境。他来到鬼妖们面前时，鬼妖们准备把他杀死，吸他的血，吃他的肉，但是恰西塔尼伯克毫无畏惧地抓住了他们的首领，吓跑了其他鬼妖。他带着小妖到城外见他们的大王，然后把大王拿下，鬼妖彻底失败，都愿意招安。从此，瘟疫、惨杀、混乱彻底消失，人们重新得到了安宁和快乐。

阿里甫·艾尔·通阿也是一个极具传奇色彩的英雄人物。他是波斯人的死敌，波斯人非常憎恨他，同时也畏惧他。他率突兰士兵数次攻打波斯帝国，占领了他们不少的领土，使得他们步步撤退。波斯人说他已有三百岁，突兰人说他有五百岁，说明他是传奇英雄。他善战、不惧死、指挥有方，说明他是一个英明机智而勇敢的领导者和统治者。

阿尔斯兰·特勤是在部落战争中崭露头角的英雄好汉，是粗犷、豪爽、勇猛而又聪慧的汗王。他率军打败不服从统治的部落，取得了一次次的胜利，扩大了王国的领土，平定了叛乱势力，立下了汗马功劳。

秦·铁木尔是一个反侵略斗争的英雄。他为救妹妹而攻打七头妖魔时，体现了他的勇敢和聪慧。等他打猎回来之后，打探出妖魔吸她妹妹的血，使她面容枯黄、脸色苍白和全身无力。他叮嘱妹妹不要告诉妖魔他回家的消息，他把自己的骏马、猎狗、小猫都藏好之后，自己也藏在家里。狡猾谨慎的妖魔到他家有所觉察，妖魔问她妹妹道："怎么我闻到人味？是否你哥哥打猎回来了？"他教妹妹如此回答妖魔："洗过我哥哥的衣裳，是从洗的衣物里散发的体味。"就这样消除了妖魔的疑虑，妖魔大胆入内，被秦·铁木尔接连砍掉两个头，他的猎狗咬掉了妖魔的另一只头。他追击妖魔，连战七个昼夜，除掉了它，为妹妹报了仇。在卡尔梅克人劫走她妹妹时，他一人向卡尔梅克大军宣战，连续作战四十昼夜，由于寡不敌众，只能以撤退告终。他多次单枪匹马闯入敌营，为索要妹妹而浴血奋战。这些情节展现了他反对侵略的爱家爱国精神和不屈不挠的英雄气概。

玉苏甫和艾合买提是英雄达斯坦《玉苏甫与艾合买提》中的主人公，是一对兄弟英雄。他们具有机智、豪爽、勇猛和善良的性格特征。他们落入敌人的陷阱，被灌迷魂药后被擒，关在地牢里。他们善于弹琴歌唱，赢得了监狱长女儿的爱情。在一次歌唱比赛中，赢了开麦克魔师，获得了自由。返回故乡时，正巧赶上阿依汗叛变，他想夺取王位，准备将两个英雄的妻儿赶出城外。两个英雄长期积压在胸中的仇恨全部爆发了出来，他们打败了叛变者，夺回王位，与家人团聚，终于过上和平幸福的生活。他们组织规模庞大的军队，讨伐埃及帝国，占领了他们的国土，扩大了自己的影响力。

在维吾尔族民间文学中有与上述神话式英雄不同的一群英雄人物，他们都是有真实的历史依据和历史原型的维吾尔近现代历史人物，后来艺人们将他们的英雄事迹以叙事歌的形式创作和传播开来，逐渐成了维吾尔民间文学的主要组成部分。他们主要是好汉斯依提、阿布都热合曼和卓、艾拜都拉汗、萨迪尔、努祖姑姆、乌迈尔、亚齐伯克、铁木尔·哈里发、和卓尼亚孜和希力甫等一系列历史人物。

斯依提是《好汉斯依提》中塑造的一个具有独特个性的典型英雄形象。他是底层平民出身，有着耿直、讲义气、善良和不甘屈辱的英雄本色，但没有文化。他是街头豪杰、好汉，不怕权贵和巴依老爷，当贫民受欺负和委屈时，他就会打击暴徒，为贫民出气。清末官员的腐败无能与底层民众的疾苦造就了他勇于反抗的个性。他走遍南疆地区，看到贫民过着的苦难生活，对现实制度产生了极度不满，但又不知怎样寻找出路。他的仗义和不识字成了他的致命弱点。乌什县衙大人给喀什大人写了封密信，命他送过去。其实，这是他的判决书，但他不知道自己亲自呈上的是自己的判决书。喀什大人装作同情他的样子，表示他不想处死他，但是官令如此不得已。好汉斯依提仗义地告诉他："不要为难，大人就下令吧！"就这样，一个深受底层民众尊重和爱戴的历史英雄被反动势力杀害。斯依提虽然是一个敢为百姓打抱不平的人，但最终陷入了他们的陷阱。我们不难看出他的小市民妥协性和愚昧无知酿成了他的人生悲剧。

阿布都热合曼和卓也是清代的历史人物，他率领贫民组织了一次农民起义。他是一个机智勇敢又有政治抱负的人。他对清政府压榨人民的行为和官吏的腐败十分不满，他想通过农民起义让贫民摆脱这种困境。于是在他 18 岁时，私下筹集武器，组织武装力量，为农民起义积极准备。从这一角度来讲，他有远见性和组织能力，不是盲目的革命者。他在与官兵的战斗中展现出了他超群的指挥力和英雄气概。虽然起义被官府镇压，但也给了官府沉重的打击。他是人民心中永垂不朽的英雄。他的英雄事迹在艺人的创编下在民间广为流传。

艾拜都拉汗是《艾拜都拉汗》中的人物，是 20 世纪生活于新疆和田地区的历史人物。20 世纪初期，和田地区人民生活贫穷落后，1934 年土匪马虎山占领了和田，企图把和田变成自己的"天堂"。他和他的士兵随心所欲地欺压百姓，抢夺财产，践踏女人，迫害着和田人民。和田人对他们痛恨至极，希望打击他们日益嚣张的气焰。在这样的历史背景下，艾拜都拉汗私下组织人马打游击战，由于叛徒出卖，被敌人处以绞刑。他为民除害的理想以及英雄事迹得到了和田人的支持与肯定。因此，他的英雄形象是极为深远的。

萨迪尔是 1864 年伊犁爆发的农民起义的领袖，是一名反清反沙俄的爱国英雄。起初他在伊犁组织了一支规模不大的农民起义军，对抗官府士兵，由于伊犁人支持自己的军队，他的起义队伍日益壮大，对清朝封建统治构成了严重的威胁。官府以抓捕他的妻儿的卑鄙手段，逼他投降，但是他以自己的胆识和英勇在刑场营救了妻儿。他几次被官府抓捕关入大牢，但每次他都能挖通监狱的墙，逃脱敌人的魔掌，继续他的革命。他是一个典型的不屈不挠的人民英雄。后来，沙俄入侵我国伊犁地区镇压农民起义，萨迪尔在山区周旋打游击战，继续打击沙俄侵略者。他的英雄事迹说明他是一个不屈不挠将革命进行到底的人民英雄。

努祖姑姆是一个反清女英雄。她温柔、美丽又善良。紧要关头，她也会显示出刚强、倔强、勇往直前的阳刚性格。她所参加的农民起义被镇压后，她也被流放到了伊犁。她在两次抢婚事件中伤害了官府高官，一人逃出，名声远扬。在山洞中，她顽强反抗敌人的抓捕行动，一人刺死了数名清兵，因我寡敌众，最终落到敌人手中，壮烈牺牲。她坚守自己的纯洁和美丽，对敌人绝不低头，表达了与敌人斗争到底的决心和不屈不挠的战斗精神。玛依姆汗也是与努祖姑姆同时代的反封建反压迫的女中豪杰。她以编造民歌的形式讽刺和嘲笑想要蹂躏自己的土豪老爷伯克，给土豪劣绅予以严厉的鞭挞，得到了当地群众的拥护和支持。乡绅老爷们以"侮辱官府官员"的罪名向伊犁衙门状告她。

乌迈尔是反抗准噶尔蒙古人掠夺行为的哈密历史人物。他是位勇敢、善良的爱民爱国人士。他率一支小队到处打击西部蒙古强盗士兵，成了蒙古统治高层的眼中钉。他们收买了一个名叫奥斯曼的当地财主，设埋伏抓捕了好汉乌迈尔。蒙古人绞死乌迈尔后，他的小分队继续着他的革命事业，为民除恶。乌迈尔无畏、刚强的性格在战争中不断地表现出来。亚齐伯克是反对准噶尔强盗的人民英雄，他以英勇无畏的斗争精神与敌人进行抗争，最终在战斗中壮烈牺牲。

铁木尔·哈里发是出身于底层平民的领袖，他是一个木匠，由于他和劳动人民保持着血肉联系，他依靠广大群众，把胜利的信心寄托在广大群众斗争的基础上。他组织了反对官府的武装力量。1911 年，响应辛亥革命，他领导了哈密农民起义，打击了哈密地方官府势力，取得了短暂的胜利。在新疆，辛亥革命的胜利成果落到清朝官员杨增新手里，他派人以丰厚的待遇款待农民领袖铁木尔，铁木尔被杨将军欺骗，死在了他手里。通过这个故事，我们看到铁木尔具有严重的妥协和享福心理，他性格上的弱点是导致起义失败和自己走向死亡的直接因素。

和卓尼亚孜是一个足智多谋、谨慎细心的农民起义领袖的典型形象。他原是农民兼猎人，是山区的一个贫苦孩子。他曾主动参加并策划组织了铁木尔·哈里发发动的农民起义，具有高明的政治手段和丰富的斗争经验，后来哈密的每一次作战的胜利及胜利后根据地的建设、扩大，都凝结了他的心血。1931 年，他领导了第二次哈密起义，占领哈密、吐鲁番、库尔勒等地，并向阿克苏、喀什挺进，在全疆产生了极大影响。后来，苏联领事馆大使介入，经过谈判，他当上了新疆政府副主席，为新疆人民做了一些好事，但因刽子手盛世才怕他在民众中的影响力而暗杀了他。和卓尼亚孜为开创和发展哈密农民革命事业做出了重大贡献。

希力甫是解放前夕被阴谋暗杀的爱国人士。他在担任和田策勒县博斯坦乡地方官时，为民行善，在改善民众生活等方面发挥了较大的作用。他在征税政策上打破了"农民多交、地主少交甚至不交"的传统，推行了地主多交税，农民少交税或不交税的政策。这一地方规定触犯了地主们的利益，他们暗中串通，雇佣凶手而杀害了他。希力甫不怕上层势力威胁的刚强性格和维护平民利益的爱民思想，得到了人民的歌颂，逐渐成了当地人心目中的英雄人物。

二　爱情人物

爱情人物指的是以爱情婚姻为题材的文学作品中的主人公。在维吾尔族达斯坦中，爱情婚姻达斯坦在整个达斯坦数量中占一半以上。爱情是神圣的，在情人的眼里，他（她）只有找到他生活中的另一半才是幸福的，柏拉图则将爱情的纯洁性推向了极致——追求灵魂的契合而非肉欲的狂欢。各种不同文学样式都用各种方式表达着对爱情的理想、追求与思考。在爱情人物的花园里，艾里甫与赛乃姆、塔依尔与佐赫拉、热比娅与赛丁、莱丽与麦吉侬、拜合拉姆与迪丽阿拉姆、瓦穆克与乌兹拉、博孜库尔帕西与黑发阿依姆、热娜公主与尼扎米丁王子、赛努拜尔、凯麦尔王子与夏姆西美女、乌尔丽哈与艾穆拉江等一对对恋人形象令人感动，在维吾尔族达斯坦中占有一席之地。

艾里甫与赛乃姆是家喻户晓的一对恋人。他们是热情、善良、热爱生活、有情有意、有血有肉的人物形象，他们忠于爱情，一心追求自由的爱情。他们出身高贵，父母约定成全他们，但是后来艾里甫父亲坠马死亡，赛乃姆父王背信弃义，极力反对他们的婚事，为了拆散他们，将艾里甫流放到遥远的巴格达。但是国王的干涉没有斩断艾里甫与赛乃姆之间的爱情，他历经千辛万苦，跋山涉水，返回迪亚巴克力城。在她的御花园里当园丁，与她秘密幽会。他们对爱情的执着和忠贞感动了国王，遂为他们举行了婚礼，使得他们如愿以偿。他们具有坚持奋斗的精神和不达目的绝不罢休的决心。因而争取到了自己的幸福。

麦赫宗是一个英俊潇洒、心地善良、人格高贵和追求真爱的年轻人。他用一生追求古丽尼莎，表达了他追求真善美，推崇感情专一、至死不渝的爱情观。如当他得知古丽尼莎被公主装入箱子，投到了河里时，十分绝望。他无法想象离开心爱的人该怎样生活，他决定跳海自尽，但是他被渔翁奇迹般地救起。他开始到处寻找古丽尼莎，终于从别人手里赎回了她而与情人团圆。为了爱情，他什么都可以放弃，甚至他的生命。他的这种崇高的爱情至上的思想，在他追求古丽尼莎的曲折经历中得到充分的体现。①

古丽尼莎是个有血有肉的人物形象，是维吾尔族优秀女性的化身。尼扎里将她塑造成美丽、勇敢的女性形象。她把爱情看得高于一切，把那些权贵的高贵门第、名誉财宝都不放在眼里，为了自己的爱情和幸福进行了不屈不挠的斗争。当她的人身权利遭到侵犯时，她毫不犹豫地挺身而出与坏人斗争。如当宰相想奸污她的时候，她不怕他的地位和权力，拿刀刺伤他，让他没能得逞。她当上埃及国王之后，到处派人寻找麦赫宗，表现了对麦赫宗至死不渝的炽烈的爱情。②

塔依尔与佐赫拉是一对传奇式的爱情人物。他们从小青梅竹马，相亲相爱，追求纯洁的爱情。佐赫拉父王不肯将女儿嫁给一个无父亲的孤儿，便把塔依尔装在箱子里，投到河里漂走了。后来塔依尔千方百计返乡与情人团聚，但国王却将他处死。这一爱情悲剧反映了封建贵族与底层阶级的阶级冲突，反映了真挚的爱情与阶级等级观念的矛盾。塔依尔是封建等级制度下的受害者和宫廷权势斗争的牺牲品。达斯坦有很强的揭露和批判力，它表达了主人公追求自由爱情、平等婚姻的强烈愿望，无情地揭露和控诉了封建制度的黑暗与罪恶。

热比娅与赛丁、莱丽与麦吉侬、瓦穆克与乌兹拉都属于浪漫式爱情故事人物，都是以殉情为结局的爱情悲剧人物。在这些达斯坦中塑造的男主人公都是为爱情舍弃一切和牺牲一切的痴情类的人物形象。女主人公父亲不同意把女儿嫁给他们之后，他们都受到打击，无法接受现实而走向荒野戈壁或沙漠，最终病死。不幸的女主人公都被父亲们逼迫嫁给有权有钱的上层人物，可她们选择了自杀殉情的道路。她们都是美丽而多情的。离经叛道——不满父母包办的婚姻，追求理想爱情；内热外冷——受封建礼教约束，内心感情丰富而外表镇静，常有"假意"。这一类型的人物是把爱

---

① 阿布都外力·克热木：《尼扎里的"达斯坦"创作研究》，民族出版社 2005 年版，第 87 页。

② 同上。

情看得高于一切，是自由爱情的护卫者和先锋者。男女主人公都是纯洁而朴素的爱情的化身。博孜库尔帕西与黑发阿依姆虽然都是爱情故事中的悲剧人物形象，与上述人物类型有一定的区别。他们虽然对爱情坚贞不渝，有争取爱情的勇气，但是最后男主人公都会被黑心巴依伤害，女主人公为他殉情。

拜合拉姆是一个花心的君王，他为消磨时光，修建了七座城堡，分别娶来了七洲的女人，但她们都得罪了王后迪丽阿拉姆。在迪丽阿拉姆失踪之后，他想念她，派人四处寻找。拜合拉姆是一个高傲、风流、花心和反复无常的男人。迪丽阿拉姆是一个美丽善良、聪明贤惠的妇女形象。但在这一达斯坦的变体中，迪丽阿拉姆是一个狠心无情的考验者，她以提问题和编诗的方式考验无数年轻人，处死为数不少的求婚者。其中，拜合拉姆在赫兹尔神的相助下解答了迪丽阿拉姆的难题，完成任务而娶她为妻。在这一故事的异文中的拜合拉姆是一个聪慧、善良、英俊和勇敢的波斯王子。

维吾尔族达斯坦中有一批反映奇异爱情的达斯坦作品，《热娜公主与尼扎米丁王子》、《赛努拜尔》、《凯麦尔王子与夏姆西美女》、《乌尔丽哈与艾穆拉江》和《麦斯吾德与迪丽阿拉姆》……都属于这一类型。这些奇异爱情故事人物都神秘地（借助着梦、宝镜、照片等）暗恋一个仙女，踏上寻找情人的路程，途中遭遇千难万险，在神仙的帮助下克服困难，到达了目的地，找到了自己的情人，爱情得到了归宿。男主人公都出身于王室贵族，从小受过良好的教育和正规的训练。他们长得英俊，聪明伶俐，善良诚实，文武双全。他们总是忠于爱情，将爱情置于功名之上，凭着自己的优秀品质和英俊的外貌感动善神和仙女情人，战胜困难，如愿以偿。他们是幸福生活理想形象的化身，自由爱情和传奇爱情的象征。

三　世俗人物

在维吾尔族达斯坦中，世俗性人物形象塑造得惟妙惟肖。《雅丽普孜汗》中的雅丽普孜汗是一位足智多谋、有心计的聪明女人。她利用阿奇木伯克、喀孜老爷、屠夫等有钱人士的贪色心理，以在家幽会时突然"丈夫回来"的方式捞他们"不干净"的钱。她是漂亮、聪慧、大胆而有心眼的乡村妇女的形象。又如在《艾维孜汗》中的艾维孜汗、艾木拉汗、阿布都拉等人物都是世俗化的乡村人物形象。艾维孜汗的好友艾木拉汗，勾引朋友的丈夫阿布都拉，艾维孜汗看到他们在幽会，向朋友艾木拉汗下了狠手，捅死了她，自己进了监狱，最终被处死。她本来是一个善良、安分的贤妻良母型的女人，但当看到自己丈夫有外遇，而且是自己的好友艾木拉汗勾引了自己的丈夫，就再也控制不住自己的感情，一时冲动犯了罪。阿布都拉是一个粗鲁、幼稚、不懂得珍惜爱情婚姻的浪荡者，由于他的喜新厌旧酿成了这桩悲剧。再如《夏赫亚库甫与苏里坦汗》中的夏赫亚库甫和苏里坦汗也是世俗人物形象，夏赫亚库甫是一个典型的小市民，他在经商的旅途中杀死了自己的老板，变成了当地的暴发户。他依仗自己的钱财，娶了四房妻妾，虐待自己的正妻苏里坦汗，造成了她离家出走，最后饿死在戈壁滩的悲剧。夏赫亚库甫是一个爱财如命、放荡不羁的恶棍形象，他没有一点人情味，对自己几个孩子的母亲——苏里坦汗那么的无情无义，遭到了人们的痛骂和白眼。苏里坦汗是老实巴交的乡村妇女，她是因经济不独立而遭遇不幸命运的乡村妇女形象。《巴依纳扎尔》中塑造了五个强盗形象，他们像阿里巴巴故事中的四十个强盗一样，拦路抢劫。他们是残忍不道、贪财如命的暴徒形象。他们为了钱，残忍地杀害了经学院的五个学生，造成了十分恶劣的社会影响。《控诉西纳赫夏伯克》中，塑造了热瓦甫琴手平凡而富有正义感的人物形象，同时塑造了抢夺他爱妻的卑鄙无耻的伯克大人。《萨迪克·提依苔勒》中塑造了一个风趣幽默的民间小丑形象。《过去与今天》中将过去的农民与今日农民加以比较，塑造了勤劳朴实、安分守己的农民形象。《苏丹加密介麦》中通过游历天堂和地狱的国王加密介麦魂灵的遭遇，塑造了一个生前残忍无道而死后老实诚实的双重人物形象。

　　在正面人物群中，还有一些国王形象和神灵形象，神灵形象中最为典型的是赫兹尔神形象。赫兹尔神形象是维吾尔族民间故事和达斯坦中最为常见的神灵形象。据伊斯兰教传说，赫兹尔神是为人民解决难题和为好人带来好运的神人。在伊斯兰教经典《古兰经》的叙述中，安拉把摩西派到赫兹尔圣人那儿学习知识，据说他是一个知识渊博的人，摩西看到赫兹尔为人类所做的三大好事，十分感动。[1] 赫兹尔神是宗教故事中常见的神灵形象，他往往是帮助弱者的神人，是劳动人民心目中理想化的善神形象。赫兹尔神的相助原则是向诚实、正直而正派人物提供帮助，对黑心、

---

　　① 　乌斯曼·司马义：《维吾尔魔法故事研究》，新疆大学出版社2006年版，第155页。

贪婪、自私、铁心肠和无情的人物不提供任何帮助。赫兹尔神是一个无所不知的先知。他打破时空局限，对世界万事万物了如指掌，对未来时空将会发生的事情都十分明了。因此根据他自己掌握的未来信息，教给主人公如何达到个人目的的方法。

我们提到的仙女几乎都是男主人公的未婚妻，我们在爱情人物形象分析中对她们的形象进行了分析。她们早已是人类化的神灵形象，她们都具备善良美丽、聪明超能的性格特征，为男主人公实现愿望做出了极大的努力。一些国王确实代表公正、正义、正直和善良的君主形象，如《阿地力汗》中的国王阿地力汗是一个想民所想、急民所急的好君王，他答应给七个乞丐让位，自己的一家人到处流浪，雪上加霜的是在强盗的攻击下，他与妻子孩子们失散了。他在异国又争取了一个王位，公正而正义地主持国家，受到群众的爱戴和拥护。《帕尔哈德与希琳》中美丽的女王巴努也是爱国爱民的国王。她为改善平民的生活而实施了很多惠民政策，在波斯暴君的威胁下不肯低头，率领亚美尼亚人民为了保卫祖国，为了捍卫正义，与之展开斗争。爱情达斯坦中，男主人公的父王们都是善良、爱民、热情和关注平民疾苦的好君王。

第二节　反面人物类型

反面人物也是展开故事情节的另一个方面，对于情节叙述，他们也同样重要。"既然叙述离不开行动和事件，也就离不开行动和事件的发出者和参与者，那么，人物也是叙事文学不可或缺的重要组成部分。"[①] 根据反面人物的性格和本质特征，我们将其分为两种人物类型加以考察。

一　鬼神妖怪型

鬼神是人类神灵崇拜的产物。在萨满教信仰中，宇宙可分为天界、人界和地界三个世界类型。天神和神仙常住在天上，而鬼神常住在人间。人类在天神和神仙的相助下战胜鬼神，营造和平安乐的社会环境。英雄降妖除魔是英雄事迹的主要内容。我们对鬼神形象加以具体分析。

---

① 童庆炳：《文学理论要略》，人民文学出版社 1995 年版，第 206 页。

1. 魔鬼（Diwe，英文 devil）和妖魔（Yalmawoz 英文 demon）形象

魔鬼是恶势力的化身，终将被战胜，因为正义永远会战胜邪恶。妖魔或魔鬼（Diwe）是故事中出现的体型庞大、脸色可怕而且身材高大的笨重家伙，它会变形，会呼风唤雨，可使天昏地暗。故事中描述它的身高和体形像巨人，身体高得可顶到乌云，鼻孔像山洞，耳朵像猪的一样，凶猛、力大无比，它胃口大，一次能吃四十锅饭，能喝一池塘水。它能把山像玩球似的在手掌上滚动，以人和野性动物为食物，经常抓美女开心。妖魔有很奇特的生活习性，它们四十天在外活动，四十天酣睡，在酣睡期间，有多大的骚动和喧哗，他们都不会醒。他们虽然力大无比，但都是智力低下的笨蛋傻瓜。如主人公像渔夫应付魔鬼一样用才智对付它们，征服它们。在维吾尔族民间故事和达斯坦中魔鬼有白色、黑色和黄色三种颜色类型，他们不仅凶残、力大无比，而且具有十分神奇的魔力，但是因他们幼稚和笨拙，往往都被主人公战胜。在世界文学中魔鬼（多数情况下以"撒旦"为名）形象屡屡出现，而且在各国文学中魔鬼形象和外形特征都有所不同。"从《圣经》里的魔鬼化作毒蛇进入上帝的乐园，引诱亚当和夏娃偷吃善恶树上的禁果，抛弃了信仰这一古老的故事开始，就有魔鬼诱惑人类、骗取人类的灵魂，使人堕落乃至毁灭的故事在历代作家的笔下源源不断地涌出，从《荷马史诗》中的巨妖、但丁笔下的女巫、弥尔顿笔下的撒旦到《浮士德》中的魔鬼等等，几乎没有一个国家的文学作品中没有魔鬼的形象。由此可见，在西方文学的传统中，魔鬼的形象始终存在着。"① 世界文学中的魔鬼形象是以诱惑者的身份出现的，他有使人的思想堕落腐败的神奇力量。"魔鬼显示为破坏性地否定宇宙的原则，显示为神的创造力的对立面。魔鬼不仅随遇而安，而且无处不在。只要人类稍一离群，或信仰稍一松懈，魔鬼即刻就找上门，把你拖下水，与之同流合污。"② 随着人类社会发展，魔鬼形象不断得到丰富和发展。从最早的血盆大口、青面獠牙等妖魔鬼怪到渐具人类思想、感情和语言等更多内涵和象征意义的魔鬼的出现。同时，魔鬼的形象正从最初的单纯恐怖到现在形体巨大而日趋复杂化转变。如弥尔顿笔下的撒旦，从外貌到内心都变得非

① 鲍维娜：《作恶造善之力于一体——从原型理论看外国文学作品中的魔鬼形象》，《浙江教育学院学报》2003 年第 3 期。

② 陈玉涓：《试析霍桑作品中的魔鬼形象》，《宁波大学学报》2000 年第 2 期。

常丰富。在《失乐园》中，他身材魁伟、面目骄矜、背负巨盾、手执长矛，因反对上帝而被打入地狱，他脸上布满了火刑的烙印，但他不气馁，继续迈着沉重的脚步，带着天使的余辉，重新召集群魔，准备东山再起。弥尔顿一方面赞扬了撒旦的勇气和毅力，另一方面又没有改变魔鬼作恶的本质，最终他还是化作毒蛇引诱了人类的老祖先。稍后的歌德笔下的靡菲斯特更是一个有思想、有感情的复杂形象，他作恶的本质始终不变，但他那冷峻尖刻的讽刺、狡黠幽默的语言却耐人寻味，发人深思。这都说明了魔鬼的形象在文学的历史长河中也有一个不断丰富、不断深化的发展过程。如苏联作家布尔加科夫的代表作《大师与玛格丽特》中的魔鬼却一改往日的狰狞恐怖、十恶不赦的面目，摇身一变成了充满浪漫抒情色彩同时又具有深刻历史内涵的清廉法官。作者有意借鉴歌德笔下魔鬼靡菲斯特的名字，给自己心爱的魔鬼起名为沃兰德（Bolang）。这两个魔鬼既有表面的相似之处，又有内在的关联之点，当然最本质的不同在于布尔加科夫笔下的魔鬼沃兰德起着公正法庭的作用，他虽拥有巨大的魔力，但从未侵犯过善良而正直的人们，他虽代表了否定和倒退，但并不否定一切，他的否定是有针对性的，专指那些生活中的恶和阴暗面，并进一步惩罚他们。魔鬼是世界性主题，"魔鬼的主题在世界文学中占有重要地位，魔鬼的形象在各个作家的笔下也是千姿百态的。"[1]

　　妖魔（yalmawoz 英文 demon），突厥语诸民族达斯坦中经常出现多头妖魔，在维吾尔族达斯坦中以七头妖魔形象常见。有学者提出 yalmawos（妖魔）是 yal（风）＋mongos（牛角）的结合词。[2]它往往以老太婆的外形出现，其特征是吸血。在秦·铁木尔的故事中，七头妖魔欺骗前来取火的麦合杜姆苏拉，循着路上的灰迹，找到了她家，把她吊在屋顶的梁柱上，锥脚心吸血。在维吾尔族民间叙事文学中以脸色可怕而且很丑的老太婆模样出现。根据民间文学作品中的信息，妖魔在深山老林、戈壁滩或地下世界中生活。它们极具野性，以食人、动物以及其他食物生存，它比较喜欢女性和孩子，喜欢吸他们的血，吃他们的肉。它具有超强的神力和魔力。它能"把一座美丽的城市或城堡或一座景色优美的花园一刹那搬到

---

①　唐逸红：《布尔加科夫笔下的魔鬼形象》，《俄罗斯文艺》1997 年第 3 期。

②　艾赛提·苏来曼：《试析阿尔泰文化圈中的妖魔形象》，《美拉斯》（遗产）1994 年第 1 期。

几千公里之外"，它还有变形的神力，可使凡人变成动物或石头。它们经常变成美丽的姑娘诱惑主人公，把他抓住。《勇士秦·铁木尔》中妖魔变成了龙卷风，从天窗逃跑。维吾尔族学者热依汗在《〈秦·铁木尔英雄〉类型神奇故事的比较》一文中对阿尔泰语系诸民族妖魔形象进行了深入而细致的研究，她制作的妖魔故事对照表①有较高的参考价值：

作品名称	族别	男、女主人公关系	英雄身份	火种熄灭原因	掌管火种的女妖	女妖留迹方式	女妖吸血方式	英雄降妖
秦·铁木尔英雄（民间故事）	维吾尔	兄妹	猎人	猫打翻树胶水灭灶火	老太婆（七头女妖）	撒灰吊起姑娘	锥脚心吸血	苦战三昼夜，砍下女妖七个头
三头妖与勇敢的青年（民间故事）	裕固	夫妻	猎人	妻子睡过头	老太婆（三头女妖）	火线（灰迹）	锥前额血自己喝，锥脚心血喂狗喝	英雄射落女妖三个头，英雄战死
马的儿子（民间故事）	撒拉	三结拜兄弟与三媳妇（三媳妇均由鸽子变成）	猎人	鸡惊扑灭灶火	妖婆（八头怪）	撒果子	吸三个媳妇头上血	英雄（小弟）与妻子同杀八头怪
英雄拜戴勒（民间故事）	乌孜别克	三兄弟与被救姑娘（小弟战胜妖后与姑娘成夫妻）	猎人	大风吹灭灶火	老太婆（女巫）	撒炒熟的麦子	头枕姑娘腿上吸血	英雄（小弟）战胜女巫，女巫被剁成肉酱
燕子王子（新疆蒙古族民间故事）	蒙古	三兄弟与国王之女（小弟与国王之女成夫妻）	猎人	兔子跳灭火	老太婆（小嘴、大乳、大腹、细长腿的妖婆）	妖婆知道姑娘家，去时并由姑娘领进家门	用尖嘴吸姑娘头上血	英雄（小弟）在助手的帮助下，杀死了女妖后与妻子团圆

①　仁钦道尔吉、郎樱：《阿尔泰语系民族叙事文学与萨满文化》，内蒙古大学出版社1990年版，第223页。

续表

作品名称	族别	男、女主人公关系	英雄身份	火种熄灭原因	掌管火种的女妖	女妖留迹方式	女妖吸血方式	英雄降妖
三岁的库夏（新疆蒙古族民间故事）	蒙古	三兄弟与被救三姑娘（小弟战胜妖后，与小姑娘结成夫妻）	猎人	打猫灭火	老太婆（吸血时变成尖嘴、大乳、大腹的细腿妖婆）	妖婆与姑娘一起到姑娘的家	用尖嘴吸姑娘脖子里的血	英雄（小弟）战胜妖婆后，与妻子团圆

从表格中，我们看到妖魔是多头的（三头妖、七头妖、八头妖或长相奇特）和吸血的。嗜血成性的妖魔都从老太婆那里借到了火种，都把老太婆引到了家中。妖魔要求她们一路撒草木灰或是撒果子或是撒麦子为妖魔提供路标。于是，妖魔来吸她们的血，使她们逐渐成了妖魔的美食，而她们都因失血过多而奄奄一息。

2. 怪兽（mahlok）

怪兽也是能吐火、用独角攻击人的动物，但它又往往与普通动物截然不同，它有神奇的力量和神奇的功能。在《乌古斯汗传》中，独角兽是一只攻击人类和杀害人类的怪兽，它吃掉了很多平民，英雄乌古斯汗以长矛刺杀它，为民除害。怪兽是自然世界中人类的敌人，往往是考验英雄智慧和力量的恶势力。有些维吾尔神话故事中有"身躯一丈高，但尾巴四十丈"的怪兽。他们在山洞或地下居住，往往抓来一批人，每天吃掉一个，他们专门吃肥的，因此，关在牢房中的人们都说"我瘦他肥"。他们把人烤着吃的习性与独眼巨人相似。独眼巨人也是一个有神奇力量的负面形象。

3. 毒龙（Ejdiha）

毒龙形象在文学作品中反复出现，英雄斩龙情节形成了一个独特的母题结构。龙可分屠龙、毒龙等类。龙是我国汉族崇拜的动物，其历史悠久。"龙，这种传说中的神奇动物，几千年来一直深刻地影响着中国的传统文化和民族意识。围绕着龙这种呼风唤雨、变化莫测的神灵，中国历史上曾编织出许许多多神奇而又美丽的传说。龙已成为中华民族悠久历史的图腾标志。今天我们民族仍喜欢自喻为'龙的传人'，可见龙在中华民族历史上有着不同寻常的地位。"① 在维吾尔族民间文学中，龙被描绘为外形似蟒、身躯巨大，"头大得像大锅，身子长四十丈，身高像胡杨"，能吞烟吐雾的怪兽。它从山洞或河里一出，便天昏地暗，风兴浪起，吞吸万物。在民间故事《下宝石蛋的母鸡》中，龙把几万人和动物吸进去，关在山洞里，每日吃人。龙喜欢吃一种神鸟——凤凰的幼鸟，它们往往以蟒蛇的模样出现，当它们趴在参天大树上将要吃凤巢里的幼鸟时，英雄及时赶来，把它们砍成了两段。维吾尔族民间故事和达斯坦中龙往往与蟒蛇、蛇类有关。有学者也提出龙是由蛇演变而来的。②

在文学作品中，艺人对龙的外形和习性不断加以夸大，塑造了栩栩如生的艺术形象。"龙王，道教神祇之一，源于古代的龙神崇拜和海神信仰，其职责是掌管海洋中的生灵，在人间司风管雨。《太上洞渊神咒经》中有'龙王品'，列有以方位区分的'五帝龙王'，以海洋为区分的'四海龙王'，以天地万物区分的五十四位龙王名字和六十二位神龙王名字。由于民间信仰的广泛性，龙王形象屡屡出现在文学作品中。作为神魔小说的典型代表《西游记》，更是多次出现龙王的形象，龙王形象从取经前第一次出场到取经归来，贯穿于整个取经故事中，成为《西游记》中着墨最多的配角。"③

虽然汉族文学中龙是一种吉祥动物，但在突厥语诸民族民间文学中，龙往往是杀害人和牲口的怪兽。它是兴风作浪、吞云吐雾的神奇动物。在《帕尔哈德与希琳》中，帕尔哈德去往希腊山洞的路上英勇作战，杀死毒龙。《英雄艾里·库尔班》中也有类似的故事情节。《英雄艾里·库尔班》讲述了熊之子库尔班在外婆的指点下勇敢斗龙、屠龙的故事。库尔班在山谷发现了龙，龙吐火，英雄跳入清泉，龙吐风，英雄躲到山洞，龙吐水，英雄登到山顶。最后，恶龙把手持宝剑的英雄吸入腹中，在龙腹中库尔班用宝剑将龙劈成两半，库尔班提着龙头下山。在其他突厥语诸民族文学中毒龙也是无恶不作的坏形象。哈萨克民间文学中，类似的屠龙故事还有几则，如《为人民而生的勇士》描写了勇士德里达西斩毒龙的事迹。在这

---

① 罗世荣：《龙的起源及演变》，《四川文物》1988 年第 2 期。

② 同上。

③ 葛星：《〈西游记〉中"龙"形象的传统文化审视》，《齐鲁学刊》2009 年第 5 期。

则屠龙故事中，也包含有"斩龙"、"冒充者"、"斩龙凭证"、"娶公主为妻"几个部分。《江尼德巴图尔》中的屠龙故事只缺少"冒充者"一项，其他三项不仅具备，而且描绘得非常生动且别具特色。这些都是比较典型、比较完整的屠龙故事。至于屠龙母题就更为常见，如《会魔法的国王和年轻的猎人》、《胡拉泰英雄》、《兄弟之情》等民间故事都包含有屠龙母题。乌孜别克族民间故事《科里契卡拉》也是一则比较典型、完整的屠龙故事。主人公科里契卡拉外出闯世界，来到一个城市，城里人一片慌乱，原来有一条恶龙食人食畜，肆虐猖獗，每天送少女与一只羊为龙食，以换得全城的安宁。轮到公主祭献恶龙，人们请求英雄科里契卡拉顶替公主，当恶龙出现，他手持大刀进入龙肚，恶龙被劈成两半。公主在众多的人群中认出斩龙英雄。国王把女儿嫁给英雄（科里契卡拉把公主转让给结义大哥）①。在这则屠龙故事中，给龙祭祀的是公主，这点与西方的屠龙故事是一致的。

总之，龙的形象是凶恶的，给人民群众带来了灾祸。英雄挺身而出，与恶龙斗争，降龙斩龙，为民除害，因而受到人民群众的尊敬与爱戴，甚至得到女主人公（公主、美女）的爱情而喜结良缘。

4. 鬼（jin，Eblis，Alwasti，英文 ghost/spirit）

鬼是一个历史悠久的话题，鬼有凶残、恐怖、残忍的形象。叶舒宪先生提出中国文学的鬼形象是由人尸体和骷髅演变而来的。"如此看来，从骷髅头的崇拜到鬼魅观念的发生，再到神观念的发生是我们有效地追踪信仰变迁的一条重要线路。中国汉族的鬼魅观先于神概念而发生，也就可以理解了。中国人对头骨的重视，年画中老寿星们的大头凸额的模式化造型，原来均源自旧石器以来的神秘信念。"② 对鬼的外貌往往描述得绘声绘色，头大身子小，眼睛、嘴大。在《恰西塔尼伯克》中，鬼的外貌描绘成脸色丑陋、头发蓬乱且长，眼睛红红的，全身散发着血腥味。鬼在人间传播传染病、吃人肉、喝人血，无恶不作，给人民带来灾难。危急时刻，恰西塔尼征服了它们，为民除害。从鬼的外貌和行为来看，它们是恶势力的代表。在维吾尔族民间文学中，鬼分为阿里瓦斯提（alwasti）和珍尼（jin）两种。阿里瓦斯提是一个吸血鬼，她们往往以魅力女性形象现

---

① 郎樱：《东西方屠龙故事比较研究》，《新疆大学学报》1995 年第 3 期。
② 叶舒宪：《原型与跨文化阐释》，暨南大学出版社 2002 年版，第 247 页。

身，专门对年轻小伙子进行陷害或伤害。她们以美女身份和英俊年轻人结婚，然后开始自己吸血的罪行。有时阿里瓦斯提把自己的孩子替换成凡人的孩子，人家不知其因，把她们的孩子养大，阿里瓦斯提的孩子杀害村子里或城里的人们。珍尼鬼是一种死魂灵或灵魂，它们无处不在，一有机会就伏在人们身上，使他们病倒。不管是阿里瓦斯提或珍尼都是为人类带来灾难和大祸的恶神形象，它们是人类的神鬼敌人的化身。

5. 老妖婆（JadigerMomay，sehriger），在维吾尔族文学中往往出现老太婆的形象，老太婆是外貌丑、心黑、诡计多端的坏神形象。她有神奇的魔力或神奇力量，往往为英雄带来麻烦或设置障碍。毒死帕尔哈德的老太婆和把秦·铁木尔扔在荒野的老妖婆都属于此类。还有一种神灵人物，它们多数情况下是女性，少数情况下是男性，都具有神奇力量。女性妖怪耍花招，设圈套，想方设法夺取主人公的神物（像阿拉丁神灯里的妖魔一样，一心想获取宝物）。她们也是恶势力代表，是狡猾而有心计的智商较高的敌人。根据男性神灵往往为主人公提供宝物或神物的母题结构，我们不应该把它们说成妖魔或妖怪，应该把它们划入正面神灵形象圈之内。

二　凡人类型

1. 国王

在维吾尔族达斯坦中，很多主人公的父亲是国王，除了男主人公的父王之外，女主人公的父王几乎都是十足的坏蛋。他们是保护封建婚姻和封建伦理道德的阶级代表，是封建落后和保守制度的化身。如《艾里甫与赛乃姆》中的阿巴斯国王，《塔依尔与佐赫拉》中佐赫拉的父王喀喇汗等都是为维护封建阶级观念而牺牲自己女儿利益的坏君主。

2. 财主、巴依和地主形象

他们是掌握地方权力和钱财的有脸面的人。他们往往代表敛财、贪色、好色以及残暴，他们都是十足的恶棍。如《雅丽普孜汗》的喀孜老爷、伯克形象，《控诉伯克》中的地主伯克，《希力甫部长》中的地主形象，《玛依姆汗》中的地主伯克形象……都属于此类。

3. 富翁、酋长形象

富翁和酋长形象都是靠着权力和钱物压榨人民的负面人物形象。如在《莱丽与麦吉侬》中莱丽的酋长父亲和她的未婚夫，富翁阿布都萨拉姆。无论是财主、地主或酋长都属于剥削阶级，也就是指占有生产资料者，自己不劳动或只是附带劳动，无偿占有他人劳动成果的阶级。在剥削阶级占统治地位的社会里，他们利用自己掌握的国家政权压迫被剥削阶级。

4. 商人形象

商人指的是依靠经商活动而盈利的贸易者。在文学中，商人形象也是形形色色，既有正派的好商人形象，也有为利益而不择手段的奸商形象。如在《夏赫亚库甫与苏丹汗》中的夏赫亚库甫是一个无恶不作的奸商形象。

5. 强盗形象

强盗指的是用强制手段把属于他人的财产据为己有的不法分子。但是我们认真地考察人类历史和现实社会就会发现，直接使用暴力的强盗毕竟只是少数，还有很多不直接使用暴力，手段非常隐蔽的。在文学中，把强盗描写得更狠毒、更贪婪。我们可以这样来定义，以暴力和强迫手段把他人的财产据为己有，伤害他人的生命，限制他人的自由，凡具有此种行为的人，都可称为强盗。《巴依纳扎尔》中，达斯坦艺人通过巴依纳扎尔、卡斯木等强盗在拦路杀死五名无辜的经学院学生的残忍故事中塑造了无情、贪婪和狠毒的强盗形象。

除此之外，一些牧人、农民和小手工业者等配角形象，他们代表善良、安分、老实和守法的良民形象。牧民具有不屈不挠、顽强、淳朴、憨厚的秉性和气质，从他们身上能看到质朴、好客和热情的性格特点。艰苦、朴素、善良是农民性格的核心，他们同时具有愚昧、落后和占小便宜心理的阶级局限性。他们在文学作品中补充主人公形象和故事主线的次要成分，他们的存在构成了作品中人物多样性和复杂性的特征，极大地提高了口传作品的艺术魅力和吸引力。

第三节　人物原型分析

人物原型是在神话原型批评基础上延伸出来的研究方法。原型批评是 20 世纪五六十年代流行于西方的一个十分重要的批评流派。其主要创始人是加拿大的弗莱。诺思洛普·弗莱（Northrop Frye，1912—1991）与神话原型批评紧密相连。1957 年他发表了成名作《批评的剖析》，集中阐释了神话原型批评思想，也因此奠定了他在批评界的卓越地位。原型作为弗莱批评思想的重要术语，体现着弗莱对文学和批评的基本看法。① 很多文学人物往往取材于人物传说和历史人物传记而塑造出来的。因此，按照历史文献记载的线索可以追溯到一些文学人物的历史原型。我们基于这一思路对一些达斯坦人物形象加以探讨。

一　帕尔哈德、希琳及霍斯罗原型分析

东方各民族文学中帕尔哈德、霍斯罗、希琳的传说流传很广，他们都有一定的历史根基与民间依据。他们都是跨民族、跨国和跨文化的艺术形象。维吾尔、乌孜别克、阿塞拜疆、波斯、塔吉克、阿拉伯等中亚西亚各族文学中都有他们的形象。通过历史考证能够寻找到这些文学人物的原型。早在内扎米·甘吉维写作之前，关于帕尔哈德的传说就已在民间流传了。伊朗古代阿契美尼德王朝大流士一世（公元前521—公元前486年）向周围扩张，占领了中亚的斯基泰、玛萨格泰、粟特的大部分土地，并进行了残酷的压迫。趁大流士率领大军侵略巴比伦之际，木鹿、帕提亚等地的人民发起起义。周围的各族人民也来参加起义队伍，起义军的人数不断增加，形成了浩浩荡荡的大军。他们在名为 Firat（帕尔哈德）的领导下取得了局部胜利。这起百姓运动使伊朗国王大流士十分恐慌，他率领大军血腥镇压此次起义，战争中 Firat 不幸被俘，大流士下令挖出 Firat 的眼睛，把鼻子和耳朵割掉，就这样把他折磨至死。根据大流士一世的命令，用古伊朗语把这次事件刻在了贝希斯顿山的石碑上。Firat 反波斯国王的斗争以及开凿贝希斯顿山引水工程等一系列事件都附加到帕尔哈德身上形成了民间传说，通过人民丰富的想象力，帕尔哈德形象不断地得到发展与完善。到了10—11世纪帕尔哈德传说在民间流传的过程中又被人们加入了他爱慕希琳的爱情故事。阿拉伯历史学家泰伯里（838—923年）的《泰伯里史》记载："希琳听到帕尔哈德的开山凿石技术的名声，把他从印度请来，让他开凿贝斯希顿山，在开山过程中，帕尔哈德钟情于希琳，但陷入霍斯罗的阴谋而不幸身亡。"② 12世纪，在内扎米·甘吉维写作叙事诗《霍斯罗与希琳》之前，关于帕尔哈德与希琳的传说早已在民间流

---

① 章国锋、王逢振：《二十世纪欧美文论名著博览》，中国社会科学出版社1998年版，第196页。

② Tarih Teberiy, Laknay, 1874, 360 - bet 转载于巴图尔·艾尔西丁诺夫：《维吾尔古典诗人创作中的叙事诗体裁》，阿拉木图：哈萨克斯坦"科学"出版社，1988年版。

传。内扎里·甘吉维将霍斯罗与希琳的爱情纠葛作为主线来描述，帕尔哈德在叙事诗中只是一个配角而已。霍斯罗为了凿渠引水，将帕尔哈德从印度请了过来，帕尔哈德爱上了希琳。霍斯罗发现这一变故，马上让他开凿贝希斯顿山修建山路，当帕尔哈德快完成任务时，霍斯罗派了名巫婆杀害了他。10 世纪的波斯诗人阿尕奇（Aghaqi）在其诗作中提到了"帕尔哈德"和贝希斯顿山。

Batunci qune'n oftad bar baram，/ Ci metni Fe'rhad yar Beh'iston.

大意为：如此迅速地碰在了我身上，好比帕尔哈德的镢头碰在贝希斯顿山一样。（笔者译）

阿塞拜疆诗人菲特兰（Fe'tran Te'brizi）在自己的诗作中也引用希琳与帕尔哈德的名字。

Hosd on h'e'mixe'qvn Fe'rhad，/ Nosih in h'e'mixe'qvn Xirin.

大意为：嫉妒者往往像帕尔哈德般遭遇悲剧，劝阻者则老是像希琳一样实现愿望。（笔者译）

内扎米·甘吉维首次利用民间传说充分详细地描述帕尔哈德的事迹，在作家文学中第一次比较完整地塑造了帕尔哈德形象。他的影响已经超出了东方伊斯兰文学圈，在世界文学史上产生了一定的反响。14 世纪的阿塞拜疆诗人凯玛尔·霍詹底（Camal Huje'ndi）以两个诗行简练地表达了内扎米·甘吉维这部叙事诗的大意：

Xirin we'slige'Hisraw erixti，/ Pe'rhad bihude'tagh kezix bile'n aware'boldi.

大意为：霍斯罗已得到了希琳，但是帕尔哈德除了开山外，一无所有。（笔者译）

不论是在民间文学还是作家文学当中帕尔哈德形象都传播得很广，而且在很多文人的创作中变成了象征性的符号。15世纪阿塞拜疆历史学家艾米都拉·穆斯塔法·卡孜文（H'e'mdula Mustafa Kazwin）在其史书《Nuzhe't-Ol-Kolub》上记载："贝希斯顿山隔着六座大石中间有块平台，它们中间流着一条泉水。……平台上刻画着霍斯罗、希琳、帕尔哈德、鲁斯塔姆的浮雕像。"[1] 帕尔哈德形象经历了长期的发展、演变过程。内扎米·甘吉维根据民间传说和书面记载塑造帕尔哈德形象之后，帕尔哈德的故事不仅在民间流传，而且以作家书面文学的形式传播，他成了东方文学中的典型人物形象。内扎米·甘吉维之后，波斯、突厥语诸民族文人模仿他的叙事诗创作了同名之作，其艺术水平却不能与内扎米·甘吉维的"达斯坦"相提并论。但是作品故事基本框架没有变动：霍斯罗与希琳的爱情——霍斯罗同玛利亚、谢克尔的结合——帕尔哈德的爱情悲剧——霍斯罗与希琳的结合——施鲁耶的背叛，霍斯罗之死——希琳的殉情。突厥文豪纳瓦依对传统题材进行了再创作，将帕尔哈德作为主人公描写。纳瓦依将人民的理想、愿望和个人的思想寄托在帕尔哈德身上，作品中帕尔哈德心地善良、勇敢无畏、勤劳好学、聪明伶俐、力量非凡，被塑造成了人民心中的理想人物。帕尔哈德站在人民的立场，他从宝镜中得知希腊哲学家被困在山洞内，一条毒龙和一个恶魔守着洞口，不准任何人见苏格拉底，他立即带秦国大军去希腊，打败了恶势力，杀死危及平民生命及安宁的毒龙和恶魔，使百姓安居乐业。他回到故乡，有一次在宝镜中看见亚美尼亚人民在山上辛苦地劳动，同时看到了美女希琳并爱上了她。他不顾父王的劝阻，舍弃舒适而优裕的生活，前往艰苦的引水建设工地参加开凿劳动。帕尔哈德以超人的速度和强大的气力干完了平民三年的活儿。

Dedi：bu neqe 'me' zlumi site 'mce' x，/ Fe 'le' c bedadin boghan e 'le' mcex. Ci wayranlighle ride `yuz he'le'fdur，/ E`ge ʁ kilse'm me'de'd waki' I me'le'h'dur. [2]

大意为：这些都是受苦的可怜平民，他们的烦恼极大，我能帮助他们多好啊！（笔者译）

---

[1]　Camal Hujaendi：《Muhtaehaebaet》，p. 184. 转引自谢里甫丁·吾买尔：《19世纪维吾尔文学史》（中），新疆大学出版社1998年版，第899页。

[2]　《帕尔哈德与希琳》，东方真理出版社1959年版，第430页。

　　他虽然出身王族，作为上层阶级的一员，却同情老百姓的艰苦生活，甚至将他的炽热爱情同百姓的命运相结合。霍斯罗侵略亚美尼亚时，他旗帜鲜明地反对侵略者，英勇作战，成为霍斯罗侵略行为最大的抗击力量。他同亚美尼亚人民站在一起，表现出强烈的英雄主义精神。纳瓦依与尼扎里的《帕尔哈德与希琳》中的帕尔哈德和波斯国王霍斯罗的斗争，是作者根据民间流传的将领 Firat 反波斯帝王大流士的斗争编写的。纳瓦依将民间流传的英雄修渠传说赋予帕尔哈德，使他的英雄形象和人格魅力的成分得到进一步提升。中亚作为内陆地区，历来缺水，中亚人民对水的需求最为迫切。俄罗斯学者日尔蒙斯基指出："马克思对中亚历史上的统治者是否先进或落后，根据他们怎样处理水源问题而确定。"[①] 中亚气候干旱，雨量极少，水源紧张，因此，人民对水给予高度重视。在中亚的戈壁滩、沙漠里只要有水就会有绿洲，就能生存和繁荣。所以在中亚人民群众中开山修渠、引山泉的水利工程成为大量民间神话传说的题材。因此，纳瓦依、尼扎里在他们的作品中将它视为考验英雄能力和智慧的一个重要标准，对帕尔哈德的考验内容中水利劳动总是占有较大的比重。中亚的别克阿巴德地区有"希琳河"、"帕尔哈德山"和"霍斯罗之井"，都是与水利相关的地名。莎车的维吾尔族当中流传着帕尔哈德河的传说："希琳的父亲给帕尔哈德提出了挖渠引水的条件，当他凿山修渠的任务即将完成之时，另一位喜欢希琳的伊朗国王霍斯罗派巫婆去告知帕尔哈德，希琳已经死去的噩耗，帕尔哈德十分悲痛而自杀了。希琳得知帕尔哈德死了，自己也自刎殉情了。帕尔哈德所开凿的这条河被称为'叶尔羌河'。"[②] 无论国内还是国外，帕尔哈德传说都是以修渠引水为主要内容的。

　　菲尔多西的《列王纪》、内扎米·甘吉维与德里维的《霍斯罗与希琳》、纳瓦依和尼扎里的《帕尔哈德与希琳》，所描述的霍斯罗形象有一定的历史和民间传说依据。据考证，霍斯罗·帕尔维兹（Hisraw Perwez 公元 590—628 年在位）是萨珊王朝的国王之一，是阿诺西尔旺的孙子，628 年被儿子希鲁雅杀死。据说，由于他娶了出身贫民的美女希琳为妻，受到伊朗贵族

　　① В. И. Жирмунский，Х. Т. Зарифов：《Эпос Узбексийого Народа》，Государственное Издательство Художественной Литературы，МОСКВА，1947，C283. 日尔蒙斯基、扎日福夫：《乌兹别克民间史诗·莫斯科》，1947 年。

　　② 乌斯曼·司马义：《论维吾尔神话传说》，《新疆师范大学学报》1991 年第 4 期。

阶层的强烈反对，因此被他的亲生儿子杀死了。10 世纪的拜占庭历史学家司马康汀（Ф. Симокаттин）的《历史》一书中记载，美女希琳是罗马人，是基督教教徒，霍斯罗娶她为妻遭到了宫廷高官的不满和责备，有人在霍斯罗面前放了一碗血，以表示背叛我们的宗教和种族，霍斯罗将血倒掉，洗干净后拿给他们看，以表达赎罪的意思。① 这一记载在《列王纪·霍斯罗的故事》② 中可以得到验证。萨珊王朝是伊朗历史上一个黄金时代，是中世纪几大帝国之一。它的创立者是阿尔达希尔的祖父，名叫萨珊。他通过与当地小王国的政治联姻来扩大自己的势力，并从事推翻帕提亚人统治的活动。萨珊王国分为建国初期阶段（公元 270—309 年）、中期发展阶段（公元 309—531 年）和后期衰亡阶段（公元 531—651 年）。霍斯罗在位年代处于萨珊王朝由兴旺走向衰落的时期。由于内讧，霍斯罗二世逃往拜占庭，591 年霍斯罗二世与拜占庭和亚美尼亚组成的联军打败了政敌，恢复了王位。霍斯罗复位后，为报答拜占庭的支持，将达拉城、梅菲克城和亚美尼亚的一部分割让给拜占庭，两国间的友好关系维持了十余年。602 年对拜占庭宣战。604 年霍斯罗二世亲自出兵，几年之内占领了亚美尼亚、美索不达米亚和叙利亚的大片土地。萨珊帝王几乎夺取了拜占庭帝国在亚洲和东非的所有领土，再现了古波斯帝国的辉煌。

霍斯罗对外有开疆拓土之功，因此获得了"帕尔维兹"（意为胜利者）的称号，他在位时萨珊帝国的版图最大。但其对内却残暴、贪婪，留下了许多恶名。他对拜占庭的胜利和拜占庭内部混乱有关。他以炫耀豪华、堕落无度闻名于古阿拉伯、波斯文学中。据阿拉伯史学家泰白利的记载："他有妃嫔 3 000 人，内侍 3 000 人，数千名歌伎舞女，8 500 匹坐骑，760 头大象，12 000 头托运行装的牲口。他不满足于三千粉黛，还四处广求美色，不管少女、有夫之妇或有子女的母亲，一经他看中就要被他夺走纳入后宫。他还有各种稀世珍宝，有一顶重 0.5 公斤的纯金冠，镶嵌着卵大的明珠和红宝石，把黑夜照得通明。"③ 霍斯罗消耗了帝国大量人力、财力和物力，加快了帝国的衰落步伐。

---

① ФеофилактСимокаттин：《История》 ～под ред Н. В. Пигулевский，М，1957，С105.

② ［伊朗］菲尔多西著，阿布都许库尔·穆罕默德伊明、阿布都瓦力·哈力帕提合译：《列王纪》（Shahname），新疆人民出版社 1998 年版，第 464—473 页。

③ 王新中：《中东国家通史》（伊朗卷），彭树智主编，商务印书馆 2002 年版，第 133 页。

波斯—阿塞拜疆诗人内扎米·甘吉维在其叙事诗《霍斯罗与希琳》中形象而生动地描述了霍斯罗怎样继位，怎样平息叛乱，为什么侵略亚美尼亚等一系列情节。内扎米·甘吉维将两个民间人物希琳和帕尔哈德写入其作品之中，对三个形象进行了巧妙的艺术处理。内扎米·甘吉维、阿密尔·霍斯罗·德里维等波斯诗人笔下的霍斯罗是一个正面人物，是公正而伟大的帝王，但是在作品中却暴露出他矛盾的心理状态。他在打猎途中与希琳相遇，一见钟情，山盟海誓。为了达到借助东罗马的力量镇压国内叛乱的目的，他违心地娶了罗马皇帝之女玛利亚为妻。玛利亚死后，他又与伊斯法罕美女沙克尔寻欢作乐，并将她纳入后宫。然而一直信守誓约，忠于爱情的希琳却被冷落，在痛苦中饮啜泪水度日。过了许久，霍斯罗才想到希琳的存在，找她言归于好，并将她娶入宫中。霍斯罗的儿子施鲁耶为达到霸占后母希琳的目的，弑其父王。希琳在霍斯罗的入葬仪式上持剑自刎。希琳对爱情的忠贞不渝与霍斯罗的浮躁浪荡形成了鲜明的对比。霍斯罗在位初期帝国势力强大，他过着奢华的生活，但是最后遭到了可悲的下场。肉体欲望与精神追求、兴衰、黑白、美丑等二元性质形成了他人物形象的人格特征。

虽然波斯诗人对霍斯罗的品格和举止给予肯定并持赞颂的态度，但是突厥文豪纳瓦依对霍斯罗表现出极度的憎恨，对他持全面否定的态度。纳瓦依的《帕尔哈德与希琳》中，这位赫赫有名的波斯帝王成了一个被彻底丑化的暴君、黑暗势力的代表。其实历史上的霍斯罗二世正如纳瓦依塑造的反面人物霍斯罗一样，是个无恶不作的暴君、贪得无厌的恶棍和失去人性的色魔。为什么霍斯罗形象在这两个民族作家的创作中有如此巨大的差异？"这有社会历史的原因：波斯型《霍斯罗与希琳》中的主人公霍斯罗是波斯萨珊王朝时期的国王，在整个波斯文化史上，萨珊王朝是一个闪烁着灿烂光辉的黄金时代，内扎米·甘吉维作为波斯诗人，他取材霍斯罗与希琳的爱情故事，创作出长篇叙事诗《霍斯罗与希琳》，这是顺理成章的事。但是，纳瓦依却是个维吾尔诗人，历史上维吾尔人与波斯人曾有过不断征战、互为仇敌的时代。纳瓦依把秦国王子帕尔哈德作为主要人物加以热情的颂扬，这是由纳瓦依的民族情感所决定的。这种人物处理上的变更，也是广大维吾尔人民和整个操突厥语诸民族意愿的体现。"① 波斯诗

---

① 郎樱：《从〈帕尔哈德与希琳〉的演变看波斯与维吾尔文化的交流》，《东方比较文学论文集》，湖南文艺出版社 1987 年版，第 338 页。

人和突厥诗人对霍斯罗的态度和评价总是带有一种民族情感，因此，两位诗人虽然取材于同一个题材，但是塑造出来的形象不一样。这是关于霍斯罗的传说通过民间口头方式和作家书面方式在中亚、西亚广泛地流传的原因。

据说，希琳出身并不高贵，只是一个普通的亚美尼亚或是阿拉米人。由于霍斯罗娶这位平民出身的美女遭到了大贵族的责备和谴责，因此被亲生儿子杀害。著名的阿拉伯旅行家和历史学家亚库特（Yakut）因在贝希斯顿岩石上雕刻了关于希琳的许多传说，标题为《希琳城堡与贝希斯顿山》而闻名于世。据他说，阿契美尼德王朝贝希斯顿山的城堡仍称为"希琳城堡"①。据《帕尔亚米历史》记载希琳是位绝世美女，正如波斯诗人菲尔多西所描述的那样是东罗马的女奴②。根据这个依据可以这么推测，希琳的故事在阿契美尼德王朝时期，和萨珊王朝国王霍斯罗二世即位之前就已在民间广为流传，她的形象比霍斯罗早得多。拜占庭历史家司马康汀的《历史》一书中记载希琳是罗马人，是个普通的基督教徒。亚美尼亚的教堂史家瑟贝乌斯（Cebeos）的《伊朗帝国史》（Iracil Padixah'li-kining Tarihi）一书中记载："希琳是信奉基督教的胡泽斯坦人，霍斯罗看中了她，并娶她为妻。"③叙利亚历年表记载希琳是伊朗人。除此之外，阿拉伯、波斯历史学家贾伊孜（Jayiz）、伊本·阿里帕克（Ibni E'lpa-lih'）、拜里艾密（Be'le'mi）、萨拉比（Salabi）和艾尔·玛阿里（E'l-Ma'ami）等人都记载了关于"希琳城堡"的神话传说④。由此可见，关于希琳的传说流传地域之广、影响力之大是可以想象的。

此外，在内扎米·甘吉维的《霍斯罗与希琳》，纳瓦依和尼扎里的《帕尔哈德与希琳》中还有一个人物名叫拜合拉姆，拜合拉姆与伊朗国王霍斯罗对立。在内扎米·甘吉维的作品中被描述成叛乱者，正是由于他的叛乱，霍斯罗逃往亚美尼亚避难，最后在东罗马和亚美尼亚联军的支持和

---

① 巴图尔·艾尔西丁诺夫：《维吾尔古典文学作家创作中的叙事诗体裁》，哈萨克斯坦维吾尔文出版社 1988 年版，第 106 页。

② 尼扎米：《译者田美惠美子的"解说部分"》，《霍斯罗与西琳》日文，《东洋文库 310》，日本平凡社 1997 年版，第 360—372 页。（郎樱教授提供的翻译资料）

③ 巴图尔·艾尔西丁诺夫：《维吾尔古典文学诗人创作中的叙事诗体裁》，哈萨克斯坦维吾尔文出版社 1988 年版，第 105 页。

④ 同上书，第 106 页。

援助下平息拜合拉姆的叛乱。历史上也确有此事。白赫兰（拜合拉姆）是萨珊王朝的将领，由于他被拜占庭军打败而遭到萨珊国王霍尔米兹德的羞辱。于是，白赫兰当即起兵反叛，释放被囚的贵族，闯入王宫，霍尔米兹德国王被剜去双目，不久被处死。政变者拥立霍尔米兹德之子霍斯罗二世（也译成胡斯洛，590—628）为国王。不久白赫兰·乔宾攻入泰西称王，霍斯罗二世则逃往拜占庭。591年，霍斯罗二世与拜占庭和亚美尼亚组成的联军打败了白赫兰·乔宾，恢复了王位，白赫兰·乔宾逃往突厥，霍斯罗派人贿赂可汗之妻，她派人杀死了白赫兰·乔宾。纳瓦依与尼扎里的《帕尔哈德与希琳》中他却是大臣之子，是帕尔哈德的密友，是解除人类痛苦的正义者，他率领中国大军赶走波斯侵略军。拜合拉姆的原型是波斯历史上反叛萨珊王朝的将领白赫兰·乔宾。可见不同民族的诗人在创作中对他的形象塑造大相径庭。

施鲁耶是真实的历史人物，他杀死亲父王霍斯罗二世即位。民间传说中他为霸占继母希琳而杀害父王，是一个邪恶的人物。历史记载他并不是为希琳，而是在亡国民灭的危急时刻，在大贵族的支持下夺取皇位的。由于拜占庭快要攻打萨珊王朝首都，霍斯罗又把失败归罪于诸将，想杀死沙赫贝拉兹等将领。诸将和大贵族支持霍斯罗二世长子卡瓦德（卡瓦德·施鲁耶628年）继位，霍斯罗二世被杀。上述几个人物的来源并不像帕尔哈德和霍斯罗那样清楚，因此对他们要进一步考证。

二　玉苏甫原型分析

玉苏甫（Yvsvf）是一个富于幻想色彩和神话色彩的人物。关于他的故事情节曲折、语言优美动人。在《古兰经》第十二章中晓谕："我借着启示你这部《古兰经》而告诉你最美的故事，在这以前，你确是忽略的。"[①] 这有力地说明了玉苏甫的故事是完美动人的故事，引导人们要认真地拜读和聆听它。玉苏甫也叫尤素福、玉素甫不等，是由阿拉伯语音译来的，是《古兰经》中记载的先知叶尔孤白之子[②]（《旧约全书》称"约瑟"（Joseph），先知雅各之子）。阿拉伯、波斯、突厥语诸民族文人根据这一故事创作了一系列文学作品。据苏联学者纳扎罗夫（Г·Назаров）

①　《古兰经》，马坚译，中国社会科学出版社1981年版，第176页。
②　《中国伊斯兰百科全书》，四川辞书出版社1994年版，第714页。

的研究，10—20世纪间以玉苏甫故事为题材进行创作的阿拉伯、波斯诸民族诗人共有117人，其中突厥语诗人有45位。[①] 玉苏甫的故事历史悠久，在《圣经·旧约》、《古兰经》中都有关于这一故事的记载。据《圣经故事》说为了遗产纠纷，雅各与兄弟以撒（Esav）闹过矛盾，离家出走去找舅舅拉班（Laban）。拉班对雅各说："虽然说你我是亲骨肉，都不是外人，可我也不能白用你呀，总得给你工钱吧，你说吧，你要什么？"原来拉班有两个女儿，长女名叫利亚（Le'a），次女名叫拉结（Rahil），利亚的眼睛没有生气，拉结却生得美貌俊秀，雅各对她产生爱慕之情，见舅舅要给他工钱，便乘机说道："如果你把拉结许配给我，我就为此服侍你七年。""行，"拉班说，"反正她也得嫁人，与其把她嫁给别人，不如嫁给你，说定了，你就与我们同住吧。"于是雅各在拉班舅舅家里干了七年活，期限已满，他催舅舅把女儿嫁给他。舅舅举办了婚礼把长女利亚嫁给了雅各，雅各很不高兴，问他舅舅："为了拉结我服侍你这么多年，为什么骗我？"舅舅解释说："这地方有个规矩，在长女出嫁之前，次女是不能出嫁的。你和利亚先过满七日，七日后，我把拉结也嫁给你，你再为她服侍我七年。"过了七日后，拉班果真将小女儿拉结送过来了。[②] 后来利亚和拉结姐妹为了取得丈夫的欢心，把她们的婢女悉帕（Sipa）和辟拉（Pila）给雅各作妾，这四个妻子一共生了十二个儿子，玉素甫是他的第十一个儿子，也是他最心爱的妻子拉结生的。据说，拉结嫁给雅各后，一直没能生子，她日夜祈求真主，最终感动了真主，真主赐予她两个儿子：玉素甫和宾亚明——是雅各最疼爱的两个儿子。因为玉苏甫聪敏过人，心地善良，父亲特别喜欢他，父亲对玉素甫的宠爱引起了其他兄长们的嫉妒，他们把他投入枯井里，又把他卖给商人做奴隶。他以超人的智慧和高贵的人品在埃及人民心目中树立了良好的形象，为埃及人民解决了饥荒问题，赢得了埃及法老的器重，得到了极为高贵的社会地位。从10世纪起这则《古兰经》里的故事被引入了伊斯兰作家文学。随着伊斯兰教的传播，这则故事又迅速地流传到西亚、北非、中非、中亚、东南亚，成了整个东方世界，尤其是穆斯林社会家喻户晓的故事。它还通过《圣经》的

---

① 库尔乌古力：《论尤素福与祖莱哈题材的中亚变体》，《中亚细亚研究》1988年第1期。

② 张久宣：《圣经故事》，中国社会科学出版社1987年版，第56—60页。

渠道传到欧美国家，它的影响远远超越了东方，为欧洲作家提供了宗教题材[1]，推动了东西方文化交流与发展。

《圣经·旧约》里记载了约瑟的故事。研究表明，约瑟的故事本身产生于埃及，从故事情节看，约瑟故事的创作者对埃及有着深刻的了解，说明他们一定在埃及长期生活过。约瑟的故事千百年来一直广泛流传，是一个典型的民间传说，故事情节紧张动人，洋溢着童话般迷人的魅力。情节的引人入胜，人物刻画的细腻入微，对人物心理的深刻剖析，正是此故事广泛流传于民间并变成东西方作家文学创作题材的原因。曾经有一些学者认为，约瑟的故事源自于埃及文学。在埃及文献中记载过一篇《两兄弟的传说》[2]，讲的是已婚的阿奴比斯（Anubis）和他的弟弟巴达（Bata）的故事。巴达没有结婚，在他哥哥的花园中干活。有一回阿奴比斯的妻子引诱巴达通奸，遭到巴达严厉拒绝，这个阴险的女人反诬巴达要强奸她，并说当她反抗时，她遭到一顿毒打。阿奴比斯听信了妻子的谗言，愤怒不已，惩罚了无辜的巴达。这则埃及传说的确很像约瑟和波提法妻子那一段情节，但这种相似之处仅限于圣经故事中的一个很小的细节而已。这种有夫之妇引诱英俊男子的故事情节在各国民族文学中都是普遍存在的。菲尔多西（Firdausi，940—1020）的《列王纪》[3] 中写道，古代波斯国王凯卡乌斯（Kaykawus）之子斯雅乌什（Siyawux）英俊潇洒，他的继母苏达拜（Sudaba）看中了他。于是，她想方设法引诱他，但是都被王子斯雅乌什拒绝。为此苏达拜羞愤万分，决定报复他。一次，她用诡计引他进她的客厅，向他求爱，但是遭到王子的严厉拒绝。她撕破了自己身上的衣裳（与祖莱哈撕破玉苏甫的衬衫是类似的），叫人诬告斯雅乌什奸污她。根据当时波斯人的规矩，受害者能安全地穿过烈火，才能够证明自己是被冤枉的。结果，斯雅乌什安然无恙地穿过烈火，证明自己是无罪的。阿布勒哈孜·巴哈迪尔汗的《突厥谱系》中记载有类似的一个故事：博格拉汗因年事已高，将王位传给儿子阔孜·特肯（Kozi Tekin）。不久母后死去，阔孜·特肯令爱伟夏尔部落的美女库尔喀力·亚克西（Kurkali Yahxi）与

---

① 德国作家托玛斯·曼的四部曲《约瑟和他的兄弟们》的创作素材是《圣经·旧约》中关于约瑟的故事。

② 陶冶：《埃及神话传说》，远方出版社 1999 年版，第 218—223 页。

③ ［伊朗］菲尔多西：《列王纪》，阿布都许库尔·穆罕默德伊明和阿布都瓦力·哈力帕提合译，新疆人民出版社 1998 年版。

父王成亲。库尔喀力对年轻的王子产生了爱慕之情，想方设法要得到他，但是，她的努力总是没有结果。于是，她决定报复阔孜·特肯。她派人偷来年轻王子的靴子，诬告他想奸污她，要求老国王惩罚王子。不久，她的阴谋被揭穿，受到了应有的惩罚。[①] 因此对于宰相之妻引诱约瑟这一段细节是否源于埃及文学我们不能对它给予肯定，因为这种妻子对丈夫不忠贞的题材在当时是非常流行的，在古代东方各民族的民间故事，尤其是在《一千零一夜》中屡见不鲜，"应该承认，《圣经》中的这个约瑟的故事就其无与伦比的独创性而言，是希伯来人丰富想象力的结晶。"[②]

　　在民间传说中值得叙述的历史事实常常是带有浓郁的神话、传奇色彩的，有时甚至难以搞清哪些是真实的，哪些是虚构的。约瑟的故事是个传说，但这不排除曾经有希伯来人在埃及生活过的可能性，雅各和他的子孙是否就是这一支希伯来人，雅各的一个叫约瑟的儿子曾在法老（埃及国王）的宫廷中当过大官。至今尚未发现确凿的历史文献记载，以上的看法只是在零散资料的基础上推理得出的假设而已。经过耐心细致的计算和分析，某些学者认为约瑟的故事大约发生在公元前 17 世纪，即公元前1730—公元前 1630 年之间。在此前不久，埃及经历了其漫长历史中最动荡的时期。公元前 1780 年左右，埃及发生了一系列革命事件，即埃及人民发起暴动，反对封建地主的压迫。在埃及衰退的时期，埃及又遭到外来的侵略。从此以后，一直所向无敌的强国埃及被外来侵略者打得一败涂地，亡国长达二百年之久。这些侵略者是喜克索斯人（The Hyksos），他们在埃及统治了 150 年左右。当代学者们一直认为雅各一家——七十名以色列人迁徙到埃及时，正是喜克索斯人统治埃及的时期。雅各及后代在埃及受到优待，因为他们和侵略者同为亚洲族系的人，喜克索斯人希望吸引更多的亚洲人到被征服的埃及来。公元前 16 世纪的埃及文献中提到了在埃及落户的迦南游牧部落。

　　在这种政治背景下，圣经故事中的许多可疑细节得到了合乎逻辑的解释。首先谈谈约瑟担任法老大臣的问题。很难想象，在一般情况

①　库尔乌古力：《论玉苏甫与祖莱哈题材的中亚变体》，《中亚细亚研究》1988 年第 1 期。
②　［波］克西多夫斯基：《圣经故事集》，张会森、陈启民合译，新华出版社 1981 年版，第 82 页。

下埃及的贵族社会把高官授予一个他们所蔑视的亚洲人。《圣经》的《创世篇》第四十六章中关于埃及人对希伯来人的态度写得清清楚楚："凡牧羊的人都被埃及人所厌烦"[①]。

但是，喜克索斯法老对当地埃及居民持不信任态度，他们更信任在族系与语言方面与他们相近的来自迦南的亚洲人。因此，约瑟当上大官是水到渠成的事。还应指出，约瑟在治理埃及时是按照典型侵略者的压迫政策行事的。利用七年的大饥荒，他发给粮食，不是白给，而是迫使灾民交出金银财宝，交出土地，最后则付出人身自由作为代价。约瑟推行的政策使独立的耕田者沦为奴隶，削弱了土地占有者，最后全部土地与耕作土地的人都变成法老的财产。埃及历史上发生过多次流血起义事件，每次起义的直接原因都是饥荒。喜克索斯法老了解到埃及人民的革命传统，担心人民群众发动新的起义动摇他的统治，特别是因为他是外来的、是受埃及人憎恨的独裁者。因此，约瑟提出解决饥荒的计划时，法老理所当然地接受了，他更视约瑟为上天派来的治国栋梁。约瑟在王宫中占有特权地位，他受到法老特殊恩泽的原因正在于此。约瑟故事在再现埃及风俗习惯方面的准确性达到了惊人的地步。如约瑟见法老之前先剃了头，刮了胡子，这个极其细微的细节，也准确地反映出古代埃及人的习俗。当时，在埃及除了法老以外，谁也不准蓄胡须。又如雅各布与约瑟死后的殡葬仪式也能说明这个问题。他们的遗体用香料熏四十天，然后把木乃伊放入木棺里。

约瑟是否确有其人还未研究，但是曾有希伯来人在埃及生活的一段历史是确定无疑的。约瑟的故事可能是一段历史事件的反映，也许确有一个名叫约瑟的希伯来人在法老宫廷中当了大官，后来希伯来人以这样一位显赫的先祖而自豪，编述了关于他的传说。然后又有可能这个传说载入了流传民间几千年的《圣经·旧约全书》、《古兰经》这两部宗教经典中，故事比较简单地叙述了约瑟的曲折经历。《圣经·旧约》的故事梗概如下：

> 雅各一共有十二个儿子。他最喜欢两个小儿子——约瑟与便雅悯。因此约瑟遭兄弟们的设计陷害，将他卖给以实玛利人商人。后来被卖给埃及侍卫长波提法做奴隶，侍卫长的妻子对他产生爱慕，并多

---

① 〔波〕克西多夫斯基：《圣经故事集》，张会森、陈启民合译，新华出版社1981年版，第84页。

次挑逗，引他就犯，但约瑟不为所动。于是她决定报复他，诬陷约瑟想要奸污她。波提法听信了妻子的谗言，将约瑟投入大牢。后来法老做梦没有人圆解，最终约瑟圆解法老的梦，得到了法老的恩泽，被封为宰相。这时，迦南（Cannan）的十个同父兄弟们因饥荒来到埃及要粮食。就这个时候约瑟说出自己是他们欲谋杀害而没得逞的兄弟约瑟，他的兄弟们羞愧得无地自容。然后，在约瑟的帮助下，他们从迦南搬到埃及来，一家人大团圆。①

　　故事人物姓名、身份与《古兰经》里情节有所不同，如《圣经》由雅各、约瑟、法老、波提法、波提法妻子、便雅悯等人物构成，而《古兰经》由雅各布、玉苏甫、宰相、祖莱哈、宾亚敏等人物构成。虽然人名有所差别，但是基本情节类似于《古兰经》的故事。

　　请参见下表：

《圣经》的故事情节	《古兰经》的故事情节②
约瑟得到父亲雅各的宠爱，引起兄弟们的不满。兄弟们设计陷害他，把他扔进枯井，又把他拉上来，以十二银币的价钱把他卖给商人，商人又把他卖给埃及侍卫长。	玉苏甫得到父亲雅各布（又译叶尔孤白）的宠爱，引起兄弟们的不满。兄弟们设计陷害他，把他丢进枯井，商人搭救他，把他带到埃及卖给埃及宰相。
侍卫长的妻子对他产生爱慕，并多次挑逗，引他就范，但约瑟不为所动。于是她恼羞成怒，决定报复他，诬陷约瑟要奸污她。波提法听信了妻子的谗言，把约瑟投入大牢。	埃及宰相的妻子对他产生爱慕，并多次挑逗，引他就范，但被玉苏甫拒绝。于是她恼羞成怒，决定报复他，诬陷约瑟要奸污她。她的表兄证明玉苏甫的清白。这件丑闻经女人们添油加醋，越传越广，最后竟传到宰相妻子的耳中。她请那些高贵女人们到她家做客，送上水果，并给每个人发一把水果刀，女主人让玉苏甫到她们中间走一圈。她们看见玉苏甫的容颜简直惊愕不已，她们不知不觉地削上自己的手指。她们都劝玉苏甫接受宰相妻子的建议，但他仍然拒绝，后被宰相妻子投进了监狱。

---

　　① ［波］克西多夫斯基：《圣经故事集》，张会森、陈启民合译，新华出版社1981年版，第67—81页。

　　② ［叙利亚］穆罕默德·艾哈迈德·贾德·毛拉：《古兰经的故事》，安国章等译，新华出版社1983年版，第59—90页。

《圣经》的故事情节	《古兰经》的故事情节
后来法老做梦没有人能圆解，最终约瑟圆解法老的梦，得到了法老的恩泽，被封为宰相。七年后，如约瑟所预言的那样，在埃及及所有邻国发生饥荒和旱灾。	后来国王做梦没有人圆解，最终玉苏甫圆解法老的梦，得到了国王的恩泽，被封为宰相。七年后，如约瑟所预言的那样，在埃及及所有邻国发生饥荒和旱灾。
这时，迦南（Cannan）的十个同父兄弟们来到埃及要粮食。约瑟认出了他们，而他们却没认出他。玉苏甫让属下热情招待他们并给足够的粮食，然后要求下次必须把他们小弟便雅悯领来，否则再也不给粮食，为此他要扣押他们中间的一个人留作人质。他们回去给父亲转达了大臣的话，雅各布起初死活不答应他们，后来出于全家利益，允许便雅悯跟他们一起走。	这时，迦南（Cannan）的十个同父兄弟们来到埃及要粮食。玉苏甫认出了他们，而他们却没认出他。玉苏甫让属下热情招待他们并给足够的粮食，然后要求下次必须把他们的小弟宾亚敏带来，否则再也不给粮食。他们回去给父亲转达了大臣的话，雅各布起初死活不答应他们，后来出于全家利益的考虑，允许宾亚敏跟他们一起走。
约瑟以便雅悯偷他的金酒杯为借口扣留了他，他们哀求约瑟释放便雅悯，就这个时候约瑟说出自己是他们欲谋杀害而没得逞的兄弟约瑟，他们羞愧得无地自容。然后，在约瑟的帮助下，他们从迦南搬到埃及来，一家人大团圆。	玉苏甫以宾亚敏偷他的金酒杯为借口扣留了他，他的兄弟们回家后告诉父亲事情的经过，雅各布听到十分痛苦，为了减轻父亲的痛苦，他们又去埃及求大臣释放宾亚敏，就在这个时候玉苏甫说出自己是他们欲谋杀害而没得逞的兄弟玉苏甫，他们惭愧得无地自容。然后他们去给父亲报喜，雅各布也来到埃及，最终一家人团圆。

　　《古兰经》里的约瑟故事比《圣经·旧约》中的记载更详细、更丰富，并且得到了进一步发展。《圣经·旧约》的约瑟故事里没有侍卫长妻子要求约瑟回敬那些贵族妇女们的插曲，他的兄弟们从枯井拉上来约瑟，然后卖给商人，而《古兰经》中则是商人救出玉苏甫，然后卖给了埃及宰相。

　　《古兰经》里玉苏甫是一个伊斯兰教先知，关于他的故事伊斯兰文化色彩较为浓郁，后来在创作、传播和发展过程中呈现出世俗化的倾向。这一故事情节在阿拉伯、波斯、突厥历代文人再创造中不断地发展，变得更加丰富多彩。他们利用玉苏甫与埃及宰相之妻的故事编造出来震撼人心的爱情故事《玉苏甫与祖莱哈》，使这一传统故事题材更加丰富。14世纪维吾尔古典文学作家拉波胡兹（Rabghuzi，1279—1357）根据《古兰经》的故事用察合台文创作了小说《玉苏甫与祖莱哈》。拉波胡兹把玉苏甫刻画得更加高尚、青春焕发和富有朝气，甚至透过他清秀潇洒的外表与镇定、威严的表情可以看到他那高尚的灵魂。天使哲布拉依勒（Jebrahil）主宰着玉苏甫的行动，玉苏甫的品质在真主的指引下逐渐得到完善。尽管如此，由于这一叙事诗源于民间传说，因此它包含着许多古朴的民间文化成分。例如，玉苏甫的哥哥们要杀害他时，一只鸟儿飞来，责备并制止了他们。哥哥们把玉苏甫拖到树底下，正要杀害他时，柳树开口不让他们杀害玉苏甫。作品里巧用民间文学惯用的动物拟人化的手法，增加了故事的传奇艺术魅力。拉波胡兹集中描写玉苏甫与祖莱哈的纯洁爱情。正因为如此，这部故事才富有了很强的生命力，几百年来它在中亚、地区及维吾尔族民间流传相当广泛。波斯大文豪阿布都热合曼·贾米（Abdurahman ja-mi，1414—1492）也创作了同名叙事诗《玉苏甫与祖莱哈》并列入了他的《七卷诗》之中。他巧妙地利用这一动人心弦的宗教故事题材，再创作了艺术水平极高的叙事诗，反映了他的苏菲神秘主义思想。他叙述的重点也在于玉苏甫与祖莱哈的爱情故事，他这一诗作在中亚西亚产生了深远的影响。故事情节与《古兰经》的原本故事情节是大同小异，但写作风格与表现方式却有一定的独创性。哈萨克族诗人朱斯普别克·和卓·莎依合斯兰木（Jvsefbec Huja Xeyhislam，1847—1937）也写了一部爱情叙事诗，名为《玉苏甫与祖莱哈》。解放前维吾尔族现代文人阿布都拉·阿皮孜（Abdulla Hapiz）、哈利斯（Halis）根据这一传统故事创作了叙事诗《玉苏甫与祖莱哈》。他们这些同名之作的情节基本上与《古兰经》中先知玉苏甫的故事相似，但是表现方式、刻画人物性格、语言艺术以及写作风格等方面都表现出了自己的才华。虽然上述几部和还没提到的同名之作都是一个故事题材的模仿，但其作品并不是原作的翻版，而是一部具有时代意义的新作。在艺术构思、语言运用、表现方式、个性风格方面都有其独创性。后期的仿作里增加的赞美安拉、穆罕默德及其四位信徒的内容较为丰富，作品始终贯穿着赞颂伊斯兰教教义与伊斯兰教美德的思想。在数百年的创作、流传和发展过程中，圣人玉苏甫的故事以离奇曲折的故事情节和强烈的艺术感染力引起了世界各民族人民的注意，一直没有失去强大的艺术魅力，成为了世界文学花坛中不朽的典型人物。

除此之外，维吾尔族达斯坦中也有一些人物原型。根据维吾尔族民间传说和历史记载，《塔依尔与佐赫拉》的人物原型是库尔勒铁门关中的一对青年男女，他们的爱情事件后来被传为故事，在诗人们的艺术加工下成为富有感染力的艺术形象。据记载，10 世纪，在喀喇汗王国曾经有过一位名叫阿巴斯的国王，曾经当过现在土耳其境内的迪亚白克力城的市长，据传说他的女儿赛乃姆喜欢上了一个孤儿艾里甫。《热比娅与赛丁》的故事原型是 19 世纪喀什地区发生的真人真事。《热比娅与赛丁》取材于当时喀什伽师县亚曼牙乡柯克奇村（现指喀什疏附县亚曼牙乡苏吾汗安拉村）发生的一场爱情悲剧。热比娅是地主的女儿，赛丁则是贫民之子，他们之间的爱情由于家境地位的悬殊而受到阻碍。热比娅的父亲贪图财富，不顾女儿的意愿将她强嫁给富有的贾比尔。赛丁遭受沉重打击，精神崩溃，饱含幽怨地死去了。热比娅万念俱灰，要到另一个世界里和赛丁相聚，她给妹妹讲述了内心的痛苦和愤怒，然后跳进了喀什噶尔河。① 热比娅与赛丁的人物原型来自于 19 世纪喀什发生的爱情悲剧事件，女主人公的人物原型是财主之女，是为情人殉情者，赛丁是贫民之子，因得相思病而死的痴情者。当然《拜合拉姆与迪丽阿拉姆》中的拜合拉姆也有历史原型。

　　总之，达斯坦人物形象是形形色色的，艺术表现手法是丰富多样的。在艺人和受众的共同努力下，涌现出了富有艺术魅力和感染力的活生生的达斯坦人物形象。在这些人物群中，既有为民为国献出生命的英雄人物，也有为自由爱情和平等婚姻奋斗一生的爱情人物。既有为生存生计过着世俗生活的平民，又有为个人利益而无恶不作的负面人物。他们是维吾尔族达斯坦人物队伍的重要组成部分，是值得探讨的课题。

---

　　① 　阿布都外力·克热木：《尼扎里的"达斯坦"创作研究》，民族出版社 2005 年版，第 93 页。

第十一章

从维吾尔族达斯坦看民间文学与
作家文学的互动互融

从维吾尔族民间文学发展历程来看，维吾尔族民间达斯坦与作家文学关系十分密切。长期以来，维吾尔族是以农耕为主、畜牧为辅的生产模式，维吾尔族文化是农耕文化与游牧文化相结合的复杂文化形态。这一现象形成民间文学与作家文学相互影响、相互过渡的多重关系。抄写成书产业的产生，出现了民间文学传入作家文学的发展趋势，同时优秀的作家文学被民间艺人引入民间文学中进行再创作。在这样的历史背景下，维吾尔族民间达斯坦与文人创作的达斯坦之间呈现出"你中有我，我中有你"的错综复杂的关系。

第一节　民间文学是文人达斯坦的创作之源

学术界普遍承认民间文学对作家文学的影响主要体现于民间文学哺育着作家和作家文学，为作家文学提供了典型形象，在艺术形式和语言表述上对作家文学产生了影响。思想内容上，民间文学集中体现了大众基本的道德观念和价值标准，也决定了它最基本的审美趣味。不同民族民间文学中的价值观和审美观具有共通性，这恰恰说明了共同的人性之所在和跨文化交流的可能性，以及民间文学在艺术形式上对作家文学的影响。同时，作家文学对民间文学有积极影响和消极作用：1. 积极影响。（1）记录保存作用；（2）提炼和再创作的作用，作家从大量的民间文学素材中选取能够为自己的创作主题提供帮助的内容，并适当加以艺术加工，根据一定的需要进行再创作；（3）规范作用，经过作家的提炼、加工和再创作之后，其作品就能起到一定的规范作用。2. 消极作用：（1）反动统治阶级御用文人有意歪曲形象，曲解民间文学中某些作品的主题；（2）作家考虑不周，自觉或不自觉地改变民间文学的原型。

文学艺术是社会生活的形象反映，人民生活是一切民间文学和作家文学取之不尽的创作源泉。作为最贴近人民生活的一种文学形式，民间文学以其丰富的养料哺育着一代代作家，使他们得以创作出流传千古的美妙篇章。民间文学是各民族民间文化的结晶，是民间宗教观念、伦理道德、风俗习惯的重要载体，也是民间口头艺术表现手法的总汇，由此决定了民间文学是作家文学的母体，起到了增加文学创作的源头活水的历史地位。作家文学源于民间文学并从中吸取养分。

一　《帕尔哈德与希琳》的再创作[①]

最初纳瓦依以察合台维吾尔语创作了《帕尔哈德与希琳》，后世维吾尔诗人尼扎里用近代维吾尔语再创作了《帕尔哈德与希琳》，由于语言优美，通俗易懂，为广大维吾尔民众喜闻乐见，对后代文人也产生了极大的影响。一百多年后维吾尔现当代诗人尼姆谢依提[②]（1906—1972）创作了以《千佛洞——帕尔合德与希琳》为标题的叙事诗。尼姆谢依提钻研纳瓦依、尼扎里的诗作，尤其是研究近代诗人尼扎里的叙事诗，并搜集整理民间流传的关于帕尔哈德与希琳的传说，创作了《千佛洞——帕尔哈德

---

① 阿布都外力·克热木：《尼扎里的创作研究》，民族出版社 2005 年版，第 169—188 页。

② 尼姆谢依提全名为尼姆谢依提·阿尔米亚·艾力·赛拉米（Nimxehit Armiya Eli Sayrami），他 1906 年生于新疆拜城县赛里木乡提再克卡依古村一个贫民家庭。尼姆谢依提是"半条命"之意。他参加新疆三区革命，战斗中受了重伤，因此以"尼姆谢依提"为他的笔名，赛拉米指的是他的故乡拜城县赛里木乡。他父亲毛拉·艾力是一个有文化的人，在父亲的教导下，他识字，接触纳瓦依、富祖里、鲁提菲、尼扎里等诗人的作品，得到了很好的维吾尔文学的熏陶。16 岁至 26 岁，在拜城、库车和喀什等的经文学校读书。解放前，他先后在《阿克苏信息》、《阿克苏新疆日报》和《伊犁日报》等单位从事编辑工作。解放后，担任拜城县政协委员，参加了 1952 年新疆人民代表大会，1953 年，参加了新疆文联代表大会，1957 年，加入全国作家协会新疆分会的会员。"文革"期间，他受到"四人帮"的严重残害，于 1972 年因病逝世。从 1933 年起，尼姆谢依提开始从事文学创作活动。在他的创作生涯中，先后创作了《千佛洞——帕尔哈德与希琳》、《玉苏甫与祖莱哈》等叙事诗，诗体小说《垂危极限》以及《帕尔哈德与希琳》、《莱丽与麦吉侬》等歌剧。1945 年，创作了他的叙事诗《千佛洞——帕尔哈德与希琳》，分别在《伊犁日报》、《阿克苏新疆日报》上发表。1947 年，他将它集成了小册子，铅印了这部叙事诗，印数共 3 000 本。

与希琳》，对这一传统题材进行了再创作，在维吾尔文坛上引起了强烈的反响。尼姆谢依提学习了前辈文人的优秀诗作，继承了维吾尔文学主题、题材、叙事模式诸方面创作传统，同时将这一传统题材与拜城县千佛洞密切联系在一起，同时对古老的题材进行大胆创新。首先，让我们认识与了解千佛洞这一古代佛教文化遗产。克孜尔（维吾尔语中"红色"之意）千佛洞，位于新疆拜城县克孜尔镇东南 70 公里处的戈壁悬崖下。在石窟群山脚下汇集成的克孜尔河、木扎提河和渭干大河，被认为是古代龟兹的西川上游。新疆库车——拜城一带古称龟兹。公元 3 世纪龟兹是佛教活动中心，史料记载克孜尔千佛洞始建于公元 3、4 世纪，鼎盛期为 6、7 世纪，8 世纪末逐渐废弃，是我国开凿较早的石窟寺之一。[1] 在克孜尔千佛洞中，目前编号的窟洞有 236 窟，壁画画面达到 10000 平方米，在石窟建筑、塑像与壁画艺术上显示出独特的时代风貌与地方特色，是研究我国早期石窟艺术的珍贵资料。尼姆谢依提将千佛洞与这一故事题材相结合，使其诗作更富有显著的地域色彩。

尼姆谢依提诗作中的人物、情节、语言诸方面体现了这种大胆的创新。他塑造的人物形象更具民族化与地方化。见下表：

人物

人物姓名	尼扎里的《帕尔哈德与希琳》	尼姆谢依提的《千佛洞——帕尔哈德与希琳》
希琳	亚美尼亚国王的妹妹、美女。	沙赫亚尔国（库车）王的公主、美女。
帕尔哈德	中国王子，从石匠处学得凿石本领。	和田王子，从石匠处学得凿石本领。
霍斯罗	波斯国王，残暴凶狠，侵略者。	波斯国王，残暴凶狠。
沙普尔	帕尔哈德之好友，波斯人，知识渊博，擅长绘画。	帕尔哈德挚友。
梅恩巴奴	亚美尼亚国女王。	沙赫亚尔国（库车）女王。
玛施鲁耶	霍斯罗与罗马公主玛丽亚生的儿子。	无此人物。
拜合拉姆	帕尔哈德挚友。	无此人物。

在尼扎里的诗作中希琳是亚美尼亚国公主，是女王梅恩巴奴的妹妹，

---

[1]　杨法震：《克孜尔千佛洞艺术》，《平顶山师专学报》1995 年第 3 期，第 32 页。

而尼姆谢依提笔下，她是库车公主，女王梅恩巴奴的妹妹。尼扎里笔下，帕尔哈德是中国王子，而尼姆谢依提却将他写成是和田王子。可见，帕尔哈德与希琳的民族化、地域化的特点在尼姆谢依提的诗作中体现得更为突出，更为鲜明。一个民族作家吸收采用其他民族作家文学或是民间文学题材的现象在世界文学史上屡见不鲜。"这种'吸收'、'采用'不是原封不动的静态移植，当它们流传到新国度、新民族、新地区以后，尤其是经过该流传地的文人进行再创作后，必然会与那里的传统文化逐渐融合，具有该民族、该地域的色彩，成为那个民族文学中的一个有机组合部分。"①波斯作家文学的杰作——《霍斯罗与希琳》流传到中亚，流传到维吾尔族民众中间，通过纳瓦依、尼扎里，尤其是尼姆谢依提的再创作，与维吾尔传统文化逐渐融合，具有了浓厚的民族和地域色彩。在尼姆谢依提的诗作中，没有玛丽亚、施鲁耶和拜合拉姆形象，这比尼扎里诗作中的人物几乎少了一半。

情节

尼姆谢依提虽然在其诗作中采用了祈子母题、考验母题等叙事模式，与尼扎里《帕尔哈德与希琳》十分相似，但是在一些细节上却有较大的差异。尼扎里描写了帕尔哈德在亚美尼亚国的贝希斯顿山上开山凿石、引水浇灌的故事情节。尼姆谢依提诗中指出贝希斯顿山的位置在库车北部的山岭，描述了和田王子为了得到希琳，开凿北山——贝希斯顿山，引水，解决了库车缺水干旱的问题，顺利完成了库车女王交给的使命这一情节。这表明，尼姆谢依提对故事发生的地点作了更大的变动。尼姆谢依提在诗作中更具创新点的是，他在诗中又加进了帕尔哈德修建库车、拜城的千佛洞、宫廷等细节，增添了浓郁的地方色彩。尼姆谢依提在诗中这样写道：

> 故事原本在这里发生，关于这个题材留下不朽的篇章。世界上哪一个山川，哪一个湖泊，比千佛洞更适合创作这个作品呢？我正是千佛洞仰慕者，因而挥毫泼墨。

---

① 郎樱：《从〈霍斯罗与希琳〉到〈帕尔哈德与希琳〉的演变看波斯与维吾尔文化的交流》，《论伟大的诗人纳瓦依》，新疆人民出版社 2001 年版，第 64 页。

　　千佛洞是佛教文化的宝贵遗产，也是维吾尔族先民劳动与智慧的结晶，尼姆谢依提作为维吾尔文明的继承者与传播者，将这一文物与这个故事题材巧妙地融合，创作出这样具有浓郁民族色彩、面目一新的文学作品，是对《帕尔哈德与希琳》故事题材的进一步发展。在尼姆谢依提的诗作中没有施鲁耶杀害父王篡夺王位，并向希琳提亲的情节，这是与尼扎里诗作不同的另一个地方。尼姆谢依提描写帕尔哈德杀毒龙的地点与尼扎里诗作也不同：尼扎里描写帕尔哈德在希腊的山洞里杀死毒龙，又砍死了恶魔；尼姆谢依提描述了帕尔哈德在国库里杀死了从箱子里跳出来的毒龙。尼姆谢依提的"达斯坦"中没有帕尔哈德到希腊杀死毒龙、恶魔，会见苏格拉底的细节。尼姆谢依提虽然借鉴了尼扎里的诗作，效仿了尼扎里的主要故事情节，但是在故事细节上与尼扎里又有所差别。

表现方式

　　尼姆谢依提创作的《千佛洞——帕尔哈德与希琳》的篇幅比尼扎里的《帕尔哈德与希琳》短一些，只有八章，一千一百四十八行。虽然两位诗人都采用了阿鲁孜格律，但是格式并不一样，尼扎里用的是阿鲁孜格律"木塔卡里卜"格式，而尼姆谢依提采用的是像纳瓦依的《帕尔哈德与希琳》一样的阿鲁孜格律"瓦菲尔"格式。在艺术风格方面，尼扎里的诗作言语通俗易懂，修辞语言十分精湛，结构紧凑。但是19世纪维吾尔文学用的是察合台文字，察合台文字还没有完全摆脱古典文学的束缚，因此，尼扎里的《帕尔哈德与希琳》中仍然存有数量较多的阿拉伯、波斯语借词，对于维吾尔普通民众来说，这些借词比较难懂难解。尼姆谢依提用的是维吾尔现代语言文字，使用了大量的民间口头语言，通俗易懂，风格质朴，生动形象。他在人物塑造、环境描写以及修辞手法的运用诸方面更是注重维吾尔民族化。因此他的诗作很快为维吾尔人民喜闻乐见，在民间广为流传。这两部叙事诗作为同源诗作，人物形象、故事情节、叙事模式诸方面有共同的特点。尼姆谢依提与纳瓦依、尼扎里一样，歌颂了帕尔哈德的勤劳、勇敢、朴实、善良的高尚品德，揭露了侵略者霍斯罗的凶狠、残忍、黑心、狡猾的丑恶面目。尼姆谢依提叙事诗的叙事模式与尼扎里十分相似：男主人公神秘钟情于女主人公——他到女主人公故乡参加凿山修渠劳动，帮助该国人民摆脱干旱的苦难，得到了女王的认可，女主人公对他产生爱慕之情——这时，波斯侵略者霍斯罗率军求亲，遭到女王的拒绝，男主人公与该国人民一起反对波斯国王的侵略——波斯暴君用阴谋诡计杀害男主人公——女主人公听闻噩耗，为男主人公殉情。两部叙事诗中，都采用了"玛斯纳维"（双行诗）诗体与阿鲁孜格律，在诗歌形式上特别接近。为什么产生这种共同之处呢？原因一：尼姆谢依提在创作过程中，借鉴了尼扎里的这部优秀诗作，同时积极引用了流传于民间的来自纳瓦依、尼扎里诗作中关于帕尔哈德与希琳的传说故事和民间叙事诗，使这个爱情悲剧获得了全新的生命。原因二：两位诗人同样受到了很好的维吾尔文化熏陶，继承与创新了维吾尔文学传统，具有一样的维吾尔民族文化因子，因此产生了相同的特点。可以这么说，尼姆谢依提对纳瓦依、尼扎里的诗作进行研究，继承了维吾尔文学的创作传统，尤其是汲取民间文学的养料，创作了一部全新的优秀篇章。

尼姆谢依提不仅创作了叙事诗《千佛洞——帕尔哈德与希琳》，而且又创作了歌剧《帕尔哈德与希琳》。20 世纪 40 年代，在新疆各地创立的维吾尔文化促进会的主持下，多次演出了他的歌剧，得到了广大人民群众的普遍好评，它如今已成为许多剧团的保留节目。后来，黎·穆塔里甫等人将这部叙事诗改写成话剧，将这个故事与维吾尔民族生活、命运糅合在一起使它在民间得到更广的普及和传播。

总之，尼扎里的《帕尔哈德与希琳》因情节离奇，感情动人，语言优美、艺术魅力极高，深受广大维吾尔人民的喜爱，对尼姆谢依提等后代文人产生了很大的影响。

二　《热比娅与赛丁》的再创作

叙事诗《热比娅与赛丁》是诗人尼扎里诗歌创作中的一部辉煌作品。叙事诗里所描述的是一个真实的爱情故事，这一段爱情悲剧就发生在当时喀什噶尔下辖的伽师巴依托卡伊乡亚曼雅尔大渠（又称泰里维楚克河）岸边的柯克奇村。

尼扎里对这一题材的创作取得了较大成功。他突破反复取材的几个传统题材创作叙事诗的做法，从自己生活的时代中，从现实社会中去寻找题材，找到了与帕尔哈德—希琳、莱丽—麦吉侬同样具有典型意义的爱情悲剧题材，从而使人耳目一新。尼扎里的叙事诗《热比娅与赛丁》标志着19 世纪维吾尔文学创作的起步。1930—1940 年，新疆各地维吾尔文化促进会组织与主持上演了一大批优秀的戏剧作品，包括《热比娅与赛丁》。

20 世纪 40 年代，维吾尔学者、诗人艾合麦德·孜亚伊①创作了歌剧《热比娅与赛丁》，后来又创作了叙事诗《热比娅与赛丁》，继承与创新了尼扎里的同名叙事诗。孜亚伊的歌剧《热比娅与赛丁》在情节上进一步丰富了；在人物上，增加了两个次要的人物形象。尼扎里的诗作中没有赛丁与热比娅私奔的情节，而孜亚伊却加上了热比娅与赛丁的私奔、被捕、赛丁的坐牢、最后不幸病死的故事情节。1985 年，艾合麦德·孜亚伊创作的叙事诗——《热比娅与赛丁》出版了。孜亚伊一方面保留了尼扎里叙事诗的基本精神，另一方面积极搜集民间流传的关于热比娅与赛丁的传说及历史资料，对这个爱情题材进行了大胆的创新。孜亚伊对人物、情节、表现方式等各方面进行了大胆的艺术处理，请参见下表：

内容 诗人及其 叙事诗	人物	情节
尼扎里 《热比娅与 赛丁》	热比娅—— 赛丁 伊布拉音—— 亚库甫	在喀什噶尔河边苏吾汗安拉村里，住着一对善良的夫妇，他们有一个独生子名叫赛丁。赛丁爱上了财主亚库甫的女儿热比娅。由于他们之间地位悬殊，他们的爱情不能实现，二人为此忧伤万分。赛丁的父亲看到儿子痛苦叹息，决心不惜一切代价向亚库甫提亲。他带去了用全部的家产换来的彩礼，并带去赛丁的一片忠诚的爱情愿望，然而却遭到了亚库甫无情的嘲笑和拒绝。亚库甫对赛丁和热比娅的痛苦毫不理睬，不顾这对情人的生死离别，强

① 艾合麦德·孜亚伊（Ahmed Ziyaï）1913 年 4 月出生于喀什疏勒县汗艾日克乡，1989 年 10 月 27 日在乌鲁木齐病逝，享年 76 岁。解放前，他前后在《新生活报》、《喀什新疆日报》和《新疆日报》等单位就职。解放后，在新疆自治区文联、新疆社会科学院等单位从事文学创作及科研工作。他精通阿拉伯语、波斯文和察合台文，因此，1980 年应聘新疆社科院民族文学所，参与了 11 世纪的杰作《福乐智慧》的整理工作，并翻译了大量有关《福乐智慧》的外文资料。孜亚伊可以说是一个多产作家。1926 年，13 岁时，用波斯文创作了处女作《夜莺与玫瑰》（叙事诗），展现了自己的文学天赋。1938 年，创作了话剧《黑暗的日子，光明的生活》和《卖国贼汪精卫》，1943 年，创作了歌剧《热比娅与赛丁》。1947 年，出版了诗集《永不凋的花朵》，1947 年，在《喀什日报》发表了他的旅游随笔《拉达赫之路的驼队》。1985 年，出版了他的优秀篇章——《热比娅与赛丁》，1987 年，由新疆人民出版社出版了《孜亚伊全集》。孜亚伊为了纪念维吾尔两大伟人——麻赫穆德·喀什噶里与优素福·哈斯·阿吉夫，创作了历史长诗《我们学术碑铭的创建者——麻穆默德与优素福》，他甚至在生病住院期间也没中断过他的创作活动，在病榻上开始写一部历史小说《第五次复活的人》，但没完成。

续表

内容 诗人及其 叙事诗	人物	情节
尼扎里 《热比娅与赛丁》	热比娅—— 赛丁 伊布拉音—— 亚库甫	行将热比娅嫁给了小官贾比尔。赛丁失去了心爱的人，生活的希望破灭了，终日郁郁寡言，最后饱含幽怨地死去了。热比娅逃出贾比尔的家，却得知赛丁的死讯，她万分悲伤，只想在另一个世界与赛丁相聚。她来到赛丁的坟墓前，向苍天控诉社会的不公，然后纵身跃入奔腾的喀什噶尔河。后来，人们将赛丁和热比娅合葬。从此，这里便成了人们朝拜的圣地。
孜亚伊 《热比娅与赛丁》	热比娅—— 赛丁 伊布拉音—— 亚库甫 艾山—— 祖赫拉丁 贾比尔—— 尼扎里 祖赫尔丁	一个维吾尔青年人名叫赛丁和同村姑娘热比娅在同一个学校读书。两个人一见倾心，彼此相爱。赛丁在喀什噶尔学者尼扎里执教的经文学院里读书。他和热比娅一直保持联系。赛丁学业完成后，回到故乡。他决心非要娶热比娅不可。赛丁的父亲伊布拉音就只好去向姑娘的父亲亚库甫求亲，未果。于是赛丁变得疯疯癫癫，整日心里想着热比娅的音容笑貌。贪婪残忍的亚库甫对赛丁毫无同情之心，对女儿的恋情也毫无顾及，一心想拿女儿去为他敛财，强行将女儿嫁给有钱的贾比尔。热比娅与赛丁在他们的好友艾山和祖赫拉丁的帮助下，婚礼之夜逃了出来。后来，不幸被贾比尔的手下抓住。他们让赛丁坐牢，将热比娅押回家里。在城墙建设中，赛丁控制不住情绪，把贾比尔打伤，结果被判为死刑。热比娅及时找尼扎里救出了赛丁。但是赛丁出狱后因身体虚弱而病死了。热比娅又被迫跟贾比尔结婚。于是，热比娅决定自杀以殉情，第二天她带着妹妹，借口去打水，来到寒风呼啸的亚曼雅尔大渠边上，流着泪向妹妹倾诉了心中的苦痛，和妹妹做了最后的诀别，之后转身跳入大河中尚未封冻的冰窟窿之中，离开了这无情的世界。人们把赛丁和热比娅合葬。从此，这里便成了人们朝拜的圣地。

　　由表可见，诗人艾合麦德·孜亚伊基本上沿用了尼扎里的故事情节，其基本情节模式为：热比娅与赛丁彼此相爱——赛丁之父提亲遭到财主亚库甫的拒绝——赛丁无比忧伤——亚库甫强行将热比娅嫁给富豪贾比尔——赛丁因忧伤或是坐牢而身体虚弱，最后病逝——热比娅投河自杀，为赛丁殉情。孜亚伊对故事题材添加了新情节，丰富了原故事题材。当亚库甫强行将女儿嫁给贾比尔时，热比娅与赛丁在他们的好友艾山和祖赫拉的帮助下，新婚之夜逃走了。后来，不幸被贾比尔的手下抓住。他们将赛

丁打进地牢，把热比娅押回家里。喀什噶尔地方统治者祖赫尔丁·阿奇木伯克为了扩展城市而修建城墙。许多底层市民及像赛丁一样的囚犯被迫参加劳动。在工地上，赛丁控制不住情绪，打伤了贾比尔，结果被判为死刑。热比娅及时找到诗人尼扎里（作品中的人物），救出了赛丁。但是赛丁出狱后因身体虚弱而病死。尼扎里的诗作中没有这些情节，也就是尼扎里诗中写道：赛丁听闻亚库甫拒绝他家提亲的消息，十分悲伤，后又听到热比娅准备嫁给富豪贾比尔的传言，更加忧伤，终日郁郁寡言，最后饱含幽怨死去了。孜亚伊在诗作中描写了赛丁反抗封建势力的斗争，使诗作获得了新生命。孜亚伊通过赛丁策划私奔的计划，他与追来的随从们激烈搏斗，然后在工地上打伤贾比尔等一系列新情节，更加突出了赛丁的英雄形象，更加深刻地刻画了赛丁的性格。尼扎里笔下，赛丁是一个悲观的人，他没有挺身反抗，没有为自己的幸福而斗争，只好听从命运的摆布，饱含忧幽怨而死。而孜亚伊创作的《热比娅与赛丁》中，赛丁是一个爱憎分明的反封建势力的战士，他认为自己有权利追求幸福生活、追求爱情，所以，他决定与热比娅私奔。在不幸被捕的时候，他以言辞抨击敌人，甚至在修建城墙劳动时，打伤贾比尔，表示自己对敌人的愤慨，决不向敌人低头。孜亚伊"达斯坦"最突出而鲜明的一面是，他将诗人尼扎里引进自己的诗作中，将他塑造成了一个学问渊博、品德高尚、德高望重的人物形象。赛丁在经文学院学习期间，拜他为师，经尼扎里的介绍，赛丁认识了当时的著名文人穆罕默德·萨迪克、赛布里等人，受益无穷。当他生命受到危险时，尼扎里出面，向喀什地方高官祖赫尔丁替赛丁求饶，免赛丁一死。孜亚伊这样安排情节一方面表示了对著名诗人尼扎里的肯定与敬意，另一方面是对故事情节的发展与创新。孜亚伊的诗作中，除了塑造热比娅、赛丁、亚库甫、伊布拉音和贾比尔形象外，还塑造了尼扎里、艾山、祖赫拉等数位次要人物形象，比尼扎里诗作中的人物多得多。从这个角度来讲，孜亚伊丰富了尼扎里创作中的原故事题材。

表现形式 全诗 51 章，13486 诗行，拿篇幅来说比尼扎里同名叙事诗多 13 倍。在格律和诗体方面，孜亚伊沿用了尼扎里的《热比娅与赛丁》的诗歌艺术形式，都采用了"玛斯纳维"（双行诗）诗体和阿鲁孜格律"木塔卡里卜"格式。

在表现方式上，两位诗人都有十分相似的地方。但是，两位诗人生活的时代不同，家庭、教育背景不同，更重要的是两个时代的语言文字不同。在语言艺术方面，他们的诗作具有两种诗歌风格。在尼扎里的诗作中，文人书面词汇较多，其中有少量的阿拉伯、波斯语词语，虽然他的诗作结构紧凑，脉络清晰，但是词语较为华丽，对于人民群众而言比较难懂。而孜亚伊作为现当代诗人，用现代维吾尔语生动通俗地表达了自己的思想感情，语言新颖，通俗易懂，善于使用民间口头语言，风格质朴，因此他的这一叙事诗问世后，得到了广大群众的喜爱，迅速在维吾尔民间流传。

由此可见，孜亚伊在题材、叙事模式、表现形式诸方面继承了尼扎里的"达斯坦"创作传统，同时发展了原故事题材，对语言艺术方面进行了极大的创新。

除了孜亚伊外，1981年，作家买买提力·祖侬①在《塔里木》发表了歌剧《热比娅与赛丁》，引起了评论界的关注。在歌剧的开头中，他写了一首诗，对尼扎里及其《热比娅与赛丁》给予了高度评价：

> 伟大的诗人尼扎里，在泰里维楚克河岸找到了珍宝，这是先辈给我们的珍物——《热比娅与赛丁》。让这颗珍宝更加光芒四射，是我们肩上的重任。有谁能使这颗珍宝无比璀璨，那他不朽的名字会留给子孙无限的荣耀。（笔者译）②

买买提力·祖侬十分推崇尼扎里。他借鉴了尼扎里的诗作《热比娅与赛丁》，在保留诗作主题思想的前提下对"达斯坦"的情节、人物进行了加工。他更加深刻地刻画了热比娅与赛丁的性格，又增加了艾山、祖赫拉、亚库甫、艾木旦木·伯克（尼扎里、孜亚伊笔下的贾比尔）、热比娅的母亲特拉罕、赛丁之母古丽娜罕以及老汉亚森等人物形象，壮大了歌剧的人物队伍。在情节上，买买提力·祖侬更加丰富了尼扎里诗作的故事内容。贪婪残忍的亚库甫对赛丁毫无同情之心，对女儿的恋情也毫不顾及，一心想拿女儿去为他敛财，强行将女儿嫁给乡官艾木旦木·伯克。热比娅与赛丁在他们的好友艾山和祖赫拉的帮助下，新婚之夜逃走了，到赛

---

① 买买提力·祖侬（Memteli Zunun）是维吾尔族当代有名的剧作家，主要剧本有《老龄青年的婚礼》、《热比娅与赛丁》等。

② 买买提力·祖侬：《热比娅与赛丁》（歌剧），《塔里木》1981年第12期，第52页。

丁之父的挚友老汉亚森家避难。后来，不幸被伯克的手下抓走。他们将赛丁抓进牢里，将热比娅押回家里。赛丁的挚友艾山带着乡亲们到县官府闹事，要求释放赛丁，县官只好许诺他们五天后释放人，于是，他们回去了。但是，艾木旦木·伯克贿赂县官要阴谋杀害赛丁。一个善良的看守让赛丁与亚森老汉逃走了。他们到了热比娅家，碰到了艾木旦木·伯克的随从，发生了一场血腥拼杀，在拼杀中，赛丁不幸牺牲。热比娅听闻噩耗，投河殉情。在作家买买提力的歌剧中，赛丁是一位勇敢无畏的英雄，他为了自由爱情与封建势力进行斗争，最后不幸在战斗中牺牲。在买买提力的歌剧中，艾山、祖赫拉、亚森以及监狱看守对热比娅和赛丁的帮助等故事细节，在尼扎里诗作中没有。在表现方式上，全剧共有五幕七场，结构严谨，内容动人。买买提力运用了大量的民歌、歌谣等民间文学诗体，语言通俗，情节曲折，言语简洁，内容集中，使歌剧充满了艺术魅力。将他的歌剧搬上舞台后，在广大维吾尔民众中引起了强烈的反响。

　　总之，尼扎里的《热比娅与赛丁》问世后，深受维吾尔广大民众的喜爱，对维吾尔文人产生了深远的影响。孜亚伊、买买提力等文人都是在他的诗作的启发下对这个来自维吾尔社会生活的真实故事进行了再创作，为它的创作与传播作出了一份贡献。

第二节　从维吾尔达斯坦看维吾尔民间
文学与作家文学的互动互融
——以尼扎里的达斯坦创作为例①②

　　尼扎里的达斯坦创作较为突出地表现了维吾尔文学中的一个显著特点，即民间文学与作家文学之间的互动互融关系。首先，我们以他的代表作《热比娅与赛丁》为例全面地论述这一互动关系。热比娅与赛丁的爱情悲剧是发生于 19 世纪喀什地区的一个真实故事。他们的爱情悲剧在当地产生了极大的反响，经过口耳相传，传到周围地区，逐渐成为脍炙人口

---

①　阿布都外力·克热木：《尼扎里的创作研究》，民族出版社 2005 年版，第 191—202 页。
②　阿布都外力·克热木：《从尼扎里的达斯坦创作看作家文学与民间文学的互动互融》，《民族文学研究》2005 年第 2 期。

的爱情传说。这一真实的故事深深地打动了诗人尼扎里的心，他搜集热比娅与赛丁的传说，对它进行艺术加工和提炼，创作了一部优秀的诗篇。他的诗作在维吾尔族社会产生了极大的震动，逐渐流传于维吾尔族人中间，成为家喻户晓的爱情传说。尼扎里的代表作《热比娅与赛丁》来源于维吾尔人民现实生活，具有深厚的民间文学基础，而且保持着相当鲜明的民间文学色彩，因此更为维吾尔族人民喜闻乐见。在尼扎里笔下，这一真人真事具有了文学色彩，他将热比娅与赛丁塑造成了不朽的艺术形象。尼扎里的诗作比一般的民间传说感染力强，艺术性高，所以流传更广，影响更大，并且反过来促进了民间传说的丰富与发展。下面从两方面分析《热比娅与赛丁》在民间广为流传的主要原因：第一，热比娅与赛丁的故事早已在喀什地区民间流传，已经有了深厚的民间文学基础。热比娅与赛丁的故事是 19 世纪维吾尔族社会生活中发生的真人真事，通过当地人的讲述不断地向周边地区传播，再加上他们的爱情悲剧代了旧时代无数的维吾尔族青年男女婚姻爱情的如实结局，这就是故事具有的艺术魅力和亲切感的原因。第二，在语言方面，尼扎里用的是近代维吾尔语，近代维吾尔语接近民间口头语言，通俗易懂，一方面，为文人诗作的普遍流传提供了便利。另一方面，尼扎里的创作将这一故事题材提升到了艺术的高度，它毕竟比原真实故事更能打动人心，也许这一点是这一传说在维吾尔族民间流传的一个关键因素。

　　20 世纪 30 年代，在新疆各地文化促进会的主持下，剧作家把这一爱情传说改编成戏剧搬上舞台，使其得到了更广阔的大众基础。20 世纪 40 年代，诗人艾合麦德·孜亚伊（Ahmed Ziya'i）取材于这一爱情故事，创作了歌剧《热比娅与赛丁》，歌剧上演后引起了广大人民群众的强烈反响。1981 年，当代剧作家买买提力·祖侬利用热比娅与赛丁的民间传说在尼扎里诗作的基础上创作了话剧《热比娅与赛丁》。通过歌剧、话剧等戏剧形式，将这一传说多次搬到舞台，扩大了它的受众范围，逐渐成为了维吾尔人民家喻户晓的爱情故事。1985 年，艾合麦德·孜亚伊根据民间传说再创作了长篇叙事诗《热比娅与赛丁》，对原故事情节进行了改造，对情节、语言艺术进行了极大的创新。他提高了人物形象、环境描述以及表现方式等方面的整体水平，使它更贴近维吾尔社会生活，提高了作品的知名度。为了写作这部叙事诗，孜亚伊到故事发生地——喀什地区疏勒县牙曼雅乡苏吾汗安拉村进行了一次次实地考察，搜集当地的历史资料和民间传说，对这一故事进行了再创作。① 艾合麦德·孜亚伊用现代维吾尔语创作了《热比娅与赛丁》，与尼扎里的诗歌语言相比，更接近于民间语言，再加上故事情节源于民间，使这一传说在民间广泛流传。热比娅与赛丁的传说在新疆仍广为流传，尤其在喀什地区被广泛传诵。2003 年 8 月笔者在这一对情侣的故乡——喀什地区疏勒县牙曼亚尔乡调研时采录了当地人讲述的这一传说。我问当地人，他们是否知道热比娅与赛丁的故事，他们都回答说知道这一爱情故事。故事内容为：

　　她（热比娅）的确是富人亚库甫·巴当（Yakup Badang）的女儿，亚库甫·巴当曾经是疏勒县牙曼亚尔乡有名的财主，"从汗艾日克（Hanerik）到疏勒县城（Yengixer），从疏勒县城到汗艾日克，我都踩着我自己的土地"，他曾这样炫耀。赛丁是个穷人家的小伙子，他弹得一手热瓦甫，钟情迷恋热比娅。当亚库甫拒绝他们家的提亲时，最终因此而精神恍惚，身体日渐衰弱。后来因病重，他来到有名的艾孜热特（H·ezret）的桑院，在此休养了三四十天，他的亲戚们看他病情垂危，把他带到这里——赛丁入葬的坟地，不久他为热比娅忧郁而逝。他死后，热比娅走到纺线的妇女们——当时的工业没有如今的发达，妇女们利用中午、晚上的时间坐在一起纺线织布——身边，她问："死了的两个人的灵魂是否可以在另一个世界相见？"妇女们回答道："是的，是这样的，热比娅，等到人死后，人的灵魂会相见。"热比娅得到她们的回答后就走了。那天晚上，她跟母亲说："我去接水"，拿着水葫芦去了河边。当时在这儿——热比娅与赛丁入葬的坟地边——都有河流，水流很急，牛马都无法蹚过，所以叫作"泰里维曲克"（Telwiqvc，"急流"之意）。当热比娅拿着水葫芦去接水时，想起了纺线妇女们的话，她用台布把水葫芦裹了起来。然后，整好衣服，跳进了还未被冰封的河水里。热比娅听了妇女们的话，她确信"死了的人的灵魂可以在另一个世界相见"，毕竟两个人是深深相爱的，就这样去另一个世界寻找赛丁。因为她的父母有大片的土地，所以不惜一切代价，从牙曼亚尔到楚坎亚尔，他们敲碎了整条河的冰，寻找热比娅，却没找到。他们找不到热比娅的尸首，以为

① 克里木江、艾比布拉合：《艾合麦德·孜亚伊》，新疆人民出版社 2001 年版，第 100 页。

热比娅跟别人私奔了，派人去四处打听，没有得到丝毫音讯。他们发出布告：等河里的冰消融后，如果有人发现了热比娅的尸首，禀报他们，他们将会重赏。有一天，一个人在这里闲逛，突然看见一群乌鸦在赛丁墓斜对面的河边飞旋，看起来好像河里有什么东西似的。那个人以为那里可能有一条鱼或是别的什么东西，过去一看，热比娅的尸首躺在那儿。他立即给亚库甫·巴当传达消息，亚库甫急速赶到，捞起热比娅的尸首，准备入葬。令人惊奇的是，热比娅的尸首正对着赛丁墓的中间，没有丝毫差错。当时的阿訇、宗教学知识分子、伯克都知道热比娅与赛丁是相亲相爱的情侣，他们一起协商决定将热比娅与赛丁合葬在一起，从此这儿叫作"察塔克麻扎"（"糟糕的陵墓、悲伤的陵墓"之意）。

热比娅与赛丁的故事原来是一个民间传说，通过尼扎里的创作，得到了进一步流传与发展，后来艾合麦德·孜亚伊依据这一爱情传说分别创作了歌剧与叙事诗《热比娅与赛丁》，最后又回到民间再流传，迄今为止仍在维吾尔族人民中间不断传诵。由此可见，这一故事题材已经呈现出由民间到作家，又由作家到民间的互动状态。在作家创作与民间创作的互动之下，热比娅与赛丁的爱情故事得到了极大的发展，从而使《热比娅与赛丁》的艺术成就达到了空前的高度。当然我们同时不能排斥后代文人的再创作与改编工作对提高它的知名度的作用。他们从尼扎里的创作中得到启发，将它改写为歌剧和话剧，把它搬到舞台上去，使它得到了广泛的群众基础。

上面已经论述了民间文学与作家文学之间的互动关系。下面谈论尼扎里的达斯坦与民间文学是"你中有我，我中有你"的互融关系。我们从尼扎里的叙事诗中曾经出现的母题和神灵形象中能够清楚地看到他的文学创作与维吾尔民间文学的互融关系。尼扎里在其文学创作中巧妙地利用了维吾尔民间文学习以为常的祈子母题、屠龙母题、幸存母题等为主的叙事单元，以丰富的想象力与创造力创造了他的叙事诗，在他的叙事诗中呈现出民间口头文学与作家书面文学之间的难解难分的互融状态。我们在第三章中论述了尼扎里达斯坦中的祈子母题、考验母题与维吾尔民间文学的密切关系。如我们在《帕尔哈德与希琳》中能够找到维吾尔民间文学中常见的一些母题和神灵形象。

　　拿祈子母题为例，祈子母题是程式化的叙事单元之一，在维吾尔民间叙事诗中习以为常。在不少民间文学作品中往往以这样的叙述展开故事情节：有个国王土地辽阔，富裕无比，但是膝下无子，忧心忡忡，昼夜向安拉求子，他的虔诚感动安拉，赐予了他儿子。《赛努拜尔》、《古尔·奥古里》等民间叙事诗中都出现过这一母题形式。这种古老的叙事模型在尼扎里的《帕尔哈德与希琳》和《莱丽与麦吉侬》中都有充分的表现。然而在波斯诗人菲尔多西首次记载这一故事题材的《列王纪·霍斯罗·帕尔维孜的故事》①中却没有祈子母题。

　　在维吾尔民间故事和民间叙事诗中，英雄斗杀恶龙（Eʼjdihʼah）、斩除妖魔（Diweʻ）的屠龙故事颇为常见，而且有许多屠龙故事相当典型、相当完整。屠龙故事有这种叙事模式：英雄出门远游——途中碰到祸及人民的毒龙，并把它斩杀，为民造福——国王把女儿嫁给英雄并把王位让给他。在尼扎里的《帕尔哈德与希琳》中出现了主人公帕尔哈德英勇斗杀屠龙、妖魔，为民除害的情节。帕尔哈德外出，走到了希腊，这里有条无恶不作的毒龙，帕尔哈德用箭射死它，为民造福，并得到了大量的宝藏。在《帕尔哈德与希琳》中表现出了与其他毒龙相同的特点，如斩龙、杀恶魔是主人公的主要英雄业绩之一，这种考验英雄的方式在维吾尔民间故事中极为常见，如以民间故事《英雄艾力·库尔班》为例，这则英雄故事从艾力·库尔班诞生写起，叙述了他一生的英雄事迹：一拳打死公牛、斗龙斩龙、征服八个巴图尔、战胜魔王。从这则故事中可以看出，屠龙只是库尔班的英雄业绩之一。在维吾尔民间叙事诗中，屠龙、斩杀妖魔的情节往往与爱情故事、英雄故事结合在一起。又如爱情叙事诗《帕尔哈德与希琳》中的帕尔哈德屠龙、斩杀妖魔，得到了魔镜，经过照魔镜看到心爱的人。"英雄屠龙的地点，大部分是在山谷、河畔，或森林中。"②帕尔哈德走到毒龙躲藏的山洞，与龙决斗：

　　ghezep birla qikti ol ghardin, qikip kengruge menzilu tardin.

　　它（毒龙）从岩洞里蹿向草滩，／从窄小的地方爬到宽敞的地方。

---

　　①　［伊朗］菲尔多西著，阿布都许库尔·穆罕默德伊明、阿布都瓦力·哈力帕提合译：《列王纪》，新疆人民出版社1998年版，第464～473页。

　　②　郎樱：《东西方屠龙故事比较研究》，《新疆大学学报》1995年第3期，第59页。

（笔者译）①

　　以上三点在尼扎里的《帕尔哈德与希琳》中都有表现。通过以上的比较我们可以看出，文人尼扎里达斯坦中的屠龙故事与维吾尔民间文学中的屠龙故事在叙事模式上是基本相同的。屠龙故事在其他突厥语诸民族民间文学中也习以为常，如哈萨克族民间故事《江尼德巴图尔》，乌孜别克族民间故事《科里契卡拉》和柯尔克孜族英雄传说《青年英雄》等等。这说明尼扎里沿用了大量的维吾尔民间文学的古老母题形式，将它们融入到自己的达斯坦之中，加强了其诗作的叙事艺术水平。

　　《麦赫宗与古丽尼莎》和《帕尔哈德与希琳》中都出现主人公幸存的叙事单元。如当麦赫宗与古丽尼莎乘船在海上航行时，遇到了风浪，船被吹翻了，麦赫宗和古丽尼莎抱着一块木板，以免溺死。又如《帕尔哈德与希琳》中国王陪同帕尔哈德和卫兵们一起登上游船，海风大作，船只碰上了暗礁，卫兵们都沉入了海底，只有国王与帕尔哈德抱住一块木板得以幸存。幸存母题在维吾尔民间叙事诗中经常出现。如民间叙事诗《赛努拜尔》中有同样的叙事单元：王子赛努拜尔带着朋友则优尔以及随从们乘船航行，遇到狂风，波浪滔天，船只被暗礁撞碎，只有赛努拜尔与朋友抱住木块，幸免于死。幸存母题的主要内容可以归纳以下两点：一是主人公出于某种意图出海，在航海路途中遇难。二是只有主人公及与主人公有密切关系的人幸存。这种情节在尼扎里的达斯坦中得到充分的利用。除此之外，在尼扎里达斯坦中还有夸张、幻想等富有民间文学色彩的成分，如《麦赫宗与古丽尼莎》中的麦赫宗无法营救情人古丽尼莎，就决定投海自杀，在海里他被鲨鱼吞食，后来这条鱼被老渔夫捕到，剖开鲨鱼的腹部，把麦赫宗救了出来。这样奇特的幻想在民间故事中最为突出。尼扎里不仅取材于民间传说，而且充分利用民间文学的叙事成分与表现方法，使其诗作变得更加通俗易懂。正因为尼扎里的达斯坦具有如此鲜明的民间文学色彩，才得到了维吾尔族人民的喜爱，从而使其很容易与维吾尔民间传说故事糅合在一起。

　　合葬是维吾尔民间达斯坦中常用的一种情节单元，尤其是爱情叙事诗中更为突出。如《塔依尔与佐赫拉》，其基本模式是：一对男女青年倾心

————————

　　①　尼扎里、热合米图拉·加里等整理：《帕尔哈德与西琳》，新疆人民出版社1980年版，第62页。

相爱——女方家长反对——因阴谋或忧伤而死。尼扎里的《帕尔哈德与希琳》、《莱丽与麦吉侬》和《热比娅与赛丁》中都出现类似的叙事模式。反映了人民群众对美好生活和光辉未来的憧憬与热烈追求。维吾尔民间叙事诗《塔依尔与佐赫拉》中的合葬情节包含着深层的文化内涵。它反映了维吾尔人的"人死魂不死"的古老信仰观念，维吾尔族先民相信万物有灵，他们认为人死后灵魂并不死，只能变成某个动物的灵魂。因此，他们认为不幸死去的情人们虽然肉体没有相结合，但他们的灵魂会在一起，"生不能共枕，死求同葬"的观点就是这种信念的产物。尼扎里的达斯坦中出现的这些母题形式是尼扎里对民间文学学习与借鉴的结果。

　　赫兹尔圣人①是在维吾尔民间文学中常见的善神形象，尤其是民间故事、民间叙事诗中更为常见。他往往在英雄陷入困境时出现在英雄眼前，帮他解决困难和指导他的行动，他总是以一个姿容发亮、白发老人的模样出场。如民间叙事诗《凯麦尔王子与夏姆西美女》中，凯麦尔王子在寻找心爱仙女的途中遇到了磨难，就想起赫兹尔圣人，赫兹尔出现在他身边，帮他解决困难。在《帕尔哈德与希琳》中有类似的细节：赫兹尔圣人指导他怎么揭开希腊山洞的奥秘。尼扎里的达斯坦与民间传说、民间叙事诗互相渗透、互相融合，逐渐呈现出"你中有我，我中有你"的互融状态。

　　从尼扎里的达斯坦创作中可以得出以下几点结论：

　　第一，尼扎里的创作题材都来源于民间。以上我们所论述的尼扎里的《热比娅与赛丁》、《帕尔哈德与希琳》和《莱丽与麦吉侬》等达斯坦都是在民间传说、民间故事的基础上加工创作而成的不朽诗章。需要说明的是在达斯坦创作中，尼扎里对故事题材的运用有直接取材和间接取材两种，直接取材指的是尼扎里以现实社会发生的真实故事为素材进行创作，这类题材曾经被人采用过。如热比娅与赛丁是一对现实中的恋人，关于他们的传说在维吾尔族民间广泛流传。间接取材是历代诗人曾经多次取材过而进行过文学创作的故事题材，这些故事题材以民间传说和故事的形式在民间一直不断流传。又如关于帕尔哈德、希琳、霍斯罗的传说，历史悠

---

　　①　赫兹尔（Hezir）神：维吾尔族神话传说中一位慈善的仙人，他能起死回生，救人于危难。

久，流传广泛。帕尔哈德、霍斯罗、希琳都有一定的历史原型。人们将希琳传说融入到帕尔哈德的传说之中，编就了美丽的爱情故事。再如《莱丽与麦吉侬》是一部东方伊斯兰文学中的传统故事，它源于公元8世纪发生在阿拉伯半岛上的一个真实的爱情悲剧。约在9—10世纪起在阿拉伯民间广泛流传，成为扣人心弦的爱情传说。关于莱丽与麦吉侬的传说，资料丰富，流传面广。莱丽与麦吉侬的故事历经数世纪的创作、传播，影响极大，文献典籍很多，其他文字记述也不少，这些都为口头文学的产生和发展提供了有利条件。

　　第二，尼扎里的创作题材是经过历代诗人再创作的传统题材。波斯文豪菲尔多西在其名著《列王纪》的最后一章中描述了霍斯罗与希琳的故事。其巨著《列王纪》在西亚、中亚各民族当中产生了极大的反响，随着他的诗作的传播，霍斯罗与希琳的传说流传得更为广泛。12世纪，波斯诗人内扎米·甘吉维取材于波斯民间流传的霍斯罗与希琳传说，并在菲尔多西故事情节的基础上提炼加工创作了《霍斯罗与希琳》，从而使这一故事情节趋于完美。帕尔哈德是内扎米·甘吉维笔下首次出现于作家文学中的人物形象，他的原型是一个反对阶级压迫和民族压迫的英雄人物。他以高超的凿山技术闻名。内扎米·甘吉维的诗作情节离奇曲折，语言优美华丽，对后世产生了深远的影响，为数不少的波斯和突厥语诸民族文人效仿内扎米创作的叙事诗，但诗作水平均未超过内扎米。波斯诗人霍斯罗·迪赫里维是从他的创作中获得灵感，选取这一民间传说创作了《霍斯罗与希琳》。到了15世纪，突厥诗人纳瓦依对这个传统题材进行了大胆的创新，创作了面目一新的作品——《帕尔哈德与希琳》。他出于中亚突厥语诸民族的理想愿望，对民间早已广为流传的帕尔哈德进行了艺术加工，塑造了栩栩如生的人物形象。由于他的诗作故事情节新颖动人，代表了广大突厥语诸民族人民的根本利益，受到了中亚各民族人民群众的喜爱。中亚各民族出现了大量借鉴、效仿他的叙事诗而创作的新作品，有人用散文的形式改写了他的叙事诗。中亚各地区出现了与帕尔哈德—希琳传说有关的地名、河名和山名。维吾尔族民间也出现了有关帕尔哈德与希琳的民间传说、民间故事和民间叙事诗，并成为维吾尔民间文学的优秀作品。波斯诗人内扎米·甘吉维取材于莱丽与麦吉侬的民间传说创作了长篇叙事诗，使《莱丽与麦吉侬》达到了空前的高度。内扎米·甘吉维诗作问世后，对波斯、突厥语诸民族诗人产生了深远的影响，尤其是对莱丽与麦吉侬传说的发展和提高作出了很大的贡献。西亚、中亚各民族人民更为喜闻乐见，从而使其变成了脍炙人口的爱情悲剧。内扎米·甘吉维之后，直到纳瓦依出现前的数世纪中，阿密尔·霍斯罗、哈塔菲、苏海丽、阿布都热合曼·贾米等30位诗人在民间传说与内扎米·甘吉维达斯坦的基础上再创作了此题材。到了15世纪，纳瓦依选取中亚广为流传的莱丽与麦吉侬的传说，借鉴内扎米·甘吉维、阿密尔·霍斯罗、贾米等诗人的叙事诗创作了具有社会意义的新作——《莱丽与麦吉侬》。由于纳瓦依的诗作更为接近中亚各族人民的社会生活，更能反映当时社会现实的原貌，受到了广大中亚各族人民的喜爱。富祖里、安达里甫、毛拉·法孜里等突厥语诗人学习纳瓦依的叙事诗，在民间传说故事的基础上再创作了这个传统题材。由于这个原因，这一传说也就成了中亚诸民族家喻户晓、童叟皆知的著名爱情传奇，莱丽与麦吉侬也变成了纯洁爱情的化身。

　　第三，尼扎里的达斯坦又回到民间，对后世产生了深远的影响。尼扎里从纳瓦依的《帕尔哈德与希琳》中得到了很大的启迪，在民间传说故事的基础上加工提炼创作了同名诗作。在故事情节上，尼扎里基本上保持了纳瓦依之作的原貌，在表现手法、艺术风格诸方面进行了一定的创新。由于尼扎里的诗作来源于民间文学，而且保持着相当鲜明的民间文学色彩，所以它远比一般的作家文学更受广大群众喜爱，远比纳瓦依诗作通俗简洁，所以流传更广，影响更大，并且促成大批新的民间文学作品的出现。尼扎里借鉴民间文学长期积累起来的艺术成果，同时加上自己较大的发展和创作，从而使《帕尔哈德与希琳》达到了空前的高度。20世纪40年代维吾尔诗人尼姆谢依提钻研纳瓦依、尼扎里的优秀创作风格，学习和搜集关于帕尔哈德与希琳的民间传说故事，再创作了富有地方与民族色彩的叙事诗《千佛洞——帕尔哈德与希琳》。尼姆谢依提对民间传说的吸收和继承有扬有弃，去粗取精，从而使它有所发展和提高。他对帕尔哈德的崇高品德大力宣传、歌颂，给予正面的评价，而对霍斯罗的凶恶、放荡、残忍的人品给予强烈的鞭挞与抨击。他着重突出了帕尔哈德修建宫殿、凿山引水的劳动场面，体现了人民心目中的理想英雄形象。尼姆谢依提在诗作中运用了大量的民间口头语言，通俗易懂，在情节、人物上更能反映维吾尔族人民的理想，更加体现出民族特色与地域特色。因此，受到了广大人民群众的喜爱，产生了新的民间传说。如关于千佛洞传说是在尼姆谢依提诗作的影响之下产生的，与之有血肉联系，简直可以看作人民群众创作的姊妹篇，异曲同工，各有千秋，却又一脉相承，如出一辙。在新疆库车地区流传的民间传说中说：和田王子帕尔哈德为了与库车公主希琳喜结良缘，将要完成希琳父王交付的使命——修建千佛洞。在库车山脚下修建一个美丽雄壮的千佛洞，当千佛洞快要修好的时候，伊朗国王霍斯罗派巫婆阴谋杀害了他。希琳听到勤劳勇敢的心上人的死讯，当即自刎殉情。① 这一美丽传说是对尼姆谢依提的《千佛洞——帕尔哈德与希琳》的吸收和继承的产物。他通过帕尔哈德与希琳的爱情悲剧，揭露了黑暗势力践踏一对年轻人追求自由爱情的罪恶，提倡了婚姻自由、爱情自由的观点，它反映人民群众的理想愿望，而在民间得以快速流传。

总而言之，尼扎里达斯坦的创作题材都源于民间文学，他的诗作与民间文学有密切关系。由于他的达斯坦既有民间题材的基础，语言又通俗流畅，所以又回到民间，反过来又发展了原故事、传说，与民间创作结合在一起，在维吾尔族民间广为流传。后世文人借鉴他的达斯坦，并巧妙地运用民间传说，对这些民间题材进行再创作，使这些民间传说获得了新的生命活力。在民间文学与作家文学如此相互影响下，在维吾尔文学中，产生了民间口头文学与作家书面文学之间的"你中有我，我中有你"的难分难解的互动互融关系。（本节参考作者《尼扎里的达斯坦创作研究》一书）

第三节　维吾尔民间文学与作家文学的关系

民间口头文学与作家书面文学有着密不可分的内在联系，在看到口头文学与书面文学的共同特征的同时，还应该看到它们各自独有的发展规律。探讨民间文学与作家文学的关系往往离不开口头性与书面性的讨论。"在民间文学领域，讲述人同听众直接接触，听众的反应（所谓的'信息反馈'）立即传达给讲述人，从而影响着他的演变过程。听众的情绪高昂，讲述人在讲述中便眉飞色舞，听众无精打采，他便会草草收场。"② 听众的评议和补充还可能促使民间艺人对作品进行一定程度的改动和加工。从这个意义上说，听众在口头作品创作、表演、流传过程中是个积极

---

① 乌斯曼·司马义：《维吾尔民间文学体裁》，新疆青少年出版社1994年版，第53页。

② 刘魁立：《文学与民间文学》，《文学评论》1985年第2期，第121页。

的因素，他（她）在一定程度上参与了创作活动。书面文学的作者和读者的关系则与民间文学情况有很大的不同。"读者在事实上并不像在民间文学领域听众对于讲述人那样直接参与作家的创作活动。作家把完成的作品奉献在读者面前，读者对于作品的倾向、主题、人物的纠葛和命运等等，赞成也罢，反对也罢，都已无法改变了。"① 读者只能通过文学评论的形式间接地提出书面作品的修改意见及建议。刘魁立先生十分明确地指出口头文学与书面文学的差异。但是，应该肯定两者历来的密切联系。无论是口头文学还是书面文学都离不开语言，离开了语言，这种艺术本身也就不存在了。在文学史上，口头性与书面性相互交融、难解难分的关系是常见的现象。还活在民间口头中的古老作品能一直流传保存下来，原因很复杂，并不是一条单线传到底。"有些杰出的作品，往往经过由口头到书面，又由书面到口头的多次反复，才成为艺术上比较成熟的作品。"② 早先也有一些文人用书面文字记录民间文学，然后在群众中传播，虽然这是辅助性的，但从总体上看，二者是相辅相成、密不可分的。对作家来说都是辅助性的，第二义的，文字写作才是必须的第一方式。相反，民间口头文学也可以用书面文字记录下来。但是，对于广大人民来说，文字形式也不是必须的表达形式，它只是对民间文学流传起辅助性作用的第二义的形式。口头性与书面性都有各自的特征，口头性的特点体现于简单、通俗与重复表现手法之中，而书面性特点则在优雅、庄严与复杂的表现手法中凸显出来。口头创作是继承传统、体现传统的过程，然而，书面创作则是不断地打破传统、打破固定模式的过程。口头性与书面性的密切联系反映了民间文学与作家文学的相互关系。"民间文学和书面文学这两种不同形态的文学形式，其创作、流传、接受过程相互有别。在作品的内容与形式风格上，民间文学多以类型化的形式表现群体意识，书面文学则以表现作家个性风格见长。"③ 我国民俗学奠基人钟敬文先生从影响视角说明了作家文学与民间文学相互关联，相互推动，相辅相成的密切关系。民间文学对作家文学产生着重大影响，从而在很大程度上推动了该地区、该民族文学

---

① 刘魁立：《文学与民间文学》，《文学评论》1985 年第 2 期，第 121 页。
② 潜明兹：《民间文学的范围与前景》，《民间文学论坛》1985 年第 3 期，第 41 页。
③ 猛克吉雅：《蒙古文学的发展及其民间文学与书面文学的关系》，《内蒙古社会科学》2002 年第 9 期，第 70 页。

的发展，使该地区、该民族的文学变得更加丰富和多样化。学者们曾概括民间文学对作家文学的四个方面的影响：民间文学的题材和思想内容方面的影响；民间文学为作家文学提供了典型形象；民间文学在艺术形式上的影响；民间艺术语言的影响。[①] 历史上作家给予民间创作的影响包括积极与消极两方面。历代文人作家在记录和保存古代民间口头作品的工作上的贡献是不可估量的。口头创作虽然在时间和空间的传播上是那样深远和长久，但并不是无限制的。在漫长的岁月里不少宝贵的口头作品慢慢地丧失或失传。历代文人在自己的作品里借用或描写一些民间口头作品，这在保存民间口头创作的过程中起积极作用。消极的一面主要表现为一些作家在对待民间口头创作时有随意改变、胡编乱造的现象，其造成的后果是真假难辨。[②] 民间文学与作家文学的关系，不同历史时期的表现是不同的。[③] 民间口头创作与作家书面创作组成了文学的有机整体。可见，民间口头文学与作家书面文学在发展过程中有着十分密切而复杂的关系。

一　民间文学与作家文学之间的"你中有我，我中有你"互动互融关系是维吾尔达斯坦创作的显著特征

　　在上述章节中，我们论述了作家尼扎里达斯坦的再创作问题。民间文学是他的达斯坦题材之源，他运用前人反复进行再创作的故事题材进行创作。大量的维吾尔达斯坦与尼扎里达斯坦一样，经文人再创作后，他们的作品又回到了民间，丰富了民间文学中的原故事题材。除了《帕尔哈德与希琳》、《莱丽与麦吉侬》和《热比娅与赛丁》外，文人取材于《拜合拉姆·古尔》、《瓦穆克与吾兹拉》、《麦斯吾德与迪丽阿拉姆》、《玉苏甫与祖莱哈》、《艾里甫与赛乃姆》、《塔依尔与佐赫拉》、《努祖姑姆》、《艾维孜汗》以及《勇士秦·铁木尔》等民间叙事诗的故事题材，再创作了一系列不朽之作。它们作为民间文学作品，具有深厚的民间基础与鲜明的民间文学特征。一旦引入作家文学之后，在思想与艺术上就会产生极大的变化，故事情节和艺术特征得到了进一步丰富与发展。之后，通过文书人

---

　　①　郅溥浩：《阿拉伯"情痴"的世界性影响——马杰侬和莱拉故事与文人文学》，《东方民间文学比较研究》，北京大学出版社 2003 年版，第 437 页。

　　②　陶立璠：《民族民间文学基础理论》，广西民族出版社 1985 年版，第 116 页。

　　③　吴蓉章：《民间文学理论基础》，四川大学出版社 1988 年版，第 250 页。

员的改写或改编以及民间艺人的进一步加工等途径，又回到民间文学之中，丰富了民间文学的原故事情节。在维吾尔达斯坦创作中民间文学与作家文学的互动常见的交流模式有以下三种：

第一，首先，某一个故事题材在民间广泛流传，某作家以民间传说故事为素材而创作达斯坦，而后他的诗作又通过各种途径（文人转述、改写本）再回到民间，不断地丰富、发展民间流行的传说、故事。继他之后，数名作家在其诗作中得到启发，选取这一故事题材，在民间传说、故事的基础上进行再创作。他们的创作都来源于民间文学，而且保持着鲜明的民间文学色彩，因此远比一般的作家文学更为广大人民群众所接受。这些被再创作的诗作两者间的互动互融关系为：民间文学→作家文学→民间文学（借鉴民间传说故事及前人创作；借鉴或利用民间故事及前人达斯坦创作）。

在世界文学中，文人以民间文学作品为素材而创作作品的例子屡见不鲜。薄伽丘、莎士比亚、拜伦、易卜生、普希金、歌德等世界大作家、诗人都在文学创作中重视从民间文学汲取营养。"当欧洲从中世纪进入到文艺复兴时期以后，民间文学对于作家的作品产生了更大的影响，有时以至于都很难在它们之间划出一道明确的界线。"[1] 意大利作家薄伽丘（Boccaccio）的《十日谈》是在意大利民间故事的基础上创作而成的。到了16—17 世纪，斯特拉帕罗拉（Straparola）和詹巴蒂斯塔·巴西莱（Giumbattista Basile）等作家的作品直接取材于民间文学。易卜生（Ibsen）的《培尔·金特》（Peer Gunt）和盖尔哈特·霍普特曼（Gerhart Hauptmann）的《沉钟》也是借鉴民间文学的产物。歌德的代表作《浮士德》是在民间人物传说的基础上创作出来的。浮士德是十六世纪的人物，后来成为民间传说中的形象。传说他通晓天文地理，懂得魔术，他死后人们把当时传说的人和魔鬼订约的故事都集中在他身上。在传说和后人写的文学作品中浮士德的形象不断丰富、发展。[2] 歌德在这个基础上，经过艺术加工，更加深化和丰富了这个形象的社会意义。弥尔顿的《失乐园》、《复乐园》中的主要情节直接取材于《圣经》中的宗教故事，反映了当时英国的时代背景。拜伦前后发表了以东方民间故事为题材的叙事诗，总称为《东

---

① ［美］斯·汤普森：《民间文学》，田小杭译，《民俗研究》1996 年第 2 期，第 93 页。
② 朱维之：《外国文学史》（欧美部分），中国人民大学出版社 1986 年版，第 149 页。

方叙事诗》，其中包括《异教徒》、《强盗》和《巴里学耶》等。① 希腊神话故事对欧洲作家产生了深远的影响，英国诗人雪莱是其中的一个。他从小喜欢希腊神话故事，他以普罗米修斯的神话传说为素材，创作了伟大的诗剧《解放了的普罗米修斯》。莎士比亚的《哈姆雷特》是在丹麦民间传说的基础上创作的。《安东尼与克罗帕特拉》是根据意大利民间传说故事而创作出来的。普希金直接利用民间文学的材料、形象和表现手法创作出了具有民间文学特色的作品。1820 年他完成的第一部长篇童话诗《鲁斯兰和柳德米拉》就采用了许多民间故事材料，如魔法师、女水妖、隐身帽，巨头与长须矮人的搏斗以及鲁斯兰死而复生等民间传说，歌颂了坚贞的爱情和刚毅的品格。普希金用民间故事写成了许多童话诗，如《神父和他的长工巴尔达的故事》、《萨尔舟的故事》和《死公主和七勇士的故事》等。普希金在学习民间文学、创作具有民间文学特色作品的同时，也将民间文学的材料和形象融汇到他的文学创作中。如他创作的悲剧《鲍里斯·戈东诺夫》，中篇小说《上尉的女儿》和长篇叙事诗《叶甫盖尼·奥涅金》等即如此。② 国内，屈原、李白、杜甫、施耐庵、罗贯中、蒲松龄、吴承恩等中国历代诗人作家在民间文学方面取得的成就也是十分突出的。屈原是我国文学史上第一位伟大的诗人，他运用当时的民歌形式，凭借他的丰富想象，倾注了他深厚的感情，运用了大量的神话传说，写出了《离骚》这样一部优秀诗篇。我国古代伟大的诗人李白"接近人民，同情人民的遭遇和疾苦，喜爱并重视劳动人民所创作的民间文学，特别是虚心地向民间文学学习；从中汲取自己所缺少的思想力量与艺术力量，这就使得他的作品流传千余年而不衰，为广大人民群众所喜爱。"③他创造性地运用了神话传说，揭露现实真相，表达了自己的思想感情和愿望。如《东海有勇妇》、《长干行》等。李白除擅用民间文学题材外，还学习民间歌谣，从中汲取丰富的营养。罗贯中在民间传说及史料基础上加工、创作了不朽的名著《三国演义》。"因为《三国演义》来源于民间文学，且保持着鲜明的民间文学色彩，所以它远比一般的作家文学更为广大人民群众所喜闻乐见。同时它又是伟大作家的伟大创作，远比一般的民间

① 温祖荫：《外国著名长诗介绍与欣赏》，福建教育出版社 1985 年版，第 99 页。

② 邓启龙：《论普希金诗歌的民族性》，《民间文学论坛》1986 年第 2 期，第 38 页。

③ 蔚家林：《论民间文学对李白诗歌的影响》，《民间文学论坛》1986 年第 2 期，第 31 页。

文学作品有概括力，艺术性高，所以就流传更广，影响更大，并且反转过来促成和演绎出了大批新的民间文学作品。"① 杜甫作为我国伟大的现实主义诗人，具有同情人民、热爱人民的思想感情。他取材于贫民生活故事，将自己的情感与热爱人民的感情相联系，揭露统治阶级的罪恶，如《三吏》、《三别》、《岁宴行》等。这正是杜甫诗歌千余年来流传，为广大人民群众所接受的原因。《水浒传》描述的是北宋末年爆发于中国北方梁山水泊地区的以宋江为首的农民起义的故事。施耐庵在较少的史实依据与广泛的民间文学基础上加工提炼，创作了这一著名的古典通俗小说。吴承恩充分利用唐玄奘赴西方取经的传说以及猴王孙悟空的神话故事，以超人的想象力和丰富的幻想，创作了优秀的通俗小说《西游记》。《聊斋志异》中有大量故事是有历史根据的。蒲松龄以大量历史逸闻和民间传说为素材，精心提炼和不断地加工，吸收劳动人民丰富的艺术乳汁，创造出这一伟大的文学作品。

　　来源于民间的叙事诗《拜合拉姆·古尔》是与尼扎里同时代的诗人艾里毕之作。关于拜合拉姆的传说早已在西亚中亚各民族民间广为流传。据说事情发生在波斯萨珊王朝时期，从那时一直流传下来。故事中描述的拜合拉姆是耶兹德格德一世（公元399—420年）的儿子，白赫兰四世的孙子。白赫兰五世（也译成拜合拉姆，公元420—438年），他是个传奇式的国王，他会说好几种外语，会作诗，喜欢打波罗球和狩猎，爱好音乐。为了娱乐，他从印度招来很多能歌善舞的卢利人，欣赏他们的音乐，这批卢利人定居波斯，成为后来吉普赛人的祖先。白赫兰绰号叫"古尔"（波斯语有"欢乐"、"野驴"之义，喻其生性活泼而放荡不羁）②。实际上，"古尔"是古代东波斯语"国王"或"首领"之意。白赫兰还被奉为具有阳刚之气的祆教战神，可能是因他在帝国东部受匈奴威胁时，能够临危不惧，大获全胜之故。他在位期间，伊朗社会经济相当繁荣，所发行的货币有泰西封、厄克巴坦那、伊斯法罕、阿尔贝拉、勒丹、尼哈温德、亚述、胡泽斯坦、米底、克尔曼等地的标记。他的死也很神秘，传说他是

---

① 江云、韩致中：《民间文学与〈三国演义〉》，《民间文学论坛》1984年第4期，第68页。

② 彭树智主编，王新中、冀开运：《中东国家通史》（伊朗卷），商务印书馆2002年版，第118页。

在狩猎时，落马坠入深渊而死，尸体也未找到。白赫兰五世沉溺于享乐，很可能是由于大贵族专权使他无所作为，只能不理朝政。波斯诗人菲尔多西在民间传说及文献资料的基础上首次创作了《拜合拉姆故事》，收入《列王纪》之中。在菲尔多西的《列王纪》故事的传播下，关于拜合拉姆的故事在波斯、印度、突厥语诸民族民间广泛流传。继菲尔多西之后，波斯诗人内扎米学习与借鉴菲尔多西的《列王纪》，参考大量的民间故事传说，再创作了叙事诗《七美人》。由七个故事组成的这一叙事诗，情节离奇曲折，语言优美，艺术感染力极高。内扎米将它排列为《五卷诗》的第四部叙事诗，开创了这一传统创作，固定了这部达斯坦的传统序列。继内扎米之后，数百名文人模仿他创作《五卷诗》（"海米赛"），包括《拜合拉姆·古尔》，但是均未成功，只有霍斯罗·迪赫里维、阿布都热合曼·贾米和艾力希尔·纳瓦依等三位诗人顺利地创作了《五卷诗》，获得了莫大的荣誉。乌兹别克斯坦学者纳·毛拉耶夫曾经强调过这一观点："总之，数十名诗人欲创作'海米赛'，但均未获得成功。只有三位伟大的诗人创作了'五卷诗'，能够和内扎米一起，占有一席之地。他们是伟大的印度诗人霍斯罗·迪赫里维、伟大的波斯—塔吉克诗人阿布都热合曼·贾米、伟大的乌兹别克诗人艾力希尔·纳瓦依。"[①] 他们将以拜合拉姆故事为内容的叙事诗放在他们《五卷诗》中的第四部诗作的位置之上。迪赫里维钻研内扎米的《五卷诗》，并利用民间传说故事，取材于拜合拉姆故事的叙事诗《八重天堂》在内的《海米赛》。15 世纪，纳瓦依学习与研究内扎米等人的叙事诗，充分利用突厥语各民族流传的民间传说，再创作了以拜合拉姆故事为题材的《七星图》。虽然纳瓦依借鉴了前人同名诗作的故事情节，但是他并未沿袭别人走过的老路，而是独辟蹊径，重新构思，赋予这部传统故事崭新的思想内容和深刻的社会意义。19 世纪，诗人艾里毕借鉴纳瓦依的同名诗作，搜集整理民间传说故事，将作家创作传统与民间传说巧妙地相结合，再创作了这一传统题材。艾里毕创作的《拜合拉姆的古尔》，情节集中，诗句简洁，全诗共 2033 联诗句，分 15 章、22 个标题叙述，篇幅比纳瓦依（10174 行）的短了许多。其主要情节是：波斯国王拜合拉姆爱上了美丽的秦公主迪丽阿拉姆，于是他沉溺于酒色，整日欢宴，不理朝政，最后地陷，被大地吞噬了。作者想借这个故

---

①　纳·毛拉耶夫著：《乌兹别克文学史》，真理乌兹别克文出版社 1976 年版，第 419 页。

事说明任何国家、任何君主，只要他荒淫无度，必然一败涂地。

《伊斯坎德尔传》是历代诗人反复再创作的故事题材，伊斯坎德尔的故事在民间口头文学和作家书面文学中反复出现。伊斯坎德尔以及伊斯坎德尔题材的叙事诗是《海米赛》创作中的最后一首诗作，即第五部叙事诗。有关伊斯坎德尔的资料基本上来源于历史，而以文艺作品的形式得以传承。伊斯坎德尔的全名亚历山大·马其顿（Alexander Makidun），史称亚历山大大帝。关于亚历山大的传说及历史事件，在西亚中亚诸民族，特别是阿拉伯、波斯以及操突厥语的诸民族中广泛流传。关于亚历山大的历史记载，最早出现在普鲁塔里赫（Plutarch，公元前 126—前 46 年），阿里安（Arrian，公元前 175—前 115 年）、卡利西尼斯（Callisthene，公元前 370—前 324 年）等希腊人的历史著作之中。公元 9—10 世纪阿拉伯史学家泰伯里、拜阿凯等人的史书中都有所记载。从 10 世纪起，伊斯坎德尔的形象在东方伊斯兰民族文学中成为一个传统的艺术形象。菲尔多西利用伊斯坎德尔传说及历史文献，创作了短篇叙事诗《伊斯坎德尔》①，收入《列王纪》中。随着《列王纪》的传播与影响，进一步丰富发展了希腊、阿拉伯、波斯和突厥民间流传的伊斯坎德尔传说。菲尔多西的《列王纪》对波斯诗人内扎米的创作产生了深远影响。在民间传说的基础上，他借鉴了菲尔多西的诗作，并创作了在其《五卷诗》中第五部叙事诗的《伊斯坎德尔传》。内扎米将其塑造成了公正贤明的国王，虚心好学的统治者的艺术形象，表达了东方伊斯兰式理想国思想。霍斯罗·迪赫里维学习与模仿菲尔多西、内扎米的诗作，运用这一题材，创作了《伊斯坎德尔宝镜》。继他之后，贾米学习与借鉴前人诗作，同时利用民间传说故事，再创作了伊斯坎德尔故事，题目为《伊斯坎德尔智慧》。纳瓦依在学习内扎米、迪赫里维和贾米等文豪的创作经验基础上，有效地借鉴中亚人民群众中流传的民间传说故事，对这一传统题材进行了大胆的创新。到了纳瓦依时代，关于伊斯坎德尔的传说及文字材料已经相当丰富，甚至伊斯兰教经典《古兰经》中对伊斯坎德尔也有所记载②。纳瓦依学习和研究了

---

　　① 《列王纪》创作的第十五位国王，叙述了他在东征战败波斯、印度等地方的故事。［伊朗］《列王纪》，新疆人民出版社 1998 年版，第 316—337 页。

　　② 《古兰经》也提到伊斯坎德尔·祖里卡尔尼因修建围城的故事。《古兰经》第 18 章，第 82 节至第 97 节，民族出版社 1987 年维吾尔文版；中国社会科学院 1996 年汉文版。

麻赫穆德·喀什噶里的《突厥语大词典》、优素福·哈斯·阿吉甫的《福乐智慧》和拉勃胡兹的《先知传》等古典作品中的关于伊斯坎德尔传说的文字记载以及维吾尔族人民群众创作的与人民生活息息相关的传说故事，创作了《伊斯坎德尔城堡》。在纳瓦依笔下，伊斯坎德尔是一位热爱和平，主持正义的国王，是中亚各民族，包括维吾尔族人民所喜爱的理想化人物形象。由于纳瓦依塑造的伊斯坎德尔形象，正反映了人民群众对贤明公正的国王的强烈渴望，对和平安定生活的愿望，所以在维吾尔民间得到广泛流传。

瓦穆克与吾兹拉是东方闻名的七对情侣①之一，德国著名诗人歌德在《东西诗集》中特意写了一首诗《另外一对》，提起过他们的名字：

> 瓦米克（瓦穆克）和阿斯拉（吾兹拉）的故事，
> 谈起来就像谈到先知——
> 人会谈论，只会提起；
> 他们的名字是人所尽知。
> 谁也不知道他们的经过！
> 只知道他们曾互相爱过。
> 问起瓦米克和阿斯拉，
> 这就是所能做的回答。②

瓦穆克与吾兹拉的故事在前伊斯兰时期在西亚中亚广为流传，后阿吉·优素福将它列入《故事集》。波斯诗人吾布里哈斯木·艾山·奥尼苏里（Ubulkasim Hesen Unsuri）首次以这一故事为素材创作了《瓦穆克与吾兹拉》，将这一题材引进作家书面文学之中。伊朗诗人扎依尔·克里玛尼（Zahir Kirimani）取材于这一故事题材，再创作了叙事诗《瓦穆克与吾兹拉》。18 世纪，花喇子模人霍加·赛依德·艾山尼（Huja Sayid Heseni）将扎依尔·克里玛尼的叙事诗译成突厥文。15 世纪，纳瓦依在《文坛荟萃》（又译《群英盛会》）中提到瓦穆克与吾兹拉的故事梗概。19 世纪，孜亚依学习前人的诗作，借鉴他们的同名之作，在维吾尔族民间流传的关于瓦穆克与吾兹拉的传说及文献资料的基础上创作了这一故事题材。

---

① 七对情侣是：帕尔哈德与希琳、莱丽与麦吉侬、玉苏甫与祖莱哈、鲁斯坦姆与罗达伍、杰米尔与博泰娜、瓦穆克与吾兹拉、拜合拉姆与迪丽阿拉姆等。

② ［德］歌德：《东西诗集·歌德诗集》（下卷），上海译文出版社 1982 年版，第 362 页。

孜亚伊的《麦斯吾德与迪丽阿拉姆》来自于民间故事，在中亚西亚早已有流传。它源于穆罕默德·艾维菲的《故事传说集》和阿吉·优素福的《故事集》等民间文学作品集中的关于赛福里穆吕克的故事。15世纪末16世纪初，布哈拉诗人麦吉里斯利用民间故事，创作了4000余行的长篇叙事诗《赛福里穆吕克》。他的这部叙事诗分别在哈山1883年、1898年出版；1916年、1959年塔什干出版。① 他在叙事诗《赛福里穆吕克》的基础上再创作了民间叙事诗《赛努拜尔》②，在维吾尔、土库曼等突厥语诸民族民间广泛流传。18世纪，土库曼诗人赛亚里充分利用民间叙事诗《赛努拜尔》，以散韵混合形式创作了叙事诗《赛努拜尔》。19世纪，维吾尔诗人孜亚依借鉴前人诗作的故事情节，在民间传说和民间叙事诗的基础上，创作了《麦斯吾德与迪丽阿拉姆》。他对《赛努拜尔》、《赛福里穆吕克》中的人物、情节及艺术手法进行了改造，创作了面貌一新的作品。

第二，首先民间创作、发展及传播，到某个年代通过作家再创作，带进作家书面文学之中，然后又回到民间流传，丰富原有的民间传说、故事及叙事诗，后来被作家改编成戏剧、电影，更为人民喜闻乐见。其模式为：民间文学←→作家文学。

在维吾尔族民间叙事诗中，《艾里甫与赛乃姆》可谓是代表。它以优美而富于传奇色彩的爱情故事情节，鲜明动人的人物形象和反抗封建宗法制度、争取自由幸福的深刻主题以及精湛成熟的叙事艺术，奠定了其在维吾尔族叙事性韵文作品中的经典地位。关于艾里甫与赛乃姆的故事早在11世纪就在突厥语诸民族中流传开了。"这些变体不仅没有局限于维吾尔民间文学之中，在中亚诸突厥民族文学中都得到广为流传。"③ 除了维吾尔族，还有土库曼、阿塞拜疆和乌兹别克等民族。随后，这个故事曾流传

---

① 谢里甫丁·吾买尔著：《十九世纪维吾尔文学史》（上），新疆人民出版社1998年版，第756页。

② 《赛努拜尔》引自于维吾尔民间叙事长诗选，新疆人民出版社1983年版，第237—272页，《赛努拜尔》引自于《维吾尔民间叙事诗精选》，阿布都肉苏力整理，新疆人民出版社1998年版，第261—321页。

③ 祖农·哈德尔、铁依甫江·艾利耶夫、艾力·艾则孜：《艾里甫与赛乃姆》（电影剧本），新疆人民出版社1981年版，第1页。

到中亚、西亚以及欧洲某些国家。① 这部叙事诗的来源不明，因为中亚诸突厥族当中都有它的变体，而且叙事诗传到哪个民族中间就具有哪个民族的地方色彩。流传于新疆及中亚地区，在长期流传过程中，产生许多变体。② 新疆大学人文学院教授阿布都克里木·热合满教授在他的《维吾尔达斯坦研究提纲》一文中提到《艾里甫与赛乃姆》国内外的 11 种版本，具体如下：（1）《夏赫艾里甫与夏赫赛乃姆》：回历 1290 年的（公元 1873—1874）喀什手抄本，其中间残缺几张，现今珍藏于前苏联科学院东方研究部。（2）《艾里甫与夏赫赛乃姆》：被有个名叫哈吉·玉苏甫的人抄写的，68 首歌、1500 诗行，现今珍藏于列宁格勒图书馆。（3）《艾里甫与赛乃姆》：夏木西丁发表的，26 页、439 诗行、26 首歌。（4）《艾里甫与赛乃姆》：艾尔西丁·买买提尼亚佐夫搜集整理的，1964 年哈萨克斯坦科学院维吾尔学院在坎土曼所找到的手抄本。（5）《艾里甫与赛乃姆》：新疆大学中文系资料室的手抄本，28 页、56 首歌。（6）《情人艾里甫与夏赫赛乃姆》：前苏联乌兹别克斯坦加盟共和国科学院出版社 1956 年版。（7）《艾里甫与夏赫赛乃姆》：阿西哈巴德 1940—1948 年。（8）《情人艾里甫》：阿拉木图伊犁新生活出版社 1955 年。（9）《情人艾里甫》：18 世纪高加索版本，1892 年出版。（10）《艾里甫与夏赫赛乃姆》：阿塞拜疆版本，1939 年出版。（11）《艾里甫与赛乃姆》：英吉莎搜集的手抄本，珍藏于新疆大学科研处。③ 大约在 15 世纪初，维吾尔族民间诗人将民间流传的有关《艾里甫与赛乃姆》的故事搜集加工改写，创作了叙事诗，并被民间乐师配上几十种曲调，在歌舞剧、聚会上演唱、流传，逐渐成为维吾尔族民间家喻户晓、世代传唱的诗章。④ 《艾里甫与赛乃姆》是维吾尔族人民最为喜爱的民间叙事诗之一。历代诗人对这个爱情题材进行再创作，为这个传统故事的丰富发展作出了不可估量的贡献。16 世纪，毛拉·玉苏甫·伊本·哈德尔·阿吉根据民间流传的艾里甫与赛乃姆的故

---

　　① 这个爱情叙事诗在 1837 年被俄国学者莱蒙托夫改写成俄文童话《痴情的艾里甫》，阿布里米提·肉孜：《维吾尔叙事长诗〈艾里甫与赛乃姆〉》，《新疆大学学报》1982 年第 2 期。

　　② 余太山、陈高华、谢方：《新疆各族历史文化词典》，中华书局 1996 年版，第 70 页。

　　③ 阿布都克里木·热合满：《维吾尔"达斯坦"研究提纲》，《作家文学与民间文学》，喀什维吾尔出版社 1988 年版，第 77—78 页。

　　④ 雷茂奎、李竞成：《丝绸之路民族民间文学研究》，新疆人民出版社 1994 年版，第 204 页。

事，创作了叙事诗《艾里甫与赛乃姆》。20 世纪 30 代年末，在新疆地区，
《艾里甫与赛乃姆》曾被改编成歌剧搬上舞台，至今仍为许多剧团的保留
节目。戏剧家艾力·艾财孜（1922 年—）根据民间叙事诗《艾里甫与赛
乃姆》，编写了艺术性较高的歌剧①，1982 年，这部歌剧荣获国家少数民
族文学优秀创作一等奖。1981 年，维吾尔戏剧家、作家祖农哈德尔先生
与著名诗人铁依甫江先生及戏剧家艾力·艾财孜一起合著了《艾里甫与
赛乃姆》的电影剧本（根据同名长诗改写），同年新疆天山电影制片厂将
其搬上银幕，电影《艾里甫与赛乃姆》上演后，在国内外引起了强烈的
反响。

　　新疆及中亚一些国家流传较为广泛的另一部民间叙事诗——《塔依
尔与佐赫拉》也来自于民间故事。除了维吾尔族外，《塔依尔与佐赫拉》
在中亚乌兹别克、土库曼、阿塞拜疆、土耳其等诸突厥族人民中间广为流
传，尤其在阿塞拜疆是颇为有名的民间叙事诗之一。中亚各民族人民吸收
了这部叙事诗的基本情节，使之适应本民族文化，创作并流传了《塔依
尔与佐赫拉》。维吾尔民间流传的《塔依尔与佐赫拉》中说故事发生在库
尔勒铁门关；乌兹别克民间流传的版本中说故事发生在塔什干附近的阿
赫；土库曼斯坦民间流传的版本中提到，故事发生在土库曼某个地方等
等。作品《塔依尔与佐赫拉》通过诗人的整理与加工，故事情节不断地
得以丰富与发展，从而成为内容丰富的文学作品。大约 14 世纪，维吾尔
诗人萨亚迪②创作了叙事诗《塔依尔与佐赫拉》。民间叙事诗《塔依尔与
佐赫拉》在国内外有十种版本：乌兹别克斯坦科学院东方学院收藏的有
五个版本，前苏联科学院东方学院列宁格勒收藏室一本，《布拉克》发表
的有两本（1994 年第 3—4 期，斯拉皮勒·玉苏甫整理发表的版本；1996
年第 3 期，麦提哈斯木·阿布都热合曼整理发表的版本），在《博斯坦》
（"绿洲"之意，文学季刊）1983 年第 1 期上由艾尔西丁·塔特里克整理
发表的版本和在《伊犁河》1983 年第 3 期上由吐尔逊·则尔丁整理发表
的版本。萨亚迪创作有两种版本：一是收藏于乌兹别克斯坦科学院语言文

---

① 艾力·艾财孜著：《佳南》，民族出版社 1996 年版。
② 萨亚迪的生卒年不详，关于他的创作生涯，没有具体材料。塔什干：乌兹别克斯坦文学
出版社于 1966 年出版的《乌兹别克文学》一书中写道："根据于 1930 年阿日夫在赫瓦（Hiwe）
发现的古老写本，能够推测该叙事诗创作于 14 世纪。"买买提吐尔逊·巴哈吾东：《谈萨亚迪及
其叙事诗〈塔依尔与佐赫拉〉》，《布拉克》（源泉）1995 年第 1 期。

学学院，编号为 96 的写本，是哈迪·阿日夫在花喇子模发现的写本。另一是喀什疏附县的写本，共有 102 页。继萨亚迪之后，1940 年，黎·穆塔里甫转写了戏剧剧本，1945 年，这部叙事诗被改编为歌剧并多次搬上舞台，并从舞台到银幕，始终受到中亚各民族的热烈欢迎。1948 年，乌兹别克戏剧家萨比尔·阿布都拉根据民间叙事诗《塔依尔与佐赫拉》改写了剧本。20 世纪 50 年代，乌兹别克斯坦加盟共和国电影制片厂将其搬上银幕，电影《塔依尔与佐赫拉》上演后，在国内外引起反响。1980 年，吾甫尔·努尔再创作了话剧《塔依尔与佐赫拉》，这个剧本在新疆社会高等专科歌舞团上演后，受到了广大观众的好评。新疆巴州文工团作家买买提·纳扎尔引用艾尔西丁·塔特里克和吐尔逊·则尔丁所发表的《塔依尔与佐赫拉》将其改写成了话剧。1985 年，作家穆依丁·萨依特根据民间流传的传说，再创作了话剧《塔依尔与佐赫拉》。他根据民间传说和史记，积极发挥个人的艺术才华，对原故事情节进行了创新。

近代产生的民间叙事诗《努祖姑姆》在维吾尔民间流传，变成了作家创作的优秀故事题材。1882 年，毛拉·毕拉里（1824—1899 年）选取民间叙事诗《努祖姑姆》[①] 的故事题材，创作了同名叙事诗。20 世纪 20 年代，哈萨克斯坦维吾尔作家纳扎尔霍加·赛迈托夫创作了中篇小说《努祖姑姆》，后来他又与人合作创作了戏剧《努祖姑姆》，将其搬上舞台，多次上演。[②] 20 世纪 30 年代，维吾尔戏剧家将它改编为歌剧，在新疆各地将其搬上舞台。1979 年，诗人阿布列孜·吾守尔（1942 年—）取材民间传说创作了叙事诗《努祖姑姆》[③]。20 世纪 80 年代，当代维吾尔作家买买提明·吾守尔（1944 年—）再创作了小说《努祖姑姆》[④]。1982 年，当代诗人阿吉·艾合买提创作了叙事诗《努祖姑姆》[⑤]，1984 年，另一位作者托乎塔吉·肉孜再创作了叙事诗《努祖姑姆》[⑥]。从上述论证可见，《艾里甫与赛乃姆》、《塔依尔与佐赫拉》和《努祖姑姆》等民间叙

---

① 毛拉·毕拉里：《努祖姑姆》，《布拉克》（源泉）1981 年第 1 期。

② 谢里甫丁·吾买尔：《十九世纪维吾尔文学史》（下），新疆大学出版社 1998 年版，第 1688 页。

③ 阿布列孜·吾守尔：《努祖姑姆》，新疆人民出版社 1983 年版。

④ 克里木江·阿布都热依木：《努祖姑姆》（上），喀什维吾尔出版社 1999 年版。

⑤ 阿吉·艾合买提：《努祖姑姆》，《塔里木》1982 年第 2 期，第 76 页。

⑥ 托乎塔吉·肉孜：《努祖姑姆》，《塔里木》1984 年第 6 期，第 85 页。

事诗为作家提供了创作题材，作家取材此故事创作了小说、戏剧、电影剧本，形成了以一个故事题材为圆心，多种文体为半径的局面。这与汉民族民间文学中的某种特点相同。"一般一个情节，一个题材可以用许多文体、许多体裁来表现，如笔者从前专门研究的孟姜女故事，那也有民歌，也有传说，也有鼓词、弹词、大鼓、民间戏曲等等。"①

　　在其他民族文学中也可以看到民间传说到作家文学，作家文学再到民间传说的转化过程，如我国四大通俗小说是很好的例证。俄国汉学家李福清（Б. Рифтин）曾经提及过汉族文学中的类似现象，他说："谈到中国文学与民间文学关系，要注意两个特点：一、民间文学对作家创作的影响。作家怎么利用民间文学的作品、母题、形象、语言（这方面与西方文学相同）。二、作家文学对民间文学的影响。作家文学怎么回归到民间，怎么在民间流行，怎么改编，在作家作品基础上怎么产生新的民间口传的作品。当然要注意散文（小说）和诗词与民间文学的关系不同，据笔者所知中国诗词很少回归到民间，这方面的情况与西方不同：西方诗人写的作品可以流传到民间被编成民歌，与民歌一起流行；中国古典诗词因语言的差别不容易流传到民间，变成民歌也很难，但小说却相反。中国小说通过说书又流入民间，而且不只是通俗小说，一些文言小说亦然，如唐传奇或蒲松龄的《聊斋志异》等故事。"② 关于北宋农民起义的《水浒传》，在我国民间广为流传，产生了巨大的影响。说书艺人热情洋溢的说书，水浒戏的表演激发了施耐庵的创作冲动。他对民间传说、《三十六人画赞》、《大宋宣和遗事》和元代水浒戏等几个环节进行了加工制作，创作了这部不朽的小说。施耐庵对原故事传说进行了大胆的修改、补充及改写。"今天通行的一百二十回本小说分为英雄造反与受招安、讨方腊两段布局也出自施耐庵的创作构思。但据历史学与文学史学家的考证，真实的历史上的宋江队伍，并没有后来这些事情。"③ 来源于民间英雄传说的《水浒传》的问世，在我国民间产生了深远的影响。"它的诞生甚至带来了水浒传说的三个重大变化：①范围的扩大。在传统农民起义故事的基础

---

　　① ［俄］李福清（Б. Рифтин）：《中国小说与民间文学关系》，《民族艺术》1999 年第 4 期，第 76—77 页。

　　② 同上书，第 76 页。

　　③ 董晓平：《论〈水浒传〉传说》，《民间文学论坛》1991 年第 3 期，第 51—52 页。

上，增添了通俗文人、小说写作和版本之谜等新传说。②数量的增多。由原来的 36 位好汉故事增至 108 位，故事线索也模仿小说构成了一个短篇连环的有机整体。③结局的曲折。除坚决反抗北宋朝廷的主题外，又出现了接纳招安和二次聚义等几种说法。"① 可见，在民间英雄传说的基础上创作出来的通俗小说，大大丰富了传说的内容，壮大了水浒传说的声威。可见，水浒传说在民间流传了很久，又经过说书人的讲说、史料的记载和元代戏曲等几个方面的加工制作，直到施耐庵手里，才完成了它的民间传说到文人艺术巨制的转化过程。小说被创作之后，又回到民间，对民间水浒传说产生了极大的影响。《三国演义》是在民间文学基础上加工提炼再创作而成的不朽名著。关于"三国"的传说，具有悠久的历史，资料丰富，流传广泛。"这可能是因为：三国鼎立，势均力敌，斗争复杂尖锐；时势造英雄，涌现出了众多的杰出人物，他们创造了辉煌的业绩；历经长达百年既动荡又相对稳定的时间，文献典籍很多，其他文字记述也不少，这些都为口头文学的产生和发展提供了有利的条件。"② 《三国演义》在结构上借鉴了民间文学，在故事情节上，移植、改造了大量的民间故事，在艺术风格上，继承和发扬了民间文学的传统艺术手法。这部名著问世之后，出现了很多传说故事，它既不同于《三国演义》，却又大多是在它影响之下的产物，与之有血肉联系。在罗贯中笔下所塑造的一系列不朽的典型人物，更为人民所喜闻乐见，变成了民间英雄传说的主要人物。"三国传说受《三国演义》的影响是巨大的，同时又有一定的限度。影响不等于代替，它始终都是沿着自己的轨道向前发展，总是按照本身的特征在不断地创作中。"③ 可见，《三国演义》也是同样经历了从民间传说到作家文学，作家文学又回到民间传说的转化过程。《聊斋志异》绝大部分取材于历史逸闻和民间传说。"初步考证，不下有一百五六十处是有民间根据的。在查找这些材料过程中，真如走进黄金的矿藏，灿烂夺目，美不胜收，看到了一位文豪怎样吸取千百年来人民丰富的艺术乳汁，创造出伟大的文学作品。蒲松龄深入调查，博览群书，掌握了大量民间素材，并精心

---

① 董晓平：《论〈水浒传〉传说》，《民间文学论坛》1991 年第 3 期，第 49—50 页。

② 江云、韩致中：《民间文学与〈三国演义〉》，《民间文学论坛》1984 年第 4 期，第 67 页。

③ 同上书，第 70 页。

提炼了这些素材，经过不断的加工创造，成为艺术珍品。"① 蒲松龄的《聊斋志异》创作之后，对民间传说产生了极大的影响。蒲松龄间接或是直接地实际调查，了解人民的生活及愿望，在他的作品中反映了他们的愿望与理想。由于他的创作有深厚的民间基础，为民间传说的发展作出了巨大的贡献。

第三，维吾尔族作家借鉴了近代民间流传的一些民间人物传说、情节进行再创作，后来又回到民间，为民间传说、民间叙事诗的发展起着推动作用。知识分子的搜集及记录、文人的改写、民间艺人的演唱为民间文学过渡到作家文学，提供了充分的条件。其模式为：民间文学→作家文学。

根据民间传说，民间艺人创作的民间叙事诗《艾维孜汗》是近代新疆和田维吾尔民间广为流传的优秀诗篇。1991 年，当代女作家哈丽黛·斯拉义（1952 年—）取材于这个故事的情节，创作了脍炙人口的中篇小说，受到了广大维吾尔人民的喜爱。《勇士秦·铁木尔》是以民间故事和民间叙事诗的形式成为口耳相传的优秀民间文学作品。虽然故事富于幻想和传奇色彩，但是从侧面反映了中世纪维吾尔人民反对蒙古侵略者的战斗生活，有一定的历史基础。关于这个故事背景在《拉失德史》第一卷中有所记载。蒙古统治者突兀鲁克·铁木尔皈依伊斯兰教后，在中亚，包括新疆地区几十万蒙古人随即信奉伊斯兰教。于是，穆斯林蒙古人与非穆斯林蒙古人之间发生了冲突，甚至彼此之间进行了浴血奋战。"据说，铁木尔的后裔欧瓦依斯汗（Uweyshan）是个虔诚的穆斯林。他经常与非穆斯林卡勒玛克人打仗，可是，他总是失败。他两次被敌人俘虏。"② 第一次，敌人顾及他的名望，释放了他。第二次，敌人头目向他提条件，必须将他妹妹麦赫图姆嫁给他为妻。欧瓦依斯汗的妹妹是绝代佳人，被人们称之为"苏鲁"（蒙古语"美人、美貌"之意），她的美名远扬四方。他不得不将妹妹麦赫图姆·苏鲁嫁给了敌人头目。可见，欧瓦依斯汗是勇士秦·铁木尔的原型，而麦赫图姆·苏鲁是麦合杜姆苏拉的原型。据说，欧瓦依斯汗按照伊斯兰教婚姻制度，首先使卡勒玛克人头目信伊斯兰教，然后将妹妹麦合杜姆苏拉嫁给他为妻，于是，卡勒玛克统治者强行推行伊斯兰教，

---

① 汪芬玲著：《蒲松龄与民间文学》，上海文艺出版社 1985 年版，第 94—95 页。

② ［波斯］拉失德著：《拉失德史》（第一卷），《转引自布拉克》（源泉）2000 年第 6 期，第 9 页。

让他管辖的蒙古人都信奉了伊斯兰教。麦赫图姆生了两男一女，她给儿子都起了伊斯兰教圣人之名：伊卜拉欣、伊利亚斯。① 《拉失德史》记载的事件大概是回历 873 年（公元 1468—1469 年）至回历 910 年（公元 1504—1505 年）之间发生的。② 维吾尔民间流传的英雄故事、民间叙事诗《勇士秦·铁木尔》是以上述历史事件为背景而创作的。当代作家哈丽黛·斯拉义取材这个民间叙事诗，创作了一篇震撼人心的优秀小说——《麦赫图姆苏鲁》③。

总之，口头传统与书面传统之间的复杂关系体现了维吾尔作家文学与民间文学的互动互融关系。维吾尔民间搜集者、整理者出于书面文学艺术水准，对民间口头文本进行或多或少的添加或删除，在一定程度上破坏了民间文学作品的口头特征。但是从整体而言，对文本的口头传统特征没有太大的影响。维吾尔人的文字历史较为悠久，与其他突厥语诸民族相比，作家书面文学较为发达。对维吾尔民间叙事诗来说，靠口传心授的口头传播方式，并不是唯一的流传方式，文字在维吾尔民间叙事诗的创作、传播和保存等方面也发挥着作用。如以前维吾尔文学中的手抄本曾经成为主要的书面传播方式之一。许多抄写者搜集、记录和整理民间文学作品，传抄这些优秀的口头作品，将此传给后人。"于是原来只有民间歌手才能参与的民间叙事诗流传与传承的过程，现在又有传抄者参与进来，无形中削减了民间歌手单纯以口头方式传播民间叙事诗的作用。"④ 但是手抄本具有文字相对稳定性的特点，局限了口头演唱活动的活形态与变异性。文人根据一些抄写者的抄写、改写者对通俗散文故事本的改写再创作了此故事题材，逐渐变成了人民喜爱的新故事。因此，可以说抄写者、改写者为民间口头作品过渡到作家书面文学和作家文学作品过渡到民间文学起着桥梁的作用。20 世纪以来，不少学者们利用一些书面经典，对口头传统与书写传统之间的复杂关系进行了推进与深化。在国外学界，1987 年，格雷厄姆（Graham，Willian A.）对印度古老的吠陀经籍的口头性做出了比较分

---

① ［波斯］《拉失德史》（第一卷），转引自《布拉克》2001 年第 2 期，第 95 页。

② 米尔古丽·吾布勒哈斯木：《麦赫图姆苏鲁的历史之源》，《布拉克》（源泉）2003 年第 3 期，第 95 页。

③ 克里木江·阿布都热依木：《麦赫图姆苏鲁》，喀什维吾尔出版社 1999 年版。

④ 雷茂奎、李竟成著：《丝绸之路民族民间文学研究》，新疆人民出版社 1994 年版，第 191 页。

析；1983 年，凯尔伯（Kelber Wermer H.）在《圣经》研究领域，也从现象学的角度把口头与书写之间的差异带入了人们的视野。"诚然，口头传统与书写传统之间的复杂关联，远非是几个民族的个案所能回答的。从上古的《诗经》到今天汇编出版的《东巴经》，从远古时期的荷马到《新约》；从彝族的口头论辩传统、先秦的名辩学到古希腊的修辞学、雄辩术；从索绪尔的'声音中心论'到后现代的解构主义；从非洲的手鼓（tom-tom）到西南少数民族的铜鼓歌；从美洲印第安人的神话到西南诸少数民族的物示语；从活版印刷术到滚筒印刷，再到现代的广播、电话、电视，最后到今天的互联网与电子媒体——这些形形色色、纷繁庞杂的人类知识与信息的传播方式都相互关联着，都是在口承——书写相互胶合着的语境中形成和发展的，而且期间的多样性、复杂性和差异性也在知识界通过各种不同的研究途径得以认识和理解。"① 从上述论述中我们可以看到，维吾尔达斯坦中充分体现了民间文学与作家文学"你中有我，我中有你"的难解难分的互动互融关系。民间文学与作家文学的相互过渡并不是简单而直接的转换过程，而是一个复杂又交叉的过程。从维吾尔达斯坦由民间文学到作家文学，又由作家文学回到民间文学的过渡过程，使我们深刻地认识到这一过程的过渡性与复杂性。关于这一口头传统与书面传统的关系的研究，在推进与深化作家文学与民间文学的复杂关联方面是有所裨益的。

二　民间文学与作家文学互动互融产生的原因②

从维吾尔族民间达斯坦中，我们可以看到由民间文学到作家文学、由作家文学再回到民间文学的互动互融关系。为什么维吾尔文学中会出现类似复杂的文学现象呢？从以下四个方面能够解释产生这种文学现象的原因：

第一，在突厥语诸民族中，维吾尔作家文学较为发达。维吾尔作家书面文学的历史悠久，文学遗产异常丰富。据汉文、梵文和古突厥文等历史文献记载，公元前二百多年，维吾尔族的祖先已有了自己的原始作家书面

---

① 巴莫曲布嫫：《口头传统与书写传统》，《读书》2003 年第 10 期，第 16 页。
② 阿布都外力·克热木：《尼扎里的创作研究》，民族出版社 2005 年版，第 202—208 页。

文学。① 维吾尔作家文学已经历回鹘汗王文学、高昌回鹘汗王文学、喀喇汗王朝文学、叶尔羌汗国文学、清代文学、现当代文学等几个历史发展时期。在各个历史时期，文人们给我们留下了大量的优秀文学遗产，为维吾尔文学的发展奠定了基础。突厥汗国与回鹘汗国时期的书面文学作品指的主要是鄂尔浑碑铭文献。虽然数量不多，却为我们了解当时书面文学的状况提供了重要依据。高昌回鹘汗国时期翻译了大量的佛教、摩尼教及景教典籍，而且翻译和改编了许多佛教故事、传说。如《两个王子的故事》、《恰希塔尼伊利克伯克》等。喀喇汗王朝（Karahanilar，840—1212）是维吾尔族文化史上的一个黄金时代。喀喇汗王朝所接受的是整个伊斯兰—阿拉伯文化范畴的具有世界性意义的一个新文化类型，并且对这种类型的发展产生了极为强烈的影响。当时生活于喀喇汗王朝土地上的各民族，尤其是回鹘人民，除了接受古代中国和印度文化之外，还接受了古希腊、罗马、伊朗、叙利亚文化。在这个时代，维吾尔社会经济发展，人们生活安定，加之受到各种古老文明的熏陶，维吾尔文人、学者成批涌现，诗人巨著也连续问世。如麻赫穆德·喀什噶里的《突厥语大词典》、优素福·哈斯·哈吉甫的《福乐智慧》、艾卜·纳斯尔·法拉比和穆罕默德·穆沙·花喇孜米等人的一系列科学论著，以及阿合买提·玉格乃克的《真理的入门》、艾合买提·亚萨维的《警言集》等著作相继问世，迎来了维吾尔文学史上的第一个黄金时代。察合台汗国的统治者采取了一系列有利于经济、文化发展的措施，因而在较短的时间内使中亚地区经济、文化得以复兴，并使其成为繁荣一时的东西文化交流的重要枢纽，从而为察合台时期语言文学的发展和繁荣奠定了基础。由于伊斯兰教在精神方面的深刻影响，阿拉伯语、波斯语曾风靡一时，许多学者、文人都争相用阿拉伯语、波斯语写作并将其作为衡量学识的准绳和荣耀，但不少学者文人面对这种情形，毫不示弱，用统称为突厥—察合台语的维吾尔语文字进行写作，他们中享有声誉的有：鲁提菲（Lutfei）、麦吾拉纳·赛喀克（Mewlane Sekaki）、阿塔依（Atayi）、纳瓦依（Nawayi）、卡兰达尔（Kelender）、米尔扎·赛伊德（Mirza Heyder）等，维吾尔文坛群星荟萃，维吾尔文学进入了又一个繁荣时期。明清之际，先后出现了不少优秀的文人。卡兰达尔（Kalander）、毛拉·伊不拉因（Malla Ebrahim）、祖赫尔丁、麦吉里斯

---

① 阿布都克里木·热合满：《维吾尔文学史》，新疆大学出版社1998年版，第26页。

（Mejlisi）、尼亚孜（Niyazi）、萨达依（Sadayi）、艾米里（Amiri）、穆罕默德·萨迪克（Muh`ammed Sadik）、尼扎里（Nizari）、艾里毕（Gheribi）、孜亚伊（Ziyayi）、赛布里（Seburi）等。他们继承了维吾尔诗歌创作的传统，推动了维吾尔文学继续向前发展。文人们直面现实，强调个体存在的重要价值作为一个原则要体现在文学创作之中，从而扛起了维吾尔现实主义文学的大旗。除了文学创作之外，历史传记、改编、文学翻译等领域都取得了可喜的成就。

第二，民间文学作品丰富多样。几千年来，维吾尔族人民创作了丰富多彩的民间口头文学，它作为维吾尔族人的社会生活的写照，反映了维吾尔人们的生产、生活、思想、情感和理想。在维吾尔族民间文学宝库中，有神话、传说、史诗、歌谣、民间故事、民间叙事诗、笑话、谚语、谜语等各种类型、各种体裁的民间文学作品，数量众多、内容丰富。丰富多彩的维吾尔民间口承文学对作家文学的产生与发展产生了深刻的影响。如尼扎里的《帕尔哈德与希琳》、《莱丽与麦吉侬》和《热比娅与赛丁》等诗作是根据民间传说而创作的。又如19世纪杰出的诗人毛拉·毕拉里（Mulla Bilal Nazimi，1824/25—1899）在民间叙事诗的基础上创作了叙事诗《努祖姑姆》，他又取材民间传说创作了以揭露宗教神职人员丑陋面貌为内容的叙事诗《长帽子玉苏甫汗》。再如当代女作家哈丽黛·斯拉义（1952年—）根据近代新疆和田地区维吾尔民间广为流传的民间传说《艾维孜汗》，创作了脍炙人口的中篇小说《沙漠之梦》，受到了广大维吾尔人民的喜爱。可以说，在维吾尔文学史上维吾尔文人们以民间文学为素材的优秀作品相当丰富。

第三，多种多样的宗教信仰。多样性是维吾尔文学的一个主要特点，宗教信仰的多样化是产生这种文学内容与形式多样性的直接原因之一。维吾尔族人在历史上曾信奉过多种宗教，他们曾经接受过佛教、景教、摩尼教、伊斯兰教。据现有的古神话、传说及文献材料表明，维吾尔族有过自然崇拜、祖先崇拜、图腾崇拜等。维吾尔族最早信仰的是原始宗教——萨满教，古代历史文献及古代文学中都有这方面的记载。如在维吾尔族英雄史诗《乌古斯汗传》中有信仰萨满教的描写。直到现在，维吾尔族仍保留了萨满教的一些习俗。如维吾尔族穆斯林群众朝拜麻扎时，仍在麻扎周围插拴有羊头等物的木杆和跳"萨玛舞"。佛教、摩尼教对西域产生了深远的影响。如塔里木盆地周围龟兹、于阗、高昌、疏勒等地都是佛教信仰的中心。现在吐鲁番、库车和拜城等地的千佛洞佛教壁画遗产是佛教文化的具体表现。摩尼教源于波斯，经粟特人向西域东部传播。牟羽出于个人利益，把摩尼教制定为国教。在他统治时期，摩尼教有了快速发展的机会。可摩尼教很长一段时间与回鹘人的萨满宗教同时存在。目前发现的回鹘文文献、佛教文献最多，摩尼教文献其次，另有一些景教（基督教的聂斯托列教派）文献，可以说明三大教的地位。祆教由琐罗亚斯德于公元前6世纪创立于波斯，祆教经过粟特商人和粟特移民直接传入西域。唐代粟特商人和移民不断增多，祆教在西域也不断发展。景教的流传面不广，9—10世纪主要在高昌回鹘汗国。伊斯兰教10世纪传入新疆，到16世纪占据统治地位，经历了大约600年的时间。伊斯兰教之所以取代佛教而居统治地位，在很大程度上是不同时期的世俗政权利用伊斯兰教的"圣战"争夺割据权力的结果。维吾尔族人作为与西域各土著民族相融合而形成的民族，受到了佛教、祆教、摩尼教、景教、道教、伊斯兰教等宗教的影响，因此维吾尔文化和文学艺术不可避免地受到上述各种宗教的某些影响。

第四，中亚西亚各民族之间的文化交流。笔者认为，作家书面文学与民间口头文学之间的交流本身就具有重要的文化背景。古代维吾尔族生息繁衍的西域，处于中原文化、印度文化、阿拉伯—波斯文化、希腊文化等世界四大文化的交叉影响之中。从西汉至明朝初年，在长达1 500年间，著名"丝绸之路"作为纽带，在这四种不相同的文化之间建立了联系，形成多向循环，促成了东西方众多民族之间的文化大交流。他们是东西方文化交流的使者，在把东方文化传播到西方的同时，也把西方文化带到东方。新疆的文化之所以具有独特的魅力，正是因为它具有多元文化交融的特点，具有东西方文化交汇的特色。维吾尔文学在继承了自漠北时期开始形成的民族文学传统的基础上，又根植于古代西域多样化的文化沃土而形成了它的历史发展过程。因此，维吾尔文学具有开放性的特点。在中华文学这个大体系里，它是较早同世界各民族文学发生联系的文学。维吾尔族文学与中原汉文学、印度文学、阿拉伯—波斯文学等都直接发生联系。它同阿尔泰语系其他语族的文学之间、与同属突厥语诸民族的文学之间，都有相当密切的联系。因此，在与周边国家、地区和民族的关系上，在文学主题、题材、体裁、形象和其他形式上，维吾尔族文学已表现出"你中有我，我中有你"的交融形态。除此之外，维吾尔民间文学的传承方式是产生这种特殊关系的一个主要因素。维吾尔民间文学有口头传承和书面传承两种传承方式，这与维吾尔族所经历的两种不同的生产方式与生活方式密切相关。在漠北高原期间维吾尔民族的祖先是游牧民族。演唱表演是游牧民族的主要娱乐方式，甚至可以说是一个特长。但是，由于文字不普及和其他一些缘故，很多口头文学作品没有得到记录，在漫长的岁月里慢慢地失传。西迁后，维吾尔族群在西域与土著居民融合，从事农耕生产劳动，开始了定居生活。由于生产方式的转变，城市生活的需要，维吾尔族形成了形式多样的文化生活。在继承以往的口头文化传统的基础上，形成了游牧文化、城市文化相交叉的多层次、多角度的文化圈。在这种情形下，维吾尔民间文学有了变化，即以前口头流传为主的局面渐渐改变了。文字的使用频率日益增高，文字的地位与声誉也日渐提高。就这样，维吾尔文学中形成了口头传承与书面传承并存的局面。在达斯坦的流传过程中，采用过两种传承方式，二者相辅相成，对维吾尔民间达斯坦的保存和发展有着不可估量的贡献。文字书面传承是维吾尔族民间文学的主要传承方式之一。维吾尔族相对于其他突厥语诸民族来说，农耕定居生活时间比较长，文字的普及面也比较广。这种情形为作家书面文学的产生与发展提供了良好的环境，同时出现了抄写、改写或改编民间文学作品的现象。维吾尔社会上抄书已经形成了一定的规模，变成了一种谋生的职业。维吾尔文学史上涌现了不少的抄书家，他们书写工整，也算是当时有名的书法家。因当时没有现在这么发达的印刷厂、出版社，民间书商只能手工装订，做封面，做成精美的书籍，然后到处销售。抄书家的职业范围很广，包括诗人、书法家、民间文书员和历史记录者等等。有些文人在抄书过程中对口头文本或多或少地加以修改（增加一些片段或删除一些内容）。毛拉·毕拉里抄写的《塔依尔与佐赫拉》、毛拉·穆罕默德·铁木尔抄写的《乌尔丽哈的故事》、毛拉·阿布都热合曼抄写的《青年博孜》、《玉苏甫与艾合买提》等抄写本，都仍然保留着民间文学的基本性质。纳瓦依的诗作也是通过文人抄写本而改写的，变成了通俗易懂的民间本。如著名作家毛拉·司迪克·叶尔肯迪把纳瓦依的包括《帕尔哈德与希琳》① 的《五卷诗》从韵文体改写成了散文，把它叫作《散文海米赛》。莎车人奥玛尔·巴克·叶尔肯迪，从纳瓦依的《五卷诗》中挑选出《帕尔哈德与希

---

① 纳瓦依著、买买提吐尔逊整理：《帕尔哈德与希琳》，新疆人民出版社1995年版。

琳》、《莱丽与麦吉侬》两部长诗改成了散文体。"可以这么推测,'达斯
坦'写本是民间艺人利用古典诗人书面'达斯坦'再创作而产生的。如
《帕尔哈德与希琳》、《莱丽与麦吉侬》、《拜合拉姆与古兰旦姆》都是在
纳瓦依的《海米赛》(五卷诗)的基础上产生的,《玉苏甫与祖莱哈》是
在同名的波斯、突厥语达斯坦的基础上产生的,《鲁斯塔姆》、《瓦尔姆克
与吾兹拉》是在从波斯语译成阿塞拜疆语达斯坦的基础上产生的。"① 在
毛拉·司迪克·叶尔肯迪、奥玛尔·巴克·叶尔肯迪等作家的再创作之
下,纳瓦依的叙事诗变成了散文体通俗故事,后来达斯坦奇对其进行了艺
术加工与提炼,创作了民间叙事诗《帕尔哈德与希琳》。可见,纳瓦依的
叙事诗经过文人的反复散文化改写,民间艺人的再创作的渠道,完成了从
作家文学到民间文学过渡的过程。在这一过程中,民间文学与作家文学的
创作传统与艺术特点相互交融和相互渗透,形成了复杂而多层次的交流环
境。在民间文学与作家文学的互动互融的交流中,达斯坦奇的作用不可忽
略。在维吾尔达斯坦的口头传承过程中,达斯坦奇是关键环节之一。达斯
坦奇作为创作者、传承者,对达斯坦的创作、传播与保存起着不可估量的
作用。他们一边利用民间材料创作新达斯坦,一边通过演唱或说唱表演将
叙事诗传到民间。他们以艺术表演吸引广大民间听众,感化和教育他们,
同时将达斯坦传于后代使其得以保存,他们甚至学习和领会其他民族的达
斯坦,在本民族民间表演流传。为了适应本民族的审美观和欣赏口味,他
们修改外来达斯坦,使其更加民族化、本土化。达斯坦奇以超人的记忆
力、高超的口才、引人注目的戏剧动作和表情来演唱或说唱达斯坦。他们
为了创作、传播和保存民族精神财富,一生刻苦、认真而又耐心地实践,
不断提高表演能力,他们同时对接班人的培养给予高度重视。他们把自己
的毕生精力奉献于民间文学事业,为民族口头文化传播和发展作出了巨大
的贡献。在中亚突厥语诸民族流传的民间传说的基础上再创作的《莱丽
与麦吉侬》,在中亚突厥语诸民族人民中间产生了轰动效应。纳瓦依的诗
作演绎出一大批新的民间文学作品,尤其是毛拉·司迪克·叶尔肯迪、奥
玛尔·巴克·叶尔肯迪等作家将它改写成散文体故事《莱丽与麦吉侬》
之后,迅速在突厥语诸民族,包括维吾尔民间得以普及。在散文故事的基

① 阿布都克里木·热合满:《谈维吾尔民间"达斯坦"及其诗歌结构》,《文学评论集》,
民族出版社 1984 年版,第 210~211 页。

础上创作的民间叙事诗《莱丽与麦吉侬》在维吾尔民间问世了。

综上所述，丰富多彩的民间文学、较为发达的作家文学、多种多样的宗教信仰及不同体系的文化交流，都是产生维吾尔民间文学与作家文学之间难分难解的互动互融关系的主要原因。在漫长的文学发展史上，通过口头传统与书写传统相互碰撞、相互影响和相互渗透，呈现出民间口头文学与作家书面文学之间"你中有我，我中有你"的复杂关系。

第十二章

市场经济冲击下的维吾尔民间达斯坦

第一节　民间达斯坦的搜集整理现状

在维吾尔文学中，达斯坦的搜集整理情况值得一谈。《乌古斯汗传》、《阿勒普·艾尔·通阿》、《艾尔格那坤》、《阔尔库特之爷》等古老的达斯坦在数百年甚至几千年之前的历史文献和研究书籍上都有所记录，但是内容残缺。麻赫穆德·喀什噶里的《突厥语大词典》，优素福·哈斯·哈吉甫的《福乐智慧》，波斯诗人费尔多西的《列王纪》等都有关于突朗英雄阿勒普·艾尔·通阿的记载。《乌古斯汗传》在14世纪的波斯史学家拉施特的《史集》和17世纪的中亚史学家阿布勒夏孜的《突厥世系》等著作里都有过记述。原写本是13—14世纪时我国吐鲁番地区用回鹘文完成的。《阔尔库特之爷》是古老的突厥"达斯坦"之一，在哈萨克、土耳其、土库曼、乌兹别克、阿塞拜疆、维吾尔等突厥语诸民族都广为流传，尤其是在土库曼与土耳其民间文学中占据着举足轻重的位置。10世纪时，阿拉伯旅行家伊斯合里用文字记录阔尔库特的事迹和传说，至12世纪时，开始出现《先祖阔尔库特》的雏形。此后，不断有人辗转传抄，经过多人的增删补益，以致附会篡改，大约在14、15世纪时以《见诸于乌古斯诸伟大语言的先祖阔尔库特》之名成书。目前有两个抄本存世。其中之一收藏在德国的德累斯顿图书馆，另外一个抄本收藏在梵蒂冈的图书馆。1878年，毛拉·麻赫穆德·喀什噶里整理抄写了《乌尔丽哈与艾穆拉江》，毛拉·阿布都热依木整理了《玉苏甫与艾合买提》，阿吉·玉苏甫抄写了《帕尔哈德与希琳》和《拜合提亚尔之书》。15—19世纪末，无名作者抄写的有《玉苏甫与祖莱哈》、《塔依尔与佐赫拉》、《艾里甫与赛乃姆》、《米合里与玛依》、《伊斯坎达尔之书》等达斯坦及传奇故事。

1890—1905 年，俄国将军潘塔素夫（Н. Пантусов）搜集整理并出版了九卷《关于学习伊犁塔兰奇歌谣的资料》及《塔兰奇民间文学精选》等著作，其中包括《塔依尔与佐赫拉》、《勇士秦·铁木尔》、《努祖姑姆》等达斯坦。1845 年在彼得堡成立了俄罗斯皇家地理协会，这个协会的研究者参加了中亚各民族民间文学作品的搜集整理工作。拉德洛夫（В. В. Радлов）以散文体形式记录了《艾穆拉江》、《希琳》、《灰色阔尔帕西》、《勇士秦·铁木尔》和《塔依尔帕夏与佐赫拉夫人》，并编入了他的《北方突厥部落民间文学精选》一书中。1912—1914 年，俄罗斯学者马洛夫（С. Е. Малов）在新疆进行语言调查过程中搜集了不少民歌、谚语及达斯坦。他编的《维吾尔语》一书中有《艾穆拉江与神鸟》（《艾穆拉江与乌尔丽哈》）。1930 年，德国学者 P. Rakett 发表的《塔依尔与佐赫拉》是喀什抄写变体的拉丁转写本（带着德语译本）。瑞典学者贡纳尔雅林（GunnarYarrin）发表了《塔依尔与佐赫拉》和

《乌尔丽哈与艾穆拉江》 （民间故事体）的英语译本。奥勒丁伯格（С. Ольденбург）和彼特洛夫斯基（Н. Петровский）等人搜集的各种体裁的抄本都珍藏于前苏联科学院东方学研究院列宁格勒藏书室。穆格诺夫（А. М. Мугинов）的《维吾尔语抄本的描述》一书中有十三个达斯坦抄本。十月革命后，前苏联乌孜别克斯坦与哈萨克斯坦加盟共和国内搜集、整理与研究维吾尔民间文学作品全面启动并取得了可喜的成就。这两个地方前后出版了十卷民间故事、八卷民歌集，分别以民间笑话、谚语和谜语等民间体裁出版了单行本和《沙迪尔·杭鲁克》（《沙迪尔·帕勒旺》）等著作。半个世纪以来，民间文艺工作者搜集并整理了大量的民间文学作品，其中包括民间达斯坦。通过这一次为期一个多月的田野调查，笔者得知目前已搜集整理的达斯坦将近有 150 部，《美拉斯》（遗产）、《布拉克》（源泉）以及新疆各级维文刊物公开发表的达斯坦有 100 余部，新疆人民出版社已出版了维吾尔民间叙事诗选（1—2—3—4），其中达斯坦有 20 余部。除此之外，民族出版社、喀什维吾尔出版社、新疆青少年出版社等

单位出版了一些达斯坦，其中一些达斯坦被译成汉文出版了。现在，笔者手里有 35 部达斯坦，具体名单如下：《乌古斯汗传》、《古尔·奥古里》、《艾里甫与赛乃姆》、《塔依尔与佐赫拉》、《乌尔丽哈与艾穆拉江》、《赛努拜尔》、《玉苏甫与艾合买提》、《玉苏甫与祖莱哈》、《帕尔哈德与希琳》、《莱丽与麦吉侬》、《尼扎米丁王子与热娜公主》、《热比娅与赛丁》、《库尔班与热依汗》、《墓碑》、《阿地力汗王》、《努祖姑姆》、《好汉斯依提》、《玛依姆汗》、《阿布都热合曼和卓》、《凯麦尔王子与夏姆西美女》、《艾维孜汗》、《艾拜都拉汗》、《瞧瞧》、《雅丽普孜汗》、《巴依纳扎尔》、《萨地克图台莱》、《请看我一眼》、《白乌兰白地汗》、《勇士秦·铁木尔》、《玫瑰花》、《我的红花》、《国王之死》、《灰色库尔帕西与黑发阿依姆》、《巴日力》、《白合拉木王子与迪丽茹孜公主》。在维吾尔文学当中《艾里甫与赛乃姆》、《玉苏甫与祖莱哈》、《莱丽与麦吉侬》、《玉苏甫与艾合买提》、《帕尔哈德与希琳》的抄本最多。在新疆古籍班珍藏的《玉苏甫与祖莱哈》有 10 种抄本，《玉苏甫与艾合买提》有 13 种，《艾里甫与赛乃姆》有 6 种（古籍班研究人员艾尔肯·伊明尼亚孜告诉笔者，在他所查看或接触的各种资料中看过这部达斯坦的 30 余种手抄本）。新疆大学人文学院教授阿布都克里木·热合满教授在他的《维吾尔"达斯坦"研究提纲》一文中提到，《艾里甫与赛乃姆》在国内外有 11 种版本。在新疆维吾尔自治区古籍班的文献里《莱丽与麦吉侬》、《帕尔哈德与希琳》这两部达斯坦的作家创作的书面版本也有一定的数量。《莱丽与麦吉侬》有 4 本，《帕尔哈德与希琳》有 3 本。《玉苏甫与祖莱哈》的版本较多，一共有 10 本。《乌尔丽哈与艾穆拉江》有 9 本，《热比娅与赛丁》和《迪丽阿拉姆公主》各 2 本，《古尔·奥古里》、《塔依尔与佐赫拉》、《花与百灵鸟》、《鲁斯塔姆》分别各有 1 本。在喀什博物馆珍藏的文献当中《玉苏甫与祖莱哈》和《莱丽与麦吉侬》的抄本最多，分别有 8 本，《帕尔哈德与希琳》有 6 本，《塔依尔与佐赫拉》2 本，《灰青年》2 本，《赛努拜尔》、《迪丽阿拉姆》和《巴巴茹仙》各有 1 本。19 世纪末至 20 世纪初，维吾尔族达斯坦最早在俄国喀山塔塔尔文石印社印刷，如《塔依尔与佐赫拉》是以《塔依尔传奇》和《塔依尔与佐赫拉传奇》等命名，在喀山分别于 1877 年、1882 年、1891 年和 1896 年得以石印发行。1886 年拉德罗夫（Radlov）将《塔依尔与佐赫拉》的变体（即《国王塔依尔与佐赫拉夫人》）列入圣彼得堡出版的《北方部落民间文学精选》（第六卷）。

再如 1908 年，《乌尔丽哈与艾穆拉江》在塔什干出版社印刷发行。随着时代发展和现代印刷技术的普及，19 世纪初期、中期，《玉苏甫与祖莱哈》、《赛努拜尔》、《艾里甫与赛乃姆》、《帕尔哈德与希琳》和《莱丽与麦吉侬》等维吾尔族达斯坦在喀山、塔什干和阿拉木图出版。解放以后，我国新闻出版社得到长足的发展，在少数民族地区设立了民文出版社，国家审批了一大批民文报刊编辑部门。在新疆前后拥有了以维文出版业务为主的新疆人民出版社、新疆青少年出版社、新疆科技卫生出版社、新疆教育出版社和喀什维吾尔出版社等出版机构，还有了以发表维文民间文学作品为主的《美拉斯》（遗产）和《新疆文艺》（后改名为《塔里木》）等杂志，20 世纪 80 年代，又成立了《布拉克》（源泉）、《腾格尔塔格》（天山）、《喀什噶尔文学》、《阿克苏文学》、《新玉石文学》、《哈密文学》、《博斯坦》、《伊犁河》和《吐鲁番》等文学杂志，虽然这些杂志以发表作家文学为主，但是里面几乎都设有民间文学栏目，供民间文学作品发表。20 世纪 50 年代在《新疆文艺》杂志上，民间文学工作者发表了《努祖姑姆》和《热比娅与赛丁》等叙事诗。之后在《美拉斯》、《布拉克》和《塔里木》等省会杂志上以及《喀什噶尔文学》和《博斯坦》等地方期刊上前后发表了人们搜集整理的《乌古斯汗传》、《古尔·乌古里》、《博孜依格提》、《玉苏甫与艾合买提》（也有叫作《玉苏甫伯克与艾合买提伯克》）、《英雄秦·铁木尔》、《鲁斯坦姆》、《阿甫拉斯雅普》、《赛努拜尔》、《玉苏甫与祖莱哈》、《塔依尔与佐赫拉》、《帕尔哈德与希琳》、《姑丽与奴鲁孜》、《乌尔丽哈与艾穆拉江》、《艾里甫与赛乃姆》《热娜公主与尼扎米丁王子》、《库尔班与热依汗》、《帕塔姆汗》、《努祖姑姆》、《艾维孜汗》、《阿布都热合曼汗霍加》（也有叫作《阿布都热合曼汗帕夏》）、《好汉斯依提》（《斯依提诺奇》）、《艾拜都拉汗》、《铁木尔·哈里发》、《萨迪尔帕里万》等 50 余部叙事诗。1982—1993 年间，新疆人民出版社先后出版发行了《维吾尔民间长诗集》（1、2、3、4）四套书，一共收录 18 篇。1986 年热赫木图·加力整理发表了《玉苏甫与艾合买提》的单行本。1985 年，阿布都拉阿皮孜搜集、整理和发表了《玉苏甫与祖莱哈》，1990—1992 年间，伊宁人民政府三套集成办公室、尉犁县人民政府三套集成办公室和墨玉县民间文学三套集成办公室分别以资料准印号形式印刷发行了《伊宁民间叙事诗集》、《尉犁县民间叙事诗集》和《墨玉县民间叙事诗集》，这三本书一共收录 17 部叙事诗。1996 年喀什维吾尔出版社出版发行了拉伯胡孜的叙事诗《玉苏甫与祖莱哈》。1998 年诗人阿布都肉苏里·吾买尔根据以前新疆人民出版社出版的四本叙事诗集，从中精选《艾里甫与赛乃姆》、《帕尔哈德与希琳》、《卡迈尔王子与夏姆西美女》和《好汉斯依提》等 11 部达斯坦作品，以《维吾尔民间长诗精选》一名整理出版。2001 年民族出版社发行了《祖父德德库尔库特故事》（包含 12 篇英雄故事）。2006 年"维吾尔民间文学大典"编委会策划编辑出版了《维吾尔民间叙事诗》（1、2、3、4、5）五套书，共收录 31 部达斯坦作品，新疆人民出版社组织专家学者和文艺家策划出版了 10 卷对开本的《维吾尔民间文学大典》珍藏本，每本单价 480 元，具体包括维吾尔神话、传说、民间故事、笑话、寓言、民歌、达斯坦、民间谚语以及谜语等各种体裁的口承作品，其中两卷本是达斯坦作品。这是维吾尔族达斯坦搜集、整理和出版工作中的一项大工程，是维吾尔族达斯坦搜集、整理和保护工作中的一个里程碑。除了搜集、整理和印刷出版之外，有一些达斯坦作品尚未整理印刷，还在民间流传。

第二节　民间达斯坦的研究方法论问题

维吾尔族达斯坦以丰富的内容和多种多样的表现方式在维吾尔民间文学中占有一席之地。从文化学和人类学角度讲，维吾尔族达斯坦有较深的研究意义和材料价值。达斯坦作为一个复杂而丰富的民间文艺学体裁，需要我们运用艺术学、文学、文化学、人类学、民族学、心理学、哲学和伦理学等多种学科理论与方法加以研究。因此，我们需要对达斯坦研究方法问题进行一番简要的论析。

一　研究对象及研究方法

在正式进入探讨达斯坦研究方法之前，我们首先对研究对象总体特点和概况加以认识和了解。

（一）研究对象

从维吾尔族达斯坦现状来看，其"死"形态和"活"形态同时并存。什么是"死"形态的达斯坦？什么是"活"形态的达斯坦？为什么说两种形态同时并存？对此问题，我们要进一步探讨。随着我国经济的发展，新疆地区进入稳定发展阶段，新疆各地经济逐渐繁荣，人民生活得以日益改善，随之人民群众整体文化水平得以提高。在文化部门和文联民间文艺家协会的组织和调查下，很多民间文学作品，包括为数不少的民间达斯坦作品被搜集整理，并在刊物上相继登载。部分达斯坦作品汇编成作品选集，由出版社公开出版发行。以前需要唱或听的达斯坦作品变成了需要阅读的达斯坦。民间艺人演唱模式转变为读者阅读书面文本模式，原有的达斯坦艺人与听众现场互动创作与表演形态过渡到作者和读者以作品交流形态存在，也就是"活"形态的表演转变到"死"形态的阅读。目前新疆和田、喀什和哈密较为偏僻山区和乡村中活态的民间达斯坦表演还十分活跃，听众不少。同时，新疆各地城镇有一批阅读民间达斯坦印刷本的群体。因此，我们说当今维吾尔族达斯坦的两种形态同时并存。随着时代的发展，听众向读者转变是无法抗拒的发展趋势，我们只能利用高科技手段，搜集整理原形态达斯坦现场的表演和唱本，这是挽救和保存活形态达斯坦和今后研究达斯坦的唯一途径。目前维吾尔族民间艺人演唱的达斯坦中传统达斯坦故事（如《艾里甫与赛乃姆》、《帕尔哈德与希琳》和《莱丽与麦吉侬》等）越来越少，主要是以近现代历史人物传记为题材的篇幅较短的历史英雄达斯坦和以大众娱乐性的世俗性短篇达斯坦居多。达斯坦这一发展变化趋势要求我们调整适合目前达斯坦现状和表演现状的研究理论和方法。

（二）研究方法

任何一门学术对象的研究应当有与其性质相应的研究理论与方法。随着研究对象演变，传统的研究方法不太符合揭示研究对象的内在规律和性质。因此，研究理论与方法要更新。"科学研究的进展与深化，固然受多种因素制约，但方法的更新往往具有重大意义。方法的选择并不完全是主观随意的，它与一定历史时期的科学，特别是哲学思想的状态与水准密切相关。一部科学发展史，在某种意义上也可以说就是一部方法变革史、探索史。"[1] 我们上述提到达斯坦的发展变化和最新趋势，在上述章节中也采用一些理论方法试探性地对维吾尔族达斯坦的文学特点、叙事特点、审美特点、艺人、听众、主题、母题和人物等诸方面问题进行了较为细致全面的研究。在今后的民间达斯坦研究工作中，我们要注意采用如下一些方法。

---

[1]　钟敬文：《民俗学概论》，上海文艺出版社1998年版，第473页。

1. 文献与田野调查相结合的方法

文献研究法是我们文史哲研究领域中的最为流行的传统研究方法。这种研究方法有较高的优势，也有一定的局限性。其优势在于按照历史文献记载的民间文学的点点滴滴。对一个民间传说、故事或叙事诗的发展演变过程加以科学把握，最终得出一个符合历史实际的价值判断。但其局限性在于一是文字记载长期固定不变，与口传文学有一定的脱节，没能够最为准确地反映事实。二是历代文人、史学家以及书商对书面记载不断加以主观性，逐渐产生与故事原始形态截然不同的现象。田野调查法，也称田野作业方法。"'田野作业'是英译词，在西方现代学界，指学者生活在异文化或本民族文化的研究对象群体中所进行的调查研究工作。一般中文解释为'实地调查'、'实地工作'或'实地研究'，说法简练，但还不能完全对译。"① 对于存活于日常生活中极为丰富繁多的各类民俗事项，只有通过实地调查才能观察到、搜集到。对于动态的或静态的民间文学演唱或讲述活动来说，田野调查法是最重要而又最有效的方法。田野作业方法的优势在于"在田野作业时，调查者与调查对象直接交谈，比较容易取得第一手材料。然而，由于种种原因，尚不能保证这些材料的绝对可信性。为了提高资料的可靠程度，必须进一步采用'参与法'，即调查者深入到被调查的群众之中，与之共同生活，从生活方式的参与，进而到文化心理、民族意识的参与。这种全面整体的文化参与，所得资料不但数量大，而且可信性强。"② 田野作业法的缺陷是只关注现场，搜集自己亲眼看到、亲自访问和亲身体验的动态现象，忽略了口传文本静态历史演变过程。我们把田野调查方法与文献研究法相结合，才能够补充两者的缺陷，对民间达斯坦进行更高水平的分析和论述。

2. 手抄本、唱本、印刷本相结合的方法

自从 9 世纪中叶维吾尔族大举西迁天山南北之后，从草原游牧经济过渡到定居的农耕经济，其游牧文化也转型到了农耕文化。随着文字的普及，人们对书面书籍产生需求，文人、书商根据市场需求，搜集整理故事家、民间艺人的史诗、叙事诗以及故事，把它们汇编成册，请书法家抄写数十本，甚至百本，成批销售。因此，在社会上形成了抄本行业。其与民

① 董晓平：《田野民俗志》，北京师范大学出版社 2003 年版，第 198 页。
② 钟敬文：《民俗学概论》，上海文艺出版社 1998 年版，第 484 页。

间艺人演唱的活形态的唱本一起形成了书面文本和口传文本。随着时间的推移和社会的发展，印刷技术得以发展，在手抄本的基础上，出现了印刷本。如俄罗斯喀山石印印刷厂和塔什干石印厂相继成立，这两家印刷厂印刷了很多突厥语诸民族语言文字的民间文学作品，包括很多达斯坦作品。解放后，我国各地成立了正规的出版社，新疆也成立了新疆人民出版社、青少年出版社、科技委卫生社、摄影美术社、喀什维吾尔出版社以及民族出版社等出版单位，他们响应国家三套集成搜集整理出版的号召，相继出版了民间文学三套集成，新疆伊宁、哈密、和田、罗布淖尔等地方搜集的民间达斯坦得以先后出版。在这种情况下，达斯坦拥有了唱本、抄本、印刷本和出版本等形态。目前，新疆大学、民间文艺家协会、中国社科院民族文学所等单位正在建设口传达斯坦的音视频本。笔者搜集整理了《玉苏甫与艾合买提》、《乌尔丽哈与艾穆拉江》、《好汉斯依提》、《雅丽普孜汗》和《艾维孜汗》等八部达斯坦的音视频本。在研究当中，我们对各种版本进行科学对比，在现场唱本和视频本的基础上，适当地采用较为完整的抄本和印刷本，对达斯坦故事的产生、演变和发展过程加以科学的探讨。我们注意到的，应注意口传唱本的纯正性，不能把增加了文人书面文学色彩因素的文本作为标准研究文本。

3. 文本研究、艺人研究和听众研究相结合的方法

民间达斯坦是由艺人、文本和听众三个部分组成的。在以往研究当中，我们对文本研究予以高度关注，但在文本研究中存在一个研究"误区"，即把口传唱本搜集整理转写成书面文本状态，然后从作家书面文学的视角对作品的历史背景、社会风俗、主要思想、人物形象和语言表达方式等问题加以论述。但从当代口头文学理论和表演理论视角对其方法予以反省，我们发现很多不明白、不理解的问题。如我们用作家文学的研究方法论述民间达斯坦显然不适合。口头文学与书面文学的区别是明显的。口头文学是以表演为主，书面抄本只不过是表演蓝本，作家文学是以阅读为主，书面文本显得十分重要。就达斯坦来讲，达斯坦唱本在表演中考察和研究是十分重要的。近二十年来，民间文学艺人研究得到了长足的发展，取得了一些标志性成果，拓宽了民间文学以文本研究为主的研究领地。自从西方接受美学理论引进之后，学者们开始注意受众（读者、听众、观众）研究，取得了一些进展。在维吾尔族达斯坦研究中，我们要从这三个研究对象入手，用各种科学的方法论对达斯坦中每一个相对独立的部分

加以系统的、全面的细致研究，得出符合民间文学内在规律的科学判断和理论结论。因此，三者相结合的研究方法是今后达斯坦研究中最为有效的方法。

除此之外，根据研究对象，我们应当采用综合分类分析法、比较法和统计法。我们对搜集的原始资料加以科学分类，对搜集来的大量资料，试图从各种理论视角进行周密细致的分析，找出其中所包含的各部分因素，找出各因素间的内在联系，从而依照一定的观点、标准进行筛选。分析是科学研究工作中贯穿始终的思维活动。上述讲到的分类，离开了基本的分析，也将无法进行。① 比较方法是一般的科学方法，也适用于民间文学的研究。比较可以在纵向上进行，那就是古今之间的比较。比较也可以在横向上进行，那就是在地区与地区叙事诗母题之间、民族与民族叙事诗母题之间、国家与国家叙事诗主题之间进行的相互比照。"比较可以是全方位的，小到一个故事情节单位、一个人物原型、一个母题，大到一个地区、一个民族的整体民俗形态乃至民族精神，都可以进行比较。但比较应该建立在科学的、实事求是的基础上，应该注意在同一个层次，在具有可比性的问题上来展开，主观随意和牵强附会的比较，是不可取的。"② 统计方法是一种采用技术性更强的计量方式研究方法。"上述种种方法，偏于事物对象之质的规定，而统计方法则偏于事物对象之数的规定。量的统计有一个重要的功用，它是质的基础，对质的规定提供辅佐性的论据。虽然是辅佐性的，但却往往很有力，以便我们对民俗事象质的分析判断更具科学性和说服力。"③ 我们采用这一方法统计达斯坦中的词语程式、句法程式、结构程式和母题等使用频率，其在国内的分布，在不同地区出现的数量和频率，对其作出科学分析，对于提高达斯坦学术水平无疑是有利的。

二　适合研究达斯坦的西方理论方法

在维吾尔族民间达斯坦研究中，我们充分利用的一些西方理论与方法对达斯坦研究领域的拓展和学术水平的提高有很大的推动作用。我们下面对其进行一一说明。

---

① 钟敬文：《民俗学概论》，上海文艺出版社1998年版，第489页。
② 同上书，第490页。
③ 同上。

1. 口传理论（Oral Tradition Theory）

美国学者米尔曼·帕里和艾伯特·洛德（Milman Parry and Albert Lord）是这一口头程式理论的创始人，他们基于荷马史诗《伊利亚特》和《奥德赛》是否是口头创作？就这一问题对南斯拉夫地区进行口头传统田野调查。南斯拉夫活的口头史诗传统是从荷马文本中重新发现的口头传统，不过是一种大胆的推测，它完全是建立在文字文本之上的一种解释。帕里意识到为了检验一种吸引人的理论的效用，他必须到活的口头史诗传统的实验场上去测试它。为了这一缘故，他和他的同道艾伯特·洛德奔赴前南斯拉夫，在那里史诗传统依然盛行，使他们可以考察一个真正的故事歌手（gusiar）是怎样在演唱中创作他的诗作的。从 1933 年到 1935 年，他们遍访这个国家，用一种特制的装置记录这类演唱。他们在六个地区工作——多数就在黑塞格维纳的中心——测试了数以百计的文盲歌手。通过他们的当地译员尼古拉·伏日诺维奇（Nikola Vujnovic）的安排，他们返回美国时携带了数以千计的吟诵史诗的表演录音，这些是南斯拉夫传统的珍贵样本，将它与在古希腊流传至今的那两部诗作进行比较，口头理论在比较中演进。米尔曼·帕里在返回哈佛大学后不久即去世（1935 年），洛德继续了他们共同的工作。这些出版物将口头理论从两大传统——来自前南斯拉夫的活态史诗与来自古希腊的口承的史诗作比较，推广至迄今为止已经运用于全世界范围内的超过 100 种语言的传统之中。在 1960 年撰写的奠基式著作《故事的歌手》（The Singer of Tales）中，洛德便已开始着手扩大这一理论的适用范围，将它运用在古英语、古法语及拜占庭时期希腊的传统之中。通过展示这些以手稿形式保存下来的传统如何在结构上与南斯拉夫口头诗歌彼此相近，他强调了它们在起源时的口承性质。其实早在 1960 年，口头理论的主要努力方向亦甚为清晰：从与南斯拉夫传统的基本类比研究中冲出来，进一步挖掘诸多古代的和中世纪的文本中所具有的口头传统的本质。这一学术拓展并未止于手稿形式的传统，而是远远走进了对活态口头传统的探究中去。迄今为止，口头理论的影响已进入非洲、亚洲的印度、美洲印第安（每一地区中又包括许多彼此相异的传统）、澳洲的土著、中亚（突厥）、南太平洋以及其他一些语言区域。在绝大多数考察者的心目中，这无疑是最为健康的发展：只有通过口头的和来自口头的作品之间的类比对举，我们才能够开始领略跨越国界的重要性以及口头传统在世界范围内的多样性。① 口传理论与方法的运用和操作较为简单，较为适合于文本分析工作，尤其适合于传唱、记录不清楚而书面或口头作品不清楚的达斯坦抄写本的分析、确认工作。

2. 表演理论（Performance Theory），或称"美国表演学派"（American Performance-school），是当代美国民俗学界乃至世界民俗学领域最富影响力和活力的理论与方法论之一

该学派兴起于 20 世纪 60 年代末 70 年代初，是在存在主义哲学、人类学、乔姆斯基（Noam Chomsky）语言学理论的影响下，随着民俗学自身从单纯关注文本到注重语境的转向而逐渐发展起来的。80—90 年代上半期，其影响臻至顶峰。今天，表演理论不仅仍然具有强大的生命力，而且已广泛影响到民俗学以外的诸多学科领域，如人类学、语言学、文学批评、宗教研究、音乐、戏剧、话语研究、区域研究、讲演与大众传媒等等。表演理论的学者队伍庞大，其中主要的代表人物有戴尔·海默斯（Dell Hymes）、理查德·鲍曼（Richard Bauman）、罗杰·亚伯拉罕（Roger Abrahams）和丹·本－阿莫斯（Dan Ben-Amos）等，其中又以鲍曼影响最大，他比较系统地阐释表演理论的论文《作为表演的语言艺术》（*Verbal Art as Performance*），成为至今被引用最多的表演理论著作。表演理论是以表演为中心，关注口头艺术文本在特定语境中的动态形成过程和其形式的实际应用。以往的研究中缺乏表演过程的研究，表演理论弥补了这一空白。这一研究方法十分适合于民间达斯坦表演活动，关注艺人的表演动作、表演语境、听众的反应以及表演场合等相关的理论问题。我们可以采用表演理论准确地描述和分析口头表演过程，进一步深化对达斯坦的理论阐述和学术论析。

3. 神话学（Mythology），这可以说是欧洲民俗学中第一个影响巨大的学派

它是 19 世纪初在德国浪漫主义思潮影响下产生的。当时谢林和施勒格尔兄弟的浪漫主义美学风靡德国。海德堡派的浪漫主义诗人，由于对资产阶级革命后的社会现实不满，从而转向民间文学的搜集与研究，促使整个文化界出现一股民间文学热，而形形色色的民间文学正是民俗学的主要

---

① ［美］约翰·迈尔斯·弗里、朝戈金：《口头程式理论：口头传统研》，http：//www. literature. org. cn/Article. aspx？id＝47614。

研究对象之一。以格林兄弟为代表的神话学派诞生在这样的历史氛围之中。神话学派的基本观点认为：一切民间文化源出于神话，由于神话的演化，民间故事、叙事诗、传说等才相继产生。① 我们采用神话学派理论方法，可以探究达斯坦中古老神话母题的起源和演变过程，进一步考察达斯坦故事的神话结构原型及其运用情况。

4. 文化人类学（cultural anthropology）是人类学的一个分支学科

它研究人类各民族创造的文化，以揭示人类文化的本质。"人类学派民俗学产生于 19 世纪六七十年代，其哲学和方法论基础是达尔文进化论和当时正在茁壮兴起的社会人类学。E. 泰勒是该学派的先驱，安德鲁·朗是其主要代表人物。"泰勒长期从事中美洲民族学资料的搜集整理工作。其著作《原始文化》（1871）资料丰富，从其"神话、哲学、宗教、话占、艺术和习俗发展之研究"的副题，即可看出，泰勒所论涉及了多么宽广的范围。泰勒还以文化进化观为理论基础，创造了"文化遗留"研究法。所谓"文化遗留"指的是一系列的原始文化、仪式、习俗、信仰观念等等。② 我们运用文化人类学的理论方法，在宗教学和文化学的视角下对达斯坦中的原始文化及其宗教现象予以解读分析，加深研究深度，扩大我们研究达斯坦的研究领域。

5. 叙事学（Narratology）法文中的"叙述学"，叙事学于 20 世纪诞生于法国

叙事学（法文中的"叙述学"）是由拉丁文词根 narrato（叙述、叙事）加上希腊文词尾 logie（科学）构成的。顾名思义，叙事学应当是研究叙事作品的科学。新版《罗伯特法语词典》对"叙事学"所下的定义是："关于叙事作品、叙述、叙述结构以及叙述性的理论。"简单说来，叙事学就是关于叙述文本的理论，它着重对叙事文本作技术分析。罗兰·巴尔特、托多洛夫、热奈特、格雷玛斯等学者是本理论的代表人物。这一理论方法是达斯坦文本分析的最佳方法。我们从叙述结构、叙述聚焦、叙述时间、叙述地点、叙述人物等诸方面入手，对达斯坦文本的叙述特点进行全面而系统的分析，对达斯坦文本的阐述是很有利的。

---

① 钟敬文：《民俗学概论》，上海文艺出版社 1998 年版，第 474 页。
② 同上书，第 476 页。

6. 心理分析

奥地利医生弗洛伊德（Sigmund Freud，1856—1939）以其丰富的临床经验创立了心理学中的精神分析学派。以弗氏理论为基本指导思想来论析民俗文化的实质，遂形成民俗学中的心理学派或称精神分析学派。弗洛伊德揭示了人类心理活动的潜意识层次，认为出自本能的性欲冲动（他称之为"里比多"）是人们种种精神和实践活动的真正原因。由于社会的压抑，这种本能常被迫隐匿于潜意识，于是形成"情结"。① 心理分析法和释梦理论与方法对民间达斯坦的人物心理分析和梦兆母题阐述有较深的理论意义。"在民间文学研究中，弗洛伊德精神分析理论主要是应用于探索民间文学创作过程里隐藏在各种心理现象背后的根本原因。"②

7. 结构主义

是法国人类学家列维—斯特劳斯（Claude Levi – Strauss，1908—2009）创立的理论学派。他从形式结构上研究巴西印第安人的习俗和古神话、民间故事等民俗文化资料，进而对社会文化现象的种种关系进行考察。重视关系大于重视本质是他研究的一大特点。苏联学者普洛普（Vladimir Propp）著《民间故事形态学》一书，运用建构模式，对丰富多彩的俄罗斯民间故事进行对比、分析，概括出数量限定的而不变的功能，这一功能是故事的框架或是结构。我们用结构主义流派的方法，尤其是采用故事功能，指出维吾尔达斯坦的故事结构和故事框架，科学地寻找达斯坦故事创编和发展的秘密。

8. 传播学（Communication）

是研究人类一切传播行为和传播过程发生、发展的规律以及传播与人和社会的关系的学问，是研究社会信息系统及其运行规律的科学。简言之，传播学是研究人类如何运用符号进行社会信息交流的学科。传播学又称传学、传意学等。威尔伯·施拉姆（Wilbur Lang Schramm，1907—1987）是传播学科的集大成者和创始人。传播学和其他社会学科有密切的联系，处在多种学科的边缘。由于传播是人的一种基本社会功能，所以凡是研究人与人之间的关系的学科如政治学、经济学、人类学、社会学、心理学、哲学、语言学、语义学、神经病学等都与传播学相关。我们运用

---

① 钟敬文：《民俗学概论》，上海文艺出版社 1998 年版，第 478 页。
② 毕桪：《民间文学概论》，民族出版社 2004 年版，第 405 页。

传播学理论与方法，对民间达斯坦信息的产生与获得、加工与传递、效能与反馈，信息与对象的交互作用以及各种符号系统的形成及其在传播中的功能加以考察，论述目前达斯坦的形态及其生存现象，提出保护和拯救措施。

9. 接受美学理论

接受美学是以读者为研究核心的理论方法，其代表人物姚斯（Hans Robert Jauss，1921—）是德国文艺理论家、美学家，是接受美学的主要创立者之一，代表作有《文学史作为向文学理论的挑战》、《文学范式的改变》、《审美经验小辩》、《审美经验与文学阐释学》等。沃尔夫冈·伊瑟尔（Wolfgang Iser，1926—）是接受美学的重要理论家之一，也是康斯坦茨学派的代表人物之一。其1969年的力作《本文的召唤结构》与姚斯的《文学史作为向文学理论的挑战》一文同为接受美学的奠基之作。伊瑟尔的另一代表作是《阅读活动：审美响应理论》。我们运用接受美学的理论和方法着重研究听众对达斯坦的接受过程，详细深入地论述听众注意、欣赏、反馈和评价等过程，对艺人与听众共同创作现象做出准确判断。

10. 比较文学

是一门新兴学科，它兴起于19世纪末和20世纪初，有自己的一套研究方法，包括影响研究、平行研究和跨学科研究。比较文学一词最早出现于法国学者诺埃尔和拉普拉斯合编的《比较文学教程》（1816）中，但该著作未涉及它的方法与理论。1865年后，"比较文学"作为专门术语而被普遍接受。影响研究作为对两种或两种以上民族文学之间相互作用的过程，对民间文学研究有较高的研究意义。我们运用影响研究和平行研究法，对各国各民族的主题学（主题、母题、人物、题材等）进行研究，拓展了民间达斯坦研究的领域，进一步提升了学术研究水平。

11. 历史地理学派于20世纪末21世纪初兴起于芬兰

其创立者是语文学家兼民俗学家科降父子（J. Krohn，1835—1888和K. Krohn，1863—1932）。民间文艺学家A.阿尔奈（Antt Aarne，1867—1925）、W.安德松（W. Anderson，1885—1962）也是这一学派的重要代表人物。这一学派的理论基础是达尔文进化论和斯宾塞的实证论。[1] 阿尔

---

① 钟敬文：《民俗学概论》，上海文艺出版社1998年版，第480—481页。

奈的《民间故事类型索引》和汤普森的《世界民间故事分类学》是这种研究方法的集中体现和重要成果。在本课题中，我们运用阿尔奈和汤普森的民间故事分类学，对民间达斯坦的故事类型和母题结构加以分析，较好地提高了研究效率。

12. 主题学（Thématologie）

被认为是19世纪从德国的民俗学热中培育出来的一门学问。主题学研究倾向于文本内容的研究。它既可以对某种题材、人物、母题或主题在不同民族文学中的流传演变作历史的追寻，也可以对不同文化背景下文学中类似的题材、情节、人物、母题、主题作平行研究。主题是文学作品中的题材，是人物所体现的思想，是故事中所蕴含的意义。代表人物托马舍夫斯基、巴登斯贝格、韦勒克、沃伦、伊丽莎白·弗兰采尔、雷蒙·图松、哈利·列文、梵·第根等学者。在本研究过程中，我们充分利用主题学的研究方法，对达斯坦的主题、母题、人物以及人物原型等诸文本问题进行较为深入的分析，取得了一定的学术成果。

第三节　民间达斯坦的传播与保护

传播学作为一种从国外引进的理论，登陆我国已经20多年。在20多年的历史发展中，我国传播学教学与研究经过了从无到有、从小到大和从简单到复杂的发展历程。目前，传播学各类论著已经出版了百余部，在全国各地高校和研究机构设立了传播学博士、硕士点，培养了这一学科的研究人才。传播学在自身发展的同时，拓宽了其他学科的研究范围。

传播（Communication）的词义是"共享"的意思。所谓传播是"社会信息的传递或社会信息系统的运行。"① 传播范围极为广泛，具体包括政治、经济、宗教、哲学、文化、教育、艺术等种种学科的传播问题。本文从传播的过程、媒介、方式，尤其是艺术传播学的角度对达斯坦传播特征加以考察和探讨。

在探讨正题之前，我们要对达斯坦术语加以解释，以便大家相互交流。达斯坦（Dastan）在现代维吾尔语中意为"叙事诗"（包括"史诗"）。维吾尔文学中的达斯坦范围比较宽泛，它不仅包括民间叙事诗，

---

① 郭庆光：《传播学教程》，中国人民大学出版社1999年版。

而且还包括诗人创作的书面叙事诗。达斯坦一词来自波斯语，在波斯语中有"故事、小说、轶事、传说、传记、童话、神话、曲调、旋律、音乐"多层意思[1]。在本文中，口头达斯坦（以下简称达斯坦）是我们讨论的对象。

一　达斯坦的传播过程

人类社会离不开交流传播，包括社会交际、人际关系、工作、学习，当然文学也不例外。文学，就其本质而言，是一种传播交流手段。达斯坦这种特殊的文学样式，具有口头文学的传播特征。传播过程是由信息传播、信息代码和信息接受三个环节组成。"布拉格学派的重要人物雅各布逊曾经以图表形式列出了一个有着广泛影响的交流模式，在他的图表中包含着六个要素，这六个要素分别是：发送者（信息发送者或编码者），接受者（信息的接受者或译码者），信息自身，代码（信息所表现的意思），情景（或信息所涉及的对象），联系（发送者与接受者的联系）。"[2] 雅各布逊所列的图表如下：

情景
信息
发送者∘∘∘接受者
联系
代码

传播者、传播信息、传播媒介、受传者和传播情景等要素在传播过程中发挥着作用。在表演性口头文学中，传播要素有特殊的含义。当根据上述图表来分析传播要素时，我们可以看到发送者与传播者、接受者与受传者、联系代码与传播媒介以及传播情景与情景信息的对应关系。下面让我们从四个要素出发对口头达斯坦加以论述：

1. 歌手是达斯坦的传播者

口头作品的歌手自身拥有多种身份和角色。歌手是口头叙事诗的创作

①　北京大学东方语言文学系：《波斯语汉语词典》，商务印书馆 1981 年版，第 979 页。

②　Roman Jakobson，"Closing Statement：Linguistics and Poetics". In Thomas A. Sebeok，ed.，Style in Laguage，1974，p. 356.

者、传承者和表演者。美国民间文学家阿尔贝特·洛德曾经对口头歌手进行了深入的考察与研究，他说："坐在我们面前吟诵史诗的人，他不仅仅是传统的携带者，而且也是独创性的艺术家，他在创作传统。"① 口头歌手作为口头诗人，在特殊的场合中扮演着巫师的角色。如"云南阿昌族叙事诗演唱家赵安贤，他本人既是祭司，主持祭祀仪式，行巫术驱邪治病，又是出色的史诗演唱者；《苗族古歌》的演唱者杨勾炎，他既是巫师，行巫术，又演唱史诗；彝族祭司'毕摩'、纳西族祭司'东巴'、哈尼族祭司'贝玛'，既是专职祭司，又是歌手。"② 再如那曲县的《格萨尔》演唱歌手阿达尔既是一位民间艺人又是巫师，他会演唱《格萨尔》，同时用巫术治病。③ 又如以"当代荷马"闻名的柯尔克孜族玛纳斯演唱大师居素普·玛玛依能够口头演唱八部史诗，总23万余诗行，在国内外影响极大。居素普·玛玛依曾经有过治病的经历。"2000年8月20日笔者采访了一位曾经由居素普·玛玛依演唱《玛纳斯》救过的病人。他叫卡妮木布比，一个58岁的妇女，她的丈夫给我讲述了她上世纪（20世纪）70年代患上了一种奇怪的病，每天精神不振疯疯癫癫，到各地求医问药均不得治，最后他听说居素普·玛玛依具有救治怪病的神功，便去找他求治。"④ 一些歌手会占卜术，替别人预算未来。比如：

1998年9月16日，笔者陪同郎樱先生在阿合奇县哈拉奇乡进行田野调查时访问了当地有名望的玛纳斯奇曼别特阿勒·阿勒曼。这位59岁的玛纳斯奇不仅因自己精湛的《玛纳斯》演唱而成为很多集会上的坐上宾，而且还因高明的占卜术赢得人们的青睐和尊敬。当时连续数天的暴雨洪水将我们前往居素普·玛玛依家乡的唯一道路阻隔，而且预报说第二天还会下雨。于是我们便让他为我们占卜，预测一下第二日的天气和路途情况。他在炕上铺开一个白色毡子（据他说在其他颜色或花毡子上占卜不灵），拿出他专门用来占卜的41块石子为我们占卜、预测，并说第二天天气晴朗让我们放心前行。第二天，果然晴空万里，我们也顺利地到达了目

---

① ［美］阿尔贝特·贝茨·洛德著，尹虎彬译：《故事的歌手》，中华书局2004年版，第18页。

② 郎樱：《史诗的神圣性与史诗的神力崇拜》，《民间文学论坛》1998年第4期。

③ 杨恩洪：《民间诗神——民间艺人研究》，中国藏学出版社1993年版，第177—188页。

④ 阿地力·朱玛吐尔地：《玛纳斯奇的萨满面孔》，《民族文学研究》2003年第2期。

的地。①

占卜、治病、消灾、求子等都是萨满神事活动中极为重要的内容。歌手所发挥的萨满职能说明两者之间具有不可分割的双重性和重叠性，也说明歌手这一群体与普通传播者个体的差异性。

2. 达斯坦故事是传播信息或是传播内容

传播信息是由一组相关意义的符号组成的，能够表达某种意义的讯息。达斯坦的故事情节是达斯坦表演活动的传播内容，通过传播信息，传播者和受传者之间才产生了互动关系。对于听众来说，除了民间歌手的表演技巧外，最为吸引他们的是离奇曲折的传播故事。

3. 口头语言是达斯坦的传播媒介

维吾尔族口头传播方式与维吾尔族所经历的两种不同的生产方式和生活方式相关。在漠北高原时期，维吾尔族祖先是个游牧民族他们在那儿过着草原游牧生活，放牧着羊、牛、马、骆驼。演唱表演是游牧民族的主要娱乐方式，也是一个特长。因此，一般游牧民族的口头遗产异常丰富。可以说，维吾尔祖先在叶尼塞河下游以及鄂尔洪河流域创造了不少口头文学杰作，《乌古斯汗传》、《阔尔库特之爷》等史诗可作为我们这种观点的有力证据。但是由于文字普及的落后和其他一些缘故，很多口头文学作品没有得到记录、在漫长的岁月里渐渐地失传。西迁后，维吾尔部落在西域跟土著居民融合，从事农耕生产劳动，逐渐开始了定居生活。生产方式的转变，城市生活的需要，维吾尔族文化生活形式也变得多样化了。在继承以往的文化传统的基础上，形成了多层次、多角度的文化圈。在这种情形下，维吾尔民间文学有了较大的变化，即以前口头流传为主的局面渐渐改变。文字的使用频率日益增高，同时也不断提高和巩固了文字的地位与声誉。这样，维吾尔文学中形成了口头传播与书面传播并存的局面。在达斯坦的流传过程中，二者相辅相成，为维吾尔达斯坦的保存和发展起到了不可估量的作用。

当我们十分明确地指出口头文学与书面文学的差异时，应该肯定两者历来的密切联系。无论是口头文学还是书面文学都离不开语言，离开了语言，这种艺术本身也就不存在了。在文学史上，口头性与书面性相互交融、难解难分的关系是常见的现象。活在民间口头中的古老作品能一直流

---

① 阿地力·朱玛吐尔地：《玛纳斯奇的萨满面孔》，《民族文学研究》2003 年第 2 期。

传保存下来，原因很复杂，并不是一条单线传到底。"有些杰出的作品，往往经过由口头到书面，又由书面到口头的多次反复，才成为艺术上比较成熟的作品。"① 早年也有一些文人用书面文字记录民间文学，然后在群众中传播，虽然这是辅助性的，但从总体上看，二者相辅相成，密不可分。对作家来说，口述都是辅助性的、第二义的，文字写作才是第一方式，相反，民间口头文学也可以用书面文字记录下来，但是，对于广大人民来说，文字形式也不是必须的表达形式，它只是对民间文学流传起辅助性作用的第二义的形式。口头性与书面性都有各自的特征，口头性的特点体现于简单、通俗与重复表现手法之中，而书面性特点则在优雅、庄严与复杂的表现手法中凸显出来。口头创作是继承传统、体现传统的过程，然而，书面创作则是不断地打破传统、打破固定模式的过程。口头性与书面性的密切联系反映了民间文学与作家文学的相互关系。"民间文学和书面文学这两种不同形态的文学形式，其创作、流传、接受过程相互有别。在作品的内容与形式风格上，民间文学多以类型化的形式表现群体意识，书面文学则以表现作家个性风格见长。"② 我国民俗学奠基人钟敬文先生从影响视角说明了作家文学与民间文学相互关联，相互推动，相辅相成的密切关系。民间文学对作家文学产生了重大影响，从而在很大程度上推动了该地区、该民族文学的发展，使该地区、该民族的文学变得更加丰富和多样化。学者们曾概括民间文学对文人文学的四个方面的影响：民间文学的题材和思想内容；民间文学为文人文学提供了典型形象；民间文学在艺术形式上的影响；民间艺术语言的影响。③ 历史上作家给予民间创作的影响包括积极与消极两方面。历代文人作家在记录和保存古代民间口头作品上的贡献是不可估量的。口头创作虽然在时间和空间的传播上是那样深远和长久，但并不是无限制的。在漫长的岁月里不少宝贵的口头作品慢慢地丧失或失传。历代文人在自己的作品里借用或描写一些民间口头作品，这在保存民间口头创作的过程中起到了积极作用。消极的一面主要表现为一些作家在进行民间口头创作时，有随意改变、胡编乱造的现象，其造成的后

---

① 潜明兹：《民间文学的范围与前景》，《民间文学论坛》1985 年第 3 期，第 41 页。

② 猛克吉雅：《蒙古文学的发展及其民间文学与书面文学的关系》，《内蒙古社会科学》2002 年第 9 期，第 70 页。

③ 郄溥浩：《阿拉伯"情痴"的世界性影响——马杰侬和莱拉故事与文人文学》，《东方民间文学比较研究》（论文集），北京大学出版社 2003 年版，第 437 页。

果是真假难辨。① 在整个人类社会发展过程中，没有文字的时间相当长，口头创作一直伴随人类创造了不可估量的精神财富。在这个漫长的历程当中，口头流传是唯一的传播方式。经过几千年的流传、传播、磨炼、便形成了一种口头传统。从漠北高原到西域，从古代一直延续到今天，维吾尔口头传播经历了相当漫长的历程。在维吾尔达斯坦的口头传播过程中，达斯坦奇是最关键的一个环节。达斯坦奇作为民间艺人，对达斯坦的生存与发展起着不可估量的作用。他们一边利用民间材料创作新达斯坦，又一边演唱或说唱将表演传播到民间。他们以艺术表演吸引广大民间听众，感化和教育他们，同时传播达斯坦并使其得以保存，甚至他们学习和领会其他民族的达斯坦，在本民族民间表演流传。他们把外来达斯坦修改加上民族化、地方化的描述，适应本民族的审美观和欣赏口味。达斯坦奇以超人的记忆力、高超的口才能力、引人注目的戏剧动作和表情来演唱或说唱达斯坦。他们保护、发展和传播民族精神财富，一生刻苦学习、认真而耐心地实习，不断提高本身业务水平和表演能力，他们同时对接班人的培养给予高度重视。他们把自己的一生奉献于民间文学事业，为民族口头文化传播和发展作出了巨大的贡献。

维吾尔民间达斯坦演唱或说唱活动有几种形式。一种是乡村的长辈代表全乡村邀请达斯坦奇表演达斯坦的方式。在新疆，当晚秋农业劳动即将结束的时候，某个村或庄的长辈出面邀请达斯坦奇演唱达斯坦。当然村民或庄民都来参加。吃饭后，坐在上座的达斯坦奇拿起都它尔或热瓦甫开始演唱达斯坦。为了增加表演气氛，吸引大家进入欣赏状态，达斯坦奇首先表演一个序。一般有些达斯坦奇唱木卡姆片段（当笔者到新疆墨玉县采访达斯坦奇时，听过他们演唱的木卡姆片段），有些达斯坦奇唱民间流行的民歌。经过这个阶段听众进入聆听状态，民间艺人才正式演唱达斯坦。由于很多维吾尔达斯坦由韵文和散文组成，达斯坦奇既演唱又说唱。一般这样的达斯坦说唱活动一直延续到夜深。有时，根据听众的兴趣和要求，达斯坦演唱会持续好几天，他在一个村住上几天把一个达斯坦唱完才走。当他（她）告别时，主人送给他（她）礼物（比如马、牛、羊、绸缎等）。主人并不是硬着头皮地赠送，而是心甘情愿来表示自己的一番心意。过去，在婚礼、民族节日，有请达斯坦奇唱歌的习俗，让达斯坦奇增

---

① 陶立璠：《民族民间文学基础理论》，广西民族出版社 1985 年版，第 116 页。

加婚礼或节日快乐的气氛，使它显得更为热闹（婚礼或节日唱的都是达斯坦的欢快的片段或节选曲子）。

另一种是达斯坦奇在公共场所自律性的表演活动。达斯坦奇去热闹的巴扎（集市），选好一片空地，弹热瓦甫或敲鼓，引起周围行人的注意。等有人围来，达斯坦奇估计人数差不多，便以滑稽的动作和幽默的话语开始达斯坦演唱表演。在这种地方达斯坦演唱时间不会太久。达斯坦奇唱到最有趣的部分会突然停止，向听众索费，收拾好钱，继续演唱。集市上，达斯坦奇在一天可以换几个地方演唱达斯坦。如在某个地方，他（她）上午几个小时唱完，然后下午换另外一个地方开唱。由于达斯坦演唱时间短暂，达斯坦奇选取达斯坦中最精彩的情节片段或达斯坦主人公的英雄事迹，集中地演唱或说唱。除此之外，在路途或劳动场地（休息的时候）也进行达斯坦演唱活动。以前，新疆的交通落后，从一个地方到另一个地方要几十天甚至一个多月。同行的人群中，有时也会有达斯坦奇。为了减轻路途的苦闷疲劳，休息时会演唱达斯坦。在新疆，为了水利工程或修路经常有在沙漠或荒野中的集体劳作。在这种恶劣的自然环境中，除艰苦的劳动外没有任何娱乐活动，空闲时寂寞无聊，当然这些劳动者中不免有几个民间艺人（包括达斯坦奇），他们以讲故事、演唱达斯坦的形式娱乐大家，消除大家的苦闷。

4. 听众是达斯坦表演的受传者

受传者作为信息接受的对象，对信息有选择的权利与评论的权利。从西方接受美学理论角度讲，受传者（无论是读者、听众或是观众）是传播活动的生命力所在，特别是对于口头传播活动来说，听众的审美取向是口头传播者的唯一努力方向。假如听众不愿意接受表演者的口头演唱，那口头文学传播者的创作与表演活动就会停止。刘魁立先生又基于民间艺人与听众、作者与读者的关系，对民间文学与作家文学的异同作了进一步剖析。"在民间文学领域，讲述人同听众直接接触，听众的反应（所谓的'信息反馈'）立即传达给讲述人，从而影响着他的演变过程。听众的情绪高昂，讲述人在演述中便眉飞色舞，听众无精打采，他便会草草收场。"① 听众的评议和补充还可能促使民间艺人对作品进行一定程度的改动和加工。从这个意义上说，听众在口头作品创作、表演、流传过程中是

---

① 刘魁立：《文学与民间文学》，《文学评论》1985 年第 2 期。

个积极的因素，他（她）在一定程度上参与了创作活动。书面文学的作者和读者的关系，则与民间文学情况有很大的不同。"读者在事实上并不像在民间文学领域听众对于讲述人那样直接参与作家的创作活动。作家把完成的作品奉献在读者面前，读者对于作品的倾向、主题、人物的纠葛和命运等赞成也罢，反对也罢，都已无法改变了。"① 读者只能通过文学评论的形式间接地提出书面作品的修改意见或建议。

5. 表演场景是达斯坦传播情境

从传播学视角看传播环境要注意一些传播者个人状况、受传者情况和场景地点等基本信息。传播者个体状况是由传播者演唱或是演讲的音调、语速，传播者的服装、表情、动作以及身体语言等信息构成的。这些信息在传递思想情感过程中起着补充作用。受传者的人数、男女比例、年龄、文化程度、家庭背景、爱好兴趣等基本信息也是传播情境的重要组成部分。传播活动发生的地点与时间也是传播情境的主要内容。

二　达斯坦的当代传播形态与生存危机

文字传播与印刷式传播是目前维吾尔族口头达斯坦的主要传播形态。口头传播是许多民族共同拥有的传播方式，文字在口头作品传播中发挥着积极作用。维吾尔族与其他突厥语民族相对来说，农耕定居生活时间比较长，文字的普及面也比较广。这种情形为作家书面文学的产生与发展提供了良好的条件，同时早就开始了记录、抄写或转写民间文学作品的工作。维吾尔社会上抄书已经形成了一定规模，变成了一种谋生的职业。维吾尔文学史中涌现了不少的抄书家，他们书写工整，也算是当时有名的书法家。当时没有现在这么发达的印刷厂、出版社，只能是民间书商手工装订、做封面，做成精美的书籍，然后到处销售。抄书家包括诗人、书法家、民间秘书和历史记录者等等。有些文人抄书过程中对口头文本或多或少地加以修改（增加一些片段或删除一些内容），但是民间口头文本的基本框架没有太大的变动。比如阿吉·玉苏甫抄写的《艾里甫与赛乃姆》和《帕尔哈德与希琳》、毛拉·毕拉里抄写的《塔依尔与佐赫拉》、13 世纪姓名不明的抄写者抄写的《乌古斯汗传》、毛拉·穆罕默德·铁木尔抄写的《乌尔丽哈的故事》、毛拉·阿布都热合曼抄写的《博孜青年》、《玉

---

① 刘魁立：《文学与民间文学》，《文学评论》1985 年第 2 期。

苏甫与艾合买提》等抄写本仍然保留着民间文学的基本性质。有些文人将老百姓理解难度较大的作品改写成通俗民间版本。如著名文学家和作家毛拉·司迪克·叶尔肯迪把纳瓦依的《海米赛》从韵文转写成散文，把它叫作《散文海米赛》。莎车人奥玛尔·巴克·叶尔肯迪从纳瓦依的《五卷诗》中挑选出《帕尔哈德与希琳》、《莱丽与麦吉侬》两部长诗改写成了散文体。达斯坦的抄写本内容方面没有像柯尔克孜、哈萨克达斯坦那样征战的部分占优势，而主要针对家庭冲突和爱情婚姻。"可以这么推测，很多文本达斯坦是达斯坦奇利用古典诗人书面达斯坦再创作而产生的。如《帕尔哈德与希琳》、《莱丽与麦吉侬》、《拜合拉姆与古兰旦姆》都是在纳瓦依的《海米赛》的基础上产生的，《玉苏甫与祖莱哈》是在同名的波斯、突厥族达斯坦的基础上产生的，《鲁斯塔姆》、《瓦尔姆克与乌兹拉》是在从波斯语译成阿塞拜疆语达斯坦的基础上产生的。"[1] 中世纪的维吾尔达斯坦《赛努拜尔》、《凯麦尔王子与夏姆西美女》、《迪丽阿拉姆公主》、《艾里甫与赛乃姆》、《塔依尔与佐赫拉》、《尼扎米丁王子与热娜公主》等都是以抄书本形式在民间流传的。这些民间达斯坦与作家文学的艺术传统相互交融和相互渗透，构成了复杂而多层次的特色。不管怎么说，这些达斯坦在经过达斯坦奇长期地演唱或说唱，保留了民间文学的独特个性。

随着现代印刷技术的发展与普及，大量的维吾尔族达斯坦以印刷形式得以出版发行，为维吾尔族读者创造了阅读维吾尔族达斯坦的契机。随着部分达斯坦的汉译本发表与出版，为更多汉族以及其他少数民族读者直接阅读维吾尔族达斯坦提供了便利条件。因此，与以前为数不多的听众群体而言，受传者数量明显增多。随着现代电子传播媒体的繁荣发展，促进了达斯坦的各种电子版本的传播，加快了达斯坦的多元化流传方式的形成与发展。

目前，维吾尔族口头达斯坦有口头传播、文字印刷传播和电子传播三种传播方式。但是，文字、印刷、电子等传播媒体除了对达斯坦的传播产生积极推动作用之外，对达斯坦的口头传播活动也带来了消极影响。这种生存危机现象不仅仅存在于维吾尔族口承达斯坦之中，在民间文学中也都

---

[1]　阿布都克里木·热合满：《谈维吾尔民间达斯坦及其诗歌结构》，《文学评论集》，民族出版社1984年版，第210—211页。

存在这种不容乐观的现象。有些学者早已对此问题表示出自己的焦虑之情和忧患意识。"当前的中国，正经受着社会、经济变革的剧烈疼痛，传统的农业文明，也正经受着现代工业文明和商业文明的巨大冲击。包括花儿会在内的许多传统民间文艺，都面临被包装、被改造、被异化，甚至被淘汰、被消灭的命运，这是不以人们的主观意志为转移的社会发展规律。我们一方面要促进中国人价值观念的进步，并过上现代化的富裕生活；另一方面又想让他们的传统文化不走样地得到延续，这确实是太难太难了。面对这种两难境遇，我们所能做的，只能是趁花儿还不至于明显变质的未来数年，抓紧时机，尽快运用科学手段，将它记录、保存下来，并动员和组织各种力量，使这种民间文化能够后继有人。但从长远来看，这种一厢情愿的善意，恐怕不容乐观，只会使人们黯然神伤！因为世界各地民间传统文化的消失和有关史料都证实了这个推断。"①

1. 受传者——听众日益减少。

2. 传播者——口头歌手日趋减少。因此，达斯坦表演活动与口头传播的生存遭到了前所未有的危机与挑战。

"现代丰富多彩的物质文化生活正在迅速地改变着千百年来的传统习俗和文化心态，民族传统文化艺术正在迅速地丧失其生存的环境，有的濒临消失，有的变异。民族文化艺术真是不能融于当代吗？真的没有存在的价值了吗？难道退出历史舞台是它们的必然归属吗？难道发展经济就必须以牺牲民族民间文化为代价吗？难道我们也要重蹈西方工业化发展而牺牲民族民间文化艺术的覆辙吗？回答当然是否定的，但现实是严峻的，必须采取实实在在的措施。对民族民间艺术的保护工作，当务之急是对艺人的保护。现在各民族艺人多为年高体弱的老年人，再不采取措施，随着岁月的流逝，不少艺术品种和特殊技艺将随艺人的故去而消失灭绝。为此，提高艺人的地位、扩大艺人影响成了当务之急。而要做到这一点，以政府名义，通过政府命名的方式肯定他们的技艺，鼓励他们的文化艺术，促进其传承发展，显得至关重要。"

三　达斯坦的保护措施和举措

维吾尔族民间达斯坦面临的生存危机，值得我们积极思考其抢救措施

---

① 柯扬：《听众的参与和民间歌手的才能》，《民俗研究》2001 年第 2 期，第 59—60 页。

和保护举措，具体为：

第一，保护演唱环境，在巴扎（农贸市场或集市）上为他们提供演唱场地。维吾尔民间达斯坦艺人主要集中于新疆和田、喀什和哈密地区。这里的人们主要赶巴扎购买生活必需品，观看民俗娱乐，进行社会交流。民间艺人在巴扎之日进行演出，向听众收取一些零钱作为报酬，这算是他们的创收，是平时的生活补贴。一些达斯坦奇根据听众需要演唱或说唱一些宗教内容的达斯坦（地方老百姓爱听宗教故事），地方村官或管理人员出于新疆政治稳定的需要（新疆严管非法宗教活动），将其视为非法宗教内容，不让他们唱。在这种情况下，他们不得不换地方，到偏僻的麻扎（陵墓）演出。我们需要用科学的态度观察民间艺人的演唱内容，并将其视为民间民俗活动的一部分或是民族民间艺术，允许让他们尽情发挥演技。在市场管理规定之内，为他们批准一个摆摊子的场地，将他们的演唱加以正规化和正常化。

第二，利用国家非物质保护经费救济优秀达斯坦奇，积极为他们争取民间文化传承人的岗位和编制。

维吾尔达斯坦已列为首批国家非物质文化保护名录之中，得到了法律保护。国家已下拨经费，为抢救非遗工作提供了经费保障。每年评选一次国家级非遗传承人、省级传承人和市县级传承人，为一些经济困难的著名艺人提供岗位。这是惠及民间艺人的有效举措，应该为民间达斯坦奇都争取到正式岗位。

第三，自治区、地区以及市县电视台和广播台为他们提供一周一次或两次、半个小时的电视娱乐节目，请他们演唱达斯坦。电视和收音机作为大众媒体，在全国得到普及，已成为人们生活中必不可少的娱乐工具。我们要利用电视和收音机这一优势，为民间达斯坦奇提供演唱节目的机会，使其大众化和正常化，经此渠道加强民间达斯坦的保护和抢救。

第四，加强接班人或传承人的培养工作，趁着高龄民间艺人在世之机，培养一些年轻人，努力实现后继有人的目标。我们要抽出地方文化馆或文体局在编的青年艺人，将著名老民间艺人拜为师父，向他们系统而全面地学习。2011年4月，笔者前往哈密参加了一次达斯坦奇培训会，认识了来自库车县文化馆的阿克尼亚孜和艾克拜尔两个年轻人，他们以极高的激情表示了拜师学习的态度，并把来自和田的乌布力哈斯木阿訇拜为师父，进行学习。

　　第五，在新疆中小学设置《维吾尔文化》选修课（一周一次或两周一次均可），给学生从小传授维吾尔达斯坦、木卡姆和麦西莱甫艺术等方面的文化知识。新疆教育部门提倡中小学设置一门地方特色课程，使学生学习、了解和掌握民族文化知识。这是保护达斯坦的一个难得的机会。我们要设置一门文化课，给学生讲授达斯坦、木卡姆和麦西莱甫等具有民族特色的文化知识。

　　第六，新疆文化管理部门应该加强寻找和登记民间达斯坦奇的工作，为他们建立民间艺人档案，加快采访年纪大些的民间艺人，抢救濒临灭亡的民间达斯坦作品。

　　第七，新疆文化厅和自治区文联要不定期举办达斯坦奇演唱比赛或表演大赛，选拔一些优秀的青年达斯坦奇，并以奖状和奖品方式鼓励他们。

　　第八，各州和地区文化局举办地方或全疆范围内的民间达斯坦奇艺人交流会，为他们提供切磋演技和交流的机会。一方面邀请专家和学者给民间艺人和达斯坦爱好者做短期培训，另一方面，促进民间艺人学习和交流。

　　综上所述，传播学理论与方法为这些民间创作与传播活动提供了极大的研究空间与探讨余地。虽然维吾尔族达斯坦濒临灭亡，但是新疆南部部分地区有为数不多的民间传播者——口头歌手与大量的活形态的传播信息——民间口头达斯坦。笔者呼吁更多学者搜集、整理与研究口头达斯坦，从传播学、口头传统和表演理论等多种学科理论视野的角度讨论口头达斯坦的传播过程以及传播过程中的一些独特现象，为抢救维吾尔族口头文化遗产做出一定的努力。笔者希望政府部门采取有力措施，加强口头演唱环境的保护与管理，努力做好非物质与口头遗产的保护与抢救工作。

结　论

　　达斯坦（Dastan）在现代维吾尔语中表示"叙事诗"、"史诗"之意，这一单词来自波斯语，波斯语中具有"故事、小说、轶事、传说、传记、童话、神话、曲调、旋律、音乐"多层意思。维吾尔文学中的达斯坦范围比较宽泛，它不仅包括民间口承叙事诗和史诗，而且包括文人创作的书面叙事诗。从这个分类看，维吾尔达斯坦可分为民间口承达斯坦和文人创作的达斯坦两种类型。在课题中，我们把民间口承达斯坦作为研究对象。维吾尔族民间达斯坦作为艺人口头表演的艺术，不同于作家叙事诗的分类、特点、创作、结构、表演、主题、母题、人物、受众和传播以及保护等。我们从定义以及分类、学习、创作和表演、文本结构以及接收对象等视角对维吾尔族民间达斯坦加以全面而系统地考察，提出自己的一些理论思考和见解。

一　达斯坦：分类·特点·功能

　　达斯坦作为叙述性诗歌作品，意义接近汉语的"叙事长诗或叙事诗"。关于叙事诗，民间文艺学界争论不休，议论纷纷。有人说其是诗体的故事诗，有人将其称为故事歌，有人说是韵文长诗。很多学者从不同的角度对民间叙事诗——达斯坦提出了各自的观点。在《民间文学概论》一书中钟敬文先生把史诗与叙事诗合为一章，认为"史诗和叙事诗都是民间诗歌中的叙事体长诗。它们是劳动人民（包括他们的专业艺人）集体创作、口头流传的韵文故事。"这一定义对一些散韵相间的叙事长诗进行了排斥。维吾尔族达斯坦作品几乎一半以上都是散韵相结合的叙事诗。这一解说不能准确地归纳出维吾尔达斯坦的定义。在《中国百科全书·中国文学卷》民间叙事诗词条中指出："它是一种具有比较完整故事情节的韵文或散韵结合的民间诗歌，叙事性是其突出特点。"这种认识将达斯坦的说唱兼有的韵散结合形式囊括在里面，但是对于故事情节没有严格的标准与要求，有一定的模糊性和非明确性。有些定义更为大胆，将篇幅较长的诗歌都归类到叙事诗之中。如王松在《傣族诗歌发展初探》中提到"凡是以诗的形式叙述某一事件的过程都应该说是叙事诗"的定义。这显然属于广义的叙事诗定义，其包括史诗、韵文体的神话以及颂歌、祭祀歌、生产歌、习俗歌等均归入叙事诗。虽然维吾尔族达斯坦可以包括史诗，但是颂歌、习俗歌和祭祀歌等有一定篇幅的民歌都是不能归入的。纵观上述界说或定义，根据维吾尔族民间叙事诗的形式特点，可以归纳为：民间叙事诗是以诗歌或诗歌散文相结合的、叙述故事情节和塑造人物形象为主的一种诗体。

关于维吾尔族达斯坦的分类问题。维吾尔达斯坦的分类问题比较复杂。哈萨克斯坦维吾尔学者巴图尔先生在《走进达斯坦世界》一书中将达斯坦分为英雄叙事诗、爱情叙事诗和历史叙事诗三种类型。他对维吾尔族达斯坦的起源和发展进行了较为科学的总结和分析，但是他的分类有一定的问题。在历史达斯坦中，他列举《好汉斯依提》、《努祖姑姆》和《阿布都热合曼和卓》等达斯坦论证自己的观点。其实，从严格意义上讲，他所提到的历史达斯坦就是历史英雄叙事诗。他分类的英雄达斯坦是原始英雄史诗，很多情节单元与历史达斯坦有密切的联系。因此，他的分类是不太符合维吾尔族达斯坦的实际情况。在《维吾尔民间文学体裁》中乌斯曼·司马义教授在单独设置"EPOS"，即史诗一章的基础上，将达斯坦分为两类，即历史叙事诗和爱情叙事诗。从学术意义来看，他的分类符合当代民间文艺学理论规范与规定，但是没有认真考虑研究对象的基本情况。阿布都克里木和买买提祖农学者在《维吾尔族民间文学基础概论》一书中都采用了爱情叙事诗和历史叙事诗的分类方式。根据所搜集的第一手资料和维吾尔族达斯坦的实情，笔者将维吾尔民间达斯坦大体上可分为英雄达斯坦、爱情婚姻达斯坦和生活习俗达斯坦三大类型。

（一）维吾尔族英雄达斯坦。

这里所说的英雄达斯坦十分接近英雄史诗，但是不能将二者简单地等同起来。英雄达斯坦不仅包含学术意义上的英雄史诗，还包含近现代所产生的英雄叙事诗。因此根据作品内容和结构，我们将维吾尔英雄达斯坦分为单一型英雄达斯坦、复合型英雄达斯坦和现实型英雄达斯坦三类。单一型英雄达斯坦主要讲述一个英雄一生的英勇业绩；复合型英雄达斯坦讲述两个或两个以上英雄人物的英勇事迹；现实型英雄达斯坦是近现代产生的英雄叙事诗。

（二）维吾尔爱情婚姻达斯坦可包括突厥语诸民族共同的爱情达斯坦、外来爱情婚姻达斯坦和土生土长的爱情婚姻达斯坦三类。

（三）维吾尔生活世俗达斯坦的产生时间较晚、内容独特，不能归到前两种达斯坦类型中。民间艺人以民间趣闻或是传说故事为素材的《雅丽普孜汗》、《巴依纳扎尔》、《萨地克图台莱》、《阿地力汗王子》、《请看我一眼》、《国王之死》、《巴日力》和《谢克热斯坦》等达斯坦属于世俗达斯坦的范围，反映了维吾尔人生活的方方面面。

除了传统分类法之外，维吾尔族达斯坦根据故事主题和唱法调子又可分两种不同的分类系统。根据达斯坦叙述时间和主题内容，我们又将其分为历史达斯坦和爱情婚姻达斯坦两类，这两种类型内部又可分为几个类型。历史达斯坦又分为古代历史达斯坦、中世纪历史达斯坦和近现代历史达斯坦。以近现代所发生的历史事件为叙述内容的达斯坦均属于近现代达斯坦。这类达斯坦的数量较多、现实生活色彩和本土民族色彩十分突出。爱情婚姻达斯坦作为维吾尔族叙事诗中最为丰富的类型，是维吾尔族民间文学中最突出和最亮丽的文学体裁。从创作风格和表现手法来看，其可分为现实型爱情婚姻达斯坦和浪漫型爱情婚姻达斯坦两种。

根据达斯坦的唱法、节奏和音乐调子的变化，可以分为曲子固定型达斯坦和曲子多变型达斯坦两种。

（一）曲子固定型达斯坦。

在演唱过程中从头到尾以一种固定的音乐节奏和歌曲调子表演的达斯坦类型。《艾维孜汗》、《雅丽普孜汗》和《艾拜都拉汗》等近现代创作流传的叙事诗唱法较为单一，音乐节奏极少，从头到尾演唱只有两种音乐节奏。

（二）曲子多变型达斯坦。

在达斯坦表演过程中，音乐节奏和歌曲调子不断发生变化的达斯坦类型。

总之，维吾尔族民间达斯坦数量可观，内容异常丰富，类型十分复杂。我们根据维吾尔族达斯坦的实际情况，对其进行了较为合理、科学的归类。

维吾尔达斯坦的叙述包括叙事交流、叙述时间、叙述地点、叙述人称、叙述聚焦、叙述方式、叙述人物和叙述（情节）功能等方面。下面我们一一进行分析。

　　我们从叙述学、程式和审美三个视角对达斯坦的叙述特点、程式特点和审美特点进行论述。维吾尔族达斯坦叙述特点主要体现于叙述交流、叙述时间、叙述地点、叙述聚焦、叙述人物和叙述情节等诸方面。叙述交流就是说一个达斯坦奇（发送者）演唱故事（信息）给观众（接受者）听，达斯坦的信息采取了代码（语言、音乐符号）的形式，它通常是信息发送者（达斯坦奇）和信息接受者（观众）都熟悉的符号形式（听觉、视觉符号）所表现出来的。达斯坦故事具有情景所指对象，并且通过演唱、说唱和弹琴伴奏等方式传达给观众。别的术语也可以这么解释，即达斯坦奇是叙述者，达斯坦观众则是受述者，达斯坦本身是叙述文本。在达斯坦演唱活动中，达斯坦奇作为达斯坦的传承者和即兴创作者，达斯坦奇与观众直接发生关系，而作家文学中通过作家作品，作者与读者间接发生关系。叙述时间是叙事文学的一个基本特征。文学是一种在一定时间中展开和完成的艺术。我们把达斯坦故事时间与叙述时间或讲说时间的关系从顺序、时距、频率三个方面分别加以讨论。叙述地点是文学叙述作品中格外注意的焦点。维吾尔达斯坦的开头以"在秦玛秦国有个国王"、"在伊斯毗汗城有个大汗名叫布孜乌古浪"、"在伯力克故乡"、"在埃及"、"在罗马城"、"在马其顿国"和"在白利赫地区"等地名拉开序幕。一些东方国家的民间作品总是采用这种叙述模式，已经形成了东方传统故事的叙述范式。在很多维吾尔达斯坦中出现的地名不是维吾尔族所生活的地区，甚至一些地名在民间故事中才出现，现实世界没有这种地名，这可能会引起人们的怀疑。这样讲故事的原因可能有如下几个方面。首先，早期达斯坦历史悠久、内容古老，通过人民群众对当时现存社会制度的不满、逆反心理和革命思想，反映人民群众对公正理想制度的追求和对安宁幸福生活的向往。达斯坦奇提到其他遥远的地名，避免剥削阶级的迫害。其次，为了达斯坦得到更广泛地流传，为了达斯坦变成跨语跨国的故事，达斯坦奇们总是在达斯坦中提到人们所熟悉的大城市的名字，这种叙述模式逐渐变为一种叙述地点传统。再次，在某种意义上讲，这种叙述模式跟达斯坦记录人、整理人和转写人有一定的关系。叙述聚焦在叙述文学中有三种结构模式：全聚焦模式、外聚焦模式、内聚焦模式。维吾尔达斯坦中都采用第三人称来叙述故事情节。叙述者运用全聚焦叙述模式叙述达斯坦人物的经历、情节的进展和人物活动场景。达斯坦奇作为权威的叙述者告诉听众达斯坦情节的开端、发展、高潮、结尾以及人物命运的情况。他们的叙事模式中人物形象与情节框架已经定型化，每次说唱或演唱中情节内容都有所变动，但是总框架与方向不会离开主题之外。作品中的人物是千差万别的，其数量又是如此之多，然而人们仍然试图从中进行归纳，概括出某些带有规律性的东西，对人物或者说行为者进行分类就是他们尝试的一个重要方面。在漫长的传承过程中，达斯坦人物形象已经程式化、固定化。哪个人物怎么讲，赞同或反对，达斯坦奇心里很清楚。达斯坦中的正面人物与反面人物都已经固定不变。达斯坦人物没有作家文学人物那么多层次。维吾尔达斯坦情节也用这种功能模式来分析。A. 秦玛秦国国王没有子女，因此很悲伤，日夜向安拉求子，安拉感动于他的虔诚，实现了他的愿望。王后神奇怀孕。孩子出生起名为帕尔哈德。B. 阿拉伯国王因无子而痛苦，他从事慈善活动，把财富分给穷人，虔诚向真主祈祷，他的真诚感动了真主，真主赐予一子，起名为盖依斯。C. 两个国王喀拉汗和阿克汗都因无子而难过，他们的悲伤感动安拉，两位皇后怀孕，分别生下一男一女，男婴起名为塔依尔，女婴起名为佐赫拉。D. 伊斯毗汗国有个国王名叫艾山，富裕无比，但是没有子女继承王位，因此他痛苦欲绝。他连续 40 个昼夜做礼拜祈祷，向安拉求子，安拉受感动赐予了他孩子，王后生一子，起名为坎麦尔王。E. 魔鬼国王夏俳尔库特因无子痛苦，他的心愿被安拉实现，皇后怀孕生一女，起名为夏姆西美女。F. 秦国国王没有子女，他日夜向真主求子，真主赐予他一子，起名为赛努拜尔。求子行为功能也算是个母题，都由姓名不同的人完成。上述达斯坦中求子的人物都是国王，这是维吾尔达斯坦的一个特有的叙述程式。

民间达斯坦的程式特点：

一、韵律程式（头韵、脚韵及其格式、格律）

（一）头韵。在漠北草原，在古代突厥及回鹘诗歌中，头韵形式是十分常见的。AAAA、AABB 等头韵韵式在回鹘摩尼教、佛教赞歌中得到广泛的采用。

（二）尾韵。西迁之后，回鹘人的头韵形式逐步衰退，尾韵形式得到了长足的发展，先 AAAB 尾韵式得以普遍运用（《辞典》中的歌谣以这一韵式为主），后双行诗 AABB 尾韵（鲁提菲、纳瓦依等古典诗人诗作）得到发展，到近现代尾韵 ABAB、ABCB 形式在维吾尔族诗歌中占了上风。

（三）格律。格律程式，一般诗歌格律与诗歌节奏有密切的联系。民歌格律在长期演唱和传播过程中得到了加工、发展和丰富，都有相对稳定的节奏。这些民歌在口头文学创作传统中构思、创作、即兴演唱和表演都有一定的程式化特点。如用同一种调子可以演唱一系列民间歌词。

二、结构程式（双行、四行、多行）

突厥及回鹘诗歌结构在不同时期有不同的变化。一般突厥及回鹘诗歌是以四行为一个诗段的。除此之外，有双行、五行、六行、八行、九行和十行以上的自由式的诗歌结构。这些诗歌结构在长期诗歌创作和传播过程中不断得到完善和优化，形成了一个相对稳定的结构程式。这一结构程式在英雄达斯坦中被广泛采用。古代突厥及回鹘诗歌的音节也是长期创作与传播过程中得以稳定，呈现出一种程式化特征的。从突厥古诗来看，七个音节的诗歌占主导地位。据统计，在维吾尔族民歌集成大全中七音节的歌占有一半的比例。当然，在回鹘诗中也有八音节、九音节、十音节、十一音节的音节结构。其中，九音节、十一音节的诗歌音节框架是最为突出的。自 11 世纪起，阿拉伯—波斯阿鲁兹格律的诗歌影响到突厥诗歌，对其分类、音节、节奏、格律和韵式都产生了深远的影响。在上述例句中，我们会看到大量由七个音节组成的诗歌是我们音节结构的具体依据。

民间达斯坦的审美特点：（一）诗歌的音乐性是诗歌艺术中的另一个重要美学特征。一个民族最真实的表达是它的舞蹈和音乐，身体永不撒谎。维吾尔民间歌谣十分强调诗歌的音乐性，古代维吾尔族人强烈表现了这种要求和审美取向。因此，民间达斯坦的节奏鲜明、旋律和谐，让人读来，给人以音乐的美感。（二）绘画美是美学特征之一。每一幅画都是凝固的，它们悄无声息地向人传达着至美的视觉信息。达斯坦中的雪花、草原、戈壁、沙漠、河流等，这些奇特的自然景物都是民间达斯坦所描绘的主要对象。诗人通过形象描绘大自然界的景物，使达斯坦具备了形象的美、绘画的美。

维吾尔族达斯坦的作用和功能：第一，娱乐功能。维吾尔人生活在自然条件较为恶劣，物质生活并不富裕的沙漠地区或半沙漠地区，他们通过民间艺人的表演来充实自己的精神生活，寻找他们物质生活中得不到的快乐感。笔者在田野调查中采录了数百人聆听达斯坦歌手演唱的场景，从听众兴致勃勃听歌的表情来看，可以看到他们心里的满足感。第二，审美功能。在文学娱乐、认识、审美、实用等各种作用当中，首先是审美作用，

"只有经历了审美的过程，只有在审美过程中获得了内心的悸动和愉悦，这种心理变化才有可能转化为其他。"笔者赞同这一观点，维吾尔族口承达斯坦在以往恶劣的环境中生存下来的前提，应该是它为普通民众带来了无穷的快乐和娱乐。第三，认识教育功能。这是认识新知识、传授知识和道德教育的功能。民间文学是民众智慧的结晶，民间达斯坦积累了生产知识、民俗知识和宗教知识，达到了文学的普遍效应。

二　达斯坦奇——达斯坦艺人：学习·创作·表演

　　达斯坦奇是从事达斯坦演唱或说唱艺术的民间艺人，他们是达斯坦的创作者、表演者、传承者和传播者，他们身上兼有多种身份。他们在达斯坦传承与发展中起着重大的作用。因此，他们在民间文学上具有重要的地位。达斯坦传承是值得关注的问题，根据艺人的学习和传承可分为家庭传承和师弟传承两种。达斯坦奇在艺人家庭成长过程中受到家人的熏陶，逐步学习成才。师弟传承，简称为师传，是一种民间艺术、工艺、武术、功夫以及医药等各种领域中传承技术、技巧和传统的主要传承方式。很多维吾尔达斯坦爱好者把当地有名气的艺人拜为师父，向他们学习演唱和技巧，而逐渐成为师父。如达斯坦奇阿不力米提拜沙赫买买提为师父，学习《好汉斯依提》、《阿布都热合曼和卓》和《艾拜都拉汗》等达斯坦。达斯坦还通过经商、战争、宗教以及翻译等多种渠道得以传承，这是属于社会传承方式的不同传播形式。从载体来看，达斯坦以口头传承和书面传承两种方式流传，口头传承以弹唱和说唱两种方式得以传承。书面传承是以书面文本（写本、抄本、印刷本等）形式得以传播。由于民间达斯坦传承方式多样，传播环境复杂，其传播形态也多样，包括口头唱本、民间抄本、印刷本、影印本、录音本、视频本以及电子复合本（文字、音视频结合本）等多种存在形态。这是值得我们深入研究的理论问题。

　　维吾尔达斯坦与民间神话传说、民间故事和民歌有着千丝万缕的联系。达斯坦中有大量的神话和人物传说，它们是达斯坦形成与发展的原料。民间故事与民间达斯坦的关系体现在两个方面：1. 民间故事为民间歌手提供创作素材。在维吾尔族文学中，取材于民间故事的民间叙事诗的数量较多。如《赛努拜尔》、《凯麦尔王子与夏姆西美女》、《热娜公主与尼扎米丁王子》、《乌尔丽哈与艾穆拉江》等一些民间叙事诗，都来自于民间故事。2. 韵文叙述特点弱化的达斯坦逐渐演变为民间故事。如维吾尔族英雄达斯坦《勇士秦·铁木尔》原本是民间演唱的篇幅较长的叙事诗，但是随着民间歌手表演的弱化，其逐渐成为故事形态的民间传说。再如《塔依尔与佐赫拉》是一部爱情叙事诗，在一些维族地区其以故事形式流传。民歌与达斯坦在节奏韵律、诗体结构和诗段诗行等形式上有共同特征。达斯坦奇的学习与社会环境、个人兴趣、生存方式、名利名誉等方面有关。民间达斯坦表演环境为爱好者提供了一个学习的环境，他们对其产生浓厚的兴趣，便将其作为谋生的手段，以传播传统民间艺术获得一定的赞誉。达斯坦演唱技巧的学习过程是一个循序渐进的过程，要分步骤、分阶段进行。爱好者以多次聆听、反复记忆和模仿演练等多种方式达到提高学习的目的。学习阶段结束之后，爱好者进入创作阶段，创作是一个凭着生活积累和艺术灵感构思故事与用各种媒介（口头、文字、线条、声音、动作、画面等）表达的精神劳动过程。一般民间艺人是用声音创作口头作品的。民间艺人通过即兴创作，产生一个口头文本。在多次即兴创作之后，民间艺人会加工、丰富和发展民间达斯坦。达斯坦艺人的创作是一个表演活动。因此，我们要对表演现象加以探讨。达斯坦表演的条件、空间和技巧在表演环节中是值得关注的论题。民间艺人在表演中穿的衣服和使用的乐器都是表演必备的设备。除了舞台演出穿舞台服装之外，达斯坦奇穿日常民族服装进行表演。他们主要用都它尔琴（两弦琴）和热瓦甫琴（六弦琴）进行表演。他们把农村巴扎（集市）、麻扎（陵墓）、工地、草原以及果园等地作为自己的表演地点。中国新疆的自然环境和社会环境是达斯坦奇典型的表演空间。表演技巧与达斯坦的程式系统有密切关联。词语程式、程式句法和程式结构是程式系统的主要内容。名词程式、形容词程式和数字程式作为达斯坦的词语程式部分，是达斯坦艺人擅于运用的基本单元。程式句法是由诗行韵律、节奏和诗节等部分组成的，在长期口承表演过程中，达斯坦头韵、尾韵、平行式、格律、节奏等诸方面呈现出程式化特征。程式结构是在单型故事框架内的多次重复下产生的结构模式。民间艺人在达斯坦表演中灵活地运用程式化词语、句法和结构，即兴演唱或说唱篇幅较长的达斯坦作品，这是艺人能够演唱数千行，甚至数万行叙事长诗的奥秘。

三　达斯坦受众：期待·接受·参与

听众作为达斯坦表演的接受者，会对达斯坦奇（叙事诗歌手）和达斯坦故事情节发展产生十分深刻的影响。听众通过反馈意见或是指出疏漏的形式积极参与达斯坦奇的演唱或说唱活动，促进达斯坦故事情节发展。听众与歌手的关系是辩证关系，听众是达斯坦奇口头演唱或是说唱活动的前提，没有听众，歌手无法展现自己的演艺。歌手是口头叙事诗表演活动的组织者，没有这些优秀的艺人，听众就会失去一次艺术欣赏的机会。因此，二者是相辅相成和相互关联的关系。

听众是达斯坦奇及其达斯坦创作与表演活动生存和发展的土壤。由于作为听众的民众在民族民间文化环境中生长，对自己的民族文学艺术有较深刻的认识和理解，因此，喜欢听地方故事和历史传奇故事。首先，达斯坦表演中的社会环境多为维吾尔族社会，人物形象多为王子、公主、英雄、凡人，都是贴近人们现实生活，与民众心理差距较小，易于被观众接受的。其次，民间艺人以生动活泼的表演风格和轻松愉快的艺术效应，营造出一种妙趣横生的娱乐氛围，易于调动观众的审美积极性。再次，达斯坦表演艺术丑角形象还以其形式多样的表现手法和高超的表演技巧吸引了民众的欣赏兴趣，并深受欢迎。民间艺人既是表演者，又是人物角色，他们以歌手的身份演唱故事，在塑造各类人物形象之时，按照人物性格来扮演他们的角色（如模拟人物口音、动物以及表情等），节奏活泼紧凑，身段富有变化，声调充满韵味，语言既通俗又生动，人物既形象又夸张，既有唱又有讲，正是这种表现手法多样、趣味性极强的艺术魅力深深地吸引了观众。渴望和期待是听众喜爱听故事的直接原因。对故事入迷的听众不耐烦地等待歌手的下次表演，渴望主人公得到美好幸福生活和故事大团圆的结局。每一位听众在开始聆听时都已具有一种先在的审美经验、艺术理解与鉴赏水准，形成迎纳达斯坦故事本文的期待视野（艺术前理解，这种前理解将随着演唱活动的进行不断产生新的流动和变异）。听众的期待视野既指向达斯坦故事演唱，也指向所演唱的达斯坦故事本身。达斯坦奇的演唱风格、技巧以及达斯坦故事情节是否与观众的期待视野融合以及这种融合的程度将决定听众对于此次达斯坦奇演唱活动的评价。

听众的评价是听众参与创作的具体表现。一是主要是维吾尔族听众对情节鉴别力得以提高。正由于观众已领略过各种以情节取胜的作品，其鉴赏辨别能力必然相应提高。稍在情节上存在有模仿或雷同情况，观众便会在心理上产生抗拒和排斥。可以说，情节的参照系仍在生活之中。正由于生活中充满着无尽的偶然巧合，才为种种情节的构造提供了基础。二是对情节创造力的要求。从数百年民间达斯坦发展来看，听众对情节创新的要求确是日益明显，这种不离生活而又勇于在情节上做大胆的铺排和渲染的做法，给予听众很大的心理满足。我们传统口头文学作品的情节程式化特点是比较严重的，当然这是口承文学区别于作家文学的一个亮点，但是适当地取材于现实生活，反映当代生活变化也是听众的强烈需要。三是对情节扩展的追求。古往今来，众多作品在情节处理上是完成式的，有头有尾，有因有果，有问有答的圆圈式的情节结构。这虽然是怀旧的中老年人喜欢的一种情节模式，但是对于想象力日趋丰富、思维方法渐渐开放的现代维吾尔族年轻听众却易于厌倦。因此，目前在维吾尔族听众中年轻听众显得越来越少，给达斯坦生存与发展带来不良因素。

四　达斯坦文本：主题·母题·人物

主题是文艺作品的核心思想。维吾尔族达斯坦的主题丰富，主要有麦吉侬主题、殉情主题、爱国主义主题、爱情主题、英雄主义主题、友谊和平主题等类型。麦吉侬是一个对爱情执着的痴情者类型，在世界文学领域里，麦吉侬反映了人类爱情高于一切的主题思想。"殉情"是古今中外文学中的一个重要主题，它触及人类共同遭遇到的悲惨命运与人类的集体心理层面。在世界各民族文学中，无论作家文学还是民间文学都存在"殉情"故事，它也是维吾尔族达斯坦创作的一个主要特征。"殉情"具有这样的含义：为了爱情，与心爱的人一起去死。爱国主义思想是贯穿维吾尔文学史的历史主题，在维吾尔达斯坦中也有反映。友谊和平也是世界文学的主题，在一些达斯坦中都有反映。

母题是一个基本叙述单元。在维吾尔族达斯坦中，我们看到祈子母题、坏父亲母题、考验母亲、违禁母题、梦兆母题、相助者母题、亲戚背叛母题、幸存母题等，这些主要母题构成了维吾尔族故事固定结构的叙述模式。人物作为文学作品的核心因素，在达斯坦中占有突出的地位。本课题把人物分为正面人物和反面人物两种类型，正面人物又按照英雄人物、爱情人物和世俗人物加以探讨，把凡人坏蛋和鬼神妖怪作为负面人物形象进行分析。

五　从维吾尔达斯坦看民间文学与作家文学的关系

在文学界，民间文学与作家文学的关系是历来争论不休的焦点论题。

在维吾尔族民间达斯坦中，二者关系显得十分复杂。在维吾尔达斯坦中有一个重要的文学现象特别值得关注，即民间达斯坦与文人达斯坦的互动关系。一些流传于民间的传说往往成为诗人创作达斯坦的题材，诗人创作的书面达斯坦在民间广泛流传。诗人再依据民间传承的叙事诗进行再创作，如此循环反复，形成了民间文学与作家文学水乳交融的关系，这是维吾尔达斯坦的继承、发展方面的一个显著特点。对此问题进行深入的探讨有助于对民间口头文学与作家书面文学互动关系的研究。《艾里甫与赛乃姆》是这种互动关系的代表。它通过优美而富于传奇色彩的爱情故事情节、鲜明动人的人物形象，争取自由幸福的深刻主题以及精湛成熟的叙事艺术，奠定了其在维吾尔族叙事性韵文作品中的经典地位。关于艾里甫与赛乃姆的故事早在 11 世纪就在突厥语诸民族中流传开了。大约在 15 世纪初，维吾尔族民间诗人将民间流传的有关《艾里甫与赛乃姆》的故事收集加工改写，创作了叙事诗，并被民间乐师配上几十种曲调，在歌舞剧及聚会上演唱、流传，逐渐成为维吾尔族家喻户晓、世代传唱的诗章。《艾里甫与赛乃姆》是维吾尔族人民最为喜爱的民间达斯坦作品。历代诗人对这个爱情题材进行再创作，为这一传统故事的丰富发展作出了不可估量的贡献。16 世纪，毛拉·玉苏甫·伊本·哈德尔·阿吉根据民间流传的艾里甫与赛乃姆的故事，创作了叙事诗《艾里甫与赛乃姆》。20 世纪 30 年代末，在新疆地区《艾里甫与赛乃姆》曾被改编成歌剧搬上舞台，至今仍为许多剧团的保留节目。戏剧家艾力·艾财孜（1922 年—）根据民间叙事诗《艾里甫与赛乃姆》改写成艺术性较高的歌剧，1982 年，这部歌剧荣获国家少数民族文学优秀创作一等奖。1981 年，维吾尔戏剧家、作家祖农哈德尔先生、著名诗人铁依甫江先生和戏剧家艾力·艾财孜一起合著了《艾里甫与赛乃姆》的电影剧本（根据同名长诗改写的），同年新疆天山电影制片厂将其搬上银幕，电影《艾里甫与赛乃姆》上演后，在国内外引起了强烈的反响。首先，故事在民间广为流传，而后文人将其引入到作家创作之中，进一步丰富了故事情节，后来故事以戏剧形式再传到民间。

新疆及中亚一些国家流传较为广泛的另一部民间叙事诗——《塔依尔与佐赫拉》也来自于民间故事。除了维吾尔族外，《塔依尔与佐赫拉》在中亚乌兹别克、土库曼、阿塞拜疆、土耳其等突厥族人民中间广为流传。中亚各民族人民吸收了这部叙事诗的基本情节，使之适应本民族文化，创作并流传了《塔依尔与佐赫拉》。大约 14 世纪，维吾尔诗人萨亚迪创作了叙事诗《塔依尔与佐赫拉》。民间叙事诗《塔依尔与佐赫拉》在国内外有十种写本：乌兹别克斯坦科学院东方学院收藏的有五个写本，前苏联科学院东方学院列宁格勒收藏室一本，《布拉克》发表的有两本（1994 年第 3—4 期，斯拉皮勒·玉苏甫整理发表的版本；1996 年第 3 期，麦提哈斯木·阿布都热合曼整理发表的版本），在《博斯坦》（"绿洲"之意，文学季刊）1983 年第 1 期上由艾尔西丁·塔特里克整理发表的版本和在《伊犁河》1983 年第 3 期上由吐尔逊·则尔丁整理发表的版本。萨亚迪的创作有两种版本：一是收藏于乌兹别克斯坦科学院语言文学学院，编号为 96 的写本，是被哈迪·阿日夫在花喇子模发现的写本。另一个是在喀什疏附县的写本，篇幅共有 102 页。继萨亚迪之后，1940 年，黎·穆塔里甫转写了戏剧剧本，1945 年，这部叙事诗被改编为歌剧并多次搬上舞台，并从舞台到银幕，始终受到中亚各民族的热烈欢迎。1948 年，乌兹别克戏剧家萨比尔·阿布都拉根据民间叙事诗《塔依尔与佐赫拉》改写了剧本。20 世纪 50 年代，乌兹别克斯坦加盟共和国电影制片厂将其搬上银幕，电影《塔依尔与佐赫拉》上演后，在国内外引起了反响。1980 年，吾甫尔·努尔再创作了话剧《塔依尔与佐赫拉》，这个剧本在新疆社会高等专科歌舞团上演后，受到了广大观众的好评。新疆巴州文工团作家买买提·纳扎尔引用艾尔西丁·塔特里克和吐尔逊·则尔丁所发表的《塔依尔与佐赫拉》，将其改写成了话剧。1985 年，作家穆依丁·萨依特根据民间流传的传说，再创作了话剧《塔依尔与佐赫拉》。他根据民间传说和史记，积极发挥个人的艺术才华，对原故事情节进行了创新。民间到作家，又返回民间或民间到作家又到民间，再返回到作家，这一关系向我们说明了民间文学与作家之间既密切又复杂的关系。

口头传统与书写传统之间的复杂关系体现了维吾尔民间文学与作家文学的互动互融关系。维吾尔民间搜集者、整理者出于书面文学艺术水准，对民间口头文本进行或多或少的添加或删除，在一定程度上破坏了民间文学作品的口头特征。但是从整体上而言，对文本的口头传统特征没有太大的影响。维吾尔人的文字历史较为悠久，与其他突厥诸民族相比，作家书面文学较为发达。对维吾尔民间叙事诗来说，靠口传心授的口头传播方式并不是唯一的流传方式，文字在维吾尔民间叙事诗的创作、传播和保存等方面也发挥着作用。如以前维吾尔文学中的手抄本曾经成为主要的书面传

播方式之一。许多抄写者搜集、记录和整理民间文学作品，传抄这些优秀
的口头作品，将其传给后人。但是手抄本具有相对稳定性的特点局限了口
头演唱活动的活形态与变异性。文人根据一些抄写者的抄本，改写者对通
俗散文故事的改写再创作了此故事题材，逐渐成了人民喜爱的新故事。因
此，可以说抄写者、改写者为民间口头作品过渡到作家书面文学和作家文
学作品过渡到民间文学起着桥梁的作用。20 世纪以来，不少学者利用一
些书面经典对口头传统与书写传统之间的复杂关系进行了进一步推进与深
化。在国外学术界，1987 年格雷厄姆（Graham，Willian A.）对印度古老
的吠陀经籍的口头性做出比较分析。1983 年，凯尔伯（Kelber Wermer
H.）在《圣经》研究领域也从现象学的角度把口头与书写之间的差异带
入了人们的视野。从上述论述我们可以看到，维吾尔达斯坦中充分地体现
了民间文学与作家文学的"你中有我，我中有你"的难解难分的互动互
融关系。民间文学与作家文学的相互过渡并不是简单而直接转换的过程，
而是一个复杂又交叉的过程。从维吾尔达斯坦由民间文学到作家文学，又
由作家文学再回到民间文学的过渡过程，可以让我们深刻地认识到这一过
程的过渡性与复杂性。关于这一口头传统与书写传统关系的研究，对推进
与深化作家文学与民间文学的复杂关联方面是有所裨益的。

六　达斯坦的生存危机及其保护问题

当然，随着现代印刷技术的发展与普及，大量的维吾尔族达斯坦以印
刷形式得以出版发行，为维吾尔族读者创造了阅读达斯坦的机会。随着部
分达斯坦的汉译本发表与出版，也为更多汉族以及其他少数民族读者直接
阅读达斯坦提供了便利。也因此，与以前为数不多的听众群体相比较而
言，受传者数量明显增多。现代电子传播媒体的发展，繁荣和促进了达斯
坦的各种电子版本的传播，加快了达斯坦多元化流传方式的形成与发展。

目前，维吾尔族达斯坦以口头、文字、印刷和电子 4 种传播方式并
存。但是，文字、电子等传播媒体除了对达斯坦的传播产生积极的推动作
用之外，也给达斯坦的口头传播活动带来消极影响，具体表现为听众的日
益减少。

总之，由于因特网、电视、DVD、录音机和收音机以及报刊等大众
传媒手段对新疆维吾尔族的冲击和影响，维吾尔民间达斯坦演唱活动遭
到了破坏，民间艺人口头表演面临前所未有的危机。我们要以保护表演

环境、资助救济贫困艺人、电视、广播节目、培养接班人、开设中小文化课和民间艺人档案以及举办才艺竞赛等手段和方法，抢救和保护维吾尔民间达斯坦，这是我国口头与非物质文化保护与传承工作的一项重要内容。

附 录 一

新疆维吾尔自治区古籍办珍藏的
达斯坦登记一览表

新疆古籍办"达斯坦"登记表

编号	书名	年份	作者或抄书者	文种	页数
Xkq/705	狮子般的勇士鲁斯塔姆	公元 1910—1911	乌布里哈斯木·费尔多西	察合台文	426
Xkq/135	迪丽阿拉姆公主与国王			察合台文	160
Xkq/770	"达斯坦"迪丽阿拉姆公主		艾里毕	察合台文	76
Xkq/1530	古尔·奥古里	回历 1292		察合台文	88
Xkq/451	花与百灵鸟			察合台文	62
Xkq/784	"达斯坦"茹仙拉依			察合台文	71
Xkq/888	塔依尔与佐赫拉			察合台文	15
Xkq/458	热比娅与赛丁			察合台文	58
Xkq/862	希琳、莱丽、古丽尼莎、热比娅与赛丁	回历 1282	阿布都热依木·尼扎里	察合台文	333
Xkq/329	海米赛	回历 889		察合台文	1011
Xkq/717	海米赛			察合台文	231
Xkq/401	"达斯坦"莱丽与麦吉依			波斯文	88
Xkq/1501	乌尔丽哈与艾穆拉江		毛拉纳坎吉	察合台文	49
Xkq/982	乌尔丽哈与艾穆拉江			察合台文	120
Xkq/911	乌尔丽哈与艾穆拉江			察合台文	92

续表

编号	书名	年份	作者或抄书者	文种	页数
Xkq/647	民间叙事诗集（包括乌尔丽哈仙女）			察合台文	561
Xkq/309	艾穆拉江、赛努拜尔			察合台文	94
Xkq/484	乌尔丽哈与艾穆拉江			察合台文	28
Xkq/604	乌尔丽哈与艾穆拉江			察合台文	78
Xkq/527	艾穆拉江			察合台文	53
Xkq/501	乌尔丽哈			察合台文	48
Xkq/597	玉苏甫与艾合买提	公元 1907—1908		察合台文	302
Xkq/1251	"达斯坦"玉苏甫伯克			察合台文	128
Xkq/1404	"达斯坦"玉苏甫伯克			察合台文	42
Xkq/1114	"达斯坦"玉苏甫伯克			察合台文	192
Xkq/785	"达斯坦"玉苏甫伯克			察合台文	280
Xkq/417	"达斯坦"玉苏甫伯克		毛拉穆罕默德艾则孜·叶尔肯地	察合台文	330
Xkq/370	"达斯坦"玉苏甫伯克			察合台文	114
Xkq/282	"达斯坦"玉苏甫伯克			察合台文	76
Xkq/90	"达斯坦"玉苏甫伯克	公元 1785/6	哈斯木阿洪·依本·艾力	察合台文	156
Xkq/1360	"达斯坦"玉苏甫伯克			察合台文	104
Xkq/1356	"达斯坦"玉苏甫伯克			察合台文	116
Xkq/898	玉苏甫与艾合买提			察合台文	134
Xkq/365	"达斯坦"玉苏甫伯克			察合台文	76
Xkq/110	玉苏甫传奇			察合台文	118
Xkq/691	玉苏甫与祖莱哈			察合台文	240
Xkq/1571	玉苏甫与祖莱哈			察合台文	96
Xkq/1571	玉苏甫与祖莱哈			察合台文	96
Xkq/1366	玉苏甫与祖莱哈	公元 1855		察合台文	68
Xkq/1229	玉苏甫与祖莱哈			察合台文	68
Xkq/1054	玉苏甫与祖莱哈			察合台文	120
Xkq/641	玉苏甫与祖莱哈			察合台文	154
Xkq/207	玉苏甫与祖莱哈			察合台文	49

续表

编号	书名	年份	作者或抄书者	文种	页数
Xkq/588	玉苏甫与祖莱哈			察合台文	34
Xkq/332	赛乃姆公主	公元 1919—1920		察合台文	62
Xkq/420	艾里甫与赛乃姆			察合台文	80
Xkq/446	艾里甫与赛乃姆			察合台文	190
Xkq/100	艾里甫与赛乃姆			察合台文	85
Xkq/1310	艾里甫与赛乃姆			察合台文	88
Xkq/595	艾里甫与赛乃姆/巴巴茹仙			察合台文	92
Xkq/788	"达斯坦"巴巴茹仙	公元 1912—1913		察合台文	48
Xkq/385	"达斯坦"巴巴茹仙			察合台文	92
Xkq/89	"达斯坦"巴巴茹仙			察合台文	92

附 录 二

喀什博物馆珍藏的达斯坦登记一览表

喀什博物馆"达斯坦"登记表

登记号	书名	年份	作者	文种	页 数
0121	玉苏甫与祖莱哈			维文	254
0122	帕尔哈德与希琳		纳瓦依	维文	112
0140	乌尔丽哈			维文	132
0144	塔依尔与佐赫拉	公元 1933	阿布里米提、加拉里	维文	44
0146	白合拉木王子与古丽安达姆	回历 1331		维文	24
0158	海米赛	回历 1285	尼扎米	波斯文	477
0168	玉苏甫与祖莱哈			波斯文	344
0169	玉苏甫与祖莱哈	回历 1324		突厥文	136
0055	莱丽与麦吉侬	公元 1891	福祖里	突厥文	158
0060	海米赛	回历 1253	纳瓦依	察合台文	616
0082	海米赛	公元 1905	纳瓦依	察合台文	508
0083	七部达斯坦（无名）		纳瓦依	察合台文	610
0085	玉苏甫与艾合买提			突厥文	258
0107	海米赛		纳瓦依	波斯、察	640
0117	霍斯罗与希琳	回历 1288	尼扎米	波斯文	182
0314	巴巴茹仙	回历 1334		突厥文	48
0321	赛努拜尔（故事）			突厥文	70
0322	迪丽阿拉姆公主			突厥文	48
0330	塔依尔与佐赫拉（故事）		毛拉阿布都热扎克	突厥文	34
0341	灰青年传奇	回历 1332	毛拉米尔扎·艾合买提	突厥文	119

续表

登记号	书名	年份	作者	文种	页数
0344	灰青年传奇			察合台文	38
0170	玉苏甫与祖莱哈	回历 1322	纳孜木·艾里伟	察合台文	192
0172	"达斯坦"（无名）		纳瓦依	察合台文	183
0174	"达斯坦"（无名）			波斯文	277
0187	玉苏甫与祖莱哈	回历 1255		波斯文	358
0191	玉苏甫与祖莱哈	回历 1322		波斯文	192
0192	玉苏甫与祖莱哈			察合台文	72
0213	祖莱哈的阐释		阿布都热合曼·贾米	波斯文	176
0215	传奇故事莱丽与麦吉侬	回历 1326		突厥文	82
0219	莱丽与麦吉侬	回历 1285		波斯文	112
0237	莱丽与麦吉侬	回历 1328		察合台文	46
0252	历史叙事诗（无名）	回历 1330	米尔扎·阿布都哈德尔·毕地力	波斯文	159
0257	纳瓦依作品选		纳瓦依	察合台文	798
0260	古丽斯坦与西比斯坦			察合台文	398
0230	纳瓦依		纳瓦依	察合台文	334

附录三

维吾尔族主要达斯坦的故事梗概

一 《乌古斯汗传》（Uɣzɣan Riwajiti）

阿依汗生下了乌古斯汗。英雄乌古斯汗一生下就不同于凡人，四十天后就长大成人。他长相怪异：脸是青的，嘴是红的，眼睛也是红的，全身长满了毛。他有公牛般的腿、狼一般的腰、熊一般的胸。英雄的乌古斯汗为人民除害，曾在森林中杀死了吃人畜的独角兽。一天，乌古斯汗在膜拜上天，这时从空中射下一道光，比日月还亮，光中有个姑娘坐在其中。姑娘十分漂亮，她笑时，太阳和月亮都笑。乌古斯汗对她一见钟情，娶她为妻。并生下三子，长子名叫太阳，次子名叫月亮，三子名叫星星。一天，乌古斯汗又在一个树窟窿中看见一位姑娘，她长得十分漂亮，"眼睛比蓝天还蓝、发辫像流水、牙齿像珍珠。"乌古斯汗也爱上了这位姑娘，娶了她。生下了三个儿子，分别叫作天、山、海。之后，英雄乌古斯汗做了国家的可汗。他对属下诸官和百姓宣称："我是你们的可汗，你们拿起盾和弓箭随我征战，让苍狼作为我们的战斗口号，让我们的铁矛像森林一样，让野马奔驰在我们的猎场。让河水在我们的土地上奔流，让太阳作旗帜，蓝天作庐帐！"乌古斯汗开始了征战活动。东方（金汗）表示自愿归服，于是乌古斯汗与他结为朋友。而西方乌鲁木（罗马）皇帝进行反抗，于是乌古斯汗率大军征讨。一天早上，当他们扎营在冰山脚下时，一只大苍狼在亮光中出现，苍狼自愿为乌古斯汗大军带路。在亦德勒河（伏尔加河）畔，双方大军展开了激战。乌古斯汗获胜，乌鲁木皇帝败逃。之后，乌古斯汗又征服了女真，最后还征服了身毒（印度）、沙木（叙利亚）、巴尔汗（西辽）。征讨回来后，乌古斯汗将其领地分给诸子：三子在东方、三子在西方。

二　《古尔·奥古里》（Gθr Oγli）

这是一部英雄达斯坦。且米毕力市的国王艾合麦德有个妹妹，名叫祖丽帕尔·阿依姆，她长得十分漂亮。有一天，在她梳头发的时候，艾孜热特·艾力骑着他的千里马路过这儿，他看中了她，他心里想着："这位美女能给我生个孩子多好！"祖丽帕尔·阿依姆就这样神秘地怀孕了。她知道自己怀孕，怕给她哥哥艾合麦德丢脸，祈求真主夺去她的生命，真主接受了她的祈求，她就这样死去了。她在坟墓里生子，因此人们给这个孩子起名叫古尔·奥古里（意为坟墓之子）。古尔·奥古里的舅舅是国王艾合麦德，他领养了自己的侄子。古尔·奥古里文武双全，英勇无比，他十岁时，单独讨伐加依珲，抢走加依珲市国王大力士达尼亚特的女儿。他舅舅自己的王位让给他，古尔·奥古里去伊斯法罕市抢来了伊斯法罕英雄哈利达尔罕的儿子艾山汗。他娶了仙女阿噶·玉奴斯、仙女密斯卡里、仙女古丽娜尔和达尼亚特的女儿等九个老婆。后来，他一个人去珲哈尔市，骗走了珲哈尔英雄哈瓦孜汗。此后，他率领他的士兵去讨伐加依珲王国，并打败了他们。他的舅舅艾合麦德趁古尔·奥古里远征，夺取王位并自立为汗王，将古尔·奥古里的妻儿赶进荒野。古尔·奥古里回来后又重登王位，将艾合麦德一家赶出境外。在艾合麦德的怂恿下，黑人王国讨战且米毕力，古尔·奥古里通过英雄哈瓦孜汗及其朋友的协助打败了敌人。古尔·奥古里举办了四十天的婚宴，将黑人国王的公主与艾合麦德的女儿嫁给哈瓦孜汗，之后古尔·奥古里也去世了。

三　《艾里甫与赛乃姆》（Γirip-Sɛnɛm）

统治着伯克力城的国王阿巴斯和丞相艾山外出狩猎，遇到一只怀胎的羚羊，两人不谋而合地放过了这只羚羊。当他们互相问起缘由时，都言称自己妻子身怀有孕，不忍心伤害这只即将分娩的羚羊。当时，国王向丞相约定，如果两个都是男孩或两个都是女孩，就让他们结为兄弟或姊妹，如果一男一女，就让他们日后结为夫妻，并写下婚约文书，盖上金印。九个月后，丞相夫人生下一男孩。取名"艾里甫"，王后生下一女孩，取名"赛乃姆"。过了三年艾山丞相病死（有的变体中说坠马而死、有的变体中说遭到另一个丞相的阴谋杀害），家境随之没落。艾里甫与赛乃姆从小一起读书玩耍，形影不离，长大成人后相互倾心爱慕，当他们得知父母早为他们订了婚约后更是山盟海誓，欢喜不已。国王阿巴斯和王后看到艾里甫家境衰败，便背信弃义，不顾女儿反对，烧毁了婚约文书，并把艾里甫一家驱逐流放到遥远的巴格达。艾里甫在巴格达日夜思念赛乃姆，决心长途跋涉与赛乃姆相会。在去找赛乃姆的路上，艾里甫巧妙地回答了角乃依特圣人的难题并得到了他的帮助。可他又路遇强盗被卖到艾莱甫的奴隶市场。不久，国王阿巴斯见女儿赛乃姆得病，为了驱邪治病，他要为赛乃姆建造一座美丽的花园。正巧，艾里甫被国王差役买来，改名古里麦特，在花园里终日劳动。一次，艾里甫采集了鲜花并机智地将信夹在花中让女仆送给赛乃姆。赛乃姆见信后又急又喜，在女仆的安排下在花园中悄悄与艾里甫相会了。一个名叫苏曲克的宫女出于忌妒，向国王告发了此事。阿巴斯大怒，派兵抓捕。艾里甫与赛乃姆机智地躲过了国王的搜捕，在善良人们的帮助下，逃出牢笼，奔向太阳升起的自由而幸福的地方。（有的变体中写道：艾里甫与赛乃姆逃跑后，阿巴斯带兵追赶，快要追上的时候他们躲藏起来。赛乃姆为了感化父王，祈祷真主把她变得更加漂亮，安拉接受了她的恳求赋予她仙女般的美貌。然后，她爬上山让父亲及其卫兵看到。阿巴斯骑马前来一看，认不出女儿，反而一见钟情，他情火燃烧，使他浑身不舒服。这时赛乃姆跟父王说她是他女儿。阿巴斯很窘，他深深地感到情人离别的痛苦，后悔往事，他把艾里甫叫来，亲自为他们举办了婚礼。另一种变体：艾里甫与赛乃姆逃跑后，在一次暴风中失散了。赛乃姆迷路，怕遇到麻烦，便女扮男装，到处寻找艾里甫。一天夜里，她到了布格拉汗国的首都，卫兵怀疑她的相貌，把她抓去坐牢。赛乃姆在牢里边唱歌边哭泣。监牢人看到"小伙子"很悲伤，就呈报皇上。皇上召见她问怎么回事，她把遭遇陈述了一遍。阿巴斯王是布格拉汗的一个附属国。布格拉汗听完赛乃姆的故事，立即给阿巴斯写信，让他为赛乃姆与艾里甫举办婚礼。）

四　《塔依尔与佐赫拉》（Tahir-Zθhrε）

国王阿克汗和国王喀拉汗外出狩猎，遇到一只怀胎的羚羊，两人不谋而合地放过了这只羚羊。当他们互相问起缘由时，都称自己的妻子身怀有孕，不忍心伤害这只即将分娩的母羚羊。当时，国王阿克汗和喀拉汗约定，如果两个都是男孩或两个都是女孩，就让他们结为兄弟或姊妹，如果生下一男一女，就让他们日后结为夫妻，并写下婚约文书，盖上金印。后来从两个宫廷传出消息，阿克汗的夫人生下男孩，喀拉汗的王后生下女孩。阿克汗喜出望外，急于回家，坠马而亡。喀拉汗为阿克汗举行丧葬葬礼，举行命名仪式，给阿克汗的儿子取名"塔依尔"，他把女孩取名"佐赫拉"。塔依尔与佐赫拉从小一起读书玩耍，形影不离，长大成人后相互倾心爱慕，山盟海誓，欢喜不已。国王喀拉汗看到塔依尔家境衰败，再加上他想把女儿嫁给手下将领喀拉巴图尔，便背信弃义，烧毁了婚约文书。有一天，喀拉巴图尔窥到塔依尔和佐赫拉接吻，忍不住向喀拉汗告状。喀拉汗大怒，命令把塔依尔抓来坐牢。他让木匠们制造了一个大木头箱子，然后把塔依尔放在木箱子里，再扔到河里漂走。罗马国王的公主们打捞上了箱子。罗马国王见塔依尔又聪明又英俊，就看中他。他举办婚礼把小公主苏丹布比恰嫁给他。塔依尔心里一直思念佐赫拉，没有跟苏丹布比恰同房。塔依尔经罗马国王的允许，跟来自喀拉汗国的商队一起回到家乡。他在花园跟佐赫拉见面，这时，一个老太婆看到这个场景，去告诉了喀拉巴图尔。次日，喀拉巴图尔窥见塔依尔和佐赫拉确实在花园约会。他又去告诉喀拉汗，喀拉汗立即派兵把塔依尔砍头了。佐赫拉到塔依尔坟墓祈求真主打开塔依尔的坟，坟墓就裂开，佐赫拉投入坟墓之中，坟墓又恢复原形。宫女们发现佐赫拉的发辫夹在裂缝中，就去报告喀拉汗。喀拉巴图尔听闻佐赫拉殉情，他也拿着刀，刎颈自尽。喀拉汗命令把他安葬于塔依尔和佐赫拉中间。塔依尔和佐赫拉的坟中长出了两朵玫瑰花，然而喀拉巴图尔的坟中却长满了荆棘。两朵玫瑰在即将缠绕时，总是被荆棘分开。

五 《玉苏甫与艾合买提》（Jysyp-Aχmɛd）

伊斯皮汗城国王布孜乌格兰（Buzugelan）的妹妹名叫莱丽依姆（Lailiayim），他的妹妹跟丞相侯普伯克（Hop）结婚后，生了两个儿子，分别取名为玉苏甫伯克和艾合买提伯克。不久，他们的父亲侯普伯克去世，从此，布孜乌格兰王把他们养大。他们从小勤练武艺，掌握了武术技巧。后来，他们集中了一些年轻人训练武艺。他们的这个举动引起了一个将领的怀疑，他把自己的想法讲给国王布孜乌格兰，国王怕他的侄子们篡夺王位，便给他们写信，让他们离开伊斯皮汗城。玉苏甫伯克和艾合买提伯克带领拥护他们的四万居民，在离伊斯皮汗城15天远的地方建了一座新城。他们选四十名青年人做卫兵，其叔叔吾守尔伯克被任命为将领。从此，他们征讨周围的土地，玉苏甫和艾合买提的名气传得越来越远。乌尔盖尼奇城（Vrganiq）的国王叶尔艾里汗（Eralihan）怕他们占领他的领土，将他们请进城里，然后把公主古丽艾塞丽嫁给了玉苏甫伯克，把丞相纳迪尔伯克的女儿古丽哈迪恰嫁给了艾合买提伯克，并分别给他们封了花喇子木城和秦城。埃及有个国王名叫古则勒，他做了个噩梦，随后他召集文武百官为他解析他的梦，谁也解析不了，一名来自秦国的商人巴巴依·坎拜尔解释说玉苏甫与艾合买提是他梦到的两只猛虎，他们威胁到他的皇位。国王命令让他坐牢，然后派一名奸细，把玉苏甫与艾合买提抓来。奸细谎称自己是古则勒王的受害者，并得到了玉苏甫与艾合买提的同情和信任。正好这时，布孜乌格兰王到他们那儿考察他们的城市，他发现奸细不是个好人，吩咐侄子们把他干掉。他们俩以为杀一个人不值得，不管此事。两年后，奸细想已到时候，他说要骗古则勒把他的黄金给他们送过来，让玉苏甫伯克和艾合买提伯克率军在艾思卡尔山等他回来。两位伯克上了他的当，爬上山等他带黄金回来。奸细去埃及率领四万大军到艾思卡尔山，趁玉苏甫与艾合买提熟睡，将他们捆起来。将领吾守尔闻讯赶到，跟古则勒王的大军开战，经过三天三夜的英勇奋战，由于敌多我少的缘故，最终失败撤退。将领吾守尔回到宫廷，给叶尔艾里汗传消息。奸细把玉苏甫与艾合买提带到埃及大牢。他们在牢里认识了巴巴依·坎拜尔监狱官的女儿喀拉奎孜。她梦到了牢里的玉苏甫伯克和艾合买提伯克，她去牢里看他们，看中了他们的英俊面貌。她不顾父亲的劝阻，每天买九个馕和一坛酸奶，送到牢里给他们吃。过了七年，监狱官再也忍不住，去告诉古则勒王，说他女儿为了这两个罪犯，把家当快要卖光。古则勒王得知玉苏甫与艾合买提都是天才诗人，特意举行了一次诗歌对唱比赛。结果他们赢了，于是古则勒王把他们释放了。玉苏甫伯克和艾合买提伯克被抓走后，丞相纳迪尔伯克跟阿依汗勾结，篡夺王位，然后把叶尔艾里汗、莱丽阿依姆从乌尔盖尼奇城赶走。玉苏甫伯克和艾合买提伯克到达乌尔盖尼奇的时候，纳迪尔伯克把女儿古丽哈迪恰，也就是艾合买提伯克的妻子要嫁给阿依汗，正好是举行婚礼的第四十天。玉苏甫伯克和艾合买提伯克找到叶尔艾里汗、莱丽阿依姆、古丽艾塞丽、妹妹喀丽迪尔喀奇、吾守尔与他们团聚，然后闯到纳迪尔伯克的宫廷，惩罚了两个叛徒。他们登上王位，公正地统治国家，过着幸福安宁的生活。有些变体里说玉苏甫伯克和艾合买提伯克率领九万大军打败古则勒王，营救巴巴依·坎拜尔老人。另一些变体里说，当他们去埃及市征战讨伐时，古则勒王听到消息十分害怕，立刻找坎拜尔老人，向他请罪道歉，然后请求他救他一命。坎拜尔老人先痛骂古则勒王一顿，经过国王以及属下的再三求饶，给他提出了一个好对策，即把监狱官的女儿喀拉奎孜任命为大使派遣到玉苏甫伯克和艾合买提伯克那儿。国王古则勒就照办。玉苏甫伯克和艾合买提伯克看见喀拉奎孜，非常高兴，他们答应了喀拉奎孜别不侵犯埃及市的要求。古则勒王下令投降，向玉苏甫伯克和艾合买提伯克求饶请罪。玉苏甫伯克和艾合买提伯克又把他任命为埃及国王。玉苏甫伯克和艾合买提伯克带着喀拉奎孜回到了家乡。

六　《玉苏甫与祖莱哈》（Jysyp-Zulajɛχa）

这是一则《圣经》故事，后在《古兰经》中作了转述。玉苏甫（圣经的约斯）是圣人亚库甫（圣经的雅戈）的儿子。亚库甫有十二个儿子，最喜欢的是玉苏甫。玉苏甫因得到父亲的宠爱而遭到众兄长的嫉恨。他们设计陷害他，把他扔进沙漠的井里，然后把他的衬衣用羊羔的鲜血染红，向他父亲谎称狼吃了兄弟玉苏甫。但玉苏甫大难不死，被过路商队搭救，后来作为奴隶卖给埃及王宫。埃及大臣的妻子祖莱哈对他产生爱慕，并多次挑逗，引他就范，但玉苏甫不为其所动，祖莱哈终生恨意怂恿国王把玉苏甫投入大牢。但因国家遭到灾难，国王无计可施，就请他率领百姓度过灾荒。玉苏甫得到百姓的拥护和爱戴，国王也把王位让给了他。这时，祖莱哈由于爱情的折磨已憔悴不堪，但她对爱情忠贞不渝、至死不悔的态度终于感动了真主。在真主的帮助下，她如愿以偿恢复青春，并与玉苏甫喜结良缘。

七　《帕尔哈德与希琳》（Parhad-ʃirin）

秦国国王富裕无比，国力强大，但是没有儿女，他总是发愁没有孩子继承他的王位和财产。他日夜向真主祈祷，真主感受到他的虔诚。让他妻子怀孕，后起名为帕尔哈德。帕尔哈德自幼专门学习各种知识和手工技艺，天资聪明，勤奋好学。他是知识渊博、多才多艺、文武双全、技艺精深的王子，且从老石匠那里学得开山凿石的本领。当他从父亲宝库的宝镜中突然看到一位陌生的美女，便一见钟情，甘愿冒一切风险，去实现自己的愿望。他不顾父王的劝阻出发远行，越过千山万水、戈壁荒漠，最后到达了希腊。他一路上战胜了山洞中的喷火毒龙，得到了宝剑和盾牌；降服了盘踞在森林里的恶魔阿赫拉曼，得到了"所罗门戒指"；打败了凶猛的狮子和身着盔甲的铁人，得到了一面宝镜。他依靠这些东西的帮助，在希腊山洞里会见了哲学家苏格拉底，向他请教了许多知识。当他从宝镜中看到亚美尼亚人民面临干旱的威胁，正在艰难地开山凿石修运河，他立即前去帮助他们修渠，兴建运河。在开山工地上，他奇迹般地完成了引来山泉灌溉的水利工程，实现了为人民造福的心愿。帕尔哈德无与伦比的力量和开山凿石的本领震惊了所有人。这一消息传到了宫廷，亚美尼亚女王携妹妹希琳前来工地看望这位英雄。她们初到修渠工地，希琳骑的马便野性发作，乱蹦乱跳，希琳差点儿从马背上跌下来，这一危险时刻，帕尔哈德双手将希琳接住，把她从工地送到了城堡。希琳原来就是他在父王宝库中的那面宝镜中窥见的那位美女。希琳的美貌又一次征服了帕尔哈德。他的英俊和勇敢也使希琳感动，二人一见钟情。然而，正当这一对情人沉浸在热恋的欢愉时刻，灾难突然降临。波斯国王霍斯罗听说亚美尼亚有一个绝世美女叫希琳，以武力来向希琳求婚。帕尔哈德与亚美尼亚人民一起挫败了霍斯罗的进犯。霍斯罗深知，要想得到希琳，除了杀死帕尔哈德别无他法。他派巫婆伤害了帕尔哈德。希琳闻讯悲痛欲绝，在情人尸体旁刎颈自尽，以身殉情。不久，霍斯罗之子西鲁雅杀死了亲生的父亲，篡取了王位。帕尔哈德的亲友拜合拉姆从远方的秦国赶到亚美尼亚，打败了西鲁雅为首的波斯军队，解放了亚美尼亚人民。

八　《莱丽与麦吉侬》（Lεjli-Mεdʒnon）

部落酋长的儿子盖斯与另一个部落的姑娘莱丽是同学，两人互相爱慕，情投意合。由于盖斯深陷情网，不能自制，人们便称他为"麦吉侬"（意为是疯子）。麦吉侬和莱丽恋爱的消息传到莱丽父亲的耳里，他大为恼怒，当即决定让女儿退学。麦吉侬深感爱情无望，心中异常痛苦。他的样子使其父亲深感不安，父亲决定为儿子去提亲，但立即被莱丽的父亲拒绝。麦吉侬听到这个消息后完全绝望了，他变得疯疯癫癫，心里整日想着莱丽的音容笑貌，嘴里念叨着她的名字，双泪长流，抛家弃室，几近泣血，漫无目的地奔向荒野。麦吉侬的父亲将儿子带去麦加朝圣，欲求真主帮他解脱情网。但他儿子患的是心病，无药能治。麦吉侬仍然在荒野编唱爱情的颂歌，与野兽为伍。莱丽的父亲把她嫁给了一名富商，但是忠贞不屈的莱丽为自己的恋人麦吉侬保持纯洁之身，誓死不与"丈夫"同房。

这位富商由于得不到妻子的爱，每日愁绪满怀，不久一病不起，命丧黄泉。即便如此，一对恋人也无法结合。莱丽饱受折磨的身体，到这时再也支撑不住，她在孤独和绝望中离开了人世。闻讯而至的麦吉侬痛苦万分，热泪如雨。他直奔莱丽的墓地，在爱人的坟前痛极而逝。于是，他们在离开这残忍的世界之后，才终于走到了一起。他们的爱情被到处传诵，他们长眠的地方成了年轻恋人们朝拜的圣地。

九　《热比娅与赛丁》（Rabiyɛ-Sɛidin）

这是一个真实的故事，这一爱情悲剧就发生在当时喀什噶尔下辖的伽师巴依托卡伊的地方亚曼雅尔大渠（又称泰里维曲克）岸边的柯克奇村。位于亚曼雅尔大渠下游的柯克奇村有一位名叫伊布拉音的贫苦农民，他有个儿子叫赛丁。赛丁长大成人。有一天，他看上了同村富裕农民亚库甫的女儿——美貌的热比娅姑娘。姑娘经过了解，多次试探，对赛丁勤劳、善良、对爱情忠贞不二的品质也深信不疑，打心眼里爱上了小伙子。可是这一对身坠爱河的年轻人却不知道如何去实现自己的心愿，只是在相互的思念中苦苦煎熬着。伊布拉音眼看儿子日渐消瘦的身影渐渐明白了事情的缘由。为了儿子的幸福，硬着头皮亲自上门，到亚库甫家为儿子求亲。谁知亚库甫是个想攀高枝、日思夜想升官发财的小人，他把贫困农民伊布拉音一家的求亲看成是对他门第的侮辱，不仅不允这门亲事，反而将伊布拉音无礼地赶出了门。赛丁听到这个消息后完全绝望了，他变得疯疯癫癫，整日心里想着热比娅的音容笑貌，嘴里念叨着她的名字，双泪长流，几近泣血，漫无目的地在满目荒冢的麻扎中转来转去，身子越来越虚弱，最后竟活活地煎熬至死。贪婪残忍的亚库甫对赛丁的死毫不同情，对女儿的恋情也毫无顾及，一心想拿女儿去为他收敛钱财，强迫女儿与有钱的贾毕尔结婚。热比娅忍受不了父亲的无情无义，更不愿与贾毕尔去偷生，求生不得，转念一想，不如随心爱的人赛丁一同去吧，也许在那个世界里可以得到他们在今世得不到的幸福，可以和心上人如愿以偿，相依相随，永为伴侣。主意已定，第二天她带着妹妹，借口去打水，来到寒风呼啸的亚曼雅尔大渠边上，流着泪向妹妹倾诉了心中的苦痛，和妹妹做了最后的诀别，转身投入大渠中尚未结冻的冰窟窿之中，义无返顾地离开了这无情的世界。汹涌的河水早已把冰河中姑娘的尸首冲到不知什么地方去了，村民们找不到。冬去春来，河冰消融，就在热比娅死后六个月的一天，她的尸首在下游的一个河湾中被发现了。人民按照伊斯兰教的礼仪和习俗为她举行了葬礼，把她安葬在为她殉情的、无助的赛丁的墓的侧面，让这一对活着没有如愿的情侣死后永远相伴。

十　《乌尔丽哈与艾穆拉江》（Hθrliqa-Hɛmradʒan）

这是一部以婚姻爱情为主题的"达斯坦"。描述乌尔丽哈与艾穆拉江悲欢离合的爱情故事。秦玛秦国国王霍斯罗梦到了一只会说话的鹦鹉，他醒来见梦中的鹦鹉没在身边，开始痛苦。他有三个儿子，长子叫艾斯卡尔夏赫，次子叫诺尔顿夏赫，小儿子叫艾穆拉江。国王把三个王子叫到跟前，让他们把他梦到的鹦鹉给他找回来，否则他就不满意他们对他的养育之情的报答。三个王子准备远行，艾穆拉江的两个哥哥为了早日找回鹦鹉，得到父王的奖赏暗自商定甩下艾穆拉江，偷偷地上路，艾穆拉江跟着他们追过去。第三天，在一个三岔路口时赶上他们。三岔路口立着一块大石头，上面刻着几个醒目的大字，第一个路口的石头上刻的是"能往能返"；第二个路口的石头上刻的是"能往难返"；第三个路口上刻的是"能往无返"。艾斯卡尔走向第一条路，诺尔顿走向第二条路，艾穆拉江走向了"能往无返"的路。艾穆拉江走进了荒蛮无际的戈壁滩。他走了很远，累坏了就睡着了，梦到一个老翁给他指路，告诉他获取鹦鹉该怎么去。艾穆拉江醒来又继续往前走，记住黑孜尔圣人的圣训，不管多渴多饿，不喝路上的湖水。有一天天黑的时候，他走到拱拜，喜出望外，想在这里好好睡一觉。他走进拱拜躺在一个角落休息。不一会，一群仙女们来到这里过夜，艾穆拉江见此情景，心中有点惧怕。一个名叫乌尔丽哈的仙女发现艾穆拉江，看到他的英俊的面庞，对他产生了爱慕之心。她问他怎么来到这里，有什么缘故等，艾木拉江讲述了为了实现父王的愿望而冒险找鹦鹉的事，乌尔丽哈说这只会说话的鹦鹉在她姐姐的天园里能找到。乌尔丽哈本来想亲自去抓回来，但是艾穆拉江想自己去拿。乌尔丽哈就招来一只神鸟，命令它把艾穆拉江带到天园，让他将会说话的鹦鹉取回来。神鸟带着艾穆拉江飞到天上去，当艾穆拉江拿着鹦鹉即将回去的时候，被乌尔丽哈的姐姐乌尔孜派拉发现，将鹦鹉抢了回去，神鸟与她的将领互相扭打起来，乌尔孜派拉的士兵把艾穆拉江从天上打到地面。乌尔丽哈及时接住他，救了他一命，她带兵跟姐姐打了一场，结果她获胜，姐姐把鹦鹉还给她。艾穆拉江请求乌尔丽哈回去看父母，乌尔丽哈只好答应他，神鹰带着艾穆拉江飞到那个三岔路口，在这儿等他哥哥回来，看他们没来，就去找遍了那个城市，最后在一个杂碎店里发现他的两个哥哥，说自己已经把会说话的鹦鹉弄到手，让他们一起回去。他们三个兄弟又来到了那个三岔路口休息。艾穆拉江很快睡着了，可他的哥哥们没睡，他们暗暗商定要把艾穆拉江扔进井里，他们还挖掉艾穆拉江的两只眼睛给鹦鹉吃，然后把他扔进井里。他们带着鹦鹉回到他们的国家，将鹦鹉交给父王，得到了奖赏。霍斯罗没见艾穆拉江心里很难过，终日想念他，不停地哭泣。会说话的鹦鹉愁眉苦脸，头也没抬起。国王派宰相跟鹦鹉交流，鹦鹉对宰相说让国王把他的琴手、鼓手都集合起来，它有话跟他们说，国王就照办，鹦鹉将发生的一切事情述说了一遍，国王听到两个儿子的罪行后立即让他们坐牢，然后派人去三岔路口的井里救出艾穆拉江。当他们到井边的时候，乌尔丽哈也带着她的仙女们来到这里了，他们一起救出艾穆拉江。鹦鹉也没有吃艾穆拉江的眼睛，还给了他，乌尔丽哈拿着眼睛又放进艾穆拉江的眼眶里，用神力治疗好了。国王为艾穆拉江与乌尔丽哈举行了为期四十一天的婚礼，他们结为夫妻。父王去世后，艾穆拉江继承王位，从此以后他们情投意合、相亲相爱地过着幸福生活。

十一 《赛努拜尔》（Sɛnobɛr）

这是一个爱情"达斯坦"。描述赛努拜尔王子与仙女古丽帕丽扎特的悲欢离合的爱情故事。秦尼玛秦国的国王胡尔西德因没有孩子而忧心忡忡。有一天，从天上传来了一个声音，说他会有一个儿子。果然他最小的妃子怀孕，为他生了一个儿子，国王举行了隆重的命名仪式，给儿子起名为赛努拜尔。赛努拜尔长大后，经历了很多苦难遭遇，走过很多地方，终于找到了梦中情人——帕鲁赫的女儿古丽帕丽扎特，如愿以偿。

十二 《尼扎米丁王子与热娜公主》（ʃahzadɛ Nizamidin Wɛ Mɛlikɛ Rɛna）

这是一部爱情"达斯坦"。描述尼扎米丁王子与热娜公主悲欢离合的爱情故事。据说夏姆城有个国王麦合苏提，他有个女儿热娜，她美如天仙，聪明善良。很多王子、少爷向国王提亲，但是都被热娜公主拒绝了。公主梦到一个英俊青年，爱上了他。哈藏市有个国王，他有八个儿子，老八叫尼扎米丁，有一天，尼扎米丁听说几个商人去夏姆市经商，他也想跟他们去见见世面。国王答应了他的请求，他们牵着载有货物的四十头骆驼出发。他们走了十几天，到达了夏姆市。这天，热娜公主坐马车逛街，她路过市中心看见一个英俊的年轻商人，好像她梦到的小伙子，就跟年轻人攀谈，知道他是哈臧市的王子，尼扎米丁王子也看上了热娜公主，彼此之间产生了爱慕之情。尼扎米丁王子约定晚上在花园见面。晚上，尼扎米丁在房东的带领下去花园跟热娜公主见面。热娜公主为了试探他的智慧提出了几十道题，尼扎米丁一个个地准确解答了热娜公主的问题，热娜公主很佩服他的知识。他们当天晚上做了尼卡结为夫妻。第二天，尼扎米丁为了准备嫁妆将要回去，临走前去了花园跟热娜公主告别，热娜公主心里很难过，拥抱尼扎米丁并亲了他一口，这个举动被突然来到花园散步的国王看到了，他十分恼火地离开了花园。热娜公主看见父王后立即让尼扎米丁逃走，尼扎米丁带着仆人们离开了夏姆市。国王下令绞死公主，王后、公主的哥哥都替热娜求饶，国王却不收回判决书。刽子手们正要绞死热娜时，绞绳断了，于是国王下令把公主从楼上推下来摔死，公主却又没有死，国王只好饶了她。十五天后尼扎米丁王子又来到了夏姆市，因这时国王命令抓他，因此他化装成乞丐去花园跟热娜见面，然后两人商量要一起私奔。尼扎米丁先回国求父王在离城市不远的地方建造几间房子，国王把房子给他盖好了。他又跑回去带着热娜和他的奶妈及其女儿古丽加马力去了尼扎米丁的国度，路上发现在河里漂着一个木箱子，拉出来看里面有个姑娘，她也是公主，父王反对她与异教徒情人结婚，把她判死刑，放在箱子里扔到河上漂走了。尼扎米丁把她也一块带过去，在他的城外的住处安顿下去，然后自己又去夏姆市，打听他的属下经商的情况。

十三　《库尔班与热依汗》（Korban We Rajhan）

这是个爱情"达斯坦"。描述库尔班与热依汗的爱情悲剧。库尔班与热依汗是一对甜蜜的夫妻，他们婚后靠自己的劳动过着幸福的生活，然而，残暴的国王却打破了他们平静而幸福的生活。有一次，库尔班打猎时碰上了国王尤努斯汗，于是请国王到他家做客。国王看上了热依汗，抢走了她，把库尔班押进监牢。百姓们受不了尤努斯汗残酷的压榨，终于起来反抗。为首的是一位智勇双全的女英雄，她名叫帕塔姆汗，她的父亲在监狱里跟库尔班相识。帕塔姆汗率领勇士们跟尤努斯汗决战，打败了尤努斯汗，尤努斯汗狼狈逃窜。尤努斯汗报复帕塔姆汗的父亲，用阴谋杀死了他，打伤库尔班并扔在河里。幸运的是库尔班被善良的渔夫打捞上岸，在渔夫的照料下，养好了伤，怀着对热依汗无限思念的痛苦之情，到处漂泊。他凭借着高超的武艺杀富济贫，名声大振。在一次战斗中，他帮助帕塔姆汗打败官兵，从此加入了帕塔姆汗的队伍。一次，帕塔姆汗被尤努斯汗包围，库尔班打伤了尤努斯汗，把敌军打得很狼狈。库尔班和帕塔姆汗同心协力打败敌人几次围攻。库尔班为了营救热依汗，带领四十名勇士钻进宫殿，放火烧了宫廷，打死尤努斯汗的几个将领，接着率领大军占领了城堡。万恶的尤努斯汗摧残热依汗，打伤了她的眼睛，使她坐进监牢。推翻尤努斯汗的统治之后，她获得了解放。这时，库尔班找不到热依汗，正准备跟帕塔姆汗结婚，热依汗来找库尔班，帕塔姆汗愿意把库尔班让给热依汗，帕塔姆汗与库尔班的婚礼换成了热依汗与库尔班的复婚。

十四　《凯麦尔王子与夏姆西美女》（Qεmεr ʃah Wεʃεmsi Dʒanan）

这是个爱情"达斯坦"。描述凯麦尔王子与夏姆西美女悲欢离合的爱情故事。伊斯皮罕城的国王霍赛因膝下无子很痛苦，日夜向真主祈祷要孩子，真主被他的虔诚感动，满足了他的请求，赐予了他一个孩子，王后生了个男孩，起名为凯麦尔。过了十几年，凯麦尔王子长大成人，有一天他梦到了一个美女，从此以后他吃不下睡不着，一天比一天消瘦，国王看着焦急，派人问怎么回事，得知他梦见了一个美女。国王组织人为王子解析梦见的美女到底是怎么回事，解释的人说美女是妖魔之王夏帕尔库特的独生女夏姆西美女，她住在库依卡皮，有三百多天的路程。国王听到这个情况，劝阻王子回心转意，但是王子不答应。他要去找他的心上人，他父王不得不放他去。他跟父母辞别，踏上了去库依卡皮的路。他走了几个月，口粮都没了，既便如此他也没有放弃，一直往前走。有一次，在沙漠里，他又渴又饿昏过去了，梦到赫兹尔圣人，他指点凯麦尔王子怎么才能找到夏姆西美女，他睡醒后发现身边放着一坛酸奶和九个馕，他吃了馕，喝了酸奶，又继续走。他找到了一个在夏帕尔库特的花园种花的老人，他收养了凯麦尔王子。凯麦尔王子写了一封情书夹在花束里让老人替他送给夏姆西美女，这时夏姆西美女得了思念病，他收到凯麦尔王子的情书后病情好多了，她对老人说想要见他的儿子。老人在花园里安排了他们的幽会，一对情人相会，几十天过得很开心，夏姆西美女要凯麦尔王子向她父王提亲。凯麦尔王子求老人替他去提亲，夏帕尔库特国王看见老人来提亲，十分恼火。他的大臣提议要让老人的儿子去做一个艰难的事：在沙漠里建一个美丽无比的花园。老人很失望，把国王的要求对凯麦尔王子说了。凯麦尔王子在沙漠里真的建起了一座花园，国王看到花园后很惊讶，但是他食言了，没有把女儿嫁给凯麦尔王子。然后，他突然得了重病，变成了瞎子和哑巴，王后下令谁能治好国王的病就把王位让给谁。凯麦尔王子治好国王的病后要求跟他女儿结婚，国王终于同意，为他们举办了盛大的婚礼。凯麦尔王子与夏姆西美女如愿以偿，后来他们有了两儿一女。不久，凯麦尔王子想家、想父母、想要回去，他带着妻儿回家。他父王由于想念他，痛苦过度而失明了，他母后看见儿子昏了过去，不久就离开了人世。他埋葬了母亲，治好了父王的眼疾，父王把王位传给他。从此，他登上王位，跟妻儿一起过着幸福生活。

十五　《博孜库尔帕西与黑发阿依姆》（Boz Kyrpε Wε Qara Satʃ Ajim）

这是一部爱情"达斯坦"。描述博孜库尔帕西与黑发阿依姆悲欢离合的爱情故事。罗波淖尔湖畔有个叫苏亚格勒的人，他有个儿子叫博孜库尔帕西。库尔帕西长得帅气，力大无比，摔跤、射箭、赛马都名列前茅。他有一只喜鹊和会说话的骏马，与他形影不离。不久，他的父母都去世了，在那儿没有其他亲戚，于是他决定出去见见世面。他去了英苏，英苏的巴依要收留他。这个巴依名叫苏鲁，他有一儿一女，儿子叫巴亚格勒，很狡猾、暴躁和残暴，女儿叫黑发阿依姆，是个善良聪明、美丽无比的姑娘。库尔帕西给巴依当长工，就待在了英苏，他以自己的勤奋、聪明和善良赢得了同龄人的尊敬，巴亚格勒因心太黑受不了仆人名誉的增高。黑发阿依姆暗恋博孜库尔帕西，几次想找机会相会，因彼此产生了爱慕之情，于是他们靠着喜鹊飞来飞去给他们传递情书，他们的恋爱秘密被村民知晓，巴亚格勒的老婆暗恋库尔帕西，就以巴亚格勒的名义把他叫来，然后对他撒娇，被库尔帕西拒绝，她怀恨在心，把阿依姆与库尔帕西的亲密关系告诉了公公和丈夫，父子听到这个消息十分恼火，一个仆人要娶他们家的女儿对他们来说是莫大的侮辱。苏鲁巴依策划在摔跤比赛中摔死库尔帕西。巴亚格勒举办一次摔跤比赛，比赛中跟库尔帕西摔跤战败。这次阴谋失败后，他们又想出了另一条奸计。巴亚格勒请库尔帕西打猎，打猎的时候，用毒箭射中他，巴亚格勒看在阿依姆的面子上饶了他，放他走了。巴亚格勒回去报战果，苏鲁巴依听他没死，有点担心，可他知道箭是有毒，就放心多了。库尔帕西的骏马告诉他箭上涂了毒，伤口必须治好。但是库尔帕西很自信，不听骏马的劝。过了不久，他全身发肿，动不了了，骏马把他带到离英苏不远的特莱克，他后悔不听骏马的话，写信靠喜鹊给黑发阿依姆传递，巴亚格勒这个黑心的东西怕库尔帕西靠鸟寄信，把妹妹换到另外一个房间，让老婆住进妹妹的房间。喜鹊栖息在阿依姆房间的天窗唱歌，巴亚格勒的老婆悄悄攀上屋顶抓住了喜鹊，念了库尔帕西寄来的信，他们很恼火，质问喜鹊库尔帕西的住处，喜鹊没有开口，他们用火烤它，喜鹊痛苦地叫声"特莱克"就断气了。他们知道库尔帕西在特莱克的地方，巴亚格勒去向父亲传达了这个消息，他们怕库尔帕西带人来复仇，就带几百名仆人来到特莱克，处死了库尔帕西。黑发阿依姆从嫂子的弟弟那儿知道他父亲和哥哥去特莱克跟库尔帕西打仗。根据巫婆的说法看他父亲带兵十分得意地回来，预测库尔帕西遭到不测。她骑马奔去特莱克，看到尸体被切成碎片的库尔帕西。她捡来库尔帕西的尸体，净身做礼拜向真主祷告，然后她跨过库尔帕西的尸体，他的尸体变成原来完整的状态，第二次跨越他就像是睡觉的样子，本来再跨越一次，他就会复活，但阿依姆不愿意这么做，因为她知道她父亲和哥哥不会让他们如愿以偿。于是她挖了能让两个人躺下的坟，把库尔帕西放在里面，然后自己也躺在他身边，用库尔帕西的刀捅入了心脏，一对情人就这样离开了人世。巴亚格勒与苏鲁巴依去找阿依姆，看到他们躺在一个坟墓里，苏鲁巴依想搬走女儿的尸体，俯身想要抱起阿依姆，眼前一片黑暗就什么也看不见，倒地便死了。巴亚格勒越看越恐惧，好像库尔帕西朝他砍似的失了灵魂，疯了。

十六　《麦斯吾德与迪丽阿拉姆》（Mɛs'ud Wɛ Dilarɛ）

这是诗人取材民间传说而创作的民间口头达斯坦。讲述拜斯尔国的国王米尔则班的儿子麦斯吾德与艾兰姆巴克国国王谢赫巴尔·帕丽的女儿迪丽阿拉姆公主相爱的故事。米尔则班国王年事已高，财力富裕无比，但膝下无子，内心不免十分忧愁。大臣们听说此事后，就召集星相家们在一起，为国王推运测命，建议国王立也门国的公主为后。米尔则班准奏，迎娶了也门公主，不久果然喜得王子，这便是麦斯吾德王子。麦斯吾德被父母视如国家千秋大业的根基，让他受最好的教育，学习一切技艺，促其成长为一名德才兼备的青年。麦斯吾德王子满十岁那年，米尔则班举行了一次盛大的宴会，拿出国库中保存的从所罗门王那儿留传下来的一领奇异的锦袍和一枚戒指，送给了麦斯吾德。麦斯吾德回到自己的住处后，发现父王所赐的锦袍上印有一天仙般美貌的女郎画像。这画上的女郎如此美艳绝伦，以致王子对之一见钟情，日夜无眠，几近痴傻。最初王子身边的人还在隐瞒，但不久王子因爱火煎熬，人渐憔悴，衣带渐宽，侍从们不敢再瞒。一天，国王从王子的乳兄（被同一妇女哺乳的孩子以乳兄乳弟相称）萨比特的口中得知真情，想方设法帮助儿子摆脱痴情，终究无效，最后只得让王子麦斯吾德去仙女的故乡——艾兰姆巴克寻找意中人。麦斯吾德率几百只船队走海路，快到库斯坦耶城时，海上刮起风暴，所有的船只都沉入大海，随从人员均葬身波涛，只有麦斯吾德凭借一块木板活了下来。经过四十天的漂流，他来到一座无名岛，岛上形体高大的黑人捉住了麦斯吾德并把他带到他们国王那里。这位国王是位老头，身子如白杨树一般高大，头像一座毡房大，鼻子像两只拳头大小，胸膛就像大门板。这古怪的老头一见麦斯吾德，竟如痴如醉地对他产生了恋情。麦斯吾德好不容易才从这些巨大的黑人那里逃出来，又落入猴子的手中。他千方百计地摆脱了猴子，但劫难未尽，经过几番周折，终于被艾兰姆巴克国国王谢赫巴尔·帕丽搭救。至此，麦斯吾德王子经历了十三年磨难之后，终于见到了他的意中人迪丽阿姆拉公主。他告别了谢赫巴尔·帕丽国王，带着迪丽阿拉姆公主，欢天喜地回到自己的故乡。

十七　《瓦穆克与吾兹拉》（Warmo tʃ-Uzra）

这是以口头与书写形式并存的文学作品。相传，古代印度有一位赫赫有名的国王，他除了一座又一座的城市、无尽的财宝和强大的军队外，还有一位名叫吾兹拉的女儿。这女儿生得面如灿烂朝阳，身段美如柳枝，百花都自叹不如。国王视之如掌上明珠，派了成群的仆人日夜服侍，不许有任何疏忽。就这样保护和教育着，姑娘好不容易长大成人。有一天，吾兹拉在宫女的陪伴下来到花园游玩，无意中来到一池清水边，看着水中的倒影，玩得正高兴，忽觉身子被一种不显形迹的爱火围绕，一时竟有些痴呆了。宫女们发觉公主有些异样，便将她搀扶回宫歇息。吾兹拉回宫后就病倒了。王后不知情，给吾兹拉换了衣服，将换下来的衣服交仆人拿去浆洗。这座城市里有一户善于浆洗的人家，专靠浆洗皇宫的衣裳为生。他家有一男孩，名叫瓦穆克，已经十二岁了。子承父业，也善于浆洗。这一天，他父亲和他一起来到河边，浆洗宫里送来的衣服时，瓦穆克的目光突然被吾兹拉衬衫上绣的画像吸引住了，就在他弯腰伸手去拿这件衬衫时，来自这件衣服的一种名贵香料的香味扑鼻而来，他一下被爱火所袭，神智昏迷，立刻倒地，不省人事。他父亲见状，以为儿子中了邪，赶紧把他弄回家，让他躺在铺上。直到第二天快出太阳时，瓦穆克才渐渐有了知觉，鼻息中有了一点活气。当父亲问他这是怎么回事，他起初害羞不说，后来经一再追问，他才说出原委。他力劝儿子放弃这种痴情，但瓦穆克为爱情所驱使，不但听不进去，反而越来越痴，竟变得像乞丐或醉酒者一样，半裸着身子走街串巷，时而为割不断的情思而哭，时而又像疯人般仰天大笑，有时咬咬手指，把身上抓得血痕累累，有时拾起石块、木棍追赶街上的行人。他整日不吃一口饭，不喝一滴水。时间一久，身子日渐虚弱，有气无力，眼看不行了。瓦穆克身处社会最底层，不顾门第悬殊竟对国王的女儿产生热恋之情，最终只能与人世作别，含恨死去。临终时他留下遗言，请家人设法把他葬在吾兹拉来游玩的花园中的苏帕（是屋外修筑的小平台，供人夏日歇息）下。瓦穆克的父母心疼儿子，设法与管园子的人谈妥，神不知鬼不觉连夜把瓦穆克的遗体埋在他生前指定的地方。第二天吾兹拉来游园，一阵风从苏帕那边吹来，吹到吾兹拉的脸上。吾兹拉偷偷向苏帕方向望去，忽见铺在苏帕上的地毯一瞬间变成了一条条，从瓦穆克的脸上发出一束束强光。这光亮又激起了吾兹拉心中原有的爱火，她忘情地直扑到瓦穆克的尸身上，苏帕和裂开的地毯又恢复了原状，只是吾兹拉身后的秀发太长，有一部分露在了外面。宫女们被眼前的怪事吓坏了，赶快报进宫去。国王和王后闻讯，带着宫里的所有人立即赶到花园，令人挖开苏帕，打开墓穴，只见瓦穆克与吾兹拉紧紧地拥抱在一起。国王又悲又惊，急忙召见瓦穆克的父亲，问明真情后，倍觉惋惜，赏给瓦穆克的父亲一盘黄金，向这一对青年恋人深表哀悼，为他们举行了隆重的葬礼和追祭。

十八　《长帽子玉苏甫汗》（tʃaŋMoza Jysyp χan）

是诗人毛拉·毕拉里根据这一事件创作了一部达斯坦。故事是1842年发生在伊犁砍土曼乡的一件事。据"达斯坦"的描述，有个自称"和卓"（圣裔）名叫玉苏甫汗的骗子来到了砍土曼乡。此人十分狡诈，没过多久就取得了砍土曼头面人物们的信任，他们相信玉苏甫汗是超凡的人。一些农民也开始相信这位"和卓"，为了请他祈祷，不顾全家老小挨饿受冻，把自己家里所有的东西拿来，有的人甚至把自己的女儿也当作礼物献给他。看到老百姓如此崇信他，这位自称圣裔的家伙开始了他的闹剧。他先要人们给他准备房间，让他的忠实信徒在门口站岗把守，他用红布将屋子从中间分开，自己躲在红布另一端干各种丑事。由于为他捧场的毛拉、喀孜、伯克们对他诚心不疑，他的这些欺骗行径居然施行了多年。有一位叫谢日夫巴依的人，是一位威信高又有智谋的人。这一年他按往年的惯例带着一些礼物从伊宁市专程来砍土曼乡看玉苏甫汗。路上他遇到了从伊宁来的两个人，结伴而行。谢日夫巴依是个喜欢开玩笑的人，他问这两位旅伴到哪里去，此二人说他们要去找和卓祈祷，谢日夫巴依信口开玩笑说："我也有事要找你们的那位和卓，我要去捉他，要像龙那样把他一口吞了。"那两位不知道这是在说笑，信以为真了。他们来到了砍土曼，这两位把谢日夫巴依的玩笑话一本正经地告诉了玉苏甫汗。玉苏甫汗脸色苍白，惊恐无状。原来玉苏甫汗在浩罕经商时曾向一位名叫谢日夫巴依的人借过一万银元，因无力归还，为躲债才来到伊犁的坎土曼。当他听到谢日夫巴依上面的那些话时，误以为这人就是浩罕商人谢日夫巴依，是来捉他让他还债的。为了不让骗局被揭穿，他顿生杀机，想除掉谢日夫巴依。他把他的计划告诉亲信。这些亲信一向认为和卓的旨意是神圣的，便立刻行动起来，连夜来到谢日夫巴依的家里，谎称山里的牧民要买货，把他骗出来，半路上用套马索套住他的脖子，拖在马后，在满是石块的山路上奔跑，活活将人拖死，然后放进一个山洞里掩藏起来。春天到了，牧羊人路过山洞发现里面的尸首，村民们得知消息后将此事上报伊犁的清政府官员。官员们立案侦察，真相大白，玉苏甫汗等80余人被捉拿归案，处以绞刑。"和卓"的真面目被揭穿，老百姓由此才免于再被盘剥。

十九　《拜合拉姆与迪丽阿拉姆》（Bεhrεm Wε Dilaram）

这是一部爱情"达斯坦"。拜合拉姆国王原本是一个强大国家的公正君王，深受人民的爱戴。可是有一天他爱上了秦公主迪丽阿拉姆，于是他开始放弃一切，一心扑在迪丽阿拉姆身上。他运用自己的国威和财力把迪丽阿拉姆公主娶到手后，四五年之内再不理朝政，不问国事，整天花天酒地，宴游或射猎，一时民间百姓越过越穷，出现了饥饿、恐慌、纲纪松弛，国内动乱，民不聊生的局面。迪丽阿拉姆公主美貌无双，多才多艺，而且心地善良，有情有义。由于外敌入侵，她不幸被俘，沦为奴隶而被转卖。拜合拉姆国王为了寻求欢乐，用和迪丽阿拉姆身高相同的黄金从一位商人手中将她赎买。丧失了人身自由的迪丽阿拉姆在这种情况下接受了国王的爱，但国王很快把她变成了手中的玩物。迪丽阿拉姆惹恼了国王而利刃加颈的时候，她并不怨恨国王，她被弃于荒野时，仍然认为自己有罪，拜合拉姆与七位少女调情时，她仍然在苦苦思恋着这负心的国王。于是拜合拉姆引起了百姓的怨恨，最终发生地陷，他被大地吞没了。

二十　《麦赫宗与古丽尼莎》（Mehzun-Gylnisa）

诗人尼扎里根据民间故事而创作的爱情达斯坦。麦赫宗是巴格达商人麦斯吾德的儿子，英俊、聪明和善良。古丽尼莎是霍加斯依德的女儿，美貌无双，心地善良。他们在一个学校读书，从小彼此就产生了爱慕之情，成为形影不离的情侣。古丽尼莎的父亲以为她已经成年，不让她再读书，麦赫宗的父亲要去朝觐，想要把儿子一块带走，麦赫宗去找古丽尼莎跟她告别。麦赫宗上路不久，古丽尼莎的父亲财产被强盗抢走，贪婪的霍加斯依德想靠女儿挣钱，这时国王要买宫女，他拉拢国王的宰相，想把女儿以高价卖出。宰相看他女儿仙女般容颜产生了邪念，以很高的价钱买下。麦赫宗回来知道古丽尼莎被卖出去，向接近宰相的一个卫兵打听古丽尼莎的下落。宰相买来古丽尼莎后，想独占她，没有给宫廷，前后三次欲强暴古丽尼莎，但是都被古丽尼莎用刀捅伤而没有得逞。宰相达不到目的，十分恼火，决定吊死她，正好这件事被公主知道了，公主马上派人去接古丽尼莎。麦赫宗通过卫兵打听到这个消息，马上开了一个服装店，生意景气，公主经常派人来买服装。刚开始，古丽尼莎在宫廷过得平静，不久，发生了一件事惹了公主。公主有个情人，一天秘密幽会，嘱咐宫女不让进她的房间，公主和情人谈情说爱，忘了吩咐过的事，就喊"倒茶！"，古丽尼莎听到后马上送茶水给他们喝，公主的情人看见美貌无双的古丽尼莎就一见钟情，立刻对公主变得冷漠，公主知道因古丽尼莎，情人才不理她，就让木匠作了一个箱子，把古丽尼莎放进去，又放入足够十年吃喝的食物，扔进拜斯尔河漂走。麦赫宗通过买衣服的宫女知道古丽尼莎被扔到河里漂走，就放弃生意追箱子去了。装古丽尼莎的箱子被渔夫们捞到，他们正在争来争去的时候，路过此地的将领看到箱子，就把它买下。他运箱子回家，打开看到里面头发长得像绳子般的怪女人就以为是妖魔，赶快关闭箱子又转卖给一个犹太大臣。大臣打开箱子也很害怕，又想卖掉它。这时麦赫宗追过来把箱子买了，运箱子到城外，打开箱子，这一对情人欢乐地相会。他们坐着自己制造的木舟在回巴格达的路上，遭到暴风而翻舟，他们又失散了，两个人都漂流到岸上。古丽尼莎被国王收养，她这时女扮男装，国王死后登上了王位。麦赫宗被一个巴依收养，他又出去到处寻找古丽尼莎，古丽尼莎召集来到她城里的流浪者讲述他们的个人经历。有一天，麦赫宗来到这座城市，被卫兵带到国王面前，让他讲自己的故事，就这样一对情人重新团聚，如愿以偿。

二十一　《艾维孜汗》（Hɛwiz χan）

这是一部婚姻爱情达斯坦。描述阿布都拉与艾维孜汗的爱情悲剧。是反映 19 世纪中叶 20 世纪初新疆墨玉县发生的婚姻悲剧为内容的达斯坦。达斯坦主人公艾维孜汗是个美貌的姑娘，不仅长相漂亮，而且善良聪明。村里追她的年轻人很多，不少邻村的小伙子都暗恋她。她喜欢邻村英俊帅气的年轻人阿布都拉，阿布都拉也很喜欢她。可是，本地的传统规矩不让他们自由恋爱，再加上艾维孜汗的父亲不太欢迎阿布都拉，所以他们来往十分困难。于是，他们一起商量，决定一块逃跑。他们逃到别的地方后，结为夫妻。刚开始他们生活得幸福美满，时间一长，丈夫阿布都拉变得花心，找到了新欢。很遗憾的是，第三者竟是她的朋友艾姆拉汗。当知道丈夫有外遇时，艾维孜汗非常愤怒。有一天，她跟踪丈夫，发现他和艾姆拉汗约会的地方，然后她拿着刀，朝他们跑过去，阿布都拉仓皇翻墙逃跑，艾姆拉汗被抓到。艾维孜汗气得失去了理智，把艾姆拉汗捅死了。县衙把她判了死刑，处决了。

二十二　《玫瑰花》（Qizil Gyl）

这是一部婚姻爱情达斯坦。有个国王叫古则勒，他有两个女儿，老大名叫古丽加罕，老二名叫古丽扎曼。姐妹俩长相非常的相似，但是性格迥异。古丽加罕固执，脑子不灵活，喜欢化妆。古丽扎曼性格豪爽、开朗，聪明善良。有一天，古丽扎曼梦到了一朵耀眼的玫瑰花，就喜欢上了它。她如此地迷恋这朵玫瑰，以致吃不下饭睡不着觉。这个时候，她父王古则勒准备去游历异地他乡。临走前，他问女儿们有什么吩咐或请求就告诉他。古丽加罕公主说她想得到最美丽而珍贵的装饰品，古丽扎曼公主说她想要梦到的冬天能开花的玫瑰花。古则勒王走了很多地方，顺便给古丽加罕买了很多珍贵的装饰品。可是古丽扎曼所说的玫瑰怎么也找不到。国王十分宠爱这个女儿，因此不想让她失望，他决定不管走到哪儿，都要把花找回来。他走遍了许多皇宫和大小城市花园，但是都找不到公主梦到的玫瑰花，于是他踏上了一望无际的沙漠。不久，口粮断绝，古则勒王又饿又渴快昏过去的时候，看见很远处有一座靠山的花园。他用尽身上一丝气力，走到了花园。花园里的花草树木十分漂亮，各种鸟类尽情鸣叫，水池里满是潺潺流水。古则勒王看到这些桃花源似的美景，惊呆了。他走到花园中央发现一锅炖着的羊肉，闻到了香味。国王端着一盘肉，十分美味地吃了肉，喝了水池里的水。于是身上有了劲儿，大步大步地转花园。前面碰到了一个黄金栅栏，里面满地是花，中间的一朵玫瑰花，外表跟女儿描述的一模一样。他高兴极了。他走进栅栏，想伸手去摘那朵花，突然听到了一句"不许摘花"的话音，于是，抬头往声音传来的方向一看，吓坏了。树上一个不像人也不像动物的一个怪物在看着他。他要古则勒王说出摘那朵花的缘故，否则不让他摘走玫瑰花。于是古则勒王讲述了女儿梦到花的事。怪物允许他摘走玫瑰花。等他摘完玫瑰花，怪物给他一枚戒指道："戴上这只神秘的戒指，一瞬间就能到达你家。"怪物嘱咐古则勒到家第三天让女儿到这儿来，否则，他及其国度百姓将会遭殃。古则勒王戴上戒指闭上眼睛，等他睁开眼睛时发现自己站在自己的宫廷前面。他走进宫廷，跟家里人见面欢聚一堂。他给了两个公主所要的礼物，她们兴奋极了。过了两天，古丽扎曼公主发现了父王闷闷不乐的表情，就问怎么回事。父王给她讲了花园的事情。善良的公主为了家人的安宁，决定牺牲自己。她跟父王要那只戒指看看，一拿就戴在手指上，到达了沙漠里的花园。花园的美丽风景让她陶醉了。她一下就喜欢上这座花园了。她不怕怪物，跟他聊天，怪物很健谈，给她讲很多有趣的故事。她在花园里散步，观赏花朵，跟怪物聊天，就这样不知不觉一年过去了。她想念父母，想念亲朋好友，想回家。怪物允许她看望父母，给她戒指，反复地要求必须当天回来。她戴上戒指跟家人团聚一场，大家都很高兴，不知不觉天已经黑了，古丽扎曼要回去。妈妈边哭边挽留她，让她过完夜才走。公主不能拒绝母亲的恳求，就留下来了。第二天公主回去花园一看简直不敢相信自己的双眼，花园刮暴风，花朵凋谢，树木落叶，到处一片荒凉。她去怪物那儿吓了一跳，怪物躺在地上像死去了一样。她后悔因自己的失言导致这么严重的后果。她抱着怪物痛苦欲绝，她的哭声震撼了大地苍天。怪物突然有动静，脱掉身上奇形的外皮，里面出来一个英俊少年。公主古丽扎曼又惊奇又高兴。年轻人给他叙述了自己的遭遇。他叫伊斯坎达尔，是王子。他父王霍赛因是沙漠边缘一个国度的国王。他是霍赛因的独生子，父王特别地宠爱他。有一次，国王去打猎，舍不得离开儿子，把儿子一起带过去。他们打了几天猎，收获不少。回去的那一天，天气炎热，他们渴了，国王派几个卫兵去泉边接水，王子伊斯坎达尔不顾父王的劝阻，跟卫兵们一起去。等他们来到泉边，看到了离泉不远的茂密森林，王子伊斯坎达尔骑着骏马往森林跑去。他边听鸟的歌唱，边观看周边的美景，走到了森林深处。他看见了栖停在树枝上的一只漂亮的鸟，他悄悄地走过去，捉住了它。鸟折腾着脱离了王子的手，但它的一只腿被弄断了，落到伊斯坎达尔的手里。这只鸟原来是魔鬼之王的女儿，她哭诉了王子的行为，魔鬼听到女儿的控诉，赶快跟女儿找到伊斯坎达尔。他变成了巨大的鸟把伊斯坎达尔抓着飞走了。魔鬼带他飞到塔里木深处的一个废弃的花园，想把他杀掉，但是一看小伙子年轻英俊，改变了主意，把他变成了一个难看的怪物绑在树上，说道："如果哪个仙女或公主能喜欢你这个丑陋的模样，那你就恢复原貌。"魔鬼走了。卫兵们等伊斯坎达尔，始终不见人，着急地寻找他，但是找不到。国王很伤心，举办七天七夜的纳则尔（祭祀活动），为儿子送葬。伊斯坎达尔因自己的命运不幸而很悲伤，几天睡不着觉，不停地哭，过了几天累得熟睡了，梦到了赫兹尔老爷（圣人），他给了王子一枚神秘的魔戒，说这只魔戒能满足他的任何要求。睡醒时，他手里确实有只戒指，他要求戒指把荒凉的花园变成一个美丽的花园，确实出现了美丽的花园。后来，古则勒王到此地寻找玫瑰花，才发生了现在的一切事情。伊斯坎达尔讲完了故事，古丽扎曼公主全都明白了。这一对情侣在花园里过着幸福的生活。过了一段时间后，他们想念父母，向戒指要两匹骏马，骑着马飞奔到伊斯坎达尔老家。正在这时，伊斯坎达尔的母后听说国王霍赛因死于戈壁滩，给他举行盛大的祭奠。母子俩见面十分高兴，祭祀变成了婚礼宴会。婚后伊斯坎达尔与古丽扎曼告别了母亲，去了古则勒王的国度。古丽扎曼跟家里人见面，高高兴兴大团聚。古则勒王和伊斯坎达尔的父王属下宰相请他即王位，他都不答应。他们又回到沙漠里的花园，他们回家的路上碰到了一个可怜的老太婆，把她留下了。这个老太婆本来是魔鬼之王的母亲，她听说伊斯坎达尔有只魔戒，就想方设法得到这只戒指。古丽扎曼有点怀疑这个妇人，观察她的行踪。老太婆装得很关心伊斯坎达尔，得到了他的信任，然后让他叙述他的经历，包括他怎么得到戒指的经过，于是老太婆关心他说要保管好这只戒指。伊斯坎达尔相信了老太婆的虚情假意，赶快把戒指藏到树皮里去，幸亏古丽扎曼请他把戒指宝石眼取出来才去藏，魔戒没有神奇的功能了。老太婆窥见到他的行动，知道了藏戒指的地方。有一天，伊斯坎达尔与古丽扎曼喝了许多红酒，喝醉了。老太婆趁着他们熟睡，偷戒指跑了。老太婆在山路上碰到一群饿狼，想以魔戒来对付它们，但是魔戒的宝石眼因被古丽扎曼取出来，戒指失灵了，老太婆被恶狼吃掉了。伊斯坎达尔和古丽扎曼睡醒后发现戒指被偷走，他后悔相信了老太婆。正好这时来了一群商队到这儿投宿。商队的队长玉苏甫看中了古丽扎曼，利用迷昏药使他们昏睡，劫走了古丽扎曼。古丽扎曼不屈从于他，维护自己的忠贞。玉苏甫把她卖给了一个叫西里艾力的王子做奴隶。西里艾力看上了她，给她自由，向她求婚，但是遭到拒绝。西里艾力问古丽扎曼原因，她向王子讲述了自身的遭遇。王子十分同情她，决定帮助她找到伊斯坎达尔。伊斯坎达尔睡醒后发现没有古丽扎曼，没有商队，明白了商队绑走了古丽扎曼，决定无论如何也要把古丽扎曼找回来。他走到古丽扎曼的家乡以及自己的家乡，都没有古丽扎曼的消息，然后走遍了很多城镇乡村，最后在无际的沙漠里因断绝口粮而死亡。古丽扎曼和西里艾力一起到很多地方都找不到他，最后在沙漠里找到他的尸体，看到绣着玫瑰花的手帕辨认出陌生尸体就是伊斯坎达尔。于是把他搬到花园里埋葬在玫瑰花下，古丽扎曼一直在这儿祈祷，在她三十岁的那年痛苦地死去，人们把她埋葬于伊斯坎达尔身边。

二十三   《我的玫瑰花》（Qizil Gylym）

这是一部婚姻爱情达斯坦。牧民少年布勒布勒（意为百灵鸟）离别了他的情人克则勒古丽（意为红玫瑰），是黑暗势力抢走了他的伊人，他憎恨封建势力的蛮横霸道，揭露他们的野性面貌。他日夜思念他的情人，创作和演唱了很多民歌，表达了对情人的思念之情。他不怕苦难，克服艰难，到处去寻找他的意中人。最后，找到他的恋人，两人私奔，逃出了坏人的魔掌，最终如愿以偿。

二十四   《墓碑》（Taʃ Monar）

这是一部婚姻爱情达斯坦。很久以前，在很远的地方有个英俊的青年，他的名字叫帕塔尔江。他有不少财产，日子过得舒服而安静。他爱上了一个美丽无比的姑娘玛丽亚，跟她结婚后过着同样幸福的生活。好景不长，有个叫萨吾提的人纠缠玛丽亚。有一次，帕塔尔江把他俩逮个正着，他一怒之下杀了萨吾提，妻子的背叛打击了他，他不顾玛丽亚的劝阻，离家出走。在路上，他射死一只熊，搭救了一个女人，她和丈夫对帕塔尔江很是感激，甚至女主人对帕塔尔江产生了爱慕之情，但被帕塔尔江拒绝。帕塔尔江去了另一个国度，加入了人民暴动的行列，后来被叛徒告密关进了牢房。国王路过花园见到了玛丽亚，看上了她仙女般的容颜，想把她纳为第十三个妃子，把她接到宫廷去了。帕塔尔江博得了国王的赏赐而被释放，他在营救玛丽亚的路上，被箭穿透了心窝，不幸牺牲。玛丽亚带着他的尸体回到家乡，她自己也殉情了。帕塔尔江的管家请来能工巧匠，给他们作了墓碑。

二十五　《努祖姑姆》（Nuzugum）

这是一部历史英雄达斯坦。19世纪末，喀什噶尔人民反对清朝政府的起义被镇压了，清朝统治者报复老百姓，屠杀了几百名参加起义的贫民，往伊犁流放了几千人，其中有个姑娘叫努祖姑姆。他们遭受了莫大的苦难到达了伊犁，在伊犁，贪婪好色的清朝官员看上了努祖姑姆，想娶她做妾，但是努祖姑姆维护她的尊严，保护自己对情人巴克的忠贞，坚决反对他们。清朝官员把努祖姑姆卖给了当地的一个满族人巴依，她在这儿遇见了亲生哥哥，他们下决心将斗争进行到底，新婚之夜努祖姑姆杀死巴依跑走。一个多月的搜索、跟踪，清朝士兵抓获了努祖姑姆，努祖姑姆被判死刑。她的事迹被民间创编成达斯坦到处歌唱。

二十六　《好汉斯依提》（Sejit No ʧi）

这是一部历史英雄达斯坦。斯依提是不怕硬不欺软的民间好汉。为了反对腐败的军阀统治，他参加了哥老会，慢慢地成为贫民可靠的支柱，但是他对喀什的统治者来说，是眼中钉。斯依提诺奇（好汉）离开家乡出走，去了阿克苏、库车、喀拉莎尔等地，在喀拉莎尔市斯依提诺奇摔倒了一个当地有名气的少爷，引起了县官大人的注意，要挽留他，斯依提不答应。他又去了伊犁，然后翻山越岭到达了乌什县。乌什县长马大人听到诺奇来到的消息，就开始恐惧，他虚情假意地欢迎斯依提，把他留在乌什。

过了一段时间后，斯依提想要回家，马大人说了一大堆客气话，给喀什的提台写了封信交给他。回去的路上，斯依提碰到了一个卖盐的老人，攀谈后老人知道他有一封要交马提台的信，要他打开念一念，但是斯依提诺奇不答应，他不想偷看人家的信。他到达喀什后，先跟母亲见面，然后去衙门见马提台并把马大人的信交给了他。马提台看了信，很高兴，马大人信中写道要马提台处决斯依提。马提台逮捕斯依提，下令枪毙他。斯依提很后悔没有听卖盐老人的话，临死前，跟广大民众说"不要轻信统治者的话，请学习文字识字，学习文化。"

二十七　《玛依姆汗》（Majim χan）

这是一部历史英雄达斯坦。19世纪中叶一直到1911年间，贫民反封建的斗争年年不断，玛依姆汗是反对清朝政府的一个人民英雄儿女，伊犁的反清民族女英雄。这个故事发生在19世纪的伊犁地区。她以炽热的民族感情和讽刺的言语即兴作词，揭露清朝政府的残酷无情和腐败无能，惹怒了当地官员，一些民族败类向将军府告发她和污蔑她。政府以造反分子的身份把她打入监牢，最后将她处死了。

二十八　《阿布都热合曼和卓》（Abdura χman χo ʤa）

这是一部历史英雄"达斯坦"。和田有个名叫艾比布拉的人，他有三个儿子。老大名叫麦素木汗，老二苏杜尔汗，老三名叫阿布都热合曼。阿布都热合曼七八岁的时候碰到了圣人赫兹尔，圣人在他的后背盖了黄金章子，让他把整个《古兰经》背熟。阿布都热合曼和卓长大后独自创办了一个伊斯兰教经学院，他的学生达到五百名。他一边讲文一边教给他们武艺，提高了学生的文武水平，为将来跟清朝士兵的斗争作好准备。有一天，县官大人做噩梦，梦到有人想要夺取他的官位。第二天，他下令要所有大小官员查清这个事，在大会上，一个走狗吐露了阿布都热合曼和卓内部准备作战的情报，县官派兵立即把艾比布拉·阿吉抓回来，用各种酷刑把他整了一天。他一直说他什么也不知道。县官给他三天的期限，让他问儿子到底怎么回事。艾比布拉·阿吉回家后把儿子阿布都热合曼叫来问缘由。阿布都热合曼和卓表示了反对封建政府，闹革命的想法，让他老爹吃了一惊，艾比布拉劝阻他，阿布都热合曼列举贫民的惨苦的日子说服了他。他们作好开战的准备，县官关了城门，起义军放火烧开大门，占领了和田市，县官带一些兵撤回到皮亚拉玛的地方，等援助部队一来，他们给阿布都热合曼写信让他撤回或打仗，阿布都热合曼和卓去皮亚拉玛跟他们决战。临走时，与父母告辞。父亲视察他精锐部队的四十一名战士，其中的一个名叫司马义的战士他看不上眼，让儿子把他留下，但儿子不答应。阿布都热合曼和卓到皮亚拉玛后，把司马义任命为使官派遣到敌军，县官用钱收买了司马义。打仗时，司马义打死了阿布都热合曼和卓，而他自己也被枪毙。和田人民为英雄儿女流泪，给他举行了隆重盛大的祭祀典礼。（这个情节类似于《玉苏甫与艾合买提》中他们舅舅布孜乌格兰［Bu-zugelan］让来自埃及的艾亚尔看不上眼。在两个"达斯坦"里被看不上眼的这些人都是叛徒。）

《阿布都热合曼和卓》变体：清代时期，清代官兵越来越腐败，人民生活日益困苦，阶级斗争不断尖锐。阿布都热合满和卓是一个热爱祖国、热爱人民的热心青年，从小受过良好的教育。他在 7 岁（有些唱本中说 11 岁）时曾经碰到过赫兹尔圣人，圣人告诉他，等他长大成人之后，他将会为人民挺身而出，与清朝压迫阶级斗争。阿布都热合曼凭借自己的聪明伶俐，提前毕业于伊斯兰经学院。他组织一批学员进行地下特训，积极准备反抗腐败政府。有一天，县令做了一场噩梦，他召集文武官吏，宣布在梦中有人向他的官位挑战的预兆，命令和田各地大小官员寻找对自己地位构成威胁的隐患。和田阿提齐乡友透露一个消息，说："阿提齐乡有个叫艾比布拉阿吉的，他的三个儿子，有一些秘密行为，对政府的和平构成威胁。"县令命令衙役们立即捉拿艾比布拉阿吉，带到衙门受审。等逮捕艾比布拉之后，县令以不堪忍受的苦刑折磨他，让他招供儿子们预谋造反的事情。老人死都不招，喀孜老爷等达官贵族向县令求情，替艾比布拉老人求饶，为他争取三天时间回家规劝儿子。艾比布拉老人回家规劝儿子，儿子阿布都热合曼不听规劝，反而求父亲允许以武力赶走在和田无恶不作的清朝贪官。他将圣人搭盖在身上的金印给父亲看，父亲最终同意造反。阿布都热合曼和卓率领 500 名经学院学员攻打清朝官兵，全局获胜，清朝官兵只好退兵到和田和喀什边境地带。在阿布都热合满和卓带领下，和田人民暂时得到了一段幸福安宁的日子。但是伊犁将军府派遣援兵，和败兵联合准备攻打和田。阿布都热合曼和卓获悉这一情报，立即组织四十名贴身勇士，前往和田皮山县攻打敌人。他有个养子，名叫司马义，他十分信任这位年轻人。他派遣司马义到前线，侦察敌人兵马情况。司马义到敌人那儿被俘虏，县令以金元宝和权力诱惑他，收买他。他答应砍下阿布都热合曼的头，以便得到奖赏。回去之后，他谎报阿布都热合曼："敌人兵马无数，我们不敌于清兵。"阿布都热合曼带着四十名勇士，赴前线与敌人作战，因敌人颇多，不得不撤退，在撤退路上，司马义开枪打伤了阿布都热合曼的大腿。阿布都热合曼和卓忍着疼痛往后撤退，最终流血过多，在半路上坠马。他看见养子司马义，很高兴，叫他包扎伤口。但是司马义拿着宝剑，朝他的脖子砍去，他的宝剑刀刃都退了，所以阿布都热合曼和卓没死，他又要戳他的心脏，此刻从远处来了一批人马，他就骑马逃走。阿布都热合曼和卓的兄弟苏杜尔汗和马苏木汗带着一批兵马赶来了，看见他倒在血泊之中，大家都无比伤心。阿布都热合曼吃力地睁开眼睛，用头示意西边，马苏木汗明白兄弟意图，立即骑马奔去，不到二十分钟，捆绑着司马义带了回来。和卓说声："带他到和田处决"，就合上眼睛断气了。和田人民悲恸欲绝，痛不欲生，绞死了司马义，替自己的英雄报了仇。

二十九　《艾拜都拉汗》（ɛbɛjdulla χan）

这是一部历史英雄"达斯坦"。在马虎山统治和田的时候，艾拜都拉汗是和田的英雄，他是和田司令的眼中钉。司令寄给他一封公书，让艾拜都拉汗去和田市。他父亲加拉力丁不让他去，他非要去。路上，碰到了梁副官，梁副官很傲慢地说他准备招待他，不过他会放他一马。艾拜都拉汗很生气，把他痛骂一顿，梁副官回去带了一连兵到艾拜都拉汗家，路上碰到了米尔扎·克里木。克里木问他去哪儿，梁副官说了艾拜都拉汗怎么得罪他，克里木说时间晚了一些，第二天，他也跟他们一起去，梁副官就回去了。克里木给艾拜都拉汗写了封信，他仆人连夜走路送信，艾拜都拉汗逃走了。次日，梁副官带兵到扎瓦村（艾拜都拉汗的村子），找不到艾拜都拉汗，把加拉力丁绑在树干上，用鞭子打他。他的弟弟买买提力汗给梁副官说是他放走他哥哥的，他会把艾拜都拉汗找回来。梁副官放了加拉力丁，给买买提力汗半月的时间去找艾拜都拉汗。买买提力汗到了普西亚乡的一座山上见到了艾拜都拉汗，艾拜都拉汗说服他让他打发父母朝觐去，不久，自己也会跟着去，买买提力汗答应了，于是他回去了。有个叛徒给梁副官泄露了艾拜都拉汗的地点，梁副官带兵去艾拜都拉汗所在的山，艾拜都拉汗让 260 名年轻人离开，四十名小伙子留下和他一起跟敌人战斗，艾拜都拉汗怕连累其他人，又让四十名民兵跑走了，单独一人跟敌人打了半天，最后敌人包围他，活抓了他。梁副官把艾拜都拉汗押到和田，关进监狱，残忍地折磨了几天，然后向艾拜都拉汗的父母提出要求能交十五斤黄金就可以赎买他。他父母只能找到十斤黄金，最终和田司令判他死刑，带出去枪毙了他。

三十　《雅丽普孜汗》（Jalpuz χan）

这是一部生活世俗达斯坦。有个少妇名叫雅丽普孜汗，是个寡妇，她聪明伶俐，她跟邻居卖油的瘸子一起捉弄了几个社会上层人物。雅丽普孜汗化妆打扮去逛街，路上碰到县官老爷艾克穆，他看到这个漂亮的少妇便产生了邪念。他问她是谁，家住在哪儿以及是否成婚，雅丽普孜汗摸到了他的心思，边撒娇边回答道她名叫雅丽普孜汗，住在阔雅西村，丈夫去喀什经商三个月没有回来。他问嫁不嫁给他，她说如果帮她还清五百银元的账，就愿意嫁给他。艾克穆老爷说他替她还债，雅丽普孜汗高兴极了，她对艾克穆老爷说今晚黄昏的时候到她家。艾克穆老爷回家后准备了钱，骑马奔去雅丽普孜汗家。雅丽普孜汗听到敲门声，让卖油的瘸子爬屋顶等着，等她假作咳嗽就下来。说完去开门，她先把艾克穆老爷的马赶到马厩，然后请艾克穆老爷进屋。艾克穆老爷给她交完钱后，要跟她做"尼卡"（是结婚的宗教仪式，穆斯林必须通过尼卡的形式来确定夫妻关系），雅丽普孜汗假作咳嗽示意，屋顶的卖油的瘸子接着咳嗽，艾克穆老爷吃惊，说道屋上有人，要帮他找躲藏的地方，雅丽普孜汗赶快找了个摇篮让他钻在里面。卖油的瘸子左看右看，发现了摇篮里的艾克穆老爷。卖油的瘸子装作她的丈夫质问她是谁？雅丽普孜汗跟卖油的瘸子解释道他是她娃娃，刚生下放在摇篮里去，卖油的瘸子看到"娃娃"的胡须和牙齿，让妻子把刮胡刀和钳子给他拿过来，让他给"娃娃"刮面、拔牙。妻子进卧室就出来，说找不到刮胡刀和钳子，于是卖油的瘸子自己去找。这时雅丽普孜汗跟艾克穆老爷说赶快跑，艾克穆老爷背着摇篮逃走，等他到家后，孩子们看背着摇篮的裸体老爷没认出他，听到他说他是他们的爹爹，就把他赶走了。他去大毛拉家告雅丽普孜汗，大毛拉把雅丽普孜汗叫来问个究竟。雅丽普孜汗看着大毛拉左顾右盼，眉目传情，大毛拉看上了她，听了她的话，赶走了艾克穆老爷。然后他问她是谁，家住在哪儿以及是否成婚，雅丽普孜汗摸到了他的心底，边撒娇边回答道：她名叫雅丽普孜汗住，在阔雅西村，丈夫去喀什经商三个月没有回来。他问嫁不嫁给他，如果替她还清五百银元的账，就愿意嫁给他。大毛拉说他替她还债，雅丽普孜汗高兴极了，她对大毛拉说今晚黄昏的时候到她家。雅丽普孜汗用同样的方式来敲诈大毛拉。大毛拉也很狼狈，被家里人赶走，他碰到了艾克穆老爷，一起去找了一个地坑坐着。第三回，雅丽普孜汗骗了一个屠夫，敲诈了他的马和五百银元。这三个同命人相会痛骂雅丽普孜汗。

三十一　《巴依纳扎尔》（Baj Nɛzɛr）

这是一部关于生活世俗的达斯坦。巴依纳扎尔是强盗头目，他带着几个刽子手拦路抢劫。有一次，五个塔里班（伊斯兰圣经学院的学生）就被他们抢去钱财并杀害。这个消息传到了阿克苏县官大人的耳朵里，他派遣一连兵把他们都抓获归案，然后判他们死刑并立即将他们杀头。

三十二　《萨地克·图台莱》（Sadiq Tytɛjle）

这是一部生活世俗达斯坦。从前巴夏克奇村有个巴依萨地克，是个傲慢、蛮横无理和残暴的人。有一天，牧人库万弹热瓦甫路过他的家门口，萨地克巴依说，他在他们家门口唱歌对他不尊重，就下令让几个仆人毒打教训了他。库万感到十分委屈，把萨地克的无理弹唱出来，到处传扬，受到了贫民群众的欢迎。萨地克的傲慢得罪了县官大人，结果坐牢了。受苦的老百姓知道了都很高兴，库万更高兴，就把这个事弹唱作成了达斯坦。

三十三　《阿地力汗王》（ʃah Adil χan）

这是一部生活世俗达斯坦。也门有个国王办事公正、大方和好心肠，称阿地力汗（意为公正、公理）。有一天，从别的国家来了七个乞丐，他们问这儿的人，城里谁最大方，他们都说国王最大方，他们去宫廷向国王要四十天的王位，国王大大方方地把皇位让给他们。七个乞丐即位后，举行一次次的宴会赢得了老百姓的心，发给大小官吏大量金钱也受到他们的欢迎。期限一满，乞丐们不想把王位还给阿地力汗，受贿的官吏都为乞丐辩护，阿地力汗后悔莫及，可为时已晚。一些官员鼓动乞丐们要处死阿地力汗消除隐患，乞丐们也同意次日绞死他。阿地力汗的一个忠实的卫兵给他告密，阿地力汗带着妻儿连夜逃出城。他跟王后古丽其克热、两个儿子一起走了几天路，到了一座山前，决定在这儿过夜。深夜，来了几十个强盗牵走了他们的马。第二天，来自夏姆市的五百个人的商队经过这座山，商队队长看到远处有烟气，怀疑是强盗，他带着几个卫兵去那边侦察。他到山边看见了一个中年人、一个貌如仙女的女人和两个孩子，他把卫兵退回去，他去山边敬礼阿地力汗，看到王后古丽其克热，内心产生了邪念，他编故事说道他爱人正要分娩，他们当中没有女人可帮忙，求阿地力汗的妻子去帮她分娩，阿地力汗答应了，商队长图加尔巴合满让王后骑上马，接着自己也骑马走了。阿地力汗后悔莫及，带着两个儿子继续走路，走了一段路，遇到了一条大河，不知道怎么过河，这时来了个骑马的人说可以帮他的孩子过河，阿地力汗答应了，那个人带着阿地力汗大儿子帕鲁合过河，过完河后喊道，他是个强盗就带着帕鲁合逃走了，阿地力汗又后悔了，他要牵小儿子加密西德的手过河，走到河中间来了波浪冲走了加密西德，阿地力汗离开了亲人，非常痛苦。他走到一座城市，那里人们仰望着天，望着一只正飞去的鸟，这个城市称底亚里白克力，城市的国王死了，没有可继位的儿女，于是放只幸福鸟，它栖息在谁的头上，谁就当国王。幸福鸟落到了阿地力汗的头上，结果，人们把他拥上皇位，从此阿地力汗当上底亚里白克力国的国王。

　　帕鲁合给那个强盗做了十年的仆人，强盗听到国王要卫兵，把他卖给国王当卫兵。加密西德被一只大鱼吸进肚子里，后来这只鱼被渔夫捕到，渔夫切开它的肚子就发现了一个孩子，把他收养了。等他长大以后，因为生活困难也卖给国王当卫兵。国王看上了这两个兄弟，让日夜跟着国王本人。阿地力汗的王后被商人图加尔巴合满抢回家，想强暴她，她要求先让她净身做纳玛孜（礼拜），他答应并睡觉去了。王后古丽其克热祈祷，保佑她平安，她的虔诚感动了安拉，图加尔巴合满梦到了圣人穆罕默德、圣母帕提玛，他们要惩罚他坐进地狱，因为他抢了人家的妻子，他睡醒后忏悔自己的罪行，决定像亲生妹妹一样对待古丽其克热。有一天，他带着商队到阿地力汗国度做客，晚上他求国王看好他的一个妹妹。阿地力汗派他最可靠的两个卫兵帕鲁合与加密西德，去古丽其克热的帐篷站岗，他们为消磨时光连日讲故事。他们各自讲述自己的亲生经历，最后发现彼此是亲生兄弟，兄弟高高兴兴地相认，这时发生了意外，帐篷里的古丽其克热听到他们的故事知道他俩是离开自己十多年的孩子，她冲出帐篷拥抱两个儿子并说道，自己是他们的亲生母亲，就昏过去了。次日，图加尔巴合满去古丽其克热的帐篷惊呆了，她跟两个卫兵拥抱着躺在地上。他不明白怎么回事，向国王状告他的卫兵，国王亲自视察情况确实如此，他下令将两个卫兵砍头，王后醒来看见两个死去的孩子不停地痛哭，国王听女人把两个卫兵说成"我的孩子"，问怎么回事，等听完古丽其克热的故事才知道他把他自己的亲骨肉砍死了，他十分痛苦。他们凄惨的哭声打动了真主，真主使他的两个儿子复活，从此以后他们一家人团聚，过着幸福的生活。也门的七个乞丐彼此篡夺皇位，你杀我砍，剩下了最后一个，国内没有国宝，老百姓穷的不得了，也门国快要崩溃了，大小官员们才发觉阿地力汗的能力和才华，他们推翻了乞丐政府，四处找阿地力汗。他们听说阿地力汗在底亚里白克力当国王，就给他写信请他回也门当国王，阿地力汗再也不想去也门城，因为也门的官员让他失望，于是他派图加尔巴合满任也门的国王。

三十四　《请看我一眼》（Bir qarap qoja ŋ）

这是一部以幽默风趣的方式表达日常生活乐趣的娱乐型世俗达斯坦。阿克苏有个巴依，他有五个女儿。年轻人去提亲，姑娘们让他们去买来头巾，年轻人回家拿钱去喀什买来漂亮的头巾交给她们，她们又说要几双靴子，年轻人又回家拿钱去喀什买来漂亮的靴子。她们又说要花帽，年轻人又回去给她们拿来花帽，然后问她们现在能接受他们的要求吗？她们说她们现在忙，等她们有空再来谈这个事。

三十五　《白乌兰白地汗》（Aqylɛmbɛdi χan）

这是一部英雄达斯坦。白乌兰白地汗和他妹妹麦合杜姆苏拉是妃子的孩子，皇后嫉妒妃子，将他们抛弃荒野。后来他们被熊收养。等他们长大成人后，离开熊，他们自己建房，便开始了独立的生活。白乌兰白地汗喜欢狩猎，经常去打猎，几天才能回来。每次临走时，吩咐妹妹不要灭火、不要出门、不要在河水里洗头发。麦合杜姆苏拉一个人很寂寞。有一次，她不小心灭了火，爬上屋顶环视四周，不远的地方有烟升起。她去那儿借火。原来这是一个七头妖怪，她变作一个老太婆迎接麦合杜姆苏拉，她借给她火，还给柴灰要她一路撒灰，以便她找到她的房子，单纯的麦合杜姆苏拉照办了。七头妖怪每天到她家，把她的辫子悬挂在天花板上，吸她的血，妖怪威胁说麦合杜姆苏拉不能把这件事告诉哥哥，否则把她杀掉。麦合杜姆苏拉一天比一天消瘦，等哥哥回来，白乌兰白地汗看见妹妹，简直不敢相信自己的眼睛，过了七天妹妹变得这么瘦。问什么缘故，她讲述了妖怪的折磨。勇士白乌兰白地汗大怒，向天发誓要杀死妖怪。妖怪又来，勇士白乌兰白地汗将妖怪杀掉。有一次，他又出去打猎，麦合杜姆苏拉又违反了哥哥的吩咐，在河里洗头发，她的几根又长又黑的辫子掉在水中流走。蒙古王子乌孜木合接到这些辫子，非常惊讶，问是哪个美女的头发，他手下人说这是一个勇士白乌兰白地汗的妹妹的辫子。乌孜木合暗恋这位美女，决定抢过来做自己的妃子。他率领大军抢走了麦合杜姆苏拉，白乌兰白地汗虽然跟蒙古大军英勇奋战，但是打不过成千上万的敌军。后来，他几次跟蒙古大军打仗又失败。由于他对妹妹的感情极深，受不了离别之苦，最后失明。麦合杜姆苏拉一直不适应宫廷的生活，时时刻刻思念哥哥，思念家。虽然她生了两个孩子，但是想回家。有一次，她以散步为借口，牵走王子的千里马，跟四十个宫女和四十个卫兵一起去河边。然后让所有卫兵和宫女喝酒，让他们喝醉，然后骑马就跑。当她过了河时，蒙古士兵追过来，要她回来，否则把两个儿子扔到河里，她放弃了最亲爱的孩子，离开了蒙古国。麦合杜姆苏拉回去找到哥哥白乌兰白地汗，用苹果汁撒在哥哥的眼睛上，就把哥哥的眼睛治好了，恢复了视力，然后兄妹幸福而和谐地过着晚年。

三十六 《勇士秦·铁木尔》（tʃin Tymyr Batur）

这是一部英雄达斯坦。秦·铁木尔和其妹妹麦合杜姆苏拉是妃子的孩子，皇后嫉妒妃子，将他们抛弃荒野。后来他们被熊收养。等他们长大成人后，离开熊，自己建房，便开始了独立的生活。秦·铁木尔喜欢狩猎，经常去打猎，几天才能回来。每次临走时，吩咐妹妹不要灭火、不要出门、不要去河水里洗头发。麦合杜姆苏拉一个人很寂寞。有一次，她不小心灭了火，她爬上屋顶环视四周，不远的地方有烟升起。她去那儿借火。原来这是一个七头妖怪，她变成了一个老太婆迎接麦合杜姆苏拉，给她借火后，还要她用柴灰一路撒灰，以便她找到她的房子，单纯的麦合杜姆苏拉照办了。七头妖怪每天到她家用她的辫子把她悬挂在天花板上，吸她的血，妖怪威胁说，她不能把这件事告诉她哥哥，否则把她杀掉。麦合杜姆苏拉一天比一天消瘦，等哥哥回来，铁木尔看到妹妹，简直不敢相信自己的眼睛，过了七天妹妹变得这么瘦。问什么缘故，她讲述了妖怪的折磨。勇士秦·铁木尔大怒，向天发誓要杀死妖怪。妖怪又来了，勇士铁木尔将妖怪杀掉。有一次，他又出去打猎，麦合杜姆苏拉又违反了哥哥的吩咐，在河里洗头发，她的几根又长又黑的辫子掉在水中流走。蒙古王子乌孜木合接到这些辫子，非常惊讶，问是哪个美女的头发，他手下人说她是一个勇士秦·铁木尔的妹妹的辫子。乌孜木合暗恋这位美女，决定抢过来做自己的妃子。他率领大军抢走了麦合杜姆苏拉。秦·铁木尔虽然跟蒙古大军英勇奋战，但打不过成千上万的敌军。后来，他几次跟蒙古大军打仗又失败。由于他对妹妹的感情极深，受不了离别之苦，最后失明。麦合杜姆苏拉一直不适应宫廷的生活，时时刻刻思念哥哥，思念家。虽然她生了两个孩子，但还是想回家。有一次，她以去散步为借口，牵走王子的千里马，跟四十个宫女和四十个卫兵一起去河边。然后让所有卫兵和宫女喝酒，让他们喝醉，然后骑马就跑。当她过了河时，蒙古士兵追过来，要她回来，否则把两个儿子扔到河里，她放弃了最亲爱的孩子，离开了蒙古国。麦合杜姆苏拉回去找到哥哥，用苹果汁撒在哥哥的眼睛上，哥哥的眼睛就治好了，恢复了视力，然后兄妹幸福而和谐地过着晚年。

三十七　《国王之死》（Padiʃahni ŋylymi）

这是一部描述生活世俗的达斯坦。从前有个暴君，他下令今后在他国度内谁要是得病，七天之内必须养好，否则斩头。老百姓十分愤慨，示威抗议，国王武力镇压他们。从此以后，很多没有治好病的人都被斩头了。过了几年后，公主得了肺癌七天内没有养好病，国王装得没什么事似的，没有采取任何措施。老百姓集会要求国王将公主斩头，国王看到民众很气愤，不能违背自己的国令，将女儿斩头。公主的死给他以极大的打击，不久脑溢血病故。老百姓为此高兴至极。

三十八　《巴日力与提娜》（Baril-Tina）

这是一部婚姻爱情达斯坦。巴日力疯狂地爱着提娜姑娘，整个达斯坦里年轻人巴日力用优美言语对情人提娜表达自己炽热如火的痴情和爱慕之情。

三十九　《苏丹加密介麦》（Sultan ʤɛm ʤimɛ）

圣人艾萨（伊斯兰教《古兰经》中艾萨，《圣经》中又称耶稣）询问已死去的叙利亚国王苏丹加密介麦地狱的遭遇、地狱的概况以及天使的模样。然后他再三请求，祈祷真主使苏丹加密介麦复活。苏丹加密介麦虔诚地为安拉祷告，一生奉献给安拉，死去后进了天堂。

四十　《希力甫部长》（ʃirip Bo ʤaŋ）

这一故事发生在 1948 年新疆策勒县阿提缠乡坡罗村。据说，希力甫就从小就是个聪明伶俐的孩子，因他乐于助人，平易近人又是个热心肠，父老乡亲们都喜欢他。经当地村民的推选，他当选为部长。但是他不愿意当官，推辞这一官位，当地群众联名写信，呈交县衙门，衙门下发带有公章的公函，任命希力甫为部长。在人民群众的拥护和支持下，希力甫积极开展保护群众利益的工作，赢得了民心。为了减轻村民的苛捐杂税，希力甫加大地主富人的交税数量。他的这一举措虽然为群众带来快乐，但却惹怒了当地的财主地主们。赛迪阿吉、尼亚孜嘎子、穆罕默德普坎等人策划谋杀希力甫。决定以勾引他妾伊斯兰木汗为借口，收买一个名叫艾里甫的长工，杀害他。有一天，希力甫部长忙完一天的差事回家，等他牵着马一进马棚，早就藏在里面等着下手的长工一棍打死了他。消息传开之后，县衙门将凶手艾里甫和策划者尼亚孜嘎子捉拿归案。由于尼亚孜嘎子之父以大量钱财贿赂衙门，结果尼亚孜嘎子被释放，长工被枪决。

四十一　《亚齐伯克》（Ja ʧibɛg）

这是一起历史事件，1680 年末发生于哈密地区。准噶尔蒙古人压迫新疆各民族人民，引起当地各族人民的不满。为了自由和解放，亚齐伯克率领起义军，同准噶尔蒙古统治者展开了浴血奋战。他利用声东击西的计谋，灵活作战，给敌人以极大的打击。准噶尔人多次谋杀他，都未得逞。准噶尔贵族以钱权收买哈密维吾尔族乌斯满伯克和卖麦草的人，用计抓捕和杀害他。后来，人民群众杀死乌斯满伯克等人，替人民英雄亚齐伯克报了仇。

四十二　《铁木尔·哈里发》（Tymyr χɛlipɛ）

铁木尔·哈里发是农民起义领袖，在他的率领下，1911 年，在哈密地区爆发了反清反封建的农民起义。起义军两次击退哈密地方政府军的攻击，震惊了新疆省政府。为了维护贫穷百姓的利益，起义军枪杀财主、地方官员和土豪劣绅，救济贫民，得到了老百姓的拥护。在钱大人的指挥下，两千多名清兵攻打驻扎在山里的起义军，起义军英勇善战，全局获胜。政府不得不和平谈判。新疆省政府派遣一个姓李的回民阿訇去和铁木尔·哈里发和平谈判。铁木尔·哈里发提出了"解除苛捐杂税制度，改善人民生活，投枪回归的农民，不能秋后算账"等意见，李摸着《古兰经》发誓，答应铁木尔·哈里发的所有要求。他传达了杨将军请铁木尔·哈里发在省政府当官的邀请。李的花言巧语迷惑了他，他不顾属下的规劝，前往迪化就职。新疆省长杨曾新任命他为将军，所谓的"将军"是一个名存实亡的空架子，什么实际权力也没有。铁木尔以自己的短见后悔不已，没听别人劝告后悔莫及。自己像一只关在铁笼里的老虎，是一只调离高山的老虎。他训练一百名警卫队，准备寻机潜回哈密东山再起。但是他的秘密行动被敌人发觉，以参加军事协商会议的名义逮捕了他，以背叛起义的罪名处以了绞刑。

四十三　《和卓尼亚孜·阿吉》（χo ʤanijaz Ha ʤi）

和卓尼亚孜·阿吉是 1931 年至 1935 年爆发于哈密地区的农民起义的领袖。和卓尼亚孜·阿吉曾经参与过铁木尔·哈里发的农民起义，起义失败之后，他逃亡到蒙古国，在森林地区以狩猎维持生计。和卓尼亚孜·阿吉看到新疆人民悲惨的生活和当地官员的剥削行为，心里十分难受。他组织一群有革命意志的青年，开始了游击战，杀死地方暴徒，为民除害。不满当时社会制度的贫民百姓纷纷参加起义军，队伍日益壮大。政府派数百名官兵镇压起义，但是被起义军击垮。省政府又派几千名官兵镇压，和卓尼亚孜·阿吉派人到甘肃，从甘肃请来了一个回民小头目马仲英，双方内外迎合，打败敌人，获得了数千支枪支。起义军的武装装备有了大大改善。后来，因为分配枪支弹药问题，和卓尼亚孜·阿吉与马仲英之间发生分歧，马仲英私自攻打迪化，从南部包围迪化。伊犁将军蒋培元率兵从北部挺进迪化。新疆省政府督办盛世才讨好苏联驻迪化大使，加入苏共，得到了苏联军事援助。苏联红军分别从塔城、霍尔果斯和喀什边境潜入新疆，入境之后，苏军换上中国军装，扮成中国军人，打击马仲英和蒋培元，为盛世才消除障碍。在苏联驻华大使的调解下，和卓尼亚孜·阿吉任新疆"民主"政府的副主席，但是他也像铁木尔一样，逐步成为了一名没有实权的民族官员。1935 年，盛世才杀害了他。人民失去了自己的民族英雄，感到十分痛苦。

四十四　《伊斯兰伯克》（Islambεg）

清代时期，一名叫伊斯兰伯克的英雄，带领起义军打击腐败无能的清朝地方政府。在一次战役中，伊斯兰伯克中弹受伤，落到敌人手里，被关进牢狱。后来，几个朋友组织营救他，他们一起组织反抗敌人。在敌多我少的不利情况下，伊斯兰伯克壮烈战死。他的美名在民间永垂不朽。

四十五　《喀库克与再纳甫》（《布谷鸟与情鸟》）（Kakkuk wεZεjnεp）

喀库克是维语词汇，指的是布谷鸟，再纳甫是布谷鸟的情人，也是一种鸟类（因找不到合适的汉语对应词，按维文音译）。喀库克是爱情专一而正派的好鸟，但是再纳甫是有花花肠子的花心鸟。喀库克为了寻找它，历尽不少苦难，最终两只鸟团圆，但是再纳甫抛弃布谷鸟，喜欢青蛙。青蛙知道它是花心鸟，不想谈恋爱。再纳甫又去找麻雀，与它好。喀库克一直将再纳甫藏在心里，替它担心，替它烦恼。但是背信弃义的情人再纳甫早将它忘记，和新情人鬼混。人们将它们的故事编组成长篇叙述歌曲，在民间演唱。

四十六　《控诉西纳夏伯克》（ʃinahʃa BegigεLεnεt）

旧社会，在西纳夏地区有个残酷无情的伯克，他有一位勤劳勇敢的雇农，名叫买买提克里木。伯克想尽办法，剥削买买提克里木，让他不停地为自己创造财富，但是以各种借口揍他，折磨他，不给他工钱。买买提克里木有一个漂亮的妻子孜维地汗，她有一双令人陶醉的黑眼睛，黝黑的长发，是个靓女。伯克对孜维地汗产生邪心，故意让买买提克里木到戈壁的处女地开垦种田，然后想霸占孜维地汗。但是孜维地汗是一个忠诚、善良而勇敢的女人，全力反抗伯克，他邪念未得逞。伯克气急败坏，到戈壁找到买买提克里木，故意跟他找碴儿，用鞭子揍他。买买提克里木不堪忍受压迫，携带妻子，到异地他乡。他一路弹琴唱歌，控诉无恶不作的伯克暴行，向世人揭发他的所作所为。

四十七　《夏赫亚库甫与苏里坦汗》（ʃahjaqup wεSultan χan）

这是一部婚姻悲剧。从前，有个贫民，名叫夏赫亚库甫。他是个野心大、坏心眼的人。夏赫亚库甫为一名商人当伙计，在一次戈壁滩旅行中，杀害了主人，霸占了他的财富，成了一名暴发户。他利用钱财，说服美女苏里坦汗的父母，娶苏里坦汗为妻。后来，夏赫亚库甫又娶了三个老婆。于是没有原来那么疼爱苏里坦汗，开始打她骂她，最后把苏里坦汗赶走了。人们十分同情苏里坦汗的不幸命运，对夏赫亚库甫的暴行表示极大愤慨。曾吸引多少小伙子的苏里坦汗走上戈壁沙漠，最后活活饿死。

四十八　《谢凯日斯坦》（甜果之乡）（∫ekeristan）

这是一部辩论体裁的叙事诗。在果园，桑果、杏子、桃子、无花果、苹果、核桃、巴旦木、哈密瓜、西瓜等瓜果和小麦、稻子、高粱等庄稼歌颂自己，证明自己比其他高一等，最后大家达成一个"各有各的优势，团结和谐才是硬道理"的共识。

四十九　《比凯奇·阿尔斯兰·特勤》（Bik et∫Arslan Tekin）

这是一部记载于《突厥语大词典》中的历史英雄"达斯坦"。据考证，比凯奇·阿尔斯兰·特勤是喀喇国汗王苏莱曼汗（1031—1057），是一个勇敢而聪明的汗王。依明·吐尔逊先生根据内容整理出与此题目相关的 36 诗节或诗段，并论证其有一定的历史背景。在他执政期间，十大乌古斯汗部落的拔悉密和亚巴古仍然信仰萨满教和摩尼教，他们对接受伊斯兰教信仰的喀喇汗同胞感到不满，他们率兵向喀喇汗国进行军事行动。为了用武力使其皈依伊斯兰教，向拔悉密、亚巴古等非穆斯林突厥部落开战。比凯奇·阿尔斯兰汗亲自率兵迎战，打败他们的进攻，取得了辉煌的战绩。他率军打击拔悉密部落和亚巴古部落，进行了浴血奋战，使部分非教徒屈服，强迫他们皈依伊斯兰教。达斯坦片段十分生动地描述了他们之间的激烈战争。

五十　《阿里甫·艾尔·通阿》（Alip er To ŋa）

这是一部记载于《突厥语大词典》中的具有浓郁神话色彩的历史英雄达斯坦。据考证，阿里甫·艾尔·通阿是一个非凡的英雄，是一个具有传奇色彩的英雄人物。据传说，他活了数百年，统治了中亚、东波斯、北印度以及两河流域，波斯人称他为土兰帝国帝王。在这期间，他不止一次地向伊朗、波斯军开战，令敌人不得安宁，他们之间的战争持续了两百多年。后来，他率兵征战波斯时战死了，在《突厥大辞典》中有记载了大量关于阿里甫·艾尔·通阿的历史挽歌。

波斯人在菲尔多西的《王书》中将他描述成一个吸血鬼、战神和刽子手。波斯人非常害怕他、恨他和敬畏他，称他为［Afrasiyap，阿芙拉西亚普对于波斯人为什么把突厥名字阿里甫·艾尔·通阿（Alip ɛrto ŋa）称作阿芙拉西亚普（ɛfrisajap）这一问题，目前学术界有两种说法。第一种观点认为，伊朗传说和《王书》中，他被描述为战争的象征，因此，他的波斯名可能与战争有关的"盾"（ɛfras）和"箭、子弹"（jab）的组合。第二种观点，这是波斯人对原名的发音变化而造成的。在突厥语中，阿里甫·艾尔·通阿，也称作ɛwr ɛn ɛsri alip，波斯人将其发音为ɛwras-alip。在长期使用过程中，这一名词逐步变成为ɛfrisajap这一形式。］据阿拉伯历史学家艾布·加法尔·泰白日（837—922）记载，阿芙拉西亚普是托尔（tor）的孙子，亚苏白赫（y ɛsub ɛh）的儿子。根据传说，泰白日记记载大洪水之后，挪亚之亲信生了一个非凡的孩子，名叫加姆西德（dʒɛmɾid），他又生了法力顿（f ɛridun）。法力顿先后有了三个儿子，分别叫托尔（tor）、赛莱姆（s ɛl ɛm）和艾热杰（ɛjr ɛdʒ）。法力顿将突厥、马秦和东部分给长子托尔掌管，罗马、俄罗斯和西部分给次子赛莱姆掌管，将波斯、霍拉桑、也门等地分给老三艾热杰统治。[①] 后期，为了争夺领地，伊朗人与突厥人之间战争连续不断。

五十一　《好汗吾买尔》（Ymɛr Batur）

吾迈尔是一位勇敢无畏的好汉。在清代，他率兵与清兵打游击战，对他们的敌人进行了严厉打击。在一次战役中，他一个人砍杀数百名清兵，成了名，成为一个人民英雄。有一次，在额米尔山扎营的准噶尔的一支军队，看到正在吐俑山一带割麦的六十六名维吾尔族青年，便蛮横地杀死了其中的四十名，其余二十六名幸免逃生。事后，好汗吾买尔为向恶匪们讨还血债，与敌人多次奋战，终活捉匪首，斩首处死，为民报仇雪恨。准噶尔土匪派千余名士兵进攻吐俑山，向吾迈尔的队伍开战。吾迈尔带着数十名勇士，浴血奋战，最终因敌多我少，勇士们都壮烈牺牲。以吾迈尔为首的勇士们为民杀敌除害的英雄事迹在民间世世代代得以歌颂，经过世代相传，演变成一部英雄叙事诗。

---

① 伊明·吐尔逊：《塔里木文集》，民族出版社1990年版，第585—586页。

五十二   《英雄萨迪尔》（Sadir Palwan）

萨迪尔是反清英雄。在伊犁地区，满清统治者的压迫日益加大，苛捐杂税使人民生活在水深火热之中。为了人民的幸福与自由，爱国爱民的英雄萨迪尔组织农民起义。但由于农民起义组织松散，武器落后，萨迪尔几次落到敌人手里。他以智慧和力量挖墙越狱，继续打击敌人。清政府派大军，镇压农民起义，但在人民群众的支持下，农民起义军占领伊宁市，建立了临时地方人民政府，执政七八年。后来沙俄派兵侵入我国西北边境，镇压农民起义，侵占了伊犁地区，农民起义以失败告终。英雄萨迪尔逃到山区，六十多岁时病死了。

五十三   《帕塔姆汗》（Patɛm χan）

帕塔姆汗是一位女英雄。在封建王国内，女人的社会地位是很低的。帕塔姆汗遭受了封建掌权者的霸占和压迫。她手拿武器，以武力反抗封建阶级。在数次战争中，她英勇无畏的行动在起义军里得到了认可和赞颂，成为一个人民英雄。由于叛徒的出卖，帕塔姆汗最终被封建势力处死。

五十四   《拜合拉姆王子与迪丽热孜公主》（Bɛhkamwɛ Dilaram）

在罗马，有一个公正的国王，他有个女儿名叫迪丽热孜。迪丽热孜公主容貌美丽，她嘴如樱桃，眼睛如明月，眉毛乌黑，辫子又黑又长。周围70个国度地区的汗王及其贵族听到她的美貌，都派媒人送贵重礼物提亲，国王面对这些有名望的王子、贵族使者，不知怎么回答。女儿是一个人，但是提亲的有70人，都是国强民富的国家的王子或太子。他派人征求女儿的意见，公主要求父王为她修建一座高塔，下面放着一手鼓和一双银筷子，谁想娶她为妻，敲鼓请她出来，与她赛诗，谁赢了她，她嫁给谁。国王因为女儿帮助他解决难题而十分高兴。国王下令手下立即修建高塔，为公主准备比赛平台。来自全国的工匠不分昼夜地干活儿，一个星期便修建了高塔。公主迪丽热孜开始与前来求婚者赛诗，输了都被砍了头。有一位老人，迷上了这位公主，与公主赛诗，但还是没有赢。看他年事已高，公主饶命，劝他回家。过了一段时间，他又来想要见公主一面。公主请画家画了她的人像，送了老人。老人拿着像，离家出走，到山洞过着与世隔绝的生活。有一天，秦国王子拜合拉姆外出打猎，碰到了一只羚羊，他追着羚羊，走到了山洞前，这时羚羊不见了，从山洞里传来一阵哭声。他进去一看，有位老人抱着画像，不停地叹气、哭泣。他问缘由，老人告诉他一个美丽无比的罗马公主使他落到这一地步。拜合拉姆一看画像就对公主一见钟情了，询问老人她是否如画像那么美，老人答道比公主画像还美几百倍。拜合拉姆将老人安顿，自己茶饭不思，整日无眠，脸色发黄，一天比一天虚弱。国王问他缘由，他告诉他自己得了相思病。于是，国王召集属下商议。然后，给他五百名士兵，准许他上路。半途中，士兵们想家想孩子，但不愿不离开。王子拜合拉姆让他们回家，独自一人到达罗马国。他敲鼓请公主赛诗，这时公主睡懒觉，她告诉宫女，出去看一下是哪个不想活的，前来找死。宫女禀报，一个英俊帅气的秦国王子等着公主赛诗。公主出来，跟他赛诗。赛诗十分激烈，公主发现王子赛诗水平不错，怕自己输掉，掀起盖头，亮相美貌，王子拜合拉姆亲眼见到她的眉眼，昏倒了。公主下令砍他的头，刽子手押着他往外走，碰到了公主的奶妈。她看了长相和美的王子，同情他，向公主替他求饶。于是，公主放他走了。拜合拉姆在市郊净身做礼拜，祈祷 40 昼夜，祈祷安拉使他如愿以偿。安拉派赫兹尔神与公主赛诗，赫兹尔神变形为一个又丑又老的牧人到罗马国与公主赛诗。他敲鼓之后，宫女劝他回家，但他不听。公主获知一个老牧人向她求婚，感到无比羞辱，让宫女给他一点金银财宝打发走。但是赫兹尔神不想要金银财宝，非得要娶公主为妻。牧人娶公主的消息传开之后，市民前来凑热闹，公主不得不亲自出面赛诗。她又规劝老人回家，他表示非得要娶她为妻不可。公主与赫兹尔神赛诗，竞赛十分激烈，公主用印度语、阿拉伯语、波斯语、希伯来语以及维语对诗，无论什么语言，赫兹尔都回应得十分恰当。公主不得不佩服这个"丑老男人"的即兴作诗才能，但是自己不想嫁给他，陷入进退两难的困境。于是，她想再耍花招，掀开面纱，使他神经错乱，赢得比赛。但是掀开头盖，赫兹尔仍然头脑清醒，这一招对他不管用。公主迪丽热孜猜测对方是神人，立即向他认错。赫兹尔神肯定她的认错态度，向她提出接受秦国王子拜合拉姆求婚的要求，公主立即表示答应。赫兹尔神为他们念经做"尼卡"仪式，罗马国王为他们举行 40 昼夜的盛大婚礼。于是他们如愿以偿了。

五十五　《恰西塔尼·伊里伯克》（Tʃaʃtani Elik Bəg）

恰西塔尼·伊里伯克是一个热爱自己家乡和族群的英雄。一时间，妖鬼占领了他们的城市和乡村，到处做坏事。他们吸人血、吃人肉，把人的肠子缠在身上，自由自在地走动。他们长相丑陋，以可怕的尖叫声大喊大叫，威胁人们。恰西塔尼·伊里伯克看到了他们惨无人道的罪行后，忍不住了，他挺起胸膛，质问妖鬼为什么杀死无辜群众，为什么吃掉他们？妖鬼对他不理睬，不把他放在眼里。英雄恰西塔尼向他们宣战，他警告妖鬼们赶紧滚开，否则他将用锐利的宝剑把他们碎尸万段。这些无情的妖鬼包围了他，准备将他美美地吃一顿。在危急之下，复仇心理较重的恰西塔尼面对妖鬼的威胁，一点都不怕。妖鬼们拿着矛，摇着火红的头发，准备下手。恰西塔尼扑上去，用力抓住一个名叫乌鲁米克的妖鬼，把他杀了。此时此刻，其他妖鬼被吓坏了，离他较远后，低声哀求："好汉饶命，就算你杀了我们，也不能消除瘟疫。"恰西塔尼问他们："有什么办法消除瘟疫？"他们道："你往南郊方向走去，有一棵极高的柳树上蹲着一个魔鬼（Diwe），他是罪魁祸首，他将人类抓过来，不停地吸血和吃肉，传播瘟疫，你消灭他，就可以消除灾难的根源。"于是，恰西塔尼找到魔鬼搏斗，杀死了他，为民除害。

五十六　《孜维德汗》（Ziwidixan）

本达斯坦叙述的是关于一个名叫买买提克里木的农民的世俗生活故事。买买提克里木是一个老实本分的农民，为了生计，他在毛驴身上驮上一袋小麦，到磨坊磨面。在路上，毛驴驮着小麦疯跑，他在后面追，终于赶上它，用树条狠狠地打了毛驴几下。他在路上觉得肚子饿得厉害，于是就在路边生火，在草灰里埋了一块库麦西馕，因为肚子很饿，拿着半生半熟的馕狼吞虎咽地吃下。后来到土路旁的清真寺做礼拜。在做礼拜之时，因生吃库麦西馕，肚子涨得很，憋不住放了响屁，引起礼拜穆斯林的不满（在清真寺做礼拜时绝不能放屁或不净身）。人们把他从清真寺里赶走。他回到家，向老婆孜维德汗诉苦，并说人们不要他了，他想远走高飞。老婆跟他要以前他答应过的礼物，买买提克里木耍嘴皮，对她说，等他们到喀尔塞乡弄块地种上棉花，丰收之后，给他购买丝绸连衣裙。于是，他们牵着公牛，在公牛身上驮着一麻袋棉花籽儿上路了。他们一起走到了喀尔赛乡，买买提克里木用公牛犁地。犁一片地之后，买买提克里木说："肚子饿了！"让老婆孜维德汗烤馕。他老婆告诉他，没有多少面粉，怎么做馕？买买提克里木给他指出招儿，告诉她用骆驼刺粉、荆棘粉加在面粉里面做馕。孜维德汗问他这样烤出来的馕是否刺伤喉咙，他回答："不。"
孜维德汗按他的说法做了馕，埋在草灰中，走到婴儿睡觉的地方，抱着宝
宝喂他。这时，买买提克里木偷偷地走过去，把库麦西馕全部吃光了。孜
维德汗肚子饿，过去一看，发现草灰早已掏空，馕被人拿走了。他找到买
买提克里木理论起来，买买提克里木告诉她，他回家用五公斤小麦再磨
面，让她烤馕，吃个够。但是孜维德汗对丈夫的行为感到很生气，一直在
赌气。买买提克里木把她绑在树干上，用鞭子打了几下。此时，他的朋友
库尼卡木从阿克苏回家路过这里，他看到买买提克里木打老婆，问他：
"为什么打她？为什么那么狠心？"立即为孜维德汗松绑，孜维德汗哭哭
啼啼地告诉他买买提克里木一人吃完库麦西馕，饿着她们母子俩。库尼卡
木打抱不平，带着她俩到乡镇，给她俩买饭吃，买衣服穿。孜维德汗一心
想跟着他了，不想回到粗暴的买买提克里木身边。于是，买买提克里木后
悔自己的行为，但是后悔莫及。

五十七　《过去与今天》（θtmiiʃwε Bθgiin）

本达斯坦叙述一个名叫托合提的农民在洪水防御中被剥削阶级活活地
埋在堤坝上去堵水的故事。他们惨无人道地虐待农民工，对他们像对流浪
狗一样，毫不留情面。艺人把旧社会与今日幸福社会加以对比，反映了在
中国共产党领导下人民百姓得到幸福生活的美好局面。

五十八　《巫师之歌》（pir Nahxisi）

本达斯坦叙述一个商人外出经商前跟他情人所说的甜言蜜语。这是带
着抒情色彩的世俗达斯坦，通过普通商人与他情妇的私下暧昧关系，反映
了他们的风流秉性。叙述一个名叫阿瓦汗的美女向出远门经商的男友嘱咐
为她购买漂亮的衣裳（即裙子）、布料以及丝巾等，商人答应给她买金银
首饰、丝绸和丝巾等礼物。但他到和田、库车、库尔勒等地后，把自己的
诺言抛在了脑后，在当地寻找美人寻欢作乐。

五十九　《艾萨伯克》（Aeysa Bag）

本达斯坦叙述爱民爱家人士、慈善家艾萨伯克的故事。1888 年出生
于策勒县达麻沟乡。在达麻沟乡破纳克村当了地方伯克。他心地善良，乐
于助人，他对贫民很仁慈，他为贫民发放粮食、衣服和羊肉，帮助贫民过

冬过节，谁家有困难，他都会慷慨解囊，提供援助，是一个爱民好汉。但为了草原争夺纠葛，在 1939 年 7 月 7 日，他女婿皮拉吾东惨无人道地在他身上捅了七刀并杀害了他。虽然衙门抓捕了凶手，但是腐败无能的县大人和和田地区大官从皮拉吾东亲戚那儿受贿，不顾平民的反对和不满，竟然将杀手释放。艾萨伯克女儿组织人马，前去惩罚凶手，但皮拉吾东逃逸。1951 年，新政府重新审理此案，公开开庭审判凶手皮拉吾东的罪行，判处死刑，立即执行。这一达斯坦是艾萨伯克的牧羊人托合提巴依和吐戴克首次一起连夜编词即兴创作的。之后，这一达斯坦在策勒县各乡村口耳相传，在和田地区于田县、策勒县、民丰县、洛浦县和墨玉县等地相继流传。

六十　《穆罕默德圣人的诞生》（Tεwεllotnamε）

霍加阿布都拉是一个德高望重的部落高层人士，布维阿米娜是出身于奎莱希（KVREX）部落的女人。他俩结婚后，布维阿米娜怀孕。此时，霍加阿布都拉的额头上突然出现了一束光，闪耀发光。传说这是穆圣诞辰的神秘标志。布维阿米娜尚未生产，霍加阿布都拉遭难去世。布维阿米娜在分娩之时遭到难产，折腾很久，疼痛万分。安拉派天使哲布拉勒相助她，哲布拉勒天使给她剖腹取婴儿。婴儿健康而安全地诞生。在诞生初期，他不肯吃他母亲的奶，等他长到 25 天之时，她母亲不幸去世。于是，他叔父抚养他，他叫来 40 个奶妈喂穆圣，但他都不肯吃奶。最后，找来一个名叫艾丽满的奶妈，穆圣愿意吃她的奶。在喂奶期间，她家里发生了很多古怪事情。穆圣四岁的那一年，在他跟艾丽满的孩子们玩耍之时，从天上飞来两个满身白衣的天使，他们剖开穆圣的肚子，从肚子里抽取撒旦（傲气、嫉妒和急性子等）般的东西，又飞了回去。艾丽满的小孩告诉她当时的场景："我们在院子玩耍，突然飞来了两个穿着白衣的人，其中一人问'是这个小孩吗？'另一个答道：'是'。他们抓住穆罕默德，让他躺在地上，剖开了他的肚子，好像从里面取了什么东西。"据说，他俩是安拉派来的哲布拉勒天使和米卡伊力天使，他们从他心里驱除傲慢、嫉妒和虚荣心等毛病，往心里装上了忍耐、关心和知足等品格。艾丽满见到这一古怪事情之后，感到害怕，把穆圣还给了阿布都拉穆塔利夫。

六十一　《穆罕默德圣人的归真》（Wapatname）

故事讲述的是穆圣骑着骆驼上路，在路上，他突然病倒了，骆驼将他驮到阿依夏那儿。阿依夏忙前忙后，精心伺候他。他的圣徒阿巴白克力、乌买尔、乌斯满和阿力都做了同一个梦，都觉得有大事要发生，于是就上门拜访穆圣，并告诉他关于他们做过的梦，穆圣告诉他们自己日子不长，将要与他们永别。阿依夏、法提玛、伊玛目霍萨、伊玛目霍塞因都做了同一个梦，他们也去穆圣家里，与他永别。天使哲布拉勒来到人间，将他带到天堂，他请求安拉，想要被埋葬在地下，天使答应了他。他在清真寺做完最后一次礼拜，与大伙儿告别。然后，天使把他的灵魂引到天堂，躯体埋葬在地下。

六十二　《巴巴茹仙》（Babaroʃɛn）

一个名叫巴巴茹仙的穆斯林欠一个异教徒的债没钱还债，但债主再三催债，他显得十分无奈。这时，圣徒阿力得知情况后，帮他还债。他要求巴巴茹仙把他当奴隶，在市场卖掉，然后还债。巴巴茹仙把他卖给异教徒国王，然后还清了自己的债务。国王向阿力要求完成三件任务：其一，从大河引水，供给城里市民；其二，杀龙为民除害；其三，前往麦加抓捕穆斯林群众英雄阿力。阿力以超人的力量和勇气完成建渠引水和杀毒龙为民除害的艰巨任务后，捆绑了自己，求见国王。国王获悉此人就是穆斯林的英雄阿力，下令斩头，当刽子手拔剑砍头之时，穆圣念经瘫痪了刽子手的双手，阿力用力伸开身子，将捆绑自己的链子弄断，当场砍死了一群士兵。国王见到这一场景，感到十分害怕，自己带领全国臣民皈依伊斯兰教。

六十三　《法蒂玛尼卡仪式》（Nikah name）

法蒂玛是穆圣之女，圣徒阿力的妻子。尼卡仪式是在伊斯兰教伊玛目的主持下为新郎新娘举行的结婚仪式，这一故事具有浓厚的宗教色彩。阿力是个聪明、虔诚和勇敢的人，穆圣喜欢他，他把女儿许配给自己的圣徒阿力。在伊玛目的主持下，举行了盛大的尼卡仪式，举办了圣徒与圣人女儿的婚礼。从此穆斯林结婚办尼卡仪式变成了一个必修环节。

一次，有个人请穆圣及其圣徒们到他家里做客，可阿力赴宴迟到。他到主人家走进客房时，穆圣立即起来让座，其他圣徒们感到奇怪，问道："您是安拉的圣人，是最高贵和尊敬之人，何必为自己的弟子让座呢？"穆圣答道："虽然他是我的教徒，可他是我女儿的丈夫，是我女婿。女人像一个精品或一堆鲜肉，需要小心翼翼地保护和关照，阿力已经做到了这一点，让我很放心，因此，我觉得他应得到尊敬，所以给他让座。"这一故事形成了穆斯林家庭尊敬女婿的传统习俗。

六十四　《古尔邦纳玛》（Korbannamε）

这是一个关于古尔邦节（宰牲节）来历的故事。传说圣人易卜拉欣打算屠宰自己亲儿子以实玛依，为安拉祭祀。易卜拉欣带着儿子以实玛依上山，不敢给儿子说实情，但以实玛依见到父亲不同寻常的表情和行为，心里产生一种不祥的预感。他问父亲是否杀自己祭祀？易卜拉欣觉得瞒不住，于是流着眼泪，告诉了他宰人祭祀的秘密。

以实玛依慷慨地说道："父亲，你别忧伤！我愿意为真主献身，这是我的荣誉和福分。"易卜拉欣十分感激儿子，他把以实玛依带到山区空地，准备宰人，以实玛依躺在地上，由父亲宰，父亲第一次砍刀，没成功，第二次也没成功，第三次磨刀，再宰以实玛依，刀刃凹进去了。安拉始终在观察父子行为，为他们的一片虔诚之心感动。安拉派哲布拉勒天仙下凡人间，让他从天上送一只蓝色公羊给他们。天仙从天上给他们送来公羊，供他们宰牲祭祀。这一事件后，在穆斯林世界产生了古尔邦节，即宰牲祭祀活动。

六十五　《伊普塔尔纳玛》（Iptranamε）

这是一部关于斋月的故事。"肉扎"是封斋之意，"左鲁克"尚未天亮之前就餐，"伊普塔尔"是晚上开斋，"伊普塔尔纳玛"是开斋的故事。按照伊斯兰教教义，每一个穆斯林必须完成五个功课，具体包括伊玛尼（信仰）、五次纳玛孜（礼拜）、扎卡特（向老小病残或清真寺义务供款贡品）、肉扎（封斋）和朝觐等内容。穆圣告诉穆斯林群体，封斋是安拉考验穆斯林的意志和忍耐，抵制欲望的诱惑。封斋期间，穆斯林白天不能吃喝任何东西，不能过夫妻性生活，否则破坏封斋，在安拉面前有罪孽。艺人以艺术表演的形式歌颂封斋的重要性和严肃性，宣教育人。

六十六　《黑亚麦提纳玛》（Kiyamɛtnamɛ）

"黑亚麦提"表示"世界末日"之意。这一故事叙述黑亚麦提的种种迹象，穆斯林努力完成五项功课，为黑亚麦提做好准备。黑亚麦提来临时，山崩地裂、洪水漫延、瘟疫流行、世界上无人幸免。安拉问每一个人是否完成五个功课，是否救济老弱病残和寡妇孤儿，是否孝敬父母等问题，根据每人的行为裁决上天堂还是下地狱。

六十七　《圣人阿力的故事》（Hɛzriti Alikessisi）

传说阿力是勇猛、大胆、聪慧和虔诚的穆斯林英雄，是一个刀枪不入的英雄人物。他积极帮助需要帮助的穆斯林，惩罚无恶不作的异教徒。他有一匹骏马，名叫"杜乐杜乐"，是一匹灵敏而善解人意的千里马。阿力骑着杜乐杜乐，到处说服异教徒皈依伊斯兰教。阿力逐渐变成了令对头担惊受怕的穆斯林英雄。

六十八　《伊玛目霍塞因的牺牲》（ʃehitnamɛ）

传说伊玛目霍塞因和伊玛目霍萨是圣徒阿力的双胞胎儿子，也是穆圣的外孙。他们在伊斯兰教界名声不断扩大，这一情况引起了一些心胸狭窄教徒的嫉妒，他们时刻策划要干掉伊玛目霍塞因，有一次伊玛目霍塞因外出宣教，到达凯尔巴拉（KERBALA），在此早已埋伏的谋杀者将他杀害了。

六十九　《凯尔巴拉事件》（Kerbala Kessisi）

这一故事与霍塞因牺牲的故事十分相似。穆圣之女法蒂玛的双胞胎儿子伊玛目霍塞因和伊玛目霍萨，也就是圣徒阿力的双胞胎儿子，由于拥有特殊的身份，在阿拉伯帝国里颇有名气，这一现象引起了一些想当哈里发的教徒的嫉妒之心，他们周密策划要干掉伊玛目霍塞因和伊玛目霍萨。有一次，他们俩到伊拉克的达凯尔巴拉（KERBALA）之后，遭到了政治策划者的惨无人道的暗杀。这确实是伊斯兰教史上一个历史性悲剧事件，这一历史事件被称为"凯尔巴拉事件"，后来，这个地方成为世界什叶派穆斯林朝拜的伊斯兰教圣地。

七十　《艾尔格南浑》（εrginεkon）

《艾尔格南浑》是一部古代达斯坦，用第一人称的口吻叙述先民披荆斩棘，寻找家园的艰难历程："我们一连走了十个昼夜，翻过一座座大山。在一个黎明尚未到来的早晨，我们找到了一个栖身之地。"这个地方被群山环抱，鲜花盛开，仿佛是一个世外桃源，大家称之为艾尔格南浑。达斯坦围绕一个民族起死回生的历程，穿插了一些神秘奇特的情节，那只名叫博坦友纳的狼，突然出现在走投无路的人们面前，然后给人们带路，它还使铁匠戴上王冠，登上了可汗的宝座。这只狼扮演着神的使者角色，并不凶残可恨，反而有几分让人敬畏的色彩。反映了维吾尔先民远古游牧时代形成的图腾崇拜的遗痕。

七十一　《萨拉姆纳玛》（关于劣马的五行诗）（Salamnamε）

这一达斯坦原本来自作家文学，由于内容有趣，语言通俗而幽默，由民间艺人作曲配乐，演唱这一达斯坦，因此，在民间广为流传。和田墨玉县人艾合买提江与阿克苏的纳扎尔在喀什经学院一块读书，是数年的同窗同学，毕业后，他们各奔前程，艾合买提江回到和田当清真寺伊玛目，纳扎尔回到阿克苏当毛拉。艾合买提江走路腿疼，想买一匹马。听说，阿克苏有好马，他决定托同学纳扎尔毛拉从阿克苏为自己买一匹骏马，并给他捎了五十金元。半年过去了，却没有同学的音讯，托人催他，快一年之际，同学给他买了一匹马送过去。但是，这匹马令艾合买提江苦恼不已，因为在着急上路时，马停着不动，想慢慢走回去时，马奔跑不停。在乡亲们面前，这一匹劣马把艾合买提弄得出尽洋相，使得他十分恼火。于是，他决定卖掉这匹马，但是很多人都听说过这一匹马的劣性，没人敢买。在这种情况下，艾合买提写了一首讽刺诗，给他同学捎过去。他以尖锐而讽刺的语言诉说劣马给他带来的种种苦恼，嘲笑老同学纳扎尔花五十金元给他买了匹不如毛驴的钝马，指责了纳扎尔买便宜的劣货，占了自己便宜的行为，诉说了心里的苦闷。同学收到这一封信，经不起同学的讽刺和嘲笑，大病一场，不久离开了人世。这一长篇讽刺诗传开后，得到民众的接受和欣赏，民间艺人对此加工之后，伴奏音乐进行演唱，将其改编成一部优秀的民间达斯坦作品。

七十二　《先祖阔尔库特书》①《Dɛdɛ Korkut》

《先祖阔尔库特书》是一部古代突厥语史诗，是一部突厥语诸民族共同拥有的英雄达斯坦系列故事。阔尔库特阿塔不是《先祖阔尔库特书》的主人公也不是每个故事的主角，只是出现在每篇英雄叙事长诗的开头或者结尾处，将全书贯穿成为一个整体。在《先祖阔尔库特书》里，他或者为年幼的主人公命名，预言他们的前程；或者为主人公评说过去，指点未来；或者为他们祝福，祈愿他们成就伟业。阔尔库特阿塔似乎很少有惊天动地的壮举，却以他那娓娓道来的哲理性言论推动着故事的发展。

《先祖阔尔库特书》由阔尔库特阿塔的格言（作为序言）和十二篇系列英雄叙事长诗组成，主要内容如下：

该部分作为《先祖阔尔库特书》的序言，显示阔尔库特阿塔超人的雄辩术（切仙）。包括对真主、先知、祖先以及英明君主的赞颂，对命运、生与死、父与子、勇士与国家、伦理、社会、习俗等的富有哲理的格言和警句，以及有关好女人和坏女人的论述等。如，"命运安排的时刻未到，死亡不会降临"，"人死不会复生，灵魂不会复还"，"努力积累的财富再多，命运安排的部分才真正属于你"，"养子再亲也不会比亲子孝顺"，"灰尘不会堆成山，女婿不会成亲生儿"，"儿子是父亲眼里的勇士，是左膀右臂"，"懦夫不会骑战马，最好别让他骑"，"不用战刀，难复仇"，"旧敌难成好友"，"女儿随母亲，儿子随父亲"，"对说谎话的人来说，活在世上不如进地狱"等等。

七十三　德尔谢汗之子布哈什汗《Diserhan Oghli Boghax》

乌古斯—克普恰克联盟伟大的巴颜德尔汗年年定时宴请部属头领。这一年，他命令立白毡房招待有儿有女的人，立红毡房招待有女无儿的人，立黑毡房给既无儿又无女的人。德尔谢汗（据考证是克普恰克可汗）就是无儿无女的人，他应约到来后，侍者把他领到冷冷清清的黑毡房。他感到屈辱，一怒之下拂袖而去。后来，德尔谢汗按照妻子的吩咐广散布施，赈济饥寒交迫的人，由众人向苍天祈祷，德尔谢汗的妻子终于生了一个儿

---

① 乌鲁木齐拜·杰特拜（Wulumuqibai Jietebai）：《阔尔库特阿塔书内容概述》，《伊犁师范学院学报》2008 年第 2 期。

子。孩子长到十五岁时，在斗牛场上大显身手，打死了巴颜德尔汗的大公牛。阔尔库特阿塔来到德尔谢汗家祝福他儿子的英勇，给孩子起名布哈什（小公牛）。阔尔库特阿塔劝告德尔谢汗，儿子已成英雄，应将可汗宝座传给他。英雄布哈什按照阔尔库特阿塔的意愿登上了可汗宝座。德尔谢汗有40位老部下，他们非常妒忌布哈什，想方设法在父子之间制造矛盾。受到挑拨的德尔谢汗，在一次游猎时，拉弓搭箭对准了自己的儿子。预感到孩子将要出事的母亲带上自己的40个女佣找到了奄奄一息的儿子，用乳汁治愈了儿子的伤口。可恶的老部下们知道英雄布哈什没死，就绑架了德尔谢汗。英雄布哈什经过一场斗争，最终战胜仇敌，救出了父亲。

七十四　萨拉尔·喀赞汗驻地遭践踏《Salur Kazanning Tutkun Boluxi》

一次喀赞和勇士们一起外出游猎，将驻地交给儿子奥拉孜，并给他300个士兵，知道此事的敌人带领七千余人趁机袭击了喀赞的驻地。由于双方势力悬殊，敌人掠夺了他的驻地，俘获了喀赞的母亲、妻子、儿子和女佣，夺走了无数的骆驼和马群。牧羊人哈喇与敌人英勇奋战，挽回了他的一万只羊。正在打猎的喀赞梦见驻地遭抢，亲人遭受大难，便独自一人回到驻地，找到牧羊人哈喇，一起追赶敌人。

敌人大摆宴席庆祝胜利，并决定让喀赞的王妃布尔特给首领们敬酒以凌辱喀赞，但敌人却不知道哪个是布尔特。布尔特事先曾吩咐跟随自己的40个女佣千万不要泄露她的真实身份。敌人只好下令："屠杀被俘虏的喀赞的儿子并分尸，在锅里煮完后，给那些女人们吃，谁要是不吃，谁就是那个孩子的母亲，也就是喀赞的王妃。"听说这个消息的布尔特到她儿子的身旁问："我的孩子，我是吃你的肉，还是为敌人倒酒，与他们同床，侮辱你父亲的尊严？"她儿子回答道："我宁愿敌人把我屠杀分尸，煮给大家吃！她们吃一块，你就吃两块。母亲，为了父亲的尊严，我可以牺牲自己的性命。"

这时喀赞与牧羊人哈喇以及喀赞的勇士们赶到了，经过拼杀，最终以喀赞的胜利而告终。

七十五　巴依勃尔之子巴姆瑟·巴依拉克《Baybur Oghli Besim Bayrak》

巴依勃尔出席巴颜德尔汗的宴席时，发现所有的乌古斯勇士都在为巴颜德尔汗服务，因此他开始唉声叹气。喀赞来到他身旁询问究竟，他回答道："我没有儿子，如果有儿子也会像勇士们一样为巴颜德尔汗服务。"听了此话，乌古斯的所有贵族、百姓都举起双手为他祈子，后来他的妻子生下了一个儿子。

古代乌古斯有这样一个习俗：勇士如没有浴血奋战，建功立业，就不给他起名。儿子一诞生，巴依勃尔就派商队为儿子购买骏马，定做盔甲和战刀。巴依勃尔的儿子一晃长到了十五岁，非常英俊。一天，小伙子在野外游猎遇见了被敌人抢夺的商队，他立即出征去讨伐敌人，夺回了被抢的财物和牲畜。得知此消息的阔尔库特阿塔来到巴依勃尔家，并给小伙子起名"巴姆瑟·巴依拉克"。

接着故事叙述了巴姆瑟订亲的波折。就在举行婚宴的那一晚，敌人突然袭击，抓走了巴姆瑟，将其打入地牢，关了 16 年之久。后来在别人的救助下，巴姆瑟逃出了地牢。回到部落后，听说妻子巴努切西克上当受骗与别人订了亲。巴姆瑟经过百般磨难，最终揭开事实的真相，与父母、爱妻团聚。

七十六　喀赞别克之子奥拉孜身陷图圄《Kazanbek Oghli Orazning Keyingiliki》

有一天，喀赞别克大张筵宴，招待乌古斯各部首领。在宴会达到高潮时，喀赞别克看着右边经过百战磨炼的弟弟哈拉克尼，自豪万分。望着左边历经百战的舅舅，特别满足。看到前面双手扶着大弓的儿子奥拉孜却放声大哭。儿子惊讶万分，赶忙问个究竟。父亲喀赞别克回答道："你已年满十六岁，可未曾开弓射敌，浴血奋战，树立自己的威信。哪一天我死去，你必定身处困境，到时候乌古斯人肯定不会让你登上我的王位，戴上我的王冠，因此我才哭泣。"奥拉孜反问道："儿子应该学父亲，还是父亲应该学儿子？你带我到战场上去过吗？你有没有杀敌给我看啊？"

喀赞别克承认错误源于自己，于是准备了七天的干粮和武器装备，带着奥拉孜去打猎。有一天，敌人的间谍发现了打猎的父子，立刻调动重兵袭击他们。喀赞别克对儿子说："你先躲在一边看我怎样与敌人交手，你可以从中学到一些东西。"受到父亲英勇气概的感染，奥拉孜未经父亲允许就上了战场，虽然表现英勇，但没有经验的他还是被敌人俘虏了。喀赞别克回到家，未见到儿子，便又回到战场和敌人重新作战，最终在喀赞别克夫人带来的援兵的帮助下，从敌人手里救回了儿子奥拉孜。

七十七　乌古斯部朵哈之子托穆尔勒《Oghuz Kebilis Duhaning Oghli Tvmvr》

乌古斯部落朵哈之子托穆尔勒在一条河上架了一座桥，声言过桥人得付 33 个金币，不从桥上过的人得付 40 个金币。有人问他为什么这样做，他说要与武艺高强的人比武，以此扬名。一天，他遇到一些人给一个年轻人送葬，人们说是艾孜列依勒（死神）勾走了那年轻人的灵魂。托穆尔勒听后大发脾气，非要和艾孜列依勒斗一斗不可，还对真主出言不逊。真主知道后非常不悦，命令艾孜列依勒取走托穆尔勒的灵魂。结果，托穆尔勒被死神打败。托穆尔勒央求死神不要取走他的灵魂，死神让他自己去请求真主宽恕。托穆尔勒表示悔过，真主宽恕了他，但提出必须有人顶替他。他找到父母，希望他们替他交出自己的灵魂，但他的父母不答应。他又去找自己的妻子，妻子毫不犹豫地答应了，托穆尔勒却舍不得自己的妻子，请求真主双双取走他俩的灵魂。真主为他们的真诚所感动，当即让死神艾孜列依勒取走了他父母的灵魂，赐给托穆尔勒夫妻 140 年的寿命。

七十八　乌古斯·康里霍加之子坎·吐拉勒《Oghuz KangliHuja Kan Taral》

在乌古斯有一位待人厚道的勇士，名叫乌古斯·康里霍加。一天他召集亲朋好友，商量独生儿子的婚事。但儿子坎·吐拉勒提出了苛刻条件："想要嫁给我的女子，早晨要比我起得早，比我先把马鞍架好，比我先上马，在我还没有出去征战之前她必须先跟敌人开战，把敌人的头割下来送给我。我只想娶这样的新娘。"康里霍加明白儿子想娶女中豪杰，因此他带着一群长者上路给儿子寻妻。寻遍了内外乌古斯，最后在遥远的特拉皮孜部那里找到了符合他儿子条件的美女。但要想娶那美女，也有苛刻的条件：首先要战胜凶猛的大公牛，然后战胜大公驼，最后战胜雄狮。否则就要被砍头。

乌古斯·康里霍加回到家，把消息告诉了儿子。坎·吐拉勒特别高兴，立刻出发，到达遥远的特拉皮孜部完成了对方的要求，完婚后立刻返回自己的家乡。他们走在路上时，岳父反悔，率领部队来追杀。坎·吐拉勒在战斗中受伤，是妻子战胜了敌人，救出了他。但坎·吐拉勒觉得被自己的女人搭救是耻辱，想杀死自己的妻子，两人就开始了搏斗。最后，坎·吐拉勒与妻子和好，把她带回了自己的家乡。

七十九　乌古斯·喀则勒克之子伊干涅克《Oghuz Kazlik Oghli Yi-kanek》

一天，伟大的巴颜德尔汗又大张筵宴，宴请了内外乌古斯各部的所有首领。巴颜德尔汗的丞相喀则勒克有些醉酒，突然跪在巴颜德尔汗面前，要求出征。巴颜德尔汗同意了他的要求。于是喀则勒克带领自己的勇士，来到黑海岸边的一座城，想征服该城。敌人有一员虎将，身高六十英尺，手持六十磅重的战刀，十分强壮，力气惊人。喀则勒克在决战中战败被俘。此时他的儿子伊干涅克还不满一岁。伊干涅克 16 岁时，在与朋友争吵时才知道父亲被俘已经 15 年，他立即去巴颜德尔汗王宫要求给他一支军队，去救回父亲。巴颜德尔汗答应了他的要求。在漫漫征途中，有一个晚上他梦见了阔尔库特阿塔给他指点方向。他终于来到了那座城市，并和曾与父亲决战过的那员虎将交手，最终战胜了敌人，征服了那座城市，救回了父亲。

八十　巴萨特斩杀独目巨人《Basitning Yekqexmini Vltvrvxi》

乌古斯遭到敌部偷袭，在人们惊慌逃离驻地时，阿鲁孜的儿子不幸被丢弃在荒野。当乌古斯部重返故地的时候，那曾经被丢弃的孩子已经由一头母狮抚养长大。人们把他带回部落，由阔尔库特阿塔为他取名叫巴萨特。在乌古斯驻地有一处长泉，常有仙女们出现。有一年，一位牧人在长泉处遇到了仙女，牧人扔出毡被，罩住了其中的一位仙女。当他扑过去的时候，仙女展翅飞到高空，对牧人说："来年你会从我这里得到你所想要的东西，但是你会因此给乌古斯部落带来灾祸。"第二年，当人们都转场到夏牧场以后，那牧人又来到长泉，见到一个圆圆的肉球，他惊慌地逃走了。

一天，人们外出游猎，路过长泉，又见到了那个肉球。一个年轻人过来试着踢了它一脚，那个肉球变大了。接着又有一些人过来踢，越踢那个肉球越大。阿鲁孜也上前去踢，那肉球竟然裂开，从里面走出一个只在头顶正中长着一只眼的孩子。阿鲁孜经人们的允许，收他做了自己的儿子。

独眼小孩长大了，经常给这个部落带来麻烦，人们纷纷找阿鲁孜告状。阿鲁孜没办法，只好把他赶走了。独眼小孩的母亲——那仙女飞来，给他戴了一枚戒指，说："从此以后，除去那只肉眼以外，你全身刀枪不入，火也烧不着。"

独眼巨人远离乌古斯，隐藏在一座高山上，拦路抢掠，专门吃人。人们几次想铲除他，但都以失败告终，无奈只好请阔尔库特阿塔出面。经过阔尔库特阿塔同独眼巨人协商，决定由乌古斯部每天送两个人和500只羊供独眼巨人食用。正在这时，巴萨特远征归来，立刻出发去征讨独眼巨人。经过一番机智搏斗，巴萨特终于为民除去了一大害。

八十一　别吉勒之子艾莫列《Bejil Oghli Aemral》

在阔尔库特阿塔的建议下巴颜德尔汗派别吉勒首领去边境守卫。他的到来使边境得到了少有的安宁。有一天，巴颜德尔汗在王宫里宴请别吉勒，并一起去游猎散心。游猎时，别吉勒的马跑得特别快，不管是谁射中的，他都跑在最前面并将自己的记号刻在猎物的耳朵上。喀赞发现之后在众人面前说道："别吉勒的勇敢和智慧不在于他自己，而在于他的坐骑汗血宝马。"听到此语的别吉勒大为恼火，气愤地扔掉巴颜德尔汗送他的礼品和钱财回了家。聪明的妻子说："愤怒是我们的敌人，别让愤怒驾驭你的心灵，你不如出去打猎散散心好吗？"别吉勒就去打猎，不慎将腿摔断。听到此消息的敌人很高兴，趁机集结兵力准备进攻乌古斯部，杀死别吉勒。无奈之中别吉勒的儿子艾莫列挺身而出，穿戴父亲的盔甲，骑上父亲的战马，只带上自己的随从，与敌人孤军奋战。在战斗中艾莫列杀死了敌军的头领，胜利而归。别吉勒带着儿子来到巴颜德尔汗王宫，通报胜利的喜讯。

八十二　乌古斯·乌孙之子榭克列克《Oghuz Oysun Oghli Xekrek》

在乌古斯时代，有个人名叫乌古斯·乌孙，他有两个儿子。长子叫叶克列克，因英勇能干受到了人民的尊敬，而且随时可以进出巴颜德尔汗的王宫，并被允许就坐显著的位子。一位非常气愤的部落首领站出来说道："你有什么资格坐上座？这些首领的位置都是由于他们在战场上奋力拼杀、效忠可汗得来的，你立过什么大功？你做过什么大事？你是否在战场上让敌人血流成河，砍下他们的头颅，你是否帮助过穷苦人家？"叶克列克反问道："流血杀人是英雄的标准吗？"众多首领点头表示肯定。激愤的叶克列克向喀赞要了 300 个勇士出兵打仗，结果中了敌人的圈套，兵败被俘。

　　叶克列克的弟弟榭克列克长大后，得知他的哥哥被囚禁在敌人的手中，随即准备去营救。但是年老的父母不想让他冒这个危险，害怕再失去一个儿子。将要结婚的他对父母说，如果救不出哥哥就不会进洞房。

　　经过三天三夜的跋涉，榭克列克来到敌人的领地，因为疲劳他下马躺在草丛中睡着了。敌人得到消息派兵抓他，榭克列克的战马用嘶叫声惊醒了沉睡中的他，榭克列克立即上马，战败了敌人，继续睡觉。敌人派了更多的士兵，榭克列克的战马又叫醒了他，榭克列克又一次战败敌人，回来又睡觉。第三次敌人认出了榭克列克，敌人估计，因为很多年来兄弟二人都没有见过对方，互不认识，二人在不知情的情况下可能搏斗。敌人把叶克列克从地牢中带了出来，提出如果活捉陌生的勇士，同意给他自由。叶克列克答应敌人的条件，来到了战场。他悄悄地靠近熟睡的榭克列克，发现这是一位英俊的小伙子，腰上带着库布孜琴。叶克列克拿起库布孜琴，开始弹唱，榭克列克在睡梦中听到弹唱声，抬起头看到了来人，从谈话当中认出了自己的哥哥。最后兄弟两人一同作战消灭了敌人，胜利回乡。

八十三　萨拉尔·喀赞为其子奥拉孜所救　《Salur Kazan Oghli Orazni Kutkuzuxi》

　　一天，英雄喀赞外出游猎，遇到一群大雁，他马上放鹰，但猎鹰却往相反的方向飞走了。喀赞跟着猎鹰走了三天三夜，最后猎鹰飞进了敌人的土曼城，喀赞下令在城外露宿。部下知道喀赞一旦睡觉必将睡个两三天，他们过来劝阻，但喀赞不听。喀赞的确睡得天昏地暗，敌人随即采取行动杀死随从，俘虏了喀赞。喀赞被五花大绑后扔上了马车，睡足了的喀赞醒来之后并不畏惧和紧张。回到城堡，敌人把喀赞关在了深井里。

　　一天，敌人的王后来到井口，问道：“怎么样啊，我可爱的英雄？”喀赞笑着说道：“我很好啊！我在地下抢走了你们亲人灵魂的食物，现在正大饱口福呢！哈哈哈哈，你不知道吗？进入地狱的人可以复活，可以在地下游走，你以前死去的亲人现在都被我当马骑呢。”听喀赞这么一说，那女人就跑到丈夫跟前，请求他把喀赞从井里请出来。在女人的再三恳求下，敌人的首领就把喀赞关进了牢房。

很多年之后，喀赞的儿子奥拉孜也长大了。一天，奥拉孜突然听到父亲的消息，不听母亲的劝阻，集结亲戚和好友，很快踏上了救父的征程。到了土曼城，中了敌人的诡计，在不知情的情况下，与父亲搏斗起来。搏斗中父子彼此相认，并肩作战，最终战胜了敌人，回到了故乡。

八十四　外乌古斯因征讨内乌古斯而诛杀巴依拉克之歌《Bayrakning Vltvrlvxi》

本故事作为《先祖阔尔库特书》的最后一部史诗，真实地描述了 1043 年在乌古斯、克普恰克两个部落之间发生的内部战争和乌古斯—克普恰克联盟解体的整个过程。

按照乌古斯—克普恰克联盟的习俗，所有战利品属于联盟，乌古斯—克普恰克各部都有权平分。一次，内乌古斯的首领喀赞没有邀请外乌古斯参加，将战利品独吞了。听到这个消息，外乌古斯非常恼火，所有的首领在阿如孜家踫头，策划了报复的计划。按照计划，他们邀请喀赞最亲密的朋友巴姆瑟·巴依拉克来当使者，做和解工作。受到邀请后，巴姆瑟·巴依拉克立即动身来到了外乌古斯。外乌古斯的众多首领逼迫他一块儿反对喀赞，但遭到了拒绝。于是，他们杀死了巴姆瑟·巴依拉克。巴姆瑟·巴依拉克的死震惊了整个内乌古斯部落，愤怒的喀赞亲自率领军队向外乌古斯军队开战，在搏斗中，喀赞杀死了外乌古斯的首领阿如孜，重新征服了外乌古斯。从此，乌古斯—克普恰克联盟又恢复了原先的平静。

附录四

维吾尔族达斯坦文本节选

维吾尔语字母表

维文字母	拉丁字母	国际音标	维文字母	拉丁字母	国际音标
ئا	a	a	ق	k	q'
ئە	e`	ɛ	ك	c	к
ب	b	b	گ	g	g
پ	p	dʒ	ڭ	ng	ŋ
ت	t	t'	ل	L	l
ج	j	d'	ن	n	n
چ	q	ʧ	م	m	m
خ	h	x	ھ	h`	h
د	d	d	ئو	o	o
ر	r	r	ئۇ	u	u
ز	z	z.	ئۆ	v`	Φ
ژ	z`	ʒ	ئۈ	v	y
س	s	s	ئۇ	w	v
ش	x	ʃ	ئې	e	e
غ	gh	ɤ	ئى	i	I
ف	f	f	ئى	y	J

注：课题组使用的国际音标稳定性较差，需要从符号里插入，再加上在其他计算机的不同默认，往往变成乱码或不规则符号，因此，我们重新设计了一个维文、拉丁文和国际音标对应的一个标识方案，本课题内所举的例子以下列字母对应表为标准。每个维吾尔字母有相对的拉丁字母，维

吾尔语中有 32 个字母，而拉丁字母有 28 字母，也就是说维吾尔语比拉丁字母多四个字母，因此，剩下的四个维吾尔语字母是在已用过的拉丁字母基础上，再附加一些标点符号制造出来的。

一　艾维孜汗 Hewzihan

讲述者（演唱者）：阿布里米提·喀日

记录地点：新疆墨玉县

记录时间：2002 年 8 月

Arighulluh①abdulla，阿里胡村的阿不都拉，

Baghrilik②H`e`wzihan. 巴格里克村的艾维孜汗。

Bahawudunhan yvz bexi，巴哈吾东长老，

Xenbe kvnlvkte`kirip，星期六逛（集市），

Yvsvp mirap begimni，管水的玉苏甫老爷，

Oyungha te`klip kildi，（巴老爷）请（玉老爷）共玩，

Dvxenbe cvnlvcte`kopup，星期一一大早，

Baghrikka qikkanda，到巴格里克的时候，

Abdullahan ak burut，白胡子的阿布都拉·洪，

Cat③vstide`olturup，坐在床上，

Tar svkige④karap kuyap，看了一下窄土炕，

Talagha kopap mangdi. 向外走去。

Qong darwaza⑤aldigha qikkuqa，走到大门时，

H`e`wzihan yetip qikti. 艾维孜汗跟着出来了。

Abdullahan kunak burut，白胡子的阿布都拉·洪，

_ Jenimghina H`e`wzihan，亲爱的艾维孜汗，

Iccimizh`ayat turup，既然活着，

V'mrimiz budak v'tmisun，不要让生活这样乏味，

Xundakkina dege`de`：当他这么说的时候：

---

① 阿里胡（Arighulluh），村庄名。

② 巴格里克（Baghrilik），村庄名。

③ 卡尔提（Cat）意为"床"。

④ 苏坎（svke`）"形似新疆北疆的炕，但不生火"。

⑤ 和田土语，达吾匝（dawza）意为大门。

_ Undak bolsa Abdulla，阿布都拉既然这样，

Men erimdin ajrixip，我与丈夫离婚，

Altay boldi olturdum. 在家已六月。

Xundakkina dege`de`：当她这么说的候：

_ Andan boldi H`ewziha，_ 太好了，艾维孜汗，

Dege`ghu zamanlarda. 当他这样说的时候。

Dege`ghu zamanlarda，他就这么说道，

_ Undak bolsa Abdulla，阿布都拉既然这样，

Men erimdin ajrixip，我与丈夫离婚，

Altay boldi olturdum. 在家已六月。

_ Andan boldi H`ewziha，_ 太好了，艾维孜汗，

Bir v'yde`bolap kalsak，那就让我们生活在一起吧，

Xundakkina de`p turdi. 他就这么说道。

_ Jenimghina, Abdulla，亲爱的阿布都拉，

Onbe`x cvndin ceyin qikkina，十五天后你再来吧，

Rabihan aqamningcide`，你去热比汗大姐家，

（Keqip cetili Abdulla，让我们逃走吧，）

Xundakkina de`ge`nde`. 她就这么说道。

Aridin onbe`x cvn v'tti，十五天过去了，

Abdullahun ak burut，白胡子的阿布都拉·洪，

Bir atka menip qikti. 骑着马走来了。

H`ewzihan degan qocan，少妇艾维孜汗，

Kolida kapak-qv'gvn，手里端着水壶，

Sugha mangghude`c bolsa，在去提水的路上，

Yolda yolukap kadi. 碰到了阿布都拉。

_ Rabihan aqamningcide`，你去热比汗大姐家，

Cirip olturghaq turung. 先坐一会儿。

Men suni apirip koyap，我先把水提回家，

V'zvmni je`msiyip①cele`y. 然后梳洗一下就来。

Xundakkina de`p koyap ce`tti. 她就这么说道。

---

① je`msiri 准备，文中意为"梳妆打扮"。

Sa'ette`celdi，将近一个小时的时候，艾维孜汗赶到了，

_ Jenimghina Abdulla，亲爱的阿布都拉，

Yina bir de`m tughaq turung，你再等一会儿，

Rabihan aqam bile`n，我跟热比汗大姐，

V'yge`bir berip cele`y，_ 再回趟家，

Xundakkina de`p koyap ce`tti. 她就这么说道。

Rabihan dege`n me`zlum，妇人热比汗，

Tamning arkidin qikip，她爬上屋顶，

Tvnvc bexigha cep turdi，来到了天窗边，

He`wzihan degan qocan，少妇艾维孜汗，

v'yge`cirip de`rh`al，艾维孜汗走进屋，

Bokqimisini qigip，收拾好包袱，

Tvnvctin sunup be`rdi. 从天窗递出去。

Rabihan dege`me`zlum，热比汗这个妇人（拿着艾维孜汗的包袱），

Angghiqe`yittic ce`ldi，随后从后院翻墙而下到了自己家，

He`wzihan dege`qocan，艾维孜汗这个少妇，

Dawzidin kol selllip qikti，空着手走出了自己家门，

Rabihanningcige`canldi. 来到了热比汗家。

Namaz xamdin v'tce`de`，黄昏时分，

Atka mingixme`kaqti. 骑着马（与阿布都拉）逃走了。

Tv't ay obdan bolaxti，起初四个月很幸福，

Arigha dvxme`n qvxti. 但是好景不长（不久就有人挑拨）。

_ Me`me`de`ysiz He`wzihan，自以为是的艾维孜汗，

Yoghan ge`p kilmang He`wzihan. 不要说空话大话。

Abdulla bile`n H`mrahan，你的丈夫阿布都拉正与艾姆拉汗，

Tal bostanda olturitu，在柳树荫下约会，

Xundakkina dege`nde`。（挑拨者）这么说道。

He`wzihan dege`qocan，艾维孜汗这个少妇，

V`y aldigha qikip，走出房子，

Tal bostangha karisa，放眼望树荫，

Abdullahun ak burut，阿布都拉白胡子，

He`mrahanning kolini tutup. 正握着艾姆拉汗的手。

ceʼynigeʼyenip ceʼldi, 艾维孜汗转身回来，

Heʼwzihan vʼygeʼceyip, 进了屋，

Oqakka qoguni koydi, 把水壶放在了炉子上，

Dastihanni sep koyap, 铺好了达斯提罕（桌布），

Abdullani kiqkirdi. 把阿布都拉叫回来。

Sinqayni kuyup turup: 边倒着茶水（边说）：

_ Jenimghaina Abdulla, 亲爱的阿布都拉，

Seʼn meni alar qaghda, 你娶我的时候，

Rasa kizipting Abdulla. 阿布都拉，你是那么的渴望过。

Meʼn sanga teʼgeʼqaghda, 当我嫁你的时候，

Keqip teʼgceʼn Abdulla. 你却和别人私通。

Yvzvmgeʼayagh koydung, _ 你这不是在糟踏我吗？

Xundakkina deʼgeʼndeʼ. 她这样说道。

_ Jik geʼp kilmang Heʼwzihan, 你再别说了艾维孜汗，

Kiliq salsangmu ceʼsmeʼydu, 我跟艾姆拉汗的感情，

Miltik atsa teʼgmeʼydu, 是刀剑都无法割断的，

Heʼmrahanni taxlimaymeʼn, _ 我不会抛弃她的，

Xundak deʼp kopap ceʼtti. 说着起身（走了）。

Aridin vq cvn vʼtti, 又过了三天，

Yina dvxmeʼn yvgvrvp cirdi: 挑拨者又开始忙碌，她道：

_ Meʼn-meʼn deʼysiz Heʼwzihan, 自以为是的艾维孜汗，

Yoghan geʼp kilmang Heʼwzihan, 别说大话了艾维孜汗，

Abdulla bileʼn Heʼmrahan, 阿布都拉和艾姆拉汗，

Qvʼneʼc bexida olturidu, _ 正在瓜田里相会，

Xundakkina degeʼndeʼ. 她这么说道。

Ornidin kopap eʼmdi, （艾维孜汗）跳了起来，

Olturghan orundin, 从座位上，

Koligha piqakni elip kopti. 拿了一把刀。

Vʼgzigeʼqikip eʼmdi, 爬上屋顶，

Baghka karighudeʼc bolsa, 向瓜田望去，

Qvʼneʼc bexida olturitu. 果然如别人所说。

Heʼwzihan degeʼnqocan, 艾维孜汗这个少妇，

Tamdin se`cle`p qvxcande`，当她翻墙进园时，

Abdullahun ak burut，白胡子阿布都拉，

Tamdin se`cle`p keqip ce`tti. 越墙而逃。

H`e`mrahan dege`n biqare`，可怜的艾姆拉汗，

Sahalgha yamixip kaldi. 被藤条绊住了。

Ce`ynidin yvgvrvp berip，（艾维孜汗）跑过去，

Qaq beghidin olghap tutup，抓住了她的头发，

Ongdisigha yatkuzup，把她仰翻在地，

Me`ydisige`minip olturup，骑在她身上说道，

_ Jenimghina H`e`rahan，亲爱的艾姆拉汗，

Bir me`cte`pte`okuytvc，我们不是同学吗？

Bir nan bolsa te`n ye`ptvc，我们不是同甘共苦

Bir jam suni te`c iqce`n. 的好朋友吗。

Yvzvmge`ayagh koydung，你怎么这么对我，

Seni me`n v'lturume`n de`p，我今天要杀了你，

Niyitimni buzup ce`ldim，_ 我今天是铁了心，

Xundakkina dege`de`：她这么说着的时候，

Xundak bolsa H`e`wzihan. （艾姆拉汗）既然这样艾维孜汗。

Terikqilik jan tile`y，我求你，

Bir koxukta kan tile`y，饶了我吧，

Me`n rastimni de`p bere`y，我将实情告诉你，

Kuran kuqaklap bere`y，_ 我捧着《古兰经》发誓，

Xundakkina dege`nde`，她这么说了之后，

H`e`wzihan kopap turdi，艾维孜汗放开了她，

H`e`rahan kopap kaqti，艾姆拉汗随机企图逃走，

Talning qolwisigha putlaxti，被藤条绊住了，

H`e`wzihan besip berip. 艾维孜汗冲了过去。

Vstige`minip turup，骑在了（艾姆拉汗）身上，

Boghuzigha piqak svrdi，用刀划破了她的喉咙，

Piqak yulundin v'tce`nde`，当刀划过时，

Ne`pe`sni tamam kildi. （艾姆拉汗）当即断了气。

H`e`wzihan v'yige`qikti，艾维孜汗回到家里，

Bah`awidinahun yvz bexi：巴哈吾东长老（见问女儿）道：

_ Jenim balam H`e`wzihan，我的宝贝女儿艾维孜汗，

E`ngnayingiz ghe`rk kan，你满身是血，

Kizil kangha boyilaptu. 鲜血染红了你的衣服，

Qiraying serik saman，脸色苍白似雪，

Caccuc gvlide`c bolaptu. 如盛开的白杜鹃，

Neme` boldi H`e`wzihan，_ 你是怎么了？艾维孜汗，

Xundakkina dege`de`，当他这么问道时，

_ Jenimghina han dada，亲爱的父亲，

Me`ndin ge`pmu sorimisila，您就别问了，

Me`n tola kizip ce`ttim. 我已热得不行了。

_ Aqqik dege`n xe`ytanke`n，愤怒是魔鬼，

Aqqik ce`ynige`cirip，由于一时愤怒，

H`e`mra adiximni v’ltvdvm. 我杀了我的好朋友艾姆拉汗。

Me`n tola kizip ce`ttim. 我已热得不行了。

Bir dane` koghun te`p be`rsile：给我一个哈密瓜。

Arghlgha ciyip qiksila，您去一趟阿里胡村，

Tallik baghda kaldi-de`p，就在园子里，

Bu sv’zni bayan kildi，告诉了父亲实情。

Bah`awidinahun yvz bexi，巴哈吾东长老听了后，

Atni tokumay mindi，骑上了没有配鞍的马，

Tallik baghka ciyip baksa，仓皇跑去园里，

Bir etiz ye`rning iqi，有一片地，

Kizil kangha boyilaptu，已被鲜血染红，

H`e`rahan dege`n qocan，艾姆拉汗这个少妇，

Kangha uyuxup kaptu. 已倒在血泊中。

Yatkinini cv’rvp e`mdi，看到这情形的巴哈吾东，

Pixanisige`birni uridi，用力地拍了一下额头，

Bir kolini qayniwetip，咬着手指头，

V’yige`yenip qikti. 回到了巴格里克村家里。

_ Kokmang balam H`e`wzihan，（对艾维孜汗说：）别怕孩子，

Sizge`v’le`m ce`lme`ydu，你不会有事的，

Eˋgeˋr vleˋm celip kalsa，如果实在不行，

Eˋllic seˋr pulum bardur，我还有五十个银元，

Xuninggha celeˋr Heˋwihan，我想可以赎回你的性命。

Xundakkina deˋp turdi，她听父亲这么一说，

＿ Jenimghina han dada，亲爱的父亲，

Vq parqeˋheˋr yazdursila，你让别人替我写三封信，

Vq orungha tapxursila，分别交给三个地方，

Gvnahˋim azrak kalsun，希望能减轻我的罪行，

Xundakkina deˋp turdi，说完后，

Vq parqeˋheˋr yazdurdi．让别人写了三封信。

Vq orungha tapxurdi，交到三个地方，

Aridin vqi cvn v'tti，三天后，

Yamuldin qikti ambal．县衙大人受理了案子。

Heˋrahanni yeˋlidi，安葬了艾姆拉汗，

Heˋwzihanni peˋllidi，逮捕了艾维孜汗，

Xeheˋrgeˋeˋkirip eˋmdi，把她带进了城，

Zindangha selip koydi．锁在了大牢里。

Bir cam kirik cvn bolghanda，三天差一天的时候，

Gundipayni kiqkirdi：叫来了监狱看守人：

＿ Jenimghina gundipay，尊敬的监狱看守人，

Bir tenggeˋpulum barikeˋn，我有一个银元，

Mani aqikip hˋazir，现在拿去给我买一些

Osma，upa，eˋngliktin，奥斯曼草、粉和胭脂，

Sudamni kilip beˋrgin．给我拿回来。

Sodisini kilip beˋrdi．（监狱看守人）把她要的东西给她买回来。

Osmisini koyup bolap，用奥斯曼草，

Eˋnglicni etip bulap，描完了眉毛，

Opini svrtvp bolap，涂完了胭脂，

Eˋyneˋk cv'rvp oltursa，正在照镜子的时候，

V'leˋm heti ceˋp kaldi．衙门的判决书就到了。

Baghrikka heˋr yazdi，她给巴格里克村写了信，

Bahˋawidin yvz bexi，巴哈吾东长老，

Xul sa'eʈ yetip ceʈdi，急忙赶到了。

_ Jenimghina wang daren，尊敬的王大人，

Eʈlik seʏ pulum bardur，我有五十个银元，

V'leʈm hetini yandursila，收回你的判决吧！

Xundakkina degeʈndeˋ，他这样请求道。

_ vq cvn aldida ciyseʈng，三天前这么求我，

vʈlvm heti yanadi. 可以收回判决书。

Eʈmdi v'leʈm heʈt yanmaydu，现在没办法收回，

Beʈx cvn kolunggha Bereʏ，我给你们五天的期限，

Yvz cv'rvxvp eʈp cirgin，让你们叙叙亲情。

Xundakkina deʈp koligha beʏdi，大人说完后，

V'ygeˋeʈpqikip eʈmdi。（巴哈吾东）带着女儿回到家。

Vq ceqeˋ-cvndvz iqideˋ，二天二夜期间，

Oyun meʈxreʈpni rast kildi. 他们尽情地开怀畅饮。

Vq ceqeˋ-cvndvz iqideˋ，在后三天，

Du'a teʈleʈpni kv'p kilip. 向真主请求饶恕。

Altinqi kvni kopap，第六天，

Xaeʈhˋeʏrgeˋ atlinip mangdi. 踏上了进城的路。

Tanaywexigha①kirgeʈndeˋ，到了塔纳依维西这个地方时，

_ Jenimghina han dada，亲爱的父亲，

Atning bexini kayturdi，转过马头，

Tv't eghiz gepim bardur，我有四个请求，

V'lvxvmgeˋqidameʈn，我不怕死去，

Hˋeʈmrahangeˋ qidimaymeʈn. 我后悔我杀了我的朋友艾姆拉汗。

Aqqik degeʈn xaytankeʈn，愤怒是魔鬼，

Aqqik ceʏnigeˋcirip，由于一时的愤怒，

Hˋeʈmrahan adiximni v'ltvrdvm. 我杀了我的好友艾姆拉汗。

Meni etip bolghanda，等把我处决后，

Namizimni kilmisila，别给我办葬事，

Toy ornida qikarsila，就按婚礼去办吧！

---

① 和田地区墨玉县的一个塔纳依维西（Tanaywexi）村名。

Kara meʜmeˈl bvˈ keˈm bar，有一顶黑丝绒帽，

Jinazamgha keˈygvzsileˋ，把它放在我的灵柩上，

Kara qvmbileˈm bardur，我有一个黑盖头，

Jenazimgha tarttursila，把它盖在我的灵柩上。

Altun gvˈyniceˈm bardur，我有一条金色的长裙，

Jinazangha astursila，挂在我的灵柩上，

Baghrikka eˈp qikip，带到巴格里克村，

Moghuldeˈk①maza bexida，穆胡里代克的麻扎旁，

Yeˈkeˈn yuliningbuyida，叶尔羌尧利的路旁，

Yul lewideˋkoyap koysila.　就把我葬在路边上。

Tax ornimiz bir bolsun，把我葬在（艾姆拉汗）的墓旁，

Hˈeˈmrhanni aqtursila，拆开艾姆拉汗的墓栏，

Iqi oran bileˋc bolsun.　把我葬在她的墓旁。

Salasulma②bir bolsun，让我们合用一个萨拉苏马，

Hadimizma bir bolsun.　让我们共用一个围栏。

Kirik daneˋxeˋdeˋtiksile，请您做四十条彩条，

Yigimeˋdaneˋxeˋcleˋ，请您做二十个护身符，

Hˈamrahanning etida bolsun.　以艾姆拉汗的名义去做它。

Yigirmeˋdaneˋxeˋcleˋ，再做二十个护身符，

Mening etimda bolsun.　以我的名义去做。

Xundakkina deˈp koyap mangdi，说完就走了，

Yamulgha cirgeˈn qaghda，当走进衙门时，

Wang dutai degeˈn eˈmdi：王督台大人说：

_ Jenimghina Hˈeˈwzihan，亲爱的艾维孜汗，

Vˈydiki teˈteˈyni beˈrseˈm，我想让家里的太太替你，

Seni eˈp kalghili bolsa，把你留在我的身边，

Xundakkineˋdegeˈndeˋ，听了王大人的话，

_ Jenimghina Wang daren，可敬的王大人，

Undak pokni yemisileˋ，你别再痴心妄想了，

---

①　穆胡里代克（Moghuldeˈk）地名。

②　Salasulma 墓地的围栏。

Her cixining uti vzige`, 人都是有尊严的，

Birpay ok manga be`rsile`, 你一枪打死我吧！

Me`n tola kizip cattim, 我实在受不了了，

Her cixining oki v`zige`,

Xundakkina de`p turdi. , 听她这么一说，

Ye`tte` jallatni koxti, 邢大人叫来了七个刽子手，

He`wzihanni e`p mangdi, 把艾维孜汗带走了，

Yip bazirigha①ce`lge`nde`, 来到衣普巴扎尔的时候，

Halayikka He`wzihan：她对父老乡亲说：

_ jenimghina yax balla！可爱的年轻人啊！

he`rgiz yamanlik kilmangla，别干坏事，

On ming te`lik aqqikni，不要让一时的怒气，

Kagha jigdisige`almangla 蒙住你们的眼睛，

V' le`mge` cetur baxingla，葬送了你们的性命，

Me`ndin razi bolangla！请原谅我吧！

Xundak de`p koyap mangdi. 留下这些话就走了。

Yar dawzisigha②ce`lge`nde`，当来到亚热旦热瓦匣时，

_ Jenimghinna jallatlar，对刽子手们说：

Bir qv' gvnda su be`rgin，可敬的刽子手，

Te`re`tni taza kilay，给我一壶水，

Ikki re`ke`t namaz bar，让我净身，

Wajip③lighin ada kilay，做两次乃玛孜，

Andin atkin jallatlar，用尽我的瓦吉普，

Xundakkina dege`nde`，然后再处决我吧，

Qv' gvnde` su e`caldi，就这样，

Boy te`ritini ras kildi，刽子手拿来了水，

Namazini ada kildi，艾维孜汗净了身，

Atkili te`yyar boldi，作完了祷告，

---

① 衣普巴扎尔（Yip baziri）村庄名。

② 亚热旦热瓦匣（Yar de`rwaza）村庄名。

③ 瓦吉普（wajip）伊斯兰徒的宗教义务。

_ Jenimghina jallatlar, 等待着行刑, 她对刽子手们说: 可敬的刽子手们,

Meni atsang ustang, 要杀就杀吧,

Na ustang atmighin, 没有经验的就算了,

Bir se`te`ngge`xanglaymen, 我要赏你们一个银元,

Xundakkina dege`nde`, 听她这么一说,

Bir jallat kopap celip, 一个刽子手赶忙过来,

Bir ok qikiriwetti, 开了一枪,

Yvre`cning aghzigha te`gdi. 正好打在了她的胸口,

Tic mollak etip qvxti. 她一下子倒了下去。

La ile`h`u inle`llah`, 她嘴上念着 "致仁慈的安拉,

Moh`ame`dvn rosolla 穆罕默德是安拉的使者。"

Xuning bile`n jan vzdi. 就这样闭上了眼睛, 断了气。

Baghrikka qikkanda, 来到巴格里克的时候,

Bah`awidinahun yvz bexi, 巴哈吾东长老,

H`e`wzihanni e`p qikti. 带走了艾维孜汗的尸体。

Yul buyida koyap koyap, 把她安葬后,

Koxak koxapkina yighlaydu: 痛苦欲绝地边唱边哭泣:

Hadingizgha kalisam, 你坟墓的栏杆上,

Xayi yaghlik qigiglic. 上面绑着丝巾。

Me`n buninggha karisam, 我看到这一切,

Mening yvrvcvm ekip cetti, 我的心碎了,

A balam, a balam, a balam, a balam! 我的儿啊, 我的儿!

Xe`klingizghima kalisam, 你坟墓围栏上绑着的护身符,

Lip-lip lip-lip kiladur. 随风飘摇着。

Me`n buninggha kalisam, 我看到了这一切,

Bu yvrvgvm ekip cetti. 心都快要碎了。

A balam, a balam, a balam, a balam! 我的儿啊, 我的儿!

Meh`man haningizgha cirse`m, 我走进你的客厅,

Yemige`n neningiz turatu, 看到了你还没来得及吃的馕,

Askuda iginingiz turadu. 衣架上挂着你曾穿过的衣裳。

Me`n buningghimu kalisam, 看到了这些,

Bu yvreʼc ekip ceʼtti. 我的心碎了。

A balam，a balam，a balam，a balam！我的儿啊，我的儿！

Tallik beghkimu cirip baksam，走进园子，

Beʼx putingizning izi bar，那里有你曾经的足迹，

Meʼn buninggha kalisam，我看到这一切，

Bu yvreʼc yerilip ceʼtti. 我的心碎了。

A balam，a balam，a balam，a balam！我的儿啊，我的儿！

Bvgvn tanglima yaz bolur，明天就入夏了，

Kalghaq celip sayrixur，燕子欢快地鸣叫，

Heʼwzihan neʼdeʼdeseʼ，如果问我，艾维孜汗去了哪里？

Arghulgha ceʼtti deʼmeʼnmu. 难道我要告诉他们你去了阿里胡村。

A balam，a balam，a balam，a balam！我的儿啊，我的儿！

Tangla tvʼt cvn yaz bolur，明天就入夏了，

Caccuc celip sayrixur. 布谷鸟儿欢快地歌唱。

Heʼwziahn neʼdeʼdeseʼ，如果问我，艾维孜汗去了哪里？

Xeʼheʼrgeʼceʼtti deʼmeʼnmu. 难道我要告诉他们你进城去了。

A balam，a balam，a balam，a balam！我的儿啊，我的儿！

附录五

维吾尔族达斯坦：一种沉重的失落

目前，维吾尔族达斯坦以口头传播、文字传播、印刷传播和电子传播四种传播方式同时并存。但是，文字、电子等传播媒体除了对达斯坦的传播产生积极的推动作用之外，对达斯坦的口头传播活动也带来了消极影响。

前些天，我和我在新疆维吾尔自治区和田的学生木塔里通电话时，提到维吾尔族达斯坦艺术，他在电话里告诉我，和田市现在已经没有达斯坦奇演唱表演了。我奇怪地问："六年前，在和田达斯坦表演不是很活跃吗？怎么现在……"我的话没有说完，心中便涌起一股沉重的失落感，似乎丢失了我生命中最珍贵的东西。

六年前，我在新疆和田采访了当地的民间艺人达斯坦奇。这些达斯坦奇都是上了年纪的老人，看到他们，我便产生了强烈的愿望，那就是尽力搜集他们演唱的所有达斯坦（叙事诗），以免失传。于是，我以录音录像方式搜集了数部口头达斯坦。

达斯坦奇的集中地

2002 年 7 月中旬，位于塔克拉玛干南端的和田洋溢着盎然的绿意。从和田墨玉县文化馆馆长买买提明·库尔班处，我了解到和田地区民间文学的搜集整理情况。

问：据我了解，墨玉县是和田地区达斯坦奇比较集中的地方，具体演唱的有哪些人？

买买提明·库尔班：目前，据我们调查有这么几个人唱功很好，比如阿布力米提、穆罕默德、库尔班尼亚孜、沙赫买买提等人。

问：目前达斯坦表演活动如何？

买买提明·库尔班：相对以前，应该说是表演活动次数少了。赶集日

沙赫买买提演唱的多一些。其他艺人都在本村范围内表演。

问：他们大多数唱哪些达斯坦？

买买提明·库尔班：比较多的是《艾拜都拉汗》、《阿布都热合曼和卓》、《雅丽普孜汗》、《艾维孜罕》和《斯依提诺奇》等。这些达斯坦属于和田地区有本土特色的作品，是在1989 年规划三套集成期间，搜集整理出来的。

问：现在还有学习演唱达斯坦的年轻人吗？

买买提明·库尔班：不多，渐渐没有人对这些感兴趣啦。看来我们的传统文化就要这样失传了。

问：怎么会这样？是什么原因？

买买提明·库尔班：主要是经济问题，现在听众越来越少了，当然他们的收益就少了，许多达斯坦奇的生活得不到保障，忙于生计，只能将达斯坦演唱当作业余爱好。其中只有沙

图为艺人沙赫买买提和阿布力米提

赫买买提是专职演唱的，但年岁已高，他正在培养他的孙子接班。其他艺人也年过半百，中青年几乎没有，面临断层。

问：政府补助这些达斯坦奇吗？

买买提明·库尔班：目前只有沙赫买买提有，因为他是政协委员，其他都是庄稼人，都没有。

墨玉县有两位著名的达斯坦奇，沙赫买买提和阿布力米提。他们是技艺高超、谈唱艺术超群的民间艺人，不仅仅在和田地区童叟皆知，就是在新疆范围内也是家喻户晓。

当年的和田还没有网吧，看戏、看电影要去二三十公里远的和田市。阿布力米提是个盲人。也许是他长时间没有机会演唱，所以知道我的到来就迫不及待地拿起热瓦甫琴，又弹又唱。阿布力米提 1938 年出生于和田墨玉县阿克萨热依乡一个宗教人士家庭，不幸的是，他 3 岁时出麻疹，发高烧导致双目失明。他父亲只好让他顺其自然地发展。他对维吾尔族民间文学有深厚的兴趣，尤其是喜欢民间达斯坦演唱活动。1952 年，阿布力米提拜图尔逊尼亚孜为师，学会了《雅鲁普孜罕》的演唱。后来他凭着超群的记忆力和敏锐的听力，从沙赫买买提那儿学来了《艾伟孜罕》和《艾拜都拉汗》。之后，他又学会弹奏热瓦甫、都塔尔、艾杰克、手鼓等乐器，在婚礼、割礼和聚会上表演。阿布力米提虽然是盲人，但是记忆力过人，可谓过耳不忘。他好学，不保守，可以根据听众的兴趣、演唱的环境即兴创作，增删故事情节。笔者到沙赫买买提家时，老艺人刚好出门卖艺去了。当他疲惫地从外面回来时，听说有人想听达斯坦，就全然不顾自己的疲劳，跟孙子共同演唱了《艾拜都拉汗》。一首唱完，嗓子有点嘶哑的他介绍说："我们自称为'Elneghmiqi'（意为'民间乐手'），民间称为'Senentqi'（意为'表演者'）。"当问到他是怎样学习达斯坦演唱时，他告诉我，父亲帕萨尔阿訇和他哥哥夏赫库尔班都是当时著名的"达斯坦奇"。他从小耳濡目染，自然喜欢上了弹奏乐器和演唱达斯坦，10 岁时，学会了弹奏热瓦甫琴，可以演唱简短的达斯坦了。据他说，他曾经在经学院受过两年的教育，知道了很多伊斯兰教的故事。后来，他将这些宗教故事改编成叙事诗，在民间演唱表演。比如《库尔班纳玛》（"牺牲或献身礼赞书"）、《依帕尔纳玛》（"关于开斋的故事"）和《伊玛目霍赛因》等等。他善于演唱《阿布都热合曼和卓》、《斯依提诺奇》和《艾拜都拉汗》等达斯坦，并根据不同的场合和环境演唱不同的达斯坦。比如说，在婚礼时，演唱《尼卡纳玛》（婚礼歌）；在麻扎（陵墓）集会时，演唱《伊玛目霍赛因》；在斋月期间，演唱《依帕尔纳玛》等达斯坦。他说，他已经是一名职业化的民间歌手，每月有十多次达斯坦演唱。他富有激情的演唱和讲说，唱词富有韵味，所以极具感染力。他演唱达斯坦已经有五十多年的历史，是一名资历深、表演技巧高超的"达斯坦奇"。

倾听达斯坦

沙赫买买提喝了几碗茶，在孙子的配合下，先演唱了一个木卡姆曲子，把它做成一个开场白，然后演唱了英雄叙事诗《斯依提诺奇》。我静静地坐在客厅里，侧耳倾听。由于这一达斯坦篇幅较长，再加上老人家年事已高，我们怕他劳累，示意他停止表演。可是老人家似乎不太愿意的样子，又唱了一段后，才慢慢地停了下来。

那个周日，我在县城一个自由市场（巴扎）上又见到了沙赫买买提，他和他的孙子在一片空地上演唱着达斯坦，周围围着一群人……

几次达斯坦的倾听让我难忘。但是，就在前几天，木塔里在电话那头跟我说，"现在几乎没有人去听达斯坦演唱了"的时候，我感到惋惜。他说："即便有，也是一些上了岁数的老人和一些小孩，年轻人一般都喜欢

往电影院、歌舞厅里跑，还有一些泡在网吧里，谁还去听这些呢？"达斯坦好像失去了它存活的形态，也失去了往日的魅力，只是以文本的形式流传着。

当然，随着现代印刷技术的发展与普及，大量的维吾尔族达斯坦以印刷形式得以出版发行，为维吾尔族读者创造了接触阅读达斯坦的机会。随着部分达斯坦的汉译本发表与出版，也为更多汉族以及其他少数民族读者的直接阅读参考达斯坦提供了便利。也因此，与以前为数不多的听众群体而言，受传者数量明显得到增多。现代电子传播媒体的发展繁荣促进了达斯坦的各种电子版本的传播，加快了达斯坦的多元化流传方式的形成与发展。

目前，维吾尔族达斯坦以口头传播、文字传播、印刷传播和电子传播四种传播方式同时并存。但是，文字、电子等传播媒体除了对达斯坦的传播产生积极的推动作用之外，对达斯坦的口头传播活动也带来了消极影响，具体表现为听众的日益减少。大众媒体的普及极大地丰富了人民群众的业余娱乐生活。一向喜欢娱乐的维吾尔族人已成为当代大众传播媒体的忠实观众、听众或是读者。电视、DVD、录音录像设备和收音机以及各类报刊图书快速地扩大了群众文化娱乐活动。由于传播范围宽泛与大众性特点强，文盲、盲人都能够接受电视、电影和收音机等传播方式。因此在民族地区，电视的普及率与影响力相当高，随着电视栏目的多样性、教育性和趣味性发展，电视观众队伍更为壮大。除此之外，网络传播吸引了庞大的受传者，包括民族地区的广大中青年群体。由于上述种种原因，达斯坦听众队伍日益减少。

如今，达斯坦歌手的数量也寥寥无几，而且都是年纪较大的，其中一些中青年歌手也都改行了。究其原因：第一，电子媒体的普及破坏了歌手的表演活动，听众日渐减少。第二，歌手的生计环境遭到了破坏。由于没有听众，歌手好像没有顾客的商人，他们的经济来源被迫中断。政府部门虽然给一些著名歌手发放生活补贴，但是众多不知名的歌手没有经济收入，只能自己谋求生存之路。在以前口头表演昌盛的地方有了录像厅、卡拉 OK、歌舞厅以及商店饭庄（内设电视、DVD），很多人都集中在此，很少有人去听达斯坦演唱了。因此，达斯坦表演活动与口头传播的生存遭到了前所未有的危机与挑战。

（刊发于《中国民族报》2008 年 4 月 25 日周五文化版）

附 录 六

采访记录

一 民间艺人档案

1. 沙赫买买提·帕沙热訇（Shahmmemet Pasarahon，1916—）新疆墨玉县人，沙赫买买提，本名穆哈麦提塔訇·帕沙热訇，因为在当地民间弹唱艺人中成就和威望最高，被当地人封为歌王，于是将"夏赫"（"王"之意）冠在了他的名字前。沙赫买买提是和田墨玉县奎牙（Kuya）乡人，不知自己的确切出生年月，村里人说他至少90岁高龄。可他自称年过80岁。从他大声说话来判断，他的听觉有些吃力，除此之外，他的身体还挺硬朗。沙赫买买提家是达斯坦奇世家。父亲帕沙热訇（Pasarahun）是跟祖父学唱达斯坦的，祖父又是跟太祖父学来的。而且他们祖孙三代都是具有高超技艺的热瓦甫手。从12岁到26岁，沙赫买买提跟他父亲学艺。据他说，在此期间他在经学院接受过两年的教育。26岁时才正式开始演唱达斯坦。他首次学唱和演唱的曲目是传统的曲目《阿布都热合曼汗霍加》（Abudurahman han ghji-a）。除此之外，他经常演唱的曲目还有：《库尔班纳麦》（Kurbanname，维吾尔语意为"牺牲"、"献身"）、《伊皮塔纳麦》（Iptarname，维吾尔语意为"开斋"）、《尼喀纳麦》（Nikaname，维吾尔语意为"婚礼歌"，为成婚仪式的献歌）、《伊玛日霍塞因》（Imamhusey-in，维吾尔语意为伊斯兰教的洗礼仪式歌），以及叙事诗《斯依提诺奇》（Siy-itnoqi）和故事《苏丹巴依孜》（Soltanbaiyiz）。其中《伊皮塔纳麦》、《尼喀纳麦》、《伊玛日霍塞因》、《库尔班纳麦》都是在特定场合才唱的曲目。《库尔班纳麦》一般是在男孩举行割礼的时候唱，《伊皮塔纳麦》是在斋月晚上开斋的时候唱，《尼喀纳麦》是在举行婚礼时唱，《伊玛目霍赛因》一般是在接受伊斯兰教洗礼、起名和麻扎朝拜时才唱。因此，沙赫买买提在唱这些曲目时是很慎重的，不在特定的场合，他是不会随便唱的。由于沙赫买买提在当地的声望，他的演唱已经完全职业化，演唱活动很频繁，每月大概 15 次左右。沙赫买买提的弹唱风格变化丰富多样，唱词富有韵味，与他的歌调合拍，朗朗上口，富于激情的演唱，极具感染力。尤以《玉苏甫与艾合麦特》演唱时最为典型，他在演唱这部长诗时，曲调变化达 16 种之多。把作品中人物可歌可泣的事迹，通过生动、铿锵有力的唱词和不断转换的曲调配合得极其默契，使听众的情感变化也随着他那不断变化的乐曲达到了引人入胜的境界。他是独一无二地能完整演唱这部作品的艺人。他的弹唱至今还深受和田及南疆等地区维吾尔族人民的喜爱。他的弟子保留了他的曲目并继承了他的弹唱风格。沙赫买买提的自由发挥欲望比较强烈，常常根据演唱的情境而即兴添加新的内容，尤其是对作品中主人公情感的描述和对故事情节转折处的处理，每一次演唱都有不同。由于他演唱的曲目比较多，且演出的频率比较频繁，而且他在保留维吾尔民间叙事诗方面的作用也非常突出，因而受到各类抢救民间叙事诗遗产的专家学者的特别关注。

2. 阿布力米提·喀热（Ablimit Kari，1939—2007）新疆墨玉县人，和田墨玉县奎牙乡阿克斯热依（Ahsiray yezisi）依克切（Yikqikixlak）村人，1939 年 7 月 16 日生于依克切村，享年 68 岁。虽然眼睛失明，但听力和记忆力却很好。阿布力米提·喀热最初演唱的曲目是从父亲那里传承下来的《斯依提诺奇》（Siyitnoqi）。1979 年之后，他开始学唱沙赫买买提演唱的曲目。他经常追随沙赫买买提，听他演唱。据他自己讲，他只须听一遍，就会在脑子里记录下来。他还说，他不是完全照搬沙赫买买提的作品，而是做了一些改编。比如，沙赫买买提演唱时，通常有大段的具有宗教内容的开场白，他则把这些开场白删除了。他改编之后的同一曲目，精炼了许多，故事更加紧凑，受到听众们的喜爱。阿布力米提·喀热虽患眼疾，但他有着过人的记忆，可谓过耳不忘。他很好学，不保守，善于根据演唱环境和听众的反应突破原有的故事情节，即兴发挥，创造出一些新的内容。他突出的特点是能够将民间演唱与现实紧密结合起来，常常根据本地发生的故事，自编曲目。他自编的曲目多为轶闻趣事，比如寡妇不甘寂寞而偷情、吝啬鬼贪财而受到愚弄等等。老人很早就注意到了民间口头作品与现实脱节的弱点，所以他才采取自编自演的方式，创作出了像《孜维德汗》（Ziweidhan）、《娅丽普孜汗》（Yalpuzhan）等反映本土生活的作品，并受到欢迎。他同时也积极利用弹唱的艺术形式，歌颂新生活。最近两年创作的叙事诗曲目《过去与今天》（Oetmuexi bilian bueguen）就是一个主旋律作品。

阿布力米提·喀热没有将演唱活动作为自己唯一的谋生手段，但他也不会放过每一次可以获得报酬的演唱邀请。通常村里或邻村有婚礼、割礼、小孩命名、民族节日等活动的时候，他都有机会受到邀请。乡里也经常在接待客人的时候要求他去助兴，但大多情况下这种演唱是没有报酬的，即便有，金额也不大。

3. 图尔地买买提（Turdimemet Karim）。新疆墨玉县人，和田墨玉县奎牙乡帕科太里克村人，1949 年 2 月出生，双目失明。从小接受过两年经学院的教育，10—20 岁之间待在家里。22 岁（1971 年）时在父亲的带领下，去拜师学艺。师父是当地有名的达斯坦奇胡达拜尔迪·哈热提（HudabaerdiHaraet）。胡达拜尔迪·哈热提，奎牙乡人，有一儿一女。男孩子继承父业学弹热瓦甫，曾经是位艺术高超的热瓦甫琴手（已去世）。图尔地买买提·喀热拜师学的是都它尔弹唱。据他自己讲，他完全是出于对达斯坦演唱的热爱才开始学艺的。他学唱的曲目也都是师父口传给他的。第一首拜师学唱的曲目是《斯依提诺奇》，后来学唱的是传统曲目《乌尔里卡与艾木热江》（Oerlika—Aemrajian）、《玉苏甫—艾合麦提》（Yusup—Aehmet）、《阿布都热合曼汗霍加》（Abudurahmanhan ghjia）和《艾合麦提·夏赫·喀尔卡奇与马的传说》（Aehmet·xiah·karkaxat-ningkisae）。他是一位性情活跃的艺人，但他的演唱技巧不及上面介绍的两位歌手，演唱的曲目也较为有限。由于他热衷于历史题材的民间叙事诗演唱，且改动较少，在很大程度上对于保留民间历史题材叙事诗的原貌具有很大的帮助。

4. 阿布杜海力里·巴拉提（Abduhelil Barat）。墨玉县奎牙乡帕科太里克村人，1928 年出生。他自幼喜欢唱歌跳舞，1945 年开始学习和田墨玉县维吾尔达斯坦奇（歌手）及演唱方式，在经学院学习了 7 年。24 岁时学手艺，在墨玉县城开铺子卖烤馕。由于割舍不掉对音乐的爱好，便拜努尔热訇·帕合泰克为师。努尔热訇·帕合泰克是当时有名的弹唱艺人，也是奎牙乡人。阿布杜海力里·巴拉提跟师父最早开始学的是跳 "pier-hun usuli"（萨满舞蹈），结合舞蹈唱达斯坦 pire dastani karkax Awahan，这是一部维吾尔萨满叙事诗，在民间治病时才唱。据他说，每星期三是治病的日子，这个叙事诗就是在那天治病时才唱的。唱这个曲目是有禁忌的，唱歌的人必须背朝日出方向，面朝西面，边弹都它尔，边演唱，同时必须有手鼓伴奏。主要演唱地或在病人的家里，或是病人上门来治病时在歌手家里。他平时以演唱民歌见长，在当地也很有影响。虽然他的演唱内容具有一种特定性，而且与巫术结合起来，但正是这种特定性，使他成为和田墨玉县民间歌手中的"另类"而受到特别的关注。民间歌手的起源最早似乎与宗教祭祀活动紧密相关，他的存在是否具有对此类问题解说的现实依据价值，是我们应该加以注意的。

5. 依米尔·阿布都拉（Imir Abdolla，1947—）新疆墨玉县人。1947年，他出生在新疆墨玉县扎瓦乡兰杆村的一个农民家庭。1963年，他小学毕业就辍学了，拜巴夏格奇村的库尔班尼亚孜为师，学练热瓦甫琴。从1963—1978年之间，他就上山放牧。这一期间，他认识了萨伊德艾合买提和买买提汗等两位民间艺人，学习了很多民间文学作品。他的声音洪亮，发音清晰，吐字清楚，弹琴熟练，弹唱水平高，赢得民众的喜爱。他经常参加婚礼、麦西莱甫等活动为听众表演。他会唱《瞧一瞧》、《秃头之歌》、《孜维地汗》、《艾穆拉汗》、《艾拜都拉汗》、《阿布都热合曼汗》和《赛迪瓦卡斯》等叙事诗。

6. 麦合买提·阿訇·吐哈（Mehemmet Ahon Tuha，1929—）新疆墨玉县人。1929年，生于墨玉县扎瓦乡巴夏格奇村的一个农民家庭。1939—1949年，他在宗教学校接受教育。新中国成立之后至1974年任过村长一职。他的父亲和爷爷都是民间艺人。在家人的熏陶下，他学会了弹热瓦甫琴和都塔尔琴，学唱了《好汉斯依提》、《阿布都热合曼和卓》和《萨迪克图台莱》等叙事诗。

7. 买提喀斯木·阿訇（Metkasim Ahon）新疆于田人，生平不详。

8. 买提库尔班·阿訇（Metkorban Ahon）新疆于田县人，生平不详。

9. 亚森·阿訇（Yasin Ahon）新疆于田县人，生平不详。

10. 买提吐尔逊·阿訇（Mettursun Ahon）新疆于田县人，生平不详。

11. 木明·阿訇（Mumin Ahon）新疆莎车县人，60岁，生平不详。

12. 肉孜托合提·阿訇（Rozitohti Ahon）新疆和田县人。1959年生于新疆和田县波斯坦乡的一个农民家庭。现在，是和田县波斯坦乡的一个农民。从小他就爱听故事，喜欢给小朋友们讲那些自己听过的民间故事。由于父亲是一个弹布尔琴手，他从父亲那儿学会弹琴，15 岁时，已熟练地掌握弹布尔琴的演奏技巧。后来，由于喜爱音乐表演，他对音乐与故事巧妙相结合的达斯坦说唱艺术产生了浓深厚的兴趣。由于接受过较好的宗教教育，他开始弹唱《神人阿力》、《穆圣之女法提玛的故事》和《古尔邦节故事》（宰牲节）等宗教故事。他的业余爱好是听民间艺人的故事和演唱。他听过《英雄秦·铁木尔》、《桑树影》、《好汉和米尔》、《生宝石的母鸡》、《牧羊老人及子》、《神棒》、《神奇的石头》、《宝剑》、《机智人及其三子》、《伊斯坎达尔—乌尔丽哈》和《巧媳妇》等。1982 年，他认识了著名民间歌手沙赫买买提，从此，向他拜师学艺，学了很多民间叙事诗。他跟着师父，到和田地区的麻扎（宗教人士陵墓），向来自和田地区各县各乡的朝拜者进行表演。他主要表演《库尔班纳麦》、《伊皮塔纳麦》、《尼喀纳麦》和《伊麻穆胡塞音》等达斯坦作品。目前，除了熟练弹唱这些叙事诗之外，他会弹唱《阿布都热合满汗霍加》、《斯依提诺奇》和《艾白都拉汗》等和田地区广为流传的叙事诗片段。

13. 艾提尼亚孜·阿訇（Heytiniyaz Ahon）新疆和田县人，59 岁。新疆和田县人。1949 年生于新疆和田县波斯坦乡的一个农民家庭。从小他就爱听故事和讲故事。他对达斯坦说唱艺术产生了浓厚的兴趣。由于常听一些《塔依尔与佐赫拉》、《玉苏甫伯克与艾合买提伯克》和《斯依提诺奇》等散韵相间的民间叙事诗，对说唱艺术有了较好地认识与理解。农业休闲期间，他到巴扎（乡村集市）找民间艺人露天表演场地，聆听故事。在这些民间艺人的说唱表演中，他发现表演形式"说多唱少"。这些民间艺人不用乐器，清唱歌词。他们主要利用丰富多彩的文学语言和身体语言表达各种复杂的故事情节和人物动作。由于艾提尼亚孜记忆力好，善于模仿，回家之后，模仿民间艺人的动作，向家人讲授故事，娱乐他们。目前，他会说唱《圣人海维再尔的故事》、《赌王贾姆西德》、《伊斯坎达尔》和《鲁斯坦木》等传奇故事和叙事诗。

14. 阿力木毛拉（Alim Molla）新疆麦盖提县人，生平不详。

15. 买买提·塔依尔（Memet Tahir，1902—2003）新疆罗波淖尔县人。他生于罗波淖尔县敦库坦乡琼库勒村的一个牧民家庭。孩提之时，他在经学堂接受过启蒙教育，识阿拉伯文字，能够阅读《古兰经》。他父亲尼亚孜伊玛目是个有知识的人，能够背诵民间歌谣。在父亲的熏陶下，买买提·塔依尔学了很多民歌，在娱乐聚会或民间集会活动中，向大家表演。后来，他学会了《塔依尔与佐赫拉》、《乌兰白地汗》和《乌尔丽哈与艾穆拉江》等民间叙事诗，在民间活动中，积极地为大家表演，娱乐大家。

16. 贝格木·尼亚孜（Begim Niyaz，1893—1990），罗波淖尔县提砍力克区英苏村人。他父亲名叫尼亚孜苏皮，贝格木从小就从父亲那里接受了启蒙教育。贝格木本名叫毛拉，后来父亲以他爷爷的名字（巴格尼亚孜）给他命名，他的家谱是皮拉克喀孜→伊布拉音→尼亚孜库勒→尼亚孜→贝格木。他家祖祖辈辈都是一个有知识的家庭，他父亲曾经在布哈拉经学院读过书。因此，在父亲的影响下，贝格木看过许多翻译成维文的阿拉伯、波斯文学作品。他会说唱很多达斯坦，其中有《黑发阿依姆》、《阿克乌兰白地汗》等叙事诗。

17. 喀斯木·图尔地（Kasim Turdi，1912—）他生于罗波淖尔县卡尔去噶乡卡尔去噶村的一个牧民家庭。从 12 岁起，在本乡学校和县中学读书。毕业之后，1944—1951 年期间，在本乡学校教书。1951 年，在库尔勒师资培训中心进修，结业后回乡继续任教。1959 年，调到沙雅县食品公司当工人。1981 年退休后，又回到卡尔去噶乡养老。他会讲很多民间故事，会唱很多民歌，又会说唱《阿地力王子》、《玫瑰花》和《塔依尔与佐赫拉》等民间叙事诗。

18. 牙合亚·艾音丁（Yahya Eyindin，1934—），新疆哈密地区伊吾县拜城乡农民，是一个盲人歌手，能够演唱《好汉乌买尔》、《铁木尔·哈里发》和《亚齐伯克》等叙事诗。

19. 艾利姆（Helim，1921—），萨卡农场巴格达什畜牧场农民，88 岁高龄。

20. 尼亚孜·巴斯特（Niyaz Basit，1931—1998），哈密地区哈顿乡人，民间艺人。以当地的热瓦甫琴手为师，专心学习弹琴。由于自生聪明伶俐，很快掌握了热瓦甫琴弹奏技巧。他自编自唱民歌，受到当地民众的欢迎，因弹唱水平高，人们将他称为"乌斯塔"（"师傅、大师"之意）。1958 年，他迁到新疆且木县奥依亚依拉克乡，从事放牧业。1970 年，他又搬家到琼库勒乡克雅可勒克村安居。当时他年事已高，但仍从事演唱民歌和叙事诗活动。后来，他又返回到出生地民丰县，1998 年逝世，享年67 岁。他演唱《艾萨伯克》、《圣人阿里故事》和《鲁斯坦木》等叙事诗。

21. 乌买尔·喀日（Umer Kari，1933—），新疆哈密人。他从小失明，祖母让他学习唱歌。师从阿訇伯克，通过听和练，掌握了艾杰克琴，自拉自唱，演唱木卡姆和各种哈密民歌。他的听力和记忆力超群，不仅学会哈密木卡姆，而且他会唱吐鲁番民歌、伊犁民歌、喀什民歌以及汉族、哈萨克和塔塔尔等民族舞曲。他从小能够背诵整部《古兰经》，他超常的记忆力，由此可见一斑。他能演唱《黎明木卡姆》、《杜尔木卡姆》、《伊明木卡姆》，他能唱哈密木卡姆中的达斯坦节选。①

22. 玛丽汗·亚库甫（Manglihan Yakup，1945—），新疆哈密人，也是盲人歌手，她从小热爱民族音乐，学会敲手鼓。她基本掌握哈密木卡姆的主要曲子，配合丈夫乌买尔喀日的表演，合唱一些民歌及达斯坦片段。②

23. 伊布拉音·亚库甫（Ibrahim Yakup，1974—），新疆哈密花园子乡人，是一个盲艺人，虽然年龄不大，但是演技较好。他生下来就是盲婴，从15岁开始学电子琴，22岁开始通过录音磁带学习演唱木卡姆。他听萨都拉、阿克帕夏和阿訇伯克等哈密有名气的木卡姆奇的录音磁带，刻苦学习演唱哈密木卡姆。他从1998年开始在婚礼、割礼和麦西莱甫等喜庆聚会活动上演唱表演，赢得了哈密人的赞扬，还一度到乌鲁木齐的哈密美食城唱歌，有许多人慕名去听他演唱木卡姆和各种哈密民歌。他不仅会演唱《阿拉木汗》、《慢慢走》等哈密民歌，而且能演唱《铁木尔·哈里发》、《好汉乌买尔》、《亚齐伯克》和《和卓尼亚孜》等达斯坦作品。③

24. 阿希姆·阿訇·丹格（Hashim Ahon Dengi，1912—1994）新疆于田县波鲁村人。后在新疆策勒县博斯坦乡喀拉苏村定居。他父亲是当时当地颇有名气的民歌手和琴手，在父亲的熏陶下，从小喜欢民歌和民间叙事诗。他为父亲的表演敲鼓伴奏，逐渐在当地有了名，成为一名有名望的民间艺人。他最善于即兴创编民歌，他完整地演唱民间达斯坦《希力甫部长》。

---

①　参见郎樱《哈密地区维吾尔"麦西莱甫"田野调查报告》、朝戈金主编：《中国西部的文化多样性与族群认同——沿丝绸之路的少数民族口头传统现状报告》，中国社会科学文献出版社2008年版。

②　同上。

③　同上。

25. 乌拉木·吐尔逊（Gulam Tursun，1929—）出身于新疆策勒县奴尔乡阿尕其村一个农民家庭。爷爷库尔班阿訇是都塔尔琴手，善于演唱民歌和民间叙事诗。在爷爷的影响之下，他认真学习民歌、歌谣以及民间达斯坦，自己会弹唱4 000首民歌和《艾萨伯克》等数部民间达斯坦。

二　田野作业日记

自从本人的《西北突厥民族达斯坦论》获准立项之后，我计划前往新疆进行田野作业。2008年7月23日，我带着两位课题组成员到新疆和田和喀什地区进行了拉网式的田野作业。2008年7月23日，我们从乌鲁木齐南郊客运站乘坐乌鲁木齐前往和田的夜班车，夜班车的条件不错，人也并不多。我们从乌鲁木齐出发，经过了托克逊县、和硕县、库尔勒市和轮台县级公路再到塔克拉玛干沙漠公路，过了一夜，我们第二天中午到达和田民丰县。

民丰县位于昆仑山北麓，塔克拉玛干沙漠南缘，气候干旱。行政隶属于和田地区，管辖1镇5乡。该县的人文景观有尼雅遗址、阿克可西卡城堡等。我们在民丰县找宾馆得以安顿。当日，由于旅途劳累，在宾馆房间内洗洗睡了一觉，晚上大家一起吃饭。之后，大家研讨民丰县调查计划。第二天，我们9点吃饭，9点半到民丰县文体局，找到县文化工作负责人，他赠给我们民丰县县志，并告诉我们民丰县能唱达斯坦的民间艺人几乎不在世了，仅有一些故事讲述家和民歌手，他们建议我们到于田县考察。于田县地大人多，民间艺人较为集中，民丰县是和田最小的县区，艺人也相对少，很多民间文学作品在三套集成搜集整理工作中得以全面搜集和印刷。7月24日中午，我们乘车到达于田县城，在温州宾馆住宿。我们到达时已下午时分，县城各单位快要下班，我联络了于田县文体局干部阿布都热西提（一个朋友介绍的），请他共进晚餐，我们一起做田野作业的计划。晚餐前，大家都在休息，下午6点半，文体局干部阿布都热西提开车接我们，一起去夜市吃小吃。于田县是一个历史悠久的闻名古地，文化底蕴很深。于田在和田地区内按照人口和行政基层仅次于墨玉县，下辖1镇15乡，县内有夏合勒克封建庄园和麻扎塔克古堡等人文景观。在夜市上有各种小吃，其中烤鱼是最好吃的，鱼是淡水鱼，既香又嫩，让人禁不住流口水。阿布都热西提也是当地有名气的诗人，酷爱文学，由于大家都是做文学和研究文学的同行，大家谈得十分投机，很快就打成一片。

课题组成员和一些民间艺人在一起。左手第三：阿布都热西提

然后，阿布都热西提派一个跑腿的人，请来一个名叫亚森阿訇的热瓦甫琴手，它是于田县文工团的业余演员。

亚森阿訇

他也会唱于田县流传的《希力甫部长》和《艾萨伯克》等达斯坦，他当场为我们演唱了这两部达斯坦中最为精彩的选段，我们为他喝彩。他自己创作了一些歌颂祖国、歌颂共产党的民歌，也给我们弹唱。他告诉我们一个十分有价值的线索：在喀拉克尔乡有一个艺人名叫买提吐尔逊阿訇，他会唱完整的《希力甫部长》。他还说陪我们一起去。第二天一早，我们启程赶往喀拉克尔乡，乘车走了半小时路程，我们到了喀拉克尔乡，但买提吐尔逊阿訇家不在乡里，还得走20分钟的路程。虽然县道是柏油路，但是一些村路是土路，汽车一路颠簸，非常难走。我们大约走了20来分钟，到了买提吐尔逊阿訇家。幸亏他在家。到他家时，已中午时分，他忙碌着为我们切瓜摘果，端来一大盘子葡萄和桃子，切了西瓜。在铺好的一条台布上整齐地摆上馕和瓜果。他十分难为情地告诉我们，因他妻子外出没回，没法为我们做饭吃。大家表示劝他别忙了，吃点水果就行，今日找他来就是为了听歌。

买提吐尔逊阿訇

他拿起热瓦甫，跟亚瑟阿訇一起合唱《希力甫部长》。他表演十分投入，唱调独特，声音酷似嘶哑，既好听又有吸引力。他为我们演唱了40多分钟，我们拍摄了全过程，拍了十来张照片。然后，课题组问了一些他学艺的过程。他是从父亲那里学的，他的父亲也是热爱民间文化的艺人，能弹热瓦甫琴，唱一些民歌和较短的民间叙事诗。在孩提时代，他在山区牧羊6年，山区草原有个老牧羊人，能谈热瓦甫琴，能讲述很多民间故事，对他影响很深。我们记录了他学艺生涯，问了一些他个人问题（家族、结婚、孩子等），做了一些补充记录，然后给了他200元钱作为报酬，向他致谢告辞。我们离开他家时，已下午 4 点多，天气没那么炎热了，大家又乘车赶往希吾勒乡看望另一个老艺人买提库尔班阿訇。

买提库尔班阿訇

买提库尔班阿訇曾经是一个有名的民歌手，但近二十年来，没有公开表演过。等我们到他家时，他正用麦子和玉米，喂他家的鸡和鸽子。一阵寒暄过后，他把我们引进他家客房，客房里有一张大板床，板床上铺着红色的和田地毯，这意味着这家经济情况不差。他的妻子端来馕和梨，还给每个人倒了茶，让我们品尝。阿布都热西提说明了我们的来意，买提库尔班阿訇在多塔尔琴的伴奏下为我们演唱了《艾萨伯克》的片段和《艾里甫与赛乃姆》的节选，他唱了一阵子便停了，他不好意思地告诉我们，很久没唱这些达斯坦了，歌词和调子几乎忘了。当我们探询他的学艺动机和过程时，他告诉我们出于个人爱好学艺，不是为了表演，而是自娱自乐，解解闷儿。我们与他谢别时，天色昏黄，夜幕即将来临。我们乘车赶往县城。回到县城，大家在一家快餐店吃了新疆白面，饭后，大家出来逛街。7 月 26 日，是我们在于田的第三天，我们根据阿布都热西提的建议乘车赶往栏干乡。据阿布都热西提介绍，栏干乡是离县城较近的乡，农民文化中心的工作做得十分出色，老、中、青三代艺人逐步形成规模。我们乘车十多分钟就到达栏干乡文化中心。阿布都热西提可能提前通知了他们，一帮琴手在文化站迎接我们。一位名叫买提卡斯木阿訇的艺人为我们从头到尾地演唱了英雄达斯坦《好汉斯依提》。这是一部散韵相间的民间英雄叙事诗，讲述一名反封建、爱家爱民的好汉的英雄事迹。

买提卡斯木阿訇

我们在文化中心前面摆着椅子坐下来，兴致勃勃地聆听他激情的演唱。之后，一个年轻人弹着热瓦甫琴演唱了《希力甫部长》的节选。阿布都热西提介绍说：他来自好汉希力甫出生地，对这一达斯坦音调和节奏十分熟悉。因此，对他的表演我们进行了录音保存。室外表演结束之后，

我们走进室内，请买买提明阿訇的艺人为我们演唱一首传统曲目《乌尔

买买提明阿訇

丽哈与艾穆拉江》，这是一部叙述王子寻找父王梦见的神鸟而经历苦难的故事。作品故事情节离奇曲折，主人公中既是凡人又是神仙，带有传奇色彩和神话色彩，令人着迷。我们通过从乌鲁木齐的相关专家那里打听和自己查阅资料获悉，当今会唱《艾里甫与赛乃姆》、《玉苏甫与艾合买提》和《赛努拜尔》等传统达斯坦的艺人几乎没有了。我们能碰到这样一个完整地演唱一个传统曲目的老艺人确实很幸运。因此，大家格外注意达斯坦表演的过程。再加上买买提明·阿訇也是能说会唱的民间达斯坦奇，他声情并茂地表演，以丰富的身体语言为我们带来了一场精彩的表演。我们

在栏杆乡一行取得了很大的收获。晚上，大家回到宾馆休息，恢复体力。阿布都热西提告诉我，博斯坦乡有几位艺人，能熟练地演唱希力甫的故事，但是路程较远，离策勒县较近。7月27日，我们赶往策勒县。策勒县位于和田地区中部，人口12.67万，主要有维吾尔、汉和回等民族。策勒县地势南高北低，南部为昆仑山区，中部为平原，北部为塔克拉玛干沙漠，气候属于暖温带大陆性荒漠干旱气候，年平均气温12摄氏度，年降水量36毫米。策勒县不大不小的规模，辖1镇7乡。由于距离较近，我们行程两个多小时就到达了县城，我联系了我的一名学生艾合买提江，去年毕业的。他前来接我们，把我们安排在了一家县城宾馆。然后请我们到他家吃午饭。他父母虽已上了年纪，但是热情好客，做了美味的抓饭招待我们。午休后，艾合买提江带领我们去县文化局调研，文化局负责民间文学的一个干部带我们去了阅览室，给我们提供了策勒县三套集成和一些相关的材料，他介绍了策勒县民间文学搜集整理情况，对民间达斯坦艺人老龄化现象和人数日益减少的客观现实，表示惋惜。我们认真地做了记录。他告诉我们在固拉合玛乡有两位艺人，都能演唱一些达斯坦。7月28日，我们在艾合买提江和另一位我校的毕业生——策勒县人买提卡斯木的陪伴下，去了固拉合玛乡。这天，固拉合玛乡里的大农贸市场十分活跃。听艾合买提江解释，今天是固拉合玛的巴扎（集市）日，每天各乡都轮流举办巴扎活动。在巴扎日，各乡各村的农民前来购买劳动工具和生活必需品。我们打车前往老艺人买提库万阿訇家，由于乡村公路又差又窄，我们

走了一个小时左右才到达他家。他是一位七旬老人，唱歌有点吃力。他为我们演唱了《艾萨伯克》和《希力甫部长》两个篇幅较短的达斯坦。他曾经当过多年的牧羊人，在山上经常演唱，学会了很多民歌和民间达斯坦。自称是他的弟弟的萨伊姆阿訇，为我们演唱了《牧人之歌》和《艾萨伯克》。他声音洪亮，虽然演唱的是同样的歌曲，但是后者很好听。

萨伊姆阿訇唱完之后，跟我们说，还有一位八旬老艺人，会演唱策勒县本地民间达斯坦。我们便对这位老艺人产生了兴趣，要求他带我们过去，我们乘车去了这位名叫买提斯蒂克的老艺人的家里。

我们去他家，老人家还健在，因年事已高，他的耳朵不是太好，使劲

喊着讲，才能听见，但是吐字还是很清晰。他跟萨伊姆·阿訇一起为我们
演唱了《艾萨伯克》和《希力甫部长》这两首富有地方特色的叙事歌。由
于当天天色已黑，我们不得不在艺人家留宿。这是一家舒适而宽敞的农家
院，一个四合院式的院子，大家都休息得很好。第二天一早，我们回到策
勒县城，收拾好行李，乘汽车去往和田。当日中午，我们到达和田市，找
一家宾馆安顿好了。然后与和田市的学生艾赛提江取得联系，告诉他我们的
行程。晚上，他联系和田地区文联民间文艺办公室图尔迪，图尔迪当晚把我
们带到了墨玉县有名的达斯坦奇阿布杜海利里那里，我们到达艺人家已经是
傍晚时分。阿布杜海利里为了我们请来了他们村子的一些琴手，为我们表演。

拿着都塔尔琴的老人是阿布杜海利里·巴拉提

　　在一帮琴手的伴奏下，他为我们演唱了古老而神奇的武术之歌《皮
尔之歌》和《孜维地汗》。我们一边认真地聆听一边录音录像，等表演完
毕之后，详细地咨询了他的个人经历和学艺生涯，我们对此做了记录。
（在艺人档案部分有他的个人信息，请大家参阅）当天晚上 11 点，从墨
玉县回到和田市（距离很近，仅 23 公里）。我们回到房间已经 12 点，我
们洗漱完毕就休息了。第二天我们包车到墨玉县颇有名望的达斯坦歌手阿
布里米提·喀日家，走了 40 多分钟，我们抵达他住的阿克萨拉依乡，六
年前，我曾经来过他家，做过一次采风，搜集了他演唱的《艾拜都拉
汗》、《雅丽普孜汗》和《艾维孜汗》三部达斯坦。他是一位盲人歌手，

在他三岁时，他大病一场，失去了视力。由于过了几年的时间，我一时半会儿找不到他家，向一个农民问路，终于找到了他家。他妻子在家，她也

阿布里米提一家人，右边拿着热瓦甫的第一个人是阿布里米提。热依汗摄

是残疾人，耳聋，她以手势示意问候我们，引我们进屋。我们刚走进房子，大概是有人喊他过来了，一个年轻人上气不接下气地跑进来了，我一眼认出他了，他是阿布里米提的儿子，他心情沉重地告诉我们，他父亲去年11月份去世了。我们为此感到无比痛心，大家一起举手，为老人的灵魂祈祷。从阿布里米提家出来之后，我们临时调整了田野作业计划，本来我们打算今天听阿布里米提演唱，万万没想到的是，老人已不在了。我们把第二天采访闻名于全疆的杰出艺人沙赫买买提的计划调整到今日，大家

决定去他家。我们乘车继续我们的行程。我们到他家刚好碰到了他儿子努尔买买提，也是一个善于演唱民间达斯坦的年轻歌手，他出来迎接我们。他告诉我们，这会儿他爸爸不在，今日去凯马立木麻扎朝拜，很可能在那儿为群众表演。我们问乘车多长时间能到达，路不远，离水库近，但是路窄，再加上近日赶往那儿的马车、摩托车和汽车较多，路堵得很，恐怕至少一小时能到达。我们问司机师傅知不知道地方，他回答说知道。我们让他带我们到麻扎去。我们很希望在听众聚集场所采风民间艺人，这是十分难得的机会。一人在听众中的表演和面对一群研究者或调查者的表演是截然不同的。我们很希望看到艺人的自然表演状态，我们都期待观察听众的接受状态（喜、怒、苦、乐等表情），这对我们研究艺人和听众显得十分重要。的确，努尔买买提说得不错，路窄得很，再加上前排有过往马车、摩托车和汽车，司机需要耐心和细心。我们的车摇摇晃晃地走了50分钟左右，到达了目的地。我们在马路两边看到停靠在路边树林中的一排排摩托车和自行车，推测今日来麻扎朝拜者肯定不少。我们下了车，往高坡爬去。我们十分认真地观察周围，努力发现我们需要的艺人，心里担心表演结束，赶不上拍摄最精彩的场景。我们边走边注意倾听周边的声音，我们看到熙熙攘攘的人群，感到很惊讶。这里简直不是朝拜的麻扎，而是人们休闲娱乐的巴扎。有人喊着卖烤肉，有人吆喝着卖鸡蛋，有人卖着馕，让人联想电影中的中世纪阿拉伯地区热闹的农贸市场。我们走了一阵子，突然听到了从前面茂密的小树林传来的热瓦甫琴声，朝着那个方向走过去。在树林里面有一块空地，我们看到一群人围着两个人看戏，我们走近发现，场中表演者正是我们要找的艺人沙赫买买提。他弹着热瓦甫琴，声情并茂地弹唱一个宗教内容的达斯坦。

　　我们走到听众中间打开录音笔录音并拍照，听众有70—80人左右，

大家都很入迷地聆听。他唱完一段内容之后由于要去方便，便临时安排了一个艺人肉孜尼亚孜阿訇（我们后来采访得知的）为听众表演，他是坦

布尔琴手，坦布尔琴声扣人心弦，十分悦耳，我立即拍了几张照片。他为大家演唱了《尼卡纳麦》（穆圣女儿法图玛与女婿阿里的婚礼）。我们从上午 11 点一直到下午 4 点聆听以沙赫买买提为主的肉孜尼亚孜和艾提尼亚孜三位艺人的《好汉斯依提》、《圣人尕乌赛勒姆》和《尼卡纳麦》等数部达斯坦，录制了整个过程，但是一个小插曲——摄像机没电了，没有拍摄成，只能多拍点照片和录音记录了。我们这次突访计划取得了大丰收，我们虽然中午凑合吃了些馕和鸡蛋等，但是心里乐滋滋的。7 月 31 日，我们去采访了一位艺人图尔迪买买提·阿訇（个人信息列在艺人档案中），是一位盲人，天才的民间艺人。他擅长弹多塔尔琴，他会演唱《玉苏甫与艾合买提》、《阿布都热合满和卓》、《艾拜都拉汗》和《艾合买提江喀里喀西的讽刺歌》等

达斯坦曲目。2002 年 8 月，我曾经采录过他演唱的《玉苏甫与艾合买提》，录了好几个小时，整整录了四盒录音磁带。他知道我们的来意后，问我们听什么歌？我问他会不会演唱《好汉斯依提》？我从来没听过用都塔尔琴演唱的唱本？他回答可以。然后，他为我们演唱

了英雄达斯坦《好汉斯依提》。他不仅都塔尔琴弹得娴熟，故事演唱得也很投入，我们静静地聆听，并拍摄了这一达斯坦唱本内容，等表演结束之后，我们给他200元的辛苦费，并给他赠送了一些我们带来的慰问品（砖茶、冰糖和营养粉等），与之告别。

我们从于田县的阿布都热西提那里探到博斯坦乡几个民间艺人的消息，准备明日赶往策勒县博斯坦乡。次日，我们早早地起床，办理了退房手续，早餐之后就赶往客运站。我们买了前往策勒县的车票，在候车室等车，等了大概半个小时左右，我们检票上了车。大概走了两个多小时的车程，到达了策勒县，然后又乘坐镇乡间中巴，路上又走了两个小时的车程，到了博斯坦乡中心，打听到了肉孜托合提阿訇家，他为我们演唱了流传于于田县和策勒县的民间达斯坦《希力甫部长》。他是一个热心好客的老人，虽然家境贫寒，但是热情地用农家饭招待了我们，给我们留下了深刻的印象。他积极推荐了一位中年歌手库尔班·阿訇，他也是中青年中崭露头角的民间艺人，会演唱《希力甫部长》。我们中午吃过午餐后，出门寻找库尔班·阿訇，经过人们指点，我们在村路口找到了他，他派了一个小伙子从他家带他的热瓦甫琴过来，我们边谈边等，过了一阵子，小伙子手拿着热瓦甫琴跑来了。库尔班阿訇索性坐在路边土堆上当场为我们演唱《希力甫部长》，我们开始忙着录像和拍照，他边弹边唱，认真地演唱，几个村民过来倾听。我们对这一土生土长的好汉希力甫的故事进行了一次彻底的调查和记录，我们觉得这是一次十分有意义的民间采风活动。根据我们的调查情况，我们采访了希力甫的亲戚，他讲述了希力甫事件的来龙去脉。我们对这一故事有了更为深刻地认识和了解。由于路途遥远，再加上晚上没有去和田市的汽车，我们只好在乡里农民家住宿一夜。第二天，我们乘车回到策勒县，然后又坐车返回和田市。在和田市，我们在宾馆休息了半天，然后就去逛街。8月2日，我们乘坐和田市到莎车县的大巴，踏上了喀什地区的田野调查之路。我们当日傍晚才抵达莎车县，在交通宾馆订房安顿。过不久，我的学生依帕尔克孜（莎车人）带着她父亲前来看我，她父亲请我们到他家做客。

晚上，我们在他们家吃饭，饭间，我告诉了依帕尔的父亲——安瓦尔大哥我们前来的目的。他说认识一些艺人，明日带我们到莎车县木卡姆艺术团。第二日，我们在安瓦尔大哥的带领下去了艺术团，见到了团长和一些演员，安瓦尔大哥邀请一些演员在一家花园休闲处一起热闹热闹。下午，木卡姆艺术团的演员为我们演唱了木卡姆曲目，因为是职业演员，他们的表演水平和表演技巧明显比普通农民艺人专业得多，令人赏心悦目，心灵上得到了一次艺术熏陶。第三日，我们根据文化局有关人员掌握的线索乘

车到莎车县艾力西湖乡，寻找名叫木明的民间艺人。安瓦尔大哥用自己的车送我们过去。我们走了半个小时左右，到达了艾力西湖乡，但因不知道木明阿訇家的详细地址，我们一路打听，好不容易找到了他家。还算幸运的是，他在家，我们向他说明来意，他难为情地告诉我们，近几年来，他再不唱达斯坦了，由于他答应过伊玛目，不再弹唱（伊斯兰教人士反对从事音乐唱歌活动，以为不务正业）。我们告诉他，我们来自远方，恳求他为我们演唱一次，给他放了 200 元钱，请他在别处表演。他只好答应了。我们建议他回到县城，在安瓦尔大哥家为我们表演，可他说他在伊什库力乡有个朋友，他有八旬的老父亲，喜欢聆听，想到他家演唱达斯坦。我们又乘车到了木明阿訇的好友家。我们走了一段路程，上了前往伊什库力的道路，大约走了 20 分钟，我们到了木明阿訇朋友家。他先为我们演唱了《艾力甫与赛乃姆》的节选，然后演唱了《玉苏甫与艾合买提》。他弹着都它尔琴，连续不断地唱了四个多小时，由于他已过 60 岁，再加上

好久没唱，体力不支，唱不下去。要求改日再为我们演唱，我们看到实际情形也就答应了。我们收拾设备，返回县城。我们在莎车的第四天，计划有变。由于奥运期间全国各地出入检查严格，离奥运开幕式很近，出于大家安全的考虑，大家计划早日结束调查。当日，我们乘坐前往阿克苏的大巴，当天晚上抵达阿克苏，在阿克苏住宿吃饭，休息了一夜。第二天，我们到了库车。我们找到库车县的朋友铁依甫江，他把我们安顿在他家，这

时他家正在院内的空地上修建房子，我们来得不是时候，因此，大家商量回县城，在宾馆订房。在库车我们掌握了一些线索。库车县文体局的干部告诉我们，十年前，库车乡下有达斯坦表演，如今这一现象几乎没有了。他为我们提供了一些资料，为我们介绍在库车流传的《帕尔哈德与希琳》、《苏丹加木介麦》、《艾力甫与赛乃姆》和《赛努拜尔》等主要达斯坦内容和流传情况。我们在库车游览三天后，乘车赶往库尔勒。在库尔勒，我们住了一天，然后到尉犁县。我们找到了文体局老干部吐尔逊托合提，从他手里要来一些罗布淖尔史料和尉犁县三套集成（达斯坦卷，很多地方三套集成只有民间故事、民歌和民间谚语，只有和田墨玉县、库尔勒地区尉犁县和伊犁伊宁市等三地附加印刷达斯坦本）。根据老干部提供的信息，我在 2002 年采访的买买提塔依尔已去世，再没有演唱达斯坦歌手了，只有一些牧民歌手。但我们告诉她，我们找的是达斯坦演唱者。我们在尉犁县待了两天，又回到库尔勒市。次日，我们坐车回到乌鲁木齐，结束了我们为期 20 天的田野调查。

2009 年 2 月，我利用寒假期间，去了吐鲁番和哈密地区，对部分民间艺人进行了调查。2009 年 2 月 2 日，我乘坐兰州开往乌鲁木齐的 T295 次列车，去往新疆哈密地区进行田野调查。哈密地区是民间文学十分发达的地区，民间达斯坦作品最为丰富。1989 年，在搜集三套集成之时，哈密地区搜集整理了《铁木尔·哈里发》、《亚齐伯克》、《伊斯兰伯克》、《和卓尼亚孜·阿吉》和《好汉乌买尔》等篇幅较短的民间叙事诗。第二天 7 点 30 分，我到达了哈密站，大学同学早已在车站前等待接我。我们一起到宾馆登记房间，安顿行李，然后去街上找一家茶馆吃早餐。吃完之后，到文化局了解哈密地区达斯坦流传情况。文化局干部告诉我们，在哈密市艺人文化演艺厅，在那儿能找到一些艺人。我们到文艺演艺厅，见了一些中老年艺人，他们都是哈密木卡姆演唱家，能唱达斯坦的并不多。有一位盲艺人乌买尔喀日，能唱一些哈密本地达斯坦作品，如《铁木尔·哈里发》、《亚齐伯克》、《和卓尼亚孜·阿吉》和《好汉乌买尔》等。但他住在伊吾县山区，不在哈密市。还有一位年轻人伊布拉因，现在他在乌鲁木齐美食城演唱哈密民歌，他会唱哈密本地达斯坦，建议我们直接找他们采访。哈密冬天较冷，山区更冷，山区常下雪，路滑不安全，因此，我决定先回去，夏天再来采风。

三　中国新疆地区达斯坦流传分布图

　　示意图（三）标明了国界、省区界、
地州界、自治区直辖县级市界。（有底色）
主要河流。

示意图（三）
1:13 000 000

　　□维吾尔族达斯坦流传地　　■活形态的维吾尔族达斯坦存在地

四　新疆地区各种达斯坦文本图像

新疆人民出版社出版的维吾尔民间达斯坦文本

新疆人民出版社、新疆青少年出版社、民族出版社和
喀什人民出版社出版的维吾尔民间达斯坦文本

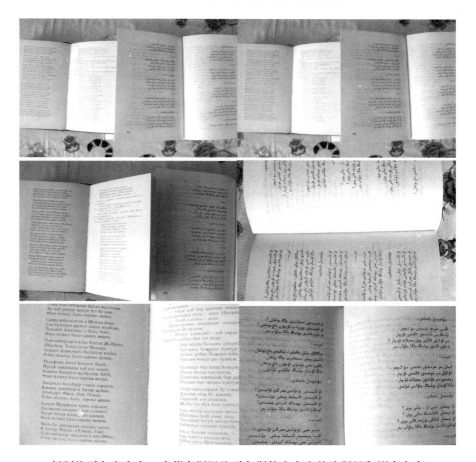

新疆维吾尔老文字、哈萨克斯坦维吾尔斯拉夫文字的达斯坦印刷本文本

登载发表维吾尔达斯坦的主要维文刊物《美拉斯》（遗产）、

《布拉克》（源泉）和《塔里木》

　　注：除了上述杂志之外，在《喀什噶尔文学》、《新玉石文学》、《阿克苏文学》、《楼兰》（曾用《波斯坦》）、《吐鲁番文学》、《哈密文学》、《玛伊布拉克》和《伊犁河》等地方杂志也有发表包括达斯坦在内的民间文学作品。

附录七

《玉苏甫与艾合买提》、《希力甫部长》
等数部达斯坦音乐谱

达斯坦4-1

作词:民间艺人
作曲:民间艺人

1=C 4/4
♩=100

$\underline{67}$ i $\underline{7}$ 7 | $\underline{6^{\#}5}$ 7 0 | $\underline{33}$ i $\underline{7}$ 7 | $^{\#}$5 7 − ‖

$\underline{67}$ i $\underline{7}$ 7 | $\underline{6^{\#}5}$ 7 3 | $\underline{04}$ $\underline{54}$ 3 3 | 6 $\underline{5i}$ $\underline{7}$ 7 ‖

$\underline{6^{\#}5}$ 7 0 | 3 $\underline{3i}$ $\underline{7}$ 7 | $^{\#}$5 7 − | $\underline{67}$ i $\underline{7}$ 7 ‖

6 $\underline{^{\#}57}$ 3 − | $\underline{34}$ $\underline{54}$ 3 3 | 3 $\underline{4}$ 3 · ‖

达斯坦4-2-3

作词:民间艺人
作曲:民间艺人

1=♭E 4/4
♩=90

$\underline{\dot3\dot3\dot3}$ $\underline{\dot3\dot3}$ 4 - | $\underline{\dot3\dot3\dot3}$ $\underline{\dot2\dot1}$ $\dot3$ - | $\underline{\dot3\dot3\dot3}$ $\underline{\dot3\dot2}$ 4 - | $\underline{\dot3\dot3\dot3}$ $\underline{\dot2\dot1}$ $\dot3$ - |

$\underline{\dot3\dot3}$ $\underline{\dot3\dot3}$ $\underline{\dot3\ 0}$ $\underline{\dot3\ \dot3\dot3}$ $\underline{\dot3\dot1}$ $\dot1$ | $\underline{\dot3\dot3\dot2}$ $\underline{\dot3\dot2}$ $\underline{\dot1\dot1}$ $\underline{77}$ | $\underline{7\dot17\dot2}$ $\underline{\dot13}$ 0 - |

$\underline{\dot1\dot1}$ $\dot1$ | $\underline{\dot3\dot3}$ $\underline{\dot3\ 4}$ | $\underline{5\dot3}$ $\dot3$ | $\underline{\dot1\dot1}$ $\dot1$ |

$\underline{\dot3\dot3}$ $\underline{4\dot3}$ | $\dot3$ - | $\underline{\dot3\cdot\dot3}$ $\underline{\dot3\dot3}$ $\underline{4\dot5}$ $\dot3$ | $\underline{\dot1\dot3}$ $\underline{\dot3\dot3}$ $\underline{4\dot3}$ $\dot3$ |

$\underline{\dot3\cdot\dot3}$ $\underline{\dot3\dot3}$ $\underline{4\dot5}$ $\dot3$ | $\underline{\dot3\dot3}$ $\underline{\dot3\dot3}$ $\underline{4\dot3}$ $\dot3$ | $\underline{4\dot3}$ $\underline{\dot3\dot3}$ $\underline{4\dot5}$ $\dot3$ | $\underline{\dot1\dot3}$ $\underline{\dot3\dot3}$ $\underline{4\dot3}$ $\dot3$ |

$\underline{\dot3\dot3}$ $\underline{4\dot5}$ 5 | $\underline{\dot1\dot3}$ $\underline{\dot3\dot3}$ $\underline{4\dot3}$ $\dot3$ ‖
D. C.

达斯坦04-2

1=B 3/4
♩=90

作词:民间艺人
作曲:民间艺人

oxirip 2

作词:民间艺人
作曲:民间艺人

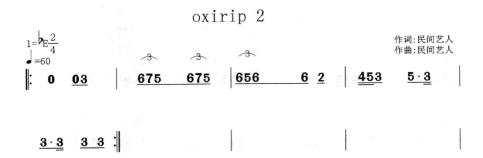

达斯坦

1=B $\frac{2}{4}$

♩=100

作词:民间艺人
作曲:民间艺人

$\underline{33}$　3　|　$\underline{33}$　$\underline{21}$　|　1　-　‖　$\underline{1\cdot2}$　3　5　|

$\underline{\dot16}$　$\underline{75}\cdot$　$\underline{05}$|　$\underline{66}$　$\underline{54}$　$\underline{45}$　|　$\underline{02}$　$\underline{31}$　$\underline{21}$　|　1　-　-　|

‖: $\underline{\dot3\dot3}$　$\underline{\dot2\dot1}$　|　$\underline{7\dot1\dot7\dot2}$　$\underline{\dot16}$　|　6　6·　|　$\underline{\dot36}$　$\underline{\dot54}$　|

$\underline{\dot3\dot4\dot3\dot5}$　$\underline{\dot4\dot2}$　|　$\dot2$　-　|　$\underline{\dot66}$　$\underline{\dot54}$　|　$\underline{\dot3\dot4\dot3\dot5}$　$\underline{\dot4\dot2}$　|

$\dot2$　-　|　$\underline{\dot3\dot3}$　$\underline{\dot2\dot1}$　|　$\underline{7\dot1\dot7\dot2}$　$\underline{\dot16}$　|　6　-　:‖

Dastenqi Qira Helk

作词:民间艺人
作曲:民间艺人

1=E 2/4
♩=70

```
3  0  3 │ 3 - 362 │ 3  0  3 │ 3 - 362 │

‖: 0    03 │ 6756  66 │ 6217  64 │ 4·2  31 │

2·4  34 │ 4·2  3·1 │ 2·2   2  :‖

‖: 0  3671 │ 2·3  121· │ 7·6  75 │ 6  0 │

0  3561 │ 2·3  121· │ 7·7  675 │ 6  0  :‖

6111  673 │ 4·4  23 │ 42  45 │ 23  4 │

6·5  56 │ 23  4 │ 3 - │ 67  53 │

4·2  3 │ 6673  53 │ 4·2  3  3 ‖
```

本曲谱由 作曲大师 软件生成，www.zuoqu.com。

①

---

① 这些达斯坦的记音乐谱子人员是西北民族大学音乐专业 2008 级硕士研究生董永强，对他的帮助在此表示谢意，特此注明。

参考文献

外文类

1. Chadwick, Nora K. And Victor Zhirmunsky, "Oral Epic of Central Asia", Cambridge University Press, London 1969.

2. Karl Reichl, "Turkic Oral Epic Poetry", Garland Publishing, INC. New York & London 1992.

3. 《Краткая Литературная Энциклопедия》 Москва Издательства 《СоветскаяЭнциклопедия》（Девятый Том）1962—1975.

4. В·И·Жирмунский, Х·Т·Зарифов： 《Эпос Узбексийого Народа》, Государственное Издательство Художественной Литературы, МОСКВА, 1947.

5. Roman Jakobson, "Closing Statement：Linguistics and Poetics." In Thomas A. Sebeok, ed., Style in Laguage, 1974.

6. Parry Milman, "Studies in the Epic Technique of Oral Verse-Making, I. Homer and Homeric Style". Harvard Studies in Classical Philology, 1930.

7. H. B. Paksoy, Dastan Genre in Central Asia. Published in：Modern Encyclopedia of Religions in Russia and Soviet Union ［MERRSU］（Academic International Press, 1995）Vol. VI. pp. 222 – 231.

8. H. B. Paksoy, Editor, Central Asia Reader（Armonk, New York：M. E. Sharpe）, 1994.

9. Kashgarli Mahmut, "Diwan Lugat at-Turk", translation by Robert Dankoff with J. Kelly. Cambridge, MA, 1982 – 1985.

10. T. Tekin, A Grammar of Orkhon Turkic（Bloomington, 1968）Indi-

ana University Uralic and Altaic Series, Vol. 69.

11. Z. V. Togan, Oguz Destani: Resideddin Oguznamesi, Tercume ve Tahlili (Istanbul, 1972).

12. Gerard Clauson, An Etymological Dictionary of Pre-Thirteenth-Century Turkish (Oxford, 1972), p. 127.

13. Bolat Saribaev, Kazaktin Muzikalik Aspaptari (Alma-Ata, 1978).

14. Fuat Koprulu, "Ozan," in Azerbaycan Yurt Bilgisi, No. 3, 1932.

15. W. Radloff, in his Proben der Volksliterature der turkischen Stamme (Sud-Sibiriens St. Petersburg, 1866 – 1907) 18 Vols.

16. V. V. Radloff, South Siberian Oral Literature Denis Sinor, Editor (Bloomington and The Hague, 1967), Indiana University Uralic and Altaic Series, Vol. 79.

17. The Book of Dede Korkut: A Turkish Epic. Faruk Sumer, Ahmet E. Uysal and Warren S. Walker, Eds. (Austin, TX: University of Texas Press, 1991).

18. Second Edition, The Book of Dede Korkut. Geoffrey L. Lewis, Tr. (London, 1974); A. T. Hatto, Tr. The Memorial Feast for Kokotoy Khan (Kokotoydun Asi: A Kirghiz Epic Poem). (Oxford, 1977). London Oriental Series, Volume 33.

19. "Z. V. Togan: the origins of the Kazaks and the Ozbeks," Central Asian Survey (London) Vol. 11, No. 3, 1992.

20. A. Bennigsen, "The Crisis of the Turkic National Epics, 1951 – 1952: Local Nationalism or Internationalism?"

21. Canadian Slavonic Papers Vol. XVII, No. 2&3, 1975.

22. Tura Mirzaev, Alpomish Dostonining Ozbek Variantlari (Tashkent, 1968); H. B.

23. Paksoy, "Central Asia's New Dastans," Central Asian Survey (Oxford) Vol. 6, No. 1, 1987; idem, "Perspectives on the Unrest in the Altai Region of the USSR," Report on the USSR (Electronic version, on Sovset), September 1990.

24. "Alpamysh zhene Bamsi Beyrek: Eki At, Bir Dastan". ["Alpamysh and Bamsi Beyrek: Two Names, One Dastan"] Kazak Edebiyati (Al-

ma-Ata），No. 41，10 October 1986.（Rendered into Kazak by Fadli Aliev from H. B.

25. Paksoy，"Alpamis ve Bamsi Beyrek：Iki Ad，Bir Destan" Turk Dili，No. 403，1985）；O. Caroe SovietEmpire，the Turks of Central Asia and Stalinism（London，1953）.

26. Rene Grousset，The Empire of the Steppes（Tr. N. Walford）（New Brunswick，NJ，1970）；I.

27. Kafesoglu，Turk Milli Kulturu（Istanbul，1984）（3rd. Ed.）.

28. F. Sumer，"Oguzlara Ait Destani Mahiyette Eserler，" Ankara Universitesi DTC Fakultesi Dergisi，1959.

29. Ch. Valikhanova］Chokhan Chinghizovich Valikhanov，Sobranie sochnenii v piiati tomah.（Alma-Ata，1984 – 1985）. 5 Vols.

30. R. V. Daniels，Editor，A Documentary History of Communism. Hanover and London：University Press of New England，1984.

31. Edward J. Brown，Tr.，The Proletarian Episode in Russian Literature，1928 – 1932. New York：Columbia University Press，1952.

32. G. M. H. Schoolbraid，The Oral Epic of Siberia and Central Asia（Indiana，1975）；W. L. Hanaway，"Epic Poetry" Ehsan Yarshater，Editor，Persian Literature. Ithaca：Bibliotheca Persica，1988.

著作类

1. 亚里士多德：《诗学》，罗念生译，北京人民文学出版社 1982 年版。

2. 维柯：《新科学》，朱光潜译，人民文学出版社 1987 年版，第 135 页。

3. ［德］黑格尔：《美学》（第三卷，下册），朱光潜译，商务印书馆 1981 年版（1997 年第二次印刷）。

4. ［美］阿尔伯特·洛德：《故事的歌手》，尹虎彬译，中华书局 2004 年版，第 40 页。

5. ［美］约翰·迈尔斯·弗里：《帕里—洛德理论》，朝戈金译，社会科学文献出版社 2000 年版，第 65 页。

6. 郎樱：《玛纳斯论》，内蒙古大学出版社 1999 年版。

7. 阿地里·居玛吐尔地：《〈玛纳斯〉史诗歌手研究》，民族出版社

2006 年版。

8. 叶舒宪：《原型与跨文化阐释》，暨南大学出版社 2002 年版。

9. 钟敬文主编：《民间文学概论》，上海文艺出版社 1980 年版。

10. 钟敬文主编：《民俗学概论》，上海文艺出版社 1998 年版。

11. 季羡林：《比较文学与民间文学》，北京大学出版社 1991 年版。

12. 段宝林、王树村、耿生廉、胡克等：《中国民间文艺学》，文化艺术出版社 1987 年版。

13. 乌丙安：《民间文学概论》，春风文艺出版社 1980 年版。

14. 克·艾山诺夫、思·毛拉达多夫合编：《维吾尔文学》，学校出版社 1986 年版。

15. 热扎克·买提尼亚孜主编：《西域翻译史》，新疆大学出版社 1996 年版。

16. 谭君强：《叙事理论与审美文化》，中国社会科学出版社 2002 年版。

17. 罗钢：《叙事学导论》，云南人民出版社 1999 年版。

18. 马学良、梁庭望、李云忠主编：《中国少数民族文学比较研究》，中央民族大学出版社 1997 年版。

19. 毕桪：《哈萨克民间文学概论》，中央民族学院出版社 1992 年版。

20. 毕桪：《哈萨克民间文学概论》，中央民族大学出版社 2006 年版。

21. 童庆炳主编：《文学理论要略》，人民文学出版社 2001 年版。

22. ［哈］巴图尔·艾尔西丁诺夫：《维吾尔古典文学作家创作中的叙事诗体裁》，哈萨克斯坦作家出版社 1988 年版。

23. ［哈］克·艾山诺夫、思·毛拉达多夫合编：《维吾尔文学》，哈萨克斯坦作家出版社 1981 年版。

24. ［哈］格·萨迪瓦卡索夫编著：《维吾尔文学简史》，前哈萨克斯坦加盟共和国《科学》出版社 1983 年版。

25. 陈惇、刘象愚：《比较文学概论》，北京师范大学出版社 2000 年版。

26. 阿布都克里木·热合满主编，《维吾尔文学史》，新疆大学出版社 1998 年版。

27. 阿布都克里木·热合满主编：《维吾尔民间文学与书面文学》（论文集），喀什：喀什维吾尔出版社 1988 年版。

28. 瓦依提江、艾斯卡尔编著：《维吾尔古典文学初探》，民族出版社1987 年维吾尔文版。

29. 张炯、邓绍基等主编：《中国文学通史》（第 5 卷），华艺出版社1997 年版。

30. 乌丙安：《民俗学原理》，辽宁教育出版社 2001 年版。

31. 谢里甫丁·乌买尔：《维吾尔古典文学概要》，新疆人民出版社1982 年维吾尔文版。

32. 谢里甫丁·乌买尔：《19 世纪维吾尔文学》（上中下册），新疆大学出版社 1998 年维文版。

33. 李国香：《维吾尔文学史》，兰州大学出版社 1992 年版。

34. 马学良主编：《中国少数民族文学史》（下册），中央民族学院1992 年版，第 322 页。

35. 乌斯曼·司马义：《维吾尔魔法故事研究》，新疆大学出版社2006 年版。

36. ［匈牙利］米哈依·霍帕尔：《图说萨满教世界》，白杉译，内蒙古自治区鄂温克族研究会选编，2001 年。

37. ［美国］M. E. 斯皮罗：《文化与人性（"Culture and Human Nature"）》，徐俊等译，社会科学文献出版社 1997 年版。

38. 海热提江·乌斯曼编著：《维吾尔古典文学史》（上、下），新疆维吾尔自治区高等教育自考指导委员会 1996 年维吾文胶印版。

39. 海热提江·乌斯曼：《维吾尔古代文学史》，新疆大学出版社1999 年汉文版。

40. 杨乃乔主编：《比较文学概论》，北京大学出版社 2002 年版。

41. 雷茂奎、李竟成：《丝绸之路民族民间文学研究》，新疆人民出版社 1994 年版。

42. 彭树智主编，王新中、冀开运：《中东国家通史》（伊朗卷），商务印书馆 2002 年版。

43. 朝戈金：《口传史诗诗学——冉皮勒〈江格尔〉程式句法研究》，广西人民出版社 2000 年版。

44. 尹虎彬：《古典经典与口头传统》，中国社会科学出版社 2002年版。

45. 艾赛提·苏来曼：《"海米赛现象"与维吾尔文学》，新疆大学出版社 2001 年汉文版。

46. 乌斯曼·司马义：《维吾尔民间文学体载》，新疆青少年出版社 1994 维吾尔文版。

47. 王玢玲：《蒲松龄与民间文学》，上海文艺出版社 1985 年版。

48. 克里木江、艾比布拉合著：《艾合麦德·孜亚伊》，新疆人民出版社 2001 年版。

49. 余太山、陈高华、谢方主编：《新疆各族历史文化词典》，中华书局 1996 年版，第 70 页。

50. 《中国伊斯兰百科全书》，四川辞书出版社 1994 年版。

51. ［奥地利］弗洛伊德著：《精神分析引论》，罗生译，百花洲文艺出版社 1997 年版。

52. 吴蓉章：《民间文学理论基础》，四川大学出版社 1988 年版。

53. 张玉安、陈岗龙主编：《东方民间文学比较研究》（论文集），北京大学出版社 2003 年版。

54. 郎樱：《中国北方民族文学比较研究》，民族出版社 2011 年版。

55. 阿布都克里木·热合满：《丝绸之路神话传说》，新疆人民出版社 1985 维吾尔文版。

56. 胡经之主编：《西方文艺理论名著教程》（上、下），北京大学出版社 1988 年版。

57. 曹顺庆主编：《世界文学发展比较史》（上），北京师范大学出版社 2001 年版。

58. ［美］乌尔利希·韦斯坦因：《比较文学和文学理论》，刘象愚等译，辽宁人民出版社 1987 年版。

59. ［匈牙利］米哈依·霍帕尔：《图说萨满教世界》，白杉译，内蒙古自治区鄂温克族研究会选编，2001 年。

60. 杨乃乔主编：《比较文学概论》，北京大学出版社 2002 年版。

61. 陈惇、孙景尧、谢天振主编：《比较文学》，高等教育出版社 1998 年版。

62. ［德］卡尔·赖希尔：《突厥语口头史诗：传统形式和诗歌结构》，阿地里·居玛吐尔地译，中国社会科学出版社 2011 年版。

63. ［美］斯蒂·汤普森：《世界民间故事分类学》，上海文艺出版社 1991 年版。

64. 张鸿年：《波斯文学史》，北京大学出版社 1993 年版。

65. 季羡林主编：《东方文学辞典》，吉林教育出版社 1992 年版。

67. 铁木尔·达瓦买提主编：《中国少数民族文化大词典》（西北地区卷），民族出版社 1999 年版。

67. 北京大学东方语言文学系主编：《波斯语汉语词典》，商务印书馆 1981 年版。

68. 贺学君：《中国四大传说》，浙江教育出版社 1989 年版。

69. 乌买尔·乌斯曼·西帕依：《科学与学者》，喀什维吾尔出版社 2001 年维吾尔文版。

70. ［美］希提：《阿拉伯通史》（上下册），商务印书馆 1995 年版。

71. ［埃及］艾合麦德·爱敏：《阿拉伯伊斯兰文化史》（共四册），商务印书馆 1985—1996 年版。

72. 扎拉嘎：《比较文学：文学平行本质的比较研究——清代蒙汉文学关系论稿》，内蒙古教育出版社 2003 年汉文版。

73. 《尼扎里的达斯坦创作研究》，民族出版社 2005 年版。

74. ［美］洛德：《故事的歌手》，尹虎彬译，中华书局 2005 年版。

75. ［俄］普洛普：《故事形态学》，中华书局 2006 年版。

76. 乌斯曼·司马义：《维吾尔民间文学体裁》，新疆青少年出版社 1995 年版。

77. 乌斯曼·司马义：《维吾尔民间文学概论》，新疆大学出版社 2009 年版。

78. 黄中祥：《哈萨克英雄史诗与草原文化》，中央编译出版社 2007 年版。

79. 黄中祥：《传承方式与演唱传统——哈萨克族民间演唱艺人调查研究》，2009 年。

80. 乌日古木勒：《蒙古突厥史诗人生仪礼原型》，民族出版社 2007 年版。

81. 阿地里·居玛吐尔地：《口头传统与英雄史诗》，中央民族大学出版社 2009 年版。

82. 阿地里·居玛吐尔地，托汗·依萨克：《〈玛纳斯〉演唱大师——居素普玛依评传》。

83. 余太山、陈高华、谢方：《新疆各族历史文化词典》，中华书局

1996 年版。

84. 彭吉象：《艺术学概论》，高等教育出版社 2002 年版。

85. 《中国伊斯兰百科全书》，四川辞书出版社 1994 年版。

86. 阿布都克里木·热合满、买买提祖依：《维吾尔族民间文学基础概论》，新疆人民出版社 1982 年版。

87. ［哈］巴图尔·艾尔西丁诺夫：《走进达斯坦世界》，作家出版社 2003 年版。

88. 西北师范大学中文系：《简明文学知识辞典》，甘肃人民出版社 1985 年版。

89. 《中国百科全书》，中国百科全书出版社 1986 年版。

90. 王松：《傣族诗歌发展初探》，中国民间文艺出版社 1983 年版。

91. 董晓萍：《田野民俗志》，北京师范大学出版社 2003 年版。

92. 陈思和：《中国当代文学史教程》，复旦大学出版社 1999 年版。

93. 洪治纲：《无边的迁徙》，山东文艺出版社 2004 年版。

94. ［美］沃尔夫、吉伊根：《艺术批评与艺术教育》，四川人民出版社 1998 年版。

95. 杜书瀛：《文艺美学原理》，社会科学文献出版社 1998 年版。

96. ［俄］斯托洛维奇：《审美价值的本质》，中国社会科学出版社 1984 年版。

97. 杨恩洪：　《民间诗神——格萨尔艺人研究》，中国藏学出版社 1995 年版。

98. 朝戈金：《冉皮勒〈江格尔〉程式句法研究》，广西人民出版社 2000 年版。

99. 林幹、高自厚：《回鹘史》，内蒙古人民出版社 1994 年版。

100. 《旧唐书·回鹘传》，中华书局 1975 年版。

101. ［宋］司马光：《白话资治通鉴》，时代文艺出版社 2002 年版。

102. 林幹、高自厚：《回鹘史》，内蒙古人民出版社 1994 年版。

103. A. H. 丹尼、马松：《中亚文明史》第一卷，中国对外翻译出版公司 2002 年版。

104. 王茜、刘国防：《维吾尔族：历史与现状》，新疆大学出版社 2005 年版。

105. 《古兰经》，马坚译，中国社会科学出版社 1981 年版。

106. 陶立璠：《民族民间文学基础理论》，广西民族出版社 1985年版。

107. 章国峰、王逢振：《二十世纪欧美文论名著博览》，中国社会科学出版社 1998 年版。

108. ［伊朗］志费尼：《世界征服者》，内蒙古人民出版社 1981年版。

109. 汤普森：《世界民间故事分类学》，上海译文出版社 1991 年版。

110. 陈惇、刘象愚：《比较文学概论》，北京师范大学出版社 2000年版。

111. 金元浦：《接受反应论》，山东教育出版社 2001 年版。

112. 毕桪：《哈萨克民间文学探微》，中央民族大学出版社 2012年版。

113. ［德］姚斯：《接受美学与接收理论》，辽宁出版社 1987 年版。

114. 胡兆量、阿尔斯朗等：《中国文化地理概述》，北京大学出版社 2006 年版。

115. 孟昭兰：《普通心理学》，北京大学出版社 1994 年版。

116. 叶奕乾、何存道、梁宁建：《普通心理学》，华东师范大学出版社 2004 年版。

117. 朱立元：《接受美学》，上海人民出版社 1989 年版，第 15—16 页。

118. 江帆：《民间口承叙事论》，黑龙江人民出版社 2003 年版。

119. 张鸿年：《波斯文学史》，北京大学出版社 1993 年版。

120. ［波］卓菲亚·丽莎：《论音乐的狂》，上海文艺出版社 1980年版。

121. 阿布尔·哈齐·把阿秃儿汗著：《突厥世系》，罗贤佑译，中华书局 2005 年版。

122. 拉什德丁·费祖拉赫著：《史记集》，余大钧、周建奇译，商务印书馆 1997 年版。

123. ［俄］李福清：《神话与鬼话》，社会科学文献出版社 2001年版。

124. 李延寿：《北史·突厥传》（卷九十九、列传第八十七），中华书局 1974 年版。

125. 郭庆光：《传播学教程》，中国人民大学出版社 1999 年版。

126. 郅溥浩：《阿拉伯文学史》，北京大学出版社 2009 年版。

论文类

1. 郎樱：《从〈霍斯罗与希琳〉到〈帕尔哈德与希琳〉的演变看波斯与维吾尔文化的交流》，《东方比较文学论文集》，湖南文艺出版社 1987 年版。

2. 郎樱：《〈霍斯罗与希琳〉的演变》，《民族作家》1986 年第 1 期。

3. 郎樱：《论维吾尔英雄史诗〈乌古斯传〉》，《民族文学研究》1984 年第 3 期。

4. 郎樱：《东西方民间文学中的"苹果母题"及其象征意义》，《西域研究》1999 年第 4 期。

5. 张鸿年：《〈雷莉与麦杰农〉与〈罗密欧与朱丽叶〉》，《外国文学评论》1992 年第 1 期。

6. 刘宾：《诗论新疆维吾尔民族文学的比较研究》，《新疆社会科学院》1982 年第 3 期。

7. 阿布都许库尔·吐尔迪：《论察合台时期维吾尔古典文学（维吾尔文）》，《新疆社会科学》1983 年第 2 期。

8. 西仁·库尔班：《论文学流派——"海米赛现象"》，《新疆大学学报》1989 年第 1 期。

9. 西仁·库尔班：《纳扎米·甘吉维及其〈五卷诗〉》，《新疆大学学报》1995 年第 1 期。

10. 阿布都克里木·热合满：《维吾尔族民间长诗的演唱形式及其艺术特点》，《民族文学研究》1987 年第 7 期。

11. 阿布都克里木·热合满：《塔里木文化特征考述》，《广西民族学院学报》2001 年第 9 期。

12. 阿布都克里木·热合满：《漫谈维吾尔"达斯坦"及其结构特征》，《文艺评论集》，民族出版社 1984 年版。

13. 阿布都克里木·热合满：《维吾尔"达斯坦"研究提纲》，《作家文学与民间文学》，喀什维吾尔出版社 1988 年版。

14. 阿不拉江·艾合米地：《关于尼扎里出生地论考》，《喀什日报》2000 年第 4 卷第 7 期。

15. 买买提依明：《试论纳瓦依长诗〈莱丽与麦吉侬〉中的人物性格（汉文）》，《民族文学研究》1999 年第 2 期。

16. 郅溥浩：《马杰侬和莱拉，其人何在？——关于原型、类型、典型的例证》，《外国文学评论》1995 年 3 期。

17. 郅溥浩：《阿拉伯"情痴"的世界性影响——马杰侬和莱拉故事与文人文学》，引自于张玉安、陈岗龙主编：《东方民间文学比较研究》，北京大学出版社 2003 年版。

18. ［俄］李福清（Б. Рифтин）：《中国小说与民间文学关系》，《民族艺术》1999 年第 4 期。

19. 董晓萍：《论〈水浒传〉传说》，《民间文学论坛》1991 年第 3 期。

20. 江云、韩致中：《民间文学与〈三国演义〉》，《民间文学论坛》1984 年第 4 期。

21. 张宏超：《维吾尔诗歌格律和形式》，《新疆社会科学》1987 年第 1、2 期。

22. 黎蔷：《维吾尔诗歌与木卡姆音乐关系论》，《新疆社会科学》1990 年第 6 期。

23. 扎米尔·赛都拉：《试论"纳兹热"与东方文学中的"海米塞"传统（维吾尔文)》，《新疆师范大学学报》1998 年第 4 期。

24. 郎樱：《东西方民间文学中的"苹果母题"及其象征意义》，《西域研究》1992 年第 4 期。

25. 库尔乌古力：《论〈玉苏甫与祖莱哈〉题材的中亚变体》，《中亚细亚研究》（维文季刊）1988 年第 1 期。

26. ［美］斯·汤普森：《民间文学》，田小杭译，《民俗研究》1996 年第 2 期。

27. 邓启龙：《论普希金诗歌的民族性》，《民间文学论坛》1986 年第 2 期。

28. 中国社会科学院文学研究所中国文学史编写组：《中国文学史（一）》，人民文学出版社 1979 年版。

29. 蔚家林：《论民间文学对李白诗歌的影响》，《民间文学论坛》1986 年第 2 期。

30. 阿布都哈德尔·加拉力丁：《谈作家书面文学及其在民俗学的地

位（维吾尔文）》，《新疆师范大学学报》1989 年第 1 期。

31. 苏非亚·伊善：《试论〈莱丽与麦吉侬传说〉的产生及其引进到作家文学（维吾尔文）》，《喀什师范学院学报》1991 年第 4 期。

32. 猛克吉雅：《蒙古文学的发展及其民间文学与书面文学的关系》，《内蒙古社会科学》2002 年第 9 期。

33. 朝戈金：《口头·无形·非物质遗产漫议》，《读书》2003 年第 10 期。

34. 巴莫曲布嫫：《口头传统与书写传统》，《读书》2003 年第 10 期。

35. 乌斯曼·司马义：《论维吾尔神话传说》，《新疆师范大学学报》（维吾尔文）1991 年第 4 期。

36. 任钦道尔吉：《关于阿尔泰语系民族英雄史诗、英雄故事的一些共性问题》，任钦道尔吉、朗樱主编：《阿尔泰语系民族叙事文学与萨满文化》，内蒙古大学出版社 1990 年版。

37. 伊明江·艾合买提：《苏非主义在维吾尔文学史上的影响和地位（汉文）》，《西域研究》1998 年第 4 期。

38. 穆宏燕：《波斯中世纪诗歌中的苏非思想审美价值》，《外国文学研究》1999 年第 4 期。

39. 吾尔买提江·阿布都热合曼：《阿塔尔对维吾尔古典文学的影响（汉文）》，《民族文学研究》2001 年第 3 期。

40. 齐文东：《试析〈鲁斯塔姆与祖赫拉布〉的艺术特点》，《解放军外国语学院学报》2001 年第 1 期。

41. 范存忠：《"赵氏孤儿"杂居在启蒙时期的英国　英国文学论文集》，外国文学出版社 1981 年版。

42. 范希衡：《从"赵氏孤儿"到"中国孤儿"》，《中国比较文学研究》（第四期），浙江文艺出版社 1987 年版。

43. 热依罕：《坟墓里不暝的灵魂——谈〈热比娅与赛丁〉》（汉文），《民族文学研究》1989 年第 1 期。

44. 阿布里米提·司马义：《尼扎里及其叙事诗〈热比娅与赛丁〉（维吾尔文）》，《新疆文艺》1979 年第 11 期。

45. 迪丽拜尔·肉孜耶娃：《论尼扎里的生平及其文学生涯（维吾尔文）》，《布拉克》1991 年第 4 期、1992 年第 1 期。

46. 普罗普：《神奇故事的转化　俄国形式主义文论选》，中国社会科

Knowledge grows when shared honestly

学出版社 1989 年版。

47. 阿布都克里木·热合曼：《谈尼扎里及其叙事诗〈热比娅与赛丁〉（维吾尔文）》，《新疆大学学报》1980 年第 6 期。

48. 阿布里米提·司马义：《尼扎里及其叙事诗〈热比娅与赛丁〉（维吾尔文）》，《喀什噶尔文学》1980 年第 2 期。

49. 热·谢里夫：《浅谈维吾尔批评现实主义倾向（维吾尔文）》，《新疆大学学报》1985 年第 4 期。

50. 乌买尔·乌斯曼·西帕依：《尼扎里的家谱》（维吾尔文），《新疆社会科学论坛》2002 年第 1 期。

51. 克里木江·阿布都热依木：《论尼姆谢依提诗歌创作》（维吾尔文），《新疆大学学报》1997 年第 4 期。

52. 艾比布拉·艾力、阿布都热西提·萨吾特：《民间长诗〈塔依尔与佐赫拉〉与戏剧〈塔依尔与佐赫拉〉的比较研究（维吾尔文）》，《博斯坦（"绿洲"维文季刊)》1985 年第 4 期。

53. 艾合麦德·戴尔维希、［瑞士］伊尔娜·格林：《论传奇故事〈玉苏甫与祖莱哈〉中的玉苏甫形象的历史根源（维吾尔文）》，《喀什师范学院》1994 年第 4 期。

54. 西仁·库尔班：《论尼扎米·甘吉维及其〈五个宝库〉（维吾尔文)》，《新疆大学学报》1995 年第 1 期。

55. 阿布都外力·克热木：《从尼扎里达斯坦来看维吾尔民间文学与作家文学的互动互融》，《民族文学研究》2005 年第 2 期。

56. 阿布都外力·克热木：《论尼扎里叙事诗中的祈子母题及其文化内涵》，《民族文学研究》2007 年第 1 期。

57. 阿布都外力·克热木：《从传播学来看维吾尔口承达斯坦的生存危机》，《民族文学研究》2008 年第 3 期。

58. 阿布都外力·克热木：《维吾尔爱情叙事诗中的"殉情母题"及其文化内涵》，《西北民族研究》2005 年第 4 期。

59. 阿布都外力·克热木：《从〈莱丽与麦吉侬〉看东方伊斯兰教文学中的"仿造现象"》，《中国社会科学院研究生院学报》2004 年第 5 期。

60. 阿布都外力·克热木：《在市场经济背景下维吾尔达斯坦的生存危机》，《全国商情：理论版》2008 年第 12 期。

61. 阿布都外力·克热木：《论维吾尔族十二木卡姆与达斯坦的关

系》，《中国青年科技》2007 年第 4 期。

62. 阿布都外力·克热木：《从碑铭文学看唐代与回鹘的和谐关系》，《西北民族研究》2007 年第 3 期。

63. 阿布都外力·克热木：《从影响研究看阿拉伯、波斯与维吾尔文化的交流》，《域外文学新论》，上海教育出版社 2007 年版。

64. 乌日古木勒：《史诗艺人的生活史研究——对哈萨克族民间艺人卡孜姆的访谈》，《河南教育学院学报》2008 年第 2 期。

65. 张宏超：《维吾尔诗歌的格律和形成（下）》，《新疆社会科学》1987 年第 2 期。

66. 吴晓：《浅析民间艺术的审美功能》，《美与时代（下半月）》2008 年第 5 期。

67. 毛国媛：《儿童文学审美功能与幼儿文学活动》，《昆明师范高等专科学校学报》2006 年第 2 期。

68. 李跃忠：《影戏的娱乐、审美功能简论》，《渭南师范学院学报》2008 年第 4 期。

69. 郭彩英：《文学的教育功能》，《文学教育》2008 年第 9 期。

70. 田茂军：《少数民族叙事诗略论》，《吉首大学学报》1995 年第 1 期。

71. 郎樱：《听众在史诗传承中的地位与作用》，《民族文学研究》1991 年第 3 期。

72. 刘魁立：《文学和民间文学》，《文学评论》1985 年第 2 期。

73. 黄中祥：《哈萨克族口头文学的传承方式》，《中央民族大学学报》2007 年第 1 期。

74. 热依汗·卡德尔：《和田墨玉县维吾尔达斯坦奇及演唱方式》，《民族文学研究》2005 年第 3 期。

75. 雅沙尔·卡拉耶夫：《操突厥语族语言民族的"父辈经典"——〈先祖考尔库德书〉》，海淑英译，《中央民族大学学报》2000 年第 2 期。

76. 郎樱：《东西方民间文学中的"苹果母题"及其象征意义》，《西域研究》1992 年第 4 期。

77. 热依汗：《墨玉县维吾尔族达斯坦奇调查日志》，朝戈金：《中国西部的文化多样性与族群认同》，中国社会科学文献出版社 2008 年版。

78. 马合木提·阿不都外力：《现代化进程中维吾尔族文化转型刍

议》，《新疆社会科学》2006 年第 6 期。

79. 包也和：《传统概念探析》，《哲学动态》1996 年第 4 期。

80. 戴冠青、许雪仪：《"高甲丑"与闽南观众的接受心理》，《文艺争鸣》2006 年第 5 期，第 142 页。

81. 纪军：《浅析民间故事讲述中的听众》，《荆门职业技术学院学报》2004 年第 2 期。

82. 高阳：《从读者接受美学的角度论大学英语课堂教学改革》，《西安外国语学院学报》2005 年第 4 期。

83. 史培军、宋海：《从土地沙漠化论人类活动与自然环境的关系》，《新疆环境保护》1983 年第 4 期。

84. 王云缦：《情节和观众心理接受初议》，《中国电视》1988 年第 5 期。

85. 买提依明：《试论纳瓦依长诗〈莱丽与麦吉侬〉中的人物性格》，《民族文学研究》1999 年第 2 期。

86. 陈筱芳：《春秋梦兆信仰》，《西南民族大学学报》2007 年第 5 期。

87. 李克鑫：《奇妙的梦兆世界》，《东方养生》1994 年第 11 期。

88. 肖雄：《非同寻常的梦兆》，《科学大观园》2006 年第 4 期。

89. 刘辉：《非同寻常的梦兆》，《科学之友》2004 年第 9 期。

90. 马莉：《柯尔克孜族英雄史诗〈玛纳斯〉母题探析》，《伊犁师范学院学报》2007 年第 3 期。

91. 万水君：《复仇母题与中国传统文化》，《桂林航天工业高等专科学校学报》2006 年第 1 期。

92. 练素华：《中国古代叙事文学中的血亲式复仇母题初探》，《湘潭师范学院学报》2008 年第 5 期。

93. 鲍维娜：《作恶造善之力于一体——从原型理论看外国文学作品中的魔鬼形象》，《浙江教育学院学报》2003 年第 3 期。

94. 陈玉涓：《试析霍桑作品中的魔鬼形象》，《宁波大学学报》2000 年第 2 期。

95. 唐逸红：《布尔加科夫笔下的魔鬼形象》，《俄罗斯文艺》1997 年第 3 期。

96. 艾赛提：《试析阿尔泰文化圈中的妖魔形象》，《美拉斯（遗产）》

1994 年第 1 期。

97. 罗世荣：《龙的起源及演变》，《四川文物》1988 年第 2 期。

98. 葛星：《〈西游记〉中"龙"形象的传统文化审视》，《齐鲁学刊》2009 年第 5 期。

99. 郎樱：《东西方屠龙故事比较研究》，《新疆大学学报》1995 年第 3 期。

100. 潜明兹：《民间文学的范围与前景》，《民间文学论坛》1985 年第 3 期。

101. 猛克吉雅：《蒙古文学的发展及其民间文学与书面文学的关系》，《内蒙古社会科学》2002 年第 9 期。

102. ［美］斯·汤普森：《民间文学》，田小杭译，《民俗研究》1996 年第 2 期。

103. 邓启龙：《论普希金诗歌的民族性》，《民间文学论坛》1986 年第 2 期。

104. 蔚家林：《论民间文学对李白诗歌的影响》，《民间文学论坛》1986 年第 2 期。

105. 买买提吐尔逊·巴哈吾东：《谈萨亚迪及其叙事诗〈塔依尔与佐赫拉〉》，《布拉克（源泉）》1995 年第 1 期。

106. 米尔古丽·吾布勒哈斯木：《麦赫图姆苏鲁的历史之源》，《布拉克（源泉）》2003 年第 3 期。

107. 阿地力·朱玛吐尔地：《玛纳斯奇的萨满面孔》，《民族文学研究》2003 年。

108. 阿布都许库尔·图尔地：《论维吾尔古典文学（论文集）》，新疆青少年出版社 2003 年版。

109. 阿布都克里木·热合满：《民间文学与书面文学》，喀什维吾尔出版社 1988 年版。

110. 阿布都克里木·热合满：《文艺评论集（维文）》，民族出版社 1984 年版。

111. 阿不都克里木·热合满：《丝路民族文化视野》，新疆大学出版社 1999 年版。

112. 伊明·吐尔逊：《论诗歌艺术　塔里木文化拾锦》，民族出版社 1990 年版。

113. 姚斯：《文学史作为文学科学的挑战》，赵宪章编：《二十世纪外国美学文艺学名著精义》，江苏文艺出版社 1987 年版。

114. 鲍·托马舍夫斯基：《主题　俄国形式主义文论选》，中国社会科学出版社 1989 年版。

115. 普罗普：《神奇故事的转化　俄国形式主义文论选》，中国社会科学出版社 1989 年版。

116. 郎樱：《柯尔克孜史诗传承调查》，《中国西部文化多样性与族群认同》，中国社会科学文献出版社 2008 年版。

117. 阿地里·居玛吐尔地：《20 世纪玛纳斯及其群体调查报告》，《中国西部文化多样性与族群认同》，中国社会科学文献出版社 2008 年版。

118. 买买提明：《试论纳瓦依长诗〈莱丽与麦吉侬〉中的人物性格论伟大的诗人纳瓦依》，新疆人民出版社 2001 年版。

119. 任钦道尔吉：《关于阿尔泰语系民族英雄史诗、英雄故事的一些共性问题　阿尔泰语系民族叙事文学与萨满文化》，内蒙古大学出版社 1990 年版。

文献类

1. 毛拉·斯迪克·叶尔坎地：《帕尔哈德与希琳》，买买提吐尔逊·巴吾东整理，新疆人民出版社 1996 年版。

2. 毛拉·斯迪克·叶尔坎地：《麦吉侬与莱丽》，买买提吐尔逊·巴吾东整理，新疆人民出版社 1996 年版。

3. 尼扎米：《蕾莉与马杰农》，卢永译，人民文学出版社 1988 年版。

4. 阿布都克里木·热合满整理：《维吾尔民间长诗选（2）》，新疆人民出版社 1981 年版。

5. 阿布都肉苏力·吾买尔整理：《维吾尔民间长诗精选》，新疆人民出版社 1998 年版。

6. 穆罕默德·祖侬整理：《玉苏甫与艾合买提》，新疆人民出版社 1981 年版。

7. 内扎米·甘吉维：《雷莉与马杰农》，张鸿年译，中国文联出版公司 1984 年版。

8. 张晖译，《内扎米·甘吉维诗选》，新疆人民出版社 1991 年版。

9. 张鸿年：《波斯古代诗选》，人民文学出版社 1995 年版。

10. 潘庆聆：《郁金香集——波斯古典诗选》，江西人民出版社 1983 年版。

11. 何乃英：《伊朗古今名诗选译》，北京师范大学出版社 1992 年版。

12. 郎樱译：《波斯神话》，新疆人民出版社 1991 年版。

13. ［乌兹别克斯坦］《乌兹别克民间故事》. 塔什干：东方真理出版社 1957 年版。

14. 萨比尔·阿不都拉：《塔依尔与佐赫拉（戏剧）》，塔什干：东方真理出版社 1959 年版。

15. ［伊朗］菲尔多西：《列王纪》，张鸿年译，人民文学出版社 1991 年版。

16. ［伊朗］菲尔多西：《列王纪》，阿布都许库尔·穆罕默德伊明、阿布都瓦力·哈力帕提译，新疆人民出版社 1998 年版。

17. 内扎米·甘吉维：《霍斯罗与希琳》，《布拉克·源泉》1994 年第 2 期。

18. 纳瓦依：《帕尔哈德与希琳》，塔什干：东方真理出版社 1959 年版。

19. ［乌兹别克斯坦］纳瓦依：《莱丽与麦吉侬》，塔什干：东方真理出版社 1959 年版。

20. 纳瓦依：《帕尔哈德与希琳》，新疆青少年出版社 1991 年维吾尔文版。

21. 纳瓦依：《莱丽与麦吉侬》，新疆青少年出版社 1991 年维吾尔文版。

22. ［乌兹别克斯坦］奥麦尔·巴克·叶尔坎迪：《帕尔哈德与希琳的故事》，塔什干石印，1908 年。

23. ［乌兹别克斯坦］奥麦尔·巴克·叶尔坎迪：《莱丽与麦吉侬的故事》，塔什干石印，1909 年。

24. 尼扎里：《纳扎尔叙事诗集》，民族出版社 1985 年版。

25. 拉波胡兹：《玉苏甫与祖莱哈》，马俊民译，《新疆文学》1985 年第 4、5 期。

26. 克里木江·阿不都热衣木：《麦赫图姆苏鲁》，喀什维吾尔出版社 1999 年版。

27. 毛拉·毕拉里：《努祖姑姆》，《布拉克·源泉》1981 年第 1 期。

28. 阿布列孜·吾守尔：《努祖姑姆》，新疆人民出版社 1983 年版。

29. 克里木江·阿不都热依木：《努祖姑姆》，喀什维吾尔出版社 1999 年版。

30. 阿吉·艾合买提：《努祖姑姆》，《塔里木》1982 年第 2 期。

31. 托乎塔吉·肉孜：《努祖姑姆》，《塔里木》1984 年第 6 期。

32. 艾力·艾财孜：《佳南》，民族出版社 1996 年版。

33. 祖农·哈德尔、铁依甫江·艾利耶夫、艾力·艾则孜合：《艾里甫与赛乃姆》，新疆人民出版社 1981 年版。

34. 尼扎里：《尼扎里抒情诗集　买买提吐尔逊整理》，新疆人民出版社 1995 年版。

35. 艾尔西丁：《艾米尔·古尔奥古里》，新疆青少年出版社 1986 年版。

36. 尼姆谢依提：《千佛洞——帕尔哈德与希琳》，《艾力·艾则孜整理　布拉克》1981 年第 1 期。

37. ［土耳其］卡纳尼：《阔尔库特童话集》，托乎提·提拉译，新疆人民出版社 2001 年版。

38. 陶冶主编：《巴比伦神话故事》，商务印书馆国际有限公司 2000 年版。

39. 陶冶主编：《阿拉伯神话传说》，远方出版社 1999 年版。

40. 陶冶主编：《埃及神话传说》，远方出版社 1999 年版。

41. ［德］歌德：《东西诗集》，《歌德诗集》（下卷），上海译文出版社 1982 年版。

42. 马坚译：《古兰经》，中国社会科学出版社 1982 年版。

43. 王人敏、赵明等绘：《圣经故事》（图解圣经故事）（上下），中国文史出版社 2002 年版。

44. ［波］克西多夫斯基：《圣经故事集》，张会森、陈启民合译，新华出版社 1981 年版。

45. 维吾尔民间文学大典编委会：《维吾尔民间文学大典》，新疆人民出版社 2008 年版。

46. 托合提·提拉译：《阔尔库特寓言故事选》，民族出版社 2001 年版。

47. 维吾尔民间文学大典编委会：《布谷鸟与夜莺·民间达斯坦》，新疆人民出版社 2006 年版。

48. 维吾尔民间文学大典编委会：《艾米尔古尔奥古力·民间达斯坦》，新疆人民出版社 2006 年版。

49. 维吾尔民间文学大典编委会：《努祖姑姆·民间达斯坦》，新疆人民出版社 2006 年版。

50. 维吾尔民间文学大典编委会：《玉苏甫与祖莱哈·民间达斯坦》，新疆人民出版社 2006 年版。

51. 维吾尔民间文学大典编委会：《塔依尔与佐赫拉·民间达斯坦》，新疆人民出版社 2006 年版。

52. 纳瓦依：《帕尔哈德与西琳》，东方真理出版社 1959 年版。

53. 策勒县三大集成编委会：《策勒县民歌集》，喀什慰问印刷厂印制 1990 年版。

54. 阿布里米提·萨迪克：《维吾尔民间故事选》，新疆人民出版社 1979 年版。

55. 维吾尔民间文学大典编委会：《维吾尔民间故事（1）》，新疆人民出版社 1998 年版。

56. 艾合买提·依米提、亚森·孜拉力：《维吾尔民间长诗（4）》，新疆人民出版社 1993 年版。

57. 耿世民：《乌古斯可汗传说》，新疆人民出版社 1980 年版。

58. 毛星：《中国少数民族文学（上）》，湖南人民出版社 1983 年版。

59. 买买提吐尔逊·巴哈吾东：《谈萨亚迪及其叙事诗〈塔依尔与佐赫拉〉》，《布拉克·源泉》1995 年第 1 期。

60. 麻赫穆德·喀什噶里：《突厥语大辞典（维文版）》，新疆人民出版社 1984 年版。

61. 买买提吐尔逊·巴吾东整理：《帕尔哈德与希琳（散文体）〈序〉》，乌鲁木齐新疆人民出版社 1995 年版。

62. 中国社会科学院民族所：《墨玉县·维吾尔族卷》，民族出版社 1999 年版。

63. 克尤木·霍加、吐尔逊·阿尤甫、斯拉菲尔·玉苏甫：《古代回鹘文文献精选》，新疆人民出版社 1984 年版。

64. 张宏超：《中古与近代民间文学》，新疆人民出版社 1995 年版。

65. 赵典书、闫凤霞编：《英美文学术语精编》（*A Brief Classary of*

English and American Literary Terms），敦煌文艺出版社 2009、2000 年版。

66. ［德］歌德：《歌德诗集（下）》，钱春绮译，上海译文出版社 1982 年版。

67. 阿亚兹·西凯斯泰：《世事记》刘宾、张宏超主编：《察合台语早期文学》，郝关中译，新疆人民出版社 1995 年版。

68. 维吾尔民间文学大典编会：《维吾尔民间故事》，新疆人民出版社 2006 年版。

69. 艾尔西丁·塔提里克：《艾米尔·古尔奥格里　维吾尔民间叙事诗集》，新疆人民出版社 1986 年版。

70. 孜亚伊：《麦斯吾德与迪丽阿拉姆》，郝关中译，《新疆文学》1982 年第 2 期。

71. 库尔班·巴拉提：《阿孜古丽》，井亚译，《新疆文学》1983 年第 2 期。

72. 苏由译：《乌孜别克民间故事》，新疆人民出版社 1983 年版。

73. 杜秀兰口述，阿尔斯兰、卓玛整理：《宝道亦格的故事》，《尧熬尔文化》2010 年第 1 期。

74. 张久宣：《圣经故事》，中国社会科学出版社 1987 年版。

75. ［叙利亚］穆罕默德·艾哈迈德·贾德·毛拉：《古兰经的故事》，安国章等译，新华出版社 1983 年版。

76. 《论伟大的诗人纳瓦依》，新疆人民出版社 2001 年版。

77. 买买提力·祖侬：《热比娅与赛丁（歌剧）》，《塔里木》1981 年第 12 期，第 52 页。

78. 尼扎里热、合米图拉·加里等整理：《帕尔哈德与希琳》，新疆人民出版社 1980 年版。

79. 温祖荫：《外国著名长诗介绍与欣赏》，福建教育出版社 1985 年版。

80. 毛拉·毕拉里：《努祖姑姆》，《布拉克·源泉》1981 年第 1 期。

81. 维吾尔民间文学大典编委会：《民间神话传说（1）》，新疆人民出版社 2006 年版。

82. 维吾尔民间文学大典编委会：《民间神话传说（2）》，新疆人民出版社 2006 年版。

83. 维吾尔民间文学大典编委会：《民间神话传说（3）》，新疆人民出版社 2006 年版。

后 记

自从 2008 年获得国家哲学社会科学基金项目之后，我的心情一直难以平静。对于一个年轻学者来说，这是一份荣誉，但更多的是一份责任。面对我国西北突厥语民族，尤其是维吾尔族达斯坦的未开垦的处女地，我感到责任重大，盘算着如何合理安排时间，顺利完成项目。转眼间，我的课题结项时间即到，每日深夜，我在电脑前敲打着从乡下采访搜集整理的第一手资料，不知有多少个夜晚我在电脑前敲字，敲到妻子不耐烦地催我睡觉，以免影响第二天的工作。这样点点滴滴的积累，最终写成这部将近 40 万字的书稿，再加上 20 万字的辅助成果，那么我在这三年确实没白白度过我的青春时光。

包含"史诗、叙事诗"的达斯坦，在维吾尔族民间文学领域中，是一个神奇而古老的话题。说其"神奇"，是因为很多达斯坦故事中出现神仙形象、神奇变形以及神话结构等，令人感到神奇。说其"古老"，我们探讨这一课题，早已在数千年之前产生和发展，从遥远的过去传播到我们这个现代化时代。我们作为文明接班人，追溯我们祖先原始文化和精神财富，探究他们如何度过没有电视、录像机、收音机和因特网的寂寞时光。在解读达斯坦之时，我们揭开它们为什么能流传到今日以及仍然吸引着一部分民众的奥秘。论述了民间艺人的学习和表演，探讨了民间艺人和听众的关系，论析了达斯坦文本的主题、母题、人物和原型等有趣的现象，进而依照达斯坦，探讨了民间文学与作家文学争论不休的复杂关系。我们觉得这项工作，为民间文艺学提供了一些有价值的信息和资料。

维吾尔族民间达斯坦是一个历史悠久、内容丰富的素材。我们积极搜集整理出版印刷达斯坦文本和达斯坦相关的文章论著，同时积极展开田野作业，走到乡下民间，采风民间艺人口传唱本和音频、视频本，弥补了书面文本无法填补的空白，提高了我们研究工作的科学水平和研究能力。由于没有可参照的前期成果，再加上以往发表的论文并不多，这对我们开展研究工作很不利。我们在论述中针对民间达斯坦现象尽量进行符合民间文学内在规律地探索，提出了个人思考与论点。对于尝试性研究来讲，我们觉得这是值得肯定的。

在课题撰写过程中，得到了各方面的支持和帮助。我院领导为了我的课题能够顺利完成，减少了我的教学任务，为我提供查资料和阅读书籍的时间。我妻子阿米娜主动承担家务和照顾孩子的重任，为我的课题书稿撰写提供了有力的帮助。我的研究生学生努尔艾力和燕乔敏在整理材料和校对文字等细节上做了很多工作，为此我向他们一并表示我由衷的谢意。

维吾尔族达斯坦是一个具有较高学术意义的研究领域，在维吾尔民间文学研究中占有一席之地。达斯坦内容除了文学之外，还涉及心理学、宗教、伦理、民俗以及原始民间信仰等领域。这一点足以说明达斯坦研究的难度和困难，其要求一个合格研究者要掌握文学理论、宗教学、心理学和伦理学等学科理论与方法。否则全面而系统地研究达斯坦是不可能的。平时我们有针对性地学习相关理论和方法，争取具备这一研究水平。但是，在论述中，肯定有一些不成熟的地方，今后我们继续加大在这一方面的研究力度。

岁月是一个检验劳动价值的公正标准，我们的研究成果能否经得起岁月的考验，这是我们所期待的目标。我们不想仅为此成果停止我们对达斯坦的探索。我们仍然以强烈的兴趣和激情继续我们的研究工作。我们相信，总有一天人们将会明白我们所做的这项工作的意义和价值。

阿布都外力·克热木
于西北民族大学住斋
2012 年 12 月